DIETMAR DATH

NEPTUNATION

oder

Naturgesetze, Alter!

Roman

TOR

MIX
Papier aus verantwortungsvollen Quellen
FSC® C083411

Erschienen bei FISCHER Tor
Frankfurt am Main, Oktober 2019

Satz: Pinkuin Satz und Datentechnik, Berlin
Druck und Bindung: CPI books GmbH, Leck
Printed in Germany
ISBN 978-3-596-70223-7

All coming from female imagination
Daydreaming days in a daydream nation
Sonic Youth: Hyperstation (1988)

Verbirg deine Kraft und warte auf deinen Moment.
Deng Xiaoping: Privater Ratschlag (1967)

Die Japaner begannen bereits in der Meiji-Restauration, sich mit ganzer Kraft für Wissenschaft und Technik sowie Bildung einzusetzen. Die Meiji-Restauration war eine Modernisierungsbewegung, die durch die aufkommende japanische Bourgeoisie eingeleitet wurde.
Als Proletarier sollten und können wir Besseres leisten.
Deng Xiaoping: Achtet Wissen, achtet Fachkräfte! (1977)

I. INSELWISSEN

1 | Schläge (1989)

»Wart nur! Schwein! Ich dresch dich durch, bis du nicht mehr stehen kannst! Bis du nicht mehr sitzen und nicht mehr kriechen kannst!«, brüllt Nianzu Wang. Dabei halten Yin und Tuang den keuchenden Aiguo Sun am rechten und am linken Arm gepackt. Sie drücken so fest zu, dass er seine Hände kaum mehr spürt.

Der Zweiundzwanzigjährige weiß, dass er nicht schluchzen darf. Er muss die Misshandlungen männlich hinnehmen. Nianzu ist für Jähzorn bekannt, der sich erst legt, wenn der Verursacher seiner Wut sich nicht mehr rührt.

Tuang, der Nianzu bei Aiguos Bestrafung zur Hand geht, kennt Nianzus Hass aus der Nähe: Der Ältere hat Tuangs Hund totgeschlagen, als das Tier ihm ein Hühnchenbein klauen wollte.

Aiguo schmeckt Kupfer. Er weiß, dass das Blut ist. Er versucht, mit der Zunge seine Zähne zu zählen, weil er wissen will, ob Nianzus letzte Ohrfeige einen davon gelockert hat. Der Schläger versteht das falsch: »Grimassen, ja?«

Er holt mit dem rechten Arm aus, dann boxt er dem Wehrlosen mit ganzer Kraft in die Magengrube. Der Stoß ist stark wie eine Sturmramme. Aiguos Augen treten aus den Höhlen. Er spuckt Blut. Nianzu spuckt auch, einen dicken Speichelbrocken. Der trifft Aiguo ins Gesicht. Nianzu greift sich vom hüfthohen Holztisch einen der drei Stoffbeutel, die Aiguo aus Beijing mitgebracht hat. Ihr Inhalt ist der Anlass für Nianzus Wutausbruch. Nianzu lockert die Kordel am Verschlussbund, dann kippt er den Beutel mit der offenen Seite nach unten. Bücher fallen heraus.

Es sind deutsche Bücher: *Analysis I, Grundlagen der Infinitesimalrechnung für Mathematiker, Physiker, Ingenieure* von Martensen, dazu Riemann über die *Hypothesen, die der Geometrie zugrunde liegen*, außerdem ein flacher, fast quadratischer Bildband über Raumfahrt und ein Roman mit dem geheimnisvollen Titel *Der Elfenbeinturm*.

Die Bücher fallen Aiguo vor die Füße. Sein Peiniger tritt sie weg.

Dann nimmt er den Beutel in die Linke und schlägt mit der zur Faust geballten Rechten abermals zu, noch kräftiger als beim ersten Mal, keine Sturmramme mehr, ein Dampfhammer, fast auf Brusthöhe.

Aiguo hört ein Knacken. Er ist sicher, dass da Knochen brechen. Ihm wird schwarz vor Augen. Für ein paar Herzschläge verliert er das Bewusstsein.

Als er wieder zu sich kommt, hält Nianzu eine zusammengerollte blaue Zeitschrift in der Rechten wie einen Knüppel. Es sind die *Physikalischen Blätter* der DPG. Bald wird diese Zeitschrift nicht mehr so heißen, sondern *Physik Journal*. Der Schläger Nianzu aber wird im Jahr der Namensänderung nicht mehr am Leben sein.

Das liegt auch an dem, was er hier gerade tut, als oberster Tyrann des kleinen Dorfes und jüngster Sohn des Ortsvorstehers. Der Ortsvorsteher lässt die jungen Männer im Dorf Deutsch lernen, seit Nianzus ältester Bruder aus Westdeutschland zurückgekommen ist, wo er die Zukunft gesehen hat. Der Bruder wohnt nicht mehr hier, sondern ist mit seinem Wissen nach Beijing umgezogen, wo er bei Dengs vier Modernisierungen hilft.

Die Lehrerinnen aus der Hauptstadt sind teuer. Die Partei gibt Geld dazu, der Ortsvorsteher selbst legt den Rest aus.

Aiguos Großmutter sagt: »Am liebsten würde er nur seine eigene Brut unterrichten lassen, nicht Leute wie dich, die vielleicht nie etwas mit ihrem Wissen anfangen werden. Wann kommst du je nach Deutschland? Das ist wie der Mond! Aber er weiß, dass das nicht gut aussähe, wenn er nur seine Kinder ausbilden ließe. So bezahlt er eure Stunden mit. Ich gönn's dem alten Betrüger, dass die andern Kinder sich so viel gescheiter anstellen als sein Nianzu.«

Aiguo war letzte Woche in Beijing, bei einigen Ämtern, im Auftrag von Nianzus Vater.

An seinem freien Tag hat er Nianzus Bruder besucht.

Dem gab er Geld, das Nianzu und Yin zuvor im Dorf gesammelt hatten. Sie wollten seine Abfälle kaufen: Zeitschriften und Bücher, die er aus Westdeutschland beziehen darf, aber nicht alle aufhebt. An die *Physikalischen Blätter*, Mathelehrbücher und Romane über Türme hatten Nianzu und Yin dabei nicht gedacht. Nianzu brüllt: »Autos! Autos, Frauen und Mode für die Mädchen! Bist du zu dumm, dir das zu merken? Autos! Erzähl mir nicht, dass er so was nicht hat! Ich hab's selbst gesehen, als ich bei ihm war – Schränke voll. Was?«

Aiguo versucht zu blinzeln. Sein linkes Auge lässt sich nicht öffnen. Seine Unterlippe ist angeschwollen. Speichel und Blutschaum glänzen darauf.

Er denkt an seine Großmutter und daran, dass sie ausgerechnet heute zum Geflügelmarkt gehen muss. Wäre sie hier, bräuchte er von Nianzu und seinen beiden Maulhelden nichts zu befürchten. Denn so leicht es denen fällt, einen Jüngeren und Schwächeren zu misshandeln, so kleinlaut und feige sind sie vor dem strengen Blick einer Autoritätsperson, selbst wenn die Autorität nur daher rührt, dass der Ortsvorsteher ihr Achtung entgegenbringt und ihren Rat schätzt. Aiguos Großmutter ist die Witwe des angesehensten Arztes der Gegend.

Sie hat seinen Ruf geerbt.

Ein letztes Mal versucht Aiguo, sich zu rechtfertigen, würgend und atemlos: »Er … er hat … alles, was du … wolltest, was ich … bringen sollte. Aber er … er sagt, nein … das … rückt er nicht raus, auch nicht für Geld … Er sagt … du sollst lieber lernen, als … als Träumen nachzuhängen … von schnellen Autos und … Träume … ge… brauchte Träume. Er sagt, du sollst eigene Träume … sollst auf den Genossen Deng hören, wie euer Vater … Wissenschaft und Technik und die … vier Modernisierungen … Sonst gibt es keine moderne Landwirtschaft, keine moderne … Industrie und keine mo… Verteidigung, und wir …«

Die *Physikalischen Blätter* treffen mit lautem Klatschen Aiguos linke Wange. Der Schlag ist so heftig, dass Aiguo einen Schneidezahn verliert.

Er lutscht am Bruchstumpf herum und begreift: Eine Zurechtweisung vom älteren, erfolgreichen Bruder, der den Respekt des Vaters hat, ist das Letzte, was Nianzu hören will.

»Vier was? Schwein? Was? Vier Modernisierungen?«, schreit der Jähzornige. »Ich werde dir die Fresse modernisieren, du kleiner Haufen Scheiße! Und dann knöpfe ich mir den Herrn Bruder vor, das ganz große Stück Scheiße! Und dann kommt euer Genosse Deng dran, das allergrößte Stück Scheiße! Ich habe keine Angst vor …«

Yin, der während der Prügelorgie immer wieder aus dem Fenster gelinst hat, um rechtzeitig vor möglichen Zeugen zu warnen, fällt Nianzu ins Wort: »Lass ihn, er hat's doch begriffen. Was soll das, willst du ihn umbringen? Und solche Reden über Deng …«

»Über Deng? Wen, Deng? Wer bist du, der Parteikommissar?«, kreischt Nianzu, jetzt völlig außer sich, und beginnt, mit der Zeitschrift den verblüfften Yin auf die Schultern, gegen den Hals und auf den Kopf zu schlagen. So lockert sich Yins Griff um Aiguos Arm. Der Gequälte erkennt, dass das seine einzige Chance ist, weiteren Schlägen zu entgehen. Er reißt sich von Yin los, schwingt mit dem frei gewordenen Arm weit aus und trifft Tuang. Der erschrickt und lässt Aiguo ebenfalls los. Zwei

Schritte rückwärts entziehen den Gequälten der Reichweite seiner Peiniger. Beinah fällt er dabei über einen Stuhl, fängt sich aber im Stolpern, im Laufen. Vornübergebeugt rennt er nach rechts, zur Tür hinaus, auf die schlammige Straße und übers kleine Rübenfeld. Er hört die drei Verfolger fluchen, rennen.

Ein Bauer aus dem Nachbardorf, eine Gans unterm linken Arm, sieht die vier und lacht. Aiguo verspürt einen sinnlosen Hass auf den Mann, dann hat er mit seiner Flucht zu tun, mit Rennen, Keuchen, Panik.

Schmerzen spürt er nicht, als er sich den großen Zeh des rechten Fußes an einem schwarzen Stein anstößt. Der Zeh bricht an zwei Stellen, aber Aiguo hastet weiter, weint und keucht.

Tuang ruft bellend, atemlos: »Lass! Lass ... ihn ... laufen, den dummen Hasen!«

Tuang weiß, dass er und seine Kumpane zwar physisch stärker, aber nicht unbedingt schneller sind als der Gejagte. Auf dem Sportplatz hat Aiguo immer wieder kleine Siege errungen. Jetzt sieht er sich nicht um, sondern holt das letzte bisschen Beschleunigung aus dem geschundenen Körper.

Im Humpelgalopp erreicht er hohes Gras, verschwindet darin. Mit dunklen Flecken im Gesichtsfeld läuft er weiter. So, denkt er wirr, muss sich eine Rakete fühlen, die dabei ist, die Anziehungskraft der Erde zu überwinden.

Als Aiguo schließlich langsamer wird, geschieht das nicht willentlich, sondern von allein. Er hat die alte Betonröhre am abgetrennten, zugemauerten Kanalisationsabschnitt im äußersten Südwesten der Gemarkung erreicht. Aiguo wankt mit letzter Kraft in den Schatten. Er legt sich auf die kühle Krümmung.

Er fällt in eine Ohnmacht, die mehrere Stunden anhält.

Als er zu sich kommt, ist die Welt stiller, als er sie je erlebt hat.

Sehr leiser Wind bewegt das hohe Gras. Aiguo hört ein nasses Schmatzen, während er sich aufrichten will, weil er auf den Tiefpunkt der Röhre gerutscht ist, in eine Pfütze.

Sein rechter Arm, auf dem er gelegen hat, ist taub und kribbelt. Aiguo stemmt sich mit dem andern Arm hoch, dreht sich, richtet sich auf. Der gebrochene Zeh pocht dumpf, der Schmerz wird in den nächsten Stunden sehr viel schlimmer werden.

Gedämpfte Schritte auf hartem, trockenem Boden sind das Nächste, was Aiguo hört. Unwillkürlich duckt er sich, geht in die Hocke. Der Zeh sendet einen Stichschmerz das Bein hoch. Aiguo verbeißt sich den Aufschrei. Sind das die Schläger? Wie lange war er nicht bei sich? Eine laute, tiefe Stimme zerstreut seine Angst, so klingt keiner der drei: »Aiguo Sun! Bist du hier unten? Gib Laut!«

Aiguo fällt nicht ein, sich zu widersetzen, er ruft sofort: »Hier! Hier … an der Röhre!«

Wenig später kämpft sich ein Mann aus dem Dickicht, den Aiguo sofort erkennt: Es ist Herr Ho, eine Art Polizist, soweit Aiguo weiß, freilich ohne Uniform, aber in Amt und Würden. Herr Ho wohnt in der Kreisstadt, ab und zu kommt er beim Ortsvorsteher vorbei. Als er Aiguo entdeckt, macht er ein missbilligendes Lippengeräusch, dann stellt er sich vor ihn hin, nimmt ihn bei den Schultern und richtet ihn auf: »Junge! Wie siehst du aus? Eine Schande. Deine Großmutter ist von Sinnen vor Angst. Schau mich an! So. Mach die Augen auf. Beide. Ah, geht nicht, ja. Was ist? Heul nicht. Wer war das?«

Ohne Blubbern, aber mit einem Eifer, als habe er diese Sätze jahrelang zurückhalten müssen, platzt es aus Aiguo heraus: »Nianzu, Yin und Tuang, die drei Verbrecher, weil ich keine Autozeitschriften aus Beijing zurückgebracht habe, sondern Wissenschaft. Sie haben mich geschlagen, sie haben mich beschimpft und beleidigt. Mich und den Genossen Deng, weil ich …« Die Wahrheit, die er vorhin nicht sagen wollte, bricht sich Bahn: »Weil ich überzeugt bin, dass wir Wissenschaft lernen müssen. Deshalb habe ich gar nicht versucht, Nianzus Bruder zu überreden, mir Autozeitschriften und die Zeitschriften mit Frauen zu geben, sondern nur Wissenschaft und Bücher über die Zukunft. Wir sind im Rückstand! Unser erster Satellit ist erst 1975 in die Umlaufbahn geschossen worden! Die Imperialisten werden die Zukunft besetzen. Ich will meinen Teil tun, aber Leute wie Nianzu wollen … Nianzu hat gesagt, der Genosse Deng sei ein … ein Stück Scheiße!« Aiguo hat sich verausgabt. Er ist seine Anklage losgeworden und steht jetzt stocksteif da, vom Erlebten und vom Ausgesprochenen erschüttert. Herr Ho, einer von sechs Männern, die ihn stundenlang gesucht haben, schaut ihn lange an, forschend und zweifelnd.

Dann nehmen Hos Züge eine seltsame Weichheit an, die Aiguo so noch nie gesehen hat, als er fragt: »Das hat er gesagt? Dass der Genosse Deng ein Stück … Scheiße sei?«

»Ja«, sagt Aiguo.

Herr Ho befragt ihn für den Augenblick nicht weiter, sondern legt Aiguos Arm über seine Schulter und hilft dem Humpelnden aus der Grube.

Ho sagt nichts davon, was in Beijing seit drei Tagen geschieht; nichts über den Tumult und die Toten. Er klärt den Erschöpften nicht darüber auf, welche Folgen seine Anklage haben wird. Nianzu landet bald danach im Gefängnis und überlebt seine Haft nicht.

Aiguo erfährt fortan wohlwollende Förderung seiner Ambitionen. Bald wird er an derselben Universität studieren, die der Bruder des Mannes besucht, dessen Leben Aiguos Beschuldigung beendet hat. Aiguo wird sich später schämen für die Denunziation, wird Jahre in Reue verbringen.

Dass ihn aber jemand anderer bei der Betonröhre hätte finden sollen als Herr Ho, wird er sich nie wünschen. Denn ohne Herrn Ho hätte der Enkel eines Arztes und Sohn zweier bei einem Unfall verstorbener Bauern aus einer unterentwickelten Provinz des bevölkerungsreichsten Staates der Erde wohl niemals eine Rakete aus der Nähe gesehen.

2 | Dinner (2010)

Nach dem Essen, das der alte Russe für die niemals alternde Deutsche gekocht hat, sitzen die beiden am Kaminfeuer.

Sie trinken etwas, das die Deutsche gemixt hat und »Hot Toddy« nennt: »Whisky mit Honig, Zitronensaft, etwas heißes Wasser, nelkengespickt, Zitronenscheibe rein. Hab ich in Inverness gelernt, im Roboterlabor. Das zieht.«

Der alte Russe nickt langsam, nippt am Getränk, nickt wieder. »Jetzt könnte man sterben«, sagt er lächelnd. »Saufen, bis man einschläft, und nie mehr aus dem Rausch erwachen.«

Sie wackelt mit dem Kopf, als säße der auf einer Sprungfeder. Dann wird sie ernst und sagt, tief in den roten Ledersessel eingesunken: »Hab dich nicht so, Witali. Sterben? Es war doch kaum zu erwarten, dass jemand wie du einen so … hübsch eingeschneiten Ruhestand erleben würde. Freu dich lieber, dass das geklappt hat.« Sie schaut kurz zur Seite, durch die Butzenfenster. Wind treibt die Flocken über die schwarzen Tannen in alle Himmel. Es ist sehr warm hier. Witali Samulin nimmt ein dickes Buch vom Kaffeetisch, schiebt sich die Brille auf der Nase nach unten, blättert, brummt. Das Buch heißt *Andere Zungen*. Es ist eine linguistische Abhandlung über Glossolalie. Der Autor untersucht die Herstellung von Unsinn wie von Sinn mittels Sprache. Der Text streift gelegentlich das Philosophische, vor allem in den letzten zwei Kapiteln. Der Autor heißt Christian Winseck. Samulin nickt noch einmal über einen Satz, den er da liest, dann sieht er vom Text auf und sagt: »Du hast recht, es ist klug.«

»Klüger als menschenklug?«, fragt sie.

Samulin macht ein unverbindliches Geräusch. Dann sagt er: »Das nicht. Bloß ein weiterer Sprachwissenschaftler, der gerne Philosoph sein will. Wie nennen sie das im Westen? Linguistic Turn.«

»Englisch für: längliches Turnen«, höhnt die Frau.

Der Russe sagt: »Ich weiß, was du denkst. Er ist noch keine dreißig und steigt schon so tief in die Sachen. Den muss das Licht gelesen haben. Und ich verstehe, wie du drauf kommst: Es ist erstaunlich, wie viele Irrtümer er nebenbei erledigt, vermeidet, zurückweist, von Sapir-Whorf bis zu den Ideen der naiveren KI-Leute. Das … Begriffsinstrumentarium, das er sich ausgedacht hat …«

»Witali, überleg mal. Er hat kein formales mathematisches Training, abgesehen von ein bisschen Coding, Standard-Computerkram. Wie geht das, wie kann er so nah dran sein? Er schrammt millimeternah vorbei …«

»Ja, ja.« Samulins altersfleckige, schlanke rechte Hand winkt ab. Er mag es nicht, wenn sie anfängt zu schwärmen. Aber sie muss es sagen, es bewegt sie: »Nein, wirklich. Das ist ein prima Tintenfisch, der Junge. Wenn man dem nur noch ein kleines bisschen was beibrächte, ich weiß nicht … wenn er wüsste, dass es für das, was er da im dritten Kapitel bastelt, längst einen Namen gibt, dass das Begriffsverbände sind, und wenn man ihm erklären würde, wie man eine Atlas-Zerlegung macht, wie man substituiert oder …«

»Du willst ihn als Schüler. Wirst du ihm das sagen? Dass das der Grund ist, warum er mitsoll, auf deinen Flug? Weil seine Versuche, das Gebrabbel seiner Vorfahren zu verstehen, das … Pfingstwunder zu entzaubern, die Knoten in den Zungen der … Erleuchteten zu lösen, dich so beeindruckt haben? Oder wirst du ihm die Wahrheit sagen? Wirst du ihm sagen, dass du ihn ihretwegen brauchst? Wegen Alexandra?«

Die Frau blinzelt und sagt: »Was, Wahrheit? Ich sage nie

die Wahrheit, wenn ich's vermeiden kann, das weißt du doch.«

Er seufzt: »Phaaa ... Also wirst du diesem ... halben Kind eine Falle stellen. Du wirst mit seiner Eitelkeit spielen. Manchmal graut mir vor dir.«

Er tippt mit dem Zeigefinger auf das Buch, das auf der linken Lehne seines Sessels liegt, macht eine Pause, denkt nach. Schließlich sagt er: »Wir haben viele schöne Sachen gemacht damals. Folter, Mord, gelogen ... Schrecklich. Aber du ... du machst eine Kunst daraus. Du bist ... davon abgesehen, dass ich, seit wir uns kennen, immer älter und gebrechlicher geworden bin, während du offenbar für immer dreißig bleiben wirst ... du bist eine Schurkenfigur von Shakespeare. Du gehörst zu den Iagos dieser Welt. Du nutzt die Schwächen der Leute aus, für deine Zwecke.«

Sie bestreitet es nicht: »Ich nutze die Schwächen der Leute für meine Zwecke aus, aber die Leute nutzen ja auch immer wieder meine Stärken für ihre Zwecke aus.«

Er lacht, weil ihr Russisch gut genug ist für solche Spiele. Dann lehnt die Frau sich vor und sagt: »Witali, hast du die wichtigste Wahrheit vergessen, hinter all den Spielchen, die wir spielen?«

Er schaut sie fragend an. Sie sagt: »Die Wahrheit ist, wir haben nie die Wahl der Waffen. Wir wollen alles ändern. Der Feind will alles so lassen. Er hat die Wahl der Waffen. Die Waffen kommen aus dem, was da ist, aus dem Gegebenen, nicht aus unseren Ideen. Die Dysoniki sind der Feind, diesmal. Das ist eine besonders tragische Konstellation, denn sie waren mal wie wir, sie wollten alles ändern. Aber dann haben sie doch nur ein kleines Stück der Welt verändert, sich selbst. Das hat ihnen genügt, und jetzt soll alles so bleiben. Stimmt schon, ich lüge, was das Zeug hält, und hole mir Verbündete, wo ich sie kriegen kann. Aber es geht immer um dasselbe: Der Feind darf nicht gewinnen.«

Witali sagt: »Verbündete. Wen? Du holst dir den armen Jungen. Und meinen alten Protegé, aus London. Und die zwei Täubchen aus Amerika, die vom Licht Gelesenen. Und mindestens eine richtig junge Person, für die Zukunft, weil man ja nicht wirklich weiß, wie lange die Reise ... Das wird deine Truppe. Aber reicht das?«

»Natürlich nicht«, sagt sie, »du kennst noch nicht die ganze Liste. Lass mich dir von weiteren Leuten erzählen. Ich kriege die Chinesen ins Boot, Witali. Es gibt einen Mann in Beijing, in den besten Jahren, physisch fit, er heißt Aiguo Sun. Lass mich dir ...«

Witali Samulin hebt die rechte Hand, abwehrend, aber nicht aggressiv: »Kannst du noch mehr von dem Zeug machen?«

Er hält ihr das Glas hin. Sie lächelt, wie sie am liebsten lächelt, gewinnend: »Gib her, alter Säufer.«

3 | Messermonster (2015)

Meinhard Budde regt sich auf, er schimpft ins kleine Knopfmikrophon vor seinem Helmkinnband: »Wo seid ihr denn, ihr Arschlöcher? Ich hör nur noch den Hund.« Knistern, dann Lachen im Ohrempfänger: »Es heißt Anschleichen, nicht Antrampeln. Wenn dir das zu nervig ist, wärste vielleicht besser in Deutschland geblieben.«

Budde ächzt, dann erwidert er im Weiterstapfen, während der Hund vor ihm an der Leine zerrt: »Wennste mich fragst, die ganze Bundeswehr hätte daheimbleiben sollen. Ich weiß, wir sind nicht die Bundeswehr. Aber wir sind auch nicht genau was anderes. Wir sind ein Teil der Bundeswehr, den es nicht gibt. Was wollen wir in diesem Scheißland? Das Grundgesetz verteidigen? Die ham doch gar keine Vorstellung, da in Berlin, wie's hier zugeht. Schicken uns diese Tussi, und die sagt, hoppla, da ist was vom Himmel runtergefallen, geht das mal suchen, hinter den feindlichen Linien natürlich, im ähm … Gebiet der Aufständischen. Nö, ich sag euch nicht, wie ich heiße, geht euch auch nichts an, für wen ihr im finsteren Wald mitten in der Nacht das Stöckchen holen geht. Die in Berlin wissen wahrscheinlich nicht mal, dass es hier überhaupt Wälder gibt. Die denken, das ist alles Wüste hier oder Steppe, wie beim Karl May …«

»Du hörst dich auch gern quatschen, Budde, was?«, schaltet sich ungehalten der Leutnant vom Spähsitz ins Gespräch ein.

»Entschuldigung, ne …«, murmelt der Hundeführer, dessen schönes Tier, ein kräftiger Schäferhund namens Ronny, der Einzige aus dem ganzen Diensthundezug ist, den man dem Bataillon für diesen Einsatz zugestanden hat.

Kosnitz lässt die Entschuldigung nicht gelten: »Dein Geplapper wird protokolliert. Was glaubst du, was die Einsatzleitung mir erzählt, wenn ich jeden Arsch von ›Aufständischen‹ quasseln lasse?«

Buddes Lippen ziehen sich zum Strich zusammen, während er denkt: Das isses also, was diese Hampelmänner interessiert, politisch korrekte Sprachregelungen. Wenn ich, wie vorgeschrieben, »irreguläre Kräfte« gesagt hätte statt »Aufständische«, gäb's kein Problem.

Budde nickt dem Kameraden Storz stumm zu, der mit vorgehaltenem Gewehr auf die kleine Lichtung tritt, dicht gefolgt von Lepsch und Wilke.

Ursprünglich war die Einheit als Ergänzung technischer Aufklärung aus der Luft gedacht. Sobald die Dislozierung großer Truppenkörper beobachtet wurde, sollten die »Schleicher« und »Schlangen« am Boden die Logistik des Feindes auskundschaften, inklusive Klärung und Ortung von Fernmeldeanlagen, Depots, Hauptquartieren, Funkstellungen und Nachschubwegen. Aber die Irregulären sind hier so irregulär, dass man die Aufgaben keiner Einheit am Lehrbuch entlang durchplanen kann.

Budde vermutet, dass eine weitere, ebenfalls irreguläre Partei sich in dieses von Stammesfehden, Drogenbandenkrieg und politischem Widerstand gegen die Regierung verwüstete Gebiet drängen will und dass das »Päckchen« (Kosnitz), das hier runtergefallen ist, etwas damit zu tun hat.

Den Regierungstruppen, mit denen wir verbündet sind, denkt Budde, kann man den Job nicht überlassen, das Päckchen zu finden. Sie werden noch in zwanzig Jahren nicht in der Lage sein, ihre eigenen Angelegenheiten zu regeln, wenn die Erfahrungen, die Budde im Feld und bei der Ausbildung im Hinterland mit ihnen gemacht hat, einigermaßen verlässliche Indikatoren sind. Den Leuten fehlt Motivation (na ja, überlegt Budde, motiviert wäre ich an ihrer Stelle wohl auch nicht), sie sind physisch alles andere als fit und besitzen keinerlei Vorkenntnisse in irgendwas. Budde selbst hat erlebt, dass einige sogar die Batterien aus ihren Nachtsichtgeräten rausgenommen haben, um daran zu lutschen, weil sie denken, dass ihnen das Kraft und Ausdauer verleiht.

Was macht man mit solchen Leuten? Sie sind nicht böse, sie sind nicht dumm, aber woher sollen sie wissen, wie die Gegenwart funktioniert, die ihnen immer nur Bomben und Besatzer geschickt hat? Wenn man denen das Batterielutschen verbietet, ohne Erklärung, denn für Physikunterricht ist keine Zeit, dann machen sie's halt heimlich.

Befehl und Gehorsam: Diese bescheuerte Mission hier, Ostereier aus dem All suchen, wird von einer unbegreiflichen Frau aus Berlin befehligt, geheime Scheiße, und das Härteste ist, wir machen für diese Bürokratin, die letzte Woche via Indien hier eingeflogen wurde, die Laufburschen, ohne dass wir irgendwas über sie wüssten.

Budde hat sie bislang nicht mal gesehen.

Storz, der mit Kosnitz bei der Lagebesprechung und Befehlszuteilung war, hat erzählt, er habe noch nie eine so arrogante Zivilistin derart nah am Feld erlebt. Kosnitz soll nachgefragt haben, wie er sie eigentlich anreden solle. Auf diese Nachfrage – das ist so schlimm wie lustig, Storz hat sehr gelacht beim Erzählen – soll sie gesagt haben: »Nennen Sie mich Miss Berlin, Ella Guru oder Debra Kadabra. Hauptsache, Sie hören mir zu, wenn ich Ihnen sage, was Ihre Leute zu tun haben.«

Budde schmunzelt, als er sich daran erinnert. Da schlägt der Hund an.

Buddes Hand legt sich aufs Holster an der rechten Hüfte, weil etwas in der Art, wie das Tier die Ohren aufstellt, die Schultern senkt und die Beine durchdrückt, anders ist als sonst.

Mündungsfeuer flammt aus Wilkes Gewehr. Storz schreit.

Wilke hebt die Waffe auf Schulterhöhe. Budde hat nichts kommen sehen, nichts gehört. Als vor ihm etwas Großes, Kantiges und Tiefschwarzes in die Höhe schießt wie ein Grabstein mit Armen, hat er die Waffe freigefummelt und schießt.

Zu spät, zu ungenau: Ein weiches Geschoss, größer und langsamer als eine Kugel, trifft ihn am Kopf, halb frontal, halb seitlich. Er erkennt gerade noch, dass sein Nachtsichtgerät an der rechten oberen Gesichtsfeldseite einen Sprung bekommen hat; schon trifft ihn ein dumpfer, ungeheuer kraftvoller Schlag auf der Brust. Der Stoß wirft ihn rücklings zu Boden. Budde rollt ab. Über ihm klirrt es, dann knattert etwas wie Segeltuch, nah am Ohr, so dass Budde instinktiv den Kopf senkt und die Wange in den Dreck drückt. Mehr Schüsse, laut und schnell. Der Sprechbügel ist zerbrochen. Budde kann nicht um Hilfe rufen.

Jetzt lärmen die Schüsse so, dass er auch nicht mehr hört, was Kosnitz kreischt.

Budde schließt die Augen. Er weiß, dass das idiotisch ist. Er versucht, sich zu konzentrieren und herauszufinden, was er tun soll.

Die Waffe.

Er öffnet die Augen wieder und will sich gerade auf den Rücken drehen, um sich wie ein Klappmesser aufzurichten und den Kameraden beizustehen, da bohrt sich von hinten etwas in seine Schulter und spießt ihn am Boden auf. Er schreit vor Schmerz. Der Spieß ist stahlhart und eiskalt. Buddes Finger öffnen sich, er lässt die Waffe los. Entsetzt spürt er, wie etwas sich seinen Helm greift, eine Klaue, Klammer, daran zerrt, zieht, ruckt, so dass sein Kopf malmend hin und her geschoben wird. Er schmeckt heiße Tränen. Dann macht es »zssp«, weil ein scharfes Instrument seinen Kinngurt durchtrennt. Der Helm wird ihm vom Kopf gerissen. Ein Tritt. Die Waffe fliegt ins Unterholz. Budde rechnet damit, dass er jetzt erschossen oder mit einer Klinge in den Kopf erstochen wird. Stattdessen wird das Metall, das ihn am Boden fixiert, so schnell und brutal aus seinem Leib gezogen, wie es hineingestoßen wurde. Das Schwere, das Kantige mit den vielen Armen entfernt sich. Es stapft, es stampft.

Das muss ein gigantisches Gewicht haben, ist aber offenbar sehr beweglich: Fünf Sekunden später hört Budde das Ritsch-Ratsch-Ritsch-Ratsch, mit dem es sich regt, und das klingt wie ein Auf- und Zuklappen riesiger Scheren, gar nicht mehr.

Schüsse und Schreie sind verstummt. Ächzend dreht sich der Soldat auf die Seite mit der intakten Schulter und versucht, sich aufzurichten. Dabei blickt er nach rechts und sieht Fleisch. Ist das der Hund? Ist das ein Kadaver? Nein, nur ein Stück davon, erkennt er blinzelnd im schwachen Sternenlicht. Was da liegt, glänzt wie eine mit dem Messer sauber aufgeschnittene Blutorange. Es ist der hintere Teil des Hundes.

Budde steht auf, seltsam ruhig, als sei er gar nicht mehr in Gefahr, sondern eben gestorben, und müsse nur noch den Ausgang ins Jenseits suchen. Er geht auf der kleinen Lichtung herum und schaut sich an, was das Scherending zurückgelassen hat. Storz liegt da, die Arme sind weg, links und rechts vom Rumpf schimmern große schwarze Lachen. Das Gewehr liegt daneben. Von Lepsch findet Budde nur Teile, die er nicht genauer betrachten will. Wo ist Wilke? Er entdeckt ihn an einem abgebrochenen Baum, der Stamm ist nur noch so hoch wie ein Mann, und der Mann hängt daran, festgenagelt mit langen, schwarzen Bolzen.

Budde geht näher ran und wundert sich dabei, dass er das alles so gut sieht. Der Soldat inspiziert die Bolzen – wenn die Spitzen, die wohl aus Wilkes Brust und Bauch ausgetreten sind und sich dann in den Baum gebohrt haben, nicht sehr viel länger sind als nötig, um die Fixierung so stabil zu halten, wie sie aussieht, dann sind diese Bolzen etwa drei Handbreit lang, denkt Budde und will gerade Wilkes Helm untersuchen, ob die Funkvorrichtung noch intakt ist, mit der er vielleicht Hilfe anfordern kann, da hört er das Geräusch von vorhin wieder, leise noch, aber rasch lauter werdend, im Näherkommen: Ritsch-Ratsch-Ritsch-Ratsch, Scheren, auf denen ein Ding geht, das seine drei Kameraden und seinen Hund in wenigen Sekunden niedergemacht hat.

Die Schulterverletzung schmerzt ihn und brennt. Er könnte davonlaufen.

Aber die Geschwindigkeit, mit der die andern und das Tier gestorben sind, legt nahe, dass das sinnlos wäre. Anstatt nachzudenken, was er tun soll, geht Budde in die Knie und lässt sich da, wo Storz sein Gewehr verloren hat, zu Boden fallen. Er greift nach der Waffe des Kameraden und wird im selben Moment von mehreren Messern getroffen. Zwei stecken in seiner linken Flanke, eins schneidet ihm die linke Wange auf.

Ein weiteres durchbohrt den linken Fuß.

Budde hat sich auf den Rücken gedreht, reißt das Gewehr hoch und kann jetzt, anders als vorhin, das Ding deutlich sehen, da es sich auf drei seiner Klappbeine niederlässt und sein Gewicht nach vorne schiebt, um mit zwei säbelnden, sich aneinander wie an Schleifsteinen wetzenden Armen dem letzten Überlebenden aus dem Verband den Rest zu geben.

Es ist eine Mischung aus Menschengestalt, Spinne und großem Hirschkäfer – etwa drei Meter lang, alles in allem.

Das Wichtigste für Budde, der nicht gelernt hat, auf Roboter zu feuern, ist, dass das Ding einen Kopf hat – kegelförmig, oben spitz zulaufend, mit einer Art rotem Ofenfenster, wo bei einem Menschen der Mund wäre. Da sind Augen, wenn auch mehr als zwei, da ist eine Stirn.

Auf die schießt der Soldat, bis sein Magazin leer ist.

Das Ding hält inne, wankt.

Dann fällt es um, mit dem Oberkörper genau auf Buddes rechtes Bein, das bricht; ein Schmerz, der so plötzlich und gewaltig durch in fährt, dass der Hundeführer erst schreiend zusammenzuckt, sich dann unter großen Qualen sinnlos aufbäumt und endlich zurückfällt ins Schwarze, ins Nichts.

Als er das erste Mal zu sich kommt, würgt ihn etwas im Hals und stört ihn im Mund. Es ist ein Stück Plastik, bitter, wie mit abgestandenem Bier gewaschen. Er will es loswerden, zutzelt dran herum. Dann wird ihm klar: Es steckt auch in der Nase. Er atmet damit, es hebt und senkt sich auf seiner Brust, nein, tiefer, in seiner Brust? Lichter, gelbe und goldene. Stimmen.

Riesige Müdigkeit, eine Flutwelle aus flüssigem Blei, die ihn wegschweben lässt, zusammendrückt, auslöscht.

Als er das zweite Mal aufwacht, wird er getragen, auf einer Liege, und erkennt Menschen neben sich, Uniformen, das Heer, meine Leute. Die Sonne, ein sehr blauer Himmel, keine Wolken. Motoren, ein Flugzeug? Die Ohnmacht quillt in ihm auf wie ein Schwamm, der sich vollsaugt. Er will sie niederkämpfen, er will sprechen. Budde hat jetzt kein Plastik im Mund oder in der Nase, aber es kommt keine Sprache, nur ein Pusten, verschleimt, verpfiffen, verloren. Von den Rändern her wird's erneut dunkler, dunkel, schwer und schlapp.

Er ist wieder niemand, wieder fort.

Beim dritten Mal ist eine Krankenschwester neben seinem Bett zugange, die ihn sagen hört: »Wo … Scheiß …«, und sich sofort zu ihm runterbeugt, ihn anlächelt. Sie hat ein Piercing im rechten Nasenflügel und grüne Haare. Er versteht nicht gut, was sie sagt, irgendetwas mit »Herr Budde« und »herzlich« und »Doktor rufen?«.

Sein Herzschlag stört ihn beim Hören, der ist zu laut. Dann zwitschern Vögel, nicht weit weg, und ein Mensch lacht, und etwas fällt zu Boden, auf einem langen, hallenden Gang, in einer Klinik, wie es sie, denkt er, bevor er wieder wegbricht, in dem Land, in das man ihn geschickt hat, jedenfalls nicht gibt. Heißt das, er ist zu Hause, in Deutschland?

Das vierte Erwachen findet wenige Minuten nach dem dritten statt und ist von außen herbeigeführt. Ein Arzt leuchtet mit einer Lampe, nachdem er seine Lider mit den Fingern hochgeschoben hat, in Meinhard Buddes Augen. Meinhard spuckt und spotzt, haut mit der linken Hand aufs Bett und sagt: »He, was … was soll … wollt denn … ihr?«

»Oh«, sagt der Arzt. Meinhard ist jetzt voll bei sich, reißt die Augen auf und schimpft: »Hier, da, so ein … Echt. Wer … was ist das denn jetzt hier? Scheiß.«

»Sie sind«, sagt der junge Arzt so verbindlich wie möglich, »in einem Bundeswehrkrankenhaus bei Hannover, man hat sie heimgeholt, um …«

»Ja, okay«, schneidet Meinhard dem Mann heiser das Wort ab. »Okay. Hannover. Gut. Aber … aber jetzt … jetzt mal im … Ernst.« Er kämpft mit den Worten, und weil er vom Kämpfen was versteht, kriegt er sie in den Griff: »Scheiß, Mensch, kann ich hier 'ne Cola haben … bitte nicht diesen … Diätscheiß. Eine … gescheite Cola.«

Der Arzt nickt.

Die ersten zwei Wochen Reha sind frustrierend. Meinhard war in seinem ganzen Leben als Surfer, Motorradfahrer und Soldat nie körperlich so lädiert, dass er hätte wieder laufen, atmen, greifen, sich bewegen, atmen, seinen Körper bewohnen lernen müssen. Er nutzt die Gelegenheit, sich mental neu zu sortieren. Er überlegt eine Weile, ob er den Dienst vielleicht quittieren soll. Übelnehmen wird ihm das niemand, weiß er. Meinhard telefoniert mit ein paar alten Freunden, um herauszufinden, wie's mit Arbeit aussieht, im Autohandel vielleicht oder im Sportbedarfsgeschäft eines Freundes.

Seine Mutter kommt ihn aus Nürnberg besuchen. Mit seiner letzten Exfreundin führt er ein zähes Telefonat, das ihm klarmacht: Das wird nix mehr, das war vielleicht nie was. Keiner von der Truppe kommt vorbei und sagt ihm, was er wem erzählen darf. Vielleicht kennen sie ihn einfach genau genug, dass sie wissen: Er sagt niemandem mehr als »Kampfeinsatz« und »Glück gehabt«. Er behält die Geschichte vom Robotermonster für sich, so dass ihm nach einer Weile selbst nicht mehr glaublich erscheint, dass sie sich überhaupt so abgespielt hat, wie er sie zu erinnern meint.

Am dritten Sonntag nach der Cola klopft es kurz vor dem Mittagessen an seiner Zimmertür. Als er »Ja, bitte?« sagt, treten zwei Männer in Zivil ein, denen er haltungshalber sofort anmerkt, dass sie seinem Arbeitgeber dienen. Die beiden stellen sich als »Ebersberg« und »Sprengel« vor, mit jeweils kurzem Händedruck, den Meinhard genauso energisch erwidert.

Niemand salutiert, man erkennt einander als das, was man ist.

Meinhard steht auf, die beiden setzen sich gar nicht erst. Ebersberg kommt zur Sache: »Man hat Sie eine Weile in Ruhe gelassen, Budde.«

»Ich hab geschmort, ja«, sagt Meinhard. »Hab mir aber schon gedacht, dass das Vaterland noch nicht fertig ist mit mir.« Ebersberg sieht freundlich, wenn auch mit leicht zusammengekniffenen Augen, über die kleine Anzüglichkeit hinweg: »Wir sind hier, um Sie abzuholen und zu einer Nachbesprechung zu bringen. Ich sehe, Sie stehen gerade. Ihr Bein ist wiederhergestellt.«

»Meine Erlebnisse …«, setzt Budde an, aber Sprengel

schneidet ihm das Wort ab: »Uns brauchen Sie das nicht zu erzählen.«

»Und auch sonst niemandem, stimmt's?«, sagt er und geht dabei schon zum Kleiderschrank, Jacke und Schuhe holen, Mitbringsel seiner Mutter.

Die beiden Boten schweigen dazu. Sie begleiten ihn wortlos in die Tiefgarage, wo sich Sprengel ans Steuer eines geräumigen schwarzen Mercedes setzt und Ebersberg neben Meinhard auf den Rücksitz.

Es ist herbstlich draußen, was der Genesende von ein paar Spaziergängen und täglich Hunderten von Blicken aus dem Fenster her schon weiß. Heute scheint eine schöne Sonne an fast wolkenlosem Himmel. Es hat länger nicht geregnet. Die bunten Blätter unter den Scheibenwischern sehen ausgetrocknet aus, als könnten sie jeden Moment in der Sonneneinstrahlung zu Staub zerfallen.

Man fährt nicht lange, gerade vierzig Minuten, durch Vorstadtsiedlungen, über eine Landstraße hin, dann auf ein altes Industriegelände und dort bis zu einem hohen, elektrisch gesicherten Zaun mit Wachtürmchen, auf denen Bewaffnete stehen, wie am Eingang, bei einem Pförtnerhäuschen, wo Ebersberg eine Magnetkarte abgibt, die ein Soldat einliest und zurückgibt. Dann fährt Sprengel aufs Gelände.

Meinhard Budde hat sich schon gedacht, dass der Ort, an dem man ihn debriefen wird, nicht allzu weit von seinem Krankenhaus samt Rehazentrum entfernt gelegen sein kann; nicht, weil er so wichtig wäre und man deshalb in seiner Nähe alles erledigt, was in seiner Sache zu erledigen ist, sondern umgekehrt: Man wird eben ein Krankenhaus ausgesucht haben, das nicht weit von da liegt, wo alle weiteren Entscheidungen fallen, die ihn betreffen.

In fünf Jahren als Berufssoldat hat er noch nie eine militärische Forschungseinrichtung betreten, ist aber intelligent genug zu erkennen, dass er jetzt in eine geführt wird, zunächst eine Art breiten Rampengang hoch, an verschlossenen Türen vorbei, manche bewacht, andere nicht, passiert von Leuten in Uniform, anderen in Zivil.

Sprengel ist beim Auto geblieben.

Ebersberg bringt Budde zu einem Aufzug. Gemeinsam fahren sie in die Tiefe, ins vierte Untergeschoss. Die Unterkellerung reicht, wie Budde an der Schalttafel erkennt, insgesamt sechs Etagen tief. Als die beiden Männer aus dem Fahrstuhl treten, während andere Leute weiter abwärtsfahren, muss Meinhard sich die Hand vor die Stirn halten, so grell ist das Licht in der Halle. Sobald sich seine Augen an das Gleißen aus siebzehn Scheinwerfern gewöhnt haben und an den Saal, in dem locker zwei große Kampfhubschrauber Platz hätten, sieht er in der Mitte Gestelle und Ablageflächen, Gasflaschen und Monitore auf Rollwagen, Tapeziertische mit Werkzeug auf Öltüchern, medizinische Apparate aller Art, Besteck in sterilen Becken, Winden, Pumpen, Akkus, ein Waschbecken, einen Glastisch, auf dem ein Glas mit einer gold- bis malzbraunen Flüssigkeit steht, die sachte dampft, wie ziehender Tee.

In der Mitte der Mitte, zwischen Schraubstockklammern fixiert, erblickt er etwa die Hälfte – Meinhard schätzt, es ist wohl der obere und vordere Teil – der Maschine, die ihn in einem weit entfernten Land vor ein paar Wochen fast umgebracht hätte.

An der Maschine steht ein Mensch und stochert darin herum – eine Frau mit weißem, struppig-punkig kurzem Haar, in weiter olivgrüner Hose, schweren Stiefeln, Holzfällerhemd mit Hosenträgern drüber. Aus der Entfernung von sechs, sieben Metern schätzt er sie auf Anfang, Mitte dreißig. Sie trägt eine Plastikschutzbrille und sagt laut und deutlich: »Danke, Ebersberg, Sie können gehen.«

Der Abgefertigte entfernt sich ohne ein weiteres Wort.

Meinhard Budde bleibt, wo er ist.

»Jetzt kommse halt näher, Mann. Sie können mir hier grad was helfen. Sind Sie mechanisch geschickt?« Befehlston geht anders, aber der Soldat folgt, weil er hergekommen ist, um sich etwas erklären zu lassen, und es ganz danach aussieht, als habe man ihm diese Frau vorgesetzt, damit sie genau das tut.

Als er nah genug bei ihr ist, reicht sie ihm eine kleine Stabtaschenlampe, nicht dicker und nicht länger als sein Zeigefinger, und fordert ihn mit Blick und Kopfbewegung auf, da hineinzuleuchten, wo sie mit Pinzette und Nadel im halboffenen, zum Teil erkennbar von schwerer Munition lädierten Schädel des Ungeheuers herumfummelt.

Dazu sagt sie leise: »Hier, so'n bisschen ... bisschen rechts ... richtig. Sehen sie die kleinen Druckstutzen da? So ... vooorsichtig ablösen und ... ja, genau, am Getriebegehäuse ... ich hebe jetzt den Deckel, prima hier ist sie schon, die Ritzelwelle, da das ... dieses radiale Lager, ganz schön winzig, was? Nehmen Sie mal die Pinzette. Halten Sie das mal offen. Den Zapfen wegdrücken, genau. Ich brauch mal ... puh«, sie lässt ihn allein und geht zu dem Tisch mit dem großen Grogglas, auf dem außerdem eine Flasche Scotch steht und ein paar halbierte Zitronen liegen, eine Plastiksafthandpresse und anderes Zubehör für einen Barkeeper daneben. Sie nimmt das Glas mit dem dampfenden Zeug drin, nippt daran, stellt es wieder hin. Meinhard sagt: »Sie sind öhm ... Ella Guru? Oder ... Debra Kadabra?«

Die Frau lacht, es klingt melodisch, sympathisch, auch anerkennend.

Dann sagt sie: »Geben Sie mal her. So. Gut.«

Sie nimmt ihm die Pinzette ab und drückt an der Stelle, an der sie eingeklemmt war, das kleine Gerät tiefer, bis es auf einen Kontakt trifft, den sie anklickt. Ein leises hydraulisches Zischen ist hörbar, dann zieht die Frau das Ding raus, legt es auf den Tisch zu ihrem Dampfglas, nimmt sich das Glas erneut, schluckt zweimal große Mengen vom Getränk und kehrt zurück, um mit beiden Händen, einer oben, einer unten, die große Mittelscheibe in dem geöffneten Chassis festzuhalten und sie zu lockern: »Klasse … gleich ham wers. Einen Schritt zurück, bitte. Weiter reinleuchten. Bisschen schräger.«

Meinhard Budde kann ihren Atem riechen. Es ist ein Duft wie von Honig, Limette und Minze, nicht unangenehm, aber stark alkoholhaltig.

»So«, sagt sie noch mal, dreht die Scheibe im Uhrzeigersinn etwa um 60 Grad, dann löst sie den Deckel unterm Deckel, hebt einen Teil des Schädels ab und legt frei, was darunterliegt: neun Becken, zwei davon verschmort, geschwärzt, in der Mitte ein Zylinder. In sieben der Becken liegen Augen samt Muskeln – hell wie Eiweiß die Kugeln, von feuchtem Film überzogen, rot wie Nagelbetten die Muskelstränge, Lidheber, Ulmenkrolle, kleine Bändchen. Meinhard gibt ein überraschtes, auch leicht angewidertes Geräusch von sich.

Die Frau sagt: »Ja. Hammer, nicht? Schock. Und frisch gehalten, wochenlang! Das Hirn ist kaputt, die Schüsse haben es verbrutzelt, durch zwei der Augen, aber das Konservierungssystem läuft noch, wahrscheinlich Monate – wie bei Menschen Haare und Fingernägel weiterwachsen, nach dem Tod.«

Sie beugt sich seitlich über das Ding, wo Meinhard jetzt Deckplättchen ausmacht, auch Augengläser, dunkel getönt. Eins davon nimmt die Frau zwischen Daumen und Zeigefinger der rechten Hand und zieht es raus, dann geht sie leicht in die Knie, um in das Auge hineinzusehen: Iris, Pupille. Sie sagt: »Dacht ich mir's doch. Das reicht. Sie sind ja genau zum richtigen Zeitpunkt aufgekreuzt, ich mag dieses militärische Timing.«

Damit schiebt sie das Plättchen wieder an seinen Ort, schraubt die Abdeckung wieder drauf, holt sich die Pinzette vom Tisch, sticht erneut in den Kontakt. Das Zischgeräusch ist dasselbe wie vorhin, das Ding wird wieder abgedichtet.

Meinhard Budde versteht, dass seine Hilfe nicht mehr nötig ist, und gibt der Frau die kleine Lampe zurück, die sie in ihrer rechten Hosentasche verschwinden lässt.

»Was dachten Sie sich doch?«, fragt er. »Sie haben gesagt, als Sie ... in dieses Auge geguckt haben ...« Sie nickt, trinkt wieder, stellt das Glas ab: »Ja. Das Auge. Ich dachte mir, ich kenn es wohl. Und so ist es, ich kenn's. Es gehört einem alten Freund, wie die andern acht auch. Witali Samulin. Will sagen, er hat nie mit diesen Augen geguckt, aber das genetische Material ... na ja. Bisschen Mensch, bisschen Spinne, so bauen die. Vielleicht ist das der ganze Unterschied zwischen denen und mir, die Eleganzfrage: Sie mögen Spinnen, ich bevorzug den Oktopus. Als Modell für die Zukunft, meine ich.«

»Wissen Sie was? Das ist alles ganz irre, was sie mir hier erzählen und zeigen. Das wissen Sie hoffentlich«, sagt Meinhard Budde.

»Pfff. Ich seh's pragmatisch. Sie sind hier, Meinhard Budde, weil ich Leute brauche, die's auch pragmatisch sehen können. Sie haben ... es war Ihre erste Begegnung mit einem Dysonik, es war überhaupt eine der ersten Begegnungen zwischen Dysoniki und Menschen auf der Erde. Ohne was drüber zu wissen, haben Sie das Ding abgeknallt. Einfach ... pragmatisch, im Dunkeln: Was ist das für ein Ding, hat das einen Kopf, okay, wenn es einen Kopf hat, dann schieße ich doch auf den Kopf. Fertig, Leben gerettet, Dysonik fällt um. Erstklassig.«

Budde lässt sich nicht schmeicheln: »Nix wie Glück. Da Sie wissen, wer ich bin, wäre es nett, wenn ich auch wüsste, wer Sie sind, oder?«

Sie lächelt breiter, ihre grünblauen Augen funkeln: »Wäre es bestimmt. Aber im Moment sind wir da noch nicht. Auf dieser Höhe der Bekanntschaft arbeite ich normalerweise mit ausgedachten und vorläufigen Namen.«

»Okay. Aber … wie soll ich Sie anreden?«

»Was weiß ich … Frau Rinderherz?« Sie hebt die rechte Augenbraue, denkt nach, dann: »Ja, das passt. Rinderherz, genau. Regina Rinderherz.«

Sie streckt ihm die Hand entgegen, was ihn so überrumpelt, dass er sie ergreift und zweimal schüttelt. Dann sagt Regina Rinderherz: »Cool. So. Sie haben das überlebt, und da, wo ich hinmuss, gibt es mehr davon. Was würden Sie dazu sagen, wenn man Ihren Sold verzehnfachen würde, für ein paar Jahre Arbeit, keineswegs nur Kampfeinsätze, vielleicht gibt's auch gar keinen Kampf. Ich brauche Leute mit wenig Gepäck, null Familie, so Zeug. Leute, die sich gut schlagen gegen … Unerwartetes, das sind Sie auch. Was meinen Sie?«

»Ich muss es im Sack kaufen? Sehr viel mehr als das, was Sie mir schon gesagt haben, werden Sie mir nicht sagen, bevor ich mich entscheide, richtig?«

Frau Rinderherz nickt.

Er seufzt: »Geheimnisse. Eine Frau namens Rinderherz, die keine Vorgesetzten hat oder von denen jedenfalls nicht kontrolliert wird …«

»Nur weil ich hier alleine … nein, aber ich bin ja nicht alleine, nicht? Da die Webcam im Laptop und da die Kamera und dort noch eine …«, sie deutet in mehrere Richtungen, überall sind Linsen, sie hat recht. Dann sagt sie: »Das ist nur, weil … ich habe ungern Leute mit im Raum, bei der Arbeit. Aber zur Sache zurück: Kann ich auf Sie zählen?«

Meinhard Budde denkt an die Gespräche mit seiner Ex, mit seiner Mutter, an die Berufsaussichten. Autos verkaufen oder Sportartikel.

Er streckt die rechte Hand noch einmal der seltsamen Frau entgegen: »Klar, egal.«

»Das ist die richtige Einstellung«, freut sich Frau Rinderherz und nimmt noch einen Schluck von ihrem heißen Gebräu.

»Was ist das eigentlich für Zeug?«, fragt Meinhard.

Sie antwortet: »Hot Toddy. Soll ich Ihnen auch einen machen?«

»Unbedingt«, sagt der Soldat.

4 | Hyperstation (1989)

Alexandra Burkhard heißt für fast alle »Alex«.

Ihr Freund Jochen nennt sie »Luzi«, aus Gründen, die nur sie beide was angehen.

Alex wird übermorgen zwanzig Jahre alt und kann gar nicht mehr darauf warten. Geburtstag, sagen alle Nerven, auch der Sonnenstrahl, der ihre Nase kitzelt, das strahlende Licht in den obersten Fenstern unterm Dach über den Gleisen, als Alex, die nicht mehr lange Luzi sein wird, sich aus ihrer Lederjacke mit den siebzehn Ansteckern und den drei Aufnähern (die nicht aufgenäht sind, sondern mit Nieten fixiert, Nähen ist für Brave) herausarbeitet. Sie streckt die Arme nach beiden Seiten, gähnt lange und sieht sich dann um.

Alle schlafen noch, auf ihren Isomatten, zwischen ihren Backpacks, in ihren Schlafsäcken.

Ein Offizieller hat ihnen gestern Abend erlaubt, hier zu übernachten, irgend so ein Typ von der königlichen Eisenbahn, die in ganz England (oder nur unterhalb Schottlands? Ganz genau hat Alex das nicht verstanden, ihr Englisch reicht dafür nicht) bestreikt wird.

Der Typ hat sich von Jochen erklären lassen, dass das Budget junger Interrailtouristen so knapp kalkuliert ist, dass sie sich's einfach nicht leisten können, wegen »this strike stuff« eine zusätzliche Übernachtung in London zu finanzieren.

Alex zieht einen angebissenen Nuts-Riegel aus der Brusttasche des rotschwarzen Holzfällerhemds, das Jochen ihr, wie er sagt, »für alle Ewigkeit geliehen« hat.

Sie krumpelt den Schokofettklumpen aus dem Papier, steckt ihn sich komplett in den Mund, steht auf und fängt an zu kauen. Sie schüttelt ihren Kopf, den »Läusekopf«, wie ihr trauriger Vater sagt, der sie früher auf ein Podest gestellt und angebetet hat, als sie seinem religiösen Blödsinn noch gehorchen konnte.

Damals, etwa bis zum sechzehnten Lebensjahr, bevor sie sich in Jochen verliebt hat, war jede ihrer Mädchenfrisuren für den Vater »also wie ein Filmstar«, jede Bastelarbeit zu Weihnachten »ein echtes Kunstwerk« und jede gute Schulnote ein Nobelpreis.

Seit Jochen ihr Freund ist, heißt es daheim: »Sitz nicht so, das gibt einen Haltungsschaden«, »Schmatz nicht«, »Verdreh nicht die Augen«.

Diese Sprüche stellt sie sich inzwischen nur noch vor, solche Szenen erlebt sie nicht mehr. Seit dem Abi wohnt sie nämlich bei Jochen in der riesigen Villa auf dem Hügel, als indirekter Gast seiner Eltern, die sie nie sehen muss, so groß ist das Haus.

Dass Jochens Geld, von dem er mit ihr lebt, wirklich sein Geld ist, dass er es nicht bei den Eltern erbetteln muss, versteht sie nicht ganz, auch wenn er ihr das alles, von wegen Volljährigkeit und Testament des Großvaters und »Teilbesitz am Grundstück, inklusive des Teils vom Haus, wo wir hausen, Luzi«, ungefähr dreihundertmal erklärt hat.

Der Bewunderung ihres Vaters ist sie entwachsen. Jochens Liebe und die Anerkennung der interessanten Leute, die er ihr vorgestellt hat, sind ein mehr als ausreichender Ersatz dafür.

Wie neu das ist, dieses Leben, wie nah, wie groß und gefährlich, weiß Jochen nicht.

Denn er selbst kennt die interessanten Leute, die er ihr vorgestellt hat, nicht halb so gut, wie Alex sie inzwischen kennt. Alex schüttelt ihre lange blonde Lockenmähne, die letzten Traumläuse müssen raus. Sie will wach sein für ihren selbstgewählten Geburtstag.

Jochen hat ihr ab und zu vorgeschlagen, sie solle sich diese Haare abschneiden. Wahrscheinlich hat er das bei seinen interessanten Leuten gesehen. Da gibt's Frauen mit sehr kurzen Frisuren, die Chefin zum Beispiel.

Aber als Alex das der Chefin erzählt hat – »Ich glaube, mein Freund steht auf deine Frisur und will, dass ich auch so eine habe« –, war die Chefin entrüstet: »Der soll sich mal am Sack rasieren. Bist du irre, dass du dir das anhörst? Wenn ich solche Locken hätte, ich würde sie mit meinem Leben verteidigen!«

So redet diese Frau, so reden diese interessanten Leute alle: geradeaus, lustig, aber irgendwie auch immer ernst. Deshalb ist das Lob dieser Leute Alex so viel wert und erst recht das Angebot der Wiedergeburt – in den Worten der Chefin: »Wir brauchen für das Ding junge Leute. Intelligent, sportlich, zäh. Leute wie dich. Nimm's mir nicht übel, aber deinen Jochen würden wir nicht nehmen.«

Das hat ihr die Chefin in der langen Nacht am See verraten, als Jochen so unglaublich besoffen war, beim Grillen. Da hatte Alex der Chefin gerade die ganze Geschichte erzählt: das Jahr in Amerika, der Skandal, das Verbot bei Familie Burkhard: »Den siehst du nicht mehr, bis du achtzehn bist!«, dann der Bruch mit der Familie, schwerste Zeit, der Bruch auch mit der Kirche, die für Jochen zwar eh immer nur »die Scheißsekte von deinem Vater« gewesen war, für Alex aber doch eine Art Heimat.

Nach dem Riesenlebensgeständnis sagte die faszinierende Frau mit den weißen Haaren: »Ich weiß gar nicht, womit ich die Ehre verdient habe, dass du mir das alles anvertraust.«

Alex erwiderte: »Es ist mein ganzes Leben, meine Vergangenheit, und jetzt komme ich da raus und hab eine Zukunft, und ich nehme an … meine Zukunft stelle ich mir so vor, dass ich irgendwie so werde wie du und deine Leute, weißt du?«

»Du meinst … finanziert von fremden Mächten und Spenden

von reichen Müßiggängern wie deinem Jochen, dem eigentlich nur langweilig ist?«

Stefan Burkhards älteste Tochter sagte: »Diese ganze lahme Welt da«, eine vage Geste den Berg runter, »dieses blöde … dieses, ich weiß nicht, diese Normalen alle. Zur Schule gehen, Arbeit, heiraten. So seid ihr nicht, du und eure Verrückten, ihr wollt …«

»Wir wollen Leute wie dich«, sagte die Frau, und: »Lass mich dein Vertrauen belohnen, Lu…«, aber Alex winkte ab: »Nicht Luzi, bitte. Ihm lass ich das durchgehen, und vor drei Jahren … vor der ganzen Scheiße, vor Amerika, war ich sogar stolz drauf und hab auf meine Schulhefte vorne ›Luzi Burkhard‹ geschrieben. Da war ich noch ein Hühnchen. Da wollte ich noch sein, was andere aus mir machen. Luzi, das war Jochen, und Burkhard, das war mein Vater, denen wollte ich gefallen … ich hatte meinen Vater da noch gern. Das war, bevor er mich so hängengelassen hat.«

Die Frau sagte: »Und Jochen? Hat der dich auch hängenlassen? Wegen der Sache mit Amerika? Wegen …«

Alex nickte: »Ja, sehr. Ganz anders als mein Vater natürlich – mein Vater ist aggressiv geworden, und wenn ihm und dem Vater von dem Mädchen drüben und … wenn diese … Lösung nicht gefunden worden wäre, diese … doofe Lösung, dann wäre Jochen jetzt ja … also, der Hass von meinem Vater, das Hängenlassen, das kam aus Angst und Wut und von seinem Glaubenskram. Bei Jochen … der lässt die Leute ohne böse Absicht, ohne Angst und Wut hängen. Ich glaube, bei Jochen ist es das Geld und dass er nie ein Problem von innen gesehen hat. Der kriegt das einfach nicht mit, wenn andere Leute mit den Fingernägeln am Abgrund hängen. Der kann sich Sorgen nicht mal vorstellen. Der hört Platten und geht auf Konzerte und hängt mit Leuten wie euch rum und findet das alles geil und interessant, aber der blickt nicht … na ja.«

Sie zuckte mit den Schultern.

Die Frau sagte: »Okay, wie willst du heißen?«

»Alex, nehme ich an. Wie früher. Wie das Lied von den Hosen.«

»In Ordnung. Alex. Wie ich schon sagte: Ich will dein Vertrauen belohnen. Und zwar, indem ich es erwidere. Du hast mir eine Wahnsinnsgeschichte erzählt, eine Geschichte, die viele deiner Freunde, viele von Jochens Freunden nicht wissen oder ahnen. Ein großes Geheimnis aus deinem Leben. Und jetzt erzähle ich dir dafür ein großes Geheimnis aus meinem Leben. Zum Schluss kommt … ein Angebot, ja?«

Alex nickte nur, scheu und furchtbar neugierig, bereit, in dieses Geheimnis der tollen fremden Frau zu springen, vom Dreimeterbrett.

Heute wird sie das tun.

Der Zeitpunkt stimmt. Sie hat die Telefonnummer im Kopf. Wie hat's die Frau gesagt, ein halbes Jahr nach dem See, ein halbes Jahr der Nachfragen, Beweise, unglaublichen Eröffnungen und Enthüllungen nur für Alex, nicht für Jochen?

»An jedem Ort der Welt. Es dauert nirgends länger als ein paar Stunden, einen halben Tag, dann sind wir da und holen dich ab. Dann geht es los. Wenn du vor dem Stichtag anrufst, bist du dabei. Wenn nicht, dann nicht.«

Jochen schläft tief.

Alex geht zu ihm, in die Hocke, streicht seine weißgefärbte Strähne aus der Stirn und unter die Kapuze seiner Kutte, so, fein reinstecken.

Er öffnet die Augen nicht, sondern schnaubt nur ganz leise, wie ein winziges Pferd. Sie lacht in sich hinein, dann steht sie wieder auf und denkt: Geburtstag ist ab jetzt.

Ich kann neugeboren werden, wann ich will.

Das Verrückte ist, sie will es genau heute, sie will es jetzt, zwei Tage vor ihrem wirklichen, biologischen Geburtstag. Alex geht zurück zu ihrer Matte, direkt an der Frontschaufensterscheibe des Blumenladens, und holt ihren Walkman aus dem Rucksack.

Sie darf nicht warten, bis Jochen aufwacht, sonst erzählt sie ihm das doch noch alles und überlegt sich's vielleicht anders. Sie zieht die Jacke an, überprüft noch mal den kleinen Kassettenapparat, einen zwei Jahre alten WM-11 von Sony, Stereo, mit Stickern beklebt, ziemlich robust: Er hat die Reise überlebt, vielleicht hält er sogar das neue Leben aus.

Der Typ von der Eisenbahn hat nicht gelogen, sieht sie, als sie auf den Bahnsteig geht: Da sind Schaffner, Personal, auch schon Passagiere. Es geht weiter.

Sie schaut auf ihre Armbanduhr, es ist halb neun Uhr morgens, der Warnstreik ist vorüber, der normale Fahrbetrieb wird wiederaufgenommen. Obwohl die Sonne scheint, ist Alex kalt auf den Wangen, an den Händen, gut kalt, frisch kalt, bestens.

Sie setzt die Kopfhörer auf und steckt den Walkman in die Innentasche der schweren Jacke, lässt die Hand aber an der Schalterleiste, so dass sie ein bisschen aussieht wie Napoleon, Hand in der Jacke. Aber Napoleon steht dabei immer still, auf Gemälden, während Alex sich jetzt beeilt, in letzter Sekunde – der Schaffner hebt schon die Kelle – den Zug zu erwischen, ohne dass sie wüsste, wo der hinfährt.

Ein Mann mit Aktenkoffer in der Linken will gerade schon die Tür am letzten Abteil zuziehen, da winkt sie ihm. Er hält ihr die Tür auf und lässt sie vorbei. Sie eilt den Gang runter, als der Zug langsam anfährt, und findet einen freien Sitz, am Fenster, dessen oberstes Segment gekippt ist – etwas Fahrtwind, ideal.

Sie drückt die PLAY-Taste.

Alex hat die Kassette gestern Abend, beim Besäufnis, extra so hingespult, dass sofort ihr Lieblingsmusikstück auf der ganzen Welt anfängt.

Gitarrensaiten wie eine Vorhangtür aus Metallperlen an Schnüren, die jemand mit einer sehr schlanken Hand beiseitestreicht, dann der Beat mit dem stetigen gedämpften Pochen, dann die hohen, farbigen Pfeifschatten, die über das Gesicht der Musik fallen, bevor es die Augen aufmacht, einzelne Noten, pling, pling, und endlich die majestätische erste schwappende Meereswelle des Wall of Sound, der unendlich verfusselten elektrischen Gitarren.

Und die Stimme:

Falling outta sleep I hit the floor
I pull on some rock tee and I'm out with the door

Geburtstag, ja: falling outta sleep.

Alex weiß, worauf sie sich einlässt: Abschied, Freiheit.

Sie weiß, wie strapaziös das wird.

Die Frau hat ihr nichts verheimlicht und nichts schöngeredet, nicht bei den medizinischen Tests, nicht bei der physischen Überprüfung. Alex wird sich einer Strahlenbelastung aussetzen, als würde sie alle fünf bis sechs Tage voll durchgeröntgt, von den harten kosmischen Teilchenschauern getrennt teils durch dreißig Zentimeter dicke Aluminiumplatten, teils durch Wände mit Wasser drin. Sie wird angeschnallt schlafen. Sie wird in einem kleinen Quartier leben, jahrelang, nicht immer bei Bewusstsein, teilweise mit verlangsamtem Stoffwechsel, in einer Art Koma. Sie wird, bevor man sie in dieses Koma versetzt, während der ersten Wochen an Bord, oft kotzen, und sie wird aufpassen müssen, dass sie daran nicht stirbt.

Sie wird diese Erde – diese kleinen englischen Häuschen da draußen, diesen Himmel, diese Bäume, diese Menschen, Jochen hinten im Bahnhof, ihre Familie, ihre einzige echte Freundin im Leben, das Mädchen in Amerika – nie wiedersehen. Aber so eingeschlossen sie über lange Zeit sein wird, im Schönsten und Mutigsten, was Menschen je gebaut haben, so wenig sie da rauskönnen wird, so frei wird sie dabei sein von diesem ganzen engen Mist hier unten, von diesen Leuten mit ihren Ängsten, ihrer Wut, ihrer Dummheit und Bosheit und Hilflosigkeit.

So frei wie niemand nie, kein Mensch, den sie je kannte.

Deshalb wird sie's tun: an der nächsten Haltestelle, wo immer die ist, aus diesem Zug steigen, wahrscheinlich noch im Stadtgebiet von London, und sich eine Telefonzelle suchen, in der vielleicht auch diese ganzen Karten mit Telefonnummern von Prostituierten und albernen Sexbildchen drauf stecken, und dann wird sie ihre vorausschauend für genau diesen Zweck in die sichere Reißverschlusstasche rechts an der Lederjacke gesteckte Pfundmünze da rausholen, in den Apparat werfen, aus dem Kopf die Nummer wählen, und wenn jemand abnimmt, wird sie sagen, was die Frau ihr beigebracht hat, und dann warten.

Warten auf diejenigen, die sie abholen und dahin bringen, wo der Start vorbereitet wird.

Nach Osten.

Die Stimme singt:

It's an anthem in a vacuum on a hyperstation
Daydreaming days in a daydream nation

Alex bewegt die Lippen dazu.

Sie singt tonlos mit.

Ihr Mund schmeckt noch nach süßer Schokolade.

Es ist, als wäre der Zug schon kein Zug mehr, sondern ein Raumschiff.

5 | Familienkummer (2017)

Christian Winseck öffnet die Augen und sieht einen Deckenventilator. Plastik, sauber, starr.

Christian spürt das feste, nicht sehr große Kissen im Genick und denkt: Hotel. Wo?

Hilton an der Water Street. Ich wohne im Hotel, weil ich nicht in dem Haus übernachten darf, in dem ich aufgewachsen bin. Mein Bruder will es nicht, seine Frau will es nicht, meine Tante will es nicht. Diese ganze Stadt hier hätte es überhaupt lieber, wenn ich nie zurückgekommen wäre. All diese Frömmler, nicht nur Familie Winseck, auch die Nichols und Watts und Walters und wie sie alle heißen. Sie hassen mich.

Verlorener Sohn? Das ist eine der Bibelstellen, die diesen Christen entfallen sein muss.

Erst als er die Decke zurückschlägt und sich aufzurichten versucht, fällt Christian wieder ein, wie viel er letzte Nacht bei George's getrunken hat. Ein Wunder, dass er es danach überhaupt noch die Straße hoch bis zum Hotel geschafft hat.

Sein Kopf tut weh, trotz Wasser, mit dem er das Zeug verdünnt hat, zwei Liter ungefähr, und das reichhaltige Essen vor dem Absturz konnte dem Kater auch nicht vorbeugen.

Christian hat sich vor dem Zubettgehen nicht ausgezogen. Seine Hose ist weniger zerknittert als befürchtet, sein Hemd steckt fast zur Gänze noch im Bund. Er steht auf, betrachtet sich leicht wankend im Spiegel. Wie immer – Segen und Fluch zugleich – merkt man ihm äußerlich nichts an. Sogar der Scheitel sitzt.

Gepackt hat er schon gestern Nachmittag, vor dem letzten, verstörenden Besuch im Krankenhaus, weil er wusste, dass es der letzte sein würde.

Der Koffer liegt bereits unten im Wagen von Hertz. Christian war nur noch zum Übernachten hier. Er geht ins Bad, putzt sich die Zähne, wäscht sich Gesicht und Hände, lässt das Toilettenzeug stehen. Sollen sie's wegschmeißen.

Eine Fünf-Dollar-Note und drei einzelne Bucks lässt er auf dem Nachttisch liegen, damit ist kein Bargeld dieses Landes mehr in seinen Taschen. Den Bedarfsrest, bis zurück nach Deutschland, wird er mit der Kreditkarte bezahlen, Gedrucktes und Lebensmittel an den beiden Flughäfen. Zum Lesen braucht er sonst nur, was in seiner Jackeninnentasche steckt, ein amerikanisches Buch, in deutscher Übersetzung, Geschenk seines wirklichen, biologischen Vaters, seltsamer Trost auf dieser Reise in die Kindheitsheimat und jetzt wieder zurück nach Deutschland.

An der Rezeption gibt er die Magnetkarte ab, obwohl er weiß, dass das nicht nötig ist. Nur, wenn ihm dort der eifrige junge Mann mit den viel zu weißen Zähnen sagt: »I hope you had a pleasant stay«, fühlt Christian sich so, wie er sich beim Auschecken fühlen will.

Er geht nicht sofort zum Auto, sondern zum Fluss.

Der steht um diese Zeit auf halber Höhe, man sieht den Kopf und die hoch emporgereckte Schwanzflosse der Seehundskulptur.

»Well, bye then, ol' estuary«, flüstert Christian. Er glaubt nicht, dass er je wieder herkommen wird, und bedauert das sehr.

Er wird das alles vermissen.

Die alten Bäume, den rostfarbenen Fluss, dunkel und herrlich, mit den vielen kleinen Wirbeln. Die Schmuckreiher. Die Eichhörnchen, die hier grau sind. In Deutschland, wo er leben wird, sind sie rot. Er denkt an die alten Sommerfreuden: Wrightsville Beach, die andere Seite des Stadtteils, als Kind mit den jüngeren Geschwistern, die, wie er viel zu spät erfahren hat, nur Halbgeschwister sind. Links der Fluss, rechts das Meer, die Kinder konnten sich die Stadt als Insel denken, als Gebiet außerhalb der kontinentalen Landmasse, der ganzen Erwachsenenordnung, these United States.

Well, shit, denkt Christian Winseck und wendet sich ab.

Nach diesem Abschied vom, wie er findet, schönsten Ort hier geht er ums Hotel herum zum Cotton Exchange, die alte, dunkle Holztreppe hoch, durch die Zwischenpassage, nach links auf die 2nd Street und dort ins Café. Ein mageres Frühstück: Croissant, Rührei, Salat, ein schwarzer Kaffee, ein Glas Wasser. Kreditkarte.

Zwölf Minuten später fängt er bei der Ausfahrt von der Market Street Richtung Flughafen am Steuer unvermittelt krampfhaft an zu weinen und muss rechts auf den Rasen fahren, wo er zehn Minuten braucht, bis er seiner Trauer und Empörung Herr geworden ist. Christian schaltet das Radio ein, um sich aufheitern und ablenken zu lassen. Eine dunkle, samtene, unheimliche Stimme singt:

Let me tell you a story from the marrow of my bones
Let me tell you a story that'll teach you how to roam
Let me tell you a story but you ain't never coming home
Let me tell you a story, hope you like being alone

Na großartig. Die Schwere und Düsternis dieser Musik und die Weltverlorenheit des Textes drücken das Gegenteil von dem aus, was Christian jetzt braucht, nämlich die Art Rausch, in der er gestern Abend fast versunken wäre.

Wer sendet so was am Morgen? Sollen die Trucker in den Straßengraben fahren, sollen sich die Bauarbeiter vom Gerüst stürzen und die Mütter sich mit dem Küchenmesser entleiben, statt den Kindern das Frühstück zu machen?

Er lacht kurz und kalt, dann schaltet er das Gerät ab und startet den Hyundai-Motor erneut. Viel los ist am Flughafen nicht, typisch für Sonntag – Christian parkt den Wagen im Leihautobereich, wirft den Schlüssel in den Briefkasten, gibt sein Gepäck auf und checkt ein. Dann passiert er die schmale Sicherheitskontrolle direkt neben dem Souvenirladen und geht zunächst zum Kiosk, wo er Nüsschen und eine kleine Flasche Milch kauft (die Angestellte dort akzeptiert die Kreditkarte für den Kleinbetrag ohne Murren).

Jetzt schlurft er zu den Gates, wo außer ihm erst drei Leute sitzen: ein schlafender, weißhaariger Greis, eine schwarze junge Frau mit eindrucksvollen Dreadlocks, die Kopfhörer trägt, und unterm Fernsehflachbildschirm, der lautlos läuft, sitzt eine weitere Frau, blass, mit schwarzen langem Haar und schnurgeradem Pony, in marineblauem Hosenanzug und strahlend weißer Bluse, mit glänzend schwarzen Halbschuhen, die eher nach Männerfußbekleidung aussehen als so damenhaft wie die restliche Erscheinung.

Die Frau verbirgt ihren Gesichtsausdruck hinter einer sehr großen, von außen absolut blickdichten, dunkelrotbraun getönten Sonnenbrille.

Christian nimmt ihr gegenüber Platz, isst seine Nüsschen und trinkt seine Milch. Dazu liest er im Buch, das ihm der Vater geschenkt hat. Er hat sich vorgenommen, es unterwegs noch zweimal ganz zu lesen, das dürfte für die zehn bis elf Stunden Flugzeit reichen, wenn er sich am Umsteigeflughafen Raleigh noch ein paar Zeitungen und Zeitschriften kauft.

Der Text versucht, ihn zu entführen:

> Margaritas Tochter wurde in der Nacht geboren. Stürme schüttelten das Schiff durch. Donner grollte. Fluchend und schwitzend verstärkte ein Technikerteam unter Fedoroffs Aufsicht die Rumpfplatten. Der erste Schrei des Babys war die Antwort auf das Tosen der einstürzenden Welten.

Christian findet nicht hinein. Die Kopfschmerzen lenken ihn ab; er beschließt, das beste Mittel gegen Kater anzuwenden, das er kennt: weitertrinken.

Die Bar am rückwärtigen Ende des Saals öffnet gerade. Christian will nicht sofort hinlaufen, das sähe zu verzweifelt aus, und da bis zum Boarding noch volle zwei Stunden Zeit sind, steht er erst mal auf, geht in den Waschraum, erfrischt sich und schlendert dann zu einem der großen Panoramafenster. Er schaut sich ein paar der hier üblichen, eher kleineren Maschinen an und sieht den Leuten, die sie betanken, laden und entladen, beim Arbeiten zu, unweit der uralten Bäume.

Er merkt, dass seine Knie ärgerlich weich werden, dass sein Gleichgewichtssinn nicht so sicher ist, wie er sein sollte. Christian kippt leicht nach vorn, stützt sich mit beiden Händen an der großen, dicken Doppelscheibe ab.

Eine Weile heben und senken sich seine Schultern, als ob er noch einmal weinen müsste, aber es kommt nichts, er ist zu kaputt zum Heulen.

Als die schwarzen Ränder um das Blickfeld sich wieder in die Hölle zurückgezogen haben, aus der sie gekommen sind, stößt er sich ab, sieht seine fettigen Abdrücke an der Scheibe, schaut sich um wie ein ertapptes Schulkind – das muss jetzt irgendwer putzen, wie peinlich – und geht zur Bar, wo ein schmaler, braungebrannter Mann im Tar-Heels-Shirt ihn freundlich anlächelt.

Christian sagt: »I know it's early … but do you have any Scotch?« Der Mann zeigt auf seine Auswahl, darunter lächerliches Zeug wie Red Stag, also praktisch Limonade, das heißt, er hat entweder Christians Frage nicht verstanden, oder er will ihm mitteilen, dass er sich nicht unbedingt in den Vormittagsalkoholismus werfen muss. Christian bestellt das Teuerste, was er sieht: »I'll have some of that Balblair then.«

Der Barkeeper lächelt weiter, kommentiert das aber nur sehr einsilbig, »right«, ganz entgegen dem Klischee, das seinem Berufsstand stete Gesprächsbereitschaft unterstellt.

Der erste Schluck, den Christian nimmt, leert das halbe Glas. Der Durstige zieht das Buch wieder aus der Jackeninnentasche und will es gerade aufblättern, da zuckt er zusammen, weil er links von sich, viel zu nah am Ohr, eine Stimme hört, die ihn auf Deutsch anredet: »Entschuldigen Sie?«

Es ist die Frau im marineblauen Anzug.

Sie hat die Sonnenbrille abgenommen. Ihre Augenbrauen sind perfekt, ihr Blick leuchtet wie – Christian muss kurz nachdenken: Was ist das, woran ihn dieser Blick erinnert? Richtig, Wrightsville Beach, der Himmel, der ins Meer fließen will.

Ihm wird bewusst, dass er die Frau beim Zusammenzucken fast mit dem Ellenbogen gerammt hätte. Er sagt: »Sorry«, und dann, weil sie ja deutsch gesprochen hat, die Sprache, die er, wie ihm jetzt einfällt, seit ein paar Tagen vermisst: »Ver…zeihung?«

Es ist eine Frage, keine Entschuldigung.

Sie sagt: »Ich habe Sie erschreckt. Das tut mir leid. Ich will Sie nicht belästigen, es ist nur …« Sie denkt nach, er betrachtet ihr klares Gesicht.

Sie sieht aus, als wäre sie so alt wie er, kaum Falten zum Beispiel, aber gleichzeitig wirkt sie irgendwie älter. Und sind diese tollen Augenbrauen nicht auch ein bisschen heller als die schwarzen glatten Haare, passt das überhaupt?

Sie sagt: »Ich habe … ich heiße Ella Mahlow. Ich spreche Sie aus zwei Gründen an … wie gesagt, ich lasse Sie sofort in Ruhe, wenn Ihnen das unangenehm ist … aber, wissen Sie, also … Sie werden sich nicht erinnern, aber ich kenne Sie, auch wenn Sie mich nicht kennen. Sie sind Christian Winseck, nicht?«

Er staunt und sagt: »Bin … das stimmt, ja.«

Sie nickt: »Sehen Sie, ich … ich habe in Konstanz studiert, ich war da bei … Ich habe bei Professor Thole in der Sprachwissenschaft …«

Christians Blick hellt sich auf: »Da war ich … Da bin ich 2014 gewesen, um das Buch …« Er lacht wie entschuldigend, sie fällt leise ein, melodisch, sehr hübsch: »Jaha, Sie haben das Buch vorgestellt, auf Einladung, in der Vorlesung, weil … ja, Thole war begeistert.«

Er lächelt, schnaubt: »Pjhaa, der war ganz aus dem Häuschen. Wegen dem bisschen Verbindung von … strengen positivistischen Methoden und …« Christian fällt die Formulierung zwar ein, aber ihm wird bewusst, dass es schlimmstes Eigenlob wäre, wenn er sie zitieren würde.

Frau Mahlow nimmt ihm das ab: »Philosophischer Reflexion, ja. Und dass es für diese Reflexion einen … persönlichen

Grund gibt, für Sie, das steht ja auch im Buch, und Sie haben es erzählt. Dass dieses Zungenreden, dieses Pfingstwunder, in ihrer Kindheit hier … Sie haben das erlebt, und als ich Sie da vorhin sitzen gesehen habe mit dem Buch mit dem deutschen Titel …«

Er hebt es hoch, sagt: »*Universum ohne Ende*. Tja«, und sie lachen wieder, nicht zu laut.

Dann sagt die Frau: »Da ist mir das wieder eingefallen, dass Sie damals gesagt haben: Ich war ja von Leuten umgeben, die das praktiziert haben, dieses geistliche Lallen, und seitdem habe ich mich gefragt, wie kann man das überhaupt entscheiden, ob etwas eine Sprache ist oder nur Unsinn. Und dann haben Sie also diese Wahrscheinlichkeitsüberlegungen angefangen, nicht, kann man da probabilistische Stemmata bauen, mögliche Satz- und Sinneinheiten … das ist der exakte Teil. Dazu die Frage, ob unser Sprechen und Verstehen nicht überhaupt so funktioniert, weil es ja gar kein fixes System gibt, kein ›die Sprache‹, neben die wir das einfach nur halten müssten, was jemand sagt, um … Selbst wenn es das ist, könnte es nämlich … wie war das … könnte es sein, dass es gar nicht sprachlich ist, sondern nur sinnloses Zeug, und umgekehrt, selbst wenn es keiner derartigen existierenden Tafel entspricht, könnte es trotzdem Sprache sein, dichterische zum Beispiel.«

Sie sagt das nicht schwärmerisch, aber doch sichtlich begeistert. Er schämt sich fast ein bisschen, seine eigenen Ideen aus dem Buch hier so vorgesungen zu kriegen, und wiegelt ab: »Von mir selbst ist da ja nicht viel. Das sind alles … das habe ich auch ins Buch geschrieben, dass die Stemmata einfach von Tesnière stammen, aus den syntaktischen Strukturen, ich habe das nur um die Wahrscheinlichkeitssachen ergänzt, weil wir ja … jetzt Computer haben, die das rechnen können, das hatte Tesnière nicht, vor hundert Jahren. Und das mit der Sprache, dass die kein System ist, das stammt auch nicht von mir, das ist …«

»Donald Davidson«, sagt Frau Mahlow, die sich auch diesen Teil gemerkt hat.

Er zuckt mit den Schultern, blinzelt, als wolle er mit den Augen abwinken, und sie sagt: »Noch mal, tut mir leid, das ist jetzt … ich meine, Sie denken womöglich, was ist mit der los, wie so ein Fan bei einem Rockstar oder einem Schauspieler …«

Der Barkeeper schaut sie fragend an, weil er die Unterhaltung nicht versteht, aber aus Berufsehre versuchen muss, sie als Kundin zu gewinnen. Völlig selbstverständlich wechselt sie ins Englische und sagt: »I'll have an orange juice, please.«

Der Barkeeper erwidert, »Right away, ma'am«, und schenkt ein.

Christian denkt seltsam amüsiert: southern hospitality.

Sie wendet sich ihm wieder zu und erklärt: »Es ist nur … ja, der erste Grund, warum ich Sie anspreche, ist damit klar, ich kenne Sie und war beeindruckt, und man trifft ja nicht oft Leute im Ausland, die … schon gar nicht hier, ich meine, abseits von New York oder Los Angeles oder … Aber der zweite … ich dachte nur, ich habe das vorhin gesehen drüben am … da am Fenster, dass Sie vielleicht … es sah so aus, als ob es Ihnen nicht gutgeht. Weil ich ein bisschen … übervorsichtig bin und auch ein bisschen hypochondrisch, habe ich immer eine ganze Apotheke bei mir.« Sie hebt eine schwarzglänzend lederne Handtasche hoch und senkt sie wieder, die hat Christian vorhin gar nicht bemerkt. Dann fährt sie fort: »Magen, Kopfweh, Schwindel, ich habe alles. Wirklich alles. Also gegen alles.«

Der Gesichtsausdruck, den sie dazu aufsetzt, ist lustig.

Christian lacht noch einmal, etwas lauter, aber dann schüttelt er den Kopf und sagt: »Ich fürchte, gegen das, was mich heute … dagegen gibt's keine Tabletten.«

Sie riskiert einen Seitenblick auf sein Glas und sagt entwaffnend: »Lieber altmodisch, Whisky?« Er guckt zu Boden, gespielt ertappt: »Sie haben recht. Aber … Ausnahmezustand.«

Sie bietet ihm noch einmal an, sich zurückzuziehen: »Es geht mich nichts an …«

Er seufzt, dann nimmt er noch einen Schluck und spricht danach ruhig weiter: »Nein, wissen Sie, das ist in Ordnung, es … ich kann es erzählen, und vielleicht hilft's mir sogar. Die Psychologen sagen, man soll sich alles von der Seele reden. Wenn ich ehrlich bin, ist es ja sogar das geheime Thema in dem Buch, das Sie kennen. Diese … Passage, von der Sie reden, der persönliche Hintergrund, die Stelle war ursprünglich viel ausführlicher. Ich fand dann nur, dass so was eigentlich nicht in einen wissenschaftlichen Text gehört, aber wenn jetzt eine Leserin vor mir steht …«

Sie sagt: »Ich dachte mir das schon. Es steht ja da, Ihre Familie hätte nicht nur in Zungen geredet, sondern Sie hätte auch … es gab da Dinge in Ihrer Familie, über die man eben nicht redete, die man Ihnen verheimlicht hat, ein Geheimnis. Als man Sie dann schließlich eingeweiht hat, als Sie mit der Highschool fertig waren … da dachten Sie, wie war das? Dass Sie das alles vielleicht viel früher rausgekriegt hätten, wenn Sie nur verstanden hätten, was das bedeutet, dieses Zungenreden … dass Sie der Gedanke faszinierte, dass die Leute, wenn sie … vom Geist beseelt sind, vielleicht Sachen aussprechen, die sie gar nicht aussprechen wollen … Und deshalb haben Sie dann angefangen, das zu erforschen: was eine Sprache sagt, wie eine Sprache was sagt.«

Er zuckt mit den Schultern: »Was das für ein Geheimnis ist, das habe ich nicht hingeschrieben. Dabei hätte ich es tun können, niemand kommt deshalb ins Gefängnis, aber irgendwie … es ist halt nur teilweise mein Geheimnis, also fühlte ich mich nicht berechtigt, es … hier gibt es eine Redensart: It's not my secret to tell.«

Sie guckt verständnisvoll.

Er setzt den Gedanken fort: »Aber jetzt hat sich … die Lage hat sich verändert.«

Er bricht wieder ab. Sie lässt ihm Zeit zu überlegen, ob er mehr sagen will. Er denkt nach, fährt sich mit der Rechten durchs kurze Haar, nimmt noch einen kleinen Schluck und setzt dann neu an: »Ich habe das alles geglaubt. Es ist hier ... hier in Amerika gar keine Sektensache, das Zungenreden, nichts Radikales. Wir sind Protestanten, ganz normale amerikanische ... es gab und gibt das bei Presbyterianern und Lutheranern und Baptisten und Methodisten, es gibt das in kleinen Gebetskreisen und riesigen Kirchen am Highway, im Fernsehen ... die Kundgabe des Geistes. Manchmal mit Visionen, manchmal ohne. Ich kenne eine Frau, die ... sie heißt Griffith, sie ging bei uns ein und aus ... Und dann, wenn sie im Gottesdienst ...«, er spitzt die Lippen und sagt etwas sehr Seltsames: »Letheli thenn tehenn lithilam ...«, dann spricht er normal weiter: »So klang das. Wenn es ... über sie kam oder ... whatever.« Wieder das Schulterzucken. »Und das war keine Psychopathin, das war eine ... lebenskluge Frau, man hat ihren Rat gesucht, medizinisch, Hausmittelchen, you know ... ich habe das alles geglaubt, wir haben das geglaubt. Sie sind sehr gläubig ... my folks.«

Das kann er nicht deutsch sagen, meine Leute, das käme ihm fremd vor.

»Meine Mutter ... sie war sehr jung, als ich auf die Welt kam. Sechzehn. Mein Vater hat sie drei Monate vor der Geburt geheiratet. Er war einundzwanzig. Und es gab so einen kleinen Skandal, lustigerweise nicht mal in meiner Gemeinde, in unserer Ge... aber im Städtchen insgesamt. Eine Schülerin in der Highschool, good Lord ... aber er, mein Vater, auch ein Christ, und sie haben dann ... meine Mutter hat es mir später erzählt, sie haben in der Kirche drüber geredet, und nicht nur in unserer, sondern sie sind dann, als ich so fünf, sechs Jahre alt war und schon einen Bruder hatte, einen kleinen Bruder und eine kleine Schwester ... sehr fruchtbare Menschen, biblisch ... also, da sind sie über Land gefahren als erbauliches

Beispiel, wie man als … nach Sünden zurückfinden kann zum Glauben und wie die anderen Christen das dann verzeihen, unsere Familien und die Kirche und … sie waren überall, auch außerhalb des Staates, South Carolina, Georgia … das reuige Musterpaar.«

Er presst die Lippen zusammen, scheint auf etwas herumzukauen. In Wirklichkeit kämpft er wieder mit den Tränen, wütenden diesmal. Als er weiterredet, klingt er zornig, aber beherrscht: »Mein Bruder ist ein richtiges … der ist so fromm, das hält man gar nicht aus. Und meine Schwester senkt den Kopf, wenn er anfängt zu predigen, und … ich bin … ich war für die beiden immer schuld an allen Schwierigkeiten, die sie hier in der Stadt haben. Er hat einen Laden für Angelzeug, und sie ist Lehrerin, aber jedes Mal, wenn sein Geschäft schlecht läuft, und jedes Mal, wenn sie mit ihrer Schule oder mit irgendwelchen Eltern Ärger hat, geht es wieder los, das sei alles nur, weil die Menschen den Winsecks misstrauen, weil der Name in … schlechtem Ruf steht, weil die Leute sich an eine Geschichte … weil angeblich eine dreißig Jahre alte Geschichte …«

Er kriegt es nicht hin, sie hilft vorsichtig: »Wegen Ihnen. Weil Sie … unehelich gezeugt wurden.«

»Yes. Und … niemand denkt wirklich so … so totally stupid, nicht mal die Christen, aber für Jeff und Christine … ich bin die Ausrede, wenn sie ihre Probleme nicht in den Griff kriegen. Christine findet keinen Mann, Jeff lebt im Dauerstreit mit seinem Nachbarn … und immer ist es … ’cause of me. Irgendwann hab ich das dann auch geglaubt, nicht wegen der … Zeugung vor der Ehe, sondern weil …« Er braucht noch einen Schluck, aber das Glas ist leer.

Der Barkeeper nimmt es diskret weg. Als Christian ihm ein Handzeichen gibt, dass er noch eins will, schaut der Mann kurz arg misstrauisch, woraufhin Christian betont höflich sagt: »I can handle it. Trust me. I’m not an alcohlic, I just had a terrible week.«

»Sure«, sagt der Barkeeper jovial und schenkt nach. Frau Mahlow ist mit ihrem Orangensaft auch fertig, will aber nichts mehr. Christian fährt fort mit seiner Erzählung: »Ich habe nicht rebelliert, nach außen, aber ich war … wie sagt man, Leseratte? Hab mir meine eigene … Welt gebaut, war kränklich als Kind, viel mit meiner Mutter zusammen, die damals, also bevor ich fünfzehn war, nicht gearbeitet hat. Später hatte sie diesen Buchladen bei der Marina in … well. Und wir haben uns viel unterhalten. You always question everything, I like that, sagte sie oft. Sie haben mir diesen Namen gegeben, Christian, als eine Art … Ergebenheitsadresse an die Gemeinde, an … und ich war ja auch nicht … also, ich war nie, ich bin auch heute kein Atheist, aber … questioning. Ja. Und dann wollte ich studieren, und mein Vater, der bei der Bank hier gearbeitet hat, BB&T … der hat gesagt: Ja, studier nur, von mir aus auch Linguistik und all das, das kannst du dann hier in der Stadt machen, wir haben ja eine Uni. Der dachte, ich bleibe zu Hause wohnen, das hat er mir noch mit siebzehn … Meine Mutter wusste, ich würde hier abhauen, sobald … ich wollte immer nach Deutschland, meine Mutter ist ja eine geborene Bernheim, deutschstämmig, und hat Kontakte, die Familie auch … die Vorfahren sind in den fünfziger Jahren des neunzehnten Jahrhunderts hergekommen, da wird die Geschichte ein bisschen zwielichtig, denn angeblich waren sie damals schon fromm, aber wir treiben viel Genealogie, und es gibt gewisse Hinweise, dass das in Wirklichkeit mit der Achtzehnachtundvierziger Revolution zu tun hatte, dass die weg sind, also meine Ururahnen. So. Ich wollte weg, und … es kamen ja ab und zu welche aus Deutschland her … Die Highschool, an der ich war und an der schon meine Mutter war, hat so ein Austauschding mit einem süddeutschen Gymnasium. Aber dann, als ich achtzehn war, ist mein Vater … ist mein Vater verunglückt, and … it was a damn car crash, that's what it was, sofort tot, ein besoffener Busfahrer hat ihn gerammt … und als wir alle unter Schock standen noch, drei

Tage nach seiner Beerdigung, da nimmt mich meine Mom beiseite und … sagt mir die Wahrheit.«

Er nimmt den ersten Schluck vom zweiten Whisky und kommt, ohne Wut jetzt, eher traurig, zu seiner Hauptsache: »Vielleicht wollte sie mich trösten. Ich habe mich mit ihm noch drei Stunden vor seinem Tod heftig gestritten, ich hatte Schuldgefühle … und sie sagt: He was not your real father, Christian.«

Er sieht in sein Glas, als suche er dort was. Dann fährt er fort: »Es ist … bis zu diesem Zeitpunkt gab es eine offizielle Version: Meine Mutter wurde, als sich rausstellte, dass sie schwanger ist, damals upstate geschickt, für ein Jahr, zu Verwandten, übrigens zusammen mit einer Deutschen, die ein Jahr lang eigentlich bei uns leben sollte, also bei meinen Großeltern. Ein Austausch, weil meine Mutter zuvor ein Jahr in Deutschland gelebt hatte. Nur, der Sinn des Austauschs war, gleichaltrige Mädchen und Jungen … die kannten sich schon, von Vorabbesuchen, wechselseitig, die Schulklassen. Da haben die Eltern einfach gesagt, das deutsche Mädchen … Burkhard? Alexandra Burkhard … die ist dann einfach mit zu Onkel und Tante, weil, dort sind sie dann beide ein Jahr zur Schule, das war dann sogar besser, denn die Amerikanerin musste sich in ihrer neuen Klasse genauso erst zurechtfinden wie die Deutsche, das hat sie zusammengeschweißt, the two of them. Dann hat sie da oben meinen Vater … der wurde hingefahren von meinem Grampa mütterlicherseits, da haben sie geheiratet, dann kam ich auf die Welt, dann kamen sie zurück, und die Deutsche ist heimgefahren. Das war die offizielle Version, bis zum Tod meines Vaters.«

»Der aber gar nicht Ihr leiblicher Vater war«, sagt Frau Mahlow, mehr als Unterstützungssignal, als um ihm zu zeigen, dass sie zugehört und verstanden hat.

Er sagt: »Ja. War er nicht. Sondern …« Er dreht den Kopf jetzt ganz in ihre Richtung, sie sehen einander an. »Ich bin nicht nur ein voreheliches Kind, sondern ein uneheliches. A bastard, as they say round these parts. Er hat sie vor den Folgen eines Fehltritts bewahrt, aber sie hat es ihm nie mit der Liebe gelohnt, die er wohl erwartet hatte. Sie waren gar kein Paar, bis sie schwanger wurde. Es war ein …«

»Eine arrangierte Ehe.«

»Ja. Vom Pastor vermittelt, von den Großeltern beider Familien gedeckt, die schon vorher gut befreundet waren. Mein richtiger Vater, she told me … er ist so alt wie meine Mutter, ein deutscher Millionär – und pikanterweise der Freund von dieser Deutschen, dieser Alexandra. Jochen Herder. So. Sie waren betrunken, meine Mom und er, sie waren … es ist in Deutschland passiert, in dem Jahr, in dem meine Mutter dort war. Beide wollten nicht … sie sind nie ein … they were no couple, und … meine Mutter, als sie mir das alles offenbart hat, war so … sie hat von der Frau, damals noch ein Mädchen, der Alexandra, voller Wärme gesprochen, und … sie hat gesagt: Dein Vater, der Mann, den du als deinen Vater kennst, der hat immer so getan, als hätten ich und du ihm das Leben zerstört. Aber das einzige Leben, das von alldem wirklich zerstört wurde, ist das von Alex gewesen. Alex Burkhard, that's how she was called. Die hat ihn geliebt, your real dad, die hat sich auch um mich gekümmert, selbstlos, zu mir gehalten, weil ihre Eltern auch christlich … das war ja die Bedingung gewesen, für diesen Schulaustausch, dass wir, sagt meine Mom, wir … dass wir da überhaupt teilnehmen durften. Dass es eine Familie drüben geben musste, auf dem jeweils anderen Kontinent, die genauso protestantisch und fromm war. Nur mit diesem Jochen hatte niemand gerechnet. Er durfte sie … ihre Eltern haben ihr zwar nicht verboten, nach Amerika zu gehen, aber ihn durfte sie nicht wiedersehen, bis sie volljährig war.«

»Wollte sie das überhaupt? Ihn wiedersehen, wo doch … Seitensprung ist ja ein viel zu harmloser Name für so was, oder? Ein Kind mit einer anderen?«

»Ja, aber diese Alex wollte ihn weiter als … sie hat ihn erst weiter heimlich getroffen, aber dann … meine Mutter hat gesagt: das Leben zerstören, das Leben beenden, man sagt das so … aber sie hat es wohl nicht mehr ausgehalten. Sie ist verschwunden. Hat sich wahrscheinlich umgebracht, in England, im Urlaub mit ihm. Man hat sie nie gefunden.«

»Oh«, macht die Zuhörerin fast lautlos und bestellt dann in das leicht unangenehme Schweigen, das drei volle Minuten anhält, doch noch einen Orangensaft.

Schließlich lächelt Christian, wie man über eine eigene Dummheit lächelt, die man mit etwas Abstand einsieht, aber nicht mehr ändern kann. Er sagt: »Ich war natürlich ganz aus dem Häuschen. Very angry. Aber sie hatte das vorausgesehen und den richtigen Vater kontaktiert, Jochen Herder, der all die Jahre … er wollte mein Leben nicht noch mehr durcheinanderbringen, hat er mir später gesagt, aber seiner Verantwortung hat er sich nie entzogen. Hat gezahlt, hat geholfen, verschwiegen, im Hintergrund, stiller Teilhaber of my life. Ohne Gerichtsbeschluss, einfach aus … na, Anstand vielleicht. Er ist ein komplizierter Mann. Und meine Mutter sagte: Geh hin. Du willst eh hier weg.«

Er schnaubt wieder leise. Dann imitiert er seinen eigenen wütenden Ton zu der Zeit, von der er redet: »Ich soll weg hier? Nach Deutschland? Willst mich loswerden, was? Na gut, na bitte! Mich hält hier gar nichts, ich bin hier fehl am Platz. Ich will nicht mit euch wohnen und leben und beten und …« Er zuckt mit den Schultern, er trinkt. Sein Blick ist jetzt eingetrübt, seine Sprache zwar noch klar, aber der Alkohol beginnt zu wirken. Er spricht langsamer, atmet schwerer: »Aaaalso, eees war alles … Pose. Mir wäre jede Ausrede recht gewesen, ich habe versucht, sie ins Unrecht zu setzen damit. In Wirklichkeit war ich ihr dankbar, denn ich hätte es keine Minute mehr ausgehalten, mit meinen Halbgeschwistern unter einem … unter einem Dach. Pfffhja, aber jetzt … jetzt haben sie sich gerächt. Jetzt haben sie sich … ich glaube inzwischen, sie wären auch gern weg, sie haben mich beneidet, und ihr ganzes Verachtungsgetue sollte das nur …«

»Bemänteln?«, rät Frau Mahlow.

Er stimmt mit einem Geräusch zu und fährt fort: »Ich bin zu ihm gereist, und wir haben es … we worked it out, aber auch das ging nicht ohne Geschrei, und … ich habe sogar eine von den Vasen zerschlagen, die … Familienerbstück, aber meine Großeltern väterlichers… väterlicherseits …«, das Wort macht ihm jetzt leichte Ausspracheprobleme, sein Deutsch klingt nicht mehr ganz so akzentfrei wie eben noch, »die waren nicht da, die wohnen in Spanien jetzt. Er hat die Villa für sich. Das … Stammhaus. Wir haben uns gestritten und zusammengerauft, und ich habe studiert hmmm … studiert …«

»Und Sie haben das Buch geschrieben«, sagt sie, um ihn aufzumuntern. Er zuckt wieder mit den Schultern und sagt: »That's it, that's my story. Ich bin seitdem … das war vor, ich glaube, neun Jahren? Roughly nine years. Ich bin nur noch zweimal hoch, both times it was just a total fucking disaster … einmal zum Geburtstag meiner Mutter, einmal an Thanksgiving, weil die MLA hier einen Kongress hatte, auf dem ich … ahh, to hell with it. Und jetzt … diesmal … meine Schwester hatte sich gemeldet …«

Er stockt, hält inne, wischt sich die Augen, und seine Zuhörerin atmet vorsichtiger, zieht sich ein Stückchen auf sich selbst zurück, weil sie spürt, dass jetzt der Teil kommt, der Christian am meisten wehtut: »Weil … meine Mutter ist krank, sehr krank, sie braucht … sie hat schon ein Jahr Therapie … braucht Knochenmark und … ich bin ohne … without a moment's thought, I just hopped on a plane and … es war als Vorwurf gemeint, natürlich, etwas wie: Du interessierst dich ja nicht mal für sie, wenn sie stirbt, aber I took it as a call of … ich Idiot bin ungefragt hergeflogen und habe … sie ist so stur, das war sie immer ... meine Mutter. Sie wollte nicht ... sie wollte nichts, nicht mein Knochenmark, nicht meine Unterstützung, sie ... she just lies there and smiles her tough little smile and says: It's okay. It's my time. Your father ... the one who took care of you, the one who's dead ... You've got it wrong, Christian, you only saw us fight, you only saw the resentment, but he loved me. He loved all of us. He kept it together. And I've come to realize, I love him, too. I still do. So now, I'm gonna go see him, because that's what I choose to believe. And you don't, and that's alright, too. I've made my peace with that as well. You should do the same. And one more thing ...« Er schüttelt den Kopf.

Sie wagt es nachzufragen: »Was noch? Was hat sie Ihnen ...«

»Sie hat mir eine Art letzten Willen ... sie hat mir was aufgetragen. Ich soll nach ihrer Freundin fragen, die bei ihr war während der Schwangerschaft, nach Alex Burkhard. Ich soll meinen Vater alles fragen, woran er sich erinnert. Denn ... meine Mutter sagt: She took care of you, in many ways that matter, before you were even born. When I did not even know whether you should come into this world, when I talked about ... maybe it'd be best if ... she fought for you. In that hospital, when she held you and she cared for you ... Christian, you owe her. He owes her. You should talk about that. You should remember.«

Er schweigt, trinkt das Glas leer, und als der Barkeeper es wegnimmt, bedeutet er ihm, dass er kein drittes will.

Seine Zuhörerin bezahlt bar. Er merkt zu spät, dass sie auch seine Rechnung begleicht, und ist jetzt unsicher beim Sprechen: »Nein, das müssen Sie doch ... doch nicht, ich wollte ... eigentlich wollte ich Sie einladen ... um ... ähmm ...«, da unterbricht ihn eine erste Flughafendurchsage: »Attention passengers for flight ...«

Die Abflughalle ist zwar nach wie vor nicht voll, aber etwa zwanzig bis fünfundzwanzig Leute sitzen jetzt doch auf den Wartestühlen, und auch die Schalter sind besetzt.

Die Frau schaut ihn freundlich an und sagt: »Sie haben es nicht leicht gehabt, Herr Winseck. Ich danke Ihnen dafür, dass Sie mir das Vertrauen entgegengebracht haben, mir das zu erzählen. Ich kann nicht so tun, als wüsste ich besseren Rat als … Ihre Mutter. Fliegen Sie nach Deutschland – ich kann nicht sagen: Fliegen Sie nach Hause. Vielleicht sind Sie im Moment nirgendwo zu Hause. Sie können hier nichts mehr tun.«

Er ist überrascht, wie klar und entschieden sich diese bislang so zurückhaltende Frau jetzt äußert, wie anders sie wirkt, ihre Haltung – steht sie nicht aufrechter da als eben, ist sie womöglich gewachsen? Leicht verwaschen erwidert der Betrunkene: »Ich hab … Sie sind, Sie haben wohl recht, ich … wo, was ich Sie, was ich Sie schon die ganze Zeit fragen wollte, wohin fliegen eigentlich Sie?«

»Ich? Ich fliege heute gar nicht. Ich warte hier noch, auf einen Anruf. Herr Winseck, noch einmal, danke und … alles Gute!« Sie streckt ihm die Hand entgegen, und er ist davon verwirrt, was ist das, ach so, eine Hand, Moment mal, wieso ist sie in der Abflughalle, wenn sie nicht fliegt, was für ein Anruf denn?

Er sagt, nein, stammelt: »Frau Wohlfa… Mahno … vielen, ich habe zu danken, Sie … danke …«

Sie lässt seine Hand los, nickt ihm noch einmal knapp zu, dann setzt sie ihre riesige Sonnenbrille wieder auf, macht eine kleine Kopfbewegung in Richtung Gate und sagt: »Ich glaube, die haben gerade Ihren Flug angekündigt. Auf Wiedersehen!«

Damit wendet sie sich ab und geht auf den Gang zwischen Kiosk und Bar.

Sie sieht sich nicht um, geht zügig, zielstrebig. Verschwindet.

6 | Staatsverrat (1991)

Es dunkelt draußen.

Der Blick durchs Limousinenfenster sieht den Wald immer dichter werden, eine Illusion natürlich, aber eine beängstigende: als ob aus dem Nichts Bäume zwischen Bäumen in die Höhe schießen, um der kleinen Gruppe aus elf langen Autos, einem militärischen Truppenlastwagen und sechzehn Motorrädern den Rückweg zu versperren.

Andrej Sirilko mag den Attaché nicht, der ihm zur Linken sitzt. Das Unsympathischste an dem schlanken, kreidebleichen Mann im grauen Anzug ist für den jungen Sekretär des Generals Kaschkarow paradoxerweise, dass jener so großen Abstand zu ihm hält: Er ist auf dem extrem breiten Rücksitz bis ans linke Fenster gerückt, nachdem beide auf der rechten Seite eingestiegen sind.

Sirilko ermahnt sich, keine Gedanken zu hegen, die an Verfolgungswahn grenzen, aber er wird das Gefühl nicht los, dass der Namenlose nicht nur so weit wie möglich von ihm abrücken wollte, sondern das demonstrativ getan hat, um ihm stumm mitzuteilen: Ich werde nicht in die Gefahr geraten, einen Schwarzen zu berühren, auch dann nicht, wenn er für Kaschkarow arbeitet. Und ich will, dass der Schwarze das sieht und spürt.

Der Schlanke ist mindestens Mitte fünfzig, wenn nicht älter als sechzig, denkt Sirilko, aber die behände Art, in der er vorhin ins Auto geklettert ist, passt besser zu einem Menschen Mitte zwanzig und verrät dem jungen Mann, dass der Kerl nicht nur fleißig seinen Körper trainiert, sondern vermutlich mehr aktive Einsätze an grausamen Fronten erlebt hat, als die meisten überleben würden. Respekt verdient er also. Aber wie ein so erfahrener Mann, mit Sicherheit sozialistisch erzogen, Ende des zwanzigsten Jahrhunderts noch an den rassistischen Vorurteilen festhalten kann, die sein ungehöriges Verhalten gegenüber Sirilko erklären, ist dem knapp Zwanzigjährigen unbegreiflich.

Als könnte der andere seine Gedanken lesen, spricht er ihn jetzt direkt an, im gefälligsten Plauderton, sogar leicht vulgär: »Was für eine verschissene Scheißstraße. Spüren Sie das? Schlaglöcher und Felsbrocken. Der Weg zum Ende der Welt, sagt man in meiner Heimat, ist so uneben, dass die Menschheit immer wieder aufgehalten wird, unterwegs.«

»Ich glaube nicht«, erwidert Sirilko kühl und sieht dabei weiterhin zum Fenster hinaus in die Finsternis, »dass wir zum Ende der Welt unterwegs sind.«

Der Schlanke lacht humorlos, dann sagt er: »Lassen Sie das nicht Ihren Chef hören, Genosse. Für Kaschkarow und die andern, die aus seinem Holz geschnitzt sind, ist diese Nacht das Schlimmste, was sie sich vorstellen können. Die wären lieber wieder in Afghanistan als hier, lieber bei den Handabhackern und Zungerausreißern.«

Sirilko kann sich nicht verbeißen, darauf zu antworten: »Wollen Sie mit mir über Politik diskutieren? Das werde ich nicht tun, solange Sie sich nicht einmal vorgestellt haben.«

Er dreht den Kopf, um den andern anzusehen, und erschrickt ein wenig, als er kein Profil betrachtet, sondern erkennt, dass er von zwei großen, dunklen, traurigen und aufmerksamen Augen angeschaut wird. Der Mann sagt: »Es geht dich gar nichts an, Genosse, wer ich bin und wie ich heiße und für wen ich arbeite. Du fragst dich, ob ich ein Agent bin. Wessen Agent soll ich sein? Ein amerikanischer? Das könnte man eher von dir glauben, Junge, so, wie du aussiehst – na, bleib sitzen, spring mich nicht an. Kein Grund durchzudrehen.« Der Unterton sagt: Wenn du mich angreifst, breche ich dir das Genick mit weniger Aufwand und Reue, als jemand braucht, der beim Spaziergang durch den Wald draußen ein Zweiglein zertritt. Der Unheimliche schweigt einen Augenblick, er scheint auf eine Reaktion zu lauern, studiert Andrejs Haltung, Atmung, überhaupt: wie sich der Angegriffene selbst in die Gewalt nimmt, um nicht aufzubrausen. Dann sagt der Fremde: »Siehst du. Nicht ärgern lassen. Das musst du lernen in deinem Beruf, sonst kommst du nicht weit. Du wirst es noch mit vielen Leuten zu tun kriegen, die sich nicht bei dir vorstellen, und viele davon werden anmaßend sein. Die Hälfte der Leute, die wir hier begleiten, damit sie das beschissene Papier in ihrem schändlichen Versteck unterschreiben können und die Sache hinter sich bringen, sind Agenten des Feindes. Einige wissen es nicht einmal. Schau nicht so dumm. Ich weiß, dass dein Chef den Menschen, der zwei Wagen vor uns fährt, am liebsten in Moskau vor dem Leninmausoleum aufhängen lassen würde. Kann's ihm nicht verdenken. Dieser Idiot, eine Beleidigung fürs Auge. Säufer und Saukerl, genau der Richtige für die Aufgabe. Agent des Westens, ach was. Ich weiß, dass dein Chef mit den Idioten vom Notstandskomitee im August sympathisiert hat. Aber ebendeshalb ist er für Jelzin wertvoll – wenn selbst Kaschkarow inzwischen mit Jelzin geht, wenn er ihm nicht in den Arm fällt bei … dieser Sache hier …«, die Pausen sind betont lang, gefährlich, »… dann wird das vielen der letzten Getreuen den Wind aus den Segeln nehmen. Kaschkarow, werden sie sagen, das ist niemand, der zögert, weil er Angst hat. Wenn Kaschkarow nichts unternimmt, dann nicht aus Feigheit, sondern nur, weil er einsieht, mit seinem berühmten Verstand, dass die Sache verloren ist. Da schluckst du? Schluck deinen Stolz runter, Genosse. Diese Runde ist verloren. Du rätselst noch, wer die Leute sind? Wer ich bin? Wer hier das Sagen hat? Lass es. Du wirst viel lernen müssen. Im Moment bist du am Anfang. Das bedeutet, andere wissen mehr über dich als du über sie. So ist das bei Lehrlingen.«

Mit mühsam unterdrückter Wut sagt Andrej knapp: »Sie wissen überhaupt nichts über mich.«

Er sieht den andern lächeln, milde: »Andrej Sirilko, Sohn eines tapferen Vorkämpfers der Volksrepublik Kongo, eines Gefährten von Ngouabi und Lopès. Geheiratet hat dein Vater deine Mutter nicht, deshalb trägst du den Nachnamen einer Familie von verdienten Kommunisten, der Familie deiner Mutter, die seinerzeit versucht hat, als Gesandte mit unklarem Portfolio die ... geopolitischen Interessen unserer demnächst mausetoten Union der Sozialistischen Sowjetrepubliken zu wahren im komplizierten und ... widersprüchlichen Prozess der kongolesischen Revolution. Die wird, während wir hier gerade so hübsch reden, wie überall auf der Welt gerade von der örtlichen Konterrevolution verspeist. Du heißt Andrej nach deinem Großvater, einem Piloten im Großen Vaterländischen Krieg. Und wie er bist du luft- und raumfahrtbegeistert. Kaschkarow hat dich direkt von der Akademie geholt, als kleinen Raketenfachmann, aber damit wird's ja nun auch nichts mehr werden. Auch diese Geschichte geht hier, heute Abend, zu Ende: Sputnik, Gagarin ... ein sehr unrühmliches Ende, findest du nicht auch, Genosse Sirilko? Weißt du, warum sie diesen Ort ausgesucht haben? Beloweschsk in der Scheiße, lieber Himmel! So etwas macht man doch nicht im Wald von Beloweschsk! Das macht man in Moskau, im Festsaal, vor tausend Kameras, damit die ganze Welt es sieht, die es betrifft, nicht wahr? Nein. Sie machen es hier, ein paar Kilometer von der polnischen Grenze entfernt, damit sie fliehen können, wenn es doch noch jemandem einfällt, die Union retten zu wollen – dann würden sie nämlich alle verhaftet, als Hochverräter. Ich habe es selbst gehört, kleiner Freund. Jelzin hat es ausgesprochen, vor vier Stunden, am Sammelpunkt, auf dem Rollfeld – ich war so nah hinter ihm, wie ich jetzt bei dir bin, anderthalb Armlängen, ich hätte ihn packen können. Da sagt der Hurensohn zu Schuschkewitsch: Wenn's schiefgeht, sind wir Todeskandidaten.«

Er hat zum Ende seines Monologs hin immer schneller geredet, das einzige Anzeichen von Gemütsbewegung, das er hat merken lassen. Jetzt holt er hörbar Luft. Dann schweigt er.

Sirilko sagt: »Sie wissen alles, aha. Na und? Es kommt darauf an, was man damit macht.«

Der Schmale lacht: »Ah, ein Marxist. Soll ich was mit dem machen, was ich noch über dich weiß? Ich weiß, dass dein Liebesleben nicht von der Art ist, die deine Vorgesetzten schätzen.« Ein gemeines Lachen, dann spricht er weiter: »Schwarz, homosexuell, Kommunist, begeistert von der sowjetischen Weltraumfahrt und den sowjetischen Ideen insgesamt … du wirst es nicht leicht haben auf der Welt, die hier heute Abend geboren wird. Es wird wenige geben, an die du dich wirst halten können.«

Trotzig erwidert Andrej: »Ich baue auf den General.«

»Kaschkarow? Treu wie Gold, in der Tat. Der kennt deine Neigungen übrigens längst, auch wenn du das nicht weißt. Er sieht drüber hinweg. Kaschkarow weiß, was er an dir hat, und ich weiß, was ich an ihm habe, daher werde ich dafür sorgen, dass ihr beide nicht zu Schaden kommt. Nun ja, nicht mehr Schaden, als die ganze Menschheit jetzt wird leiden müssen.«

Er streckt ihm die Hand hin: »Witali Samulin. Angenehm.«

Widerstrebend gibt Andrej ihm seine, sie schütteln die Hände, Samulin lässt los.

»Heiliger Stalin, sie wird dich wirklich lieben«, sagt Samulin amüsiert, und Andrej fragt: »Wer wird … von wem reden Sie?«

Samulin sagt: »Von der Chefin, Genosse. Der Frau von der Insel.«

Der Wald ist dunkler als Kohle. Andrej friert.

Es wird eine sehr lange Nacht.

7 | Ins Licht (2017)

Das Licht liest seit dem Spätsommer 1948 die unterschiedlichsten Menschen. Alte, junge, aus allen Ethnien, allen Religionen, aus sämtlichen Liebes- und Lebensweisen und Berufen, aus allen Menschenmengen, die sich bilden lassen.

Immer interessiert sich das Licht dabei nur für die einzelne Person.

Nicht alle, die das Licht liest, sind ihm dafür dankbar. Zwar lernen Menschen, die das Licht liest, ohne Ausnahme etwas Wichtiges dabei. Einige erkennen, dass sie sich zu Unrecht für männlich, weiblich, weiß, schwarz, mathematisch unbegabt oder sensibel gehalten haben und in Wirklichkeit in mancher Hinsicht einfacher, in anderer komplizierter sind, als ihr bisheriges Selbstbild wusste. Solche Einsichten können kränken und verwirren. Andere, die das Licht liest, haben noch weniger Grund, dem Licht zu danken, denn es schädigt sie an Leib oder Seele oder beidem.

Manche ruiniert es, einige tötet es. Die bösen Wirkungen, die das Licht haben kann, beschränken sich nicht auf die Menschen, die es liest.

Die siebzehnjährige Schülerin Filipa Scholz hat durch das Licht die Großmutter verloren. Dieser Verlust wirft sie aus ihrer Ruhe. Denn Marianna Scholz, die Großmutter, war Filipas einzige Vertraute.

Ihren Vater kennt Filipa kaum. Ihren Großvater, den schon ihre Mutter nie gesehen hat, kann sie sich nur vorstellen, es gibt keine Fotos. Filipas Mutter ist eine Frau ohne Grundsätze, ohne Autorität bei Filipa, voller Ressentiment.

Von ihrer Oma Marianne hat Filipa große Neugier auf Kunst und Wissenschaft, aber auch das Selbstbewusstsein und das Verantwortungsgefühl, die Disziplin beim Lernen und die Abneigung gegen Zwang und Gewalt geerbt, vor allem aber die Bereitschaft, jedes Risiko einzugehen, um Neues zu erleben.

Marianne Scholz hatte sich einer Gruppe von Leuten angeschlossen, die sich in besondere Maschinen legten, um vom Licht gelesen zu werden.

Zu dieser Gruppe gehörte unter anderem eine Aushilfsbuchhändlerin namens Vera Ulitz, die Mathematik studiert, aber dieses Studium aus persönlichen Gründen abgebrochen hatte. Ebenfalls zur Gruppe gehörten ein Musiker namens Bernhard Jensen und eine Mitschülerin von Filipa namens Martine Born, die sich auch bei allerlei anderen Namen nennen ließ, wovon »Tine« der simpelste war.

Die Maschinen, in denen das Licht diese Menschen lesen konnte, tasteten ihre Hirne in kraniokaudaler Richtung ab; das Licht las sie dabei in Schichten, wie man einen Text in Zeilen liest, und beschriftete sie dann in Wellen mit anderem Text, dessen Bedeutungsmaßgaben die Amplituden, Frequenzen und Phasen jener Wellen waren.

Martine Born erfuhr dabei Erschreckendes darüber, wer sie wirklich war. Marianne erfuhr dabei Beglückendes darüber, wer sie sein konnte. Vera erfuhr Faszinierendes darüber, wie die Welt funktioniert. Und Bernhard Jensen erfuhr Überwältigendes über andere Menschen – vor allem, aber nicht nur, über diejenigen in der Gruppe, die sich gemeinsam mit ihm in die Maschinen gelegt hatten. Als das Licht ihn wieder losließ, wusste er über jene anderen mehr, als sie selbst über sich wussten. Filipas Großmutter starb nach der Berührung mit dem Licht in der Maschine. Das lag weder an der Technik noch am Licht, sondern an der geringen Widerstandskraft des mehr als siebzig Jahre alten Körpers.

Martine Born hatte gegenüber Filipa, die nichts von den Maschinen und nichts vom Licht wusste, ein schlechtes Gewissen, weil Marianne gestorben war.

Martine war vom Licht schon Jahre früher gelesen worden und hatte danach die anderen dazu bewegt, es auszuprobieren. Sie fühlte sich für Filipas Verlust verantwortlich und nahm Vera und Bernhard das Versprechen ab, dass sie sich um Filipa kümmern würden.

Martine stellte die Mitschülerin den beiden Erwachsenen vor. Zu dritt erklärten sie Filipa gerade so viel, wie man ihr verraten konnte, ohne sie in Gefahr zu bringen.

Vera nahm Filipa in ihre Obhut.

Gemeinsame Talente und Interessen boten dafür beste Voraussetzungen: Filipa war, wie die Ältere, außergewöhnlich begabt in den mathematischen und naturwissenschaftlichen Fächern. Sie besuchten zusammen Museen und Sternwarten. Vera lieh Filipa Bücher.

Bald darauf starb Martine an einer schlimmen Krankheit, an der sie bereits erkrankt gewesen war, als das Licht, das ihr in dieser Sache nicht helfen konnte, sie das erste Mal gelesen hatte.

Am Bett, in dem sie starb, nahm sie Vera noch einmal das Versprechen ab, jene werde Filipa nicht im Stich lassen: »Sie soll so was sein wie dein … wie heißt das? Mündel?«

Vera fand den Ausdruck kurios.

Die Aufgabe aber nahm sie an.

Drei Wochen nach Tines Tod lädt Vera die tief betrübte Filipa und den netten Bernhard zu sich in die Wohnung ein.

Es gibt Pizza, Wasser, Säfte – keinen Wein, den Vera sonst zu Pizza so gern trinkt, denn: »Das Kind ist siebzehn. Mein Mündel«, wie sie zu Bernhard sagt. Der schüttelt den Kopf: »Dieses Kind ist erwachsener, als du denkst.«

Die junge Frau, die er meint, lässt sich nach dem Essen alles vom Licht und von Marianne, Tine und deren Sterben erzählen, was Bernhard und Vera darüber wissen.

Sie stellt keine Zwischenfragen.

Danach sagt sie schlicht: »Du spinnst komplett, Vera. Und du auch, Bernhard.«

Sie guckt ernst, mit großen Pupillen, es ist nicht sehr hell in Veras Wohnzimmer. Die Mathematikerin hat Kerzen angezündet.

Bernhard sagt: »Ich kann dir noch mehr erzählen. Ich kann dir was erzählen, was ich nur dann wissen kann, wenn das stimmt, was wir sagen.«

Filipa schnaubt: »Pfja? Echt? Okay, mach mal.«

Er tut's. Es geht um ein Gespräch, das Marianne und Filipa in einem Garten geführt haben, am Tag vor Mariannes Tod. Bernhard weiß jedes Detail, direkt aus Mariannes Kopf.

Filipa sagt, weil sie hochintelligent ist, erst drei Minuten lang gar nichts. Dann schließt sie die Augen und gibt leise zu: »Das ist alles wahr.«

Sie öffnet die Augen wieder und setzt hinzu: »Es kann zwar sein … sie hat es dir erzählt. Aber erstens erzählt man nichts, was man erlebt hat, einem Fremden so genau, und zweitens muss ich alles, was ich mit ihr je erlebt habe, in Frage stellen, wenn ich glauben soll, dass sie dir so was Persönliches einfach so erzählt. Nächste Möglichkeit … es kann sein, dass ihr Beknackten irgendeine unfassbar lückenlose Überwachungs…maschine habt. Aber das ist noch unglaublicher als das mit dem Licht und der Insel. Jedenfalls für mich.«

Sie sagt damit nicht direkt, dass sie an die Existenz des Lichtes glaubt. Aber sie sagt, dass sie anfangen will, darüber nachzudenken, ob sie daran glauben kann.

Mehr verlangen weder Vera noch Bernhard von ihr.

Eine Woche später hat sie bereits lange genug darüber nachgedacht, um die ganze Frage für sich auf dieselbe Art zu entscheiden, auf die schon ihre Großmutter, der sie so sehr ähnelt, eine ähnliche Frage entschieden hat: »Ich kann das nur selber rausfinden. Ich will in so eine Maschine.«

Vera sagt, das sei viel zu gefährlich.

Filipa sagt, dann wolle sie weder mit Bernhard noch mit Vera je wieder irgendetwas zu tun haben. Vera ärgert sich, dass sie weich genug ist, darauf zu erwidern: »Ich muss das mit Bernhard besprechen. Und mit anderen, die das Licht gelesen hat.«

Vera, Bernhard und die anderen besprechen die Sache mit der Person, die solche Entscheidungen treffen darf, der Chefin. Vera selbst ist strikt dagegen: »Habt ihr eigentlich schon vergessen, wie das ist? Ich meine, auch nur die ersten Wochen danach: die Desorientiertheit, die Enthemmung, die verrückten Schübe von Appetit, dass man keinem Alkohol, keiner Droge, keinem sexuellen Reiz widerstehen kann, dass man Regeln für völlig lächerlich hält, wie Menschen sie zum Leben in der Gesellschaft brauchen? Ich habe einen Kaufhausdetektiv verprügelt, wisst ihr das noch? Sie ist siebzehn. Siebzehn Jahre alt. Die hat genug zu tun mit der Pubertät. Ich kann das nicht unterstützen. Es ist ja nicht nur das Persönliche und Biologische, es ist ja auch das ganze Wissensgerümpel … Leute, die sich einen Dreck für das Universum interessieren, bis sie in der Röhre stecken und das Licht erleben, müssen auf einmal lauter Zeug über die kosmische Hintergrundstrahlung, über … die Wahrheit hinter der Dunklen Materie, über die Feinstrukturkonstante, über den Ursprung des Lebens sortiert kriegen. Da werden nicht wenige gaga, von diesem Overload. Du kennst die Fälle, Bernhard. Psychiatrie, Neurologie, schwerste Schäden.«

»Aber das ist es halt, andererseits«, erwidert Bernhard. »Filipa interessiert sich ja schon fürs Universum. Wie verrückt.«

Vera sagt: »Und du meinst, verrückt mal verrückt gibt gesund?«

Die Chefin, die während des kleinen Gezänks geschwiegen hat, um sich anzuhören, was die beiden Menschen, die ihr unbedingte Loyalität entgegenbringen, von der Sache halten, räuspert sich. Den Namen dieser Frau kennen beide, sprechen ihn aber selten aus und gebrauchen lieber die Pseudonyme, die diese Frau sich selbst so gern anheftet, von »Kid Korona« bis »Frau Delta Tau«.

Jetzt sagt die Chefin: »Wir haben, wie ihr wisst, am Anfang ab und zu versucht, Leute zum Licht zu bringen, die nicht hinwollten. Schwerer Fehler. Aber wir haben noch nie eine Person abgewiesen, die hinwollte.«

Es wird beschlossen und geschieht.

Das Licht liest Filipa.

8 | Konstruktionspläne (2011)

Der Start war erfolgreich.

Aiguo Sun hat ein paar Leuten die Schultern abklopfen dürfen und dabei still die bewundernden Blicke der Kolleginnen und Kollegen genossen. Danach hat er sich aus der Kommandozentrale in sein Containerbüro an der Südseite der Juiquan-Anlage zurückgezogen, um Tee zu trinken und das Eintreffen des russischen Wohltäters zu erwarten.

Weil er die Nachkontrolle des Starts entgegen seiner Gewohnheit anderen überlassen hat, bleibt ihm etwas Zeit, seinen Klienten von Motorola anzurufen und den ein bisschen einzuseifen. Die Partei erwartet dergleichen von Leuten in Aiguos Position.

Der Japaner ziert sich am Telefon: »Uns missfällt einfach die Frachtgutobergrenze, dreitausendneunhundert Kilogramm …«

»Dreitausendachthundertfünfzig«, berichtigt ihn Aiguo.

Der Japaner ignoriert das: »Wir hätten uns gewünscht, dass die Volksrepublik neue Raketen baut, bessere. Sie müssen gar nicht unbedingt mehr Fracht stemmen können, aber das alles ist doch schon fast zwanzig Jahre alt …«

Aiguo unterbricht: »Der Auftrag, ja, das ist zwanzig Jahre her, aber wir haben mit der CZ-2C zwischen 1979 und 1999 siebenmal Ihre Iridiumsatelliten in erdnahe Umlaufbahnen geschossen, vierzehn Stück, und es gab für Sie nie den geringsten Anlass zu Beschwerden.«

»Es gibt keinen Grund, so defensiv zu werden«, höhnt der Japaner, und so geht es noch einige Minuten hin und her, bis schließlich das grüne Lämpchen auf Aiguos Schreibtisch leuchtet und er sich knapp, aber höflich verabschiedet.

Kaum ist Aiguo aufgestanden und zur Tür gegangen, um gleich öffnen zu können, klopft der Russe auch schon an.

Sie sind einander erst zweimal persönlich begegnet, das letzte Mal vor immerhin acht Jahren, als der Wissenstransfer zwischen der Organisation, die der Wohltäter vertritt, und der Kommunistischen Partei Chinas begonnen hat.

Als Aiguo die Tür öffnet, erkennt er den Russen dennoch sofort, auch wenn nun gar keins der weißen Haare mehr zu sehen ist, die als dünner Rest über der Stirn und auf der Schädelkappe des Russen jedem Frisierversuch widerstanden hatten.

»Genosse Samulin«, sagt Sun und umarmt den Greis, der mit den Worten »Genosse Sun« die Umarmung erwidert. Beide meinen das ernster, als dieser Gruß, Genosse, in der Geschichte oft gemeint war. Der Ältere übergibt dem Jüngeren einen Laptop, den dieser auf dem massiven Schreibtisch abstellt, öffnet und hochfährt, während der Russe auf einem von zwei nebeneinandergestellten Bürosesseln vor diesem Schreibtisch Platz nimmt.

Das Gerät ist dazu da, einen fixen Datenbestand genau einmal in Gestalt von animierten Graphiken und Textdateien einsehbar zu machen, dann frisst ein eingebautes Virus das Programm und eine Hardwareselbstzerstörung auf Säurebasis macht den Rechner unbrauchbar. Der Chinese will die betreffenden Bilder seit Jahren sehen, die Texte seit Jahren lesen, im Auftrag seiner Partei, die den Russen als Diplomaten, der angeblich für die Schweiz arbeitet, nicht nur unbehelligt lässt, sondern ihm sogar mit allerlei Sonderrechten und Vergünstigungen jeden Aufenthalt in der Volksrepublik so angenehm wie möglich macht.

Er dient einer Politik, die kein Staat trägt; nicht mehr, noch nicht.

Die beiden Männer müssen nicht viel besprechen.

Aiguo Sun weiß, dass er einen zehnstelligen Code ins Eingabefeld schreiben muss, um die Ordner zu öffnen, und tut das schweigend.

Dann wendet er sich Samulin zu und fragt: »Tee?«

»Sehr gerne«, bedankt sich der Russe. Der Chinese schenkt

ein und reicht ihm die zweite henkellose Tasse. Dann sind die Dateien geöffnet.

»Das ist sie?«, fragt Aiguo, als er die Schemaprojektion des schönsten technischen Kunstwerks, das Menschen je gebaut haben, weiß auf blau vor sich sieht.

»Sogar diese Trommeln hier hinten sparen Platz. Es ist unglaublich elegant. Es ist ... klassisch, sagt man im Westen, nicht? Das sind die Kernkraftantriebe? Die ... primären ...« Der Chinese sucht nach Worten. Der Russe nippt am Tee, stellt den Keramikbecher ab und sagt: »Der Schub für die ersten drei Jahre, mit nuklearem Material von der Erde.«

»Und dann übernimmt der Ramjet«, sagt Aiguo Sun und tippt ein paar Details an, so dass sich Fenster mit Gleichungen öffnen, in die er versuchshalber ein paar Zahlenwerte eingibt. Der Raumfahrtingenieur möchte sich nicht mit einer bloßen Präsentation abspeisen lassen. Er will das Ding testen, wenigstens virtuell. Er ist beeindruckt, zieht die Brauen zusammen, rechnet nach, dann sagt er: »Ich habe sehr gezweifelt – wir wissen ja beide, dass das neunzehnhundertsechziger Konzept nicht aufgeht, dass die elektromagnetische ... Schaufel eher bremst als ... na, sie stößt die Ionen ab, statt sie einzusammeln und dem Motor zu verfüttern. Und als du sagtest, es gibt eine Abwandlung vom alten Plan, habe ich ein bisschen recherchiert ... jemand hatte die Idee, Deuterium und Helium-3 als Treibstoff zu verwenden, aber dann müsste das Sammelfeld Hunderttausende Kilometer weit sein ...«

»Ja, das waren Mallove und Matloff, Ende der Achtziger. Eine weitere Sackgasse. Aber wie du siehst, ja, rechts – Teilchen-Antiteilchen ... sie haben die Ramjetidee beibehalten, aber ohne die Protonenfusion.«

»Ich frage mich nur, warum man nicht längst überall auf der Erde solche Motoren gebaut hat, wenn das wirklich funktioniert.«

»Muss ich Tschernobyl sagen und Fukushima? Die Leute

draußen … auf dem Schiff … sind ohnehin auf einer lebensgefährlichen Reise, und Strahlenschutz ist schon wegen der kosmischen Teilchenschauer eine ihrer Prioritäten, aber das Leben hier unten darauf umzustellen, dass man mit einer so gefährlichen Technik arbeitet, gefährlicher als, wie gesagt, alles, was auf Three Mile Island und in Tschernobyl und Fukushima …«

Aiguo Sun gibt es zu: »Schon gut. Du weißt allerdings nicht, ob nicht irgendwer das Ganze unter entsprechender Geheimhaltung doch nutzt, militärisch zum Beispiel.«

Das räumt nun wieder Samulin ein.

So geht es eine Weile mit Nachfragen des Chinesen weiter, wenn er Daten nicht gleich findet – »Ah, anderthalb Kilometer lang …«, flüstert er einmal beeindruckt, und der Russe sagt: »Nicht mehr. Diese Länge, das war vor Ceres, das war zwischen Venusbahn und den Asteroiden. Vor der Tragödie.«

Es folgen Erklärungen Samulins über den Durchmesser des zentralen Tubus, die Außenreifenstruktur, die Massenverteilung zwischen Nutzlasten und Systemeinheiten, die verwendeten Materialien von metallischen Legierungen über Faserverbundwerkstoffe bis zu Faser-Metall-Kombinationen und noch exotischeren Werkstoffen.

Auch über das Leben der Besatzung und der Passagiere will Sun einiges wissen, über Sport und Freizeit, über Ernährung, medizinische Versorgung und das Sozialleben.

Auf all das gibt Samulin schnell, umfassend und einleuchtend Antwort.

Am Ende bleibt dem Chinesen nur die Feststellung: »Es klingt wahr. Und es klingt unglaublich.«

»Ja.« Der Russe lächelt. »Und sind das nicht die Dinge, für die es sich zu kämpfen lohnt – die wahren und unglaublichen?«

Er wartet keine Antwort ab, sondern berührt wie beiläufig mit seinem Zeigefinger eine Taste am Rechner, der sofort damit beginnt, sich zu vernichten.

Der Chinese steht auf, geht im Raum herum, denkt nach.

Samulin lässt ihm Zeit, er weiß, dass er ihn überzeugt hat.

Am Ende sieht ihn Aiguo Sun an wie einer, der sich für etwas aberwitzig Riskantes freiwillig melden wird, und stellt eine letzte Frage, die wichtigste: »Was will sie von mir?«

9 | Aufsässigkeit (2017)

Vera Ulitz gibt sich die größte Mühe, ihrem Mündel Filipa durch die schwierige Zeit der Gewöhnung an das Wissen zu helfen, das die junge Frau dem Licht verdankt.

Vera unternimmt mit ihr Ausflüge zu anderen Leuten, die mit derselben Erfahrung zurechtkommen müssen, und zu denen, die das auswerten, was dabei gesehen, gehört, gelernt wurde, zu Wissenschaftlerinnen und Medizinern, Technikerinnen und Psychologen, einer kleinen Gemeinschaft.

Vera stellt sich sogar Filipas Mutter vor und sucht deren Vertrauen: »Ich habe Marianne gut gekannt, Ihre Mutter, Frau Scholz. Marianne hat mich Filipa vorgestellt, ich und Herr Jensen hier«, sie meint Bernhard, »gehörten zu so einer kleinen Gruppe, einer Art Hobbyinitiative zum Austausch von Wissen quer durch die Generationen. Marianne war als Musikerin dabei, und Filipa hat jetzt auch dran geschnuppert. Es ist vielleicht eine Chance für sie, den Tod ihrer Oma zu verarbeiten.«

Filipas Mutter, die genug eigene Sorgen hat, willigt ein bisschen fahrig und zerstreut ein, als Vera darum bittet, Filipa auch mal übers Wochenende zu beherbergen oder mit ihr wegzufahren, »Sternwarten, Konzerte, so etwas«.

Das ist ein bisschen gelogen, aber nicht tückisch.

Die Befürchtungen, die Vera vor Filipas Begegnung mit dem Licht wegen der Folgen hatte, die diese Begegnung haben würde, stellen sich als ganz und gar gerechtfertigt heraus.

Es fängt damit an, dass sich Filipa rechts über dem dreimal frisch gepiercten Ohr alle Haare bis zum Schädelkamm abschneidet. Dann rasiert sie die stoppeligen Reste mit Bernhards Rasierapparat weg, der dabei fast kaputtgeht.

Filipa trennt sich von ihrem Freund, dem ersten festen, »der verarscht mich eh nur mit anderen Weibern«.

Sie fängt Affären mit einem Abiturienten und einem jungen Schauspieler am Theater an, gleichzeitig. Als beide Affären kollabieren, versucht sie, Bernhard zu verführen.

Als das nicht gelingt, probiert sie dasselbe bei Vera, die sie ebenfalls zurückweist, noch verwirrter als Bernhard. Ladendiebstähle folgen.

»Immerhin, Geschmack hat sie«, brummt Vera, als sie von Filipas aufgebrachter Mutter am Telefon erfährt, dass zum erbeuteten, von Ladendetektiven aber gleich wieder einkassierten Gut unter anderem eine strahlend weiße Kunstfaserbluse von Elisabetta Franchi im Wert von fast zweihundert Euro, ein Paar siebenhundert Euro teure Lederstiefeletten von Calvin Klein, eine schwarze, sechshundert Euro teure Lacklederbeuteltasche von Max Mara und diverse zwar preisgünstigere, aber stilsicher ausgesuchte Kosmetika sowie Haarprodukte von Maybelline, Arabesque, Yves Saint Laurent und Catrice gehören.

Ähnliche Diebstähle sind erfolgreicher, nach Filipas immer eindrucksvollerer, immer mehr in Richtung Popstar aufgestylter Erscheinung zu urteilen.

Nach der zweiten Überführung im selben Modehaus erfolgt die erste Anzeige. Filipas Mutter ruft entsetzt bei Vera an: »Ich weiß nicht mehr, was ich mit dem Balg machen soll. Ich habe die Zeit und die Kraft nicht. Wenigstens die schulischen Leistungen sind noch … ich meine, ich weiß, dass Sie mit ihr lernen. Ich weiß das, sie erzählt mir das, sie sagt, die guten Noten … aber das Leben ist nicht nur Noten. Glauben Sie mir, ich bin weit davon entfernt, Sie irgendwie verantwortlich zu machen, im Gegenteil, ich weiß ja, wenn sie bei Ihnen ist, erreiche ich sie, und sie kommt dann auch nie nach zehn heim, und es ist alles in Ordnung. Aber selbst Ihr Einfluss reicht offensichtlich nicht so weit, dieses … das Abrutschen aufzuhalten.«

Vera ist klug genug zu wissen, dass der Satz »Ich bin weit davon entfernt, Sie irgendwie verantwortlich zu machen« in Wahrheit bedeutet: »Ich bin weit davon entfernt, auf die Hilfe zu verzichten, die Sie kostenlos leisten.«

Vera spielt mit: »Ich werde mir was überlegen, Frau Scholz. Versprochen. Sie sind nicht allein, Sie können sich auf mich verlassen.«

Kaum ist der zwielichtige Pakt geschlossen, geht es mit Filipa sogar in der Schule schief. Der Anlass ist ein völlig nichtiger, fast lächerlicher: Im Rahmen einer Wiederholungsunterrichtseinheit über Funktionen, deren Nullstellen und Extremwerte, bittet Filipas Mathelehrer, Herr Lifschitz, die Schülerin an die Tafel. Er stellt ihr mündlich eine verständnisprüfende Textaufgabe über eine computergesteuerte Fräsmaschine, die aus einem Kantholz einer bestimmten Breite eine Zierleiste herstellen soll. Der Lehrer diktiert ihr die Funktion für das Profil der Leiste in der Einheit »Zentimeter«. Dann bittet er um die Extremwertbestimmung: »Der Unterschied zwischen der schmalsten und der breitesten Stelle soll höchstens einen Zentimeter betragen. Berechnen Sie, ob diese Bedingung erfüllt ist.«

Filipa hebt die Hand mit der Kreide und schaut auf das Grün vor sich, dann zur Seite, aus dem Fenster. Mit erhobener Hand bleibt sie dreißig Sekunden reglos stehen, bis der Lehrer fragt: »Frau Scholz? Denken Sie nach? Oder wissen Sie nicht genau, was Sie tun sollen? Ich kann das«, sein Tonfall wechselt ins Neckische, »im Augenblick nicht unterscheiden, leider bin ich kein Gedankenleser.« Die Hand mit der Kreide sinkt bis an Filipas Hüfte. Sie schaut den Lehrer an, als wäre er ein hässlicher Fleck auf einer schönen Tapete, und sagt: »Nein, sind Sie nicht. Sie sind kein Gedankenleser. Sie wissen nicht, was ich denke. Sie wissen nicht mal genau, was Sie selber denken. Sie wissen nicht, wie groß die Mathematik ist und wie viele Löcher sie hat und was das für die Welt bedeutet, in der Sie leben. Sie wissen überhaupt so ziemlich gar nichts, und ich frage mich, was ich hier mache, wenn ich mich aufführe, als könnte ich von jemandem, der eigentlich gar nichts weiß, irgendwas lernen.«

Lifschitz ist sprachlos. Filipa legt das Kreidestückchen auf die schmale Ablage vor der Tafel und verlässt unter Johlen und Applaus der Mitschülerinnen und Mitschüler sowie hilflosen Ordnungsrufen des Lehrers das Klassenzimmer und die Schule.

Als ihre Mutter, die nach diesem Vorfall einen Anruf der Rektorin auf dem Handy erhalten hat, Filipa abends deswegen Vorhaltungen macht, sagt sie: »Gib dir keine Mühe, Mama. Ich geh da nicht mehr hin. In ein paar Monaten bin ich volljährig, dann kannst du eh nichts mehr machen. Diese sieben Monate werden anstrengend für dich, wenn du mich zu zwingen versuchst.«

»In Deutschland gibt es Schulpflicht!«, erregt sich die Mutter.

Filipa lächelt: »Schulpflicht vielleicht. Aber keine Abiturpflicht.«

Die Mutter gibt einen teils gekränkten, teils gequälten Laut von sich, dann verlässt sie fluchend den Raum und tut das Einzige, was ihr als Notmaßnahme einfällt: Sie wählt Vera Ulitz' Nummer und fleht sie ohne falsche Scham an, sie solle »bitte, bitte noch ein ernstes Einzelgespräch mit ihr führen, ich halte mich raus. Ich komm da nicht mehr ran.«

Vera setzt sich ins Auto und holt Filipa zum Essen ab.

Sie fahren zu einem teuren Inder.

Als beide Frauen bestellt haben, sagt Vera: »Ich verstehe, was du da treibst. Vielleicht verstehst du es selber nicht, also sage ich's dir jetzt: Du weißt, dass wir – Bernhard, ich, die andern – nicht entdeckt werden dürfen. Dass wir die Aufmerksamkeit der Behörden … oder der Medien … nicht vertragen. Und du willst uns in Gefahr bringen, weil du uns die Schuld am Tod deiner Oma gibst. Das ist nicht mal unfair. Wenn es nur um mich und Bernhard und die übrige Gruppe ginge, die dabei war, würde ich sagen: Schlecht für uns, aber du hast ein Recht dazu. Nur, Filipa, du gefährdest unschuldige Menschen auf der ganzen Welt. In China, Afrika, Amerika, überall. Deshalb sag ich's dir genau ein Mal: Hör auf damit, oder es wird eng für dich. Meine … die Frau, die du nur einmal getroffen hast, bei Joachim, die Frau, die du als Regina kennst … die kann das abstellen, deinen Zirkus. Das wird nicht lustig für dich. Wenn du klaust, weil du Zeug haben willst, frag mich. Ich geb dir Geld.«

Nicht halb so frech wie sonst, aber doch ein bisschen anzüglich, antwortet Filipa: »Bist du reich? Ich dachte, du jobbst im Buchladen.«

Vera lässt sich nicht provozieren: »Die paar Stiefeletten und Lippenstifte … wirklich: Hör auf, uns zu gefährden.«

Filipa lehnt sich zurück, verschränkt die Arme und sagt, nicht allzu laut, weil ihr der Ernst ihrer Lage tatsächlich bewusst ist: »Gefährden. Du tust so, als wäre irgendwer irgendwo jemals in Sicherheit. Diese Leute hier«, sie deutet mit einer Kopfbewegung die völlige Ahnungslosigkeit der Menschen rings im Restaurant an, »die denken, die Welt wäre stabil. Meine Mama denkt das, mein Mathelehrer denkt das, die Kaufhausdetektive denken das. Aber du und ich, wir wissen, es ist anders. Wir wissen, wie unsicher es ist, hier in der Gegend, hier … in Laniakea. Wir wissen, was diese Daten bedeuten … das, was die ESA den Journalisten 2013 vorgestellt hat, diese Aufnahmen vom Planck-Weltraumteleskop, und wir wissen, warum die nicht zum alten Urknallmodell passen. Wir wissen, dass und warum die Konstante, die das … wie war das? Die das Verhältnis zwischen der Elektronenladung, der Lichtgeschwindigkeit, der Zahl Pi, der Planckzahl und einer … kniffligen Eigenschaft des freien Raums bestimmt, nicht so stabil ist, wie sie sein müsste, um …«

Sie hört sofort auf zu reden, als der Kellner mit dem Butterhühnchen und dem duftenden Jasminreis kommt. Er stellt die Mahlzeit auf den Tisch und geht.

Filipa holt Luft und will etwas sagen. Vera schneidet ihr das Wort ab: »Toll, was wir alles wissen. Aber ändert das, was du da weißt, irgendwas daran, dass es wehtut, wenn ich dir eine runterhaue? Dass es scheiße ist, andere aus Bockigkeit in Lebensgefahr zu bringen?«

Das sagt sie ohne Drohung oder Vorwurf. Dann nimmt sie Messer und Gabel und beginnt zu essen, als ob nichts wäre.

10 | Wirtschaft (2017)

Der Besuch im Lincoln's-Inn-Gebäude in London, wo das *London Institute of Space Policy and Law* seinen Sitz hat, ist der letzte Versuch, den die Frau, die in wechselnden Verkleidungen seit Jahrzehnten so aussieht, als wäre sie dreißig Jahre alt, in der Absicht unternimmt, ihr Problem, das ein Menschheitsproblem ist, anders als per Pakt mit der Macht anzugehen. Sie hat mit Militär und Kapital mehrerer Kontinente punktuell zusammengearbeitet. Aber das Schicksal des großen Werks möchte sie eigentlich nicht in deren Hände legen. Es ist schon fast zu spät.

Die Frau lässt ihre üblichen Perücken, falschen Brillen, Nasen und Zähne weg. Für das Londoner Gremium hat sie sich entschieden, weil sie dort vergleichsweise offen auftreten kann, denn es sitzt bereits jemand dort, der mehr über ihr Anliegen weiß, als den meisten Menschen guttäte: Andrej Sirilko. Der hat seine Expertise in raumfahrttechnischen Belangen bei der Arbeit an Projekten der untergegangenen Sowjetunion erworben und war nach deren Ende nicht bereit, sich mit der neuen Regierung der russischen Föderation oder der Gemeinschaft unabhängiger Staaten ins Benehmen zu setzen. Seinen jetzigen Arbeitgebern hat er beim Vorstellungsgespräch mit entwaffnender Offenheit erklärt: »Für Leute mit meiner Vergangenheit gibt es weltweit nicht viele Möglichkeiten. Ich bin jung, aber historisch belastet. Ich könnte allenfalls Chinesisch lernen. Aber China liegt zu weit zurück in Raumfahrtangelegenheiten. Ich muss mich jetzt meistbietend verkaufen, und wenn ich mich schon verkaufen muss, dann bitte erstens zu einem guten Preis und zweitens nicht an diejenigen, die dafür verantwortlich sind, dass ich mich verkaufen muss – die ehemaligen Kommunisten in Russland, Leute wie Jelzin und so weiter. Außerdem bin ich homosexuell, was im Westen kein großes Problem darstellt, im Osten aber ... sagen wir, die Kommunistische Partei hat sich damit zwar schwergetan, aber das, was sie zugelassen hat an Ressentiment und Ekelhaftigkeit, ist kein Vergleich damit, was Menschen wie ich zu erdulden haben werden, wenn der großrussische Chauvinismus und die anderen alten Geschichten zurückkehren, vom orthodoxen Christentum bis zum Islam. Ich will mir hier eine Existenz aufbauen, solange ich noch die Wahl habe.«

Da er so offen sprach, gingen diejenigen, die über seine Einstellung zu entscheiden hatten, davon aus, dass er ihnen mit der vollen Wahrheit gegenübergetreten war. Auf die Idee, ihn zu fragen, ob er ihnen irgendetwas Wichtiges nicht gesagt hatte, kamen sie nicht.

Sie konnten sich nämlich nicht vorstellen, dass es noch Kommunisten gab.

Sirilko hat die Frau, die nicht nur ohne Masken, sondern auch mit ihrem Geburtsnamen bei den Weltraumpolitikern vorstellig werden will, vorab gewarnt: »Ich weiß, du denkst, die wollen die Weltraumsache politisch regeln. Du irrst dich.

Sie wollen die Weltraumsache verhindern. Jede Weltraumsache. Ich hab es zu spät gemerkt. Zu mir sind sie nett, Leute mit technischem Wissen halten diese Menschen sich als Maskottchen. Wir schreiben Machbarkeitsstudien.«

Sie ließ sich nicht abschrecken, sondern erwiderte: »Ich werde ihnen sagen, dass ich als Künstlerin eine europaweite Kulturinitiative mitorganisiere, für die es schon vermögende Sponsoren gibt. Ich werde ihnen sagen, dass wir gern enger mit der Politik und mit Fachinstituten arbeiten würden.«

»Wozu?«, fragte Sirilko.

Sie zuckte mit den Schultern.

Jetzt öffnet er ihr die Tür zum Besprechungsraum, wo sieben Leute in einem viel zu kleinen Zimmer um einen viel zu großen, ovalen, blankpolierten Hellholztisch versammelt sind.

Die Frau findet die Farbe dieser Tischplatte irritierend, sie ist annähernd orange. Vor lauter Starren aufs schäbige Möbelstück entgehen ihr die meisten Namen der Personen, die Andrej Sirilko ihr vorstellt. Sie vertraut ganz ihrem Instinkt. Wichtig, nimmt sie an, sind hier nur die beiden, die als Einzige keine Notizblöcke, Smartphones oder Pads vor sich liegen haben. Sie erwarten offenbar von sich, dass sie alles, was hier anliegt, im Kopf bewältigen können, und gehen ansonsten davon aus, dass die Rangniederen, die mit ihnen hier sitzen, sie schon an Details erinnern werden.

Die beiden Wichtigen sind ein Wirtschaftsfachmann (»our resident economist«) namens De Boer und ein Mann, von dem Sirilko nicht sagt, womit er sich auskennt und was er hier tut. Die Besucherin erfährt nur den Namen: Sa'id Mosteshar.

Zur Einstimmung sagt die Künstlerin: »Wir – ich meine damit die zukunftskulturpolitische Initiative, für die ich arbeite –, wir sehen die Notwendigkeit für neue, positive Ziele, für Projekte über den Tageshorizont hinaus, wie sie im Kalten Krieg noch üblich waren. Seither stagniert ja alles unter Sachzwängen. Politik sagt nirgends mehr ›wir wollen‹, immer nur noch

›wir müssen‹, es sind ganz kurzsichtige, meist am Gängelband der Wirtschaft geführte Diskussionen. Das Gefühl ›es wird immer so weitergehen‹ lähmt die Menschen. Diese Lähmung ist der üble Rest all der Ideen vom Ende der Geschichte, die nach dem Zusammenbruch des Ostsozialismus im Westen herumgereicht wurden. Man hat keine Zukunftsabsichten mehr, also kriechen die ältesten Ideen aus ihren Löchern, Religionskriege, Stammeskonflikte, ein Zombie-Patriotismus ... Wir haben uns eine kleine Umfrage einfallen lassen, um zu ermitteln, was die Leute eigentlich über den Stand der Dinge wissen. Wir haben gefragt – eine große Menge Menschen, in ganz Europa –, ob sie wissen, was wir, als Homo sapiens, seit 1980 geleistet haben, von wegen Expansion ins All – wie weit sind wir gekommen, wie groß ist das Stück Universum, in dem wir handeln? Ungefähr die Hälfte der Leute, zweiundfünfzig Prozent, ich kann Ihnen die Daten geben – ungefähr so viele sagen, bis zum Mond reicht der Menschenarm. Sie wissen es nicht«, Mosteshar lächelt, weil er ahnt, worauf sie hinauswill, eine Frau tippt ins Pad, Sirilko zieht die Stirn kraus, der Gesichtsausdruck von De Boer ist undurchdringlich, »aber wir sind nicht im Entferntesten so weit. Da waren wir mal. Aber da sind wir nicht. Der Mond ist fast vierhunderttausend Kilometer weit weg – dreihundertfünfundachtzigtausend, um genau zu sein –, aber da war das letzte Mal jemand im Jahr 1971, und seitdem spielt sich alles, was wir tun, alle bemannten Flüge, im niedrigen Erdorbit ab – etwa sechshundert Kilometer weit draußen. Also, vierhunderttausend gegen sechshundert. Nur elf Prozent der Leute wissen das ungefähr. Machen Sie sich das klar. Die Menschen wissen nicht mal, wo sie sind. Was sie können. Dann haben wir ein paar Leute eingeladen, sich ein Modell anzuschauen, das wir in Deutschland aufgebaut haben, nach einem Vorbild in Alaska übrigens. Ein Modell des Sonnensystems. Die Erde etwa apfelgroß, acht Zentimeter Durchmesser. Die Sonne, ziemlich riesig, zehn Meter Durchmesser, das Ding steht bei Bruchsal, und die Erde dann einen Kilometer weit weg davon, das konnten die Leute mit uns zu Fuß abmessen. Der Mond ist fast drei Meter von der Erde weg, und die Marsbahn, das sind selbst am nächstgelegenen Punkt schon vierhundert Meter. Wirklich, die Menschen sind fassungslos über diese Abstände. Sie haben keine Anschauung, sie verbinden nichts damit. Viele geben zu: Sie denken nie drüber nach, es interessiert sie nicht. Was ich sagen will: Selbst im Mittelalter, wo immerhin alle über Hölle und Himmel Bescheid wussten, war mehr Kosmologie in den Köpfen, eine völlig falsche, eine ausgedachte, aber doch ... wenn wir von unserer apfelgroßen Erde aus zur äußeren Grenze des Sonnensystems, also wirklich zum Rand der unmittelbaren kosmischen Nachbarschaft wollen, zum Neptun, dann müssen wir schon neunundzwanzig Kilometer latschen, das hat die Leute ehrlich entsetzt. Und dann haben wir ihnen erzählt, wie leer das ist, wie wenig da zu finden ist in diesem Dreißig-Kilometer-Radius, von der Zehn-Meter-Sonne aus – das ist ja nicht das Vakuum zwischen den Sternen, die wirkliche Leere, das ist ja immerhin mit Material gesegnet, Planeten, Monde, Brocken aus Eis und Gestein – und da waren sie dann ganz und gar verblüfft, wenn man ihnen sagte: Nur ein Siebenundzwanzigmilliardstel dieses Raums ist mit irgendwas gefüllt, der Rest ist das nackte Nichts. Und von dem mit Materie gefüllten Teil ist das allermeiste schlicht die Sonne.«

Sie schaut in die Runde, um ihr Statement sacken zu lassen.

Nur einer erwidert den Blick, De Boer. Dann spricht er – ein warmer, beruhigender Bass: »Der Horizont der meisten Menschen scheint beschränkt. Ich will Ihnen da gar nicht widersprechen, Frau Späth. Als Künstlerin haben sie ein besonderes Verhältnis zur ... sagen wir, zur sonstigen Bevölkerung. Das ist alles potentielles Publikum für Sie. Und so soll es ja auch sein.« Er lächelt, aber seine Augen lächeln nicht mit. Der Mann fährt fort, und sie hat Mühe, dabei den Kontakt zu diesen ruhigen, regungslosen Augen nicht zu verlieren, weil seine weiße Krawatte vor der dunkelblauen Hemdbrust so strahlt: »Als Juristen und Ökonomen sind wir hier jedoch gewohnt, die Leute an ihren Interessen zu messen, nicht an ihrer Aufmerksamkeit für … große Visionen.«

Spricht er das Wort tatsächlich mit einem Unterton von Verachtung aus, oder kommt ihr das nur so vor? Etwa fünfzig Jahre alt, mit Stirnglatze und hartem, schmalem Mund: Ist dieser Mann gefährlich? »So muss ich Ihnen sagen, dass ich persönlich Ihre Umfrageergebnisse gar nicht so besorgniserregend finde, sondern eher beruhigend. Die mangelnde Bereitschaft, den Blick auf Planeten und Sterne zu richten, ist für mich Ausdruck hochentwickelter ökonomischer Vernunft, gut ausgebildeten Verantwortungsgefühls, wenn Sie so wollen. Sie haben uns ein paar beeindruckende Zahlen genannt. Ich will Ihnen ein paar andere Zahlen nennen: Wissen Sie, was es kostet, ein Kilogramm Material zu transportieren – sagen wir, von Kontinent zu Kontinent, zum Beispiel über den Pazifik? Wenn Sie's mit dem Flugzeug machen, kostet es … na, nehmen wir die Standardwährung, ich weiß nicht, wie lange sie's noch sein wird, bei den gegebenen Unsicherheiten, aber: vier Dollar. Wenn Sie es mit einem Containerschiff machen, kostet es 16 Cent. So, und was kostet es, dasselbe Kilogramm – sagen wir: einen Teil vom Körpergewicht eines Astronauten oder technische Ausrüstung oder Nahrungsmittel – in die niedrige Umlaufbahn zu bringen, von der Sie geredet haben, als wäre das ein enttäuschender Katzensprung, verglichen mit dem, was wir beim Raumschiff Enterprise im Fernsehen sehen? Sechshundert Kilometer Entfernung von uns hier, vom sicheren Grund und Boden – nun, ein Kilogramm da hochzubringen, das kostet viertausend Dollar. Tausendmal so viel wie ein Flug über den Pazifik. Wenn sie eine Fähre nehmen, Spaceshuttle, statt einer Rakete, wird es noch teurer: zehntausend Dollar. Lohnt sich das? Es geht hier sowohl um öffentliches wie um privates Geld. Das ist volkswirtschaftlich wie betriebswirtschaftlich auf jeden Fall …«

Frau Späth unterbricht ihn: »Mag sein, aber es ist extrem kurzsichtig, insofern man bei Belangen der Produktivkraftentwicklung ja eben nicht vorab Profitrechnungen aufstellen kann – als die Leute sich vor mehr als hundert Jahren mit Schwarzkörperstrahlung und der Ultraviolettkatastrophe befassten, war das esoterisches Zeug, in Ihrem Sinne Geldverschwendung. Aber es wurde die Quantenmechanik daraus, und alles hier, die Elektronik, dieses iPad da, dieses Smartphone, die Computer, mit denen wir alle täglich arbeiten, kam dabei rum, eben weil sie nicht an Geld, an Tauschwert dachten, sondern an den Gebrauchswert der Ressource Wissen – ich kann nie vorhersagen, was ich herausfinden werde, wenn eine Leitidee mich tiefer ins Wissen lockt, und die Idee: Wir wollen die Natur in ihrem kleinsten Wirkungsradius verstehen, im Quantenbereich, hat das ganze menschliche gesellschaftliche Leben verändert. Warum soll also nicht die Idee der Besiedlung des Weltraums …« Sa'id Mosteshar räuspert sich, die Blicke wenden sich ihm zu.

Er sagt: »Sehen Sie, Frau Späth, das ist nun wirklich ein überholtes Vokabular – Besiedlung? Kolonialismus. Das ist klassisch westlich-nördlich-eurozentrisches Denken. Wir hier im Institut haben andere Leitideen –Vorstellungen, wie sie den Outer Space Treaty von 1967 getragen haben. Sie wollen das All besiedeln, Sie wollen das Leben in die Leere bringen – aber das ist eine sehr begrenzte, sehr enge Vorstellung von ›Leben‹, nicht? Es ist unrealistisch, dass wir Leben erkennen würden, wenn es sich im All vielleicht längst etabliert hat, denn es nähme wohl ganz andere Gestalten an, es hätte ganz andere Funktionsweisen als das uns bekannte. Der Glaube, das All wäre etwas, das man den Menschen öffnen sollte, ist naiv. Wenn man bedenkt, wie wir die Umwelt hier auf der Erde heruntergewirtschaftet haben, wenn man bedenkt, wie schlecht wir zueinander sind, dann kann man das keinem Nachbarhimmelskörper wünschen. Wir sollten die Erde bewohnbar machen, nicht den Mars oder ...«

»Aber wenn wir die Technik entwickeln, die nötig ist, den Mars bewohnbar zu machen«, wendet Frau Späth ein, »dann wissen wir, was zu tun ist. Dann brauchen wir keine Angst mehr davor zu haben, dass es uns misslingen könnte, die Erde wieder bewohnbar zu machen. Man kann nur das wollen, was stromabwärts liegt. Ich sage ...«

Mosteshar schüttelt den Kopf, seine Miene verbirgt anders als die von De Boer nicht, was er denkt – er ist unzufrieden mit dem Gesprächsverlauf: »Nein, wir müssen lernen, uns einzuschränken, und wir müssen Sorge tragen, dass wir nicht alles noch schlimmer machen. Der Vertrag von 67 verbietet alle Aktivitäten, welche die schädliche Kontamination des Alls bewirken könnten, wir sollten andere Planeten nicht mit unseren Bakterien verseuchen, und was das Kolonisieren angeht, so sollte kein Staat durch Besetzung, Souveränitätsbehauptung oder Ähnliches sich irgendetwas anzueignen versuchen, was da draußen ist. Wir wissen buchstäblich so gut wie nichts darüber, was in der angeblichen Leere los ist, von der Sie reden, insbesondere jenseits des Sonnensystems.«

Der Mann hat sich jetzt in Rage geredet und fährt in diesem Ton fort, ab und zu ergänzt und flankiert von De Boer, der passende Ernüchterungsstatistiken einwirft. Frau Späth wechselt einen verstohlenen Blick mit Andrej Sirilko, der ihm sagt: Auf diesen Zweifrontenkrieg war ich nicht vorbereitet. Seine mimische Erwiderung ist leicht zu verstehen: Ich habe dich gewarnt. Sie senkt den Kopf, lässt es über sich ergehen, widerspricht nicht mehr oft.

»Wir wollen Sie gar nicht von Ihrem Elan abbringen«, meldet sich eine überschminkte Frau mit blutunterlaufenen Augen schließlich zu Wort. Cordula Späth kann sich beim besten Willen nicht erinnern, wie sie heißt – Miller, Mitchell, irgend so was. Die Dame klingt, als müsse sie mit aller Gewalt ein Lachen unterdrücken: »Aber, ha, vielleicht ein bisschen kritisches Denken injizieren in diese Höhenflüge. So könnte doch eine höchst gedeihliche Zusammenarbeit …«

Und so weiter.

»Das Schlimmste«, sagt Cordula Späth sechs Stunden später, nach einem ausgiebigen Schaumbad im Hotel und in einen sehr flauschigen weißen Bademantel gewickelt, lang ausgestreckt auf ihrem Riesendoppelbett, in den Telefonhörer, im Gespräch mit einem uralten amerikanischen Gelehrten, der ihr im Laufe einer jahrzehntelangen Freundschaft viel beigebracht hat, »ist ja, dass sie diesen Mist wirklich für irgendwie politisch halten, für Dienst an der Allgemeinheit, kritisches Denken und alles.«

Da lacht der Freund, ein überzeugter Antikommunist und dennoch, aus übergeordneten Erwägungen, standfester Bündnispartner von Kommunisten wie Sirilko.

Cordula Späth schimpft: »Fuck, echt. Als ob es nicht immer dasselbe wäre mit diesem Gesocks, der Zangenangriff, die Geldgläubigen von der Volks- und Betriebswirtschaftlerfront kommen von rechts und wollen die schöne Anarchie der Produktion und des planlosen Wachstums bewahren, und von links kommen die ewigen Achtundsechziger und wollen die Landschaft auf dem Mars schützen und das Geld lieber in soziale Beratungsbüros stecken, wo dann solche wie sie sitzen und …«

»Aber war es nicht der Ökonom, der mehr Schulen bauen wollte?«, stichelt der Amerikaner. Cordula ignoriert ihn: »Als die Schnepfe dann mit ihrem Gewäsch anfing, kritisch, ich meine, das sind die schlimmsten Mitläufer, aber dabei immer so eingebildet, als hätten sie persönlich die Vermiesung und Verhässlichung des Lebens erfunden, die sie kritisch nennen. Dabei redet so jede und jeder mit höherem Schulabschluss, so kritisch, das halten sie dann für aufgeklärt und realistisch, dabei ist dieser quietistische und defätistische Scheiß, der immer nur links oder rechts ranfahren will und alles so lassen, wie es ist, die allerdumpfste Stimmung im Kleinbürgerhirn. Sie suchen die Wand, sie suchen die Grenze und kleben sich dran, bis hierher und nicht weiter, den Rest bitte kritisch sehen, mal von links, mal von rechts, statt die Mitte der Sache zu treffen, statt genau ins Herz der Fragen …«

Ihr fällt ein Dichterwort ein, das sie dem Amerikaner, der sehr gut deutsch versteht, nicht vorenthalten will: »Jede Negation hat eine Aura von Langeweile. Dummköpfe, leider, fühlen genau andersherum.«

Der Amerikaner lacht leise und sagt dann: »Du darfst sie nicht zu sehr schelten dafür, dass du jetzt keine Optionen mehr hast. Du musst jetzt mit den deutschen Waffenbauern, den europäischen Militärs und den Chinesen arbeiten, deine Kooperation ist eh …«

»Die Teile stehen bereit«, sagt sie gereizt. »Aiguo Sun hat in der Wüste alles vorbereitet. Ich dachte nur, ich kann noch irgendwie gewählte Leute ins Boot holen, statt nur mit diesem Geheimkäse zu arbeiten. Jetzt muss ich das Ding vorantreiben, weil sonst doch noch die guten alten USA das Rennen machen und dem großen Schiff hinterherjagen, bevor wir … ich hoffe wirklich, du wirst abgehört und verhaftet, du alter Sack.«

»Sichere Verbindung. Encrypted, tut mir leid. Viel Glück mit den Chinesen und der Bundeswehr und dieser wahnsinnigen Koalition, die du da geschmiedet hast, Frau Oktopus. Und was die armen Figuren an dem Institut angeht, wo du heute warst … sieh es so: Das ist eben die Affenpolitik hier auf der Erde, die wird's immer geben, mit ihren Gesetzen und Verträgen und Polizisten und Steuereintreibern. Die haben Angst vor dem Draußen, weil sie da nichts zu melden haben. Sie halten die Tür zu.«

»Ebendeshalb müssen wir raus, nicht?«, sagt sie.

Da unterbricht Sirenenlärm von draußen das Gespräch.

Drei religiös Verblendete haben wenige hundert Meter weit

weg ein paar Fußgänger überfahren, dann versucht, Leute mit Messern zu töten, und sind schließlich erschossen worden. So geht das hier andauernd, in diesem Zoo.

11 | Sozialismen (2016)

Samulin nimmt die Brille ab, um die E-Mail zu lesen.

Er weiß, dass er sich nur einen größeren Bildschirm kaufen müsste oder die Buchstaben größer ziehen, dann könnte er sich weiter wegsetzen und von dort aus mit der Brille lesen, was da steht. Aber er hat sich daran gewöhnt, die Schirmlektüre, wie jahrzehntelang die von Büchern, Zeitschriften, Zeitungen, mit unbewaffneten Augen zu vollziehen, und war seit langem nicht beim Augenarzt.

Na, alter Dachs?

Zufällig kann ich Gedanken lesen und weiß daher, dass Du immer noch schwere Bedenken hast wegen der Entscheidung, unser Schicksal den Chinesen und der Wehrmacht anzuvertrauen. Ich habe diese Bedenken lange geteilt, aber mir dann einen Stoß gegeben. Die Partei hat sich auf uns zurückgezogen, jetzt haben wir halt immer recht. Und siehe da: Der Weltgeist macht mit und spielt mir Dokumente zu. Mehrere. Lies sie.
Das erste ist ein Buch von Kerry Brown und Simone Van Nieuwenhuizen namens *China and the New Maoists*, zu haben in London bei Zed Books, bestell schön.
Das zweite Privatissimum fand ich bei einem Genossen, der manchmal spinnt und manchmal nicht. Er heißt Domenico Losurdo, hat wohlerzogene Ansichten zu Stalin (jedenfalls lässt er die sehen, und ich vermute fast, im Ungedruckten hat er noch bessere) und meint zu China, es sei eben eine Riesen-NÖP, was die da machen. Für

ein Ulbricht'sches Neues Ökonomisches System hält er Dengs alte Politik, die da munter weitergeht, zwar direkt nicht, aber doch für was in der Richtung. Ein Kasperphilosoph hat irgendwo geschrieben, die Volksrepublik sei Heimstatt eines »autoritären Kapitalismus«, und das erinnert jetzt den belesenen Losurdo daran, dass westliche Marxismen notorisch die für den östlichen Marxismus gegebene Notwendigkeit übersehen, erst mal aufzuholen - dass Onkel Ho und eben auch unser lieber Deng im Westen Technik lernen wollten und Naturwissenschaften, dass aber ein Teil Deiner Leute, etwa Bucharin, schon ganz verwestlicht, am Ersten Weltkrieg die Maschinerie beanstandete und dabei bereits klang wie ein halber Horkheimer, o böse Apparate usw. - da schreibt nun der Italiener, man solle sich doch von Deng sagen lassen, es könne »keinen Kommunismus mit Armut oder Sozialismus mit Armut geben«, echtes Deng-Zitat offenbar -, und der ganze händeringende Kram vom autoritären Kapitalismus ist laut Losurdo »höchst problematisch, ja abwegig. Gewiss, dass es in China kapitalistische Verhältnisse und kapitalistische Unternehmer gibt, ist augenfällig - aber vertreten Letztere auch eine Klasse und eine Klasse ›für sich‹? Und vor allem: Ist diese vermeintliche Klasse und Klasse für sich an der politischen Macht? Es wäre verwegen, diese Fragen und insbesondere die letzte zu bejahen.« Gut gebrüllt, Peppone.

Mein drittes und letztes Praliné zum Nachdenken: Ein 1964 geborener Marxologe, der in China lebt und denkt und schreibt und publiziert - ja, das gibt's - und den ich aber schmachvollerweise nur auf Englisch lesen kann, sein Name ist Xu Changfu, sagt uns in einem soeben bei einem Parodos-Verlag zu Berlin wie gesagt auf Englisch erschienenen Buche namens *Marxism, China, and Globalization* dieses: »It is not difficult for us to see, with the help of Marxism, that history has not ended yet, since the globalization of labor will at least take another two hundred years, when the world will certainly not be in its present state dominated by some superpower. Other theories do not give us such a prospect. As for the labor-countries involved in the onrush of the globalization of capital, the globalization of labor not only is a way to interact factually with the globalization of capital, but may also be employed as a claim to the rights of labor matching the rights and powers of capital in international relations, i. e. labor ought to have the equivalent freedom in the course of globalization.«

Spitzbube!

Die ungleichzeitige Entwicklung der Regionen nicht nur, wie bei Lenin, als eine Rahmenbedingung des Weltklassenkampfs, sondern als dessen zusammengefasster Gesamtprozess, als seine entscheidende Front – nicht schlecht. Ein großer Staat mit einer langen Geschichte kann offenbar weiter gucken als Deine Kleingläubigen damals in Moskau und meine hutzeligen Männlein in Berlin. Es ist fast, als schaute der Onkel aus dem Weltraum drauf aus einer Zeit in fünfhundert Jahren. Macht Dir das nicht Mut? Na, dann eben nicht.

Immer vorn,
CS

Samulin denkt beschwingt und beglückt: Ist gut, hab's verstanden.

12 | Love (2017)

Max wacht neben Liz auf und Liz fast im selben Moment neben ihm, wie nahezu jeden Tag seit 2003. Er ist jetzt dreiundvierzig Jahre alt, sie achtunddreißig.

Es soll so weitergehen, wünschen sich beide, bis zum Tod.

Das Aufwachen geht in einen Kuss über. Er küsst sie, sie küsst ihn, es ist ununterscheidbar, wie bei jedem Kuss der beiden seit 1999. Das Bett, auf dem sie einander jetzt in die Arme nehmen, um füreinander ganz wach zu werden, hat schlechte

Federn und eine zu dünne Matratze. Der Raum, in dem es steht, ist einer von nur dreien (das winzige Bad nicht gerechnet), in denen das Paar derzeit lebt. In vierzehn Staaten kennen sie Apartments, wo der Kühlschrank nicht richtig schließt oder das elektrische Licht flackert.

Immer heizt die Anlage im Winter nicht richtig oder kühlt kaum im Sommer, macht aber zu jeder Jahreszeit Lärm. Solche Apartments, in solchen Motels, an den Außengrenzen der größeren und großen Städte in den Vereinigten Staaten von Amerika, sind stets billig zu mieten. Das bisschen Geld, das Liz und Max mit meist wenig erfreulicher Arbeit verdienen, frisst ihre lange Flucht, die 2003 begonnen hat. Gefälschte Papiere sind teuer.

Umzüge von Ort zu Ort sind teuer. Die kleinste Krankheit ist teuer, wenn man nirgends lange bleiben und aus keinem Job eine Karriere machen kann.

Mit der Armut und dem unsteten Leben haben die beiden sich arrangiert. Schwer fällt ihnen nur die Langeweile. Unerträglich zäh ist das karge bisschen Futter für Verstand und Seele, das sich aus Konversationen mit Menschen ziehen lässt, die in Schnellrestaurants, Wäschereien, Internetcafés oder Bodegas ihren Lebensunterhalt verdienen, ganz wie Liz und Max, die anderes leisten, verbessern und ändern könnten.

Liz und Max wissen mehr, als die meisten Menschen wissen, und sogar mehr, als die meisten derjenigen Menschen wissen, die wiederum selbst mehr wissen als die meisten Menschen. Sie wissen mehr als die Wissenschaftlerinnen und Techniker, die an den Grenzen des Erkennbaren und Machbaren wirken, denn an einer dieser Grenzen haben Liz und Max einander 1999 kennengelernt. Manchmal, wenn eine Nachricht aus der Welt der Forschung und des Ingenieurswesens zu ihnen durchdringt, in ihre lichtarmen, geistlosen Verstecke, sagt Liz etwas wie: »Hast du gehört, sie trennen jetzt Plastikmüll mit Terahertzstrahlung? Die Idee hatte ich vor acht Jahren.«

Oder Max ärgert sich: »Hast du das gesehen, ultrakalter Speicherring? Sie wollen die Bedingungen im Weltall simulieren. Und rate mal, in welchem Bereich die optisch dichten Schilde diesen Ring kühlen? Vierzig bis achtzig Kelvin … die werden sich wundern, wenn sie das eine Weile machen … es ist so frustrierend. Man möchte helfen.«

»Aber man darf nicht«, erwidert Liz, mehr als Witz denn als ernste Ermahnung.

Wenn sie träumt, von der Anerkennung und dem Geld, die ihnen beiden entgehen, holt er sie auf die Erde: »Das haben wir alles nicht. Aber du bist noch du, und ich bin noch ich.«

Sie sagt dann: »Stimmt, und mehr brauch ich nicht. Und wenn wir das nicht hätten, hätten wir nichts. Fuck money and name recognition.«

Auf Betten wie diesem, in Räumen wie diesem können sie Max und Liz sein.

Sobald sie sich nach draußen wagen, müssen sie andere Namen tragen, acht für ihn, acht für sie, seit die Flucht begonnen hat. Derzeit heißt er Theo und sie Celia, aber es ist nicht Celia, sondern Liz, die seinen Kopf an ihre Brust nimmt, ihm das schwarzbraune Haar verwuschelt und dabei weiß, dass dieses Haar, an dem sie so gern riecht, zu Max gehört und nicht zu Theo. »Hey«, flüstert sie. Er arbeitet sich brummend aus ihrer Umarmung, streckt das rechte Bein mitsamt der Decke über den Bettrand hinaus, dreht sich dann auf den Bauch, stemmt sich mit beiden Armen in die Höhe, küsst sie von oben auf die Nasenspitze, dass sie leise lacht, und lässt sich danach neben sie fallen, mit einem Seufzer, der klingt, als wolle er sagen: Mein Tagwerk ist erledigt, ich stehe heute nicht mehr auf.

Liz maunzt: »Mmmhokay. Kaffee.« Er nickt wie ein Wackelmännchen, übertrieben eifrig, immer noch stumm. Sie steht auf, erreicht mit drei Schritten die winzige Kochnische und setzt den Kaffee auf, während er sich aus dem Bett auf den ausgebleichten Teppichboden fallen lässt und dort mit seinen Übungen beginnt.

Der Kaffee gurgelt und röchelt.

Liz geht ins Bad, wäscht sich – nur am Becken, duschen ist in dieser Bruchbude unangenehm, man weiß nie, ob nicht wieder rostroter Dreck aus dem Duschkopf kommt.

Liz fängt damit an, sich die langen schwarzen Haare durchzubürsten, die sie seit einiger Zeit wieder so hat wachsen lassen, dass sie genau die Länge haben, die sie hatten, als Max und Liz einander kennenlernten.

Jetzt tritt er hinter sie, küsst ihre Schulter, umfasst ihre Hüften, schließt die starken Hände vor ihrem Bauchnabel, dass sie sich sacht nach hinten sinken lassen kann.

Hin und her wiegen, kleiner Tanz, dann spricht er: »Unfair. Du solltest dir auch mal wieder 'ne Arbeit suchen. Seit Richmond war ich dreimal dran, ich hab mindestens einmal gut.«

Sie zieht die Stirne kraus, rümpft die Nase und quengelt in dem unechten Unmutston, den er so liebt, weil er an der Melodie erkennen kann, dass sie ihm nicht wirklich böse ist: »Maaaax … C'mon. Wir haben drüber geredet. Wir können das Arrangement nicht schon wieder ändern.«

»Ich will auch mal wieder Leute wie uns …«, fällt er ihr mit dem Thema ins Wort, das sie am allerwenigsten mag. So lässt auch sie ihn nicht ausreden, sondern dreht sich, während sie ihm antwortet, aus seiner Umarmung, lässt ihn stehen, geht zum Stuhl mit ihren Kleidern drauf und beginnt damit, sich anzuziehen: »Du wirst immer ungeduldiger, Liebster. Das führt zu Fehlern. Wir hatten uns geeinigt, nur alle zwei Jahre gibt's ein Treffen mit andern. Und wer als Erstes von uns einen Job kriegt, nimmt ihn, und beide arbeiten nur dann, wenn das Geld sonst nicht reicht … minimales Risiko, oberstes Gesetz, schon wieder vergessen?«

Er schlüpft in seine Jeans, zieht sich das T-Shirt übern Kopf, wühlt sich rein, schaut sie entschuldigend an und sagt: »Sorry.

Ich wollte dich ablenken. Einen kleinen Streit anfangen, damit du nicht merkst, dass ich … ich hab gestern Abend vergessen, Brötchen mitzubringen.«

Sie grinst schräg, boxt ihn sanft vor die Brust und sagt: »Keine Brötchen. Echt. Du Penner. Jetzt haben wir wieder kein Frühstück. Eier sind seit zwei Tagen aus … was ist das bloß für ein Leben …«

»Du kannst trotzdem ein Frühstück haben. Geh doch zur Mall, musst eh einkaufen. Setz dich draußen hin, lies was.« Er deutet mit einem Kopfnicken zum Fenster: »Es wird sehr sonnig heute.«

Sie winkt lachend ab, er küsst noch mal ihre Schulter, dann huscht er raus, die Treppe runter, gutgelaunt, und steigt ins schäbige Auto, das demnächst wohl den Geist aufgeben wird und dann auf den Schrottplatz muss, heute aber schon beim dritten Versuch anspringt. Geld für ein neues, nun ja: ein neues gebrauchtes, hat er schon beisammen, fleißig zusammengespart.

Liz weiß nichts davon, er wird sie den Wagen aussuchen lassen, eine Überraschung. Vielleicht wieder ein Ford, wenn auch kein so klappriger.

Liz und Max mögen amerikanische Fabrikate, nicht aus Patriotismus, sondern aus Schicksalsergebenheit: Seit sie wissen, dass sie das Land vermutlich nie mehr verlassen werden, aber sich immerhin von der Ost- bis zur Westküste leidlich frei bewegen können, sind die Vereinigten Staaten die ganze Welt für sie. Sich mit irgendetwas anzufreunden, das eine größere Welt verspricht, wäre nur schmerzlich.

Nach ein paar Abzweigungen erreicht Max die Schnellstraße und überlegt, als er sieht, dass ihn heute Morgen kein Stau erwartet, ob er seine gute Laune noch steigern soll, indem er dem Radio mal wieder eine Chance gibt, weil er das Gefühl hat, dass ihm heute alles gelingt – warum also nicht sogar das Kunststück, eine Frequenz zu finden, auf der gesendet wird, was ihm gefällt? Die Hand ist schon am Knopf, da nimmt er sie zurück und denkt: Eigentlich sollte ich mich nicht freuen, sondern schämen.

Wird sie mir wirklich danken, heute Abend, wenn ich ihr verrate, dass meine kleine Finte von wegen: »Lass uns das Arrangement mal wieder ändern«, sie zwar wirklich ablenken sollte, aber nicht davon, dass ich vergessen habe, die Brötchen zu kaufen, sondern davon, dass wir das Arrangement vielleicht eine Weile gar nicht mehr ändern müssen, weil ich es heimlich längst geändert habe?

Er hat sehr viel mehr als das getan, will sich's aber noch nicht eingestehen – er hat das oberste Gesetz der Flucht vorsätzlich verletzt. »Wir sollten«, so hatte er das selbst formuliert, im Sommer 2004, damals in Bardwell, Ellis County, Texas, als sie noch mit drei anderen unterwegs gewesen waren, die ihr Schicksal teilten, »das, was nur wir wissen und können, nicht in auffälliger Weise einsetzen, sondern nur zur Selbstverteidigung und zum Überleben«.

Die Lücke, so findet er jetzt und fand er schon, als er sich auf das Risiko einließ, das sich heute endlich richtig bezahlt machen soll, liegt in der Wendung »nicht in auffälliger Weise«: Er bildet sich ein, dass die Art, auf die er sein Mehrwissen jüngst zu Geld gemacht hat, eben nicht auffällig war und ist, dass er vorsichtig genug war, niemanden auf seine Spur zu stoßen.

Er war sogar so vorsichtig dabei, dass er's nicht mal Liz erzählt hat.

Das kommt ihm zwar wie ein Vertrauensbruch, aber auch wie ein Beweis für seine Umsicht in dieser Sache vor. Der heikelste Aspekt des Vorgangs ist der Umstand, dass er selbst Liz vor sechs Jahren energisch entgegengetreten ist und dabei sogar laut wurde, als sie den Vorschlag machte, eine ihrer eigenen Ideen finanziell auszubeuten.

Ihr war bei der Lektüre einschlägiger Nachrichtenplattformen im Netz ein neues, unglaublich billiges Verfahren eingefallen, wie man biologische Proben, von Erde bis Spucke, effektiver auswerten kann, Nukleinsäuren bei Zimmertemperatur erhalten und zugleich Pathogene daran hindern, sich in den Proben zu vermehren und ihren Wert zu mindern.

»Die Biotechfirmen würden uns das aus der Hand reißen und vergolden, Max. Lass mich versuchen, ob ich nicht jemand verdeckt kontaktieren kann.«

Max weiß noch allzu gut, wie militant er ihr vorgehalten hat, dass es so etwas wie verdeckte Kontakte beim heutigen Stand der Überwachungstechnik nicht geben könne und dass sie sich das schleunigst aus dem Kopf schlagen sollte.

Was sie schließlich tat, wenn auch nicht schleunigst.

Er schämt sich, wenn er an seine Rechthaberei denkt.

Max nimmt die erste Ausfahrt stadteinwärts und bemerkt das Schnellrestaurant nicht einmal, das linker Hand vorbeiwischt und in dem er heute angeblich arbeitet. Liz glaubt, er sei dahin unterwegs, aber beim Franchisemanager Ted, der ihm vom ersten Tag an widerlich war, hat Max vor drei Wochen gekündigt, weil sein neuer, sein erster Kunde, seit Max sich als selbständiger Forschungs- und Entwicklungsberater versteht, damals angefangen hat, ihn zu bezahlen, mit kleinen Summen zunächst, etwa den Beträgen, die Max auch bei Ted verdient hätte, dann mehr.

Und heute kommt der Jackpot.

Begegnet ist er Joshua Bishop, den er jetzt gleich bei Starbucks treffen wird, in Teds schmierigem Laden. Bishop saß da und redete verzweifelt auf sein Handy ein, über Atome, Moleküle, und das subtil falsch, nämlich so dicht am Richtigen, dass Max, als jener das Gespräch beendete, nicht anders konnte, als sich an ihn zu wenden – es platzte förmlich aus ihm heraus: »Sie haben die Anordnung falsch vor Augen. Die Konfiguration ist … anders.«

»Was? Wieso … wer … sind Sie?« Der Mann sah aus, als wäre er aus sich selbst herausgefallen, verblüfft, zugleich erschöpft.

Max erwiderte: »Ich bin hier bloß der Servierer, der Ihnen Kaffee bringt und Bagels und Rührei und … aber ich … sagen wir, ich habe das mal studiert, worüber Sie da reden, und ich konnte nicht anders, als mitzuhören, wie Sie …«

Bishop ließ ihn nicht ausreden, sondern kam sofort zur Sache, plötzlich hellwach: »Anordnung. Sie haben gesagt: die Anordnung. Wie meinen Sie das?«

So war sie zustande gekommen, die Geschäftsverbindung. Was hätte Max tun sollen, als zu helfen, da seine Hilfe nun mal explizit erbeten war?

Solchen Gedanken hängt er jetzt nach, vorwegnehmenden Rechtfertigungen. In letzter Minute reißt er das Steuer linksherum und rammt beinahe einen Umzugswagen, dessen Fahrer wütend hupt, während Max ihm provokant fröhlich zuwinkt.

Auf dem Parkplatz stehen erst ein halbes Dutzend Autos, aber die meisten, die sich hier Kaffee und Gebäck abholen oder ein paar Stunden still an ihren Rechnern arbeiten, kommen ohnehin per Fahrrad oder zu Fuß von der Universität, genau wie Bishop, der die Treffen an diesem Ort anfangs ganz »lächerlich« fand, wie er sagte, »Agentenfilmquatsch«, andererseits aber mit den Hinweisen, Vorschlägen, kritischen Einwänden, die Max ihm mitgibt, bald so guten Erfolg an seinem Arbeitsplatz hatte, dass er nicht mehr darauf verzichten wollte und sich schließlich auch mit der Weigerung seines Wohltäters abfand, per E-Mail oder Smartphone zu kommunizieren.

»Ich bin komplett offline«, erklärte Max schon bei der allerersten Begegnung.

Das ist seit spätestens 2005 die reine Wahrheit. Soweit es ohne Netz nicht geht, kümmert sich seine Gefährtin darum, als Hackerin, effizient und so gut wie spurenfrei.

Als Max sich dem Starbucks nähert, das zu einer niedrigen Flachdachbauzeile gehört, in der rechts und links ein Bürobedarfsladen, ein Haustierbedarfsgeschäft und ein Comichändler untergebracht sind, verfliegt das schlechte Gewissen.

Die Vorfreude auf die gute Nachricht vom gelungenen Experiment, das ohne seine Unterstützung nicht möglich gewesen war, beflügelt ihn so sehr, dass er zwei Studentinnen die Tür aufhält, mit ihnen kurz flirtet und sich erst dann dem Innenraum zuwendet, um Josh zu suchen. Der ist meistens pünktlich.

Wo steckt er?

Als Max den Gesuchten an seinem üblichen Tisch mit zwei Sesseln entdeckt, gleich weit entfernt von Eingang, Theke und Toilette, erkennt er sofort, dass die gute Nachricht nicht mehr zu erwarten ist, sondern eine andere, sehr schlechte.

Josh sieht nicht nur bleich aus wie ein Laken, sondern auch teigig, schweißnass auf der Stirn und am Hals, mit dunkelblauen Ringen unter den Augen, übernächtigt, krank, als könne er nur mit Mühe verhindern, dass er vom Stuhl sinkt, sich übergibt oder beides. Als Echo einer ausgelöschten Möglichkeit hat Max einen Augenblick die seltsame Empfindung, er könne spüren, dass das geschieht, von dem er gerade noch geglaubt hatte, dass es geschehen würde: Max lässt sich breit grinsend in den Kunstledersessel fallen, den Josh für ihn freigehalten hat, und holt sich die frohe Botschaft und das euphorische Lob ab.

Umarmung. Geld.

Stattdessen setzt er sich jetzt vorsichtig, als ob im Polster eine Kontaktmine eingenäht wäre, auf seinen Platz und will gerade schon vorsichtig fragen, was denn geschehen sei, da sagt der andere deutlich, aber tonlos, ohne die geringste Änderung an seinem seltsam teilnahmslosen Gesichtsausdruck: »Es ist … weg. Es war da. Wir haben es getestet, und beim Test haben wir es vernichtet. Das Zeug ist weg. Wir haben es … wir haben drei Stunden lang gesucht, und nachher … nachher suchen wir weiter.«

Es ist, als nähme er gar nicht wahr, dass ihm jemand gegenübersitzt.

Als Max nachfragt: »Was heißt weg, wie kann es weg sein?«,

erwidert Josh leiernd und wie somnambul: »Professor Silvera sagt, er hätte so ein Einrasten gehört, einen Klick. Ich hab's nicht gehört, aber als er die Hand dann so in die Höhe hob, hat bei allen der Herzschlag ausgesetzt, uns allen war klar ... der Diamant war gesprungen, der obere hatte eine, es war ... wie so ein Pulver, wie Mehl, fein bestäubt an der Spitze. Pulverisiert. Das allerhärteste Material, das wir im Labor ... wir haben den Druck so eingestellt, wie ...«

Jetzt sieht er Max offenbar doch, schaut ihm direkt in die Augen, aber es klingt nicht persönlich: »... wie du gesagt hast. Ich hab's als meine Berechnung dargestellt. Gelogen. Siebzig Millionen Pfund pro Rasterquadrat, ein Drittel mehr als der Druck im Erdkern. Das Sample klemmte zwischen den zwei Diamanten, der Laser hat es ausgemessen, abgetastet. Da ist der Diamant gesprungen. Und das Sample. Das wertvollste Material, das je ...«

Seine Unterlippe bebt, es ist, als wolle er mit äußerster Kraftanstrengung die eigene Mimik daran hindern, in Elend und Selbstmitleid zu zerfließen.

Max hält den Atem an – wenn das Sample wirklich zerstört ist, dann sind alle Anwendungen, mit denen er sich und Liz bereichern wollte, mitzerstört, dann kann man aus diesem metallischen Wasserstoff, den er hat herstellen lassen wollen, die Halbleiter nicht machen, mit denen eine andere Art Energiewirtschaft, eine neue Medizin, ein besseres Transportwesen, ein beschleunigter Aufbruch ins All möglich gewesen wären.

Eine winzige Probe, ein Fünftel des Durchmessers eines menschlichen Haars. Wahrscheinlich ist es irgendwie mit dem Gerät vermatscht oder zerfallen, als der Druck nachließ – verdampft vielleicht, gasförmig geworden.

Wasserstoff, überlegt Max, wie man die Schritte von zu Hause bis zu einem Ort, wo man sich verlaufen hat, überprüft, ist normalerweise in molekularer Form gegeben, wird aber unter Hochdruck ein Festkörper aus Atomen, weil die Moleküle zerbrechen. Eine gitterähnliche Anordnung findet statt, daher der Name »metallischer Wasserstoff«, der als Begriff schon länger zirkulierte, an dessen Verwirklichung sich aber bis zu den Implementierungsideen, die Max dem traurigen Geschöpf verkauft hat, das hier vor ihm sitzt, niemand herangetraut hat.

Max begreift schnell, dass die Sache schlimmer ist als ein Produktionsfehlschlag, und sagt: »Sie werden euch die Mittel wegnehmen, nicht wahr? Sie werden nicht zulassen, dass ihr versucht, das Experiment zu reproduzieren, die Kosten …«

»Und der Ruf«, sagt Josh. Max versteht nicht, schaut den andern fragend an, und der klingt jetzt nicht mehr leblos, sondern gereizt: »Der Ruf des Instituts. Der ganze … Mann, was glaubst du, wie mich der Prof … Ernsthaft, Mann. Ich hatte keine Wahl.«

Wieder versteht Max nicht: »Du hattest keine … wieso, was hast du … wie …«

Josh schüttelt den Kopf, als wollte er einer Behauptung widersprechen, die nur er gehört hat. Dann blinzelt er zweimal, schüttelt den Kopf erneut, schaut Max dann wieder an und sagt: »Hör mal, ich habe ihm ja dieses Rezept … ich kann doch jetzt nicht einfach sagen, sorry, den Versuch war's wert, nichts für ungut, Chef. Ich muss erklären … ich glaube, er hat immer gewusst, dass das alles nicht von mir kommt. Er kennt mich. Wie sagt er? Tüchtig, aber ohne …« Er schnippt mit den Fingern, die Schultern sind nach vorn verlagert, als wollte er sich von unten gegen einen Karren stemmen, der im Dreck steckt und den er mit Gewalt hinausschieben will. Jetzt begreift Max: »Du hast … nein. Nein, das hast du nicht gemacht.«

»Doch«, sagt Josh nur, und die ganze Wut ist aus seiner Haltung, seiner Mimik, seinem Blick verschwunden.

Max springt den Erschlafften beinah an: »Was? Was genau hast du ihm gesagt?«

»Alles. Also, dass die Ideen nicht von mir sind, dass ich einen kenne, der sie mir …«

»Über mich, Mann.« Max zischt das jetzt und sieht sich nach allen Seiten um: Wo sind sie, sind sie schon da? »Was du ihm genau gesagt hast, über mich, will ich wissen.«

»Dass du das mal studiert hast und …«

Max wedelt mit der Hand, als wolle er einen Hypnotisierten wecken: »Fuck that, studiert … persönliche Daten. Name?«

»Ja, den Namen … Theo Jones, und ähm … also, sonst weiß ich ja nichts. Name. Hast ja keine Nummer, keine Adresse …«

»Okay«, sagt Max mehr zu sich selbst als zu Josh, schließt die Augen, denkt nach: »Irgendwas anderes? Irgendein Detail? Hast du mich physisch beschrieben, oder …«

Der andere guckt, als hätte Max von ihm verlangt, sich auszuziehen: »Physisch be… wieso? Hör mal, ich … du musst mir helfen, Theo, er will … er will mit dir reden, es ist gar nicht … der Prof ist ein netter, ein umgänglicher, ein freundlicher Mann, er ist auch nicht wütend, eher … enttäuscht von sich selbst. Er hat mir sogar gesagt, er hält die Idee nach wie vor für richtig und will … also er … Ich hab ihm nichts von diesem Treffen gesagt, er weiß den Ort nicht, wo wir immer …«

Max hat keine Zeit: »Was? Quatsch. Ort. Moment. Ort. Nein. Nein, halt mal den Mund, warte warte warte … ähm … ah: Ort. Ja. Scheiße. Hast du ihm … hast du ihm gesagt, wo genau du mich kennengelernt hast? Erste Begegnung?«

»Ähm ich … wieso soll … ja, also ich glaube …« Josh Bishop denkt nach, dann sagt er: »Doch. Doch, ja, ich glaube … na, der Schuppen da an der Schnellstraße, Ted's Diner … ich …«

Max schnappt: »Was? Daran erinnerst du dich jetzt, dass das da war, oder hast du dich bei deinem Professor dran erinnert und es ihm so gesagt?«

»Ich, wieso … ich weiß nicht mehr genau, was … wieso, ist das wichtig? Ja, nein, okay, schau, das war … ja, ich hab ihm das gesagt, ja. Ted's Diner, weil das so kurios …«

»Danke, du Arschloch«, sagt Max und steht auf wie aus dem Sitz geschleudert.

Er sieht sich nicht um nach dem Verstörten, sondern sitzt sieben Sekunden später schon wieder am Steuer. Auf dem Rückweg zum Motel, den er mit durchgetretenem Gaspedal und dem pausenlosen, gebetsartigen Fluch »Scheiße Scheiße Scheiße« hinter sich bringt, gerät er abermals in keinen Stau.

Sooft er es in der kurzen Zeit im Kopf auch dreht und wendet, er findet keinen Grund zur Beruhigung: Ted, der Idiot vom Diner, weiß leider ganz genau, wo er und Liz wohnen, hat Liz sogar mal gesehen, auf der Gemeinschaftsveranda des Motels, auf dem Schaukelstuhl aus weißgestrichenem Holz, denn da hatte sie gesessen, mit der Morgenzeitung, und hat Max gewunken, an dem frühen Morgen, an dem er sich vom schmierigen Ted hatte nach Hause fahren lassen müssen, weil die blöde Karre einfach überhaupt nicht mehr hatte anspringen wollen. Wenn jemand Ted findet und ihn fragt: Wo wohnt dieser Theo?, dann ist das Versteck im Eimer und die ganze sorgsam aufgebaute und gepflegte falsche Doppelidentität von Theo und Celia mit.

Max stellt den Wagen zwei Straßen vom Motel entfernt ab, greift ins Handschuhfach, holt das dunkelrote T-Shirt zum Wechseln raus, das er noch nie getragen hat und anhand dessen ihn deshalb selbst Leute, die ihn hier jeden Tag sehen, nicht erkennen würden, zieht das blaue aus, das rote an, setzt sich die Mütze auf den Kopf und die Sonnenbrille, die er in einem Etui immer dabeihat, auf die Nase.

Dann steigt er aus, sieht sich nach allen Seiten um und geht mit äußerster Selbstbeherrschung, statt zu rennen, wie ihm alle Nerven raten, langsam zum Motel.

Er nimmt die südliche Holztreppe zum Zimmeraufgang statt der nördlichen wie sonst und schaut dabei auf den Innenhof, ob ihm Personen oder Autos auffallen, die nicht hergehören. Das alles haben Liz und er hundertmal durchgesprochen, wie bei jedem bisherigen Versteck.

Die Tür ist nicht abgeschlossen.

Liz ist nicht zu Hause. Max sieht sich verwirrt um, schließt die Tür hinter sich, nimmt die Sonnenbrille ab und erkennt: Liz ist weg.

Ihre Sachen sind weg.

Computer, Bücher, Zeitschriften, Kleidung. Seine auch. Die Wohnung ist ausgeräumt bis auf den Toaster und die Kaffeemaschine, die zur fixen Inneneinrichtung gehören.

Hat sie das getan, oder hat man sie geschnappt, entführt? Aber warum lauert ihm dann niemand auf? Er geht zum Fenster, schaut hinaus, nach unten, durch die Schlitze in der Jalousie. Der Hausmeister gärtnert.

Eins der dummen Kinder aus Apartment 4b spielt im Gras.

Das Telefon klingelt. Max fährt zusammen, als hätte ihm jemand einen kalten Pistolenlauf ins Genick gedrückt. Der uralte Fernsprechapparat mit Tasten liegt auf der Kommode neben dem schäbigen graubraunen Fernsehsofa. Max und Liz haben ihn nur zu Gesprächen mit der Verwaltung benutzt, nicht mehr als fünfmal. Es klingelt siebenmal.

Max nimmt den Hörer, dem er tief misstraut, schließlich nur deshalb ab, weil er will, dass es nicht mehr klingelt.

Jemand könnte das hören.

Er weiß nicht, was er sagen soll, er hat vergessen, wie man sich meldet, kämpft auch mit Namen, mehr als zweien, die seine waren. So spricht stattdessen die Stimme am andern Ende der Verbindung: »Bist du's? Sag keinen Namen, wenn ja. Sag mir was, was nur du sagen kannst.«

Er braucht nicht nachzufragen, sie kann sicher sein, dass er ihre Stimme erkennt: Es ist Liz. Er überlegt nicht lange, solche Situationen haben sie geübt: »Meine Schwester ist ein Weihnachtsnazi.«

»Ist sie«, sagt Liz. »Und jetzt raus da.«

»Wo soll ich … wohin …«

»Wo dir die Eiskugel aus der Waffel gefallen ist. Weißt du das noch?«

»Ja.«

»Komm zu Fuß. Lass den Wagen stehen. Sie kennen ihn jetzt wahrscheinlich.«

Klick.

Er könnte sich weigern. Er könnte, wie nur dreimal bislang auf der langen Flucht, Liz hinter sich lassen. Die Wege könnten sich trennen – vielleicht sollten sie das: Liz und er lieben sich noch, ein Wunder, sie hätten sich längst auf die Nerven gehen, längst hassen müssen, denkt er beim Verlassen der Wohnung, beim Schließen der Tür, durch die er nie wieder gehen wird, beim Sichumsehen, ob nicht doch jemand lauert, hinter den andern Fenstern vielleicht. Aber da ist niemand, der ihn jagt, der ihn fängt und ihm damit die Entscheidung abnimmt, ob er die Option wahrnehmen soll, von der sie immer wieder geredet hat: »Dann, wenn du glaubst, es ist eine Falle und ich bin der Köder, darfst du mich zurücklassen.«

Es gibt nicht nur in mehreren Staaten Depots mit Geld und Papieren, die sie eingerichtet haben, sondern zur zusätzlichen Absicherung auch einige davon, die jeweils nur Liz oder nur Max kennen, damit man sie nicht gegeneinander ausspielen kann, damit wenigstens eine oder einer entkommt, wenn eine Falle zuschnappt.

Das mit dem Eis weiß nur sie. Aber ob ihr jemand eine Pistole an die Schläfe hält oder sie ihn vielleicht, der Flucht überdrüssig, für versprochene Milde verraten hat, wer kann das wissen?

Ich kann das wissen, denkt Max. Ich kenne sie, und sie kennt mich, und mehr hatten wir nie, und mehr werden wir nicht mehr haben.

Wenn das weg ist, spielt es gar keine Rolle mehr, ob ich irgendwo gefangen, verhört und vivisezier werde.

Am Baseballfeld der Grundschule vorbei, zwischen den Palmen mit den abgestorbenen Blättern auf der Seite zur Straße hindurch, hinter der Autowerkstatt, in der keine Autos, sondern nur Motorräder repariert oder frisiert werden, geht Max ruhig weiter und lässt solche Gedanken einander widerlegen, jagen, bestätigen, durchlöchern, bis er die Zeile bescheidener Einfamilienhäuser, meist aus Holz, erreicht hat, wo ihm vor einem halben Jahr das mit der Eiswaffel passiert ist.

Immer wieder wirft er Seitenblicke in alle Richtungen, aber weil's noch Vormittag ist, die Kinder also in der Schule sind, die arbeitenden Eltern schon weg und die arbeitslosen Eltern noch im Bett, ist das Menschenaufkommen überschaubar. Max sieht nichts, was ihm ungewöhnlich vorkommt. Aber auch Liz sieht er nicht.

Die Straße bietet freien Blick für ein paar hundert Meter; die Häuser hören irgendwann auf, dahinter ist teils wilde Wiese, teils Schotter oder Sand.

Keine Liz.

Max geht sehr langsam jetzt, als erwarte er, gleich aufgefordert zu werden, die Hände überm Kopf zu verschränken, sich auf den Boden zu knien und keine plötzlichen Bewegungen zu machen. Autos fahren an ihm vorbei. Er schaut, wie schon vorhin beim Hotel, nach den Fenstern, den Vorhängen der Häuser, ob ihn da wer beobachtet, ob jemand ein Gewehr mit Zielfernrohr auf ihn richtet. Es ist nicht das erste Mal, dass er vor lauter Anspannung paradoxerweise unaufmerksam wird; den seltsamen Effekt haben Liz und er auf der langen Flucht mehrfach erlebt und oft diskutiert, sie nennt es »so wach sein, dass man gerade das Entscheidende dann doch verpennt«.

Was jetzt kommt, ist ein Auto, das ziemlich langsam aus der Richtung, die Max im Rücken liegt, zu ihm aufschließt, bis es genau neben ihm fährt, fast in seinem Schritttempo. Erst als die Beifahrertür geöffnet wird, mit einem nicht sehr lauten, aber von Max gänzlich nicht erwarteten Geräusch, stolpert er instinkthaft einen Schritt weg von der Straße.

Liz sagt: »Hampel nicht rum, steig ein. Bevor du noch mehr auffällst in deinem lächerlichen Aufzug. Mütze, bei der Hitze.«

Er neigt den Kopf, schaut in den brandneuen dunkelblauen Toyota. Da sitzt sie, die Haare kurz, totally Tomboy, wasserstoffblond mit, wie er übern oberen Rand der Sonnenbrille zu erkennen meint, leichtem metallischem Blaustich – und winkt ihn rein. Was bleibt ihm übrig? Er steigt ins Auto, schließt die Tür, und Liz beschleunigt maßvoll.

Zwei lange Minuten schweigen beide. Max schaut immer wieder zu Liz. Die aber guckt auf die Straße, mit einem Ausdruck, den er zwar kennt, aber nach all den Jahren immer noch nicht lesen kann: Ist sie wütend und hat sich nur außerordentlich gut in der Gewalt, ist sie konzentriert, überlegt sie, was sie sagen will, um ihm zu erklären, was hier gerade geschieht? Er versucht herauszufinden, wohin sie fährt, aber mehr als die allgemeine Richtung, nämlich den Außengürtel der Stadt entlang und dann schließlich stadtauswärts, ins Offene, kann er nicht erkennen.

Endlich ist er es, der das Schweigen bricht: »Ich hab ... es tut mir leid. Ich hab dich hintergangen und uns in Gefahr gebracht. Und ich weiß nicht, wie du uns da jetzt rausholst. Aber anscheinend machst du's, und dafür danke ich dir sehr.«

Sie lächelt, guckt immer noch auf die Straße, sagt endlich auch etwas: »Hör schon auf. Mit der Entschuldigung. Ist halt so. Das Besondere an unserer Situation, an unserem Vertrauen zueinander, ist doch, dass wir beide nichts machen müssen, was wir nicht wirklich wollen. So eine Art Freiwilligkeit ist bei allem dabei: Wenn wir uns selbst oder einander was vormachen wollen, steht uns das frei, wir kennen bloß die Folgen genauer als andere Leute. Andere Paare.« Er gibt ein zustimmendes Geräusch von sich, an dem sie erkennen kann, dass er Anlauf zu einer weiteren, längeren Erklärung nimmt, aber bevor er zum Sprechen kommt, redet sie weiter: »Man sagt ja, zweimal falsch gibt nicht richtig. Aber heute ist es eben doch mal so. Du hast mich hintergangen, ich dich auch. Und wir haben wahrscheinlich beide gedacht, dass es irgendwie gedeckt ist, wenn wir mit unseren … Spezialitäten zusätzliche Vereinbarungen mit anderen eingehen, für Geld oder … in meinem Fall: für ein Frühwarnsystem, das uns jetzt rettet. Denn wir haben ja auch die Abmachung, dass du und ich jeweils alleine und einzeln jede Maßnahme ergreifen dürfen, uns zu schützen, und nicht immer alles teilen müssen, was wir da tun, insbesondere dann, wenn der Sinn der Maßnahme ist, eine zusätzliche Geheimnisschicht um uns zu legen, durch die sich die dann durchfressen müssen, die uns jagen. Wenn ich … richtig informiert bin, dann geht es diesmal nur sehr knapp gut. Die Leute mit den drei Buchstaben auf den Schutzwesten, in ihren schwarzen dicken Autos, sind schon unterwegs, hab ich gehört. Sind bald am Motel. Du bist wahrscheinlich schon drauf gekommen: Der Professor an dem Institut, dem du indirekt den metallischen Wasserstoff verkauft hast, ist zu deinem Dinertypen gefahren, wo du gejobbt hast, und der Rest war einfach. Man überwacht ja alle Forschungsstätten, um Leute wie uns zu finden, insbesondere alle Institute, an denen irgendetwas ganz Neues, Technisches erfunden und getestet wird. Sie vermuten, dass sie uns da finden, und heute haben sie recht. Sie haben uns gefunden, sie beschatten den Professor schon eine ganze Weile, und jetzt findet der uns, und das … das ist der Moment für den Zugriff.«

Sie biegt ein letztes Mal links ab, auf die Interstate, und er begreift: Das Leben von Theo und Celia liegt jetzt hinter ihnen. Er fragt: »Wohin fahren wir?«

»Zum Flughafen.«

»Zum … wie …«

»Siebzig Meilen von hier. Privatflughafen. Da holt uns die Frau ab, die uns gerettet hat.«

»Die … Frau?« Er ist jetzt wirklich restlos überfordert,

nimmt aber immerhin endlich die Sonnenbrille ab, faltet sie zusammen und steckt sie sich über der Brust in den T-Shirt-Halsausschnitt.

Liz tut etwas, das er überhaupt nicht versteht: Sie lacht, schüttelt den Kopf. Dann sagt sie: »Ich bin da wirklich ... Es geht um Musik und Mathe, kannst du das glauben? Mir war extrem, extreeeeem langweilig, Max. Ich habe ... du hast ja wenigstens wirklich die Absicht gehabt, uns was Gutes zu tun, mit deiner kleinen Nebentätigkeit. Aber ich ... ich war einfach viel öfter, und viel länger, im Netz, als du weißt. Fast jeden Tag. Aus Langeweile. Es gibt ... na, es gibt diese Plattformen, bei denen wir uns ja drauf geeinigt hatten, da halten wir am besten großen Sicherheitsabstand. Forschung. Die Ausschreibungen: Wer ein Problem löst, das irgendein Labor, irgendein Institut nicht geknackt kriegt, meistens die R&D-Abteilung irgendeines Konzerns ... da gibt's 'ne Prämie. Ich hab das ... wie so Kreuzworträtsel, wie Sudoku ...«

»Du hast dich beteiligt«, sagt er und hofft, dass sie die ambivalente Mischung aus Verständnis und Missbilligung, die ihre Eröffnung bei ihm auslöst, richtig versteht.

Liz nickt, sagt aber etwas, das zum Nicken nicht zu passen scheint: »Nein, beteiligt ist falsch. Ich habe das ... ich hab mir das nur rauskopiert und in meiner manchmal viel zu umfangreichen Freizeit ... well. Ich hab halt dran rumgebastelt, aber einmal war's dann doch zu ... zu sexy, weil ich ... ich hab gesehen, die Aufgabe war falsch gestellt, deswegen war klar, die kriegen das nie raus, und nur Leute wie du und ich, Leute, die ... vom Licht gelesen ... na, du weißt schon. Denen fehlt die Perspektive, den Normalen. Da habe ich es nicht mehr ausgehalten und habe mir eine Adresse gebastelt und eine ... also, alle Sicherheitsvorkehrungen, die sich überhaupt nur denken lassen, ist ja klar.«

Anstatt nachzufragen, was sie unter »alle Sicherheitsvorkehrungen« versteht und ob sie vergessen hat, dass Max und sie eigentlich immer der Ansicht waren, dass selbst das eifrigste Rerouting und Irreführen heutzutage keinen hinreichenden Schutz mehr vor technisch anspruchsvollem Hacking, insbesondere regierungsfinanzierten Coder-Bataillonen, bietet, fragt Max lieber nach dem, was ihn wirklich interessiert: »Worum ging's denn?«

Sie lacht wieder, kürzer, leiser, wie man über etwas lacht, das man gänzlich erstaunlich und ein bisschen verrückt findet, dann sagt sie: »Musik, Liebling.«

Er glaubt, sich verhört zu haben: »Mu… Musik, hast du Musik gesagt?«

Das erste Mal seit Beginn der seltsamen Fahrt schaut sie ihn kurz an, küsst ihn überraschend auf die Wange, dann wendet sie sich wieder der fast gänzlich leeren Straße zu und sagt: »Yeah. Eine … eine Musikerin, die offenbar ein Institut für elektronische Kunst und für … allerlei … also, sie ist gut vernetzt, Informatik, Mathe, auf der ganzen Welt, daher hab ich sie überhaupt gefunden, weil sie oft auf den Sites kommentiert und mit vielen der Leute da arbeitet, wo ich am häufigsten geguckt habe, ob ein interessantes Programmierproblem oder … na, sie hat so ein Musiksystem entwickelt, wie Schönberg mit seinen Zwölf Tönen oder Ornette Coleman mit seinen Harmolodics oder …«

»Hey, ich bin Bluesrockfan. Ich hab keine Ahnung von so was«, sagt er abwehrend, halb ernst, halb kokett.

»Muss man ja auch nicht. Also, ihr geht es um … es fing als die Frage an, kann man mit programmierten Instrumenten, mit elektroakustischen Systemen improvisieren, oder ist das unmöglich, weil Algorithmen halt stur sind? Sie hat sich die Improvisationen angeguckt, im Free Jazz zum Beispiel, und einen Schlüssel entwickelt, wie eine musikalische Form, sagen wir, ein Taktmaß oder eine Tonhöhe, aber dann auch zusammenhängende, größere Gebilde, eine Phrase oder ein Riff oder so was, ineinander übergehen, ineinander überführt werden, auseinander hervorgehen bei so einer Improvisation, und sie hatte dafür so ein Modell, analog der Homotopie in der algebraischen Topologie …«

Er wirft ein, damit sie sieht, dass er ihr folgen kann: »Wenn zwei Formen ineinander überführt werden können durch eine Familie von Zwischenformen.«

»Genau«, bestätigt Liz, »und das wollte sie dann systematisieren, aber … die Dimensionszahlen der Aufgabenstellung waren zu niedrig, sie hatte drei Raumdimensionen für die Schallausbreitung und eine Zeitdimension angesetzt, aber natürlich …«

Jetzt ist es Max, der nickt, als er ihren Gedanken beendet: »Natürlich ist das zu kurz gedacht, wenn das System …«

»Ja«, sagt sie, »wenn du nicht vergisst, dass es ein Signalsystem ist, eine Art Kommunikation, dieses Musizieren, dass du jemanden hast, der spielt oder programmiert, und jemanden, der es hört, also, es kann auch dieselbe Person sein, aber als signalverarbeitendes System betrachtet, kann man ja nicht …« Sie lässt den Rest unausgesprochen, Max versteht, und das bestätigt er ihr, indem er sagt: »Aber dass das so ist, das kann man normalen Menschen zwar erklären, aber von allein werden sie kaum drauf kommen, während für uns … für uns ist es sozusagen selbstverständlich. Weil uns das Licht … ja.«

Liz sagt nichts dazu, es ist die eine, große Tatsache, über die beide nicht mehr viel reden können oder wollen. Alles, was dazu je zu sagen war, haben sie vor Jahren gesagt. Max hat eine ganz andere Frage: »Du sagst, eine Frau hat uns gerettet – diese Musikerin?«

»Ja.«

»Wie kann eine Musikerin …«

»Sie ist mehr als eine Musikerin. Das, was sie da als Aufgabe ins Netz gestellt hat, war mehr und … was anderes als Musik. Weißt du, wie in diesen Science-Fiction-Geschichten, wo einer immer wieder bei irgendeinem Preisausschreiben mitmacht, einem Knobelrätsel, und er löst es immer und gewinnt Preise, aber in Wirklichkeit sind es Berechnungen fürs Militär oder ein geheimes Projekt oder so was, an dem er sich wissentlich nie beteiligen würde, weil es irgendwie böse ist, also legen sie ihn rein mit dem Rätsel, weil sie wissen, er würde es sonst nicht machen.«

»Ist das eine Geschichte von Philip K. Dick? Mehr als Musik …«

»Mehr als Musik. Aber nichts Militärisches oder Böses, nur … jedenfalls, die Musikerin ist zwar wirklich Musikerin, Komponistin und … aber auch viel mehr. Sie hat … sie hat viele Mittel, und sie … sie sammelt Leute wie uns ein. Als ich mich gemeldet habe, hat sie … ja, also, sie hatte mich sofort gefunden, mein ganzes Tarnzeug war … ich bin sehr erschrocken.«

»Wann … Liz, wann war das?«

»Sie arbeitet jetzt seit zwei Jahren daran, mein Vertrauen zu gewinnen.«

»Und hat sie's … gewonnen?«

»Ja. Sie hätte mich und dich zehnmal greifen können, oder öfter, sie wusste immer, wo wir waren, und das Angebot war die ganze Zeit, sie holt uns weg, sie bringt uns in Sicherheit, zu anderen, die … so sind wie wir, und wir haben alle Freiheiten, und … ich habe immer abgelehnt. Ehrlich gesagt, der Hauptgrund war, ich hab mich geschämt und gefürchtet. Ich dachte immer, wie du wohl reagieren würdest, wenn ich dir sage, dass ich unsere Sicherheit so sehr gefährdet habe. Sie hat's verstanden, ohne dass ich's ihr erklären musste. Und noch mehr: Sie hatte uns schon früher mal im Auge, in Alaska. Sie hat mir genau beschrieben … wie wir da … wie wir da gewohnt haben, bei Anchorage. Und damals hat sie uns in Ruhe gelassen, und jetzt auch. Sie hat gesagt: Ich hätte euch nur geholt, wenn die andern euch zu nahe gekommen wären. FBI, Geheimdienst … alle, die wissen, dass es Leute wie uns gibt. Sie hat gesagt: Ich verstehe, dass du misstrauisch bist, Liz. Lass dir Zeit. Aber ich verrate dir auch, was Max gerade macht und dass das gefährlich ist, und wenn er …«

Max schaut beschämt nach unten, dann wieder zu Liz, die seinen Blick kurz erwidert, mit aufmunterndem Lächeln: »Und wenn er euch dann so richtig in die Scheiße reitet, dann sage ich dir Bescheid, dann könnt ihr abhauen, und ich sage dir auch, wo ihr mich findet, aber wenn du das dann immer noch nicht willst, könnt ihr auch weiterfliehen.«

»Großzügig«, gibt Max beeindruckt zu, aber dann fällt ihm ein Einwand ein: »Hast du das jetzt also ganz allein beschlossen, dass wir das Angebot von deiner … Musikerin annehmen? Ich meine, ich bin jetzt nicht in der Position, dir zu sagen, du hättest mich da einbeziehen müssen, schließlich bin ja eigentlich ich schuld dran, dass wir jetzt überhaupt … aber bist du sicher, dass das eine gute Idee ist, da zu diesem Flughafen jetzt zu fahren und …«

»Wir reden gerade darüber. Wenn du sagst: Das geht mir zu schnell, oder: Das will ich überhaupt nicht, dann fahre ich einfach weiter. Wir können es so machen wie immer seit … fünfzehn? Fünfzehn Jahren, ja. Oder wir probieren was Neues. Deine Entscheidung. Ich meine das ernst. Ich fahre nur Richtung Treffpunkt, weil wir sowieso … das nächste Depot liegt auf der verlängerten Linie, nicht?«

Er sieht nach links aus dem Fenster, flaches Land, flacher Bundesstaat, flache Nation. Was Neues? Er hat die USA in seinem ganzen Leben noch nicht verlassen. Er hatte es nicht vor. Stimmt das? Hatte er es nicht vor, oder hatte er es nur nicht mehr für möglich gehalten?

»Darf ich darüber noch nachdenken? Paar Minuten?«, fragt er sie.

»Klar. Wir haben noch ein Weilchen, bevor der Flughafen kommt«, sagt sie, völlig ausgeglichen, sogar ein wenig heiter.

»Mit Musik?«, fragt er und weiß, dass das ein bisschen frech ist.

»Auf jeden Fall«, sagt sie, weil sie weiß, wie gern er auf langen Autostrecken Musik hört.

Er schaltet das Gerät ein.

Howlin' Wolf heult sein Baby an.

Max denkt: Der Tag hat sehr schön angefangen. Dann wurde er ganz schnell furchtbar und immer furchtbarer, und jetzt? Jetzt ist alles ungewiss. Alles neu? Ja, alles neu.

Er nimmt die Hand vom Gerät, ändert den Sender nicht.

Er mag Howlin' Wolf.

Und er weiß, dass Liz Howlin' Wolf auch mag.

13 | Kollaps (2017)

Mehrere Monate lang sieht es danach aus, als wollten sich der seelische Zustand und das Sozialverhalten von Veras siebzehnjährigem Mündel Filipa tatsächlich bessern. Filipa klaut nicht mehr (zumindest, denkt Vera, lässt sie sich nicht mehr erwischen). Sie geht wieder regelmäßig zur Schule, entschuldigt sich in aller Form bei ihrem Mathelehrer Lifschitz (zumindest, denkt Vera, in aller jugendlichen Form: »Ich war komplett durch den Wind wegen meiner Oma, es tut mir leid, und ich reiß mich jetzt zusammen«), hält sich häufiger als zuvor bei Vera statt daheim auf, übernachtet auch hin und wieder bei ihrer Beschützerin, was Filipas Mutter aus den verschiedensten Gründen gar nicht unlieb ist.

Vera und Bernhard geben der jungen Frau Geld, anfangs auf Bitten, später als eine Art monatlicher Unterstützung, sehr viel für ihr Alter, zwischen vier- und fünfhundert Euro, aber, wie Vera sagt, »erstens hören dann die Diebstähle auf oder besser, sie haben schon aufgehört, zweitens machst du mit dem Geld was aus dir – die neuen, längeren Haare sehen sehr gut aus, und ich kann mir nicht vorstellen, dass irgendjemandem auf der Welt diese Veloursléderstiefelchen oder der blaue Kaschmir-Baumwollmantel besser stehen, abgesehen von Kid Korona vielleicht. Drittens kaufst du dir ja auch, na, ein besseres Tablet und Bücher und all das. Wahrscheinlich baust du eine Zeitmaschine, und wir gucken am Ende alle blöd.«

Der Witz mit der Zeitmaschine soll andeuten, das Vera durchaus bemerkt hat, dass die Sache rechnerisch nicht ganz aufgeht: Die Beträge, die sie und Bernhard Filipa zustecken, sind um ein Drittel bis sogar die Hälfte höher als das kostet, was Vera so an Neuerwerbungen mitbekommt, Filipa kauft also noch irgendetwas, das Vera nicht sieht. Weil sie aber weiß, wie schnell sie das Vertrauen der jungen Frau verlieren kann, bohrt sie nicht nach.

»Vielleicht spart sie ja sogar auf irgendwas. Ich trau ihr das zu«, sagt sie zu Bernhard, dem die Differenz zwischen seinen und Veras Geldgeschenken und dem gebremsten Luxus, in dem Filipa lebt, auch aufgefallen ist.

»Und wir haben sie«, sagt Vera, »ja gebeten, sie soll intelligent und vorsichtig mit dem Geld umgehen, damit es nicht irgendwann heißt, wo hat sie das her. Die Chefin hat uns denselben Rat gegeben: Kauft nicht auf einmal zu viel, zahlt immer bar … und so weiter.«

Die kleine Rechtfertigungsrede verdeckt eine Menge Neugier; Vera wüsste schon gern, was in dem Kopf vorgeht, der Aufzeichnungen anfertigt wie die, die sie eines Tages in drei großen Notizbüchern in Filipas Zimmer findet, beim Durchblättern, von dem sie weiß, dass es eine Verletzung der Privatsphäre des Mündels darstellt.

Vera sieht keinen Grund, sich selbst zu verheimlichen, dass sie gern wüsste, wo sich die inzwischen fast Volljährige an den Abenden, insbesondere freitags und samstags, eigentlich aufhält, an denen sie immer öfter länger als bis zehn Uhr abends, manchmal bis drei, vier Uhr nachts wegbleibt. Vera stellt sich dann schlafend, wacht aber noch, wie die Mutter, die sie nie sein wollte. Sie gesteht sich ein, dass sie heimlich erwartet hat, in den Aufzeichnungen, die sie mit schlechtem Gewissen liest, Hinweise darauf zu finden, was es mit diesen langen Nächten auf sich hat. Stattdessen steht da, wie Vera bald Bernhard verblüfft, irritiert und amüsiert am Telefon erzählt, »nur Wissenschaft drin. Wahrscheinlich geht sie in Abendvorlesungen statt … zu feiern, mit ihren Mitschülerinnen oder irgendwelchen Jungs, ich hab ja nur mal zwei, drei Gleichaltrige mit ihr erlebt, beim Eisessen und beim Abholen an der Schule und so, aber das waren eigentlich nicht so recht Partyleute. Und in diesen Büchlein … *cutting edge science*, wie Kid Korona sagen würde …«

»Was denn für science?«, will Bernhard wissen. Vera schämt sich ihrer Grenzen nicht: »Du, Gleichungen und ähm chemische Strukturformeln, Sachen, die ich gar nicht kenne. Müsste mich da reinarbeiten und mir das drauf schaffen. Also nichts rein Mathematisches, eher Angewandtes. Symmetriezeug wegen Übergangsmetallen, dann viel Materialwissenschaft, Tungstenröhrchen, Galliumzeug, Rhodiumschwämme, Supraleiter, Photovoltaik …«

»Wow. Der Verein sollte sich mehr um sie bemühen.«

Auf Veras Veranlassung geschieht das. Filipa nimmt nun an Gruppengesprächen und Aktivitäten der vom Licht Gelesenen teil, lernt neue Leute kennen, Chemiker, Ärztinnen, Informatiker, die ihr, abgesehen von der seelischen Bewältigung des Erlebten, auch beim Lernen helfen.

»Ich konzentrier mich auf Zukunft«, sagt Filipa eines Abends beim Netflixgucken zu Vera. »Also, meine persönliche, und dann auch … überhaupt. Wir könnten den Menschen, ich meine, allen Menschen, ja helfen, mit dem, was wir wissen.«

Vera fragt: »Und deine … persönliche Zukunft, wie sieht's da aus? Die wilde Zeit scheint vorbei zu sein, oder?« Es ist ihr unangenehm, davon zu reden, aber Filipa scheint's nichts auszumachen: »Vera, ich bin dir dankbar, dass du mir genug vertraut hast … dass ich das alles ausprobieren konnte, die … Geschichten mit Matthias und Dirk und auch mit Gesine …«

Vera verschluckt ein überraschtes Geräusch, von einer Gesine weiß sie nichts. Filipa fährt fort: »Und jetzt hat sich das alles so eingespielt … na, ich sag dir bald mehr, aber es gibt … es gibt eine neue Lovestory, und die ist wahrscheinlich für länger. Also, so richtig«, sagt sie, hörbar nicht ohne Stolz. Vera belässt es dabei.

Ihre Abiturprüfungen besteht Filipa glänzend.

Der Mathematiklehrer Lifschitz ist versöhnt und begeistert: »Das ist auf Universitätsniveau, das hebt den PISA-Schnitt für Deutschland im Alleingang.«

Die Zeugnisse gibt es genau eine Woche vor Filipas achtzehntem Geburtstag, den Vera mit ihr, Bernhard und einigen anderen der Lichtleute, die Filipa kennt, feiern will, mit einem Abend »unter uns, vielleicht auf irgendeinem Anwesen von jemandem von uns, der so was hat, ein Anwesen. Eine Villa. Ein Millionär, den die Chefin kennt, oder so was.«

Zwei Tage vor dem Fest haut Filipa ab. Sie legt ihre beiden »offiziellen« Handys – das, dessen Nummer ihre Mutter hat, und das andere, sichere, dessen Nummer nur Vera und die Leute vom Licht kennen – auf ihr Bett, dazu einen Zettel:

»Sucht mich nicht. Ich werde mich melden. Sorry und Danke, F.«

Sie nimmt nichts mit außer dem Geldbeutel mit den zwei falschen Ausweisen, in denen sie anders heißt und neunzehn beziehungsweise zwanzig Jahre alt ist. Filipa fährt in ihrer Lieblingskleidung – der Samtcordhose, dem Wollmixmantel, dem Doubleface-Cape aus Schurwolle – von Veras Wohnung erst zu Bernhard, wo heute ein Treffen ist, an dem sie nicht teilnehmen wollte, wie alle wissen, die da sind und im Moment Bernhard in der Küche beim Kochen helfen.

Filipa bittet Vera kurz auf den Flur und sagt: »Ich geh heut erst privat feiern, auch mal wieder übernachten. Du traust mir?«

Vera lächelt: »Hausaufgaben gemacht?«

Filipa nickt, es ist ein Witz zwischen ihnen beiden, das sagt Vera immer, wenn Filipa auswärts übernachtet. Filipa sagt: »Hausaufgaben, aufgeräumt und alles.«

»Aber betrink dich nicht so doll, damit du übermorgen noch mit uns feiern kannst, okay?«, sagt Vera und kommt sich dabei albern vor, wegen der eifersüchtigen Sentimentalität: Das richtige Fest bitte mit mir, liebes Mündel.

Filipa sagt: »Klar, es ist ja nur …«

»Die geheime neue Lovestory …«, flüstert Vera verschwörerisch, und sie umarmen einander. Dann huscht die Jüngere zur Tür raus. Sie ist ein bisschen traurig dabei, denn sie will Vera eigentlich nicht hinters Licht führen.

Im Taxi überlegt sie sich, dass ihre Tarnbehauptung nicht mal ganz gelogen ist: Es gibt eine Lovestory, aber es geht dabei um »The Greatest Love of All«, wie Whitney Houston gerade aus dem Radio singt.

Filipa sieht die Sache so: Die Männer, unter anderem der gerade erst erwachsene Junge, zu dem sie jetzt fährt, sind meine Helfer bei dieser großen Lovestory. Ich glaube nicht mehr, dass Vera und die andern Schuld haben an Mariannes Tod, jedenfalls nicht in dem Sinn, dass da irgendwas Böses dahintersteckt. Sie waren nur unvorsichtig. Ich traue niemandem mehr, nicht mal dem Licht. Ich kann nur mir trauen. Ich muss meinen eigenen Haushalt führen.

The greatest love of all
Is easy to achieve
Learning to love yourself
It is the greatest love of all

Das Wort »Haushalt«, das Filipa denkt, hat sie aus ihren Studien. Sie meint damit das, was bei Fließgleichgewichten, Nichtgleichgewichtsphasenübergängen, bei negentropischen Prozessen, beim biologischen Stoffwechsel »Energiehaushalt« genannt wird. Sie meint ihre Leidenschaften, ihre Unruhe, sie meint das, was sie dazu gebracht hat, weitaus riskantere Experimente anzustellen als ein bisschen Frauenliebe.

Von der hat sie Vera erzählt, um der älteren Freundin wenigstens ein bisschen was Wildes zu verraten, das weitergehenden Verdacht zerstreut. Das hat geklappt.

Filipa gesteht sich jetzt ein, dass der größte Reiz bei all den Risiken, den Drogen, den sexuellen Abenteuern, den Wahnsinnspartys, vielleicht die Gefahr war, doch noch von Vera erwischt zu werden. Echte Triumphe: völlig breit vor ihr zu stehen, nach so einer Nacht, und sich so gut beherrschen zu können, dass die naive Exmathematikerin nichts merkt, nicht mal die veränderten Pupillen.

Ich wollte rebellieren, mich ausprobieren und an Grenzen gehen, aber der Radau kurz nach dem Licht war der falsche Weg. Das Abenteuer ist viel größer, wenn ich es schaffe, meine Siege vor denen zu verbergen, die denken, sie kennen mich.

Filipa schaut ins Spiegelfenster und überlegt: Die falschen Ausweise brauche ich wahrscheinlich gar nicht, niemand, der mich so gestylt sieht, hält mich für jünger als zwanzig.

Der Brief, mit dem sie sich von ihrer Mutter verabschiedet, ist unterwegs.

Bei Vera wird sie sich melden, sobald sie eine erste Spur hat auf ihrer Suche nach dem Großvater, in England – ihr Flug geht in neunzehn Stunden.

Sie hat vor, bis dahin zu feiern, ein paar Stunden im Hotel zu schlafen, vor dem der Wagen gerade hält, und dann aufzubrechen. Dass ihr Körper die Exzesse gut vertragen wird, die sie plant, weiß sie aus Vorversuchen der letzten Monate.

Dirk, Frank, Sven, Laurent und Peter stehen nicht im Foyer wie abgemacht, sondern in ihren lustigen Anzügen von der Stange auf dem Teppich vorm Hotel. Sie winken Filipa, als sie aussteigt. Dann kommt Dirk, der sie am besten kennt, auf sie zugelaufen: »Du, ich war mir nicht mehr sicher, wann kommt jetzt diese Limousine, gleich oder erst später?«

»Um null Uhr«, sagt Filipa und verdreht die Augen, das soll sagen: Seid doch nicht so ungeduldig, wir haben noch vier Stunden.

»Ist nur so«, sagt er entschuldigend, während das Taxi wegfährt, »die Jungs sind alle schon ganz fickrig.« Filipa hebt wegen der Wortwahl missbilligend-ironisch die rechte Augenbraue und sagt: »Euch ist schon klar, dass das kein Puff ist, wo ich euch hinbringe?«

Er zuckt mit den Schultern, lächelt und sagt: »Öhm, sorry, ist nicht so gemeint, aber sie freuen sich halt.« Mit zwei der Jungs, Laurent und Dirk, hatte Filipa Affären. Die anderen sind ihre Kumpels. Alle sind volljährig, bis auf Filipa, aber dass die's erst übermorgen wird, weiß nur Dirk, dessen älterer Bruder Alfi, der mit knapp neunundzwanzig Jahren schon zweimal im Knast gesessen ist, Filipa gegen viel Geld und kleinere sexuelle Gefälligkeiten die Ausweise beschafft hat.

Den Abend sieht Filipa als von ihr organisierte Zusatzabifeier. Sie kennt den Stripclub, wo die Sache steigen soll, weil eine ihrer Internetbekanntschaften, ein Banker aus Basel, der seit drei Monaten nicht mehr hier in der Stadt wohnt, sie dahin mal mitgenommen hat, vor einem halben Jahr, um mit ihr, die er für eine Prostituierte hielt, vor dreien seiner Kollegen anzugeben. Filipa hat alles geordnet, was nun kommen soll, unter falschem Namen, mit falschem E-Mail-Account, aber echtem Geld: Das »VIP Gold Paket« beim Table-Dance-Laden ist gedacht für maximal acht Personen, es umfasst den Eintritt mit Tischreservierung, acht »Welcome Drinks«, acht »Dollar« für die Bühnenperformer, eine Bühnenshow für eine Person aus der Gruppe – das soll Dirks Geschenk sein, in Erinnerung an die kurze, aber schöne Affäre der beiden –, ein Liter Smirnoff Wodka Red mit Mischgetränken und die Stretchlimousinenabholung im Stadtgebiet, das Ganze für 310 Euro.

»Lass uns mal gemütlich vorglühen«, sagt Filipa nach dem großen Hallo.

»Superidee!«, sagt Sven, und was er meint, ist: zu Befehl. Filipas Plan führt die Gruppe zunächst in ein australisches Steakhaus, wo Filipa das erste Mal Känguru isst (ein bisschen zäh, trotz oder wegen »medium«) und schon mal drei Mandarinenschnäpse trinkt, dann in eine Bonzenbar, wo sie ein Kirschwasser bestellt, das der eilfertige Barmann allerdings erst »hinten holen« muss, weshalb er »während Sie warten, aufs Haus«, Filipa einen Himbeergeist einschenkt. Nachdem das Kirschwasser da ist, bringt es den Gesamtstand auf fünf Schnäpse in Filipas Blut, so dass sie sich zügelt, die ebenfalls zum Teil schon markant angetrunkenen Jungs noch kurz in einen Park führt, dort mit Dirk und Frank in Gras und Gebüsch rumalbert, dezent handgreiflich, nichts Derbes, und dann ein Signal von ihrem dritten Handy bekommt, dass es an der Zeit ist, zum Hotel zurückzugehen.

Der Weg ist ihr ein Fallen, aber die Jungs merken es nicht, denn Filipa hat im Licht gelernt, wie sie ihren Körper steuern kann, selbst dann, wenn große Teile des Hirns damit befasst sind, sich mit einem Gift zu unterhalten, zum Beispiel Alkohol. Sie kippt nicht, wankt nicht, geht nicht zu Boden und denkt: Das ist Himmelsmechanik, so geht eine Umlaufbahn, ein Sturz an der Schwerkraftmulde vorbei.

Die weiße Limousine trifft zwei Minuten nach der Gruppe ein. Der Fahrer lässt sich von Filipa erklären, dass er den weiteren Weg nehmen soll, den weitestmöglichen, sie will gefahren werden. Miley Cyrus stimmt ihr zu, sehr laut, im Auto, in dem viel Platz ist, ein Halbdunkel, durchschossen von Eis – das ist die kristalline Bar –, von Magenta, von Neonblau, von Lichtern der Stadt durch das eine runtergelassene und die vier getönten Fenster, ja, Filipa will fahren, genau wie Miley:

I wanna fly I wanna drive I wanna go
I wanna be a part of something I don't know

Jetzt klettert Filipa auf Dirks Schoß.

Sein Mund schmeckt gut, und seine Hand auf ihrem Bauch unterm Pulli ist kühl und lustig. Aber dann rutscht Filipa, die Beine angewinkelt, über Sven und Laurent zu Peter, hockt danach jedoch nicht auf dem, sondern gräbt sich neben ihm unter ihm auf den Kunstledersitz, bis Peter über ihr staunt und lacht, dann schmeckt auch sein Mund gut, und gleichzeitig spürt Filipa, wie sie jetzt den ganzen Schnaps schon besiegt hat, wie sie immer klarer wird bei ihren Spielen. Schon hält das Auto. Alle steigen aus. Filipa geht voran auf dem langen Teppich, zur Security. Von denen holt einer die Frau, die Filipas Gruppe betreuen wird, eine kompakte, nicht aber dicke Dame von Ende vierzig, die alles noch mal erklärt – Filipa tauft sie bei sich sofort »die Erklärbärin« –, »nicht anfassen, außer ihr werdet eingeladen dazu, keine Fotos, kein Filmen«, und als sie zum Thema Wodka kommt, sagt Filipa plötzlich: »Nee, also Wodka, dieses Kartoffelwasser da, das ist ja ganz sinnlos, das will ich nicht«, während sie, die Jungs brav hinterdrein, schon die Treppe runtergeht, wo es blitzt in mehr Farben denn je, wo Musik läuft, die älter ist als Filipa – im Moment »Walk this Way« von Run DMC mit Aerosmith, und Dirk sagt laut hinter Filipa: »Wenn das die Queen nicht trinkt, trinken wir das auch nicht.«

Allgemeine, johlende Zustimmung, Filipa gefällt das, die Queen, passt.

Die Frau sagt: »Es gibt auch Alternativen. Gin vielleicht?«

»Ja, Gin, super, bestimmt, Gin!«, sagt Filipa, und Dirk und der übrige Ritteranhang der Queen stimmen lauthals zu. Dann gibt es Stempel für alle.

Die Erklärbärin führt sie durch kleine Häuflein von Menschen, manche mit Gruppen-T-Shirts oder in anderer Gemeinschaftskluft, die sie als Nutzerinnen oder Nutzer desselben Tarifs ausweist, den auch Filipa gebucht hat, alle zwischen fünfundzwanzig und dreißig, wenige Einzelne über fünfzig. Man erreicht schließlich den reservierten Tisch nah bei der Bühne. Es gibt schlechtere Tische, weiter weg vom Geschehen, bei dem zwischen zwei Poles auf der erhobenen Bühne ein asiatisch aussehender junger Mann sich das Hemd von einer schönen Frau in schwarzem BH, schwarzem Höschen, schwarzen Bettie-Page-Strapsen aufreißen lässt, wozu seine Freunde, unübersehbar eine Junggesellenparty, Rudeljaulmusik machen. Frauen in wenig, sehr wenig und praktisch gar keiner Kleidung, Frauen, die Zeug anhaben, das derber aussieht als die schlimmste, eingeölte Nacktheit, paradieren wie Kraniche, Füchsinnen und Katzen zwischen den Leuten.

Dirk und Frank drehen ihre Köpfe, als wären das Schrauben. Filipa findet es lustig und singt mit Herrn Westernhagen, der aus den Riesenboxen hustet:

> Sexyyyyy, ich würde alles für dich tun
> Sexyyyy, ich würde alles für dich tun

Jetzt setzt man sich im Rund aufs weiße Sesselzeug. Die ersten schönen, jungen, paranackten Frauen strolchen lässig vorbei, winken ein bisschen. Die Erklärbärin bringt einen metallischen Eiskübel, da liegt der Bombay-Gin drin, eine der jungen Schönen bringt Gläser, einen Krug mit Wasser zum Mischen. Die Madame beugt sich über die Queen, weil sie weiß, dass das die Anführerin ist, und sagt: »Jetzt sind da oben noch drei Männer dran, dann eine Frau, dann kommt ihr, die Show für … wer war es, wie heißt er?« Die Queen erwidert: »Dirk, es ist für Dirk.« Der sitzt neben ihr, hört es, trotz Lärm, und sagt:

»Moment, hallo, hey, mein Name, was? Ich soll, was ist das, ich soll da hoch?« Die Erklärbärin zuckt mit den Schultern und sagt freundlich: »Muss nicht. Die Alternative wäre, er geht mit dem Mädchen rüber in die Kabine.«

»Kabine, wie?«, fragt Dirk teils verunsichert, teils sichtlich interessiert, und Filipa, die sich konzentrieren muss, weil ihr das Flimmerspiel so gefällt, der Schwarzlichteffekt, das Leuchten, deutet auf die rechte Seite der Bühne. Dort sind Vorhänge, das sieht aus wie kleine Telefonkabinen: »Da kannst du mit einer der Damen rübergehen, hinter so einen Vorhang, dann tanzt sie nur für dich persönlich.«

Sven hat es gehört, vornübergebeugt, und lacht Filipa an: »Warst du da schon mal drin? Als Kundin oder ähaha Performerin?«

Die Erklärbärin guckt ihn verächtlich an, Filipa winkt ab und sagt zu Dirk: »Findste das besser, als wenn alle über deine Hühnerbrust lachen?«

Er nickt, sagt: »äh ja schon, weil ähm«, da ist auch schon eine Schönheit mit langen rotbraunen Haaren und kecken Brüsten zur Stelle und winkt ihm, wohl auf ein unmerkliches Signal der Erklärbärin. Als er sie anstrahlt, gibt sie ihm die Hand, dass er sich zwischen Filipa und Frank aus der Sitzgruppe ziehen lässt. Die beiden verschwinden nach rechts.

Filipa applaudiert, dann nimmt sie sich ihr Ginglas und steht damit auf, in vollkommener Balance. Sven gesellt sich zu ihr, und sie freuen sich am Bühnenrand darüber, wie der Gast auf dem Rücken liegt und die Körperkünstlerin da mit ihren beiden Beinen in zwei Stuhlrücklehnen verhakt ist, um sich direkt überm Gesicht des sichtlich Überforderten spreizen zu können. Es ist erstaunliche Akrobatik, zu der alle mitsingen, was ein kleiner Sänger mit großer Stimme singt, der dieses Stück lange vor Filipas Geburt aufgenommen hat:

Any way you want it
That's the way you need it
Any way you want it

Die Zeit vergeht jetzt schneller. Dirk kehrt leuchtend, ein bisschen verrutscht, zurück aus seiner Kabine. Immer wieder streunen die Schönen vorbei, aber keiner aus der Gruppe traut sich, es Dirk nachzumachen, bis schließlich eine besonders vornehme und hinreißende Frau sich auf Filipas Schoß setzt und ihr den perfekten Hintern gegen den Bauch drückt.

Filipa sagt ihr ins Ohr, über den duftenden blonden Haaren: »Das ist aber nett, Sie sind ja toll. Das ist toll, danke«, da dreht die Schöne kaum merklich das Gesicht etwas in Filipas Richtung und sagt melodisch, heiter, kein bisschen devot oder klebrig oder vulgär, mit kaum spürbarem osteuropäischem Akzent: »Do you speak Englisch? Sorry meine Deutsch …«

Filipa erwidert: »Sure. I was just saying, you are great, this is nice, this feels very nice.«

Die Frau lächelt geheimnisvoll, dann wippt sie ein bisschen auf Filipas linkem Bein, dann sagt sie: »Want to come with me? I dance for you, only for you.«

Filipa lacht: »Oh, that is … oh, thank you again, but, I think, lieber nicht, I don't, I should not do that. The boys, it will confuse them.«

Die Schöne schlägt die Augen nieder, schließt sie, als träume sie, dann steht sie wie im Sprung auf, schüttelt ihr Haar nach rechts, guckt über die Schulter wie schmollend, aber verführerisch noch mal zu Filipa und tanzt davon, so dass Filipa sehr begeistert lachen muss, Dirk auch, Sven auch, den andern ist es zu unheimlich.

Als Filipa einige Zeit später mit Sven noch einmal am Bühnenrand steht, während diesmal oben eine Frau von einem fast ganz nackten, schwarzen, athletischen, kahlköpfigen Tänzer verwöhnt wird, sagt Sven zu Filipa, leicht nach links gebeugt, damit er ihr ins Ohr sprechen kann: »Hattest du keine Lust? Die war doch wahnsinnig schön.«

Filipa schüttelt den Kopf und sagt: »Hör mal, ich hab euch hergebracht, um euch zu … durchzuschütteln, ich wollte da zugucken, das ist mein Spaß heute, ich bin hier wirklich nur Zuschauerin, hör mal, was sollte ich denn … nee, echt.«

Er nickt: »Ja, okay, das versteh ich, ich schau auch lieber zu.«

Als hätte sie gehört, dass man von ihr redet, steht auf einmal die Schöne von gerade eben wenige Meter rechts von den beiden und blickt zunächst nach oben, auf die Bühne, dann aber nach links zu Filipa, lächelnd, und hebt die Arme, die Hände, und lockt damit, lässt sie kreisen. Da sagt Filipa: »Halt mal mein Getränk, Sven.«

Sie gibt es ihm, nimmt die sich Nähernde bei der Hand und lässt sich zur Kabine bringen. Vorhang auf, beide rein, Vorhang zu. Da ist eine kleine Bank, genug Platz für sehr viel Bewegung. Filipa setzt sich auf die Bank, sitzt jetzt auf Bauchnabelhöhe der Schönen, unter zwei waagrechten Stangen aus Metall, eine in der Mitte der Decke, eine über dem Bänkchen. Die Frau schaut zu Filipa herunter und sagt: »It's thirty-five Euro for fifteen Minutes.«

Filipa hat ihren Geldbeutel hinten am Gürtel, unterm Pulli. Sie holt fünfzig Euro raus, sagt, »that's okay«, da verschwindet die Frau noch mal, bringt das Geld weg, stimmt, denkt Filipa lachend, wo soll sie es denn auch hintun, hat ja nichts an.

Die Schöne kommt zurück und stellt sich hin, dreht sich, bewegt sich, bebt und schlängelt, zeigt sich schön und schöner, atemberaubend, merkt Filipa berauscht, was sie sieht, was sie spürt, als die Frau sich umdreht, nach der vorderen Stange oben greift und sich an Filipa presst, das Gesicht der Schülerin zwischen den kleinen, unglaublich gut riechenden Brüsten. Das ist berückend, verwirrend, sehr groß.

Das erste Mal seit Beginn des Abends passiert etwas, das Filipa nicht erwartet hat: ein Bruch im Denken, ein Wegrutschen der Kalküle und Berechnungen, der sozialen Strategien, all der Dinge, die Filipas immenser, scharfer, kluger Verstand dauernd treibt. Endlich wird das Hirn schwächer, endlich dringt die Musik durch, endlich passiert das, weswegen Filipa überhaupt mit den Affären angefangen hat, den Drogen und dem Alkohol: das Außersichsein, die ersehnte Selbstvergessenheit, das Glück. Es gibt kein Zeitmaß für die kleinen Sensationen, die flüchtigen Berührungen, aber irgendwann, nach Äonen der Entrückung, steht die Frau wieder vor ihr, lächelt und sagt: »So … the fifteen minutes …«, und Filipa, ganz zerruffelt und erhitzt und sehr zufrieden, aber nicht recht satt, sagt: »Can you continue?« Die Schöne erwidert: »Well, for another thirty five …«

Filipa, ganz ernst, ohne Hohn oder Ironie: »Yes, please, yeah, I would love it …«, und holt noch mal Geld, gibt noch mal einen Fünfziger, denkt: Ich finde das unglaublich billig, viel billiger als der Schnaps oder die Drogen, die alle nicht mehr wirken.

Die Frau nimmt das Geld, huscht rasch weg, huscht zurück und wird jetzt noch wilder als eben, Kreuz durch, Kreuz biegen, Po zu Filipa, Höschen weg, so dass Filipa, um ihr zu signalisieren, dass sie mit letzter Disziplin versucht, sich nicht verkehrt zu benehmen, die Hände hochhebt wie beim Banküberfall, die Stange ergreift, die Hände fest drum schließt, siehst du, ich werde nicht grabschen, ich werde nicht die Kontrolle verlieren.

Die Schöne macht es ihr nicht leicht, das Schauspiel streichelt Filipas Wangen, atmet die leckersten Höllenfeuer aus. Die Frau spielt mit sich und so auch mit Filipas Nerven, die Muschi, blankrasiert, glänzt ein bisschen, und Filipa will denken: Beruhig dich, egal, hey, das wird Spucke sein oder was weiß ich, wird dabei wohl wirr, rutschig, wie viele Leute bin ich?, Haare fliegen, auf einmal kniet die Schöne vor ihr, der Rock ist hochgeschoben, streicheln und ein bisschen kratzen, die Strümpfe, der Slip, Höhenschwindel, Schenkel, Schambein, Schenkel, Venus als Abend- und Morgenstern, wo bin ich, im Weltall, die Schöne kreist und hockt und biegt sich, dann aber, bevor Filipa wirklich noch in Ohnmacht sinkt, steht die Tänzerin wieder auf und guckt Filipa herausfordernd an, von da oben, als sie sagt: »We can continue. But now …«

Filipa zieht sich an der Stange hoch, schüttelt den Kopf, sagt: »No … now … now I have to stop, really. I must stop now.«

Die Frau sieht fragend aus, nicht beleidigt, amüsiert, aber nicht herablassend, und Filipa fächelt sich mit der Hand selbst Luft zu, als sie sagt: »This is … you are ganz, ganz arg … so beautiful and hot. And now I go, thank you, thank you very much!«

Die Frau nickt ihr freundlich zu, als sie Filipa vorbeilässt.

Der Club scheint ihr jetzt halbverdampft, kaum noch wahr, kaum noch da.

Sie hört Sven, als sie sich neben ihn stellt, sagen: »Warst ganz schön lange weg. Nur Zuschauerin, was? So schnell kann sich das ändern, was man will …«

Leider klingt die Bemerkung für Filipa überhaupt nicht charmant, gar nicht nett.

Etwas hat sich geändert, eine falsche Elektrizität steht im Raum, mit falschen Blicken von Laurent und Dirk, der auf sie zukommt und die Arme ausbreitet, als wolle er sie umarmen. Da sagt sie zu ihm, zu allen eigentlich: »Lass mich mal eben, ich muss mal kurz … raus und hoch an die Luft …«

Dirk bietet an: »Soll ich mitkommen?« Da winkt die Queen, die das Gefühl hat, ihr Thron sei ins Wackeln geraten, heftig und gereizt ab, dass er, schockiert, einen Schritt zur Seite tut und sie gehenlässt, durch die Menge. Einmal knickt sie ab, verletzt sich irgendwie den rechten Fuß, es tut aber gar nicht sehr weh, schmerzt nicht auf dem Weg die Treppe hoch, nicht am Eingang, nicht auf der Straße zwischen Männern und Frauen, Touristen und Zuhältern, bis Filipa an einer Straßenecke, hinter einem großen grünen Kombi, einfach zu Boden geht, auf den Hintern fällt, rumms, und dasitzt, verwirrt, während man an ihr vorbeigeht, sie ignoriert, wie Soldaten einen tödlich Getroffenen auf dem Schlachtfeld nicht sehen, weil sie selbst weiterkämpfen müssen, um ihr Leben, um irgendeinen Einsatz, um nix.

Dann bleibt jemand stehen.

Filipa sieht zuerst nur lange Beine, hohe weiße Stiefel unter einer schwarzen Lederhose mit Fransen, lächerlich, denkt sie, wir sind doch nicht in den Achtzigern, bei Europe oder Bon Jovi oder wie die alle heißen. Ein schneeweißer Mantel gehört dazu, daran ein Arm, der sich ihr entgegenstreckt. Da denkt und sagt sie: »Oh … nett … ich …«, ergreift die Hand und lässt sich hochziehen.

Es ist eine Frau, die Filipa kennt: Die weißen Haare kennt sie, das Gesicht, etwa Anfang dreißig, die grünblauen Augen – Veras und Bernhards Chefin, nicht? Kid Cola oder so was? Die Frau sagt: »So, Mädel. Jetzt holen wir dich mal raus aus deinem Unsinn hier.«

Und bevor Filipa antworten kann, drückt ihr jemand von hinten was auf den Mund, und dann greifen starke Arme unter ihre schwachen Arme, während sie in sich zusammenfällt und denkt: Was ist denn das, mitten auf der Straße, vor allen Leuten, eine Entführung, also, das geht doch nicht. Filipa rutscht in gesetzlose Dunkelheit.

14 | Tod von draußen (2017)

Hoch oben, auf der andern Seite des Tals, sausen Sternschnuppen in den Wald hinunter; erst zwei, drei, dann ein Dutzend. Den beiden Männern kommt es vor, als könnten sie die Leuchtnarben, die sich am Himmel öffnen und wieder schließen, dabei zischen hören. Fast rechnen sie damit, dass es im Forst Aufschläge gibt. Aber die Detonationen bleiben aus.

Der Jüngere atmet auf, als hätte er Angst gehabt, selbst getroffen zu werden. Der Ältere gießt beiden noch mal die Gläser voll mit dem indischen Amrut-Schnaps, Cask Strength, fast 63 Prozent Alkohol. Diese Männer vertragen das. Ihr verwandtschaftliches Band besteht nicht zuletzt darin, dass sie ungefähr dasselbe Gift in ungefähr denselben Mengen aushalten.

Der knapp dreißigjährige Sohn sitzt mit seinem fast fünfzigjährigen Vater auf teuren Sitzmöbeln an einem teuren Tisch. Alle drei Möbelstücke gehören eigentlich nicht unter freien Himmel. Einen richtigen Garten gibt es hier nicht, nur ein paar vereinzelte Beete, zwei mit wertvollen Orchideen immerhin, dann ein paar gelbe und rote Rosen, ansonsten eher Gebüschartiges, etwas Wald-Geißbart, ein bisschen Junkerlilie. Der Rest ist Rasen, geschmückt mit recht großen, grauen, aus einem Steinbruch gesprengten Zierfelsen, manche fast anderthalb Meter hoch und einen Meter breit.

Auf dem Tisch stehen Kerzen.

Der Stuhl für den Sohn ist fast hundertfünfzig Jahre alt, mehrfach restauriert, nicht alle Teile sind Originale, das Ganze hat man aus Mahagoni gefertigt, mit einem durchgehenden Bogen um neun Spindeln als Lehne und schönen schlanken Armstützen. Der Stuhl für den Vater ist eher ein Sessel, aus demselben Holz wie der andere, aber grün gepolstert und mit geschnitzter Bekrönung, etwa fünfzig Jahre jünger als der, auf dem der Sohn sitzt.

Den Tisch kann der Vater sogar genau datieren, er stammt aus dem Jahr 1951, ist aus zwei massiven, lackierten Kieferbrettern gefertigt, die schwarzlackierten Beine sind aus Buche, das Stück hat ein finnischer Designer für die Großeltern des Vaters, die Urgroßeltern des Sohnes entworfen. Der Vater empfindet eine verdrehte Freude daran, dieses unzusammenhängende Ensemble teils museumsreifer Stücke so zu verwenden, wie andere Menschen Plastikzeug gebrauchen. Er fläzt und trampelt seit seiner Jugend gern auf seinen Privilegien herum.

Neben dem Tisch ragt ein großer Lautsprecher aus dem Boden, der eben das sanfte Zupfen und Anschlagen von Saiten, die suchenden Bläsertöne und die wie beiläufig-versonnenen Harfenglissandi der ersten Takte von Alice Coltranes »Isis and Osiris« in die kühler werdende Nacht aussendet. Diese Musik ist so alt wie der Vater. Der Sohn hat sie im Haus schon öfter gehört, wenn der Hausbesitzer mit seiner Arbeit, dem Schreiben, oder seinem Hobby, dem Zeichnen und Malen, beschäftigt war. Er hört sie nie zu laut, man kann sich immer noch unterhalten. Die Stühle, der Tisch, der Lautsprecher: Alles ist arrangiert wie vor einem Puppenhaus auf dieser Rasenfläche hinter dem verglasten Innenpool auf der rückwärtigen Seite der weißen Villa. Eine richtige Veranda hat der Vater nicht gewollt, als man das Haus vor einem Vierteljahrhundert, nach dem Auszug seiner Eltern, aus- und umbaute, damit es der Vorstellung glich, die man sich in den zwanziger Jahren des letzten Jahrhunderts davon gemacht haben mochte, wie Menschen in ferner Zukunft bauen und wohnen würden.

Die Villa mit ihren schräg verzogenen, skulpturalen Außenwänden, drei Stockwerken und insgesamt 997 Quadratmetern Wohnfläche ist der einzige Bau auf einem 6900-Quadratmeter-Grundstück am Rande eines malerischen Berges, genauer: eines größeren Hügels, besiedelt von alles andere als armen Leuten, deren kleines Bürgerdorf man über einen am Fuß des Bergleins gelegenen sogenannten Altigrain und dann einen Altigweg erreicht.

Die schmalen Straßen oben haben fast alle Vogelnamen: Finkenweg und Amselweg, denn die Leute hier sind Nestbauer, die sich um ihren eigenen Kram kümmern und vom schwerreichen Mann am Abgrund ihren Abstand halten. Der freut sich im Winter, wenn die wenigen Kinder, die's auf dem Berg noch gibt, hier Schlitten fahren.

»Die Luzi«, sagt er jetzt und prostet dabei den letzten der Sternschnuppen zu, »hat solche Sachen geliebt. Nacht mit Musik und Sternen und Sternschnuppen. Sie hat gesagt: Da öffnet sich die Welt, und man sieht 'ne größere Welt, und man muss gar nicht viel drüber quatschen. Wir sind oft hier draußen gesessen, bevor sie verschwunden ist.«

Er kippt den ganzen Inhalt des Glases in den Hals, schüttelt sich, lächelt melancholisch. Der Sohn sagt: »Warum nennst du sie eigentlich Luzi? Meine Mu… Kelsey sagt Alex zu ihr.«

»Tja«, sagt der Vater mit echtem Bedauern in der Stimme, »Luzi, das ist so ein Privatwitz. Eine Astronautengeschichte und ein Wortspiel. Wortspiele, das war mein Ding, das hatte ich von meinen Surrealisten und meinem Joyce und Arno Schmidt und Captain Beefheart, dieses Verspielte und Versponnene und … Spöttische. Sie hat es toleriert, sie hatte auch Spaß an Musik, ich meine, wir sind … wir sind auf Konzerte und alles … aber mein späteres Leben … weißt du, du bist wahrscheinlich genau zur richtigen Zeit hier aufgetaucht, die Kelsey hat das schlau gemacht, dich rüberzuschicken, denn ich … ich hatte so eine Midlife-Crisis, damals, vor zehn Jahren, weil das Leben … ich hatte seit Jahrzehnten nicht an Luzi … an Alexandra gedacht, ich hatte geglaubt, ich wär da längst drüber weg, dabei war sie … die Liebe meines Lebens, das klingt jetzt scheiße, aber … Also, sie hätte das Leben, das ich dann nach ihrem Verschwinden angefangen habe zu führen, Boheme, Jetset, Partys, Musikwelt, you know, Pop, Rock, Techno, Hip-Hop … Kunstwelt, Modewelt, Drogen, Lifestyle-Politik, linkes Getue, aber immer schön hip und … erst in München und Hamburg und Köln, dann Berlin … das hätte sie so nicht mitgemacht, da hätte sie mich herausgefordert, und es wäre wohl besser gewesen … und ich habe das dann vor zehn Jahren schlagartig erkannt: dass das ein Scheißleben ist, und da bin ich hierher zurück … das Ding hier stand ja fünfzehn Jahre lang praktisch leer, ich konnte hier nicht mehr … es waren zu viele Erinnerungen, auch an Lu… an sie. Und dann bin ich hierher zurück und dachte: Kannst ja schreiben, kannst ja malen, aber halt dich von diesen grauenhaften Leuten fern, von dieser Szene, die du mit Absicht nicht durchschauen wolltest. Luzi … Alex … sie hätte dich gemocht.«

»Ach?« Das wundert Christian, er weiß selbst nicht warum.

Der Vater lächelt wehmütig und sagt: »Na, du bist Wissenschaftler, nicht? Willst was verstehen. Willst … erklären. Sie war super in Naturwissenschaften immer, und in Mathe …«

»Not my strong suit, though. Ich musste ein bisschen Computer lernen, aber sonst … bin ich ja doch was anderes als ein Naturwissenschaftler, es ist doch alles … humanities. Kulturwissenschaften, Sozialwissenschaften, soft science …«

»Aber als Linguist bist du den Naturwissenschaftlern am nächsten, wenn man … Alexandra hat mir manchmal gesagt, wenn sie sich dran gestoßen hat, dass ich so schlecht rechnen … und all das kann: Wie kannst du so auf der Welt leben, ohne Mathe, Mathe ist doch die Sprache der Welt, die Sprache der Natur, der Naturgesetze. Da hab ich dann frech gefragt: Was ist ein Naturgesetz?, das war so philosophisch gemeint, so à la: was ist schon Wahrheit, wer kann das definieren, da sagt sie: F gleich m mal a ist ein Naturgesetz, und das Hooke'sche Gesetz ist ein Naturgesetz, und … so, das war das. Also, Sprache der Natur, und du als Sprachwissenschaftler … nicht, also, das Analytische halt. Im Gegensatz zu dem ungenauen Scheiß, bei den Leuten, zu denen es mich leider zog, diesen schrecklichen …«

Christian trinkt sein Glas aus, legt dann aber, als der Vater ihm die Flasche rüberreicht, die flache Hand auf den Glasrand und schüttelt langsam den Kopf, was sagen soll: Mir ist jetzt warm genug, danke. Dann fragt er: »Was ist denn so schlimm an diesen Leuten? Hast du die nicht auch schon … du hast doch vorhin erzählt, du und Alexandra, ihr wärt mit ... Freaks rumgerannt, du hättest dich immer schon in so gegenkulturelle Szenen, wie hast du gesagt?«

»Einge... uaahh ... eingekauft«, gähnt der Vater, dessen Bart und schulterlange Haare bereits weitgehend ergraut sind. Dann blinzelt er, schaut übers Tal und in die Höhe. Dort sind keine Schnuppen mehr, es blitzen nur noch die vertrauten Sterne in den vertrauten Sternbildern, sehr hell heute Nacht, unterstützt vom Halbmond, weiß wie die Villa. Jochen Herder lehnt sich etwas zurück, fast kippt der wertvolle Stuhl schon, und sagt: »Das war was anderes, das war ... das war eben nicht einfach Gegenkultur oder Subkultur oder ...« Beim nächsten Wort verzieht er kurz den Mund, als hätte er auf eine Zitrone gebissen. »... Bohääääm, sondern ... Na, das waren ... staatsfeindliche Kreise. Es gab ja den Ostblock noch, so gerade, und im Westen richtige Kommunisten. Sobald ich an mein Geld kam, hab ich denen was gegeben und ähm den Antiklerikalen, die da in der Kreisstadt Radau gemacht haben ... damals gab es Prozesse, wenn man Karikaturen gegen Christentum ... den Papst ... alles sehr beschaulich, ich habe dann auch ... es gab einen Hungerstreik von Gefangenen aus der RAF ...«

»Terroristen, ja? Linke Terroristen?«, fragt Christian, der in deutscher Zeitgeschichte zwar bewandert ist, aber nicht jedes Detail kennt.

Der Vater nimmt einen Schluck direkt aus der Flasche, die danach leer ist, und stellt sie neben seinen Stuhl ins Gras, wo sie umfällt.

Dann sagt er: »Bewaffneter Kampf, na ja, und dann ... habe ich ... also, das waren Sachen, da konnte man gar nicht ... sogar die Polizei war mal hier, meine Eltern sind auch deswegen weggezogen, sie wussten, sie können mich nicht dran hindern, gegen meine ... Geburtsvorteile zu wüten, ich wollte einfach überlaufen, Klassenverrat, haha. Aber das ... also, diese Leute, die waren sehr ... sehr ernsthaft, sehr ... verbissen fast schon.

Am heftigsten war so ein ganz merkwürdiger Kreis von … da gab es eine … eine Musikerin, Komponistin, die hat auch Opern komponiert, die dann sogar in der DDR aufgeführt wurden, über ähm … ein so … ein irres Ding über Juri Gagarin … also, die fuhr hin und her über die Grenze, die war dann fast so eine Art Kulturbotschafterin der DDR mit westdeutschem Pass, nicht, die hat dann im Westen sogenannte Freidenkervereine gegründet, nach dem Motto: Kunst und Wissenschaft gemeinsam für Frieden und Sozialismus, aber es war viel mehr, sie hat … sie war so eine Art Strippenzieherin dann, und mit der … mit der kam Luzi sehr gut aus, die waren wie so … bei der Geburt getrennt, also die Späth war ja viel älter, aber das war wie Schwestern, wie sagt ihr Amis, tight …«

Er legt die Handflächen aneinander, sieht zu Christian rüber, der sagt: »Inseparable? Like peas in a pod?«

»Mhmhm, ja«, nickt der Vater und sagt dann traurig: »Sie war die Einzige, die nach … als Luzi verschwunden war, hat sie mich besucht und sich sogar eine Nacht mit mir hier besoffen und Klavier gespielt drüben im … da im Empfangssaal, weißt du, wo der Flügel steht, und wir haben so Songs gesungen, die Luzi mochte, Grant Hart, ähm und … tja. Nena. Und ähm … ja, Nena und Cher und … Dabei war das eine heftige Zeit für diese … Frau Späth, ihr ganzer Frieden und Sozialismus ist ja zusammengebrochen, es gab kein verdecktes Geld aus dem Osten mehr, und sie ist dann sozusagen von der Bildfläche verschwunden. Ich habe dann zehn Jahre nichts von ihr gehört, außer … als dann das mit dem Internet so ab 2000 richtig losging bei mir, hab ich sie mal gesucht, nicht mit Google übrigens, damals noch Yahoo … das war dann, sie hat dann … wohl weitergemacht mit ihrer Musik, aber jetzt ganz abgefahrenes Zeug, nichts Politisches mehr, sondern so mit Mathematik und Musik, teils elektronische, immer avantgardistische … re … na, ich hab CDs da, wir können da mal reinhören. Sie sagt, sie ist froh, dass sich die westlichen Kunstwelt so sehr der Technik anvertraut hat, das gibt ihr die Möglichkeit zu tun, was sie als ... Hegelianerin und Marxistin, wie sie sagt ... tun will, nämlich mit Kunst forschen. Es gäbe sogar ein westliches Wort jetzt dafür, ›artistic research‹.«

Der Sohn hebt die Hand, denkt kurz nach, will es richtig verstehen, dann sagt er: »Ah, wohl ... weil Hegel die Kunst eine Form ... der Erkenntnis nennt. Und Marx dann ja wohl auch, den ich allerdings ... I've never read that stuff. Philosophically quite primitive, I guess.«

Der Vater lacht: »Das musst du mit ihr ... das solltet ihr mal debattieren. Sie sagt, sie macht mathematisierte Kunst, weil sie sich dafür interessiert, was Kunst und Mathe als Erkenntnisweisen von der Sprache trennt, mit der sonst ja erkannt wird seid den Griechen und ihrer Philosophie ...«

Der Sohn merkt auf, rückt seinen Leib auf dem alten Stuhl zurecht, sitzt jetzt fast ganz gerade und sagt: »Halt, halt ... Kunst von der Sprache ... getrennt?«

Als Sprachwissenschaftler hat er sich noch nie über Kunst Gedanken gemacht. Hätte er eigentlich können, denkt er, vor allem über Sprachkunst, Davidson tut das ja auch dauernd, hat einige der wichtigsten Beispiele daher. Der Vater nickt: »Ja, na, verlang nicht von mir, dass ich dir das jetzt erkläre, sie sagt eben immer ... also: Musik ist keine Sprache, das ist ... sie sagt, eigentlich ähnlich wie du, beim Sprachenverstehen kann man nie die vollständige Information haben, man muss immer raten, aber in Mathe und bei der Musik kann man sie haben, die vollständige Information, weil ... keine Ahnung, sie sagt nur, diese ewigen Vergleiche von Musik mit Sprache, und von Mathe mit Sprache ... Bwähhh. Zieh mich da nicht rein. Jedenfalls, sie hat ein kleines Oratorium gemacht, das heißt: ›Galilei berichtigen‹, da geht es darum.«

»Ähm, wieso berichtigen, wie ...«

»Sie meint diesen Satz von Galilei, das Buch der Natur sei in der Sprache der Mathematik geschrieben. Das, was ja eigentlich die Luzi auch immer zu mir gesagt hat. Also, in mathematischen Symbolen oder irgendwie … die Buchstaben seien Kreise, Dreiecke und andere mathematische Figuren. Sie sagt, der Fehler der frühen Naturwissenschaftler und der Aufklärer sei gewesen, in diese Konkurrenz mit der Bibel und den Offenbarungswahrheiten einzutreten, also die mittelalterliche Kirche sagte, das Buch da ist wahr, und da antworteten die Vernunftleute, nein, wir schreiben jetzt ein anderes Buch, das ist viel wahrer … und Cordula sagt, dabei ist verlorengegangen, was ein Naturgesetz von einem Bibelvers auf jeden Fall unterscheidet. Und als sie das dann aber merkten, sind sie in diese Falle getappt, dass es im, äh, zwanzigsten Jahrhundert jetzt gerade wieder in die andere Richtung geht: Nur, weil es eben doch keine Zeilen in einem Buch sind, tut man jetzt so, sagt sie, also, Dings, Karl Popper und Feyerabend und solche Leute, tun jetzt, als wären es nur so ungefähre statistische Regeln, das ist dann das andere Extrem, Naturgesetze sollen bloß Aussagen darüber sein, was regelmäßig vorkommt, nachdem sie vorher was sein sollten, was so fest steht wie das Wort eines Gottes, ein Text im Buch der Natur eben … sie sagt, das sind Naturgesetze eben beides nicht, weil sie gar nicht mit Sätzen, weder solchen für fixe Gebote noch solchen für ungefähre Wahrscheinlichkeitsangaben, verglichen werden können, sondern hier auf der Insel, hier im Herzen, in der Mitte der Insel zwar fix sind, aber dann doch auch wieder in einer Wahrscheinlichkeit eingehegt, aber einer kosmologischen, hier auf der Insel merkt man die nie, normalerweise, hier, in der Mitte der Insel …«

»Mitte der …?« Christian klingt völlig abgehängt, aber zugleich fasziniert: Was war das mit den Wahrscheinlichkeiten, fragt er sich, hat das am Ende irgendwas mit meiner Theorie gemeinsam, dass man beim Gebrauch und beim Verstehen von Sprache immer nur in Wahrscheinlichkeiten rechnen kann, vom einen Extrem der Wahrscheinlichkeit eins im Rahmen einer strikten Definition bis zur Bedeutungswahrscheinlichkeit null bei strikt verrückter Glossolalie? Der Vater räuspert sich und sagt: »Ach, das mit der Insel, ja, das ist so eine Privatmythologie von ihr, sie hat da so eine Oper geschrieben über das Sonnensystem, die Insel ist, glaube ich, die Erde, und das Sonnensystem, also bis raus zur Oort'schen Wolke, das ist der Strand, und alles jenseits davon, der interstellare Raum, das ist dann das Meer oder so. Wie gesagt, ich mache euch mal bekannt. Sie ist ... sie ist manchmal seltsam, aber ich bin ein Fan. Doch, kann man sagen, inzwischen bin ich ... Sie spielt nicht rum, wie diese ... pfff ...«

Christian lacht, weil dieses Schmähgeräusch so heftig ist: »Die hast du wirklich satt, was? Deine ... Boheme?«

Der Vater zieht einen Moment lang die buschigen hellen Brauen zusammen und schließt die Augen, als müsse er sich davon abhalten zu explodieren, dann lacht er kurz, freudlos, und sagt: »Hör mir auf mit denen ... weißt du noch, der Artikel zur Trumpwahl, den ich dir geschickt habe, von einem dieser deutschen Pop-Professoren ohne Uni, so ein Frankfurter Radiorentner, mit dem ich ganz früher auch ... dem dann nichts Wichtigeres eingefallen ist, als dieser Gangster Trump Präsident wurde, als dass es jetzt vorbei wäre mit den coolen Popstars im Weißen Haus, während sich alte Leute noch in der Wahlnacht umgebracht haben, weil sie fürchteten, ihre Krankenversicherung ... bah, nee, das ganze Gegenkulturzeug, denen war es immer wichtiger, ob jemand das richtige T-Shirt anhat, als ob die Zahl der Obdachlosen und psychisch Kranken in ihren Ausgehmetropolen jedes Jahr weiter steigt ... die halten ihre Bierbäuche in den Sound oder koksen sich die Nasen blutig, und quatschen von ... brrr.«

Er spuckt seitlich ins Gras, schweigt.

Christian sagt: »Und jetzt hast du gar keine Freunde mehr, oder?«

Es ist keine Schelte, mehr eine Frage.

»Ist nicht so übel hier. Ich meine, schau dich mal um. Im

Haus hab ich alles, die ganze Welt der Kunst, Literatur, Musik, und hier draußen ... ich bin mit Lu... mit Alexandra Burkhard damals nächtelang hier draußen gelegen, auf Decken, mit einer Weinflasche, und dann kamen die Rehe raus, drüben, oder ... schau, siehst du? Ein Vogelschwarm! Oder Fledermäuse! Wie bei Batman!«

Etwas, das eine amorphe Einheit und doch auch in viele kleine lebhafte schwarze Kleckse zerstreut ist, erhebt sich drüben aus den finsteren Wipfeln. Christian schaut mit einem Gefühl, das zu beschreiben ihm schwerfallen würde – Erhobensein, aufblühender Friede, süße Alkoholmüdigkeit? –, den Tieren dabei zu, wie sie sich am Himmel zwischen die Sterne mischen. Dann blitzen sie, als wären sie selbst welche – er blinzelt und sagt schläfrig: »Wow. These birds are shiny.«

Der Vater lacht, und Christian dreht seinen Kopf ganz zu ihm, blickt von den Vögeln weg, um zu bekräftigen: »No, I mean, they're really flashy, they're like ... there are flashing lights, as if they were reflecting the starlight, as if they're made of metal, I dunno ...«

Der Vater öffnet den Mund, aber was er sagen will, kommt nie bei Christian an.

Etwas kracht, das so laut ist, dass die beiden es nicht einmal hören, weil es ihre Trommelfelle fast zerreißt. Christian sieht mehr verwundert als geschockt, wie ein Glasscherbenschauer um ihn und seinen Vater vom Haus her beide trifft, zusammen mit Myriaden Wassertropfen, einer sprühenden Welle. Die Stühle werden von einer gigantischen Hand weggewischt. Der Rasen scheint sich von links aufzurichten in die Senkrechte, da wird Christian klar, das ist es nicht, der Boden bleibt, wo er ist, ich bin es, der fliegt.

Jetzt schlägt Christian seitlich auf, gegen einen der Dekorationsfelsen, wobei drei Rippen brechen. Er rollt vom Stein ins Gras und spürt einen schrecklichen Schmerz die ganze linke Körperseite entlang, vom Knie bis unter die Achsel, teils wie Hitze, teils wie ein Zucken, elektrisch. Er wälzt sich auf den Rücken im gelbgoldroten Grellen, das vom Haus her über alles hinleckt: ein Feuer, schnelle Abfolge von Stichflammen, unterbrochen von quellenden Brandwolken. Christian weiß nicht, dass eine Rakete mit Sprengkopf aus der niedrigen Erdumlaufbahn in die Villa eingeschlagen ist, aber er spürt, dass er jetzt sterben könnte und dass er wach sein muss, schnell, beweglich: kämpfen. Gegen wen, was?

Er ist taub, also muss er die Gefahr sehen, weil er sie nicht hört. Deshalb, sosehr es wehtut, dreht er sich nach rechts, stützt sich dann mit der Hand auf der Wiese ab und stemmt sich hoch, auf die Knie, in eine schräge, wankende Position, bei der er auf seinen eigenen angewinkelten Beinen sitzt. Direkt gegenüber brennt das Haus.

Der Tisch ist umgestürzt, eins seiner Beine abgebrochen, er steht in einer Hitzewand wie vor einem Backofen. Glühflocken schweben, Asche tanzt. Christian sucht auf dem Rasen, panisch umherblickend, nach seinem Vater, findet schließlich eine längliche Form schräg hinterm zertrümmerten Sessel im Gras, richtet sich auf, erst kniend, dann, sehr unsicher, auf den Beinen, spürt sich schreien, hört nichts, läuft, taumelt hin, kniet wieder.

Der Mann mit dem weißen Bart liegt auf dem Rücken. Seine Wangen und seine Stirn sind von Dutzenden kleiner rotschwarzer Striche übersät, Schürfwunden, vom Glas wohl oder vom Aufprall, vielleicht ist er aufs Gesicht gefallen – sein Blick ist wässrig, unklar im dunklen, verletzten Gesicht. Sein rechter Arm hebt sich langsam, die Hand zittert und wedelt. Christian versteht die Geste falsch, versucht, die Hand zu greifen, um dem Mann dabei zu helfen, sich aufzurichten, aber der schlägt seine Hand weg, reißt die Augen auf und den Mund, scheint etwas zu brüllen, während er direkt nach oben starrt und jetzt mit dem Zeigefinger der bebenden Hand genau 90 Grad aufwärts deutet.

Christian legt den Kopf in den Nacken, damit er sieht, was es zu sehen gibt.

Es sind die Vögel von der andern Seite des Tals: gar keine Vögel. Metall, wie er eben schon dachte – sie schwärmen, sie sinken, jetzt fallen die ersten: schmal, etwa dreißig bis fünfzig Zentimeter lang.

Sie leuchten im Widerschein des Feuers an den scharfen Kanten auf. Es sind Schienen, es sind Klingen. Christian hat so etwas noch nie gesehen, nie davon gehört oder gelesen. Er hat sich Derartiges nie auch nur vorgestellt. Er weiß nicht, was er tun soll, und reagiert zu langsam – der Gedanke »Ich muss weg, ich muss ihn hier wegziehen, wir müssen irgendwo in Deckung gehen« hat sich gerade erst halb geformt, als ihm das erste der in komplizierter Choreographie mit unsichtbarem Antrieb, unverständlichen Bremsen, unbegreiflicher Steuerung vom Himmel fallende Riesenmesser die rechte Hüfte aufreißt und sich dann in Rasen und Erde bohrt, während das zweite und dritte Jochen Herders Brust und linke Schulter durchbohren, ihn aufspießen und an der Stelle fixieren, von der ihn Christian jetzt nicht mehr fortziehen kann.

Obwohl der Rettungsversuch keinen Sinn hat, beugt sich Christian über den Mann, dessen ganzer Leib jetzt zweimal zuckt, bevor die erhobene Hand zu Boden fällt und die Augen wie Teig, der sich hebt, aus den Höhlen quellen. Der Sohn greift nach der Klinge in der Brust. Sie ist warm, scheint zu vibrieren. Der Griff kann dieses Summen nicht abstellen, es überträgt sich bis in Christians Knochen. Dass er, über den Sterbenden gebeugt, von oben gesehen fast denselben Raum einnimmt wie dieser, rettet ihm das Leben – hätte er sich nach rechts, links, vorn oder hinten bewegt, hätten ihn die Messer getroffen, die dort zischend in den Boden schlagen, erst drei, dann sechs, bald zwölf, zwanzig, fünfzig in der welligen Kunstlandschaft hinterm brennenden Haus.

Rechts und links fallen Christian die Waffen ins Gesichtsfeld als schmale Flecken. Er senkt den Kopf, dem Toten legt er ihn fast auf die Brust, und kauert, zusammengekrümmt, in Erwartung, auch getötet zu werden. Als keine weiteren Flecken mehr dazukommen, dreht er den Kopf vorsichtig, leicht erhoben, in die andere Richtung. Auch da stecken die Messer wie Zaunlatten und scheinen sich leicht zu bewegen, Bambus in starkem Wind. Christian rutscht seitlich vom leblosen Körper des Vaters, sieht in geduckter Haltung nach oben: kein Schwarm mehr, aber doch noch Objekte, rundliche jetzt. An einigen blinkt etwas, grünblau, sind das Positionslichter? Auch diese abgeflachten Zylinder beginnen zu fallen, und einen Moment lang denkt Christian: Wenn das Bomben oder Drohnen sind, bin ich gleich tot.

Am schlimmsten daran findet er, wie langsam die Dinger fallen: Die Schwerkraft scheint vermindert, es ist nicht direkt ein Schweben, aber ein eindeutig gebremster, allerdings absolut gleichförmiger, beunruhigend sicherer Sinkflug. Ich muss ihnen ausweichen, begreift er und springt, als täte nicht der halbe Körper weh wie nach einem Sturz aus drei Metern auf Stein, als wären keine Rippen gebrochen, keine Hüfte aufgeschlitzt, vom Adrenalinschub befeuert in die Höhe, um wie ein Slalomfahrer zwischen den vibrierend wankenden Klingen hindurch rechts am Haus vorbeizurennen, Richtung Auffahrt.

Als Christian auf der Höhe der Schranke zum Kiesweg mit der kleinen Gegensprechanlage angekommen ist, knickt ihm der linke Fuß um, wobei er seinen Schuh verliert und beinah zu Boden geht. Dann stampft er mit dem Hacken des schuhlosen Fußes ins Gras, bremst sich so und sieht, dass der Fluchtweg, den er einschlagen wollte, nicht mehr offen steht. Direkt hinter der weißen Schranke geschieht etwas, das er erst gar nicht glauben will: Auch dort stecken die Messer im Boden, aber sie rütteln sich jetzt selbst draus frei, sie neigen sich nach links, rechts, vorn, hinten, und dann sieht es aus, als laufe ein

Film rückwärts ab, in dem eine aus schwarzen Schwertern zusammengesetzte Skulptur in Zeitlupe zerfällt: Sie setzt sich zusammen. Erst eine, dann zwei, gitterförmig verstrebt, etwa mannshoch, und in die Mitte der Strebungen senkt sich einer der Zylinder wie ein Vogel ins gemachte Nest. Maschinen. Kriegsmaschinen, versteht Christian. Roboter aus Stich- und Hackwerkzeug. Wäre Christians Gehör intakt, nähme er jetzt Geräusche wahr wie von Messerschleifern oder von großen Scheren, die sich öffnen, schließen, öffnen – er dreht sich halb um, nach dem Hügelkamm, von dem er gekommen ist, und was er sieht, hat er bereits befürchtet: Auch dort entstehen die schwarzen Apparate mit den blinkenden Köpfen, ein paar sind sogar schon fertig, vier bis sechs, sie staksen auf ihn zu, mehrere Schneid- und Schlagarme hoch über die Zylinderhäupter erhoben. Sie schwenken die Armklingen, lassen sie kreisen.

Er sieht zum Haus zurück, diese Hälfte des Baus brennt nicht, vielleicht, denkt er, hält die Wand zum Pool das Feuer davon ab, auf den Rest der Villa überzugreifen. Christian rennt zum Eingang. Fein, denkt er, nur rein da, in einen sicheren Raum, sich verstecken.

Die Treppe runter, jetzt stolpert er doch, kippt, schlägt mit der Schulter gegen die Haupteingangstür, die nicht abgeschlossen ist, aber schwer und also nur ein bisschen nachgibt, sich nicht völlig öffnet.

Christian schreit vor Schmerz auf und meint, dass er das sogar hören kann. Dann stemmt er sich gegen die Tür und öffnet sie. Er fällt auf den Gang. Bevor er nach möglichen Fluchtwegen Ausschau hält – sie alle, rechnet sein Hirn schon, sind zugleich Fallen: in den Keller? Aufs Dach? –, tut er, was er in viel zu vielen Horrorfilmen gesehen hat und was auch da nie hilft – er dreht sich um, greift das erste Möbelstück, das er sieht – es ist ein kostbarer englischer Dielenschrank mit geschnitzten Füllungen, kassettierter Front und Beschlägen aus Kupfer –, mit beiden Händen und kippt es gegen die Tür, an die im selben Moment schon etwas stößt. Die Möbelmasse schiebt die Tür zu, dann erzittert die selbstgemachte Blockade von Schlägen. Christian wartet nicht ab, ob die Tür bricht, sondern dreht sich wieder Richtung Gang. An dessen Ende, im großen Foyer, sieht er zwei Gestalten stehen, die nicht den mechanischen Monstern draußen gleichen – das hier sind Menschen, bepackt, behelmt, dunkel, bewaffnet mit Gewehren und Maschinenpistolen.

Als der ihm Nächststehende seine Waffe hebt und auf Christian anlegt, wirft sich der nach rechts und an die Wand. Dann krachen Schüsse, sechs Stück kurz hintereinander. Der Lärm ist so groß, dass Christians Schädel wie eine Glocke widerhallt. Mündungsfeuer explodiert wie eine Sonne. Christian gibt auf, sinkt zusammen. Ein Weinkrampf packt ihn und dann ein Mensch, unterm Arm, und ein zweiter, unterm andern Arm. Sie ziehen ihn in die Höhe, aus dem Gang ins Foyer, am Klavier vorbei, über den beigen Teppichboden, während der dritte weiterschießt, in dieselbe Richtung wie eben schon, nämlich auf die Tür, durch die gerade die ersten beiden der röhrenden und ratternden Schnetzelmaschinen brechen.

»Anhamm...mhaaa...«, sagt Christian und weiß im selben Moment nicht mehr, was er damit sagen oder fragen wollte.

Die Dreiergruppe mit dem Verletzten in der Mitte bewältigt mit etwas Mühe die breite Treppe zum erhobenen Nordteil des Foyers und erreicht dann das Wohnzimmerplateau mit dem Panoramafenster, das nur noch in Randbruchstücken vorhanden ist. Jemand hat es gesprengt, von außen, sieht Christian. Sein Kopf nickt auf und ab, er ist der Ohnmacht nahe. Dort zwischen Scherben knien oder stehen drei weitere Uniformierte und Behelmte, die Waffen im Anschlag, drehen sich wie Wachtürme, suchen die Gegend ab. Über die Stelle hinaus, an der sie eingebrochen sind, herrscht Nacht, von Feuern unterbrochen: Da sind Leute auf dem Nordhang, die schießen, und zwischen ihnen, hinter ihnen, auf dem Weg zum Haus, kommen die Schnitter, die Spinnengestalten, die Messermonster näher, die da beschossen werden und sich hackend und stechend zum Haus voranarbeiten, durch die Menschen hindurch, die ihnen Widerstand leisten, dann getroffen zu Boden gehen, während andere ihrerseits über die Maschinen triumphieren, wenn deren Zylinderköpfe von Geschossen aus Gewehren zersprengt werden.

Der Mann, der Christian rechts stützt, fuchtelt mit der rechten Hand, zwei der Soldaten – tatsächlich, denkt Christian benommen: Militär, oder ist das Paramilitär, was ist das hier? – nähern sich ihm, wenden sich dann nach außen, schießen, drei weitere tun dasselbe auf der andern Seite, und damit wird für Christian und seine Helfer eine Gasse frei gemacht, den Hügel hoch, von Feuer, Schüssen, Kämpfen gesäumt, und die beiden tragen ihn, schleifen ihn bis zur niedrigen Mauerumfassung des Gartenfeldes, der kleinen Steinplattenstraße dort, wo fünf weitere Bewaffnete die drei in Empfang nehmen, einen Kreis um sie bilden und mit ihnen den Plattenweg hinuntergehen bis zur straßenseitigen Senke.

Christian sieht an der Straße, hinter Zäunen und Mauern, die Häuser der Anwohner, in deren Fenstern Licht und Menschen zittern, Gaffer, mein Gott, Nachbarn, ja.

Auch vor diesen Gebäuden haben Soldaten Posten bezogen, winken oder rufen, zwei gestikulieren mit ihren Gewehren an einer Haustür und drängen einen Mann und eine Frau in ihr Haus. Auf der Straße stehen Autos, Mannschaftswagen, drei Stück, finster, ohne Beschriftung. Einer hat eine offene Ladeklappe hinten, auf der eine von weiteren Soldaten flankierte Person sitzt, die auffallend helles Haar hat. Zu der bringt man Christian.

Es ist eine Frau, er sieht einen Namensaufnäher auf der rechten Brust ihrer tarnfarbenen Montur, im Flackerlicht liest er: RINDERHERZ. Was? Absurd. Ihm ist übel.

Die Frau sagt etwas zu dem Mann auf Christians linker Seite.

Der lässt ihn los. Der Verletzte kann tatsächlich alleine stehen. Er betrachtet einen Moment wie vor den Kopf geschlagen den Mann, das mit schwarzem Zeug verschmierte Gesicht, dann auch hier das Brustetikett: BUDDE. Die Frau legt behutsam die Hand auf Christians linke Schulter und fordert ihn auf, sie anzusehen, »He, hier« oder ähnlich. Christian hört wieder besser, aber als er sie eben fragen will, was los ist, überfällt ihn ein Würgdrücken von tief innen, fährt ihm durch die Brust und reißt ihm von innen den Mund auf.

Er kotzt Whisky, Wasser, Angst auf die Uniform der Frau. Seine Knie sind so weich, dass er zu Boden fiele, wenn ihn der rechte Mann nicht immer noch stützen würde. Der fängt ihn ab, hält ihn fest, der andere – Budde, denkt Christian zerfahren – springt ihm bei.

Die Frau, unglaublicherweise, lacht schallend, dann nimmt sie dem rechten Helfer den schniefenden, verwirrten Christian ab und hebt ihn gemeinsam mit dem linken auf die Rampe, um ihn auf einer Art Pritsche im Wagen zu betten, wo sich unter einem Monitor und einer Salzlösungsinfusion sofort ein Sanitäter an Christian zu schaffen macht, während die Frau ihre freundliche, helle Miene in Christians Gesichtsfeld schiebt und laut und deutlich sagt: »So! Wie beim Doktor, jetzt pikt es mal eben zweimal, und dann ruhen Sie sich aus.«

Den ersten Stich, den der Sedativspritze, spürt Christian vor lauter Aufregung, Scham und Schmerz gar nicht. Sein letzter Gedanke, bevor er das Bewusstsein verliert, ist: Diese Stirn, diese Nase, ich kenne die doch, diese Frau, woher kenne ich die?

Als er erwacht, liegt er in einem Krankenhausbett.

Eine Asiatin kümmert sich um den blauen Zugang an seinem Arm, über den er eine Infusion bekommt. Neben ihr blinkt ein Monitor.

Christian spricht die Frau an: »Hello. I'm sorry. I'm disoriented, I don't know where I am.« Er dreht den Kopf nach links, nach rechts. Der Raum hat kein Fenster, nur eine geschlossene Tür, einen Schrank, daneben eine weitere Tür, die aber halb geöffnet ist. Christian erkennt darin ein Waschbecken mit Bord und Spiegel und vermutet eine Toilette, die er nicht sehen kann. »Excuse me, could you … do you speak English?«

Sie lächelt, dann sagt sie etwas in einer Sprache, die Christian Winseck nicht versteht. Er ist nicht fixiert, sein Bett hat keinen Gitterrand. Die Frau sagt noch einmal etwas, nickt ihm zu. Er fragt: »Sprechen Sie deutsch?« Sie lächelt, deutet gestisch an, dass er den Kopf nach vorn nicken lassen soll, was er tut.

Sie richtet sein Kopfkissen, sagt wieder etwas, dann geht sie.

Er ärgert sich, dann wundert er sich, dann schläft er wieder ein.

Als er zu sich kommt, liegt es daran, dass ein Mann neben seinem Bett steht und ihn anspricht: »Mister Winseck? Hello?«

Christian blinzelt und sieht, dass der Zugang am Arm weg ist, die Infusionsflasche auch, ebenso wie die paar Pflaster mit Sondenzeug, das an dünnen weißen Kabeln hing und mit dem Koffermonitor verbunden war, den man gleichfalls entfernt hat. Der Mann ist etwa einen Meter sechzig groß, nicht übertrieben schlank, aber auch nicht übergewichtig, Asiate. Er trägt eine Brille mit stabilem, nicht zu dickem Rahmen, sein Gesicht ist eher rund als oval, sein Hemd dunkelblau, seine Hose grau – Christian will ihn nicht zu neugierig mustern, schließt die Augen noch einmal kurz und hört den Mann dann sagen: »I am Aiguo Sun. I will help you to get well again and to … macht es Ihnen etwas aus, wenn ich deutsch mit Ihnen rede? Mein Deutsch, wissen Sie, ist besser als mein Englisch.«

Christian sieht ihn erstaunt an, dann öffnet sich die Tür, und eine Frau, nicht dieselbe wie vorhin, aber ebenfalls Asiatin, tritt mit einem Kleiderbügel ein, auf dem Hose, Jacke und Hemd hängen, in gedeckten Farben und vermutlich Christians Größe. Aiguo Sun nimmt das entgegen, bedankt sich leise, in einer Sprache, die Christian allmählich als Mandarin identifiziert, also leider nicht Japanisch – auf Japanisch könnte er ein paar Sätze sprechen und verstehen, aber wie man in China redet, weiß er nur vom Hörensagen.

»Ich …« Er muss husten, dann lacht er entschuldigend, wie ertappt, setzt sich etwas höher auf und sagt: »Ich habe … entweder hatte ich einen schrecklichen Traum oder einen furchtbaren Drogentrip, oder ich wurde … mein Vater und ich«, er verdreht die Augen, schüttelt den Kopf, »wir wurden von … Maschinen? Robotern wie … aus … aus Messern und Sicheln … angegriffen.«

Aiguo Sun sagt: »Das ist wirklich geschehen. Ihr Vater ist verstorben. Mein Beileid.«

Das ist wie ein kalter Wasserguss ins Gesicht. Christian, der eben noch dazu neigte, die ganze verrückte Geschichte zu ironisieren, ihre Absurdität durch eine Art schwarzen Humor zu mildern, nickt kraftlos, zuckt mit den Schultern und sagt: »Ich weiß überhaupt nichts mehr. I got … nothing. This is … this is not my life. Mein Leben … ich kann das nicht verstehen, was da passiert ist.«

Aiguo Sun sagt: »Sie werden es verstehen.«

Es klingt fatalistisch, aber Christian gesteht sich ein, dass diese Interpretation des gleichmäßigen Tons und der Lakonie, mit der sich Sun ausdrückt, stark davon gefärbt ist, dass er die Sprachmelodie des Chinesen nicht auf den normalen Klang des Chinesischen zurückführen kann, den er nicht kennt, woran der Umstand, dass Suns Deutsch annähernd akzentfrei ist, nichts ändert.

Der Chinese legt die Kleidung auf die Bettdecke über Christians Beinen und sagt: »Ich gehe für ein paar Minuten fort. Sie können sich ankleiden. Dann werde ich Ihnen zeigen, wo Sie sind.« Bevor Christian darauf eine Erwiderung einfällt, ist der Mann weg, die Tür hinter ihm schließt sich lautlos.

Christian schlägt die Decke zurück, wobei fast die Kleidung vom Bett rutscht. Er greift den Bügel, bevor das geschieht, zieht die Decke endgültig weg, und als er aus dem Bett steigt, sieht er, dass seine Hüfte unterm dünnen Klinikhemd mit einem dicken Mullverband geschützt ist. Auch andere Wunden sind abgedeckt, mit Pflastern, kleinen Kissen darunter, Verbänden. Das Auftreten tut weh, aber nicht allzu schlimm. Er geht ins Bad, auf die Toilette, erfrischt sich das Gesicht und die Hände. Das Handtuch ist weiß, weich, geruchlos. Er zieht sich an, und kaum ist er mit dem Zuknöpfen des Hemdes fertig, klopft es an der Tür. »Ja, bitte«, sagt Christian, und Aiguo Sun, diesmal von zwei chinesischen Soldaten begleitet, tritt wieder in den Raum. Er hat Schuhe dabei, aus rotbraunem Leder, trägt sie ganz selbstverständlich mit beiden Händen wie eine Gabe, als wäre er das gewohnt, ein Schuhverkäufer mit seltsamer Würde und Autorität, denkt Christian und nimmt die Schuhe entgegen, bückt sich, stellt sie auf den Boden, schlüpft hinein, bindet sie zu, dann folgt er Sun wortlos aus dem Raum, die beiden Uniformierten hinterher.

Der Gang, der eine leichte Steigung aufweist, sieht aus wie in Fels geschlagen und ist überraschend breit, alle vier könnten nebeneinandergehen, aber die beiden Soldaten bleiben hinter Sun und Christian. Die Decke ist hoch, der Gang kühl, andere Leute, allesamt Chinesen, Männer und Frauen, passieren die kleine Gruppe, bis sie auf der gegenüberliegenden Seite des Ganges, etwa hundert Meter weiter, eine Fahrstuhldoppeltür erreichen. Sun drückt auf eine Taste. Eine Lichtanzeige rechter Hand, mit Zahlen, die Christian erkennt, zählt den Weg der Kabine hierher.

Christian hat angenommen, er befände sich unter der Erde, und der Fahrstuhl bestätigt das, indem er auf »-5« hält, bevor die Türflügelplatten beiseitegleiten. Die Uniformierten bleiben zurück, als Sun und Christian die Kabine betreten. Der Chinese drückt eine Taste, auf der »20« steht, also geht's nun fünfundzwanzig Stockwerke in die Höhe, darüber sind nur noch drei weitere Ebenen – Christian will gerade fragen, was für ein

Gebäude das hier eigentlich ist, da schaut ihn Sun freundlich an und sagt: »Ich wollte Ihnen zeigen, wo Sie sind. Bevor wir uns unterhalten.«

Beide schweigen auf der etwa vier Minuten langen Fahrt nach oben.

Als der Aufzug hält, sagt Sun: »Vorsicht, es ist hell.«

Er meint die Sonne, in deren grelles Licht beide treten, auf einer hohen Plattform, einem großen Balkon, in ganz schwachem Wind. Als Christians Augen sich an das Licht gewöhnt haben, sieht er hinab auf etwas, das er nicht erwartet hätte: braune harte Landschaft wie aus zusammengepresstem, trockenem Staub, diverse Bauten aus Stahlgerüsten, Glas, hohe Kräne, Rampen, Maschinen, deren Funktion er nicht raten kann, in etwa einem Kilometer Entfernung ein gewaltiges Loch, so groß wie, schätzt er, seine Heimatstadt in North Carolina, und einige hundert Meter tief, mit einem Boden weiß und glitzernd wie Zucker, einem rauen, groben Innenrand wie Rost. Dort wie hier, unterm Turm, bei anderen Türmen und funktional schmucklosen Stahlglashäusern, sind Menschen, vielleicht dreihundert alles in allem, und Fahrzeuge, vom Jeep übern Truck bis zu Hubschraubern verschiedener Länge und Größe, teils mit einem, teils mit zwei Dachrotoren, auf einem Landefeld neben dem Loch.

Rings nichts als diese braunen Erdplatten, kaum Vegetation, ein paar gelblich grüne Rasenflächen, einige Büsche.

»Wüste«, sagt Christian überwältigt. »Ich bin in der Wüste.«

»Ja, in der Wüste. Und in China. In einer chinesischen Wüste«, sagt Aiguo Sun.

Christian kennt keine Höhenangst. Er geht bis zum rotlackierten eisernen Geländer der Plattform, auf die ihn Sun gebracht hat, legt die Hände darauf, etwas niedriger als in Brusthöhe, und sagt: »Bin ich … Gefangener?«

Suns Stimme klingt jetzt nicht mehr neutral, sondern verständnisvoll, milde, als wisse er genau, wie sich Christian gerade fühlt – vielleicht, denkt der, weiß er es wirklich, vielleicht ist es, sagt dem Amerikaner eine vage Eingebung, gar nicht so lange her, dass Aiguo Sun sich ganz ähnlich gefühlt hat: »Die Antwort auf diese Frage ist gar nicht so einfach. Es liegt ein wenig bei Ihnen. In Ihr altes Leben können Sie nicht zurückkehren, das habe ich Ihnen ja schon gesagt. Aber das bedeutet nicht, dass Sie hierbleiben müssen.«

Das Deutsch, denkt Christian, ist wirklich nahezu vollkommen, und der Chinese macht keine Pausen, er sucht nicht nach Worten, er weiß immer, was er sagen will, dieser, ja, was ist er? Mein Betreuer? Christian dreht sich um: »Das ist schon ... ganz schön viel Weite hier, und Raum.«

»Ich bringe Sie erst einmal auf Ihr Zimmer. Ihr richtiges Zimmer, eine kleine Wohnung, eine Suite, könnte man sagen. Sie werden Zeit haben, das hier zu verarbeiten.«

Eine höfliche Geste fordert Christian auf, zurück zum Aufzug mitzukommen, was er tut.

Diesmal halten sie im zehnten Stock, und der Korridor hier erinnert mit seinem grasgrünen Teppichboden, den hellen Tapeten und den gedämpften Deckenlichtern mehr an ein Hotel als an ein Krankenhaus oder gar eine militärische Einrichtung, der das gleicht, was Christian eben von oben gesehen hat. Sun entriegelt eine der in etwa vier Metern Abstand auf der Turminnenseite, von den vermuteten Fenstern weg, in die Wand eingelassenen Türen mit einer Magnetkarte an einem Blinkschloss, dann gibt er die Karte Christian und sagt: »Es ist die einzige. Sie haben hier Ihre Privatsphäre.« Während er die Tür nach innen öffnet, sagt eine Frauenstimme: »Na ja, nicht immer. Also jetzt zum Beispiel hat er sie nicht, aber ich hau gleich ab. Und komm dann auch nicht mehr unangemeldet.«

Das Erste, was Christian auffällt, ist, dass die Suite tatsächlich eine Suite ist: großzügiges Doppelbett, das aussieht, als hätte noch nie jemand drin geschlafen. Dunkelholztische, Polstersessel in Grün. Spiegelwand. Getönter Panoramablick auf Wüste und Riesengrube. Flachbildschirm an der Wand. Und an einem Sekretär, auf einem ergonomischen Bürostuhl samt einer Rückenlehne, die mit vermutlich echtem schwarzem Leder bespannt ist, sitzt die Frau, die er von der Rettung kennt, die Frau, auf deren Tarnkleidung er sich erbrochen hat, die mit den weißen Strubbelhaaren. Aber jetzt trägt sie nichts Soldatisches, sondern den hellen Hosenanzug und die weiße Bluse, ein Ensemble, das Christian sofort erkennt, so schockartig, dass er Luft holen muss, während sie aufsteht und sich ihm nähert, die rechte Hand zum Gruß ausgestreckt, die linke hält ein paar in der linken oberen Ecke zusammengetackerte Papiere: »Na? Wieder besser?«

»Ich … ich kenne Sie. Aus … Vom Flughafen. In … aber Sie hatten andere Haare«, sagt Christian verblüfft und ergreift dabei, ohne recht zu wissen warum, die ihm angebotene Hand, die seine herzlich, aber kurz und nicht allzu heftig schüttelt, bevor sie wieder loslässt.

Ihre grünblauen Augen sprühen wie Feuerwerk, denkt Christian so fasziniert wie eingeschüchtert, aber sie redet nicht wie die unirdische Erscheinung, die sie ist, sondern in leichtem Plauderton: »Ist alles ein bisschen durcheinander hier gerade. Cordula Späth, angenehm, ich bin so was wie die Direktorin von dem Flohzirkus hier. Also, die wirkliche – nominell ist das ja Aiguo, sonst wären unsere chinesischen Gastgeber schnell sauer. Aber er hat eher den Löwenbändigerjob, na, alberne Metapher, okay – also …« Sie wechselt einen Blick mit Sun, der scheint weder gekränkt noch überrascht, da hält die Frau Christian schon das Papierbündel entgegen und sagt: »Er und ich werden Ihnen alles, na, vieles erklären, Fragen beantworten und so weiter, aber heute ist zu viel Trubel, wir kriegen noch mehr Besuch, Gäste aus Amerika und aus London und aus Berlin … und Sie sollten sich eh noch ausruhen. Ich weiß, dass sie kein Müßiggänger sind, dass ihr Kopf Nahrung braucht und Beschäftigung und immer Sprache … da hab ich mir gedacht, zeig ihm doch schon mal, was es hier so alles zu tun gibt, in diesem Fall für ihn. Das hier«, sie wedelt leicht mit dem Papier, »ist ein Text. Das heißt, wir glauben, dass es ein Text ist.« Sie sieht wieder zu Sun, der sagt: »Es ist ein Text. Und er ist deutsch, zumindest was das meiste Vokabular angeht.«

»Ja«, lacht sie, »das sagt der Mann, der alles so einfach sieht, wie es geht – was ja sehr hilfreich sein kann. Aber, sehen Sie, Herr Winseck, es gibt Leute hier, die glauben nicht mal, dass das wirklich Sprache ist, die sagen, das wäre nur so … eine Attrappe, phony language. Leute, die allerdings weniger davon verstehen als Sie.«

Christian stutzt, möchte etwas einwenden, weiß aber nicht was, und als sie das Papier noch einmal bewegt, als wollte sie damit ein Winken andeuten, nimmt er es entgegen, woraufhin sie bereits an ihm vorbeigeht und sagt: »Okay, also, demnächst kommt jemand und holt sich eine Bestellung ab, ich würde sagen, Sie essen erst mal hier, Kantine dann ab morgen oder so – bis später, schön, dass Sie da sind und verhältnismäßig heil!« – zwinkert sie, oder bildet er sich das nur ein? »Herr Winseck«, sagt der Chinese verbindlich, und als Christian, weil er nicht weiß, was er sonst tun soll, ihm ebenso verbindlich andeutungsweise zunickt, wendet Aiguo Sun sich ab und verlässt schnell, aber nicht hastig mit Cordula Späth den Raum.

Christian setzt sich, plötzlich sehr erschöpft, auf das Bett, direkt vor die getönte Scheibe. Er schließt die Augen, versucht herauszufinden, wie ihm ist, wo er ist, sogar ein wenig: wer er ist. Ganz klar wird es ihm nicht.

Er öffnet die Augen und betrachtet das Papier auf seinem Schoß. Da steht:

*das verbot allein zu leben galt damals im kessel vorver ohne ausnahmen konV wer keine familie * trat notgedrungen qatpira in deshäuslich dienstverhältnisse* *selbst wenn das haus kein haus ° sondern zelt oder baldachin polyfaser auf pflöcke gezogen versprechen sesshaftigkeit diV larionov kerven eine beephin bliphin chance vielleicht LIM*

Christian Winseck legt die Blätter neben sich aufs Bett, schaut aus dem Fenster in die Wüstenhitze und sagt: »Das Leben, das ich kenne, ist vorbei.«

15 | Zu den Tintenfischen

Musik weckt die junge Frau, nicht Licht wie sonst.

Die Musik ist nicht laut, durchdringt aber Filipas Haut wie Nährlösung, ein weich antiphonaler Chor, bei dem sie sich an den Anfang dieser einen Chemical-Brothers-Platte erinnert fühlt, wo Mädchenstimmen von einer Liebe singen, die sie in die Höhe hebt. Etwas an diesem Summen und Singen, das zwar von Stimmen getragen ist, die aber doch irgendwie nicht menschlich wirken, erinnert an ruhigere Sachen von Trentemøller, schwebend, wortlos, vergessen Verlorenes und ruft in Filipa Namen wie »gravity« oder »candy tongue« wach.

Sie liegt ein bisschen zusammengerollt in warmer Dunkelheit, in Rock und Pulli, aber ohne Schuhe, ohne Mantel. Worauf liegt sie da eigentlich? Eine Art Bett. Aber da ist kein Boden, sieht sie, als sie über den Rand der Matratze schaut, wo die dünne Schurwolldecke runterhängt, die Filipa jetzt vorsichtig beiseiteschlägt, um sich freier bewegen zu können, wobei sie sich im bronzenen, sehr schwachen Licht aus drei, vier schmalen Lampenschlitzen rechts und links von ihrem Kopf fragt, welche Farbe diese Decke wohl hat, wirklich weiß oder eher eierschalenfarben? Kein Boden also, sondern eine durchsichtige, konkave Mulde aus – Glas? Plastik? Die Liege sitzt auf einem metallenen Sockel auf. Der ist in einer Art Fensterkreuz verankert, das dieses gebogene Außenfenster in vier Teile teilt. Darunter macht Filipa vage etwas aus, das sie nicht versteht: Schatten und Schichten von Rauch? Nebel? Es bewegt sich träge, wird von Lichtstrahlen balkenförmig aufgehellt, die ebenfalls von irgendwo unter Filipa kommen und sich dann in dieser viskosen Nacht verlieren, in diesem – ist das Wasser? Ist das Medium, in dem Filipa sich befindet, von dieser Kapsel umschlossen – sie schaut nach oben, auch da die Wölbung, auch da das Glas und die Schatten draußen –, etwa flüssig, befindet sie sich in einem See, einem Meer?

»Ja, ist so, wie es aussieht. Ein U-Boot. Willkommen an Bord der PETERWATTSILUS«, sagt die Frau, deren Stimme Filipa sofort erkennt, obwohl sie nicht gleich weiß, woher diese Stimme kommt. Filipa stützt sich am Metallrahmen der seltsamen Bettstatt, richtet sich auf, sitzt jetzt gerade. Jetzt sieht sie sich einer Art Treppenabsatz zu Räumen weiter hinten im Boot gegenüber, auf dem die Chefin barfuß und in einer weiten weißen Hose-Hemdjacke-Kombination sitzt, einem Pyjama, wohl aus Samt.

»An Bord der … was?«, fragt Filipa.

Die Frau zuckt mit den Schultern: »Privatwitz. Kofferwort aus Nautilus und Peter Watts.«

Filipa öffnet den Mund. Schließt ihn wieder. Öffnet ihn wieder, schnappt nach Luft.

Die Frau guckt freundlich interessiert.

Filipa sagt: »U-Boot. Im Meer.«

»Atlantik. Du, ich alleine, na ja, bis auf die Tintenfische. Da fahren wir hin, zu denen. Und inzwischen … da. Ja, da vorne«, sie zeigt mit dem Finger in die Wasserwolkenvorhangfalte, auf die das Boot zusteuert, da scheint sich etwas zu bewegen, »das sind dann irgendwelche Horrorviecher. Dreihundert Meter Tiefe, im Moment. Ich kann uns auch viel tiefer tauchen lassen. Atemluft ist kein Problem. Ein Apparat im Rumpf entsalzt das

Wasser und spaltet es per Elektrolyse in Sauerstoff und Wasserstoff, ein Teil davon dient dann noch als hochgefährlicher, aber sehr effizienter Treibstoff. Saumäßig raffinierte Sache. Und wir haben Proviant für einen Monat, einen vollen Kühlschrank, einen winzigen Garten für frisches Gemüse, Herd, Mikrowelle ... Der Druckkörper dieses Schiffchens besteht aus fünf miteinander verflanschten Kugelkammern. Die hier hat die schönen Aussichtsfenster und ist dein Schlafzimmer, dasselbe dann hinten, da schlafe ich. Wir können auch mal raus, der Taucherausstiegsschacht ist in der Mitte. Falls du Lust hast natürlich nur. Nicht in dieser Tiefe allerdings.«

»Falls ich ...«, sagt Filipa wie im Schlaf, im Traum, und schwingt die Beine übern Bettrand. Sieht ins Dunkel. Schatten, große, kleine. Horrorviecher?

Sie schlingt die Arme um den Oberkörper, atmet ein, aus, ein.

Die Frau macht eine merkwürdige Handbewegung in der Luft, etwas Tänzerisches, Graziles. Die Musik ändert sich, wird eine Spur lauter, schiebt sich zusammen, denkt Filipa, weil sie kein anderes Vokabular für den Effekt hat, den sie wahrnimmt.

Wo sind eigentlich die Boxen? Es muss mehrere geben, der Klang ist räumlich reich.

Filipa schaut die Frau an und sagt: »Bist du das? Diese Musik? Machst du das?«

Die Frau steht auf, allerdings zieht sie die Schultern ein bisschen vor, ganz aufrecht stehen geht nicht, dazu ist der Türbogen zu niedrig. Dann sagt sie: »Summsibrumm. Hab ein Studio hinten. Das sind so Sounds, die ich jetzt durch den Rechner knödle und mit Bewegungsmeldern ... also, ursprünglich ist das alles hergestellt mit Instrumenten, die in so einem besonderen Metall gefertigt sind, nennt sich Bexium, hat eine spezielle thermische Empfindlichkeit, und je nachdem, wie man die Temperatur variiert, also da geht alles, langsame Kantilene, Adagio, Scherzo, Tänze, Ouvertüren, Medleys, Variationen,

Unfug. Aber jetzt steh mal auf. Komm mal mit, wir gehen in die Küche, du hast dreißig Stunden geschlafen und brauchst mal was auf die Rippen, Kind, und vielleicht eine Bloody Mary. Von wegen Kater.«

Sie streckt die Hand nach ihr aus, wie vor dem Stripclub, denkt Filipa und wagt vorsichtig den Schritt auf das Metallfensterkreuz, weil sie sich nicht traut, aufs Glas zu treten. Dann sagt sie: »Wieso … wieso bin ich hier? Was ist das alles? Was … worum geht's hier eigentlich?«

Kid Korona schaut, als wäre sie gerührt.

Filipa versteht, dass sie lächerlich aussieht, wie sie hier fast mit dem linken Fuß auf dem dumpf pochend schmerzenden rechten steht, nur um nicht auf das Glas, oder was immer das für ein Material ist, zu treten. Die Frau sagt: »Das hält eine Menge Druck aus, von außen wie von innen. Du könntest darauf herumspringen, mit aller Kraft, und das Zeug merkt's nicht mal. Ich springe manchmal drauf rum, wenn es mir zu eng wird hier drin, und dann höre ich Van Halen oder Ska und hüpfe wie bekloppt und werfe mich gegen … na ja. So wie du, draußen. Fühlst du dich eingeengt?«

Das ist keine Antwort auf Filipas Frage danach, worum es hier eigentlich geht. Filipa nimmt endlich die Hand der Frau, lässt sich auf die kleine Treppe ziehen. Dann folgt sie der Seltsamen auf den kleinen Korridor, in dem sie sich beide nicht bücken müssen, während Filipa sagt: »Nee … nein, komischerweise eigentlich nicht. Beziehungsweise … Sie haben gesagt, ich werfe mich draußen gegen was, und ich weiß sogar, was Sie meinen. Das ganze Risiko dauernd mit …«

»Männer, Frauen, Drogen, alles, kurz nachdem du mitten im Licht gestanden hast und dein Verstand wahrscheinlich immer noch nicht wieder heil ist davon, sondern ein riesiger Wahrheitensalat.«

Filipa muss lachen, das Wort ist gut. Sie greift nach metallischen Leitern und anderen Funktionsteilen, als wären es Geländer, aber nicht, um sich abzustützen, sondern um das alles einfach anzufassen, um zu überprüfen, ist das da? Dann sagt sie: »Ja, Wahrheitensalat, und … seit ich da drin war, da oben oder … drüben auf der …«

»Schon recht«, brummelt die Frau, die offenbar das Wort nicht hören will, das Filipa auf der Zunge liegt, und steigt durch einen Türreifen abwärts in etwas, das, abgesehen von der Kugelform des Raums, den nach innen gebogenen Wänden, mit seinem weißen Kliniklicht, seinen Kühl- und Speiseschränken, seinem Herd unterm Abzug und hohen Esstisch mit vier metallicblauen Stühlen, tatsächlich eher wie eine Wohnküche in einer Space-Age-Villa der sechziger Jahre aussieht als wie etwas, das in ein U-Boot gehört.

Der Raum hat keine Fenster.

Filipa sagt: »Jedenfalls … seitdem fühle ich mich dauernd so, als müsste ich springen und toben und mich gegen Leute und Sachen schmeißen, weil es auf der Erde so eng ist.«

Die Frau nimmt eine Pfanne aus einem der Schränke, stellt sie auf eine der Herdplatten, kramt in anderen Schränken, stellt ein Tetrapak Orangensaft und ein Glas vor Filipa auf den Tisch, dann einen Teller.

Auf den legt sie ein Sesambrötchen, ein Croissant, stellt Butter und ein Gläschen Honig aus dem Kühlschrank dazu, wurstelt und werkelt weiter, während sie erwidert: »Siehst du, du fragst, worum es geht. Okay. Um deinen Affentanz. Um diese ganzen Sachen, die du da veranstaltest und von denen die liebe Vera und der liebe Bernhard nicht das Geringste ahnen, weil sie so lieb sind. Ich bin nicht lieb.«

Sie begießt den Pfannenboden mit etwas Öl, schlägt drei Eier auf, fängt an, Rührei zu machen, während Filipa bereits das unaufgeschnittene, unbestrichene, trockene Brötchen isst. Sie hat jetzt wirklich, zu ihrer eigenen Überraschung, einen riesigen Hunger.

»Und weil ich nicht lieb bin, weiß ich genau, was mit dir los ist, denn du bist auch nicht lieb. Was macht man mit Kindern wie dir? Hausarrest, Gelegenheit zur Einkehr, Besinnung. Bevor sie richtig Schaden anrichten. Schau, normalerweise«, sie dreht sich um und schaut Filipa direkt ins Gesicht, die sich darüber fast an ihrem Brötchen verschluckt, »bringe ich Leute um oder lasse sie umbringen, die sich dermaßen idiotisch aufführen. Aber du interessierst mich. Und du erinnerst mich an mich. Aus dir kann man vielleicht noch was machen. Ich muss wohin, mit dem Schiffchen hier, und nehme dich mit, um zu prüfen, ob du was draufhast. Ob du so was aushältst, ob das deine Klaustrophobie verstärkt oder ob diese Klaustrophobie nur eine Verwechslung ist, weil das, was du wirklich eng findest, nicht die Abgeschlossenheit der irdischen Räume ist, sondern die arme Dummheit, die sich nicht helfen kann und dich bedrückt und provoziert. Wenn's das ist, das kenn ich. Dagegen gibt's Mittel: Man muss einfach die eigenen Absichten entsprechend erweitern. Darüber könnten wir reden.«

»Mmmhm«, macht Filipa.

»Und wenn dir das zu intellektuell ist, kannst du mit mir schlafen. Du bist ja süß, und mein Bett drüben ist viel größer als deins. Wir müssen uns die Zeit vertreiben, die Reise geht ein paar Tage, auch wenn ich nachher den Atomantrieb einschalte und auf High Speed gehe.«

Filipa schluckt sehr trocken, spült mit Orangensaft nach und lässt den Blick nicht mehr von der Schlange, die ihr gegenübersteht.

Schließlich sagt Filipa: »Ich … ich bin nicht lesbisch.«

Kid Korona sagt: »Na, gut zu wissen. Jetzt hol mir mal einen Teller von da drüben und mehr Besteck. Das Mittagessen, das machst nachher du. Damit wir uns da richtig verstehen, ich bin nicht dein Servicepersonal.«

Filipa deckt den Tisch, wie sie gebeten wurde, und denkt dabei, weil die anderen, die komplizierteren Fragen einander in ihrem Kopf gerade gar nicht recht zu Wort kommen lassen, nur eins: Wieso schmeckt dieses Brötchen eigentlich so frisch, kann man hier backen?

16 | Vor dem Ruhestand (2017)

Witali Samulin hat gepackt und ist bereit zum Aufbruch. Seine Reise wird weniger lang als die der jüngeren Leute, denen er solche Reisen ermöglicht hat. Aber auch sie wird keine Rückkehr kennen – er fliegt in vier Stunden vom Flughafen Frankfurt am Main nach China. Sein Versteck im Taunus, das kleine Jagdhaus, das er 1996 durch Vermittlung eines DDR-Außenhandelsbeamten hat erwerben können, wird er zurücklassen, wie es jetzt ist.

Samulin wird in China bleiben, auf der Erde.

Er wird den Leuten Lebewohl sagen können, die in seinem Namen und ein bisschen auch in seinem Auftrag weiterreisen, sehr weit. Er hat nicht viel Gepäck, nimmt fast nur Kleidung mit, außerdem vier Bücher in den Sprachen seines Arbeitslebens, Jefremows *Andromedanebel* auf Russisch, Lems *Gast im Weltraum* auf Polnisch, eine französische Ausgabe des ersten Null-A-Romans von A.E. van Vogt und einen Lenin-Auswahlband, den ihm Ende der Sechziger, frisch in der DDR eingetroffen, dort der Wirtschaftsmathematiker Otto Ulitz geschenkt hat: *Über die Heranziehung der Massen zur Leitung des Staates.*

Als massivste Erinnerung an seinen Lebensweg hat er eine als Briefbeschwerer nutzbare Bronzebüste aus dem Jahr 1965 dabei, die Feliks Dserschinski darstellt und ihn auf neun Schreibtische in sechs Ländern begleitet hat, seit er sie zum Abschluss an der Leningrader Parteischule von seinem Onkel geschenkt bekam.

Der sehr alte Mann betrachtet zum letzten Mal den letzten

der Schreibtische, auf denen die Büste stand: eine schlichte schwedische Platte über quergerippten Friesschubladen, auf der noch immer sein Laptop steht, den er ebenfalls zurücklassen will. Die geheimen Dienste der Bundesrepublik Deutschland werden viel Spaß beim Entschlüsseln haben, einiges finden, das sie in Erregung versetzt, aber nichts, was das große Werk gefährden könnte.

Es klopft an der massiven Eichentür.

Samulin denkt: So schnell? Das muss ein findiger Taxifahrer sein – der Russe hat den Wagen erst vor zehn Minuten bestellt.

»Moment!«, ruft der Alte und nimmt den Koffer hoch. Er ist stolz darauf, dass er seinem Körper auch mit Ende siebzig so etwas noch zumuten kann.

Auf der Diele stellt er den Koffer neben den Schirmständer, öffnet die beiden Türvorhängeschlösser, drückt die Klinke und zieht die Tür auf.

Der junge Mann im roten Polohemd und schwarzen Jeans, der vor ihm steht, hebt den rechten Arm, noch bevor Samulin ihn begrüßen oder sonst etwas sagen kann.

Dann sticht der junge Mann dem alten Mann mit einem fünfzehn Zentimeter langen Buck-Jagdmesser schnell hintereinander zweimal in den Leib – einmal in die Halsgrube, einmal in die Schulter. Samulin bricht zusammen. Der Angreifer befördert ihn mit einem Tritt zurück auf den Flur.

Rasch sieht er sich um – es gibt keinen freien Blick von irgendwelchen Nachbarn, Tannen und andere Bäume verstellen die Sicht, und das Motorrad, mit dem er gekommen ist, lehnt fünfhundert Meter weit weg an einem Baum.

Er schlüpft durch den Türspalt und tritt dem Alten noch zweimal in die Seite, einmal gegen die linke Schläfe. Dann kniet er neben ihn, greift ihm ins schüttere weiße Haupthaar, hebt den Kopf und setzt das Messer an der Kehle an. Bevor er getötet wird, denkt Witali Samulin: Messer, was sonst?

Sie schießen ja nicht gern.

Meinhard Budde trägt eine silbern verspiegelte Sonnenbrille, Bundeswehrhosen mit sehr vielen Taschen und ein weißes T-Shirt. Liz, die neben ihm sitzt, trägt ein leichtes rosa Sommerkleid. Max, rechts von ihr, trägt schwarze Shorts und ein weißblau kariertes Herrenhemd ohne Ärmel, er kommt vom Tennisplatz. Christian Winseck ist in das leichte Hemd und die unauffällige Hose gekleidet, die er aus Deutschland mitgebracht hat, beide sind gründlich gereinigt worden, man erkennt nicht die kleinste Spur von Blut oder Gras.

Die chemischen Mittel, die hier zur Verfügung stehen, sind weit fortgeschritten.

Andrej Sirilko verzichtet heute auf die übliche Krawatte, aber nicht auf den grauen Anzug, während Aigou Sun in einem himmelblauen erschienen ist. Auf Filipas weinrotem T-Shirt steht vorn

NO TE DEBEMOS NADA

und hinten

NO TIENEN CONTROL

Die junge Frau sitzt am vorderen, der breiten Sitzungssaaltür nahen Ende des ausladend ovalen, weißen Konferenztischs mit sechs Chromfüßen.

Für halb drei Uhr nachmittags wurden alle von der Person hergebeten, auf die sie jetzt schon seit zehn Minuten warten. Einige von ihnen kennen einander lange, andere erst, seit man sich in den letzten paar Wochen hier auf dem Gelände begegnet ist und von Sun, Sirilko oder Frau Späth einander vorgestellt wurde. Jede und jeder am Tisch glaubt, dass alle anderen mehr als sie oder er selbst über diesen Ort wissen.

Man hat sich kaum darüber unterhalten, in Andeutungen, man wusste ja nicht genau: Bin ich Geheimnisträgerin, Geheimnisträger, darf ich das sagen, besitze ich vielleicht genau den Teil des Wissens, der das gefährlich macht, was die anderen schon wissen?

Endlich öffnet sich die Tür. Cordula Späth tritt ein, heute in der klassisch-maoistischen Montur der blauen Ameise, mit einem weißen Folder unterm Arm, den sie, als sie ihren Platz am Kopfende des Ovals eingenommen hat, vor sich hinlegt. Dann nimmt sie aus ihrer rechten oberen Brusttasche ein flaches elektronisches Gerät und legt es auf den Ordner.

Die kleine Versammlung vermutet kollektiv, das Ding gehöre wohl zu dem etwa anderthalb Meter breiten, etwa neunzig Zentimeter hohen Flachbildschirm an der rückwärtigen Wand und es habe wohl auch mit den beiden Lautsprechern zu tun, die schmal, hochkant, rechts und links davon hängen. Cordula Späth zeigt ihre makellosen Zähne.

Es wirkt nicht im Geringsten aggressiv, eher so, wie's wohl auch gemeint ist: lustig.

Filipa muss ein Kichern unterdrücken. Dann sagt Frau Späth: »So, Leute. Also, einige sind informiert, andere nicht, die meisten irgendwo dazwischen, ich fasse erst mal zusammen. Die Sowjetunion ist am Weltmarkt und am Rüstungswettlauf kaputtgegangen: planen daheim und dealen weltweit, mit komplett irrationalen, aber ökonomisch und technisch viel weiter entwickelten, also reicheren kapitalistischen Partnern, und dann noch Hochrüstung, nach zwei Weltkriegen, umzingelt, sanktioniert mal mit Karotte, mal mit Prügeln, wer soll das hinkriegen? Diejenigen, die nach dem Krach hämisch meinten: Marxismus funktioniert nicht, haben offenbar vom Marxismus erwartet, dass er zaubern kann. In vergleichbarer Lage, mit diesen Startbedingungen und diesem Zwang, mehr und mehr für den Tausch zu produzieren, und mit dem zweiten Zwang, den Lebens- und Konsumstandard nicht zu tief unter den der kapitalistischen Feinde fallen zu lassen, sonst bricht das letzte bisschen Loyalität ein … also, es war nicht zu gewinnen, oder höchstens mit wesentlich mehr Klarsicht, als nach etwa 1955 bei den Russen und nach 1970 bei deren stärksten Freunden, den Leuten in der DDR, zu haben war. Die Neuauflagen von Lenins NÖP, die ökonomischen Sonderzonen, die man sich beim falsch verstandenen Beispiel der VR China abgeguckt hat, Shenzhen, Xiamen, die Wladiwostokinitiative, dann die Krise der Sowchosen, die Landwirtschaftskacke, die heikle Realität des RGW, na, und Gorbatschow war ja kein Genie wie Deng Xiapoing. Meinhard, nimm mal diese Spiegelbrille ab, bitte, du siehst aus wie Hans Arsch vom Dach. Das macht mich ganz dingdong beim Reden.«

Ohne Murren, mit verbindlichem Lächeln, nimmt der Deutsche seine Brille tatsächlich ab, klappt sie zusammen, legt sie auf den Tisch und faltet dahinter brav die Hände, um interessiert weiter zuzuhören. Cordula Späth räuspert sich und sagt: »Wo war ich? Endstadium: Zwischen 1981 und 1984 hatte die Sowjetunion nur ein einziges Instrument, ihre wachsenden Schwierigkeiten beim Außenhandel auszugleichen: die Ölproduktion. 1973 hat sie dreiundneunzig Millionen Tonnen produziert, 1975 schon hundertneunzehn Millionen Tonnen und 1980 schließlich hundertdreißig Millionen Tonnen, aber die Steigerungsrate war am Abflachen, und was noch schlimmer ist: Die Russen haben die politische Realität des Weltmarkts, die nichtökonomische, unterschätzt, obwohl immerhin der KGB-Chef Andropow, die letzte Hoffnung des Sozialismus, den alten Breschnew schon Mitte der Siebziger gewarnt hat: Wenn der Ölpreis fällt, wenn wir den Scheiß im Nahen Osten nicht steuern … als in Afghanistan die religiösen Spinner an die Macht wollten, musste die Sowjetunion einmarschieren, um nicht die Millionen von Muslimen auf ihrem eigenen Hoheitsgebiet zu ähnlichen Ideen zu ermutigen. Dieser Einmarsch in Afghanistan wiederum wurde von den arabischen

Golfstaaten als bedrohlich empfunden: Wann sind wir dran? Also näherten die sich den Amis, und die Amis sagten: Klar, wir kriegen die Russen klein, aber was ihr für uns tun könnt, ist: Senkt doch mal die Ölpreise, bitte, unsere Wirtschaft kann das brauchen. Machen die. Ja, das war's. Der Breschnew, die trübe Tasse, ein träger Typ, dann die Zwischenspiele Andropow, viel zu kurz, tragisch, und Tschernenko und dann dieser Gorbatschow, ja, was soll ich sagen, hätten die Russen einen Deng gehabt, wer weiß. Es ist eben nicht egal, wer da sitzt, denn beim Sozialismus, der ja nicht einfach naturwüchsig vor sich hin produziert, verschwendet und vernichtet wie der Kapitalismus, der sich durch Krieg und Krise saniert, kommt es leider darauf an, dass die Steuerungsleute keine totalen Dödel sind. Bei einem Naturprozess, wo man sich's leisten kann, dass der Überschuss halt auf den Müll wandert und Massen verhungern, weil sie eh nichts zu melden haben und ihnen das auch nie wer versprochen hat, ist es natürlich anders. Im Sozialismus ist Grips gefragt, aber Gorbatschow hatte nur seinen sozialdemokratischen Quatsch stattdessen, und dann kam der achtundzwanzigste Parteitag der KPdSU, Juli 1990. Rund fünftausend Delegierte beschließen ihre Selbstvernichtung, vorbei. Aber es sind nicht alle blind reingerasselt. Schon Mitte der Achtziger konnten welche rechnen und fanden Leute beim Militär und in der Partei und in den Diensten, in den Parteien der Bruderländer und deren Militär und deren Diensten und stellten die Frage: Wie kommt man da raus? Wie war das möglich, dass wir so tief gesunken sind? Was war früher, unsere Erfolge, das Ding mit Sputnik zum Beispiel? Na, und Sputnik, das war das Stichwort. Ein letztes heroisches Aufbäumen der Kommunisten – sie machen, was die Menschheit machen sollte, aber da es leider keine Menschheit gibt, da der Kommunismus ja immer erst der Versuch war, eine Menschheit herzustellen, müssen sie halt persönlich ran. Die Älteren von uns hier, soweit sie sich früh für Fortschritt begeistert haben, technischen wie sozialen«, ein freundlicher Blick der grünblauen Augen streift Aiguo und Andrej, »werden das in den Siebzigern ja oft gelesen haben: dass wir eigentlich alles beisammenhaben, technisch, für Marskolonien, für die Besiedlung des Sonnensystems, und wenn man ganze riesige Volkswirtschaften einspannen würde, wenn man dafür so viel Arbeitszeit ausgeben würde wie für, sagen wir, den Rüstungswettlauf der Supermächte, dann könnte man ein Schiff bauen, das Menschen auf interstellare Reisen schickt – raus aus dem Sonnensystem. Weg von der Insel und vom Strand – ihr wisst schon: Die Insel, das ist die Sonne, der Strand, das ist alles ab der Merkurbahn bis zur Oortwolke, und das offene Meer, na ja, klar. Und die haben das gemacht, die haben das vorangetrieben, und die westlichen Geheimdienste haben es zwar rausgefunden, aber sie gewähren lassen: Schau dir die Spinner an, die geben ihr letztes Geld aus, die ruinieren sich, und wofür? Für ein Schiff aus siebzig kleineren Schiffen. Ein Schiff namens IWAN JEFREMOW, nach einem Kommunisten benannt, der schöne Literatur über interstellare Reisen geschrieben hat. Die siebzig Schiffe wurden im Laufe von fünf Jahren losgeschickt, teils von der Erde, notdürftig getarnt als Raketen mit Kommunikations- und Spionagesatelliten, die dann durch weitere enorme *boosts* aus der Umlaufbahn geschossen wurden, teils von vornherein auf so eine Umlaufbahn, und unterwegs begann das Zusammensetzen, Andockmanöver, Montage, so: vierhundert Leute, hauptsächlich sehr jung, und ein ausgeklügelter Plan, wie sie lange Zeit mit verlangsamtem Stoffwechsel sozusagen schlafen – nicht kryonisch, das war eine Sackgasse, eine übrigens westliche Science-Fiction-Idee … wie sie sich an Bord fortpflanzen, ernähren, Biomasse, Gärten, Gürtel mit künstlicher Schwerkraft … Der Westen kommt ja jetzt erst dahinter, wie sehr Raumfahrt die Biologie verändert, letztes Jahr erst, 2017, hat man diese Studie abgeschlossen an dem Astronauten Scott Kelly, der ein Jahr draußen war, und mehrere hundert Gene zeigten sich als abweichend von seinem eineiigen Zwillingsbruder, der auf der Erde geblieben war, sieben Prozent, Epigenetik, Genexpression, und all das andere, zu wenig Sauerstoff, Ernährungsumstellungen, Schäden an den Mitochondrien ... Die Leute, die mit der JEFREMOW losgeschickt wurden, wussten das zum Glück alles schon, von geheimen Langzeitstudien der Russen her. Und diese Crew hatte Vorkehrungen dagegen getroffen, also alles auch überwiegend Russen natürlich, ein paar Polen, diverse Tschechen, relativ viele Deutsche übrigens, in dieser Besatzung, die, wie gesagt, aus sehr jungen Menschen bestand. Eine Westdeutsche sogar, die habe ich übrigens persönlich rekrutiert und in der Nähe von London abgeholt, damals. Galt als verschwunden. Viele Menschen, die an dem Projekt teilgenommen hatten, galten als verschwunden, nicht nur die vierhundert.«

Sie macht eine bedeutungsvolle Pause und sieht Christian ins entsetzte Gesicht, der tonlos sagt: »Alexandra Burkhard.«

Cordula Späth nickt: »Ja, die. Später, Christian. Jedenfalls: Zimperlich waren wir nicht, waren diejenigen nicht, die das alles auf den Weg gebracht haben – Atomenergie zum Beispiel: die IWAN JEFREMOW, schon die kleineren Segmente, alles atomar, auch die Starts zum Teil Atomexplosionen, als Waffentests ausgegeben. Ich meine, Kinder, nichts hat so einen Wumms wie Kernkraft. Warum darauf verzichten, zumal man's ja eilig hatte? Danke, Einstein. So, jetzt ist der Schwarm also unterwegs und konstituiert sich zum Schiff. Ein paar hundert Jahre sollte das Ding durchhalten, der Treibstoff kommt aus dem angeblichen Leerraum, der so leer nicht ist, Masse und Energie, danke, Einstein, noch mal, Teilchen sammeln, verbrennen, Ökosystem ausbalancieren, man hatte ausgerechnet, drei Sterne werden abgeklappert, wenn es bei allen dreien nicht klappt, war's ein Schuss in den Ofen ... wie gesagt, ein letzter Versuch, und innerhalb von, ich weiß nicht, sechs, sieben Jahren Flugzeit, da war man dann im Asteroidenfeld, und da … da muss was passiert sein. Willst du?«

Der Mann im Anzug zuckt kaum wahrnehmbar mit den Schultern, lehnt sich etwas nach vorn und blickt in die Gesichter rings, eins nach dem andern, während er sagt: »Ich war seit Mitte, Ende der Neunziger bei der … irdischen Begleitung und Auswertung dabei. Das heißt, nach dem Ende der Sowjetunion gab es ein Netzwerk von Personen, die per Fernverbindung … sie brauchten uns immer weniger, die Menschen auf der IWAN JEFREMOW, und konnten umgekehrt auch für uns nichts mehr tun, aber … es war ein ausgeklügeltes System, mein ehemaliger Vorgesetzter, General Kaschkarow, und Leute aus der Partei, etwa Witali Samulin …«

»Rest in Peace«, murmelt Cordula Späth. Sirilko übergeht das, »wir haben das empfangen, archiviert …« Meinhard Budde hat eine Zwischenfrage: »Wenn ihr das empfangen konntet, haben das die andern doch wohl auch empfangen, die Amerikaner, die Chinesen … irgendwelche Astronomen …«

»Es war gut verschlüsselt und kam nicht immer vom Schiff direkt, zuvor auch nicht immer von den Teilschiffen. Es kam zum Beispiel von den Voyagersonden, die als Relaisstationen, als Router genutzt wurden – ja, ich weiß, NASA. Aber wir hatten da seit den späten Sechzigern unsere Leute, bei der NASA.«

»Communists at NASA. Well, fuck me«, sagt Max, und auch diese Bemerkung ignoriert Sirilko: »Diese Frequenzen bei den NASA-Sonden waren also vorgesehen und frei für uns, und man hat dann steganographisch drauf gepackt, was die JEFREMOW uns wissenlassen wollte. Das ging noch gut mit dem Teil der JEFREMOW, der nach dem Ereignis im Asteroidengürtel alleine weitergeflogen ist, es ging gut bis 2012, 2013, als Voyager das Sonnensystem verlassen hat – die Sonde war das erste menschengeschaffene Objekt, dem das gelungen ist, sagt man, und das stimmt sogar, denn die JEFREMOW, also der Teil, der weiter Richtung interstellarer Raum flog, ist dann abgebogen, ist hier am … am Strand hängen geblieben wie zuvor schon der Teil, der sich weiterhin JEFREMOW nannte, das heißt, das, was dann schließlich Richtung Neptun flog und dort wohl irgendwie in eine Umlaufbahn oder sonst eine stabile, stationäre Position eingeschwenkt ist, wird ja nicht mehr JEFREMOW genannt, sondern EOLOMEA …«

»Stopp, stopp, stopp mal bitte!« Meinhard Budde hebt die rechte Hand. »Das sind lauter Sachen … also erstens, was heißt ›steganographisch‹? Sie haben gesagt …«

»Das ist«, erklärt Cordula Späth freundlich, »wenn Daten in anderen Daten versteckt sind. So wie die Bildchen im magischen Auge, weißt du? So haben sie die Signale der EOLOMEA in die Voyager-Signale gepackt …«

»Okay«, sagt Meinhard. »Und was ist dieses *Elomelo… Emo* …«

»EOLOMEA«, berichtigt Sirilko, »das ist der Name des Restschiffs nach der Teilung. Es scheint im Asteroidengürtel eine Art Meuterei oder Konflikt gegeben zu haben, bei dem …«

Jetzt hebt Frau Späth die Hand. Sirilko hört sofort auf zu sprechen. Die Chefin sagt: »Dazu mehr im Detail, wenn wir an dem Punkt sind, um den es heute hier geht. Sie haben sich halt gespalten, nicht, Sozialisten und Kommunisten spalten sich ja leider dauernd, what else is new? Egal, ein Teil ist dortgeblieben. Bei den Felsbrocken. Mit Maschinen, die diese Felsbrocken langsam … also, sie machen immer mehr, immer bessere Maschinen aus der Masse, die sie finden, sie verwandeln alles in ihresgleichen, ein bisschen wie diese Borg bei *Star Trek*, aber anders … wir nennen sie Dysoniki. Das heißt, wir nennen die Menschen so, die da an dem Punkt ausgestiegen sind aus der Expedition zu den Sternen, und wir nennen ihre Maschinen so. Es gibt auch Unterstützer hier, auf der Erde.«

»Sind das die Maschinen, die …«, setzt Christian Winseck zu einer Frage an, und Cordula Späth fällt ihm ins Wort: »Ja, die haben deinen Vater umgebracht. Meinhard kennt sie ebenfalls aus der Nähe. Auch dazu später mehr. Jedenfalls, was weiterflog, heißt EOLOMEA, und dieser Name ist ein deutlicher Hinweis darauf, wer das Ruder in die Hand genommen hat.«

Niemand am Tisch scheint diesen Hinweis zu verstehen. Sie hat vielleicht gehofft, die Leute wüssten Bescheid. Aiguo Suns wie Andrej Sirilkos verschlossene Mimik lässt Raum für die Vermutung, bei ihnen träfe das zu, aber die Übrigen sehen gänzlich ahnungslos aus, und so seufzt die Vortragende und sagt: »Ein Film. Ein schöner Film aus der DDR. Soll heißen: Die Ossis haben geputscht. Die DDR-Leutchen haben sich das Sternenschiff unter den Nagel gerissen. Rache für Ulbricht sozusagen, den großen Modernisierer, den die Russen abgesägt und durch den armen … glücklosen Honecker ersetzt haben. So, Andrej weiß das, Aiguo weiß das, ich weiß das, jetzt wissen es alle hier – aber was wir nicht so genau wissen und die Leute nicht, die uns das hier alles bezahlen, ist, was die letzten Nachrichten bedeuten sollen, die uns von der EOLOMEA erreicht haben. Da war sie schon auf Neptunhöhe, wie gesagt, vermutlich in stabiler Umlaufbahn um diesen Planeten, der sehr, sehr, sehr weit weg ist. Lange, lange unterwegs war das Schiff, der Hauptkörper des Schiffes dahin, mit höchstens zweihundertfünfzig der Menschen an Bord, die zu den Sternen reisen sollten. Rund hundertfünfzig sind nämlich bei den Felsen geblieben, bei dem Rest der JEFREMOW, der dort diese Dysoniki-Kolonie … Gut, die letzten Nachrichten also. Erstens: Text.«

Sie nimmt das kleine Gerät in die Hand, tippt. Der Bildschirm leuchtet auf, da steht nun schwarz auf weiß:

> *nach einer woche führten ihre forschungen sie ins allergrundsätzlichste zwischen axiome sätze der vollentwickelten shrikhandesie konV eins ° einiges die mehreren monde ° derselbe die fünf pole auch gewänder einderselben stetwelt die we bewohnen von der aber nur ein*

teil leben bewusstsein trägt den we Vastation nennen zu dem sein rand auf dieselbe weise gehört wie beim abgeschlossenen intervall die stetwelt selbst wiederum ° nur eins der gewänder der bruchwelt nithing diV diesvor gilt genau wie bei manchen schatten manchen lebenden aber eben nicht allen auch umgekehrt eingriffe in leben bewusstsein von geschöpfen der stetwelt ° verall erfolgreich wenn der grundsatz nicht verletzt ° dass jenn allein stetwelt ein gewand der bruchwelt ° sondern auch bruchwelt ein gewand der stetwelt diV

Cordula Späth sagt: »Das ist der Textteil. Sieht ein bisschen aus wie Deutsch, aber isses das? Verschlüsselung? Die Codeleute, die wir haben, sagen nein. Ein Linguist sitzt freilich erst jetzt dran. Herr Winseck?«

Christian ist aufgerufen, er sagt: »Ja, also, ich hab die letzten paar Wochen … es gibt some idea of … I think I kinda know what these special symbols seem to mean, dieser Kringel, und in anderen Teilen des Textes der Stern … aber die Grammatik ist nicht stabil, die Satzstellung folgt Regeln, die dann wieder doch nicht …«

Er weiß, dass das ein schwaches Statement ist, er fühlt sich nicht wohl dabei, aber zu behaupten, er habe mehr herausgefunden, wäre unwahr.

Cordula Späth breitet die Hände aus, als wollte sie sagen: Da seht ihr's. Dann nimmt sie das Gerät wieder in die Rechte und sagt: »Es gibt auch noch einen optisch-akustischen Teil. Einen audiovisuellen, bildlich-musikalischen, man könnte sagen: ein kurzes Musikvideo.«

Die Schrift verschwindet, eine Art doppelte, deformierte Eiform mit Koordinatenkreuz in Dunkelblau auf weiß wird sichtbar, und dazu zirpt, kratzt, quietscht es über einem steten Schlagzeugbeat. Das Pfeifen und Quietschen erkennen die meisten am Tisch: E-Gitarren, Feedbacks, Verzerrung. Dann singt eine Männerstimme, zurückhaltend, ziemlich gespenstisch:

It's an anthem in a vacuum on a hyperstation
Daydreaming days in a daydream nation

Die Musik bricht ab, das Bild erlischt. Die Referentin schaltet den Schirm aus und sagt: »Deutsche Kommunisten kapern ein Sternenschiff und schicken amerikanische Rockmusik nach Hause. Warum? Wieso? Wir wissen es nicht.«

Christian schaut verstohlen nach links und rechts. Die meisten staunen, Aiguo Sun sieht das erste Mal überrascht aus, seine Augenbrauen stehen etwas höher als sonst – oder ist das Missbilligung? Cordula Späth sagt: »Lieber Herr Winseck, mein lieber Christian, wir müssen uns über die Interpretation des Textes unterhalten – du hast mir vorgestern eine erste Übersicht gegeben. Aber das ist nur ein Teil der Sache, um die's hier geht. Ich mach's kurz: Wir … das heißt die irdische Unterstützung der IWAN JEFREMOW wie der EOLOMEA … haben das meiste von dem, was an technischem Wissen in dem Projekt steckt, vor fünfzehn Jahren den Chinesen übergeben, weil klar war, irgendwann kommen andere auch auf die Spur, die Amerikaner, die Europäer, es gab ja schon geheimdienstliches Wissen. Die Jelzin-Regierung hat alles, was sie hatte, gegen Zaster mit den Amis geteilt. Die Russen waren völlig kopflos nach Jelzin, erst Putin hat das wirklich gestoppt. Wir wollten einen Vorsprung für China, aus verschiedensten Gründen, und waren dann etwas überrascht, als China ausgerechnet die Deutschen an Bord geholt hat. Aber das chinesische Kalkül war vernünftig – die Mitarbeit der Deutschen hat dafür gesorgt, dass wir jetzt an der Schwelle sind … an der Schwelle zu dem, was aus verschiedenen Gründen sehr nötig ist: Wir fliegen den Schiffen hinterher. Erst zu den Dysoniki, dann zum Neptun. Wir brauchen das, was die haben: Technik, Wissen … wir brauchen es hier, auf der Erde. Und Sie, meine Damen und Herren, und hey, Filipa … Sie gehören zur Crew, wenn Sie sich nicht weigern. Sie haben nicht viel zu verlieren, aber viel zu gewinnen, das ist die Grundvoraussetzung. Der Rest ist Training, Vorbereitung in jedem Sinne, Ausbau der schon vorhandenen hohen Qualifikationen … ja. Das war er, mein Vortrag. Fragen?«

Es gibt sehr viele.

II. KRIEG AM STRAND

1 | Asteroidenkinder

»Bist du Mensch?«

Baklanow hat sich angewöhnt, die Fragen der Kinder zu ignorieren. Mit vier Armen und zwei Beinen greift er in die Speichen und Stützreifen des Korridors, zieht sich vor und zurück, schwebt und fliegt. Manchmal braucht es einen Tritt gegen einen robotischen Greifer, der ein neues Kind in den Strom einfügt oder eins herausnimmt, an dem den Diff ein Fehler aufgefallen ist. Der Tritt weckt den trägen Roboter, der hält das Kind dann den Inspektoren hin. Meist sind das etwa sieben, acht, höchstens zehn, im ganzen zwei Kilometer langen Korridor, fast immer mit mehr Armen oder Beinen als je ein Mensch.

»Bist du Mensch?«

Baklanow weiß, dass die Kinder, wenn sie ihm so etwas senden, nicht im menschlichen Sinn des Wortes »fragen«. Sie probieren das Spektrum aus, das früher Sprache hieß, sie bewegen nicht den Mund, es ist Breitbandnutzung, es kommt nur in seinem TS so an, als hörte er sie.

Er hält sich das, was er da hört, von der Seele fern, wie er sich diejenigen der Kinder vom Leib wegboxt, die zu nahe heranschweben, indem sie mit ihren Ärmchen wedeln, ihre Körpermasse im Magnetstrom als Manövriergut erkennen lernen, also spielen. Baklanow friert. Drei seiner Arme sind schwer und stark wie die stärksten der Robotergreifer. Die hat er sich mit Endoschienen legieren lassen, damit er seine Muskeln genügend anstrengen muss; eine Mahnung zur Selbstdisziplin. Die meisten der Kinder sind schon von der Geburt an zu 30 Prozent aus Metall, zu 10 bis 15 Prozent aus Plastik und anderen Werkstoffen der Zivilisation. Diese Raten verschieben sich mit jeder Generation mehr Richtung Technik, fort von der Biologie, wie's die Diff empfehlen.

»Machst du gut?«, fragen die Kinder Baklanow, wenn er eins aus dem Strom zieht.

»Bist du Freund?«, fragt manchmal auch eins, das er aus dem Strom nimmt, weil sich eine Mycoplasmen-Pneumonie vorhersehen lässt, obwohl die Kinder in diesem Stadium noch jahrelang nicht atmen werden oder weil, allen Sortierbemühungen der Diff zum Trotz, irgendeine erbliche Stoffwechselstörung ihre allerersten Zeichen zeigt, eine Homozystinurie oder eine primäre Hyperoxalurie, bei der sich eine für die Gesellschaft schädliche, weil im medizinischen Ausgleich zu teure Konzentration von Calciumoxalatkristallen in der Niere und im verstärkten Skelett voraussehen lässt. Manchmal sagt ein Bild des Arterienverlaufs, das die Diff aufnehmen, dass irgendeine Endarterie mit dieser oder jener (aber jedenfalls: zu hoher) Wahrscheinlichkeit eines Tages Durchblutungsstörungen bekommen könnte, die bis zum hämorrhagischen Infarkt führen können.

Baklanow greift dann das Kind und nimmt sein Jagdmesser, hält das Kind im Nacken wie eine junge Katze, sticht in den Kopf und lässt es los. Der Magnetfeldstrom nimmt es wieder auf und schickt andere dahin, wo es, nun nicht mehr lebendig, in ihm treibt, andere, die es essen, trinken. Nichts geht verloren – deshalb ist Baklanow ja überhaupt hier: Auch er muss Arbeit wie diese tun, furchtbare, öde, geistlose, hässliche Arbeit, und dass die Last einer ganzen Zivilisation dabei nicht eine Sekunde von seinen Schultern rutscht, enthebt ihn dieser Pflicht nicht. Er ist der Erste unter Gleichen, aber ungleich all den Ersten, die auf der Erde mit einer Formel wie dieser begründet haben, warum sie nicht in die Niederungen ihrer Gesellschaften steigen mussten, warum sie keinen Ort besuchen mussten, der so war wie dieser Korridor, in dem die Stimmen fragen:

»Bist du Mensch?«
»Hast du Essen?«
»Hilfst du mir?«
»Hast du Trinken?«

Den Bayesfluktuationen entsprechend, an denen entlang sich die induzierte Evolution der Zivilisation, die Baklanow als ihr höchster Funktionär mit anderen steuert, zu der Sorte Wesen vortastet, die dem künftigen Leben gewachsen ist, sagt hin und wieder eins der nicht denkenden Kinder etwas, das keines dieser Kinder eigentlich wissen kann:

»Machst du tot?«

Er könnte sich davon erschüttern lassen, aber Baklanow sagt sich, dass so ein Satz nicht zu ihm redet, sondern zufällig zustande kommt wie die Zeichen im Kaffee, die Menschen früher auf der Erde am Boden ihrer Tassen sahen.

Heute haben die Diff im Strom Baklanow nur zweimal empfohlen, sein Jagdmesser aus dem Gürtel zu ziehen. Er ist dafür so dankbar wie der Jäger aus dem Märchen, der einem Tier das Herz herausschneiden durfte, um es einer bösen Königin zu zeigen, und sich so um den Auftrag erleichtern konnte, das Herz eines Menschen, einer Prinzessin aus dem Leib zu reißen, das die Königin gefordert hatte.

Zwei tote Kinder in den ersten vier Stunden der sechsstündigen Schicht, die er auf sich genommen hat, das lässt sich verkraften, denkt er und beginnt, einen Teil seiner Aufmerksamkeit von den Mustern in seinen Augen, den Signalen in seinen Ohren, den virtuellen Mitteilungen der Diff des Stroms abzuziehen, um bei sich mit der andern Arbeit zu beginnen, der Arbeit des Leiters und Koordinators und Verwalters, der die andern motivieren muss und korrigieren. Eine Rede will vorbereitet sein, die man heute Abend in alle besiedelten Räume, alle drei Zonen der Dysoniki senden wird, in die Amor-Ellipse, die Apollo-Bahn und die der Sonne nächsten Aten-Gegenden.

Die Atenleute sind die radikalsten Dysoniki, die es gibt, für ihn als Anführer also auch die loyalsten. Ganz traut er ihnen allerdings nicht, hat sie mitunter gar im Verdacht, dass ihre Prioritäten auf dem Kopf stehen könnten: Sie sollten die Avantgarde derer sein, die aus der Politik der Asteroidenzivilisation heraus damit beginnen, sich in irdische Belange vorzuwagen und dort den Tag vorzubereiten, an dem die Dysoniki zur alten Heimat zurückkehren. Die Rechner sagen, dieser Tag sei noch fern, selbst bei ungebremster Evolution der Dysoniki. Aber dreißig Jahre, das ist ungefähr so lange, wie der Start zurückliegt, der Abschied Baklanows und der anderen Alten hier von der Erde – wir haben vielleicht schon die halbe Zeit vertrödelt, denkt er, und sind noch immer nicht reif für die Aufgabe, die uns bewusstwurde, als sich hier draußen, im großen Trümmerfeld, alles änderte und die IWAN JEFREMOW zerbrach.

»Bist du Mensch?«, fragt eins der Kinder, während die Nadeln aus der unteren rechten Hand des Fürsorglichen dem unfertigen Geschöpf kleinste Gewebeproben von Nase, Augen, Ohren abnehmen, um das Mikrobiom zu untersuchen, die Gene der Bakterien im Organismus, die ribosomalen Ribonukleinsäuren, besonders den Abschnitt 16 S, »Sitz aller Überraschungen, der guten wie der schlechten, Plattform der Mutationen«, wie Swerkunowa die Dysoniki gelehrt hat – bin ich Mensch? Was soll der Kanon, Bruder Jakob, schläfst du noch, es ist lästig, wie sich diese Sprachamöben vermehren in den Nichthirnen der Nichtmenschen, die hier im Korridor bis an die Schwelle ausreifen dürfen, an denen der Inkubationsprozess in ihnen das Bewusstsein zündet – das gute wie das schlechte, denkt Baklanow in ironischer Würdigung der Lehren Swerkunowas, nein, Mensch bin ich nicht, aber ein Mann, der sich noch dran erinnert, dass er ein Mensch war.

Zwei seiner Arme, ein rechter und ein linker, greifen an seinen Hinterkopf, extrudieren an ihren Zeige- und Mittelfingern Programmnadeln, öffnen Baklanows TS und aktivieren die Aufzeichnungsfunktion, bevor er sich, als verbale Notiz, den Gedanken selbst in den Speicher spricht: »Ich habe gehört, die Fraktionsmacherei hat zugenommen. Die Leute aus der Atenzone beschweren sich, dass die Leute aus der Amorzone das Ziel vergessen haben. Man spricht, so wird mir zugetragen, in Aten bereits davon, hier liege ein Gesetz vor, wie beim tendenziellen Fall der Profitrate im Kapitalismus auf der Erde: Immer mehr Aufwand treiben die Amorleute, so sagen die Radikalen von Aten, und immer weniger komme dabei heraus – sie hätten, hat eine Hitzköpfin neulich erklärt, am besten mit den Deutschen, der Verräterin und ihren Leuten, mitfliegen sollen, sie bremsen uns nur. Kein Wunder, spotten die Atenleute, dass die Amorleute so langsam sind, brauchen ihre kleinen Welten nicht auch länger, einmal um die Sonne zu laufen, als die Erde je gebraucht hat? Sind sie nicht drei bis vier irdische Jahre unterwegs, bevor sie wieder da ankommen, wo ihre Bahn beginnt, sind sie nicht Leute, die drei bis vier Jahre für ein Jahr halten, und müssen wir uns wundern, dass sie so langsam sind? Umgekehrt aber: Die Amorleute kommen zu mir und sagen, wo ist der Treibstoff, den die Atenleute den andern beiden Zonen versprochen haben, wo sind die Produkte aus dem Wasser im Eis ihrer Welten, verbrennen sie das alles selbst? Sie sind der Sonne am nächsten, sagen die Amorleute, und die Sonne hat den Atenleuten daher wohl das Gehirn versengt, und nun wirtschaften sie wie die Kapitalisten auf der Erde, von der Hand in den Mund, verschwenden das Eis, das Wasser. Was haben die Atenleute, so schimpfen die Amorleute, zu unserem Test in der Venusatmosphäre beigetragen, was haben sie zu den Expeditionen beigetragen, die den Mars erkunden und sichern, außer eben Treibstoff, wo ist ihr logistischer, ihr technischer, ihr programmatischer Beitrag? Ultralinke Abenteurer, sagen die Amorleute, seien in der Atenzone am Werk. Beide Fraktionen kommen zu mir und beschweren sich über die Fraktionsmacherei, was eben ihre Art ist, Fraktion zu machen. Die Amorleute sagen: Denken wir besser nicht an die Erde, bevor wir nicht die technischen Probleme gelöst haben, die uns hier draußen plagen, und die Atenleute sagen, lasst uns lieber heute als morgen zurückkehren, lasst uns nicht in den Gewohnheiten verkommen, die das Leben im Kosmos, fern der Heimatwelt, uns aufgezwungen hat! Beschleuniger von Aten, Bremser von Amor, ihr wisst ganz gut, dass ihr die alten Rollen der sozialistischen Bewegung auf der Erde übernommen habt, die ultralinke, ungeduldige, feuerköpfige Abweichung in Aten, die rechte, opportunistische, an den Gegebenheiten klebende Abweichung in Amor.«

Er kontrolliert ein Kind, das Flossen hat anstelle der oberen Arme. Man hat ermittelt, dass das von Nutzen sein könnte, wenn die Flossen metallisch geschuppt sind, nützlich in den Magnetflüssen im Innern der besiedelten Asteroiden, in den Kanalsystemen. Die Flossen sprießen schnell, sie sind gesund. Baklanow ist beeindruckt, nimmt sich vor, die Bioausschüsse von Amor zu loben, spricht dabei weiter seine Rede in den Speicher: »Damit schiebt ihr uns, den Leuten von Apollo, und mir, der ich für Apollo gesprochen habe, bevor ich für alle drei verantwortlich wurde, mir, der, wie ihr wisst, fünf Jahre lang die Stimme der Apollozone war, wie der Genosse Nadar Jepen heute für Aten spricht und wie die Genossin Eva Sonntag heute für Amor spricht, die fadeste der alten Rollen zu – die Rolle, die am wenigsten funkelt, die glanzlose Rolle, die Rolle des Ausgleichs, der Mäßigung und der Mitte, von der die rechten Sorgfältigen und die linken Feurigen in ihrer Holzschnittdialektik«, er spuckt das Wort unzufrieden, verächtlich fast, aus und stößt sich mit dem rechten Bein von der Innenwand des Korridors ab, der er vor lauter Redenprobe zu nah gekommen ist, »am allerwenigsten halten. Worum geht es? Um unsere Stellung zur Erde. An ihr wetzen die Fraktionen sich. Man sagt, wir seien die letzte Hoffnung der Erde, auch wenn sie es selbst nicht weiß – ich habe den Satz oft gehört, nicht nur in Jepens Rede vom dritten Mai letzten Jahres, die durch diesen Satz zu so misslicher Berühmtheit gelangte. Ich sage euch, Genossinnen, Genossen, wir haben die Zeit nicht für diesen Unfug.«

Er leuchtet mit seinen tieferen Augen in die Atmung eines der Kinder mit mehr Körpersegmenten, als Menschen haben, in die komplizierte Verbindung der Lunge, ihre Zurüstung für die Atmung bei verminderter Sauerstoffverfügbarkeit. Er weiß, das ist die Reaktion der Biofachkräfte auf die Hypoxiehäufigkeit in manchen Aten-Habitaten. Baklanow bewundert die schlaue Übertragung einiger Eigenschaften von Tracheensystemen bei Insekten auf diesen kleinen von Homo sapiens abgeleiteten Leib: Alles ist angepasst, eingefügt, durchdacht, gescheit gezüchtet, und er lässt das Kind wieder los, übergibt es dem Strom, spricht in seinen Speicher: »Wir haben, obwohl sich unsere Zivilisation auf ein Vielfaches des Erdkreises ausdehnt, den Raum nicht für Fraktionen. Die Erde weiß nichts von uns, heißt es in der Redensart, die behauptet, wir wären ihre letzte Hoffnung. Was wird man dort aber sagen, wenn man von uns erfährt? Wenn wir Glück haben, wenn die optimistische Erwartung stimmt, dann werden sie vielleicht sagen: Diese Kosmonauten nehmen eine gute Sache in Angriff, und wenn sie es schlecht machen, so werden wir es besser machen, denn sie müssen mit kargsten, knappsten, schrecklichsten Ressourcen arbeiten, und wir auf der Erde leben im Überfluss, der größte Teil an Not, den wir noch kennen, ist von uns selbst gemacht. Aber wenn das stimmt, dann müssen wir ihnen für ihr Bessermachen möglichst viel konkretes Material liefern. Unsere Aufgabe hat nur mittelbar mit dem Eis zu tun, mit dem Wasser, Treibstoff und Sauerstoff, den man in Aten daraus gewinnt. Und sie hat nur mittelbar mit den biologischen Forschungen und Entwicklungen zu tun, die man in Amor betreibt. Unsere größte Aufgabe, wenn wir wollen, dass man uns auf der Erde als Beispiel, als Vorbild für das, was zu tun ist, erkennt, ist nicht physikalischer oder biologischer Art, sondern gesellschaftlich: Keine Gesellschaft hat sich jemals schneller vermehrt als wir, seit Genossin Swerkunowa den Schlüssel zum Inkubationsverfahren gefunden hat. Wir sind unfassbar viele, und unsere Aufgabe besteht, wenn wir der Erde ein Beispiel geben wollen, in der Vergesellschaftung – wir müssen die Heranziehung aller Mitglieder der Gesellschaft ohne Ausnahme zur Verwaltung und Entwicklung unserer Gesellschaft durchführen. Das ist eine gigantische Aufgabe. Sie kann nicht eine Minderheit, eine Fraktion bewältigen, nicht die linken Herostraten von Aten, nicht die rechten Bedenkenträger von Amor, nicht die Besonnenen von Apollo – bewältigen können diese Aufgabe nur Dutzende von Millionen, die wir in dreißig, fünfzig Jahren sein werden, wenn diese Millionen lernen, das selbst zu tun, wenn sie lernen, sich mit allen Konsequenzen …«

Ein hässlich knacksendes, dann pfeifendes Störgeräusch unterbricht seine Aufzeichnung.

Ein waagerechter, scheinbar unendlicher, als Reifen um seinen Gesichtskreis gelegter roter Strich teilt sein Sehfeld in eine obere und eine untere Hälfte. Schon bevor in Blau die Signatur auf diesem Strich erscheint, weiß Baklanow, wer ihn hier stört: die einzige Person, die sich das mit politischen Nachrichten trauen würde, wenn Baklanow wie gerade jetzt offiziell für eine nichtpolitische Beschäftigung in einem der Dienstpläne steht.

Eine der alten, der menschlichen Hände, die linke obere, drückt auf seinen Adamsapfel, dann spricht Baklanow den Namen in sein Mikro, den er im selben Moment blau auf der roten Linie sieht: »Diduk. Was gibt's?«

»Was es gibt?«, knarzt der Militärchef von Apollo. »Nadar Jepen gibt's, wie immer. Und von dem gibt's viel zu viel.«

»Was will er?«, fragt Baklanow brummig, aber ruhig. Er hat sich angewöhnt, seine Sprache immer ein bisschen zu verschleifen, seine Stimme zu senken, wenn ihm Semjon Diduk derart agitiert kommt. Die Hoffnung, Baklanow könnte mit dieser Schauspielerei einen irgendwie beruhigenden Eindruck auf den unzufriedenen Soldaten machen, ist müßig, aber aufgegeben hat er sie noch nicht.

Diduk schimpft los: »Die Erde will er bombardieren. Wie immer, um die Menschheit zu retten, deren letzte Hoffnung wir sind, wie immer, und die davon nichts weiß, wie immer, bis endlich die Sprengköpfe und gelenkten Asteroiden in die großen Städte der Imperialisten krachen, wie es die von Explosionen wie von nichts anderem begeisterte Kindskopfseele von diesem Dummkopf Jepen will, damit er sich als großer Armeeführer ...«

»Luft anhalten, Diduk. Was gibt's konkret?«

»Er hat eine von seinen Depeschen bekommen, von seinen kleinen Spionen auf der Erde. Und jetzt ist es, wie immer, fünf vor zwölf, aber originellerweise mal nicht mit dem Argument, wir könnten zu spät kommen, wenn wir jetzt nicht eingreifen, sondern mit dem Gegenteil: Wir könnten zu spät anfangen, unsere Verteidigung zu organisieren.«

Baklanow versteht nicht: »Unsere ... unsere Verteidigung? Gegen wen? Gegen Amor, gegen ...«

»Gegen die Revisionisten und die Imperialisten von der Erde. Ja, du hörst richtig.« Ein Geräusch, das klingt, als spucke Diduk in irgendeine Ecke – es ist ihm zuzutrauen, mit seiner kostbaren Spucke solchen Unfug zu treiben, denkt Baklanow irritiert. Dann fährt Diduk fort: »Er sagt, die Chinesen bauen ein Schiff mit den Europäern. Zwei Schiffe, um genau zu sein. Die dann eins werden, so wie die JEFREMOW vor dreißig Jahren. Schiffe voller Bewaffneter und Waffen. Schiffe, die uns angreifen und überfallen und erobern sollen. Wie Hitler die Sowjetunion überfallen hat, sagt er. Du weißt, er liebt ...«

»Ja, ja«, verkürzt Baklanow unwillig Diduks Rede, »unser Freund liebt die historischen Vergleiche.«

»Und den Alarm, und den Ruf zu den Waffen«, sagt Diduk säuerlich, aber Baklanow lässt ihn nicht weiter über den Verhassten herziehen, sondern sagt, plötzlich hellwach, kalt und klar: »In einem Punkt hat er recht. Die Zeiten, da wir darüber nachgedacht und uns darauf vorbereitet haben, dass uns jemand angreifen könnte, sind lange vorbei. Und wenn, dann haben wir immer nur an die Verräterin gedacht, an die Deutschen und ihre … EOLOMEA.«

Diduk ist nicht zu hitzig, das zuzugeben: »Ja. Wir sind unvorbereitet und haben, wenn sie wirklich, wie Jepen sagt, in zwei, drei Jahren fertig sind damit, diese Schiffe zu bauen, und wenn sie in zwei Jahren starten, von jetzt an … also, ich hab's schätzen lassen, durchrechnen, und wir haben sechs, sieben Jahre, wenn sie so schnell herfliegen, wie sie können.«

»Das ist wenig Zeit«, sagt Baklanow.

»Jepen ist unterwegs«, sagt Diduk. »Er will's mit dir besprechen, und er hat drum gebeten, dass du die Genossin Sonntag dazurufst, denn er selbst will sich da nicht melden – er sagt, sie hassen ihn, und hat damit nicht unrecht.«

Baklanow glaubt abermals, sich verhört zu haben: »Unterwegs? Hierher, nach Apollo?«

»Ja. Zu uns. Zu dir«, sagt Diduk, jetzt ruhiger, und lässt seinem Vorgesetzten die paar Sekunden Bedenkzeit, die der braucht, um seine nächsten Schritte zu beschließen. Dann sagt der Sprecher der drei Zonen: »Gut. Zwei Stunden. Du bereitest alles vor – Sendung nach Amor, Gespräch mit der alten Hexe Sonntag, aber auch schon die … Konferenz, die der kleine Aufrührer will. Unterbringung, Sicherheit, den ganzen Kram. Dann komme ich rauf, in zwei Stunden, in die schwarze Kugel am besten, und du trommelst unsere drei Ausschussspitzen zusammen, damit sie dabeisitzen, wenn ich mit Sonntag rede.«

»Ich will mich ja nicht querstellen«, stellt Diduk sich wie erwartet quer, »aber solltest du den Kinderkorridor nicht sofort verlassen, wenn's so brennt? Niemand wird dir einen Vorwurf machen, wenn du deine niederen Pflichten …«

Scharf schneidet Baklanow dem Soldaten das Wort ab:

»Doch. Ich. Ich werde mir einen Vorwurf machen. Ich kann euch nicht immer predigen, dass es keine niederen Pflichten gibt …« Er greift nach einem der Kinder, dreht es um, begutachtet die Wirbelsäule, lässt es los und spricht weiter. »Und mich dann selber sofort rausmogeln, wenn einer schreit. Nein, kein Wort mehr, jede und jeder an seinem Platz, zu jeder Zeit. So geht das.«

»Bitteschön, wenn's die Menschheit rettet«, seufzt Semjon Diduk, und Baklanow nimmt ihn unerwartet beim Wort. »Es rettet die Menschheit. Jedenfalls dann, wenn wir recht haben und nicht Alexandra Burkhard.«

»Was hat die Verräterin mit dem Dreck zu tun?«, gibt sich Diduk begriffsstutzig. Baklanow lacht: »Als wir unseren Aufstand zu diesem … halben Sieg geführt haben, damals, als sie sich bereit erklärt hat, abzuhauen und uns die Asteroiden zu überlassen, da hatte ich kurz vor dem Start des Restschiffs … kurz vor dem Abflug dieser … EOLOMEA … noch einmal Gelegenheit zu einem … Gespräch unter vier Augen mit ihr. Und ich habe zu ihr etwas gesagt, das auch von Nadar Jepen sein könnte …«

»Chef, nichts, was du sagst, könnte jemals von Nadar Jepen …«

»Ja, schon recht, lieb von dir, aber … ich hab sie angeschaut, diese Frau, die das Kommando an sich gerissen hat, und ich habe ihr einen Vorwurf gemacht, ganz im Stil unseres Freundes, des Genossen Jepen: Wie kannst du das tun? Wie kannst du die Menschheit so im Stich lassen?«

»Und, hat sie was dazu gesagt?« Diduks Neugier, man hört's deutlich, hält sich in Grenzen. Baklanow aber räuspert sich und sagt mit Gravitas: »Sie wusste immer auf alles eine Antwort. Und ihre Antwort diesmal war: Das da, auf diesem Klumpen Matsch, das ist keine Menschheit. Das wird auch keine mehr. Die haben das verspielt, spätestens in den frühen Siebzigern, als ich auf die Welt kam – ich, sie meinte sich. Und dann sagt sie: Die Menschheit, Baklanow, das sind wir. Du, ich, unsere Leute – diejenigen, die weiterfliegen, genauso wie diejenigen, die bei den Asteroiden bleiben. Im Zweifrontenkrieg gegen die Natur und die gesellschaftliche Trägheit der Menschen.«

»Nix für mich. Philosophie«, sagt Diduk abschätzig. »Ich mach lieber meine Arbeit.«

»Siehst du«, sagt Baklanow, »dann sind wir uns ja doch noch einig.«

»Ich kümmere mich um alles«, sagt der Soldat und unterbricht die Verbindung, woraufhin Baklanows Gehör wieder frei wird. Das Erste, was er hört, nachdem der Militärbeauftragte sich ohne Gruß verabschiedet hat, ist eins der Kinder.

Es fragt: »Bist du wie ich?«

2 | Leere Wahrheit

Christian Winseck ist wieder einmal nicht da, wo man ihn haben will.

Auf der Erde war er berechenbar. Jetzt, da wenig Raum seine ganze Welt ist, ein kurzes Schiff, ein paar hundert Meter Länge, nicht ganz zweihundertfünfzig Meter Durchmesser in den vier Reifen, lässt er sich gern suchen und nicht immer finden.

Das schenkt ihm die Illusion von Bewegungsfreiheit, Autonomie, Eigensinn. Alle drei sind wichtig, damit man nicht verrückt wird. Christian mag es, sich durch die Röhren zu hangeln, die er bei sich »Flure« nennt, durch die Hallen und entlang der Radnabe.

Seit Cordula Späth ihm vor drei Wochen gestattet hat, sein Quartier im zweiten Reifen zu beziehen, steigt er immer wieder die chromsilberne schmale Leiter hoch zur Luke Sigma, dann in die Schleuse und dann, wenn die sich ausgedreht hat, stößt er sich ab und fliegt – »wie Superman«, was er genau so vorgestern Andrej Sirilko erzählt hat, der sich vor Lachen darüber fast an seinem Kräutersalat verschluckt hätte. »Lass ihn nur«, hat Aiguo Sun dazu gesagt, »die Einzigen, die auf dieser Reise etwas wie Spaß haben können, sind naive Intellektuelle wie er und Verrückte wie unsere Freundin Filipa Scholz.«

Die hat sich allerdings noch mehr ins Klettern und Schweben geworfen als Christian, die ist ein richtiges Flughörnchen geworden hier, denkt er jetzt, während er seinen ganzen Körper an einem einzigen Arm um einen der stählernen Lastbalken dreht wie einen federleichten Kegel.

Die geht noch weiter als ich, denkt Christian, weil sie auch die drei bis vier Stunden Sport täglich am Anfang – das dumme Fahrrad, den widerlichen Expander – als Herausforderung an ihr neues Superheldinnenselbstbild angenommen hat und dabei laut schreit wie diese Tennisspielerinnen im Fernsehen, wenn sie einen Schlag mit aller Gewalt durchziehen.

»Aaaah, dammich!«, hört er sie auch jetzt schreien, aus dem ersten Reifen, wo sie mit dem gemeinsamen Trainer der gesamten Besatzung, Meinhard Budde, wieder mal damit beschäftigt ist, am frühesten Morgen Messerkämpfe zu üben. Davor drückt sich Christian gern. Es ist ihm ein bisschen zu ernst, seit ihn Filipa mit einem der angeblich stumpfen Messer, die hier zu Übungszwecken verwendet werden, weil damit »gar nix passieren kann« (Budde), am Nacken verletzt hat – das Blut flog in kleinen Kügelchen davon, weil der Reifen an diesem Tag aus Wartungsgründen stillstand und also keine Pseudoschwerkraft hatte.

Christian weiß noch, wie er, als ihm Budde das Mullzeug in den Nacken gedrückt hat überm Pflaster, das die Blutung stillen sollte, plötzlich sagte: »Kleine runde Tröpfchen, kleine Planeten – warum ist das eigentlich so? Warum bilden sich aus Flüssigkeiten immer diese Kugeln, in der Schwerelosigkeit? Ich hab das in diesen Science-Fiction-Filmen gesehen, und dann ist mir das irgendwann aufgefallen, aber da ist es ja mit der Computergraphik simuliert, nur war's dann ... als ich es einmal bewusst wahrgenommen habe in those movies, suddenly it, like ... da sah man es auch in Bildern von der Internationalen Raumstation und so weiter, also ist es ja apparently ein real world phenomenon, nur wovon kommt das?«

»Oberflächenspannung«, sagte Budde wegwerfend, wie man sagt: Wer sich in den Regen stellt, wird nass. »Das war mit deiner Kotze genau so«, den kleinen Zusatz konnte sich Filipa nicht verkneifen, sie ist immer so, ruppig, großmäulig, aber es stimmt natürlich: In den ersten vier Tagen nach dem Aufwachen, bevor er schließlich dahin durfte, wo die künstliche Schwerkraft, eigentlich ja Fliehkraft oder so was (man hat es ihm erklärt, aber es sagt ihm nicht viel mehr als »Oberflächenspannung« auch: ein Wort), herrschte, musste sich Christian, was ihn sehr beschämte, dreimal ganz ohne Anlass übergeben, und Cordula Späth fiel nicht mehr dazu ein, als dass er »das bitte jetzt aber alles schön einsammeln« sollte, mit den Tüchern und dem eigenartigen Druckschwamm, mit dem sich jeder Tropfen Flüssigkeit aus der Luft fangen ließ, als wäre sowohl der Schwamm wie der Tropfen auf irgendeine Christian auch wieder nicht verständliche Art magnetisiert.

»Das mit dem Kotzen gewöhnst du dir hoffentlich ab, bevor du in deinen ersten Raumanzug steigst«, hatte Filipa ihn zur ohnehin beschämenden Peinlichkeit der Sache aufgezogen, »sonst kannste daran nämlich richtig original sterben, Freundchen.«

Christian hat noch keinen Raumanzug getragen, vor allem aber war er noch nicht draußen – die Blicke durch die Panoramafenster genügen ihm vorerst. Es war schon beunruhigend, nein: schockierend, als Frau Späth im vorvorgestern die Erde gezeigt hat: Kaum war sie zu erkennen, von anderen Himmelskörpern wie den sonnenäheren Planeten nicht zu unterscheiden, und auch die Sonne, da rebellierte sein Empfinden, darf so klein eigentlich nicht sein. Zwei Jahre Schlaf liegen hinter ihm – na, nicht wirklich Schlaf, wie sagte Frau Späth? »Du warst nicht immer ohne Bewusstsein, wir haben es nur so hingezwickt, dass du dich daran nicht erinnerst – zweimal die Woche aufstehen, Bewegung und ansonsten, klar, die Solltemperatur in der Stelle im Hirn, die deine Körpertemperatur reguliert, ist erheblich niedriger gewesen als während normaler Aktivitätszeiten und tiefe Bewusstlosigkeit unterhalb des REM-Schlafes, und die Blutflussrate fällt unter 10 Prozent vom Normalwert, wobei das meiste den Kopf versorgt und bestimmte Sorten Fettgewebe, Herzleistung auch ganz unten, Schlagrate reduziert, das Volumen der Schläge allerdings nicht. Es ist so eine Art Schraube drin, das Blut wird saurer, weil nicht so viel geatmet wird, die Abweichung vom optimalen pH-Wert führt dann zu weiterer Herabsetzung des Metabolismus und so fort. Aber du darfst dir das nicht so vorstellen wie diesen kryonischen Schlaf in den Filmen, du warst nicht eingefroren, wir haben den … ja, den Film, der du bist, praktisch nicht angehalten, sondern eher ein paar Szenen deleted, und jetzt sind wir wieder drin, im wichtigen Teil …«

»The good part«, hat er erwidert, und das fand sie richtig.

Seine Schulter verfehlt im Vorbeisausen knapp einen der kopfgroßen Verteilerkästen. Er greift vorsichtigerweise wieder nach der Leiter, bremst sich ab – die Hüfte tut ihm manchmal immer noch weh vom Zusammenprall, bei dem er hat lernen müssen, dass die Wirkung von Kraft als Masse mal Beschleunigung auf irgendwelche Körper, zum Beispiel seinen, in der Schwerelosigkeit nicht geringer ist als im Gravitationsbann. Fast ist er jetzt da angekommen, wo er hinwill. Niemand ist ihm begegnet, nicht mal die ständig aktiven, wahrscheinlich nie schlafenden Chinesen aus Aiguo Suns Team, der nette Wu Yimeng und die undurchschaubare Ming Di (Christian ist sich immer noch nicht sicher, ob er die Vor- und Nachnamen nicht dauernd verwechselt, ob diese beiden also überhaupt so heißen).

Er ist jetzt nah beim Heck des Schiffes, wo die technischen Einrichtungen sind, insbesondere die Konsolen, und will eigentlich arbeiten, vor allem lesen und über die Texte nachdenken, deren Entschlüsselung ihm aufgegeben ist. Er hat allerdings noch etwas anderes vor, um diese Tageszeit. Er möchte jemanden belauschen, weil dieses Mitanhören von etwas Schönem ihn, wie er selbst bei sich sagt, erdet – ironischer Ausdruck hier, so weit weg von der Erde, aber, doch, »it's grounding me to listen to that«, wie er seinem digitalen Tagebuch kurz nach dem Erwachen aus der Phase des verlangsamten Stoffwechsels anvertraut hat.

Im Tiefschlaf, sagt man ihm, habe er nicht geträumt. Dafür hat er jetzt Schwierigkeiten damit zu begreifen und zu glauben, dass er wach ist – Messerkampfübungen, *dear Lord in heaven*, was ist das hier bloß, wohin hat es ihn verschlagen? Nicht, dass nicht auch diese Absurdität ihre ganz vernünftig klingende Erklärung hätte – die Leute, die, anders als er selbst, seit Jahren, manchmal Jahrzehnten auf diese Reise hingelebt haben, können wirklich alles erklären, und Budde, der immerhin auch erst seit drei, vier Jahren von kosmischen Wirklichkeiten weiß, die durchschnittlichen Erdenmenschen nicht bekannt sind, konnte Christian daher auch die Messergeschichte plausibel machen: »Es wäre unrealistisch, wenn wir nicht davon ausgingen, dass es zu bewaffneten Auseinandersetzungen kommen kann, wenn wir ins Revier der Dysoniki eindringen, das wir nun mal durchqueren müssen, um zur EOLOMEA aufzuschließen. Wenn sie begreifen, dass wir wirklich nur auf der Durchreise sind, wird sich's vielleicht entspannen. Aber Cordula sagt, der militärische Teil der ursprünglichen IWAN-JEFREMOW-Expedition ist fast komplett auf den Asteroiden geblieben. Dieser Baklanow und seine Leute sind alte Rote Armee, auch KGB, also keine Kuschelkatzen. Wir haben unsere eigenen Militärs, klar, im zweiten Schiff vor allem, in der SMITH, und wenn die erst mal mit uns verbunden sind, kein Ding. Chinesen, Bundeswehr. Aber bis dahin schadet es nix, wenn jede und jeder hier auf der FRIES lernt, sich zu verteidigen. Was heißt Selbstverteidigung? Das heißt, die Wahl der Waffen, die Regeln des Konflikts gibt der Gegner vor. Deshalb Messer, denn – ich muss ja glauben, was Cordula mir erzählt, die hat ihre Quellen, die kennt diese Leute – es gibt offenbar ein Gesetz für alle Astronauten und Kosmonauten und Taikonauten, die je den nahen Erdorbit verlassen haben, und das sagt: keine Schusswaffen. Das Risiko ist einfach zu groß: Querschläger, Löcher in der Hülle vom Habitat oder vom Schiff, Katastrophe. Also: Lernt hacken, stechen und parieren, Freunde.«

Wie dieser Mann, dem Christian sein Leben verdankt und vor dem er daher den größten Respekt hat, die Frechheit aufbringt, die seltsame Frau beim Vornamen zu nennen und zu duzen, ist Christian völlig unbegreiflich. Alles, wovon er sich bedroht, überfordert oder in Frage gestellt fühlt, lässt sich, geht man der jeweiligen Sache nur hartnäckig genug nach, früher oder später auf einen Entschluss, einen Plan oder eine Laune von Frau Späth zurückführen, angefangen mit den beiden merkwürdigen Namen der Schiffsbestandteile und dem in Aussicht gestellten dritten des in anderthalb Monaten nun endlich vereinten Gesamtschiffs. Das Fahrzeug, in dem Christian, Budde, Sun, Sirilko, Liz Parker und Frau Späth selbst sich derzeit aufhalten, heißt, obwohl in China gebaut, »PODKAYNE FRIES«, während der Truppentransporter mit zweihundertfünfzig Leuten aus deutschen und chinesischen Spezialeinheiten »VALENTINE MICHAEL SMITH« heißt. Beide Fahrzeuge sollen nach ihrer baldigen Zusammenfügung nach nunmehr fast zweieinhalb Jahren Flugzeit auf den Gesamtnamen »ROBERT A. HEINLEIN« hören.

Christian hat's in der umfangreichen, so viel wie das ganze überhaupt irgendwo auffindbare Menschheitswissen bergenden Borddatenbank der PODKAYNE FRIES recherchiert (ein Internet steht ihm beim Arbeiten ja nicht mehr zur Verfügung –

sehr irritierende Erfahrung, immer noch): Robert A. Heinlein, den Schriftsteller, kannte er natürlich schon, von seinem Vater, der ein alter Science-Fiction-Fan war, aber gelesen hat Christian von diesem Mann bislang nur *Starship Troopers* und *The Moon is a Harsh Mistress*, während die beiden Namen für die Raumschiffe, die Cordula Späth sich ausgesucht hat, aus anderen Romanen desselben Autors stammen – Podkayne Fries ist die minderjährige Heldin eines Planetenabenteuers namens *Podkayne of Mars* von 1962, Valentine Michael Smith dagegen die Hauptfigur des ein Jahr früher erschienenen Romans *Stranger in a Strange Land.* Das Allererstaunlichste an der obskuren Namenswahl ist, dass Deutsche und Chinesen sich darauf eingelassen haben, obwohl Heinlein ein hyperpatriotischer Superamerikaner war und damit sicher nicht die erste Wahl für eine Namenspatronage zweier technischer Megainvestitionen des letzten verbleibenden sozialistischen Flächenstaats und der gegenwärtigen Quasihegemonialmacht in Europa.

Eine Abzweigung noch, dann hat er's geschafft – Christian wird jetzt langsamer. Seine Bewegungen nehmen an Präzision zu, der Genuss, im Raum zu fließen wie ein Fischlein mit dem Strom, weicht den überlegten Handlungen, die zugleich Vorankommen und Orientierung bedeuten – hier durch eine Öffnung, in einen Seitenarm des rückwärtigen Schiffsteils, orthogonal zu dem Zylinder, durch den er eben flog, dann zieht er sich in die Wandung, klettert hinein, und kurz vor der Lücke in der Wand, die als Tür zu der Kabine dient, die er nicht betreten, deren gegenwärtige Insassin er aber belauschen möchte, kraxelt Christian leicht gebeugt in die Richtung, die unter Schwereverhältnissen oberhalb der Tür läge, zur Decke also gleichsam, an der er dann, sehr leise atmend, hängt wie eine Spinne in ihrem Netz. Die Nische hinter jener Türlücke ist eine Funkkonsole, vorgesehen hauptsächlich für die Sammlung und Verarbeitung astronavigatorischer Daten, teils auf radioastronomischer Grundlage, durch einen im ursprünglichen Nutzungsplan nicht vorgesehenen Umstand aber immer mal wieder, wie etwa heute und zu dieser Stunde, von Liz Parker zu einem privaten, die Sende- und Empfangsleistung der Anlage nicht über Gebühr strapazierenden Zweck genutzt – »It's my phone booth, basically«, wie sie das dem amerikanischen Landsmann Christian am Tag nach seinem Erwachen aus dem Quasiwinterschlaf erläutert hat.

Jetzt hört er sie leise reden: »Yeah, great, whatever. You big goof.« Dann lacht sie so, dass Christian meint, hören zu können, wie sie sich dabei damenhaft die Hand vor den Mund hält, dabei hat sie ja das Mikro direkt vor den Lippen, drückt es sich so wahrscheinlich noch näher an den Mund und lacht also lauter als ohne die Hand. Aber ihr Max wird's mögen, nein: lieben.

Liebe.

Die Liebe zwischen diesen beiden ist das größte Wunder, dessen Zeuge Christian unter all den mal schrecklichen, mal schönen Wundern seit der ersten Begegnung mit Frau Späth am Heimatflughafen sein durfte.

Max und Liz, fast zwanzig Jahre lang jeden Tag zusammen, jetzt auf eigenen Beschluss ein paar Jahre getrennt, eine Beziehung, wie Christian sie nie erlebt oder bei anderen gesehen hat. In der chinesischen Atomversuchswüste, im Basislager, fiel ihm das gleich auf, diese Nähe in Autonomie, diese völlige Abwesenheit von Spielchen, mit denen gerade langjährige Dyaden nach seiner Erfahrung ihre jeweiligen internen Machtgefälle regeln – keine indirekten Provokationen oder Vorwürfe, immer sagten sie einander, was sie wollten, »no, I don't wanna go swimming, you just go ahead«, »I'd like the first try in that horrible machine«, keine Abschottung auch gegen die anderen in der Gruppe.

Max und Liz waren im Gegenteil oft die Ersten, die einzeln

oder zusammen der Gruppe insgesamt ihre gemeinsamen Interessen begreiflich machten, indem sie diese Interessen artikulierten, und die skeptischsten Stimmen, wenn Frau Späth wieder irgendwelche Missionsparameter erläuterte oder Hintergrundandeutungen machte. Max und Liz waren es, die fast gleichzeitig, bei einem Tischfußballabend auf dem Sonnendeck des Südturms der Testanlage, die richtige Formel für das Verhältnis dieser Frau Späth zu den Leuten, die sie um sich versammelt hatte, um sie mit sich ins All zu nehmen, gefunden hatten, nämlich: »She will not show us her true colours until we reach whatever true objective she has«, so Max. Das hieß: Man wird hinter all den Witzen, Sticheleien, großzügigen Geschenken und Angeboten erst herausfinden, wer sie ist und was sie will, wenn sie ihr wirkliches Ziel, die letzte Station dieser Reise, vermutlich also das Schiff nahe Neptun, erreicht. Liz hatte denselben Gedanken mit etwas anderen Worten verdeutlicht und psychologisch vertieft: »She keeps us guessing who she is to us: a superhero, an artist, a magician, a friend? The only thing we know so far, and should not forget, is that she most likely isn't any of those things.« Dieser Einschätzung hatte sogar diejenige aus der Gruppe, die Frau Späth am nächsten zu stehen schien und weiterhin scheint, ohne Vorbehalt zugestimmt, die wilde Filipa: »Nee, als Kumpel dürfen wir sie wirklich nicht missverstehen.«

Filipa ist für Christian ein beinahe so großes Rätsel wie Frau Späth. Er hat sich noch nie länger persönlich, aufrichtig mit ihr unterhalten, was ihm selbst bei der Undurchschaubaren gelungen ist. Dass er mit der jungen Deutschen jemals so eine Freundschaft wird schließen können, wie sie ihn inzwischen wohl mit Liz Parker verbindet, hält er für absolut unmöglich. Anfangs, in den ersten drei chinesischen Monaten, haben Liz und ihr Max seine Gesellschaft gesucht, weil er wie sie in den Vereinigten Staaten aufgewachsen war, die sie nie verlassen hatten, abgesehen von einem kurzen Abstecher, den Liz vor dem gemeinsamen Untertauchen mal nach Schweden unternommen hatte. Viele Erinnerungen und etwas wie ein kultureller Hintergrund verband sie, und natürlich die Sprache, auch wenn sie fleißig Deutsch lernten, weil das für diese Mission die Lingua franca war.

Dabei war er ihnen behilflich, als eine Art Tutor, der ihnen vieles besser vermitteln konnte als die Lehrerinnen aus Deutschland, die Cordula Späth eingestellt hatte und zu deren kleiner Klasse nicht nur das amerikanische Ehepaar, sondern auch der Londoner Russe Andrej Sirilko und die oberste chinesische Missionsautorität Aiguo Sun gehörten, wenn auch beide bereits Deutsch konnten – allerdings ein sehr formelles, nominalstilanfälliges, »typisch sozialistisches Parteideutsch halt«, wie Cordula Späth sagt, »auch wenn Aiguo seins von Westlern hat. Aber er ist halt ein sozialistischer Parteichinese.«

Liz, Max und Christian waren so bald, wie man auf Deutsch sagt, unzertrennlich, ohne dass Christian sich je wie ein *third wheel* vorgekommen wäre. Die Vorstellung, dass irgendjemand diese beiden *soul mates* auseinanderbringen, Liz oder Max verführen würde oder könnte, wäre jedem absurd vorgekommen, der sie kannte.

Am ehesten war's wohl etwas wie eine Adoption des Einsamen durch die beiden Glücklichen, denkt er manchmal; vielleicht haben sie gespürt, dass er sich an ihrer Liebe aufrichtet, ja: tröstet, wo doch seine eigene Familiengeschichte eine so zerquälte, zerrissene ist und er auch mit der Liebe nur triste bis verheerende Erfahrungen gemacht hat.

Selbstmitleid kennt Christian dabei nicht. Er hat's mit der Liebe, wie er findet, im Guten wie im Bösen ausreichend ernsthaft versucht, zwei echte Beziehungen, die eine fast fünf, die andere immerhin drei Jahre lang, eine in den USA, eine in Deutschland. Die erste fand er im christlichen Milieu seiner Herkunft, von der sein Vater (nun ja: der Mann, den Christian damals noch für seinen Vater hielt) hoffte, dass eine Ehe draus würde, was sich dann zerschlug, weil die junge Dame dem Christentum den Rücken kehrte und mit Drogengeschichten, Nachtlebenerzählungen und sonstiger Selbstdarstellerei die erste berühmte Bloggerin aus Christians Heimatstadt wurde. Die andere Beziehung kam im erheblich liberaleren sozialen Umfeld des deutschsprachigen akademischen Betriebs zustande, seine zweite, wie soll man sagen, Verlobte?, wurde eine Studentin aus Basel, er war ihr in Münster begegnet, bei einem Vortrag seines Zweitlieblingsphilosophen Robert B. Brandom, und sie war's, die ihn angesprochen hatte, nicht umgekehrt. Sie kannte ihn von Fotos, hatte sein Buch gelesen, aber nach drei Jahren stellte sich heraus, dass sie mit seinen Gedanken doch mehr anfangen konnte als mit ihm, und man trennte sich ohne Gift.

Dass er sich im Leben noch einmal verlieben würde, wohl sogar mehr als einmal, hielt er bis zu dem Abend, an dem Messermaschinen vom Himmel fielen und vor seinen Augen seinen Vater ermordeten, als Realist für einigermaßen wahrscheinlich, aber dabei dachte er eher an unerfüllte, einseitige oder jedenfalls irgendwie nicht zu einigermaßen dauerhafter Zweisamkeit führende Liebe – wenn er ganz ehrlich zu sich ist, was er seit dem Horror des Dysoniki-Angriffs häufiger versucht als vorher, dann waren es immer die unerfüllten, einseitigen, traurigen Liebesgeschichten in seinem Leben, die ihn, wie man so sagt, weitergebracht haben. So denkt er inzwischen, dass er – und vielleicht: das Menschenwesen überhaupt – nach einer anderen Sorte Liebe gar nicht unbedingt streben sollte, nicht nach Vervollständigung der eigenen Person durch eine andere, nicht nach Dauer in Lust und Zuneigung, ganz zu schweigen vom »Hafen der Ehe«, über den sein ermordeter Vater so gerne wetterte, mit Sätzen wie: »Natürlich hätte ich für Luzi so ziemlich alles gemacht, sie wahrscheinlich sogar geheiratet, aber es gibt so bestimmte Phrasen, so bestimmte Schablonen, gegen die bin ich heute noch extrem empfindlich, das ist wohl der ewige Bohemien, der unbelehrbare Libertäre in mir – ›Hafen der Ehe‹ zum Beispiel, ich muss kotzen, ich stell mir selbst 'ne Beziehung, die das ganze Leben lang hält, nicht so vor, dass sie irgendwo ankommt und da dann vor Anker liegt oder so was Grausiges. Wenn schon maritime Metaphern, also gut, dann lass die Liebe ein Schiff sein, aber das muss auf hohe See, sonst lohnt sich das nicht, das muss so sein wie in dem alten lateinischen Motto von Paris, weißt du, fluctuat nec mergitur, die Wellen schmeißen es hin und her, aber es sinkt nicht. Es sinkt nicht.«

Kann man von einem Raumschiff sagen, es sinkt nicht?

Kann man von einem Raumschiff sagen, dass irgendwelche Wellen es hin und her schmeißen? Ein Raumschiff, denkt Christian jetzt, den Kopf nach unten, soweit es hier unten und oben gibt – ein Raumschiff, das ist die Beziehung zwischen Liz und Max: etwas, das unvorstellbare Distanzen zurücklegt, ohne kaputtzugehen.

Fast zwanzig Jahre jeden Tag zusammen, er kann sich da buchstäblich nicht hineinversetzen, aber ebendeshalb bewundert er das so, hat es von Anfang an begeistert erlebt, beobachtet, belauscht, im Basiscamp, bei gemeinsamen Ausflügen im Jeep, Sport, Kino, täglich auch beim Essen im immer leicht unheimlich unterbesuchten Restaurant der Basis, das man, weil es so luxuriös eingerichtet war, unmöglich als bloße »Kantine« bezeichnen konnte, zumal es da die raffiniertesten Speisen der chinesischen wie der deutschen Küche gab, von echten Sterneköchinnen und -köchen zubereitet, »für meine Crew ist mir nix zu teuer« (Cordula Späth), zwischen Tischen und Stühlen für fünfzig bis achtzig Personen, an denen jedoch nie mehr als die von Frau Späth persönlich eingesammelten Menschen saßen – also auch die Chinesen nicht, die diese Basis in Betrieb hielten, die Deutschen nicht, die mit ihnen im Kasernenteil der Anlage stationiert waren.

»Nix zu teuer«: keine Floskel, so viel weiß Christian. Er

möchte gar nicht raten, wie viel es die Chinesen (und den berühmten deutschen Steuerzahler) gekostet hat, den Haufen, den Späth ihre »Crew« nennt, raumfahrttüchtig zu machen, inklusive Training in Simulatoren und Testflug mit einer Testrakete, der, soweit Christian das beurteilen kann, wirklich keinen einzigen anderen (etwa wissenschaftlichen) Nutzen abgeworfen hat als ebenden, ihm und den anderen das Gefühl zu vermitteln, sie seien jetzt bereit für die PODKAYNE FRIES. Nicht, dass es keine tolle Erfahrung gewesen wäre, dieses Platznehmen und Anschnallen in der Kapsel mit den drei Fallschirmen im Dach, dieser aufregende und anstrengende Start samt Beschleunigung in der Rakete mit Schubwucht und dreifacher Erdenschwere auf der Brust, der Lunge, dem Herzen – und dann der Blick zurück, runter auf die Erde (der sich allerdings nicht so anfühlte: Ihm war die ganze Zeit eher so, als schaute er hoch zur Erde, als habe er einen Ort entdeckt, der unterhalb dessen lag, was er bislang »unten« zu nennen gewohnt gewesen war), hundert Kilometer weit weg, also gerade am Rand, an der Schwelle zum wirklichen Weltraum. Und dann die vier Minuten absoluter Schwerelosigkeit, das Anschnallen und die noch einmal größere Belastung des Leibes, diesmal fünffache Erdenschwere, was, wie Cordula Späth die Gruppe erst kurz zuvor nonchalant aufklärte, »der Mensch maximal zwei Minuten lang aushält, bevor er kaputtgeht«, eine Zeitspanne, die freilich von dieser Tortur nicht annähernd erreicht wurde – endlich die Rückkehr, die geöffneten Fallschirme, das sanfte Gleiten bis zum Aufsetzen, vor der chinesischen Küste, im heiteren Meer, fluctuat nec mergitur, indeed.

Als die Marine der Volksbefreiungsarmee die frischgebackene Crew aus dem Wasser gefischt hatte, konnte Christian zunächst an Bord des rasanten, aber verblüffend leisen Schnellboots die Wahrheit der deutsch-lutherbiblische Redensart »Wes das Herz voll ist, des geht der Mund über« am eigenen Leib erfahren – er, aber auch die beiden theoretisch ja in astronautischen Dingen längst erfahrenen Raketenausflugsteilnehmer Aiguo Sun und Andrej Sirilko, die ohnehin immer sehr enthusiastische Filipa Scholz und der überzeugte Abenteurer Meinhard Budde konnten sich gar nicht beruhigen vor lauter »ich dachte, es drückt mir die Augen ins Hirn« und »die Erde sieht aus, als wäre sie aus bemaltem Glas« – bis er in all der beredten Verzückung plötzlich bemerkte, dass Max und Liz sich noch gar nicht geäußert hatten, und da sah er auch schon wieso: Die beiden saßen auf der langen Bank, vorn an der Steuerbordseite, direkt an der Reling, Liz auf seinem Schoß. Sie küssten sich und hielten sich. Er wühlte in ihrem Haar, sie in seinem, klatschnass, als wären beide höchstens siebzehn Jahre alt und gerade mal seit drei Stunden ein Paar.

Ich wusste nicht, denkt Christian jetzt, während Liz schweigt, weil Max wohl redet, da drüben, im anderen Schiff, viele tausend Kilometer weit weg, nein, ich habe nicht mal geahnt, das ich ein so zurückhaltender Voyeur sein kann, dass mir das so guttut, diese tiefe und ihrer selbst ganz sichere Liebe einfach als Publikum zu begleiten.

Bevor er sich weitere Gedanken über seine eigenartige Fan-Psychologie und eventuell weniger erfreuliche über deren Nähe zum Stalking machen kann, fährt er zusammen, weil etwas seinen nackten Knöchel überm rechten Fuß streift, wo, wie bei allen hier die meiste Zeit, weder Socke noch Schuh die Freiheit stören – nein, merkt er entsetzt und unterdrückt mit seiner ganzen Willenskraft den Aufschrei, der ihn Liz verraten würde, sein Knöchel ist nicht bloß berührt worden, sondern gegriffen –, er schaut hinter und über, also unter und neben sich. Da hängt grinsend Frau Späth im Gerüst, die ihn mit der Rechten am Fuß festhält – sie trägt, wie eigentlich immer hier außer beim Sport, ihr apartes Maoistinnenkostüm, blaue Hose, blaue Jacke, zugeknöpft bis unters Kinn, aber deutlich enger geschnitten als das historische Vorbild. Mit der linken Hand, die sich offenbar nirgends festhält – tatsächlich, staunt Christian, ihr rechter Fuß ist in eine der Leitersprossen dort eingehakt, das genügt ihr als Stabilisierung –, winkt sie ihn zu sich, zieht ein bisschen an ihm, und als er eine abweisende, irritierte, ja gereizte Miene aufsetzt, lächelt sie schräg und legt den Zeigefinger der Linken auf ihre Lippen, um ihm zu bedeuten: Wir wollen Liz doch nicht stören, komm her. Christian löst sich freiwillig aus seinem Horchposten und folgt Cordula Späth spiralförmig die Krümmung der Röhre entlang bis zur nächsten Abzweigung, im spitzen Winkel zurück zum Hauptleib des Schiffes, bis sie, um eine weitere Ecke, wieder da sind, wo er sich vorhin beinahe am Verteilerkasten verletzt hätte – weit genug von der Belauschten entfernt, dass Frau Späth frei und in der an Bord der PODKAYNE FRIES üblichen Zimmerlautstärke zu ihm sprechen kann: »Ist dir langweilig, Christian?« Sie sagt's nicht bös, eher neugierig: »Bist du mit der Deuterei schon durch?«

Er fühlt sich angegriffen: »Es gibt hier feste Zeiten für Arbeit, Sport und Freizeit, und im Moment ist Freizeit. Also …«

»Also kannst du dein Hobby pflegen, auf der Mauer, auf der Lauer?«

Er widerspricht beleidigt: »Wieso Hobby, ich hab das zum ersten Mal …«

Sie winkt ab, wedelt, lustig, und sagt: »Cosmonaut, please. Nicht die Tante Cola für dumm verkaufen, okay? Hier sind überall Kameras, außerhalb der Privatkabinen natürlich. Und mir ist ja auch manchmal langweilig. Dann guck ich bisschen CCTV. Wenn ich's nicht besser wüsste, würde ich sagen, du willst was von unserer Elizabeth. Nein, musst nicht rot werden, ich glaube, ich hab's schon erraten, was es wirklich ist: Du stehst nicht auf sie, du stehst auf die beiden. Die ja auch wirklich hinreißend sind. Ich meine, nicht mal ich bin ihnen böse.«

Er fühlt sich einerseits ertappt, staunt wieder einmal darüber, wie wenig dieser Frau entgeht, die immer so oberflächlich, leichthin redet – und andererseits versteht er den letzten Satz überhaupt nicht: »Böse? Weswegen?«

Sie zwinkert, irritierenderweise, lächelt dann allverzeihend und sagt: »Ich hätte gedacht, dass ein aufmerksamer Menschenbeobachter wie du das mitschneidet, dass ich euch ein bisschen angeschwindelt habe mit dieser Bekanntgabe bei Käpt'n Sun, von wegen, dass das verabredet war: Weil sie so lange aneinandergeklebt sind, nehmen sie mal Urlaub voneinander, Max fliegt auf der SMITH mit und Liz hier auf der FRIES. Alles mit mir abgesprochen, haha, in Wirklichkeit: schwere Sicherheitskrise. Der Meini und der Max«, der erste dieser beiden Namen bezeichnet den Bundeswehrmann Budde, »haben das ausbaldowert, eigentlich sollte der Meini mit den anderen Olivgrünen in der SMITH sitzen, aber Berlin war der Meinung, das geht gar nicht, dass ich hier nur von Chinesen umzingelt bin, auch wenn das nur eine nominelle Sache ist, mit dem Aiguo als Käpt'n, ich leite ja so ziemlich alles – na, ein Geheimbündnis ist eben immer auch schon eine halbe Scharade zweier Parteien gegeneinander, das alte Lied, Misstrauen, und da hat man den Meini halt beauftragt, er solle mein Leibwächter sein, und zwei Minuten vor dem Start haben sie es irgendwie getrickst, dass er hier in der Druckliege lag statt Max, und andererseits wollten sie Max natürlich nicht zurücklassen, er hat ja seine eigenen missionsrelevanten Qualifikationen, also, die Chinesen waren die Düpierten, aber Aiguo spielt mein Spiel mit von wegen abgesprochen, denn offiziell haben wir uns, damit die Chinesen das Gesicht wahren können, einfach drauf geeinigt, es war ein Alleingang der beiden Männer, ein Dummejungenstreich, auch wenn in Wirklichkeit China jetzt gewarnt ist, dass sie Berlin nicht trauen können. Aber das Schöne für uns ist ja, dass sie das jetzt auf der Erde unter sich ausmachen müssen. Dies zur Lage, Exklusivgeheimbericht Nummer eins, bla.«

Christian verblüfft sich selbst, als er darauf mit der Frage antwortet: »Wieso soll man dir eigentlich noch irgendwas glauben – that is to say: You're playing games all the time, I mean, literally *all* the fucking time, das erste Mal, dass ich dich gesehen habe, hattest du eine Perücke auf und hast dich mit falschem Namen vorgestellt, and maybe even before that, du hast ja behauptet, du hättest mich mal bei einem Vortrag gesehen, also von wegen ich belausche hier Liz, das war doch Stalking, das war doch, also, diese ... entire damn cloak-and-dagger show, dieser ... Mummenschanz, und was mir die andern erzählen, Filipa, dass du sogar die Leute überwacht hast, die von dir den Auftrag hatten, Filipa zu überwachen, and after all that, after this horrible spy business, hinter jeder Erklärung, hinter jeder ... alles, hinter allem ist noch eine andere Geschichte, und manchmal nimmst du eine oder einen raus und erzählst diese Geschichte hinter der Geschichte, aber man weiß nie, ob hinter der Geschichte hinter der Geschichte noch eine dritte und vierte und fünfte Geschichte steckt, and the whole thing is just so brazen and just ... just ... just fucking awful, and you know what, I don't even ... I just even cannot ... Ich weiß gar nicht mehr, ob es für dich überhaupt eine Wahrheit gibt, ob überhaupt irgendwas wahr ist hier, in diesem fucking labyrinth which you constructed for whatever unfathomable fucking purpose and packed it with people, some of them just too fucking old to play your insane astronaut games, and honestly, what scares me the most about all this is not the damn robots made out of knives and swords and hacksaws, not the idea that we're chasing a thirty year old joint interstellar mission by the Russians, the RUSSIANS, and the fucking German Democratic REPUBLIC that somehow got derailed by mutiny and after that some weird detour to Neptune, but ... sweet motherfucking fuck, what really, honestly, chills me to the bones is the fact that I do not know ... dass ich ... ich habe ... keine Ahnung, ob du selbst weißt, was das alles ist, oder ob es eine

Wahrheit hinter all dem gibt, or whether you're just making shit up as we go along, und ob es dich überhaupt interessiert. Fuck!«

Zu diesem Ausbruch fuchtelt er mit der Rechten vor ihr herum und hält sich währenddessen mit der Linken an einem der langen, dünnen Rohre, deren Funktion er immer vergisst, obwohl er oft danach fragt – sind das jetzt Wasserleitungen für Trinkwasser oder für dieses andere Wasser, das irgendwie in den Wänden ist und die Menschen an Bord vor kosmischer Strahlung schützt? –, so arg fest, dass seine Fingerknöchel weiß hervortreten, nicht in Wut, überhaupt nicht mit Absicht, sondern aus einer nur halbbewussten Angst, die Frau könnte ihn, erzürnt über seine dreiste und trotzige Frage, mit einem Husten oder einem Blick den langen Korridor hinunterstoßen, bis er irgendwo an eine Heckwand klatscht und sich da alle Knochen bricht.

Stattdessen ändert sich ihr Gesichtsausdruck auf eine Art, die er bei ihr noch nie gesehen hat.

Es ist, als löse sich eine Maske auf. Das Ironische stiehlt sich aus den funkelnden Augen, das schauspielerinnenhafte leichte Lippenkräuseln zergeht, obwohl sie weiterhin lächelt, und dann sagt sie: »Das war lang. Und es hat die allerwichtigste Frage ausgesprochen, die du mir je gestellt hast. Die Frage nach der Wahrheit und ob es eine gibt – finally we're getting somewhere, um es in deiner Sprache zu sagen. Finally you're getting serious. Ich hatte mir schon Sorgen gemacht.«

Sie sieht nicht aus, als wäre das ein Scherz, er fragt verunsichert: »Sor… Sorgen?«

»Ja. Sorgen. Alle andern sind dabei. Alle andern sind an Bord, lernen, was sie lernen können, working through their issues. Aber du … na, Intellektueller halt. Bürgerlicher, amerikanischer, protestantischer Intellektueller. Nee, erzähl mir jetzt nicht, dass du an den Gott deines Elternhauses nicht mehr glaubst. Darum geht's nicht.«

»Worum geht es dann? Wenn du das so sagst, als wäre damit klar, welche Probleme ich dir …«

»Nicht mir. Der Mission, den andern. Mir nicht, ich hab eingebaute Redundanzen. Ich kann weitermachen, egal, wer mich im Stich lässt.«

»Sounds like a lonely way to be«, sagt er.

»Oh, I get by«, erwidert sie und setzt hinzu: »Bürgerlicher Intellektueller: unselbständig, dabei aber davon überzeugt, die Freistellung von den meisten Unannehmlichkeiten stünde ihm zu, weil er so klug und nützlich ist – was für Klugheit ist das? Was für Nützlichkeit? Einer von den Russen, die vor mehr als hundert Jahren unter schwierigsten Bedingungen und schwersten Opfern die Voraussetzungen für den Flug der IWAN JEFREMOW geschaffen haben, hat den Punkt mal ganz glasklar bestimmt, die Position eines solchen Intellektuellen, wie du das bist – eben nicht: wie du das warst, bis dieses Ding hier, die PODKAYNE FRIES, mit dir an Bord gestartet ist. Du warst ein Kostgänger und Handlanger der Herrschaft, sonst nix, das ist der Posten. Der ist verinnerlicht, das wird nicht mal bewusst erlebt, aber vorausgesetzt – nicht bewusst, aber in allen Nerven. So, und jetzt komm mit, ich zeig dir die Wahrheit.«

Christian versteht, dass das weder eine Einladung noch eine Bitte ist. Und da sie sich abwendet und beginnt, den Gang hinauf – so denkt er das, es ist die Flugrichtung – zu schwimmen durch dieses Medium Atemluft, an dessen merkwürdige, nie abgestandene, aber doch leicht enervierende Geruchlosigkeit er sich inzwischen gewöhnt hat wie alle an Bord, stößt er sich vom Boden mit der erforderlichen Leibesdrehung ab, die ihn auf etwa gleicher Höhe hinter Cordula Späth ihrer Flugbahn folgen lässt, wobei er daran denkt, dass es ein völliges Stillstehen von nicht irgendwo festgemachten Objekten in dieser Röhre nie wirklich für längere Zeit gibt. Immer wieder, so hat ihm das Aiguo Sun erklärt, verlagert das Schiff seine Achse ein wenig, dreht sich unmerklich und erzeugt damit irgendwelche Kräfte, die Sun für Christian in einem der Reifen auf einem Blatt Papier mathematisch ausformuliert hat, und außerdem – das weiß der Sprachwissenschaftler vom anderen Raketenfachmann in Späths Gruppe, dem Russen Sirilko – ist die Geschwindigkeit, mit der die PODKAYNE FRIES ihrem ersten Zwischenziel, der Zone der Dysoniki, entgegeneilt, keineswegs absolut gleichförmig, wenn auch nicht mehr so konsequent beschleunigt wie mehrfach im ersten Jahr. Kleine »boosts«, wie Sirilko das nennt, gibt es noch, Beschleunigungen auf Zeit, um ein weiteres »plateau of relatively uniform speed« (Sirilko) zu erreichen, und diese Beschleunigungen geben dem Schiff dann eine Art Minischwerkraft in Richtung Heck, weswegen man Sachen, die man versehentlich oder absichtlich im Flur lässt, wenn man sich etwa in die Reifen begibt, nach einer Weile bei der Rückkehr ein Stück weiter hinten wiederfindet. Nach etwa vier Minuten schweigender und zielstrebiger Fortbewegung hält Cordula Späth inne, das heißt, sie streckt die Arme aus und patscht mit den Händen hörbar auf einen vor und über ihr gelegenen Wulst in der Wandung, was sie abbremst, woraufhin sie nach dem Wulst mit den Beinen und den Armen kleine Berühr-, Tret- und Greifkorrekturen an ihrer Bahn vornimmt und sich endlich an einem der Nischengriffe festhält, der direkt über etwas angebracht ist, das Christian Winseck auf allen seinen Wegen durch das Schiff stets links oder rechts liegengelassen hat: einer fest verschlossenen Luke zu einem Stahltunnel in einen Außenarm der FRIES ohne Reifenverbindung, über die zwei der roten Dreiecke auf die Wand lackiert sind, deren Warnbedeutung man der Crew noch in China, auf der Erde, jeden Tag fünfmal eingeschärft hat. Hier sollte nur rein, wer rauswill – das Schiff verlassen, in den Leerraum steigen, etwa um Reparaturen an der Schiffshülle vorzunehmen oder irgendwelche wissenschaftlichen und astronavigatorischen

Arbeiten zu erledigen. Christian kann nicht glauben, dass sie ihn hergeführt hat – zutiefst bestürzt, aber mit stockender Stimme sagt er: »Ich bin … hey, I get it, ich hab's verstanden, ich soll das hier ernster nehmen und nicht … ich muss nicht erst aus dem …«, er versucht es mit zaghaftem, ironisierendem Verlegenheitslachen, »ha … aus dem Schiff geworfen werden, um deine Autorität …«

Sie tippt bereits die Kennung ins Tastfeld, lässt schon ihre Retina einlesen, hebt bei diesem Wort »Autorität« aber die rechte Hand wie ein altmodischer Verkehrspolizist seine Kelle, als ernste, streng formale Verwarnung, und sagt sehr leise, während die hydraulischen Geräusche der allmählichen Türöffnung einsetzen: »Noch ein Wort von Autorität, Gehorsam, Unterwerfung und diesem ganzen Affenhorden- und Soziobiodreck, und ich hau dir das Nasenbein in den Kopf, Kleiner.«

Die Türscheibe lässt sich am Griff nehmen und aufziehen. Christian weiß überhaupt nicht mehr, wie ihm geschieht. Er glaubt der Frau jedes Wort, er hat sie bei den Gefechtsübungen gesehen, mit und ohne Messer, eine körperliche Auseinandersetzung mit ihr will er um jeden Preis vermeiden – und lässt sich also sanft, aber bestimmt von ihr an der Türe vorbeiziehen und dann in die Schleuse schubsen, woraufhin sie ihm folgt und die Tür von innen erst zuzieht, dann mit einer weiteren Eingabe auf einem Pad versiegelt.

Als sie mit geschickten Handgriffen die Metallrollwand entriegelt und hochzieht, hinter der vier Raumanzüge in ihren Verankerungen darauf warten, herausgeholt und gebraucht zu werden, zerfällt für Christian die letzte Hoffnung, sie werde es vielleicht dabei bewenden lassen, ihn noch eine Tür weiter Richtung Außenhülle zu führen, in den zweiten Teil der Doppelwabe, also die eigentliche Schleuse, und ihn dort etwa zu einem Blick durchs Sichtfenster aufzufordern, um ihm irgendeine himmelsmechanische Erscheinung zu präsentieren, die etwas mit der »Wahrheit« zu tun hat, die sie meint.

Flink schlüpft Cordula Späth aus ihrem Maokostüm, faltet es zusammen, zieht eine der Schubladen rechts vom Rollo auf, legt Hose und Jacke rein und trägt jetzt nur noch einen unauffälligen schwarzen Slip und ein ärmelloses Herrenunterhemd. Christian versucht, sie nicht anzustarren, beginnt aber auch noch nicht damit, sich selbst zu entkleiden, bis sie ihm einen Blick zuwirft, in dem Ungeduld und Aufforderung einander gerade noch ausbalancieren. Er streift das Oberteil ab, sieht nicht mehr zu ihr, ist die nächsten anderthalb Minuten mit sich beschäftigt und dabei sehr erleichtert, dass er sich vor zwei Stunden die nötige Zeit für die Schalldusche genommen hat und heute Unterwäsche trägt. Cordula Späth steigt mit großer Gewandtheit in den 65 Kilogramm schweren Anzug, während Christian damit einige Schwierigkeiten hat, weil er sich mit den Beinen am Rückeneinstieg verheddert und nicht darauf vorbereitet ist, wie beweglich einerseits die Gelenkteile sind, was den Anzug für eine Umgebung mit Schwerkraft besonders gut geeignet macht, und wie heftig seine Brust beim endgültigen Hineinrutschen andererseits gegen die Innenstruktur des hartschalenverstärkten, hochbelastbaren Rumpfes schlägt.

Ein Seitenblick auf Cordula Späth verrät ihm, dass sie die Ober- und Vorderseite des Anzugs zunächst nach vorne geknickt hat, nur in die Beine gleitet und dann mit den geschickten Händen die Stiefel anzieht und die Beinbünde drum schließt – ihre Fingernägel blitzen dabei weißer als jedes Weiß, das Christian je gesehen hat. Er muss unwillkürlich an eine Stelle bei Raymond Roussel denken, die er vor zwei Wochen in der Datenkonsole gelesen hat: die Schilderung eines fiktiven kosmetischen Verfahrens, bei dem vornehme Damen ihre Fingernägel mit einer Folie aus Zinn unterlegen ließen, ein Vorgehen, das dem üblichen Polieren auf Hochglanz samt Nagellack an Strahlkraft weit überlegen war und aus jedem Nagel, wie Roussel schreibt, »einen kleinen funkelnden Spiegel« macht. Örtliche Betäubung, der Nagel wird vom Fleisch abgelöst, seine Innenseite mit der Folie belegt, dann wieder mit einem speziellen Mittel in sein Bett gelegt, wo er anwächst; die Pointe ist natürlich, dass in dem Maß, in dem der Nagel wächst, das Verfahren ständig wiederholt werden muss, also eine Art Gleichnis auf Schönheit und Entropie – aber auch auf eine gewisse Art Perversität im Umgang mit der eigenen Leiblichkeit, denkt Christian jetzt und meint nicht Roussels erfundene Damen, sondern Cordula Späth, die den Rest der Montur hochzieht, als wollte sie daraus wirklich eine neue Haut machen, damit verwachsen wie die Finger der Frauen bei Roussel mit der Zinnfolie.

Sie sieht, dass er sie, wenn auch verstohlen, beobachtet, und nickt ihm noch einmal knapp und unmissdeutbar zu, er solle nicht trödeln. Dann setzt sie den Helm auf. Als er wenig später auch endlich so weit ist und den blasenförmigen Kunststoffkopfschutz über seinen Schädel zieht, wird er, sobald das Ding eingedreht und eingerastet ist, sofort von tausend kleinen visuellen Botschaften des Überlebenssystems überfordert, die von ihm wissen wollen, auf welche Druckbereiche er sich einlassen will, ob Sauerstoff geliefert werden soll oder es demnächst nötig sein wird, dass der Anzug intern Kohlendioxid oder Feuchtigkeit aus der Luft entfernen muss, die Christian ausatmen wird – erst hier fällt dem Sprachwissenschaftler ein, dass man als Crew des bevorstehenden Kombiraumschiffs ROBERT A. HEINLEIN eben nicht nur durchs All reisen, sondern wohl auch auf Asteroiden und anderen Objekten, etwa Monden, zu landen gedenkt, und er nimmt sich vor, in Zukunft bei Aiguo Suns Missionsschulungen und Andrej Sirilkos Hintergrunderklärungen aufmerksamer zuzuhören.

Cordula Späths Stimme hilft ihm: »Sag einfach: normal. Sag das Wort, und der Rest passiert automatisch. So wie dein Ding sofort mich reden hört, weil es erkennt, dass ich in der Missionshierarchie dein nächsthöheres erreichbares Arschgesicht bin. It all adds up to normality, immer. Egans Gesetz.«

Christian versteht nicht, was sie mit »Egans Gesetz« meint, aber er spricht das Wort »normal« aus, und sofort beruhigen sich die blinkenden Lichter, die flackernden Kurven, die verformten Flächen in seinem Gesichtsfeld.

Er sieht durch seine und ihre Helmscheibe die Frau noch etwas sagen, das er aber nicht hören kann, es ist wohl nicht für ihn bestimmt.

Dann wird das Licht in der Wabe, bis dahin klinisch weiß, stark gedimmt, und der blaue Ring um die zweite Tür, die zur eigentlichen Schleuse führt, leuchtet neonfarben auf und pulst. Pulst. Pulst immer weiter. Cordula Späth bedeutet ihm mit einer Arm- und Handgeste der Rechten, er solle vorangehen. Christian räuspert sich und beschließt jetzt, dass er sich dem, was sie vorhat, nur unter Protest fügen will: »Muss das wirklich sein?« Er stapft dabei aber schon zur Tür, die sich geräuschlos öffnet – nein, denkt er, wahrscheinlich nicht geräuschlos, ich höre es nur nicht mehr, hier drin, der Anzug ist dicht, meldet die Anzeige –, und Cordula Späth sagt: »Ich klink dich in ein Stahlseil ein, gleich. Und das machen wir über der Luke fest, außen. Ist zwar nicht nötig, die Masseträgheit sorgt schon dafür, dass du nicht einfach so davonzischst, and you've got a thruster and can steer, a thruster which I can even take over if you're too unsure of your maneuvering abilities. So relax. You're going on a little space walk, that's all.«

Er steigt durch die Tür, wieder überrascht, wie beweglich er ist, und sie folgt.

Die Tür wird geschlossen. In der zweiten Wabe ist es, bis auf ein paar rote Anzeigen an den Wänden, dunkel. Christian fällt nichts ein, was er noch sagen könnte, also atmet er so langsam und so tief ein und aus, wie er kann, weil er das als leidlich verlässliche Methode der Selbstberuhigung etwa vor öffentlichen Auftritten kennt.

Cordula legt einen Hebel um, der ein metallisches Klappfach öffnet. Christian sieht zum großen ovalen Sichtfenster in der

Eisenscheibe und erkennt nichts als Schwärze draußen. Sein Herz pocht heftig. Er spürt's im Hals, in den Armen. Cordula Späth nimmt aus dem Klappfach ein ungefähr zwanzig Zentimeter langes, etwa zehn Zentimeter dickes Kästchen, öffnet dessen Rückseite, entnimmt einen Haken mit verschließbarer Öffnung, an dem ein Stahlkabel befestigt ist, das innen vermutlich um eine Rolle läuft, und hakt den Haken bei Christian an einer Hüftöse ein. Dann schließt sie ihn, und wieder sieht er sie etwas sagen, das er nicht hört. Lamellendeckel auf Schächten um Pumpen stellen sich von senkrecht auf waagerecht, die atembare Luft wird abgesaugt, ins Schiff und seine Zirkulation gespeist, nicht ins All ausgestoßen. Die roten Lichter blinken und verlöschen. Zwei blaue schalten sich ein. Die Lukenabdichtungsscheibe wird von vierzehn kleinen, mit Gelenken versehenen Armen, die sie normalerweise in ihrem Rahmen halten, nach außen gedrückt, in eine Schiene geschoben und dort seitwärts an der Schiffshülle weggezogen.

Cordula Späth geht zur Öffnung, die Box in der linken Hand, aus der das Kabel abgerollt wird. Sie greift mit der freien Rechten nach dem Rand der Luke, dann mit Daumen und Zeigefinger der linken, deren restliche Finger die Box nicht loslassen, an der gegenüberliegenden Seite ebenfalls nach dem Lukenrahmen. Dann tut sie etwas ebenso Einleuchtendes wie absolut Unerwartetes: Sie schiebt die Beine und Stiefel rückwärts ins Schiff und rutscht im Rahmen runter, bis ihr ganzer Oberkörper aus der Luke hängt, dreht den Kopf im beweglichen Helm nach links, nach rechts, und Christian, dem spontan ein Hund einfällt, der aus dem heruntergekurbelten Autofenster schaut, mit hängender Zunge und wehendem Fell, muss unwillkürlich lachen. So stellt er sich verrückte Fallschirmjäger vor, bevor sie springen.

Cordula springt tatsächlich, das heißt, sie lässt links los und reißt sich selbst am Arm aus der Kabine. Sie schleudert sich in die Nacht, jetzt mehr als bloße Schwärze, wie Christian erkennt, der glaubt, etwas wie eine leichte Erschütterung, ein fernes Echo des Aufpralls in den Beinen zu spüren, als die Frau draußen auf der rechten Seite gegen die Wandung des Schiffes fällt, wie sie's geplant hat, und dort die Box in eine dafür vorgesehene Senke klickt.

Er geht vorsichtig zwei Schritte auf den Ausgang zu. Da schaut ihr Kopf zur Luke rein. Jetzt greift ihr Arm nach ihm, und ehe er etwas sagen, sich wehren, sich irgendwo festhalten kann, zieht sie ihn aus dem Schiff, ins Vakuum, ins Nirgends.

Sein panischer Verstand sagt ihm, dass er stürzt, als sie ihn loslässt, aber das Seil an seiner Hüfte hält ihn fest, zieht ihn mit einem Ruck wieder schiffswärts, als Cordula Späth die Box mit zwei Handgriffen manipuliert. Linealgerade steht das Metallseil vom Schiffsrand ab, Christian schließt die Augen, japst entsetzt, schluckt. Atmet ein, aus. Ein, aus. Öffnet die Augen, als er begreift, dass sein Gleichgewichtssinn anderer Meinung ist als seine Fallpanik. Es entspricht dieser Panik einfach gar nichts – er befindet sich jetzt in völliger Ruhe und sieht am ganzen Schiff entlang, sieht die gigantischen Reifen, den der Quartiere, den mit der Brücke, den mit den Gärten, und als er den Kopf dreht, sieht er auch den letzten, Richtung Heck. Nichts in seinem Blickfeld, vorn, hinten, oben, unten, rechts, links, ist größer als das Schiff. Große Trommel, viele Stacheln, vier Reifen, schwacher Schein der Triebwerke, an den Rändern der Heckstelle, wo die Kontur, von Christian aus gesehen, einfach abbricht. Welches der Lichter ist die Sonne, welches die Erde? Sieht man auch die Ziele der Reise, ein Zwischenziel, Endziel? Christian hört sich selbst atmen, sonst nichts, und sieht Frau Späth, die, mit nichts verbunden, parallel zum Seil auf ihn zuschwebt, wahrscheinlich angetrieben vom Rückstoß des Thruster-Geräts, das auch auf seinem Rücken, seinen Schultern eng anliegt, das er aber nicht bedienen könnte, weil er bei der Schulung zwar genug achtgegeben und sich ausreichend viel gemerkt hat, um die Prüfungsfragen drei Wochen später richtig zu beantworten, aber schon drei Tage später nichts mehr davon wusste, ganz nach seiner Gewohnheit aus dem Studium.

Die Chefin kommt auf ihn zu wie ein Projektil in Zeitlupe, ein Barracuda, ein Regentropfen auch, wenn Christian ein auf dem Rücken liegender Käfer wäre, auf den es runterregnet – so fühlt er sich, als sie ihn erreicht, die Arme nach ihm ausstreckt. Er denkt, sie wolle aufgefangen, umarmt, zu ihm gezogen werden, vielleicht, um auch, wie er, wenigstens dank Halteseil ein bisschen mehr Sicherheit zu genießen als im Flug ohne Bezugspunkt, ohne Schwerkraftrichtung. Flüge waren für ihn Ereignisse in einer Luft über einem Boden, Ereignisse mit Landungsmöglichkeit und Absturzgefahr, aber erst jetzt wird ihm richtig deutlich, dass beides hier nicht gegeben ist, man kann nicht landen, man wird nicht stürzen, man könnte nur hier hängen bleiben, nein, nicht hängen, aufgehängt an nichts, aber wie nennt man es dann, liegen bleiben, stehen bleiben, es stimmt ja alles nicht, es ist ja alles anders als alle Lagen, die ihm natürlich und wirklich vorkommen.

Cordula Späth greift nach ihm, nach seiner Hüfte, klinkt das Kabel aus, hält ihn bei den Schultern und dreht sich mit ihm und um ihn wie er sich um sie, während er erschocken sieht, wie das Kabel zurückgerollt, zurückgeholt wird von der Box an der Schiffsaußenhülle. Er dreht sich mit der Frau.

Er sieht die Sterne sich um sie beide drehen.

Er sieht an ihr hinunter, neben und hinter ihrer linken Hüfte sprüht was ins All, ist das Wasserdampf, ist da ein Leck, *oh God*, denkt er, *we will die here* … aber es ist der Thruster, der die Drehung bremst, die sich verlangsamt, bis die beiden stillstehen und Frau Späth sagt: »Hast du Sprache für das, was du siehst?«

Er sagt leise: »Nein. Keine … no. I can't say what this is. How this feels. Die Worte …« Sie nickt in ihrem Helm und sagt: »Ja, die Worte … comme de longs échos qui de loin se confondent dans une ténébreuse et profonde unité, vaste comme la nuit et comme la clarté.«

Ein Schauder rennt ihm als Rinnsal den Rücken rauf und runter, er kennt das Baudelaire-Zitat aus den »Fleurs du Mal« sehr gut, hat es in seinem Buch als eins der Kapitelmotti benutzt, und es passt: gewaltig wie die Nacht und wie die Klarheit.

Dann schaut er ins verwegenste Grinsen, das er je gesehen hat, die grünblauen Augen sind Magnesiumfeuer, und Frau Späth sagt: »Siehst du das? Nichts, alles. Und nicht nur keine Worte dafür. Mehr: keine Drohungen, keine Aufpasser, keine Abgaben. Keine Unterdrückung, keine Ausbeutung, kein Ausschluss, kein Einsperren. Hier gilt die Hausordnung nicht. Hier gelten nur die besten Näherungen an die Wahrheit, die wir kriegen können, und wo sie nicht mehr gelten, sollten wir schnell neue finden, sonst löscht uns die Wahrheit wie ein Sturm eine Kerze. Heisenberg, Noether, Schrödinger, Einstein, Dirac: denen musst du hier zuhören, die reden hier. Das Geschnatter von Befehl und Gehorsam, das die Affen machen, hält die Fresse.«

Christian hat Angst. Und er versteht: Dieser Abgrund, diese Angst, das ist das, wovon die Leute dauernd reden, daheim, ohne zu wissen, wie es aussehen würde, wie gewaltig und unmenschlich es ist: die Freiheit.

3 | Teufel aus Hornissen

»Das soll ein Kopf sein, pff. Das ist doch kein Kopf. Wenn es da so summt, wenn er sich dazu herablässt, zu sprechen … ja, ich weiß, Chef, der Genosse … Nadar, den meine Leute jetzt alle Nadir nennen, richtig, Nadir wie in Tiefpunkt, der überspielt euch dauernd Supplemente und Graphen und Fußnoten in den

TS, wenn ihr zusammen am Tisch sitzt, du und die Sonntag und der Herr Genosse Nadar Jepen eben, aber dabei tut er so, als wäre er noch auf der wirklichen Welt, nur … wenn er das tut, wird er mir noch leidiger, noch unheimlicher, dieses Summen, als ob ein Klumpen Hornissen …«

Semjon Diduk gerät immer mehr in Rage; seine Wörter schieben sich beim Sprechen ineinander. Baklanow, den er damit zu agitieren sucht, widerspricht milde: »Lass ihn doch bizarr sein, wenn er halt unbedingt bizarr sein will. Jepen ist schon ein guter Kopf, das lass ich mir nicht abschwatzen, Semjon Iwanowitsch …«

Diduk sieht's nicht ein: »Wenn du sagst, guter Kopf, Genosse, dann erwarte ich ein Ding mit zwei Ohren, zwei Augen, Nase, zwei Nasenlöcher, Stirn, nicht unbedingt Haare, aber bitte … der sieht aus, als hätte jemand eine Fliege bauen wollen und am Hals aufgegeben, weil er nichts bauen konnte als ein Facettenauge aus tausend Facetten. Wie Öltropfen sehen die aus, diese Augen. Ich hab immer Angst, wenn er sich bewegt, dass mir einer davon irgendwohin spritzt, zum Beispiel ins Gesicht, weil …«

Diduk holt kurz Luft. Die Schimpftirade hat ihn allen Atem gekostet, dann stolpert er fast über eine der »Krabben«, wie er die Halbwüchsigen mit den Spinnenbeinen nennt, die auf der grauen Straße mit Ausbesserungen und Relaislegen beschäftigt sind. Diduk flucht, fängt sich. Dann sagt er: »Wenn du dem was ins Gesicht sagen willst, wo sprichst du dann überhaupt hin?« Baklanow lacht gutmütig und hebt den oberen seiner beiden rechten Arme, um seinem treusten Gefolgsmann, Oberst Semjon Diduk, entweder mannhaft ins Kreuz zu schlagen oder ihm die Hand auf die Schulter zu legen. Aber Diduk bleibt unerwartet stehen, beugt sich am Geländer der grauen Straße vor und brüllt nach unten: »Stau! Seht ihr das nicht, ihr Ärsche? Die ganze Südseite ist voll! Alles grün, he!«

Sofort eilen drei der Schwarzuniformierten vom technischen

Stab zur Rechenkette, die sich dort gerade, einer Ziehharmonika gleich, die von den muskulösen Armen eines Riesen zusammengedrückt wird, zu verklumpter Dicke zusammenfaltet, was die Männer und Frauen, die der Offizier barsch an diese Stelle befohlen hat, augenblicklich mit ihren Handplatten sauberzurechnen versuchen.

Über und unter den beiden Männern ranken sich heidelbeerfarbene, safranrote und preußischblaue Lichtbögen um- und ineinander, die eine Abstands- und Maßschätzung Baklanows oder Diduks, sollten sie sich dabei auf ihre Menschenaugen und Menschenhirne verlassen, für mehrere hundert Meter dick, Dutzende Kilometer weit weg und Hunderte Kilometer lang halten müssten: geschlossenes, gigantisches Flechtwerk, das in Wahrheit kleiner ist als der Zwischenraum, der die durchschnittlichen Elektronenwolkenbahnenknäuel von den Atomkernen der meisten stabilen Elemente trennt.

Das ist das sprühende Herz der Monodromiefabrik des Asteroiden Cybele, der an seiner weitesten Stelle rund dreihundert, an seiner schmalsten immerhin noch zweihundertdreißig Kilometer Umfang hat. Die Menschen, die in der Monodromiefabrik arbeiten, nennen den Ort aus längst nicht mehr lustiger Gewohnheit »die Wodkakartoffel«, weil man, wenn man sich länger als vier, fünf Stunden am Stück im bewohnbaren und bewirtschaftbaren Bereich dieses Himmelskörpers aufhält, in Gefahr gerät, rauschartige Trübungen des Bewusstseins zu erleben, Verlust des Körpergefühls und Gleichgewichtssinns, Taumel, Wortfindungsstörungen und schließlich bleibende neurologische Schäden.

Die Monodromiefabrik arbeitet sich auf scheinbar erratischen, computational irreduziblen Bahnen auf der Oberfläche von Cybele mal in diese, mal in jene Richtung voran, auf vierundzwanzig in ausgestrecktem Zustand (der nie vorkommt) etwa fünf Kilometer langen Spinnenbeinen. Die eigentliche Fabrik sitzt im Zentrum, das in einen Würfel von dreihundert

Metern Kantenlänge passen würde, selbst aber nicht Würfelform, sondern, von außen betrachtet (was sehr selten vorkommt: Sie ist für normale Teleskopie und Echoverfahren ausnehmend gut getarnt), die Gestalt einer Spindelzyklide hat.

Diese Form ist nicht die verbreitetste für Monodromieanlagen im Zivilisationsbereich der Dysoniki: Hornzyklide (wie auf Europa, Nemesis, Fortuna, Juno und Winchester) sind häufiger, gefolgt von triagonalen Cupolae (wie auf dem winzigen Objekt Gaspra, das an seiner dicksten Stelle achtzehn, an seiner dünnsten bloße zehn Kilometer breit beziehungsweise hoch ist, außerdem auf respektive in Pallas und Camilla). Es gibt sogar (auf Herculina und Alauda) zwei Monodromiefabriken, die als Gyrobifastigium konstruiert sind, wohl die exotischste, jedenfalls eine unökonomisch aufwendig gebaute konvexe Polyederform, in der das Grundprinzip der praktischen Implementierung monodromer Industrie verwirklicht wurde.

Dieses Grundprinzip besteht darin, dass bestimmte Kachelungen des drei- oder vierdimensionalen Raumes bei virtuellen Spiegelungen der jeweiligen Anlage gewahrt bleiben müssen, weil nur diese Vorkehrung, ein probabilistischer Redundanzwall, den Kollaps der zentralen Fertigungsvorrichtungen zu reinen Rechenoptionen (also zu Objekten, die weder Ausdehnung noch Dauer haben und im strikten Sinn nicht mehr »wirklich« sind) länger als für annähernd doppelte Planckzeit verhindern kann.

Wenn Baklanow oder seine Untergebenen eine dieser Anlagen kontrollieren, denken sie an die Gefahr des Verlöschens ihrer Struktur in reine Unwirklichkeit kaum je, sowenig wie daran, dass ihre Sinne und ihre Nervensysteme eigentlich nicht dafür gemacht sind, die Lichtbögen und das, was zwischen ihnen und den Logikgattern oder sonstigen Schaltkreiselementen des rechnenden Teils der Fabrik hin und her webt, wedelt, wuchert und singt, als lebendig zu erkennen.

Der Raum ist indes tatsächlich belebt von Intelligenzen, die sich die Menschen dienstbar gemacht haben – von etwas, das keine fixe Größe hat, einerseits zwischen Sternen und Sternhaufen, kreuz und quer durch Laniakea und darüber hinaus, aufgespannt ist, andererseits die Lücken ausnutzt, aus denen scheinbar feste Elemente gestrickt sind, und drittens die Randzonen des Sonnensystems aus einer nie erklärten Scheu meidet. Was da lebt, ist kein »Wesen« im menschlichen Sinn, eher ein Empfinden in Segmenten von Kausalketten unendlicher Feinheit, ein energetischer Austausch durch Venen- und Kapillarsysteme, die sich auf den Kämmen der Gravitationswellen einander fernstliegender astronomischer Objekte treffen: die Lebensform, die das Forschungspersonal der IWAN JEFREMOW entdeckte, als es Experimente verschärfte und zuspitzte, die herausfinden sollten, wieweit man Computer der Größe nach reduzieren konnte, um bestimmte Rechenaufgaben gerade noch lösen zu können; ein »Entlangtasten an den Wänden der Kolmogorow-Komplexität«, wie es Baklanows im dritten Reisejahr der JEFREMOW an Bord bei einem Unfall ums Leben gekommener Freund, der Informatiker Walentin Nikolajew, einmal ausdrückte: »Die Kolomogorow-Komplexität jeder Sache, die wir wissen können, ist ein Maß für das kürzeste Computerprogramm, das nötig ist, diese Sache zu berechnen. Aus prinzipiellen logischen Gründen lässt diese Komplexität selbst sich allerdings nicht berechnen, das heißt, wir können nie beweisen, dass wir das eleganteste Programm schon gefunden haben. Diese Komplexität ist damit ein Ideal, wie die klassenlose Gesellschaft, und man kann ja immerhin sagen, jetzt ist man näher dran, wenn ein kürzeres Programm, das eine bestimmte Sache ausspuckt, gefunden wird als das bislang fürs kürzeste erachtete. So ein ›kürzestes Programm‹ ist, in materiellen, operativen Begriffen, aber ja einfach die sparsamste Maschine, nicht? Die, die am wenigsten Platz wegnimmt oder am wenigsten Energie verbraucht, was übrigens auch nicht immer dasselbe ist, wegen Abwärme und

Überhitzung und dergleichen. Das haben wir gesucht, weil das Kostbarste bei der JEFREMOW-Mission ja die neuen Ergebnisse sind. In jedem Kopf ein Computer, der schneller ist als alle Computer bisher, das war die erste Vorgabe, und dann: um jeden dieser Computer herum auch ein optimiertes Hirn, das damit Schritt hält, die Maschine einholt, dann überholt, das heißt: mit der Maschine zusammen einen besseren Computer baut, der wiederum ein besseres Hirn fordert, und das alles auch noch geknüpft an eine schnellere Rate der biologischen Reproduktion der idealen Umwelt für so ein Hirn-Maschine-System. Und diese ideale Umwelt sind ja Menschen. So: immer kleinere Maschinen, und währenddessen rechnete man an Modellen, die den Punkt bestimmen sollten, ab dem man über das, was dieser Prozess dann weiterhin noch hervorbringen würde, einfach nichts halbwegs Wahrscheinliches, halbwegs Fassbares mehr würde sagen können, also den Punkt, den die Techno-Spinner des Imperialismus ›Singularität‹ nennen. Der Witz ist, dass wir das wörtlich genommen haben, dass wir mit unseren immer kleineren, immer schnelleren Maschinen, die weitere Maschinen bauen halfen – den Dyson-Replikatoren, benannt nach dem westlichen Physiker Freeman Dyson, der die Idee entwickelt hat, dass Maschinen, die bessere, kleinere, feinere Maschinen bauen, unsere idealen Wegbegleiter auf der Reise zu den Sternen sind –, voller Eifer auf diese Singularität zugeschossen sind, in den Ångströmbereich erst, ins Nanorevier, in die Picowelt schließlich, in die Planckrealität. Und da stellte sich dann eben raus, dass das mit der Singularität keine Frage des Wann ist, wie in: Wann kommen wir dahin, dass wir uns nicht mal mehr vorstellen können, wie es weitergeht, sondern nur eine Frage des Wie und Wo. Jederzeit übrigens, überall, die Welt ist nichts als das Kreiseln und Strudeln von Möglichkeitswirbeln um solche Singularitäten, wie Wasser um einen Abfluss kreist. So hat sich uns die Welt der Monodromie gezeigt, mit ihren Geschöpfen der äußersten Unwahrscheinlichkeit, mit Tierchen und Seelchen, die viel besser für uns tun konnten – wenn wir sie denn mit Rechennahrung dazu verführten, mit Computerspielen aus Ladung und Spin und Magnetismus –, was wir die Dyson-Replikatoren bislang hatten tun lassen. Vergiss es nicht, wenn du auf die Genossin Burkhard schimpfst. Sie war's, die zuerst sagte: Diese kleinen Gespenster, die sich bis zu sehr großen Gespenstern aufblasen können, wenn sie uns auf Fragen antworten, sind knappere, schnellere Dyson-Replikatoren.«

Weil Baklanow schon damals, als Nikolajew ihm diese Erläuterungen schenkte, Verantwortungsträger war, wenn auch nur im Rang eines mittleren Offiziers an Bord des Schiffsteils, der im Asteroidengürtel gestrandet war, begnügte er sich nicht mit der populärwissenschaftlichen Darlegung, sondern ließ sich auf einem kleinen Tastschirm, den er seinerzeit, noch vor der dritten, dysonisierten Aufrüstung seines Zentralnervensystems, überall mit sich herumtrug, die mathematischen Details darlegen. So erfuhr er, dass »Monodromie« der Name von Bewegungsformen analytischer, topologischer oder algebraischer Untersuchungsgegenstände im logischen (und also auch physikalisch-tatsächlichen) Wirkungsbereich von Singularitäten ist.

»Monodrom« heißt dabei so viel wie »alleine um etwas laufen«. Die mit diesem Wort bezeichnete Industrie, von der die Dysoniki sich seither gefährlich abhängig gemacht haben, lebt von Funktionen in jenem heiklen Bezirk, die sich je und je weigern können, einzelwertig und eindeutig zu sein. So ein »Monodromieversagen« lässt sich durch die Bestimmung einer gruppentheoretischen Struktur, einer »Monodromiegruppe« beschreiben, einer Gruppe von Transformationen, in der erfasst ist, was im Umlauf um die Singularität passiert.

Der Begriffsapparat ist einigermaßen barock und kompliziert; Nikolajew kam nicht umhin, den gelehrigen Baklanow mit Ausführungen über analytische Varietäten und deren

Dimensionen, über Kompaktheit und Zusammenziehbarkeit, Garben, Faserungen, Homotopieklassen, Homo- und Diffeomorphismen und einem ganzen Garten unübersichtlichster Wege von trügerisch simplen Axiomen zu verstiegenen Folgerungen zu verwirren. Was Baklanow am Ende der drei jeweils etwa vierstündigen gemeinsamen Tutorialssitzungen davon behielt, konnte er immerhin in durchaus anschaulichen selbstgewählten Worten ausdrücken: »Weißt du, Genosse Akademiker, warum man nicht im Gleichschritt über eine Brücke marschiert, auch dann nicht, wenn man nur eine Handvoll Leute ist?« Der Physiker riet: »Resonanz? Schwingungen?«

»Ja. Jede Soldatin, jeder Soldat weiß das. Man kann riesige Bauten zum Einsturz bringen, wenn die Resonanzfrequenz des Baus, den man da zum Schwingen bringt, die Anregung aufnimmt. Und man kann ein Glas zersprengen, ohne es anzufassen, mit Schall, das ist ganz dasselbe. So erkläre ich mir das immer – wie die Quantenwelt das Größere beeinflusst, wie die Geometrodynamik in der allgemeinen Relativität das viel Kleinere beeinflusst und dass es ganz drauf ankommt, was man mit Länge oder Kürze einer Sache meint, die man manipuliert, mit Dauer eines Zeitintervalls auch, also nicht einfach Relativität an sich, sondern über Handlungen vermittelte Relativität – etwas beschleunigen, etwas in Schwingung versetzen. Da habe ich gelernt, es geht ums Machen, nicht um Sachen. Nichts ist Sache für sich. Deshalb konnte ich dann auch akzeptieren, dass etwas Ursachen, Verläufe und Ergebnisse haben kann, die sich nicht in dieser Reihenfolge auf eine Perlenschnur bequemen wollen, wie das die Alltagserfahrung will, und dass eine Rechnung beliebig wie ein Kartenstapel durcheinandergemischt werden kann und trotzdem dieselbe Rechnung bleibt und dass wir in die kleinen Räume schlüpfen können, die von den Diff bewohnt werden, wenn wir entsprechende Türchen passieren, die aus Anregungen, also Marschierschwingungen, aber eben nicht mit den Füßen getrampelt, sondern mit Informationsmanipulationen von Wahrscheinlichkeitsamplituden von Hirnvorgängen vor der Dekohärenz zu tun haben, dass wir uns also buchstäblich in diese Kleinigkeiten rein- und wieder rausdenken können, mit Hilfe der Computer in unseren Köpfen, die das Mögliche berechnen, wie es monodrom um die absolute Sicherheit der Singularität herumspiralt. Monodromiemotoren, Monodromiebiotik für die immer bessere Integration von Maschinen und Menschen, und die Monodromiebomben, mit denen wir uns gegen Naturbedrohungen wie aus der Reihe tanzende Brocken und irgendwann vielleicht auch wieder gegen Menschen behaupten werden … nach dem, was du sagst, muss ich mich jetzt nur noch damit abfinden, dass es groß und klein so sehr nur abhängig von Handlungen gibt wie lang und kurz, schnell und langsam et cetera. Dass die Welt nicht so ist wie im Theater, Einheit des Ortes, der Zeit, der Handlung und so fort.«

»Sie ist auch im Theater längst nicht mehr so.«

Darauf hatte Baklanow nur gelacht.

Er denkt und handelt maßvoll, was ihn zum guten Kader macht. So nimmt er jetzt einen Schritt Abstand vom Soldaten Semjon Diduk, während der die Arbeitenden unten am zentralen Drehrohr überm Antriebskopf anschreit: »Faulenzer und Nichtsnutze! Es muss wieder Tote geben wie auf Nurek, was?«

»Lass mal sehen«, unterbricht Baklanow das Geschrei, und der Untergebene hält ihm die Rechte an den Nacken und spielt alle Daten in Baklanows Kopf, die er selbst als jederzeit Zugangsberechtigter sich durch bloßen Augenschein von der heiklen Stelle im Arbeitsablauf hat ziehen können, was Baklanow nicht kann und auch gar nicht will – wären seine Wahrnehmungskanäle stets für alle Details der Vorgänge, deren Gesamtheit seiner Verantwortung unterstellt ist, freigeschaltet, so wären Staus nicht mehr nur potentielle, höchst gefährliche Erscheinungen der Fabrikation von Monodromaterial wie in dieser Fabrikationsanlage, sondern Alltagsereignisse im Schädel des Chefs, samt Risiko von Störungen seines Biogehirns bis hin zu Blutgerinnseln.

Baklanow schließt die Augen, runzelt die Stirn und rümpft die Nase, lauter Anzeichen äußerster Konzentration.

Er weiß, dass Diduk solche menschlichen Eigenheiten an seinem Chef schätzt. Der Junge ist zweiundzwanzig Jahre alt, aber ganze Zeitalter trennen ihn von einem alten Sack wie mir, denkt Baklanow, während er Kolonnen partieller Differentialgleichungen vor seinem geistigen Auge paradieren lässt, die das Stauproblem beschreiben, und die Monodromie dieser Knizhnik-Zamolodchikov-Zeilen, die einen donutartigen Ring mit Einzelpunktierung erfassen, im Kopf nachrechnet, mit Unterstützung von in seiner Hirnrinde eingesenkten elektronischen Zusatzprozessoren.

Zweiundzwanzig Jahre alt: Diese Zahl bedeutet nichts, denn unsere besten Leute sind in einem Alter, in dem man früher auf der Erde mit einem Wort der Amerikaner, das Baklanow nie leiden konnte, als »Teenager« galt. Swerkunowa war gerade sechzehn, als sie allen drei Zonen, Aten, Apollo und Amor, das Geheimnis der beschleunigten Reproduktion mit Hilfe der Diff schenkte, und sie war zwölf gewesen, als sie sowohl den Dysoniki wie den damals noch mit einer Kontrolldelegation in Amor stationierten Verrätern von der EOLOMEA (die davon per Funk erfuhren) das Leben mittels ihres synthetischen Peptids, das die Apoptosis von Zellen blockieren konnte, um Jahrzehnte, vielleicht Jahrhunderte alter irdischer Zeit verlängerte. Die größte Biologin in der Geschichte des Homo sapiens war nach alten Maßstäben noch ein Kind, als sie ihre Wunder wirkte, und ist jetzt, mit Ende zwanzig, bereits im Ruhestand, das heißt, nur noch mit leichten Verwaltungsarbeiten betraut, zur Belohnung für die geleisteten unschätzbaren Dienste.

Swerkunowa gehört, überlegt Baklanow, während er Lösungen für seine Gleichungen ineinander überführt, genau wie Diduk zur ersten Generation von Menschen, die nicht auf der Erde geboren wurden. Er selbst als jemand, der in einem russischen Krankenhaus seinen ersten Säuglingsschrei ausgestoßen hat, kann sich kaum vorstellen, wie das für diese Menschen ist.

Swerkunowa kommt damit zurecht, indem sie sich zurückzieht, soweit das überhaupt möglich ist in einer Gesellschaft, deren Individuen in dieser kargen Steinbrockenwelt stärker aufeinander angewiesen sind als je irgendwelche Menschen seit der Jäger-und-Sammler-Zeit, und Diduk tut's, indem er sich über das körperliche Erscheinungsbild des geschätzten Genossen Nadar Jepen von Aten ereifert, über dessen Kopf aus sehenden, hörenden, schnuppernden und mittels einer Art Fledermausradarsinn die Umwelt abtastenden Öltröpfchen, über dessen Lederflügel, überhaupt das Ganze.

Baklanow kennt Jepen noch aus der Zeit vor der biotechnischen Auf- und Umrüstung, als der heute Radikalste noch ein blasser, spindeldürrer Techniker gewesen war, mit schöngeistigen Vorlieben allerdings. Außer Baklanow selbst gab es in der ursprünglichen IWAN-JEFREMOW-Besatzung wohl niemanden, der Jepen an Belesenheit ebenbürtig war – von den russischen Klassikern wie Gogol oder Puschkin, dem finsteren Dostojewski und dem christlichen Tolstoi bis zu den vertrauenswürdigen Sozialisten Gorki und Majakowski reichte seine Belesenheit, aber auch weit ins Westliche, vor allem Englische, besonders Shakespeare, dessen Konkurrenten Marlowe und den von Baklanow geschätzten Milton, bis hin zu verdächtigen Linksradikalen wie Shelley, konnte Jepen damals alles Mögliche, das man der JEFREMOW auf Mikrofilm mitgegeben hatte, auswendig rezitieren.

Baklanow ist nicht der Einzige, der in Erinnerung an die »strenge Schwärmerei« (so nannte das damals Eva Sonntag, die heute Amor regiert) des jungen Jepen den etwas weniger jungen Jepen im Grunde für einen Romantiker, einen Helden seines eigenen phantastischen Versdramas hält. Sieht der Fanatiker mit seinem schlanken, auf dem Rücken behaarten Körper, den Stelzenbeinen, den Schwingen mit Spiegelzellen und dem seltsamen Haupt nicht genau so aus, wie sich irgendein modernistisch-dekadenter Maler, vielleicht ein Expressionist oder Surrealist, Miltons unbeugsamen Satan vorgestellt haben könnte?

Dass er nicht noch nach Schwefel riecht, ist fast enttäuschend, denkt Baklanow.

»Chef? Alles in Ordnung?«

Diduks Hand an seinem oberen Oberarm drückt sanft zu und holt Baklanow damit aus seinen Gedankenfluchten: »Du hast nur grad so abwesend geguckt. So glasig. Ich dachte, vielleicht spielt man ihm irgendeine alarmierende Meldung durch den TS ...« Baklanow sagt: »Nein, ich war nur ... hab gegrübelt über uns Alte, Jepen und mich, und euch Junge, dich und Swerkunowa ...«

»Wie, ich und Swerkunowa? Die Frau ist unser größtes Genie bis jetzt, und ich bin ein Knüppel.«

»Ruhig«, sagt Baklanow gemütlich, so dass Diduk ihn loslässt, während der Chef dem Soldaten die obere Hand auf die rechte Schulter legt und ihn vom Geländer weg zurück auf die Straße führt, die keine Straße ist, sondern der einzige für Ungeschützte betretbare Pfad durch einen unvorstellbar schmalen, niedrigen, kleinen Raum.

»Ich habe nur gerade darüber nachgedacht, warum Swerkunowa sich aus der aktiven Arbeit verabschiedet hat und immer weniger mit politischen Vorschlägen von sich hören lässt, seit im Dreierausschuss die Radikalen um Jepen mehr und mehr Oberwasser kriegen und sich in Apollo und Amor der interventionistische Gedanke durchsetzt.«

»Ach ja, wir sind die letzte Rettung der Menschheit, auch wenn die das nicht weiß und nicht wissen will ...«, murrt Diduk säuerlich, worauf Baklanow seine Hand zurückzieht und sagt:

»Ich dachte mir nur, vielleicht ist Swerkunowas Überdruss aus derselben Quelle entsprungen wie dein offener Hass auf Jepen: Ihr seid beide Kosmokinder und wollt so viel Menschliches wie möglich bewahren, es ist eure Verbindung zur Vergangenheit, deswegen haben sich weder Swerkunowa noch du je physisch verändern lassen, gut, ein bisschen Metall in die Knochen, damit die Muskeln zu tun haben und nicht verkümmern, und das biotische Zeug natürlich, das wir alle haben, seit Swerkunowa es gefunden hat. Aber ihr seht aus wie Menschen, während Jepen und auch ich sozusagen gar nicht genug Umbauten und Verbesserungen an uns vornehmen lassen können, weil das unser … na, unser Gefühl dafür, was wir sind, wer wir sind, nicht bedroht.«

Der Generalsekretär hält inne, weil er bemerkt hat, dass sein bester Soldat unmerklich den Kopf schüttelt. Baklanow hebt die Augenbrauen, eine Aufforderung an den andern, sich zu erklären, und Diduk zögert nicht damit: »Es tut mir leid, Genosse Chef, aber das ist gar nicht nötig, dieses Psychologisieren. Wenn ich's mal übernehme, dieses … dieses Zusammenpacken von Swerkunowa und mir und vielen anderen, die Jepen nicht mögen, dann muss ich dir leider sagen, was du eigentlich auch so wissen könntest – psychologische Gründe für unsere Abneigung braucht's keine, es reicht diese grundfalsche politische Linie. Der Mann hetzt unsere Leute auf, der Mann stört die fleißige, wertvolle Arbeit mit seinem fanatischen Dreck – wir müssen hin, bevor sie herkommen: Woher weiß er, dass sie herkommen, und woher weiß er, wie lange sie brauchen? Ich hab mir das Material von eurem Palaver angeschaut, du, Sonntag, Jepen. Wenn ich es richtig sehe, brauchen sie bei dem Schiff, das da in Arbeit ist, wenn sie wirklich erst zu uns und dann zum Jupiter wollen … es heißt, sie werden keinen richtig heftigen Antrieb hochfahren, bevor sie bei uns waren, uns Treibstoff gestohlen haben, uns klargemacht haben, wer der Chef ist, nicht wahr, Strafexpedition, Militär und so weiter, weil sie ja nicht wissen, was hier wirklich los ist, weil sie keine Chance haben gegen unsere Abwehr, unsere Waffen, unsere Technik … Gut, wie lange brauchen sie mit ihrem Quatschantrieb? Zwei Jahre, drei Jahre, eher vier. Erst nach dieser Station geht es schneller weiter, aber da brauchen sie dann noch mal … zehn Jahre, weil sie zwischendurch bremsen, testen, Versuche durchführen, sich mit der Erde abstimmen … ich muss das ja alles glauben, diese Informationen, mit denen Jepen angibt.

Und wenn ich das alles für wahr halte, dann starrt mich aus den Daten dieser armen Menschen da die nackte Wahrheit an, dass das überhaupt keine ernstzunehmenden Gegner für uns sind, sondern ganz arme, ahnungslose Hunde. Gegen solche Jammergestalten plant und veranstaltet man doch keinen Präventivschlag, was soll denn das? Das, es tut mir leid, ist unwürdig und ekelhaft – die Rote Armee hat keinen Krieg verloren, nicht einen einzigen, bis auf den Kalten, den die Politik verloren hat, nicht das Militär, und sie hat auch deswegen keinen Krieg je verloren, weil sie eben eine Ehre im Leib hatte, weil sie keine Schwächeren mit …«

»Langsam, langsam. Erstens: Den Afghanistankrieg würde ich nicht als gewonnen betrachten …«

»Aber auch nicht als verloren. Und wir sind auf Bitten der Regierung dorthin. Und selbst wenn sie uns nicht gebeten hätten, wenn … welche Rolle religiöse Aufwiegelung spielen kann, dieselbe wie seit der Vendée nämlich, als das katholische Pack …«

»Schluss!« Baklanow verliert die Geduld. »Ich muss mir von dir keinen Unterricht in Geschichte der Bekämpfung der Konterrevolution erteilen lassen, Semjon. Du warst nicht dabei, ich aber. Ich habe einen älteren Bruder vor Kabul verloren und Freunde. Wie man hört, geht es den Imperialisten dort inzwischen nicht viel besser als der Roten Armee – aber das ist alles lange her oder weit weg. Wir haben die Daten, an denen du zweifelst, und müssen auf ihrer Basis entscheiden, und ob es uns gefällt oder nicht, Jepens Warnungen sind alles andere als blinder Alarmismus.«

Diduk gibt sich noch nicht geschlagen: »Woher haben wir die Daten? Von Jepen, und woher hat er sie, das will ich wissen, das ...«

Baklanow hat endgültig genug, er greift mit zwei Armen die des Untergebenen, um dessen Gefuchtel zu unterdrücken, stemmt den dritten angewinkelt gegen die eigene Hüfte und hält Diduk den vierten mit ausgestrecktem, auf den Empörten deutendem Zeigefinger vor die Nase. Baklanows Halsschlagader ist angeschwollen, seine Augen sind verengt, seine Stimme ist rau und grob, als er sagt: »Wenn du mir mal eine Sekunde zuhören würdest und nicht alles andauernd besser wüsstest, Genosse Oberst, dann wüsstest du, dass ich weiß, woher er weiß, was er weiß – er hat jemanden in dem Projekt. Auf der Erde.«

»Einen Kundschafter?« Diduk, staunend, benutzt das alte sozialistische Wort aus dem Kalten Krieg für Spion, und Baklanow nickt ungeduldig: »Ja. Jemand arbeitet für Jepen und wird auch an Bord des Schiffes sein, wenn sie es bauen, wenn sie es abschicken, jemand, der loyal zur Sache steht, zum Sozialismus und zum Auftrag der JEFREMOW. Bevor du wieder losblökst: Ich kenne diese Person. Ich habe mich mit dieser Person unterhalten, ich vertraue dieser Person. Wir können, falsch: Wir müssen die Bedrohung ernst nehmen, und auch wenn das nicht heißt, dass ich Jepens Hang zum Abenteurertum ... Moment mal. Augenblick.«

Baklanows Haltung bleibt dieselbe, der Griff um Diduks Arme lockert sich nicht, aber der Blick des Älteren und Ranghöheren wirkt verschattet, abwesend, zwei Minuten lang, dann lässt er den Untergebenen unvermittelt los, wischt sich mit der unteren Linken über die Stirn, als schwitze er stark – was er gar nicht tut, denkt Diduk beunruhigt –, und sagt zuerst zischend, kaum hörbar: »Scheiße.«

Dann sieht er Diduk an, sehr unzufrieden offenbar: »Es scheint, als müsse ich mich bei dir dafür entschuldigen, dass ich Jepen verteidigt habe. Dieser … wir müssen los. Nach Hygeia. Ich brauche das Komitee und die beiden Verteidigungsausschüsse vollständig dort, innerhalb der nächsten drei Tage. Besorg mir Sonntag und die Nurektechniker und Tropkin, außerdem Kortschaginez. Ich will Trofimenko und Monitschew von der Akademie und den alten Tagin, das ganze gelehrte Volk, und die Rechner sollen von Nurek hergeschafft werden, die Kinder aus Amor auch, die leitenden Kader von Metis, Hebe, von Egeria, Hilda, Interamnia …«

»Moment, Moment, so schnell kann ich das nicht alles …«

»Du kriegst es offiziell auf den TS und wohin du willst, ich habe jetzt keine Zeit für Gequatsche. Er hat's getan.« Baklanow schnaubt wie eine Dampflok. »Der Idiot hat angegriffen. Er hat Maschinen geschickt, ohne Beschluss, einen kompletten Verband, drei Dutzend, Richtung Erde. Er hat sie angegriffen. Wenn die auch nur einen Apparat erbeuten …«

Mehr muss Baklanow nicht sagen. Diduk beginnt, die Funktionärsliste abzuarbeiten, die Baklanow ihm hingeworfen hat, und fühlt nicht den leisesten Hauch der Befriedigung darüber, dass die Ereignisse sein Urteil über Nadar Jepen bestätigen.

4 | Antistumpfsinn

Filipa und Liz sind Freundinnen geworden.

Die Amerikanerin ist die einzige Person an Bord der PODKAYNE FRIES, die weiß, warum die Deutsche keine Gefahr meidet, sich für jeden Spaziergang ins All freiwillig meldet, doppelt so viel Bewegung an allen möglichen Trainingsgeräten fordert und von Kapitän Sun zugestanden kriegt wie alle andern und sich beim Messerkampf erstens geschickter, zweitens aber geradezu angsteinflößend eifriger anstellt als der Rest der Crew – mit ihrer gefürchteten Hebeltechnik im Nahkampf bricht sie Andrej Sirilko einmal sogar den rechten Arm, der das allerdings nicht übelnimmt, sondern nur mit dem ominösen Satz kommentiert: »Krieg ist Krieg, auch vor dem Krieg.«

Weil irgendwann niemand mehr, auch nicht Filipas Freundin Liz, gerne mit ihr trainiert, obwohl gerade im Nahkampf ja »keine echten Waffen verwendet werden, nur diese Hartgummimesser, was wollt ihr?« (Cordula Späth) – »Hast du mal so ein Hartgummimesser zwischen die Rippen gekriegt?« (Meinhard Budde) –, baut ihr Sirilko zusammen mit Frau Späth einen wendigen und schnellen, ungefähr anderthalb Menschen großen Feindroboter mit vier Armen und sechs Beinen, »nicht sehr verschieden von den Dingern aus dem Asteroidengürtel, ich hab die ja gesehen« (Christian Winseck). Mit dem übt sie im Sportbogen ihre fast geraden Stiche, ihre nach Winkel und Angriffslinie »absolut vollkommenen« (Meinhard) geschwungenen Stiche, ihre Schnitte, Finten, Fallen und Erwiderungen auf die entsprechenden Angriffe des Roboters, manchmal, zum Ärger der andern, »mitten auf dem Joggingweg. Echt, du ahnst nix Böses, weil du ja nicht um die nächste Kurve, die über und unter dir liegt, gucken kannst, da kommt dieses Knäuel aus Mensch und Killermaschine angerasselt, und überall sind Arme, Beine, Messer. Mir ist fast das Herz geplatzt vor Schreck« (Christian).

Filipa selbst ist mit dem Arrangement nicht restlos zufrieden: »Ist vielleicht gutes Training für einen Kampf gegen einen von den Blechtypen. Gegen menschliche Gegner macht es mich eher schlechter, weil die ja langsamer sind und ich dann ganz unpassend schnelle Bewegungen lerne, die meinen Kopf oder meinen Bauch wahrscheinlich genau in dem Moment ungeschützt lassen, in dem ein Mensch dann zusticht. Außerdem: Was bringt es mir, wenn ich einerseits von Meinhard lerne, dass ein gerader Stich die Augen, den Mund, den Kehlkopf, die Luftröhre frontal als Ziel hat oder die Lungen, die Milz, die

Leber, die Nieren, das Herz, den Solarplexus, den Unterleib, während ein geschwungener Stich eher anders an diese Organe und Körperteile will, wenn ich mir das alles auch merke, obwohl ich bei der Hälfte dieser Sachen – ich meine, Milz! – bislang nicht mal gewusst habe, wo das genau ist und was das genau macht – was, frag ich dich, bringt das, wenn der Onkel, an dem ich das alles übe, umgekehrt gar keine Lungen, keine Milz, Leber und so weiter hat, sondern nur bisschen Servozeug und Drähte?«

»Gut, ich modifiziere das Gerät«, sagt Sirilko und nimmt Filipa dafür das Versprechen ab, nur noch in dem Raum ihre Roboterkämpfe zu veranstalten, in dem sie unter Meinhards Anleitung und Aufsicht das Werfen mit Messern und Äxten übt: dem Turnhallenbogen von ungefähr sechzig Metern Länge im dritten Reifen.

Die Maschine, die ihr den Feind ersetzt, hat jetzt keine vollständige Metallpanzerung mehr. Am Rumpf, an einigen Stellen, die den analogen Regionen der menschlichen Anatomie entsprechen, ist die Verkleidung ausgespart und durch zähe Plastikfolie ersetzt, die Filipa, wenn sie ihre Klingen mit höchster Kraftanstrengung führt, durchstechen kann, woraufhin sich aus Beuteln, die sie selbst nachfüllen kann, rote Farbe auf den Kampfplatz und die Furie von der Erde ergießt und Sensoren dafür sorgen, dass die Einsatzfähigkeit der Maschine in dem Maße eingeschränkt ist, wie das ein lebendiger Organismus wäre, träfe ihn der jeweilige Stich oder Schnitt.

Soviel (nach Ansicht von Kapitän Sun: bedenklichen) Spaß Filipa der neue Realismus ihrer Messerspiele anfangs macht, so sehr nerven sie die Aufräum- und Roboterwiederherstellungsarbeiten: »Wenn die Sauerei nicht ratzeputz weg ist, sobald wir Normalen die Halle benutzen wollen, kriegst du eine Woche Gerätesperre und kein Fleisch zum Essen« (Cordula Späth).

Nach einer Weile verschiebt Filipa ihr Zeitkalkül daher wieder in Richtung anderer Beschäftigungen, etwa Kinobesuche im ersten Reifen mit Cordula, dem von wachsendem Filmenthusiasmus entflammeten Sirilko und ihrer Freundin Liz und dann schließlich private Abende, Nächte, Vor- oder Nachmittage mit Meinhard Budde, die niemand kommentiert, obwohl irgendwann alle sie zu den abstrusesten Zeiten aus seiner Kabine klettern sehen (eine der geräumigsten, ursprünglich für Max und Liz gedacht).

Wenigstens ist Filipa in einer Hinsicht diskret, denkt Cordula Späth und behält es für sich – man hört nichts durch die Wände oder die Belüftung, da war sie im U-Boot lauter.

Wenn Filipa nicht in einem Trainingsraum, beim gemeinsamen Essen (und manchmal Kochen), im Kino oder in der Messe ist, hält sie sich inzwischen meist bei zwei weiteren Beschäftigungen an Orten auf, die ihr besonders lieb sind: erstens beim Unterricht, den Aiguo Sun in allen möglichen wissenschaftlichen und technischen Disziplinen im Brückenreifen erteilt, meist an Hologrammen über dem zentralen Displaytisch: »Heute will ich mal ein paar Illusionen darüber zerstreuen, dass dieses schöne Schiff hier, und am Ende auch noch die SMITH, nur nach Vorlagen der Russen und der Deutschen gebaut ist. Wir wollen uns mit denjenigen Aspekten der FRIES befassen, die sich rein chinesischem Erfindergeist verdanken, darunter auch meinen eigenen Beiträgen, erstmals erprobt bei der Tiangong 1, der ersten chinesischen Raumstation überhaupt, nur halb so groß wie die erste sowjetische Station Saljut 1, nämlich sparsamer, besser ausgelastet und, wenn ich das sagen darf: Die Verbindung zwischen Orbitalmodul und Servicemodul ist erstklassige Ingenieursarbeit, die Zugänge zu den Reifen auf der FRIES und die Übergänge zwischen den Segmenten der SMITH sind bis ins Kleinste auf diesen Konzeptionen gegründet.«

Der zweite Ort, der Filipa ganz besonders gefällt, ist der Garten im ersten Ring, wo sie mit Liz arbeitet. Die Amerikanerin kümmert sich um Großes und Notwendiges wie Tomaten und Gurken, während Filipa mehr an den kleinen essbaren Pflanzen liegt: Sauerampfer, Vogelbeere, Hübsches, Feines.

»Ich bin froh, dass Cordula so viel deutsches Zeug gesät hat. Das erinnert mich alles an meine Kindheit. Ausflüge mit meiner Mutter und meiner Oma ins Umland ...«

Liz hat zwar keine Erfahrung mit Gartenarbeit – »ich war fast die Hälfte meines Lebens auf der Flucht, da kann man kein Beet anpflanzen« –, erweist sich aber als unerwartet geschickt.

»Grüner Daumen sagt man auf Deutsch«, erklärt Filipa, die der Amerikanerin auch sonst hilft, die verbreitetste Bordsprache besser zu beherrschen: »Du, wenn du sagst, du bist langsam ganz erregt, weil das Wiedersehen mit Max immer näher kommt, dann ist das zwar irgendwie auch richtig, sprachlich, aber vielleicht sagst du lieber ›aufgeregt‹ als ›erregt‹, weil sonst hat das so einen sexuellen Unterton.«

Liz grinst verlegen: »Well, maybe that is what I was going for.«

Die Freundschaft entdeckt schnell Gemeinsamkeiten, zum Beispiel bei den Musikvorlieben: Beide hören gern »alles, aber davon nur das Gute«, wie Filipa schließlich sagt, als nach langen Gesprächen geklärt ist, wie viel Verschiedenes sie beide kennen und mögen. So geben sie einander Hinweise auf schöne Sachen in den Schiffsspeichern; man kann sich die Musik ja beim Joggen ins Headset speisen lassen oder auch vor dem Einschlafen in der Kabine.

Filipa sagt: »Ich hatte so mit Ende sechzehn, Anfang siebzehn mal drei Monate, wo es unbedingt die absolute elektronische Bastelei sein musste, Autechre und Aphex Twin, also von beiden die Spinnerphase. Das habe ich gehört, weil der Freund von meiner Mutter damit mal ankam und ich das erstens nicht kannte, und zweitens hat das vor allem niemand an meiner Schule gekannt, das war so eine Methode, den ganzen

Tag was auf den Ohren zu haben, das mich irgendwie angenehm isoliert. Ich lehn dann da auf dem Schulhof an einem Baum und denke, diese Stimmung da gerade, die mir durch den Kopf klickert, das habe ich absolut für mich alleine, das können die Deppen, die da Fußball spielen und rauchen oder andere bedrohen und Handys klauen und alles das, das können die nicht hören, und wenn sie es hören könnten, dann könnten sie es nicht verstehen – ich fand es damals extrem angenehm, dass ich die einzige Person auf der Welt war. Und jetzt kommst du daher und weißt das auch, und das macht mir aber dieses komische Ein-Personen-Elite-Ding von damals komischerweise nicht kaputt, sondern irgendwie rückwirkend gerade wieder noch mal schöner, denn – du wirst das ja schon wissen mit deinem Max – wenn man da noch eine zweite Person hat, die auch mit den ganzen Dummis nichts zu tun haben will, das macht es irgendwie …«

»More delicious still«, sagt Liz.

Die hat auch eine Theorie darüber, warum ausgerechnet Filipa und sie solche »music nerds« sind: »Wir waren beide nicht besonders sociable, wie sagt man auf Deutsch …«

»Gesellig«, hilft Filipa, und Liz nickt: »Ja, ich meine, wir und das Radio und das Fernsehen und das Internet, das war's, wir hatten keine … also, du warst nie der Typ für Cliquen, was du mir so sagst …«

»Arrogant und asozial, diese Sorte Pubertät«, urteilt Filipa hart über sich selbst, aber Liz widerspricht: »Das ist halt so mit kids, wenn sie nicht das psychological make-up haben, das für diesen peer group stuff … empfänglich macht, und ich wiederum, well, I was on the run from the authorities – wenn du jedes Mal beim Einkaufen über deine Schulter guckst, ob jemand vom FBI beim frozen food steht, dann gehst du abends ja nicht clubbing, dann holst du dir deine Musik ins Zimmer, auf Kopfhörer, in die loneliness, da wirst du halt freak.«

Es bleibt nicht bei der gemeinsamen Freude an Elektronik

zwischen Octo Octas *Between two Selves* oder *BTSTU* von Jai Paul – der »Zwei-Frauen-Musik-Club« freut sich an Howlin' Wolf (Liz kennt den von Max, Filipa von ihrer Großmutter) und Pristine, an Miley Cyrus (»but I prefer the two albums before she became a superstar, before *Bangers*, that is – *Can't be tamed* and *The Time of Our Lives*, these are just fantastic«, sagt Liz) oder Lorde (»die Zweite ist noch schöner als die Erste, auch wenn alle immer das Gegenteil behaupten, aber auf der Ersten ist nichts drauf, was dir so das Herz auseinanderrupft wie dieses ›Liability‹«, Filipa), japanischen Mädchen-E-Gitarren-Operettenkrach von Ladybaby, Babymetal und Supercell (»*Zigaexperientia* is the best outer space record ever to be played in actual outer space«, Liz), Gitarrenmehrkanalpfeifkratzen von Animals As Leaders, Primaner-Hip-Hop von den Beastie Boys, europäischen Retro-Dudelrock von Dool oder The Devil's Blood, kurz, mit den Worten von Cordula Späth, als Filipa ihr einmal stolz von der Bandbreite der Vorlieben des Zwei-Frauen-Clubs erzählt: »Das Meiste ist aus den Jahren unmittelbar vor dem Start der FRIES, nicht? Ein paar Ausreißer, okay, Howlin' Wolf, und eure komischen Kraftwerk da, die ihr neulich in der Disco zum Schluss habt laufen lassen, manchmal auch Abba, aber weiter als zwanzig Jahre vor Liz' Geburt reicht nix.«

Die »Disco« war Filipas Idee: kleine, einmal wöchentlich (bevorzugt freitags oder samstags) ausgerichtete Tanz-, Trampel- und Torkelabende mit bis zu zwanzig Menschen, vor allem Jüngeren aus dem technischen- und Flugpersonal, ausgerichtet im Kino. Dazu wird die Bestuhlung dort in den Boden versenkt, und auf der Leinwand laufen, während Liz und Filipa sich abwechselnd als DJanes am Rechnerpanel betätigen, animierte oder anderweitig experimentelle, von Cordula ausgesuchte Kurzfilme, Don Hertzfeldt bis Stan Brakhage.

So bereitwillig die eigentliche Missionsleiterin diese Veranstaltungen mitträgt, so deutlich ist der Dämpfer, den sie

Filipas Eigenlob verpassen muss: »Vielfalt? Nee, das ist bei Liz und dir im Grunde genau dieselbe Fixierung auf die Zeit, in der ihr halt selber Musik für euch entdeckt habt, und zwar überwiegend neue Musik … dieselbe Fixierung, die offenbar nach Jahrzehnten auch noch bei Alexandra Burkhard auf der EOLOMEA anhält. Liebe Güte, Sonic Youth, das schickt sie vom Neptun. Wer redet denn auf der Erde noch von Sonic Youth, so wichtig das für Frau Burkhard und damals eben auch für Christians Vater gewesen sein mag? Die Band gibt's ja gar nicht mehr, hat sich aufgelöst, wegen Trennung des kreativen Power-Paars, um das sie organisiert war, so ist das halt, die Sachen vergehen. Ich bin ja auch ein Kind der Achtziger, auf 'ne Art, das war das letzte Jahrzehnt, in dem ich noch gealtert bin, dann wurde ich in den Neunzigern dreißig und bin's geblieben, weil das gut funktioniert. Wenn ich mich so in dem Sound suhlen würde, der meine Jugend begleitet hat … man kann ja Kunstmusik machen und trotzdem gerne Radio hören, jawohl, Radio, SWF 3 in meinem Fall. Den Sender gibt es auch nicht mehr, der ist im SWR aufgegangen. Ich war keine Besserhörerin, die bloß immer so Spex-Geheim-Eingeweihten-Sachen goutiert hätte wie Sonic Youth und frühen Rap und alles das, sondern ich habe gehört, was in den Charts lief, Jessas, die sind ja alle tot – George Michael ist tot, und Prince und Michael Jackson sind tot, und Whitney Houston ist tot, lauter Leute, die gar nicht so viel älter sind als ich. Diese geballte Sterberei, das hat mich schon ziemlich mitgenommen, das ist alles in wenigen Jahren passiert, als ich schon wusste, wir müssen der IWAN JEFREMOW hinterher, also nicht wir hier natürlich, die konkreten Personen auf der FRIES, sondern wir als Gattung, die Menschheit – und als meine ganzen Lieblinge da so vor sich hin starben, dachte ich manchmal, ja, die verlassen jetzt alle die Erde, ein Hinweis, dass ich mich jetzt auch langsam sputen sollte, da wegzukommen von diesem ›lahmen Drecksplaneten‹, wie ein anderer Liebling der Achtziger mal geschrieben hat.

Nena wenigstens ist noch aktiv. Die wird noch aktiv sein, wenn wir zurückkommen, falls wir zurückkommen. Hoffe ich. Nena! Die Beste. Als die Amis die Voyager-Sonde losgeschickt haben, da waren doch wenigstens Musikaufzeichnungen, als Gruß der Menschheit an wen auch immer, mit an Bord, die wirklich einlösen, was du hier von dir und Liz behauptest, Bandbreite, die hatten Johann Sebastian Bach drauf und Musik aus Java und dem Senegal und Neuguinea, China, Peru, Blues, Rock 'n' Roll, was du willst, nicht nur Menschengeschaffenes übrigens, auch die berühmten Walgesänge …«

»Aber kein Techno«, zieht Filipa ein Gesicht, während Liz die implizite Herausforderung, die in Cordulas Worten steckt, unter aufmerksamer Teilnahme der anderen, die das Gespräch mitanhören, von Meinhard Budde bis zu zwei jungen Dauergästen in der Liz-und-Filipa-Disco, geradeheraus annimmt: »Dann teach uns doch, teacher. Mach doch deine eigene Disco, die Archive geben es ja wahrscheinlich her. You know, Klassik, Weltmusik, man kann ja vielleicht nicht drauf tanzen, aber für die community wäre es auf jeden Fall a welcome change of pace, another event to look forward to, team-building … mit … Nena or whatever her name is.«

Der Vorschlag findet sofort den Beifall des hochkultivierten Andrej Sirilko, der seine klassisch-humanistische Bildung im Sinne des Sozialismus und Universalismus samt Völkerverständigung und Lenin'schem Respekt vor dem bürgerlichen und vorbürgerlichen Erbe zwar nicht wie ein rotes Banner vor sich herträgt, aber doch ab und zu in Bemerkungen zu erkennen gibt. So auch diesmal: »Klassische Musik bis zur Avantgarde des zwanzigsten Jahrhunderts, mittelalterliche Mysterienspiele und Schostakowitsch, Virginalisten und Serialität, so muss das aussehen. Ist ja alles dein Fach, Cordula, das solltest du wirklich machen, uns diese Sachen näherbringen – Opern, Symphonien, Konzertabende, die letzten Streichquartette von Beethoven, zur Not auch mal was von dir …«

Die Chefin ziert sich nicht lange, besteht nur auf zwei Bedingungen: »Stühle gibt's gefälligst, rumstehen darf da niemand, und wer zwischen den Akten einer Oper oder den Sätzen einer Symphonie klatscht oder quatscht, fliegt aus dem Schiff und kann nach Hause laufen.«

Der erste Abend des neuen Programms, schon anderthalb Wochen später, sieht das Kino voller denn je. Nur siebzehn Leute, die aktuell für den regulären Schiffsbetrieb zwingend notwendige Arbeiten verrichten, bleiben auf ihren Posten, und von den ersten Sekunden der Oper an, die da gegeben wird, sind alle fasziniert von den fremdartigen Streichern, dunklen Ahnungen, bedrohlich-vorsichtigen Bläsern und schließlich dem einsetzenden, zuerst rein männlich-dunklen, dann bald um unwirklich schöne Frauenstimmen ergänzten Chor der Emigranten:

Vi kom från Jorden, Doris land,
klenoden i vårt solsystem,
det enda klot där Livet fått
ett land av mjölk och honung.

Der Chor wird auf der Leinwand, wie der ganze Librettotext durchweg, deutsch übersetzt:

Wir kommen von der Erde, Dorisland,
Kleinod des Sonnensystems,
Der einzigen belebten Kugel,
dem Land von Milch und Honig.

Bis zum Schluss herrscht aufmerksame Stille.

Applaus gibt's erst danach, und dann tritt Cordula vor die Sitzreihen und hält ihren vorab schon angekündigten, etwa zwanzigminütigen Vortrag, »weil, Kinder, ich wollte das, obwohl es eine Oper ist, ohne Bilder, ohne Film – es gibt schon

Bildaufnahmen, so isses nicht – hier laufen lassen und euch auch vorher nix groß erzählen. Ich finde die Disco super, die hier sonst steigt, dieses Rausschütteln von Frust und Klaustrophobie. Zerstreuung ist wichtig, aber Sammlung eben auch. Deshalb leider keine Nena, sondern … deshalb fangen wir die kleine Reihe hier mit so einer sperrigen Musik an, wo man sich wirklich zusammenreißen und, wie sagt der alte Adorno, strukturell hören muss. Außerdem kennen wir hier fast alle die Sprache nicht, ja, ich weiß, Sirilko kann sie, und ich krieg auch noch ein paar Sätze zusammen, aber Schwedisch, das gibt's hier sonst nur bei den Bergmanfilmen. Gut, was wir gehört haben, ist eine Weltraumoper, nicht in diesem Sinn von Space Opera, als Genrename für *Raumschiff Enterprise* und *Star Wars* und so was alles, sondern wirklich eine Oper, die im Weltraum spielt, komponiert von meinem lieben Kollegen und Vorbild Karl-Birger Blomdahl, Libretto von Erik Lindegren auf der Basis eines Versepos von Harry Martinson, und am liebsten würde ich euch jetzt noch einen langen Stiefel erzählen über diesen Martinson, den einzigen Literaturnobelpreisträger, der jemals für ein Gesamtwerk ausgezeichnet wurde, in dem ein echter Klassiker der Science Fiction eine tragende Rolle spielt, eben ›Aniara‹, das Versepos von der Auswanderung der Menschheit ins Weltall auf dem gleichnamigen Raumschiff, unterstützt vom Computer Mima. Erst soll die Reise zum Mars gehen, dann passiert während der Mitsommerfeier an Bord ein technischer Unfall, die Bahn wird abgelenkt, auf einmal geht es ins Sternbild Lyra, na bitte. Ein tolles Buch, vielleicht können wir hier ja mal Lesungen veranstalten. Ernsthaft, das scheint mir ganz gut funktioniert zu haben, also warum nicht noch mehr Kultur, warum nur Kino und Disco? Dazu später. Martinson, wie soll ich sagen, das ist einfach erstklassige Science Fiction in dem Sinn, dass er sich wirklich über die Form Gedanken gemacht hat. Marx sagt ja am Schluss der Einleitung zu den *Grundrissen*, man kann auf dem Stand der Produktivkräfte im Kapitalismus kein Epos mehr schreiben wie die Griechen auf ihrem Sklavenhalterstand. Martinson hatte nun den Instinkt: Wenn wir uns vorstellen, das Verhältnis der Leute zu den Maschinen ist wieder ähnlich wie in der Sklavenhaltergesellschaft das der Besitzenden zu den armen Sklaven, und zwar auch zu denkenden Maschinen, dem Computer Mima eben, und die Grenze Weltraum ist wieder so eine übermächtige Natur, wie die irdische das für die Griechen war … ich habe die deutsche Übersetzung auch im Archiv hier … Martinson verdient einen eigenen Abend, Nobelpreis und SF, wann gab's das je, und kommt mir nicht mit Doris Lessing, da rollen sich mir die Fußnägel auf, diese ganze Predigerinnenkiste, Lessing, Atwood, furchtbare Vergeudung des Genres. Gut, aber jetzt zur Musik, ich will euch ja nicht im Dunkeln lassen darüber, warum das so toll war gerade, dass sogar die beiden Tanzmäuse am Ende geklatscht haben. Ich will euch kurz umreißen, wie das gearbeitet ist, dieses kleine Meisterwerk.«

Das tut sie, mit sorgfältig vorbereiteten, anschaulichen, jeweils noch einmal akustisch angespielten Notenbeispielen auf der Leinwand, und als sie danach um »Fragen, Gemotze, Wortbeiträge« bittet, steht Liz lächelnd auf und sagt: »Das war … different. Wir sollten das weitermachen – auch die Lesungen, wie du sagst, und Vorträge dazu, du hast da ja jetzt ein Beispiel geliefert which we can try … to emulate, du bist ja sehr … whatchamacallit … opinionated …«.

Meinhard Budde übersetzt als Zwischenrufer frech: »meinungsstark«. Ein paar lachen freundlich, und Liz fährt fort: »Yeah, meinungsstark, das heißt, du erklärst halt nicht nur, sondern sagst uns auch, was es für dich ist, what it all means to you, und diese … passion, this very engaged style … davon können wir mehr gebrauchen, das verhindert Routine und …«

»Stumpfsinn! Das ist geiler Antistumpfsinn! Und andere können das auch machen mit ihren Lieblingsthemen und Zeugs!«, ruft Filipa, wofür auch sie reichlich Beifall erntet.

Drei Tage später sitzt sie mit nassen Haaren im Restaurant, mit Andrej, der ihr Hobby teilt, das Tauchen bei den Korallen, sich aber geföhnt hat danach. Die beiden begegnen einander im Meerbecken so oft, wie Liz ihre Freundin Filipa im Garten trifft. Filipa sagt zu Aiguo: »Das Geilste wäre mal ein Konzert unter Wasser, im Korallenreifen.«

»Du sagst das so«, rät Aiguo richtig, »als hättest du etwas in der Art schon einmal erlebt. Ein Konzert unter Wasser.«

»Und wie«, bestätigt die junge Frau enthusiastisch: »Ich hab's tatsächlich erlebt, auf meiner langen Tauchtour mit der Chefin. Sie hat eine Korallensymphonie für Computer und Standbass komponiert und dann unter Wasser aufgeführt, allerdings nicht am Riff, sie hat zu großen Respekt davor ... Die Boxen waren aufs U-Boot gesetzt, und wir sind raus, mit Brillen und Sauerstoffflaschen, relativ dicht unterm Meeresspiegel, sechs, sieben Meter so, die Ohren frei, und es war ... wow.« Die Augen weiten sich noch heute, in der Erinnerung, die Ellenbogen werden links und rechts vom leeren Spaghettiteller auf den Tisch gestellt, damit die Hände ausgebreitet werden können, denn was Filipa sagen will, ist: »Soooo groß. Ernsthaft.«

Filipa hat vergessen, dass dazu damals auch ein kurzer Gesang gehörte, Wassersprachmusik, Verse, von Cordula herausgebrochen aus einem Gedicht von Mara-Daria Cojocaru:

> Du wischst
> Durch die isolierende Luftschicht. Wieder Perlen im Fell
> Vor die Clownfische. Und dazu die Sorge: Wo ist sie hin
> Ein Delphin flinkt lautlos, lächelnd, gequält, spionierend

»Korallensymphonie«, sagt Aiguo. »Klingt ... bunt und massiv zugleich.«

Als wollte er sich für die ungewohnt poetische Metapher und die Stellungnahme zu einem Thema außerhalb seiner wissenschaftlich-technischen wie administrativen Kompetenzen per Rückkehr in sein *proprium* indirekt entschuldigen, ergänzt er den Gedanken: »Ich glaube nicht, dass es nur die Liebe zu einem Stoff ist, den sie musikalisch schon mal bearbeitet hat, was Cordula dazu gebracht hat, so einen Aufwand für das Korallenbecken zu treiben. Es hat mehr gekostet als jedes andere Biotop an Bord, sogar mehr als das Terrarium im vordersten Reifen, obwohl das so enorme Heizkosten hat. Die Kaskadengefahr – dass der Ausfall einer einzigen Spezies das ganze Ökosystem tötet – ist bei den Korallen besonders hoch, man muss extrem viele Redundanzen einbauen, riesige Speicher an genetischem Material als Backup anlegen, und meine Regierung ... meine Partei hat immer wieder versucht, die Chefin einzuschüchtern, um sie zu Sparmaßnahmen an dieser Stelle zu überreden, aber so kompromissbereit und taktisch ... gewinkelt ... sie sonst ist, diesmal blieb sie eisern. Die Korallen, die Tintenfische, das musste sein. Oktopus. Hm.«

Andrej kratzt sich am Kinn, schiebt den Unterkiefer vor und brummt nachdenklich: »Stimmt, das Korallending ist ihr fast heilig, wir müssen auch immer ...«

»Protokolle schreiben und abspeichern, wenn wir da mal tauchen waren, ob uns was aufgefallen ist«, sagt Filipa. Andrej fällt ein: »Und wenn man nachfragt, sagt sie ... geheimnisvolle Sachen, Andeutungen wie: Wer die Erde im All verbreiten will, wer die Menschheit zu den Sternen mitnehmen will, der muss die Korallen mitnehmen, denn an allem, was wir bauen, haben die Korallen ihren Anteil.«

Aiguo nickt: »So geheimnisvoll ist das gar nicht. Es stimmt einfach wörtlich. Wir Menschen müssen bauen, wenn wir leben wollen, nicht? Wahrscheinlich gibt es seit der ersten Siedlungszeit unserer Spezies inzwischen weltweit kein Bauwerk, in dem nicht Kalkreste enthalten sind, die irgendwie, über ein paar tausend Ecken, letztlich von Korallen stammen. Es ist wie mit dem Sternenstaub, aus dem wir sind – alles, woraus

Menschen und sämtliche sonstigen Lebewesen gemacht sind, ist irgendwann mal im Innern eines Sterns gebacken worden.«

»Echt? Aus Korallen, alle Bausteine unserer ... Städte und ...« Filipa staunt.

»Nicht nur die«, sagt Andrej, »auch Berge, zum Beispiel die Kalkalpen, ungefähr sechshundert Kilometer Bergmassiv mitten in Europa, da findest du die tollsten Meeresfossilien, zum Beispiel bei Lech, in Österreich, das sogenannte Steinerne Meer, in zwei Kilometern Höhe, das sind Schätze, zweihundert Millionen Jahre alt ...«

»Berge und Städte, ermöglicht von diesen irren Tierchen«, sagt Filipa nachdenklich.

Aiguo beendet die Unterhaltung mit einem seiner üblichen strengen Gedanken über die Grenzen der Glücksmöglichkeiten: »Wären sie nicht da, wäre unsere Welt eine heiße Hölle. Sie binden so viel CO_2, das heißt, Kalk ist ein so wertvoller Speicher, dass die Klimasorgen der Gegenwart gegen das verblassen, wovor sie den Planeten bewahrt haben.«

»Auf die Korallen!«, sagt Andrej und hebt sein Glas Verdauungswodka, und Aiguo hebt seinen Becher ihm entgegen, so dass schließlich auch Filipa ihr Orangensaftglas nimmt und mit den andern anstößt, während sie einen eigenen Toast ausbringt: »Tauchen und Tanzen!«

Ohne dass dafür ein formeller Beschluss irgendeiner Borddemokratie, geschweige ein Befehl von Aiguo Sun nötig wäre, finden die »Musik-und-Vortrag-Double-Features« (Liz) bald darauf regelmäßig statt, etwa jede zweite Woche, am Abend vor der Disco, leider immer ohne Nena, die dafür in der Disco häufiger singt. Besonders beliebt und erfolgreich sind gerade die esoterischen Veranstaltungen – während sich für Beethoven und Mozart eher wenige interessieren, ist der Saal zum Bersten voll, nachdem Cordula einmal nur geheimnisvoll ankündigt: »Ich spiele euch was aus dem achtzehnten Jahrhundert.«

Sie spielt tatsächlich selbst, auf einem Keyboard, das mittels elektronischer Tricks genau wie ein Cembalo klingt, und die Darbietung dreier Suiten von »Monsieur Forqueray dem Jüngeren«, wie die Künstlerin bekanntgibt, ist nach dem anschließenden Bekenntnis der ersten Wortmeldung, wieder Liz, »one of the most stunning performances I have ever witnessed«.

Der zweitgrößte Erfolg, der Cordula Späth nach diesem Cembalokonzert glückt, ist keine Eigendarbietung, sondern eine »Konserve«, wie Filipa seit der ersten Talentprobe der Chefin für alles sagt, was jene nicht selbst spielt, nämlich eine Komplettabspielung von Héctor Parras projektiver Oper auf sieben Ebenen *Hypermusic Prologue*, einer ausgesuchten Seltsamkeit, »die besonders gut hierherpasst, auf die PODKAYNE FRIES, weil es sich um die Zusammenarbeit eines Kollegen von mir, Parra, mit einerseits einem bildenden Künstler handelt, Matthew Ritchie – das war der Urheber der Bilder, die ihr währenddessen auf der Leinwand gesehen habt –, dann dem Opernregisseur Paul Desveaux, der dafür gesorgt hat, dass das eine szenische Ordnung hat, eine Dramatik, auch wenn ihr jetzt keine Menschen singen gesehen habt, und schließlich noch eine Physikerin, Lisa Randall, von der das Libretto stammt, einerseits Liebesgeschichte, andererseits spekulatives Ideentheater übers Gravitationsgesetz, Quantenmechanik, die fundamentalen vier Kräfte ... vielleicht kannst du dazu nachher auch noch was beitragen, Aiguo ...«

Das tut der Kapitän gern, mit vorbereiteten Gleichungen und einer Stimme, die, wie schon bei seinen Unterrichtsstunden auf der Brücke, so angenehm ist, dass Liz in der Diskussion schließlich sagt: »Wie ich Aiguo zugehört habe, fiel mir auf, das ist ein wahnsinnig schöner Bass, das klingt so deep and calm and strong, dass wir unbedingt die Idee mit den Lesungen jetzt auch mal umsetzen sollten – ich könnte mir vorstellen ... to listen to literature in that voice, it would be quite an experience.«

Es braucht zwar noch etwas Überredungskunst, aber vier Wochen später ist es tatsächlich so weit, wieder im Kino, Aiguo am Mikrophon, jeder Platz ist besetzt, und der Text, mit dem die neue Veranstaltungsreihe beginnt, ist passenderweise Harry Martinsons *Aniara* in Herbert Sandbergs Übersetzung, älter als ein halbes Jahrhundert, älter als alle im Auditorium:

So ging es zu, als Sonne und Planeten
Das Gittertor aus lauterstem Kristall
Zufallen ließen und Aniara, Schiff und Menschen,
Vom Sonnenreich und seinen Gaben völlig trennten.

Dem Raume ausgeliefert, steif vor Schreck,
Verbreiteten die Sender unser Rufwort »Aniara«
Im Weltenraum, doch der blieb stumm und gläsern.

Die Diskussion danach ist kurz, die Stimmung still und nachdenklich. Beim nächsten Leseabend ist es Christian, der sich ans Pult stellt, eine Leihgabe der Brücke, mit einem Tablet, von dem er aus einem Buch abliest, das sein Vater geliebt hat, Olaf Stapledons *Die letzten und die ersten Menschen*, »deutsch von Kurt Spangenberg«, wie Christian nicht verschweigt – man ehrt auf der PODKAYNE FRIES die Irdischen, die das Erbe geschaffen, gemehrt und gepflegt haben:

200 Millionen Jahre nach dem Zusammenstoß der Sonne mit jener schwarzen Gaswolke existierten auf dem Festland am Pol unzählige Arten subhumaner Weidetiere mit langem schafsähnlichem Maul, ausgeprägten Mahlzähnen und einem Verdauungssystem, das dem der Wiederkäuer sehr ähnlich war. Unter ihnen fanden die subhumanen Fleischfresser ihre Nahrung. Einige hatten sich zu sehr schnellen Jägern, andere zu geschickten Schleichtieren, die im jähen Sprung ihre Beute erfassten, entwickelt. Da

> aber das Springen auf dem Neptun große Schwierigkeiten bereitete, waren jene katzenähnlichen Typen alle sehr klein und jagten deshalb meist die kaninchenähnlichen und rattenähnlichen Nachkommen des Menschen, fraßen das Aas größerer Säugetiere oder die eifrigen Würmer und Käfer. Würmer und Käfer hatten sich ursprünglich aus Ungeziefer entwickelt, das von der Venus unbeabsichtigt zum Neptun transportiert worden war. Von der alten Fauna der Venus war es nur dem Menschen selbst, einigen Insekten und anderen wirbellosen Tieren gelungen, auf dem Neptun Fuß zu fassen.

Die Debatte nach dieser Lesung wird eine der anregendsten für alle Beteiligten, keine Vollversammlung zwar, aber immerhin doch ein gutes Drittel der Menschen an Bord. Christian spricht über Literatur im Allgemeinen und über Science Fiction im Besonderen: »Es ist ein seltsamer biographischer Punkt bei mir, dass ich so vieles zum ersten Mal deutsch gelesen habe, was eigentlich auf Englisch geschrieben wurde, eine Art Gleichnis vielleicht auf meine komische Familiengeschichte insgesamt, ich hab mich ja sozusagen komplett selbst ins Deutsche übersetzt, samt Ortswechsel, als ich erst mal erfahren hatte, dass ich Millionenerbe bin und Sohn eines Deutschen. Ich hab ein ganz komisches Verhältnis zu meinem Erbe. Nur weil Cordula das immer so sagt, dieses Wort, Erbe, und damit ja die ganze Kultur meint …« Sirilko wirft ein: »Das ist ein Lenin'scher Gedanke, dass der Sozialismus das Erbe nicht mit Proletkult und Kulturrevolution zerschmettern soll, sondern aneignen …«

»Lass ihn reden und behalt die Parteihochschule für dich!«, schimpft Filipa dazwischen. Leute lachen, und Christian fährt fort: »Das heißt für mich, dass ich das hier an Bord, in den mehrsprachigen Archiven alles entdecke, auf Englisch, den Poul Anderson und den Stapledon und die Joanna Russ, was ich als alte Paperbacks bei meinem Vater in der Villa in langen Nächten auf Deutsch kennengelernt habe. Es gibt gar kein Erbe, wenn man das Alte daran nicht irgendwie in die Gegenwart übersetzt – aneignet, ja. Euer Lenin hat recht.«

Cordula reckt die linke Faust, worauf Sirilko nur lächelnd den Kopf schütteln kann.

So konzentriert die Edelkulturveranstaltungen sind, so ausgelassen feiert man bei den Tanzabenden und den Kinovorstellungen. Nach dem Tanz oder in dessen letzter Phase (also in den jeweils zwei bis drei Stunden, bevor ein neuer Tageszyklus beginnt und diejenigen, die durchgemacht haben, vor dem Wiedereinloggen an ihren Geräten jedes Mal eine halbe Stunde lang automatisierte Reflextests und Ähnliches über sich ergehen lassen müssen, damit sichergestellt ist, dass ihre Leistungsfähigkeit und ihr Urteilsvermögen nicht missionsgefährdend beeinträchtigt sind) stehlen sich immer wieder Pärchen und Paare, auch größere Gruppen, in die Kabinen. »Team-building«, sagt Filipa.

»Die allgemeine Erotisierung des Weltraumlebens« (Cordula) schreitet auch auf manchen wenig genutzten Null-g-Gängen im Eilschritt voran, weswegen Filipa eines Morgens, nachdem sie aus Meinhards Koje kommt, in einer dieser entlegeneren Röhren zunächst ein Liebesgetümmel vor sich zu haben glaubt, als ein zerknittertes weißes Herrenoberhemd aus einem Nebengang auf sie zuschwebt.

Filipa hält die Luft an, zieht sich mit beiden Armen eng an die Wandung und kraxelt geschickt auf den Durchgang zu, um hineinzulinsen.

Dort dreht sich sehr langsam nur ein einziger Leib in nassgeschwitztem weißem T-Shirt und hellroten Anzughosen, mit ausgestreckten Beinen, barfuß, die Arme und Hände verschränkt am Hinterkopf, die Augen fest geschlossen, träumend, Schläferin ohne Liegestatt.

Es ist die Chefin, die sich heute Nacht zu Chic, den Pointer Sisters und den Village People verausgabt hat wie lange nicht mehr. Jetzt regt und rührt sich Cordula Späth kein bisschen. Einen Augenblick lang denkt Filipa bestürzt, es könnte ihr was passiert sein, dann sieht sie, nur einen Meter von der reglosen Gestalt entfernt, minimale Hebungen und Senkungen der Brust. Sie atmet also und dreht sich, dreht sich langsam, so dass sie Filipa drei Minuten später den Rücken zukehrt, das muskulöse Kreuz, und Filipa denkt: Das da im Nacken, diese kleine schwarze Zeile, die Tätowierung, die man beim Sport und beim Kampftraining manchmal sieht, vielleicht kann ich das jetzt endlich mal lesen, wenn sie still genug hält und ich selber ganz, ganz leise bin.

Sie hangelt sich rüber in den Nebentunnel, schiebt sich vorsichtig näher und näher. Dann erkennt sie die vier Buchstaben, die sie während der exzessiven Nächte im U-Boot nie deutlich genug erkennen konnte, weil Cordula da entweder einen ihrer Hemdkragen als Sichtschutz drüber liegen hatte oder ihrer Schülerin nicht lange genug den Nacken zeigte:

K. I. S. S.

Steht da, mit jeweils einem Punkt hinter jedem Buchstaben, also nicht im Schriftzug der berühmten Hardrockgruppe, in streng serifenloser Typographie. K. I. S. S., denkt Filipa, was das wohl bedeutet, und will sich schon so vorsichtig und lautlos, wie sie sich der offensichtlich Schlafenden oder Meditierenden genähert hat, wieder zurückziehen, da hebt die andere plötzlich das rechte Bein, bis es zum Restleib orthogonal steht, tritt gegen die Wandung, wirbelt herum und packt Filipa mit beiden Händen an deren T-Shirt-Kragen. Cordula Späth bleckt die Zähne, die Augen weit offen, dann lacht sie und sagt völlig unaufgeregt und ganz leise: »Erwischt, Frechdachs.«

Filipa schluckt hart und sagt dann krächzend: »Ich … wollte bloß endlich mal dein Tattoo da lesen. Das im Nacken. Ist das wegen der geschminkten Band? Oder das Lied von Prince, oder was?« Cordula lässt sie los und seufzt: »Nur Popmusik im Kopf, die Kinder. Schlimm. Das ist mein Ziel, was da steht, Filipa. Der Kommunismus. Fischst du mir mal das Hemd weg da drüben? Danke!«

Sie lässt es sich reichen, trocknet sich damit das glänzende Gesicht ab und fährt fort: »Nur dafür mache ich den ganzen Scheiß, weißt du. Mit Hirn, Knochenbrechen, Organisieren, Forschung, Kunst und allem. Damit es mal so kommt, K. I. S. S.: Konstruktiv, irenisch, synthetisch und solidarisch.«

»Hä?«, artikuliert Filipa ein Verständnisproblem.

Cordula sagt: »Erstens, eine Gesellschaft, die aufbaut, statt kaputt zu machen, dann, zweitens, eine irenische Gesellschaft, also eine ohne Gewaltmaßnahmen zur Sicherstellung der sozialen Kohäsion, drittens, eine, die weiß, dass sie Widersprüche immer wieder zu neuen Synthesen führen muss und daraus dann neue Widersprüche werden, und, viertens, eine, die niemanden abhängt, im Stich lässt, verarscht, unterdrückt, ausbeutet. Guck nicht so. Hat mir auch nix gesagt, als ich so alt war wie du. Hast ja Zeit.«

Cordula knüllt ihr Hemd zusammen und steckt es hinten in den Hosenbund, macht auch Anstalten davonzuklettern – ergreift eine der Leitern, stellt die bloßen Füße drauf, da sagt Filipa etwas kleinlaut: »Ich dachte, es bedeutet wenigstens was mit sexy.«

Cordula lacht: »Das denkst du dir dann so! Und es stimmt sogar, in der Gesellschaft, die ich mir wünsche, ist auf jeden Fall mehr Platz für sexy.«

»Auf dem Schiff hier ist schon mehr Platz für sexy als auf der Erde, soweit ich die Erde kenne«, erwidert Filipa, »was hier nach den Partys abgeht, das hab ich noch nie erlebt.«

»Gib doch nicht so an«, Cordula schüttelt den Kopf, »als ob

du bei allem, was bei dir selber, wie du sagst, abgeht, überhaupt mitkriegst, was sonst abgeht – Sirilko und Kanbara zum Beispiel, das hast du bestimmt nicht gemerkt, diskret, wie die beiden sind.«

Filipa versteht natürlich, dass das ein Köder ist, der sie von der Spur ablenken soll, auf der sie gerade ist, denn was sie mit ihrer ganzen »sexy«-Idee eigentlich rauskriegen wollte, war, ob und gegebenenfalls mit wem Cordula Späth selbst was im Sexybereich anstellt, ob es eine Affäre gibt, was Flüchtiges oder Längeres, ein bisschen Eifersucht ist auch dabei. Denn obwohl die kleine Geschichte zwischen ihnen beiden schon in der chinesischen Wüste vorbei war, von ein, zwei Besuchen in Cordulas Suite im Turm und später auf dem Schiff mal abgesehen, war das eben nicht nur eine kleine, sondern für Filipa eben auch eine besondere und wichtige Geschichte.

Darüber will Cordula offensichtlich jetzt nicht reden, und was die Chefin nicht will, das kann man ihr weder abtrotzen noch einreden.

So beißt Filipa in den Köder: »Der kleine Japaner? Der Programmierer? Die sind doch mindestens zwanzig Jahre auseinander, altersmäßig …«

»Musst du grad sagen, mit deinen uralten Komponistinnen und kaum jüngeren Soldaten. Aber, ja, den meine ich – auch wenn er sich selbst nicht als Japaner sieht, sondern inzwischen als Chinesen. Die haben ihn im Internet beim Computerspielen entdeckt, ein Sensationstalent, eingeworben, und weil in seinem Fall der Umzug aus Kobe in den Beijinger Sozialismus einen enormen Statusgewinn und sogar eine Form von Luxus mit sich brachte, ist das einer der überzeugtesten Anhänger des … wie sagt der süße Xi Jinping immer so traditionell? Des Sozialismus chinesischer Prägung. Und Programmierer, na, hier auf dem Schiff ist der Kanbara das, was er in seinen Games immer nur virtuell war, ein Pilot, ach was, warum nicht ganz altmodisch: Der und die zwei Weiber aus Schanghai sind am ehesten das, was in alten Seeräubergeschichten ›Steuermann‹ heißt. Ein Steuermann und zwei Steuerweiber …«

»Steuerleute«, sagt Filipa, und dann: »Und der ist schwul, der japanische Steuerchinese?«

Cordula winkt ab: »Lass mich jetzt mal duschen, okay? Von mir aus ist er schwul, jedenfalls hat er was Diskretes mit unserm schönen schwarzen Londoner Russen.« Sie imitiert nicht unelegant damit Filipas Redeweise vom japanischen Steuerchinesen und schließt mit: »Soweit von euch jüngeren Menschen hier irgendwer überhaupt noch in so was reinpasst, schwul und lesbisch und queer und trans und begeistert von Gummimesserkämpfen mit Robotern. Ich weiß es doch wirklich nicht.«

Sie zieht sich schon zwei Sprossen vorwärts, da sagt Filipa: »Und genau so was glaube ich dir halt überhaupt nicht. Dass du irgendwas nicht weißt, was hier und auf der SMITH passiert. Ich glaube, du hast die Crew nächtelang zusammengestellt, mit so Listen und … Kombinatorik, wer passt, wer gefällt potentiell wem, wie werden sie zusammenarbeiten, was ist mit sexy und so weiter. Ich glaube, du hast dir bis ins Einzelne überlegt, wie das hier laufen wird, für die ganzen Jahre, die es dauert, bis wir die Burkhard eingeholt haben, inklusive Todesfälle, oder … warum gibt es die Pille, warum werden wir nicht alle, die Mädels, na ja, mit Spirale oder irgendwas … andere Sachen waren ja auch mehr oder weniger Zwang, die Tests und Impfungen, also erzähl mir nichts von Willensfreiheit. Die Pille, das heißt, wenn eine absetzt, gibt es hier unterwegs Kinder. Das ist bei dir alles da oben«, sie tippt sich an die linke Schläfe, »durchgerechnet worden, so gut kenne ich dich inzwischen, Cordula Späth. Ganz irenisch, of course.«

Das neuerlernte Wort nimmt sie wie eine Katze ihr kleines Beutetier zwischen die Zähne, und die Wendung »of course« hängt sie dran, weil sie unter dem Einfluss ihrer Freundin Liz inzwischen dazu neigt, englische Versatzstücke in ihre Sätze zu flechten. Cordula dreht sich noch einmal nach ihr um und sagt einfach: »Erwischt.«

Dann klettert sie davon, unbehelligt, undurchschaut.

Schon beim nächsten Kinoabend findet Filipa die Andeutungen der Chefin bestätigt: Kanbara sitzt bei Sirilko, aber es gibt keine sichtbaren Zärtlichkeiten, Zeichen der Zuneigung oder Ähnliches. Als Meinhard, der neben Filipa sitzt, sie halblaut fragt: »Was guckste denn immer da rüber? Stehst du jetzt auf alte Raumfahrtprofis aus der Sowjetunion?«, zischt Filipa: »Wenn du mich so ankäst, steh ich vor allem bald nicht mehr auf dich, Meini«, woraufhin Meinhard weitere Bemerkungen für sich behält und Filipa sich lieber wieder den Geschehnissen auf der Leinwand zuwendet, die in diesem Moment einen dramatischen Höhepunkt erreichen: Sandra Bullock als Astronautin Ryan Stone verliert gerade George Clooney als Matt Kowalski beim Überleben unter verschärften Bedingungen außerhalb der International Space Station – sie selbst ist in ein Kabel verstrickt, das sie an der Station festhält, Clooney aber treibt ins Nichts, und sie kommt davon, aber Aiguo Sun, drei Reihen vor Filipa und Meinhard, verliert die sonst so vorbildlich durchgehaltene Beherrschung und hebt die Arme wie ein über einer unlösbaren Aufgabe verzweifelter Mechaniker, der sein Werkzeug entnervt weggeschmissen hat, über den Kopf, wobei er ächzt: »Aufhören!«

Jetzt ruft ihm Sirilko etwas zu, das über dem losbrechenden Tumult kaum zu verstehen ist, woraufhin der Film unterbrochen wird – ein Standbild, das Licht geht an, und Cordula steht, in der Hand eine kleine Fernbedienung, von ihrem üblichen Platz in der ersten Reihe auf, den rechten Arm zum Signal »Ruhe, bitte« erhoben. Nach erfolgter Beruhigung, die etwa zwei Minuten braucht, bevor auch die letzten Pfiffe, Klatscher und Zwischenrufe abreißen, verbeugt sie sich, nicht zu tief, dann dreht sie sich in Richtung Aiguo Sun und sagt: »Passt dir was nicht an meinem Film, Kapitän?«

»Dein Film, soso«, blökt Meinhard dazwischen, und Filipa schmiegt sich enger an ihn, um ihm ins Ohr zu flüstern: »Sie steht auf Sandra Bullock, das meint sie. Deshalb hat sie den ausgesucht.«

Aiguo Sun murmelt Undeutliches. Cordula sagt für alle hörbar: »Nicht grummeln. Aufstehen und uns Dumme aufklären, bitte.«

Allgemeiner Applaus folgt, und Aiguo Sun steht, unter gespielten Mühen, wahrscheinlich aber in echter Verlegenheit, auf, räuspert sich, guckt sich um, empfängt den teils ironischen Jubel des Publikums und sagt dann, als sei ihm das wirklich sehr unangenehm: »So funktioniert das nicht. Die haben den Drehimpuls nicht verstanden. Die haben das ganze Inertialsystem nicht verstanden, die Trägheit, das, wovon der Film eigentlich handelt.«

»Der handelt von Sandra Bullock und dass man sie nicht kleinkriegt«, sagt Cordula, setzt aber hinzu: »Na gut, was denn?«

Aiguo Sun zuckt mit den Schultern und sagt deutlich, aber so, als wäre es ihm eigentlich nicht recht, dass er das wirklich aussprechen muss: »Kowalski und Stone sind relativ zur Station in Ruhe. Sie muss nur an ihm ziehen, er lässt ja los, damit sie nicht mitgerissen wird. Der Film tut so, als gäbe es irgendeine … Zauberkraft des Vakuums, die Leute wegreißt. Als wäre der Kosmos ein Abgrund, in den man fällt. Der Kosmos ist kein Abgrund, genauso wenig, wie er ein Zuhause ist oder sonst irgend… irgendetwas, das Menschen Gutes oder Böses will. Wir sind dem Kosmos egal, er hat ein paar Regeln. Wenn wir uns an die halten, geht's einigermaßen, und dann kommt irgendwann die Entropie, und wir sterben.«

Es ist still geworden im Saal, alle haben verstanden, wovon er eigentlich redet. Cordula lächelt: »Ja, so was Ähnliches hat F. Scott Fitzgerald auch mal gesagt, nicht von der astrophysikalischen, aber von der moralisch-ästhetischen Seite der

Sache her: Learn young about hard work and manners – and you'll be through the whole dirty mess and nicely dead again before you know it.«

Vereinzeltes, nicht ganz befreites Gelächter, und Meinhard Budde ruft dazwischen: »Das Universum kennt kein Mitleid, okay, geil, kann ich jetzt mal erfahren, wie das für Sandra Bullock weitergeht?«

Filipa kneift ihn, als er sich wieder zurücklehnt, dann zischt sie ihm ins Ohr: »Schleimer! Sandra Bullock!«

Cordula sagt: »Ja, das wollen wir eh alle, rauskriegen, was mit Sandra Bullock wird. Aber, Vorschlag: Das war ja jetzt gerade ein bisschen Machtmissbrauch von mir, weil ich das Kästchen habe und weil mich interessiert, was unser geschätzter Kapitän zu der Sache zu sagen hat. Also, wir sehen, es gibt nicht nur bei der Literatur Diskussionsbedarf und bei Kunstmusik, wie in unseren Lesungen und Vorträgen, schon gut, ich weiß, wer die immer schwänzt, ihr braucht gar nicht so zu gucken ... aber die Filme, ihr habt es gemerkt, ich suche immer gern Science Fiction aus, und bisher hat sich auch noch niemand beschwert, was übrigens an einer psychologischen Eigenheit des modernen Menschen liegt, wenn ich da mal kurz abschweifen darf.« Stöhnen und Pfiffe antworten ihr, aber sie fährt unbeirrt und in liebenswürdigstem Ton fort. »Es ist nämlich so, seit es Western-Heftromane gab, lasen das gerade auch echte Cowboys in Texas und Arkansas und was es da für gottverlassene Gegenden gibt, mit großer Begeisterung, und *The Godfather*, der Pate, gehörte zu den Lieblingsbüchern der Mafiosi in Amerika, als die Mafiosi in Amerika noch was taugten, also, die Eskapismustheorie der populären Literatur, die stimmt nur sehr eingeschränkt, dass die Leute von so Abenteuergeschichten vor allem aus ihrem komischen Angestelltendasein erlöst und entführt werden wollen in fremde Sphären et cetera ... in Wirklichkeit sind das einfach Angebote, sich so eine Identität zu basteln, und das braucht der Cowboy genauso gut wie der kleine Bankkassierer, für beide kann eine Cowboystory so Haltungen transportieren, der Bankangestellte muss vielleicht ein bisschen um die Ecke abstrahieren dabei ... aber die Tatsache, dass der Cowboy und der Verbrecher eben auch den Western und den Krimi lesen, die erinnert uns einfach daran, dass Kunst nicht Sachaussagen über die Welt mitteilt, sondern Haltungen, und nur weil man Haltungen immer zu irgendwelchen Sachverhalten einnimmt statt etwa zu gar nichts, sind dann eben auch immer Sachaussagen drin, über die Colts des Cowboys, den Ehrenkodex der Mafia oder, bei Bullock und Clooney hier, übers Drehmoment, und manchmal sind die Sachaussagen falsch, und dann fragt sich nur, sind sie auf eine Art falsch, die diese Mitteilung der Haltung erschwert oder beschädigt, oder ist es irrelevant. Darüber könnt ihr jetzt erstens mal schön nachdenken, während ich den Film gleich endlich weiterlaufen lasse, ob der Einwand unseres geschätzten Genossen Kapitän den Film wirklich als Film trifft, weil der zum Beispiel sagt, es ist eine richtige Haltung zum Universum, dessen Gesetze in Extremsituationen zu kennen und vernünftig anzuwenden. Dann wäre das sogar ein schwerwiegendes Argument gegen den Film, was Kapitän Sun sagt. Oder ist es nachrangig, ist es unwichtig – wie gesagt, erstens könnt ihr das jetzt mal begrübeln, und zweitens machen wir es in Zukunft so, nach dem Film ist zehn Minuten Pause, wer solche Sachen dann danach nicht mehr diskutieren will, kann gehen, aber wer reden will, dann reden wir noch ein Weilchen, Obergrenze eine Stunde, würde ich sagen.«

»Sounds good. Let's do that«, ruft Liz. Meinhard wiederholt: »Sandra Bullock!«, dann geht das Licht aus, und der Film läuft weiter.

Die neue Politik der Gespräche nach Filmen wird von da an gewissenhaft praktiziert. Die ersten Diskussionen heften sich vorhersehbarerweise an Fragen und Einwände der Art, zu der schon Aiguo Suns Unzufriedenheit mit *Gravity* gehört: Technisches, Faktisches, Naturgesetzliches – »Die Atmosphäre auf dem Mars ist viel zu dünn für so starke Stürme«, moniert der Kapitän bei *The Martian*, und Andrej Sirilko hat Vorbehalte gegen den Flug ins und durchs schwarze Loch in *Interstellar*, die freilich wieder der Kapitän ein wenig relativiert: »Du sagst das so, als wüssten wir, dass das nicht geht, weil die uns bekannten physikalischen Gesetze in so einer Singularität nicht mehr gelten, aber das ist ein logischer Fehler, strenggenommen: Nur weil Gesetze aufgehoben sind, die einen Vorgang sonst begleiten und stützen, heißt das nicht, dass der Vorgang nicht auch ohne diese Gesetze funktionieren kann. Wenn ich irgendwas zum Beispiel in einem Land verbiete, was aber ohnehin niemand jemals tut, und das soziale Leben funktioniert, weil das niemand tut, und würde schwer beschädigt, wenn das jemand täte, oder wenn es sogar viele täten – dann denken die Leute, die in diesem Land leben, vielleicht, wenn sie in ein anderes Land kommen, wo es dieses Verbot nicht gibt, dass dort das Chaos herrschen muss, weil sie Angst haben, dass jetzt alle diese eine Sache tun, die bei ihnen zu Hause verboten ist, aber auch in dem andern Land tut das niemand, weil es eben sowieso nie jemand tut.«

Sirilko ist nicht einverstanden: »Das ist ein Kategorienfehler, Aiguo. Naturgesetze sind was anderes als menschengemachte – die Naturgesetze sind nicht … es gibt keine, die so redundant sind wie in deinem Beispiel. Zu den Gesetzen, die im schwarzen Loch nicht gelten, gehört Räumliches und Zeitliches, ohne das ich mir Leben in der Tat nicht mal vorstellen kann, und ich vermute sehr, du kannst es auch nicht. Kann Leben auf einen unendlich kleinen Punkt zusammengedrückt werden und trotzdem weiterleben? Wenn ich dich auch nur ein bisschen zusammenquetsche, ist dein Leben zu Ende. Das meine ich.«

Aiguo nickt, denkt nach, sagt: »Ja, mein Beispiel war zu …

das war eine Metapher, das ist nicht gut. Aber was ich meine … ich weiß nicht …«

Cordula steigt ein: »Ich glaube, es geht ihm um das, was Mao gemeint hat, als er sagte: die Wahrheit in den Tatsachen suchen. Guter alter rationalistischer Empirismus. Induktion: Wenn ich keine Daten mehr habe, kann ich auch nix Verlässliches mehr sagen. Wir wissen es nicht, wir haben keine Daten übers schwarze Loch, wir wissen nur, mathematisch, in einer Singularität hören die Gesetze auf, die wir kennen, wir wissen also auch nicht, gelten dann andere, die zum Beispiel auf irgendeine für uns unvorstellbare Art eben ›nichtmathematisch‹ sind, oder gelten gar keine, und was heißt das, über einen Ort und ein System zu sagen, da gelten gar keine? Unsere Mathematik kann nur so gut sein wie unser Hirn, und das ist ein Evolutionsprodukt, das kann manches eben nicht denken, sowenig wie unser Auge manche Lichtfrequenzen sieht, unser Ohr manche Tonfrequenzen hört. Da brauchen wir Nachtsichtgeräte und spezielle Mikrophone, die das ausgleichen, und wenn wir was nicht denken können, brauchen wir halt Mathe oder Philosophie oder Kunst, die uns dazu verhelfen, das doch denken zu können, da müssen wir das Hirn umrüsten, wie wir die Brillen und Mikros nehmen, um die andern Organe um- und aufzurüsten. Ich glaube, was Aiguo meint, ist: Nur, weil du weißt, die dir bekannten Gesetze gelten da nicht, weißt du noch nicht, was da geht und was nicht geht, denn du hast nur einen Negativbefund, und aus einer Abwesenheit von Wissen kannst du nicht in derselben Weise weiteres Wissen ableiten, wie du aus Wissen, zum Beispiel aus empirisch gewonnenem, weiteres Wissen ableiten kannst. Also, der Film nimmt eine Wissenslücke und phantasiert da rein, und das darf er selbst vom rigidesten Hard-Science-Fiction-Standpunkt aus, weil das was anderes ist, als wenn er gegen ein vorhandenes Wissen einfach verstößt, sagen wir, über Drehimpuls bei Raumstationen oder über das Wetter und Nichtwetter auf dem Mars.«

Aiguo Sun schaut sie an, als wäre er eben aus tiefem Schlaf erwacht: »Das ist es genau, was ich sagen wollte.«

Sirilko zuckt mit den Schulter: »Wenn es das ist, was du sagen wolltest, hast du wahrscheinlich recht. Ich weiß nicht genug, um mir die Behauptung herausnehmen zu können, du hättest unrecht.«

»Ganz schön irenisch«, flüstert Filipa, tief in den Sitz gesunken, zu sich selbst, denn Meinhard ist schon abgehauen. Er mag die Diskussionen nicht.

So verpasst er auch die allmähliche Weiterentwicklung der, wie er spöttisch sagt, »Versuche, den Spaß am Film durch drangehängtes Gelaber zu zerstören«: Es geht immer weniger um Faktisches, immer mehr um Cordulas Frage nach »Haltungen«.

Pi von Darren Aronofsky erfährt entschiedene Ablehnung von den meisten, auch Cordula selbst gibt schließlich zu, dass sie den Film ausgesucht hat, »damit wir mal was ganz Schlimmes sehen. Den ganzen Zahlenquatsch hätte dieser Film gar nicht gebraucht, von der Haltung her, die er mitteilt, nämlich: Die Welt ist ein Irrenhaus, und man kann sie nicht verstehen, und wer's versucht, wird noch irrer, und: Ist das nicht faszinierend? – also, diese komplett bescheuerte Haltung hätte er auch mit einem Monster unterm Bett mitteilen können. Aber dann wäre es nicht so bösartig gewesen, und das geht ja nicht.«

Bei *Upstream Color* von Shane Carruth braucht man gemeinsam fast zwei Stunden, um schließlich zum von Filipa ausgesprochenen Ergebnis zu gelangen, »dass das Tolle, tut mir leid für uns Vernunftleute und Argumentierfreaks, an diesem Film ist, dass man es wirklich gar nicht kürzer zusammenfassen kann, was das Tolle an dem Film ist, als eben so, dass man den ganzen Film erzählen würde. Wir müssen, glaube ich, echt kapitulieren hier.«

Gerade weil die anderen, es sind an diesem Abend nur acht, ihr da recht geben und die Diskussion also zu keinem anderen Ergebnis kommt als zu dem, dass es manchmal eben kein Ergebnis gibt und man ein Kunsterlebnis unerklärt ins übrige Leben mitnehmen muss, bleibt Filipa diese spezielle Debatte als besonders beeindruckend im Gedächtnis, was sie sogar Meinhard erzählt: »Da hättest du echt dabei sein sollen, das hätte dir gezeigt, dass es nicht darum geht, den Spaß am Film zu zerstören, sondern im Gegenteil der Spaß irgendwie manchmal durch drangehängtes Gelaber gerade noch größer wird.«

Seine Reaktion, so unter vier Augen auf dem breiten Bett in seinem Zimmer, überrascht sie – ruhig, nachdenklich, freundlich, während ihr Kopf auf seiner Brust liegt und er mit den Fingern in ihrem Haar spielt: »Ist ja gar nicht so, dass ich das nicht wüsste, dass dieses Diskutieren gut für den Kopf ist und ... für die Gruppe hier und alles. Aber ich ... weißt du, ich war immer scheiße im Aufsatz und in Gemeinschaftskunde und Religion und so was. Ich hab das nie hingekriegt, meine Gedanken so ... diese Spielchen, wer macht den längsten Satz und die meisten Drehungen im ... du weißt schon. Ich hab immer das Gefühl, ich bin da schlecht, und das macht mich aggressiv, wenn ich was nicht kann, deswegen bin ich ja Soldat geworden, weil, Soldat kann ich.«

Sie sagt: »Mach dir keinen Kopf. Wenn du doch mal Lust hast zu kommen und mitzureden, glaube ich, dass mir das sogar gefällt, wenn da mal einer mitredet, der die Spielchen nicht spielt, den längsten Satz und so. Ich glaube, mir würde das gefallen, wenn du mal sagst, was bei dir so im Kopf passiert. Wenn du dich mal mit Leuten über was streitest.«

Drei Tage später geht ihr Wunsch in Erfüllung, aber auf eine Art, die ihr den Gedanken eingibt, sie würde den Wunsch lieber wieder zurücknehmen. Es passiert beim Essen im kleinen Kreis, von Cordula in der ansonsten leeren Kantine versammelt, nur ihre ursprüngliche Crew, ohne Max allerdings: Aiguo, Andrej, Liz, Christian, Meinhard und Filipa. Liz und die Chefin persönlich haben gekocht, es gibt »spanische Häppchen«, wie Cordula die Tapas in absichtlich geziertem Deutsch nennt, also Minipaprika mit Hähnchen-Dattel-Füllung (Geflügel gehört zu den wenigen Sorten tierischen Proteins, die auf der FRIES nicht in Aquarien gezüchtet werden, ansonsten gibt es fast nur Meerestiere, überhaupt keine Kühe, ein paar Hasen noch, und Ziegen, auch für Milch), von Liz und Filipa zubereitete Gewürztomaten in Essig-Karamell-Sud, Garnelen-Pinchos im Kartoffelmantel mit Zitronen-Aioli und dergleichen »Essen für Hitzetage« mehr, das Cordula sich hat einfallen lassen, weil die Temperatur an Bord infolge diverser Testläufe für umfangreiche wissenschaftliche und sonstige Arbeiten tatsächlich im Moment relativ hoch ist, was Aiguo und Cordula kurzerhand zum »Sommer« erklärt haben, inklusive längerer Tages- und kürzerer Nachtschichten.

»Ich dachte mir, wäre doch nett, mal wieder zusammenzusitzen, das alte Wüstenteam«, sagt Cordula am Anfang, es gibt keine Agenda, was Filipa und Christian zuerst vermutet hatten. Man redet daher zwanglos, die meisten sprechen von ihren Lieblingsthemen, Cordula also von Musik und Film, Liz von ihren Vorbereitungen für eine Art Wiedervereinigungsfest bei der bevorstehenden Kombidock-Synthese von FRIES und SMITH zur dann vollendeten ROBERT A. HEINLEIN, Andrej von seinen neuesten astrophysikalischen Einsichten und Teleskopieexperimenten, Christian von Ergebnissen beim Entschlüsseln der Sendbotschaft der EOLOMEA: »Wenn ich, wie hier, einen großen Teil des Volabulars tatsächlich kenne oder erkenne und sich allenfalls die Sprachen ein bisschen mischen, aber die Syntax ist seltsam, die Grammatik, und Konjugationen und Deklinationen machen nicht, was sie sollen, und Sonderzeichen reißen Löcher rein, dann ist das erst mal wie eine Art Anagramm in größer, nur dass ich beim Anagramm keine Möglichkeit habe, eine präferierte Reihenfolge der Zeichen rauszufinden, es ist einfach eine Menge von Buchstaben, aber bei der Syntax kann ich das draus machen, was in der

Mengenlehre eine punktierte Menge heißt, ich kann einen bevorzugten Punkt suchen und finden, ein bevorzugtes, vor den anderen ausgezeichnetes Element in der Menge, das wäre nach der Dependenzgrammatik nämlich das Verb, und als mir dann klarwurde, diese Sonderzeichen stehen für ganz bestimmte Hilfsverben, war ich schon sehr nah dran, und jetzt zeigt sich, es ist halt wirklich eine Art Geschichte, die da erzählt wird, ich weiß nur noch nicht so ganz hundertprozentig, was für eine Geschichte, aber das Bizarre ist, sie hat offenbar mit Mode zu tun, mit Kleidung ...«

»Wieso ist das bizarr, Kleidung ist doch wichtig, the hardest thing around here ... you can't get new clothes!«, findet Liz. Dann spricht Filipa von der nächsten Disco und endlich Aiguo Sun von seiner tiefen Zufriedenheit mit dem anhaltend reibungslosen Ablauf der Mission insgesamt: »Ich habe schon mit Japanern gearbeitet, bei unseren Satelliten, sie mieten manchmal welche. Und ich habe mit Amerikanern zusammengearbeitet, ebenfalls offiziell, und mit Russen, das dann allerdings inoffiziell. Aber die angenehmste bilaterale Zusammenarbeit, die ich je erlebt habe, ist diese hier, mit den Deutschen, was mich besonders freut, weil ich schon in jungen Jahren Deutsch gelernt habe, weshalb ich auch ein alter Bewunderer deutschen Wissens, deutscher Technik, deutscher Kultur bin.«

»Mpffhmamm«, macht Meinhard, eine Tomate noch in der rechten Backe, die er verschluckt, um dann ein säuerliches Gesicht zu ziehen. Aiguo trinkt Wasser, aber Cordula hat den unartikulierten Kommentar bemerkt und schaut Meinhard aufmerksam, abwartend, interessiert, aber ansonsten unlesbar an. Es scheint, als warte sie darauf, dass er etwas deutlicher wird, aber er schweigt, erwidert den Blick nur ebenso ruhig. Filipa bemerkt als einzige andere Person am großen runden Tisch, dass sich hier etwas Unerfreuliches ankündigt, und hofft einen Augenblick lang, es lasse sich vielleicht noch vermeiden, aber da sagt Cordula: »Du wolltest was sagen, Meini?«

Der Angesprochene grinst ein bisschen schief und wiegelt ab: »Ach, lass. Is nich wichtig.«

Liz meint es als Scherz, als sie sagt: »Vielleicht findet der Deutsche hier die Zusammenarbeit gar nicht so schön.« Erst als Filipas warnender Blick sie trifft, wird ihr klar, dass das die Wahrheit sein könnte, und sie setzt entschuldigend hinzu: »Just saying. Never mind.«

Cordula schaut Meinhard jetzt neugierig an, als wäre ihr etwas an ihm aufgefallen, das sie noch nie gesehen hat, weder bei ihm noch bei sonst einem Menschen, und sie sagt: »Sag's halt, kann ja nicht schlimm sein.«

»Nö, wisst ihr«, erwidert er aufreizend langsam, »ich bin da nicht der Richtige. Ich trage ja nichts bei hier zu Wissenschaft und Technik und den Sachen, von denen der Kapitän so viel versteht.«

»Wenn du was zu sagen hast, was stimmt, dann bist du auch der Richtige«, sagt Cordula, »und wenn du was zu sagen hast, das nicht stimmt, dann fragt sich doch, wieso machst du ein Gesicht, als hättest du was zu sagen, das stimmt?«

Dabei lächelt sie, aber allen am Tisch wird bewusst, dass sich hier demnächst eine Spannung entlädt, die sich über längere Zeit aufgebaut haben muss. Meinhard sieht ein, dass ihm nur noch die Flucht nach vorn bleibt: »Okay, ernsthaft ... wir sind unter uns, nicht? Ich sehe die chinesischen Technikleute hier am Tisch nicht, und auch nicht unsere deutschen, die Mirjam und den Oswald und den Georg ... ich weiß nicht, ob sie mir das übelnehmen würden, dass ich jetzt hier ... dass ich mir praktisch ein bisschen anmaße, für sie zu sprechen, wo sie doch vielleicht gar nicht denken, was ich denke. Und ich weiß nicht, ob ich die Chinesen nicht beleidige, wenn ich sage, dass das so ganz sauber und freundlich und gleich zu gleich nicht ist hier. Ich will auch dich auf keinen Fall beleidigen, Käpt'n, aber zufällig hab ich ein paar Freunde in der Autoindustrie und auch ... ich kenn so einige Tech-Leute in Deutschland, es sind auch welche bei mir auf der Bundeswehrschule gewesen, dann haben die sich selbständig gemacht, und China … also, ihr seid alle sehr nett«, er nickt in Richtung Aiguo, »aber das Ganze ist halt auf der Erde auch ein Riesentechnologietransfer gewesen. Ich meine, Deutschland zahlt einen hohen Preis für solche Kollaborationen. Ich habe mich meinem Land verpflichtet, Verteidigung, altmodisch, klar, aber ich meine das ernst. Wenn man wo hinfährt, wo man töten muss und sterben kann, da macht man keine Lippenbekenntnisse, das muss man mit sich selber klar haben. Und China … Vor fünfzehn Jahren gab's bei meinen Leuten noch eine gewaltige Euphorie, aber dann hat sich rausgestellt, die Chinesen spielen nicht fair. Die schöpfen einfach ab bei uns – das Wissen –, es gibt so eine Joint-Venture-Pflicht, Ausländer können ihr Geld hinbringen, aber bei jeder Firma, die in China, auch als Ableger von einer ausländischen Firma, gegründet wird, sind per Gesetz 51 Prozent in chinesischer Hand, und die lernen dann schön die Betriebsgeheimnisse, und die Deutschen, zum Beispiel, zahlen noch dafür, dass sie überflüssig werden, und die Chinesen scheiden dann aus und gründen ihre eigenen Firmen oder treten in chinesische Firmen ein. Bei Autos isses jetzt so, schon jedes zweite in China verkaufte Auto kommt von einem chinesischen Hersteller, das ist so frech, und die Konkurrenzlage ist halt komplett protektionistisch durchlöchert, da gibt es dann so ein Punktesystem bei Ausschreibungen, da bist du auf einmal wieder Neueinsteiger mit null Punkten, selbst wenn du seit den Siebzigern, seit den seligen Reformzeiten von Deng Xiaoping, den Chinesen geholfen hast, das ist egal, du hast null Punkte, und die drei Jahre alte chinesische Mitbieterfirma hat gleich zehn, oder jemand verkauft Hugo-Boss-Anzüge, also gleiche Machart, aber nicht von Boss, und Boss beschwert sich, und die Chinesen sagen, kannst ja bei dem, der dich gelinkt hat, die Rechte kaufen, also an deinem eigenen Produkt. Bevor du mich nach China mitgenommen hast«, er schaut Cordula an, deren Gesichtsausdruck immer noch nicht verrät, was sie denkt, »hab ich mich ein bisschen schlaugemacht, einfach aus Interesse, und es gibt jetzt offenbar so einen richtigen Riesenplan der chinesischen Regierung, ›Made in China 2025‹ heißt das, die wollen in den nächsten Jahren, über 200 Milliarden Euro ausgeben für Robotik, Nachhaltigkeit, Biotech, das ist die große Plattmache, und du, Cordula, hast ihnen das alles geliefert, die Maschinen hier und … alles eben. Auf Kosten von Deutschland und mit dem Versprechen, nehme ich an, dass es dafür dann einen Anteil an dem gibt, für uns, was wir da rausfinden, im Asteroidendingens und unterwegs zum Neptun. Selbst wenn das stimmt: Wir kriegen was, was die Chinesen auch kriegen, aber wir geben dafür was her, was sie vorher nicht hatten.«

»Wie meinst du das«, fragt in die unbehagliche Stille nach diesem Monolog Andrej Sirilko, »du hast dich ein bisschen schlaugemacht? War das eine Privatinitiative, oder hat dir vielleicht ein Vorgesetzter in deiner Bundeswehr …«

»Ja klar, der Kommunist sieht überall Spionage«, sagt Meinhard, und Aiguo Sun versucht, die Situation zu entschärfen: »Freunde, wir können …«

»Ach was, Freunde«, sagt Meinhard, »dieses ganze Freundschaftsgetue und Liebgehabe, die Kulturabende und, sorry, Filipa, auch die Disco, echt, was ist das denn hier für euch? Nena? Eine Raumfahrt, die ist lustig, oder was? Ihr tut einerseits so, als wäre das ein Trip, ein Vergnügen, und andererseits habt ihr total vergessen, wer ihr auf der Erde seid, wie es auf der Erde ist, was es da für Politik gibt, wer gegen wen und so weiter, als wären wir hier die Multikultimannschaft von der *Enterprise* … aber es ist ein militärischer Einsatz, unter anderem, von Chinesen und der Bundesrepublik gegen das letzte bisschen, was von der Sowjetunion und der DDR noch übrig ist, gegen Leute, die verrückt genug waren, für ihren Kommunismus die Erde zu verlassen, also Leute, die sich wohl doch eher nicht kampflos ergeben werden, wenn man bedenkt, welche Strapazen die schon hinter sich haben. Und diesen Einsatz fliegen die treuherzigen Deutschen zusammen mit den Chinesen, die sich immerhin ja auch noch Kommunisten oder Sozialisten nennen oder so was. Und das soll gutgehen, ohne Probleme, und alles ist lieb und nett? Nee, mich kotzt das manchmal an«, er schiebt seinen Teller weg, »diese Naivität hier. Echt. Nee, Filipa, lass, musst mich jetzt nicht festhalten, und komm bitte auch nicht mit. Entschuldigt schon den Ausbruch«, er steht auf, »aber irgendwer musste das mal sagen, dass das hier nicht einfach ein geiles Abenteuer ist. Ich beruhig mich wieder, und falls sich jemand persönlich angemacht fühlt, Aiguo, Cordula, Andrej, es war nicht meine Absicht … ich bin nur … ja, ich geh mal joggen oder was.«

Er verlässt den Tisch und die Kantine.

Liz spricht aus, was fast alle denken, die zurückbleiben: »Ich hoffe doch sehr, dass er unrecht hat. Ich hoffe es für uns, und ich hoffe es noch mehr für … for those soldiers over on SMITH. And …« Sie macht eine kleine Pause und sagt, sehr leise: »… for Max, whatever he may be doing right now.«

5 | Kaltes Feuer

Max vermeidet den Tiefschlaf ganz.

Die Reise ist zu interessant. Der deutsche Offizier und Missionsleiter, der für die Entscheidung zuständig ist, was mit dem nicht ganz blinden, aber auch nicht ganz regulären Passagier geschehen soll – er heißt Richter und nennt Max »meinen blinzelnden Passagier« –, gewährt ihm die Bitte: »Zwanzig von meinem Kontingent hier werden auch die ganze Reise bis zum Asteroidengürtel wach sein. Also warum nicht du? Zumal ich stark vermute, dass Meinhard Budde, der ja aufgrund seiner … speziellen Mission nicht meinem Befehl untersteht, ganz dasselbe verlangt hätte. Und dem hätte ich es auch nicht abschlagen können. Außerdem spart's Strom.«

Während der ersten paar Tage, als man die Erde durch die großen und kleinen Fenster des schmucklosen Kastens noch recht deutlich sieht, hängt Max häufig an einem dieser »Bullaugen«, wie die deutschen Soldaten gern sagen, die überhaupt sehr zu maritimen und nautischen Vokabeln neigen, wohl auch, weil einige von ihnen tatsächlich aus der Marine stammen. Richter spricht dieses »Gaffen nach der Murmel«, wie er es nennt, schließlich in der »Gymnastiktrommel« an, wo täglich und zum Leidwesen des blinzelnden Passagiers mehrere Stunden lang dem Verfall der Muskeln entgegengewirkt werden soll: »Ihr klebt mir ein bisschen zu sehr an der Scheibe, Kinder. That goes for you, too, Mister America. Ihr müsst euch das abgewöhnen, wir sind hier in einer völlig neuen Situation. Wir sind im Weltraum, und zwar im chinesischen Weltraum: Yuzhoukongjian, das ist Weltraum auf Chinesisch, merkt euch das. Wohin wollen wir? Haiwangxing, das ist Neptun auf Chinesisch. Merkt euch auch das. Oder merkt es euch nicht. Die können alle Deutsch hier. Besser als ihr. Kein deutscher Soldat, und weil ja alles schön gegendert werden muss nach dem allmächtigen Willen aus Berlin: Keine deutsche Soldatin hat je unter Bedingungen gelebt und gedient wie hier, und wir werden aus diesen Bedingungen heraus auch ins Gefecht geschickt, Kameraden. Wehe, wenn jetzt einer Kameradinnen sagt – ja, du, Frau Kirsch, dich meine ich –, und denkt ja nicht, dieser Wahnsinn, dass sich hier und auf der … PODKAYNE FRIES alle duzen sollen, hindert mich daran, euch klarzumachen, wer der Obergorilla ist und wer die arme Sau. Ich will, dass ihr ernst nehmt, was die drüben auf ihrem Luxusliner ignorieren. Wir haben hier nur einen Reifen, nicht vier wie die Verwöhnten, aber wie haben sechsmal so viele Leute an Bord. Geschlafen wird bei mir nicht mit Schwerkraft, der Reifen ist zum Arbeiten da. Übungen gibt es da auch keine, die finden hier in der Trommel statt, auch Gefechtsübungen, auch Messertraining. Die auf ihrer FRIES haben einen Bauernhof, sie haben ein Schwimmbad und Räume für Gesellschaftsspiele, Fangen und Verstecken. Da das meiste auf dem Ding unsere chinesischen Freunde bezahlt haben, mit Yingbi, das heißt Münze, und Zhibi, das heißt Geldschein, und Huobi heißt Geld – also, weil die das da drüben geblecht haben, während dieser Kasten hier zu siebzig Prozent Eigentum der Bundesrepublik Deutschland ist, will ich mal nicht meckern, außerdem bin ich ganz froh, dass ich die bekloppten Zivilisten ein paar Jahre nicht sehen muss. Aber wir haben hier andere Sitten als die da drüben – ihr wisst vielleicht, dass die Frau Späth schon auf der Basis in der Wüste immer im Schlafanzug rumgerannt ist. Bei mir wird Raumanzug getragen, Taikongfu, und zwar von allen Taikonauten und Taikonautinnen, denn der Raumanzug muss euch zur zweiten Haut werden, den müsst ihr kennen, als wäre er angewachsen, deswegen haben wir auch einen besseren als die Zivilisten. In dem werdet ihr kämpfen müssen, even Mister Evans, und in dem werdet ihr überleben oder sterben. Zum Schlafen könnt ihr ihn ausziehen und wenn ihr strampelt. Nach ein paar Jahren wird er vielleicht schlecht riechen, aber dann habt ihr ihn eben auch schlecht gepflegt und verdient nichts Besseres. Ende der Durchsage, weitermachen.«

Der Raumanzug fürs Militär, auch für die Chinesen, die im hinteren Teil der keilförmigen VALENTINE MICHAEL SMITH zu Hause sind und ein weitgehend von dem der deutschen separiertes Leben an Bord führen, wie Max im Laufe der ersten Monate lernt, ist tatsächlich ein anderer als derjenige, den man den »passengers« (wie Max das bei sich nennt, im Gegensatz zu »real astronauts«) auf der FRIES gegeben hat: Der SMITH-Anzug ist erstens blau statt rot und weiß, zweitens hat er einen, abgesehen von der Polykarbonat-Sichtplatte, weichen, also eher kapuzenförmigen Synthetikhelm, was Gewicht (genauer, mit Richter: »Masse, nicht Gewicht. Merkt euch das, Masse. Wir sind in Nullschwerkraft, ihr Deppen«) spart, leichtere Lagerung ermöglicht und auch auf Teile verzichtet, die den Kopf verletzen könnten. Die Gelenke sind ebenfalls sparsam, teils bloße Metallringe mit Verschiebeschienen, was große Beweglichkeit mit sich bringt und überhaupt erst möglich macht, dass Richters Befehl, außerhalb der Schlafens- und Übungszeiten so gut wie ständig in dieser Montur herumzuschweben, für seine Truppe nicht zur Qual wird, auch wenn der Anzug mehrere Textilschichten hat, von denen man beim Leben an Bord einige herausziehen kann, was den Anzug zwar nicht vollständig atmungsaktiv macht, aber doch »keine Schweißfalle, das freut uns sicher alle« (Richter).

Das Erstaunlichste sind für Max die Handschuhe, blau mit schwarzem Handrücken, ohne bewegliche Teile, mit denen man sogar Eingaben auf Touchscreens mit ziemlich kleinen Tastflächen hinkriegt: »They're just like the ones I've had when I was on my motorcycle, ages ago. Es ist … astonishing.«

»Sag doch einfach: geil. Die sind geil, die Handschuhe«, bringt ihm ein deutscher Spezialkräftekommandosoldat namens Robin Hoyer ein wichtiges neues Wort bei, dann geben sie einander »high five«, was in diesen Handschuhen fast so schön klatscht wie mit nackten Händen. »Du kannst mit den Dingern sogar ein Streichholz halten, ohne dass es dir die Fingerkuppen anbrutzelt«, das zeigt ihm Richter einmal bei einem Besuch des Amerikaners in der Kabine des Chefs, der ihn regelmäßig zu sich kommen lässt, um zu überprüfen, ob er sich gut einfügt.

Das mit der Flamme ist eines der vielen kleinen Experimente, mit denen Richter Einzelnen wie der ganzen Truppe immer wieder veranschaulicht, dass hier draußen andere Gesetze gelten: Die Flamme hat die Form einer Kugel, nicht eines Tropfens wie daheim, und verlischt sehr schnell – »Weißt du, woran das liegt?«, fragt er seinen Gast. Max gibt zu, dass er es nicht weiß: »I have no idea.«

Der Deutsche guckt streng und sagt: »Deutsch, bitte. Ich will, dass du hier anfängst, deutsch zu denken, deutsch zu träumen – nicht aus irgendeinem lächerlichen Nationalismus, sondern, pass auf: Es kann hier auch lange vor dem Gefecht zu lebensgefährlichen Situationen kommen, das Ganze ist kein Spaß – ich habe manchmal Angst um die braven Leutchen drüben in der SMITH, dass die das nicht begreifen, und bin ehrlich gesagt froh, dass der Meinhard Budde dabei ist, das ist ein Knochen, der wird sie bei Bedarf schon dran erinnern. Aber sind wir mal realistisch: Chinesisch wirst du nicht lernen – ich kann's, aber die meisten im deutschen Kontingent hier können es nicht, die reden deutsch, und dein Leben kann im Krisenfall, wenn was schiefgeht oder wenn es zu einem Kampf kommt mit den Marsmenschen, davon abhängen, dass du meine Befehle, oder die Befehle von irgendeinem Soldaten hier, verstehen und befolgen kannst, verstehst du? Na siehste. So, und jetzt noch mal: Weißt du, warum die Flamme hier anders aussieht als daheim?«

Max sagt: »Nein. Ich weiß es nicht, und … es … es ärgert mich fast ein wenig. My wife … meine Frau Liz, die weiß so was. Ich weiß viele Dinge, Materialwissenschaften zum Beispiel … wie du wahrscheinlich schon gehört hast.«

»Ja, meine Techniker sagen mir, du hilfst oft. Hast Talent für Ingenieursgeschichten, kannst gut rechnen und so. Also, diese Kugelflamme, das liegt daran – Licht, Hitze, Kohlendioxid, bisschen Dampf: Die Verbrennungsprodukte dehnen sich auf der Erde aus, dann steigen sie auf, weil Leichteres steigt – Schwerkraft.«

»Which means …«, sagt Max und berichtigt sich sofort: »Was bedeutet, frische Luft kommt dann zur Flamme und ernährt … ernährt das Verbrennung weiter.«

»Man sagt nährt, nicht ernährt, und es ist die Verbrennung,

nicht das Verbrennung, aber sonst stimmt's – die Schwerkraft fehlt, von der die Dichtedifferenz kommt, also weder Auftrieb noch Konvektion, deshalb geht's aus. Es gibt einen Haufen Versuche, die man machen kann, die noch andere interessante Eigenschaften von allerlei chemischen Prozessen in Nullschwerkraft demonstrieren. Lass dir das von Renate mal im sicheren Raum zeigen – es gibt irre Effekte, wie so ein Feuer an Papier dann einerseits ausgeht, das heißt die Flamme, aber sich dann so am Papier lang trotzdem weiterfrisst, kaltes Feuer sozusagen. Na gut, hau ab für heute. Halt, eine Sache noch.«

Max ist schon auf halbem Weg zur Luke, hält sich jetzt aber an einer Eisenstrebe fest, dreht sich um und schaut den Offizier fragend an, der sagt: »Deine Frau schläft jetzt, richtig? Die meisten drüben auf der FRIES schlafen die ersten paar Wochen und Monate, viele auch die ersten zwei Jahre, nicht?« Max nickt, er weiß nicht genau, worauf diese Fragen hinauswollen. Der Offizier ist kein umständlicher Mensch: »Ich nehme an, wenn sie aufwacht, werdet ihr die Möglichkeit nutzen zu reden? Kommunizieren?«

»Ja, we plan to. Wir … wollen das.«

»Gut. Prima. Folgendes, es ist ein bisschen heikel, aber nichts Verbotenes, und du und ich, wir werden einander ja vertrauen müssen, wenn wir das hier heil überstehen wollen.«

Wieder nickt Max, und Richter sagt: »Schön, jetzt ist es aber so: Nicht alle, die mit dieser Sache hier was zu tun haben, nicht mal alle, die sie leiten, sind so vernünftig, zu kapieren, dass freier Informationsfluss unter den gegebenen Bedingungen lebensnotwendig ist. Es gibt ein paar Geheimniskrämer. Die oberste Geheimniskrämerin ist diese Frau Späth, da sind wir uns wohl einig. Du hast mir erzählt, wie sie mit deiner Frau hinter deinem Rücken schon 'ne Weile geredet hat, du wusstest gar nichts davon – bevor sie euch dann aus eurer Klemme geholt hat. Ich mag es nicht im Dunkeln. Und von dem her, was du so erzählt hast darüber, wie diese Rettung durch Frau Späth auf dich gewirkt hat, magst du das Dunkel auch nicht besonders. Hier gibt's wirklich genug Dunkel.« Er deutet mit einer knappen Kopfbewegung Richtung Außenwand des Schiffes.

Max wartet ab, was Richter noch zu sagen hat, welche Bitte er eigentlich genau an den blinzelnden Passagier richten will. Der Offizier sagt: »Ich würde mir also wünschen, dass du, wenn du mit deiner Frau redest, und es betrifft die Mission, mich manchmal, und ganz nach deinem eigenen Ermessen, und natürlich nicht bei persönlichen Sachen, dann unterrichtest, was sie so mitkriegt, besonders über Frau Späth, ihren Führungsstil, die Art, wie diese Gemeinschaft drüben funktioniert. Meinst du, das könntest du machen?«

»I don't see why not … Verzeihung. Ja, das kann ich tun. Das heißt, so allgemein …«

»Ich kann es ja auch mit konkreten Fragen machen, dann kannst du jeweils entscheiden, ob du die beantworten willst. Ich gebe dir mein Wort: Wenn du das mal nicht willst, entstehen dir daraus auf diesem Schiff, soweit ich das zu entscheiden habe, niemals irgendwelche Nachteile.«

Er streckt ihm die Rechte entgegen, Max ergreift sie, schüttelt sie, lässt sie los.

Die erste Zeit über, etwa zwei, drei Monate, sehnt er sich stärker nach Liz, als er selbst erwartet hätte. Er vertraut sich einem Nachrichtentechniker der Bundeswehr namens Hermann Ley an, mit dem er bei gemeinsamen Arbeiten an radioastronomischen Geräten so etwas wie eine Kameradenfreundschaft geschlossen hat.

Leys Rat rettet ihm für den Rest der langen Wartezeit auf die erneute, wenigstens fernmündliche Kontaktaufnahme mit Liz die geistige Gesundheit: »Du musst arbeiten, Junge. Du musst abends so müde sein, dass du nicht mal mehr merkst, dass man sich hier zum Schlafen anschnallt – das machst du irgendwann automatisch, fertig. Nicht denken, sondern Sport, lernen, Arbeit.«

Max, der schon zu Highschoolzeiten sportlich war, fällt rasch in den nötigen Rhythmus, auch dank Richter, der ihn zunächst dem Aquarium zuteilt, weil er das für ein reines Arbeitsbeschaffungsprojekt hält und den Gebrauch des hyperflexiblen Raumanzugs als Tauchanzug für »im Grunde Zweckentfremdung und genau die Sorte Quatsch, die eigentlich besser auf die FRIES passt als zu uns. Nur ein kleiner, nur der kleinste Teil der Ernährung der Truppe hier wird unterwegs von diesen Scheißalgen und den paar Barschen oder Seepferdchen kommen, aber wenn's euch Spaß macht – das ist wieder so ein deutsches Ding von Robert und Maria aus der Technik, die würden am liebsten auch noch irgendwie einen ganzheitlich-politisch korrekten Ernährungsplan aufstellen. Die Chinesen lachen da ja drüber, denen reichen die Pasten, Fett, Vitamine, Eiweiß, alles drin, die Getränke, der Synthetikzucker, Hauptsache, es ist mehr Calcium drin als in allem, was man auf der Erde runterwürgt, damit die Knochen nicht gleich zerbröseln. Was das alles für Langzeitwirkungen hat, weiß sowieso niemand. Das wissen wir dann in fünfzehn, sechzehn Jahren, so kurz vorm Neptun, und dann isses zu spät. Aber, Max, wenn du planschen willst, dann plansche.«

Eins stimmt schon mal nicht an diesem Monolog, entdeckt Max bald im Tank: Auch die Chinesen interessieren sich für die aquatischen Nahrungssupplemente, sie haben sogar einen Biologen Namens Gao dabei, der mit den Deutschen Robert Hielscher und Maria Oliver eng zusammenarbeitet. Das Ökosystem leidlich in Schuss zu bringen dauert ein halbes Jahr, dann wechselt Max, der seine Geschicklichkeit an diesem Arbeitsplatz hinreichend bewiesen hat, auf eigene Bitte zur Schiffswartung, um, wie er sagt, »for a change mal ohne Helm« zu arbeiten. So schließt er sich dem Wartungspersonal an, macht sich mit der Mechanik des Kastens vertraut, Drallrädern und Kreiseln, schmiert Lager und Mechanismen mit den dafür vorgesehenen Flüssigkeiten, studiert im praktischen Umgang die Energieversorgung der Maschinerie und ist angenehm überrascht davon, wie schnell ihm das alles die Zeit vertreibt, so dass er beim Nachsehen eines Tages bereits fast anderthalb Jahre, nämlich sechzehn Monate lang, ein nützliches Besatzungsmitglied ist, vom ersten Tag im Aquarium an gezählt, in das er jetzt aushilfsweise sogar hin und wieder zurücktaucht.

In ungezwungenem Fleiß hat Max es bis zu einem Punkt gebracht, an dem er nun, obgleich Zivilist, zu den Verantwortungsträgern des technischen Stabs gehört und nicht mehr oft selbst zupackt, sondern Arbeiten delegiert. Seine naturwissenschaftlich-technische Bildung steht außer Zweifel, praktische Geschicklichkeit hat er ebenfalls bewiesen und sich damit auch bei den Chinesen einen guten Ruf erworben. So forscht er nun unter Keung, Siebert, Shan und Müller an Palladiumkatalysatoren, Neodynmagneten, Rhodiumschwämmen, ultrareinem Kupfer und avancierten Polymeren, bis ihm Richter mitteilen lässt, dass Liz und einige andere auf der FRIES jetzt aufgewacht sind und eine Leitung für »euch Turteltäubchen« freigeschaltet wurde, wie Richter sagt. »Das ist keine Kleinigkeit, mein lieber Mister Evans, denn wir verschlüsseln alles in scheinbarem Rauschen, wir werden von kleinen Pseudoschiffchen und Schattensendern begleitet und umkreist, um die Ortung zu erschweren, falls uns von der Erde oder aus dem Asteroidengürtel jemand sucht, wir begrenzen den Funkverkehr zwischen den beiden Teilen der zukünftigen HEINLEIN, und alles das müssen wir unterlaufen, damit ihr euren Telefonsex haben könnt. Soll niemand sagen, das Militär hätte kein Herz.«

Die Verbindung funktioniert und ist für den Mann, der von sich sagt, er habe Herz, von besonderem Wert, denn, wie er wenig später offen zugibt: »Ich verspreche mir davon Nachrichten, an die ich anders nicht rankäme.«

Max ist intelligent genug, den Zweck der vorgeschlagenen Transparenz zu erraten: »Du willst testen, ob ihr irgendwelche … if she's being censored in what she can tell. Ob man zu Liz sagt: Dies oder das darfst du nicht verraten. Du willst wissen, ob es dort eine Hierarchie gibt, unterhalb von Späth und Aiguo Sun, und wer was rauslässt, weil die … organization of the flow of information … für dich genauso interessant ist wie die Informationen selbst, richtig?«

»Kluger Kerl. Ich wüsste gerne, wie dort das aufgebaut ist, was du bei uns so ungehindert kennenlernen konntest, die Wartung und Forschung, die Ernährung und Energieversorgung – technisch weiß ich das alles, aber wie organisieren sie die Arbeit? Unser medizinischer Stab zum Beispiel ist sehr klein, wenn man bedenkt, wie viele wir hier sind, aber nach meinen Unterlagen kommt dort ein Arzt auf fünf Leute, bei uns einer auf fünfzig. Warum? Frag doch mal Folgendes, wie sieht es mit dem medizinischen Betrieb aus, der uns ja, wenn wir endlich andocken, letztlich auch allen zugutekommt. Wie sind sie ausgerüstet, haben sie, ich weiß nicht, MRI-Maschinen, MRT, wie viele? Wir haben eine, haben sie mehr? Das steht nicht in meinen Unterlagen, interessanterweise, das kommt mir … Ich will mir ein Bild machen, was mich erwartet, mehr nicht.«

Max ist nicht so naiv, das zu glauben, fragt aber nur ein Detail nach, anstatt die behauptete unschuldige Motivation des Auftrags insgesamt anzuzweifeln: »MRT? Wieso ausgerechnet das, hat das eine besondere …«

»Ist nur ein Beispiel«, winkt Richter ab, und Max lässt es dabei bewenden.

Liz erzählt er wenige Zeit danach die ganze Unterhaltung. Ihre Antwort ist so diplomatisch und indirekt, dass damit ein Verdacht bestätigt wird, den Max schon selbst gehegt hat: Ganz frei sprechen die beiden eben doch nicht miteinander. »MRI, MRT … komisch. Das ist schon sehr speziell. Das ist, wie wenn er dich nach den Lichtverhältnissen auf der Brücke fragen würde, ob das wie ein Sonnendeck genutzt wird oder so was. Irgendwie ... übergenau. Na ja, ich frag mal rum deswegen.« Dann wechselt sie ins Englische: »Maybe it's useful, you know. You and me, exchanging stuff that our respective crews know, one does and the other does not, or just doesn't talk about. Like what do your military guys say about the asteroid belt, about these Dysoniki?« Und wieder deutsch: »Was weiß dein Herr Richter über unseren Feind? Wir reden hier nämlich selten darüber. Sun und Späth ... how do you say it ...«

»Halten sich bedeckt?«, rät Max, und sie stimmt zu: »Yeah.«

Dann redet Liz von Persönlichem, worin er ihr augenblicklich folgt – der entscheidende Hinweis ist ihm nicht entgangen, »Lichtverhältnisse« und »Sonnendeck«, sehr viel expliziter kann sie kaum werden, ohne direkt vom Licht zu reden, das sie beide kennen, dem Licht, das sie beide vor so langer Zeit gelesen und für immer verändert hat.

»Deine Liz ist ja genauso smart wie du. Mindestens. Das ist schlau, dass sie sofort auf Gegenseitigkeit Wert legt«, sagt Richter beim nächsten Besuch des einzigen Zivilisten an Bord der SMITH in seiner Kabine, »und dass du mich das dann auch gleich wissen lässt, ist wiederum smart von dir. Ihr habt einander schon verdient. Also, die Dysoniki. Tja. Allzu viel weiß ich auch nicht, sie wird enttäuscht sein. Und was ich weiß, das haben mir die Frau Späth und der Herr Sirilko erzählt. Zunächst mal ist es eigentlich unrichtig, mindestens aber ungenau, wenn man sagt, die Dysoniki sitzen im Asteroidengürtel, und es ist genauso unrichtig oder ungenau, wenn man sagt, es gäbe eine einzelne, eine homogene Zivilisation von Dysoniki dort. Die Dysoniki sind hervorgegangen aus einem abgehängten, zurückgelassenen Schiffsteil, oder mehreren Schiffsteilen, der IWAN JEFREMOW, hinter der wir ja mit dreißig Jahren Verspätung herfliegen. Es sind Menschen, es sind Roboter, es sind Hybride aus beidem, Cyborgs, und, so habe ich Frau Späth verstanden, noch andere … Arten von … Personen, Geschöpfen … genetisch verändert, kybernetisch modifiziert … aber diese Trennung zwischen Menschen, Maschinen und komischem Zeug ist nicht das, was ich meine, wenn ich sage, die Zivilisation der Dysoniki ist nicht homogen. Es gibt genau genommen drei Dysoniki-Zivilisationen, die in einer Art Bundes- oder Allianzsystem zusammenhalten, intern offenbar aber, na, um mal ein Wort zu benutzen, dass ich überhaupt nicht leiden kann: politisch … politisch gibt es da Differenzen und räumliche Abstände, wie gesagt, nicht einfach ›im Asteroidengürtel‹, sondern … zwar auf Asteroiden eingerichtet und aufgebaut, ja, aber in drei Zonen. Eigentlich reichen nur die Asteroiden der sogenannten Amorzone bis in den Asteroidengürtel, das heißt … im Aphelion-Bereich, der größten Entfernung ihrer elliptischen Bahn von der Sonne, sind sie etwa 2,5 bis 3 astronomische Einheiten weit weg von unserm Stern, ihr Perihelion, also sonnennächste Position, nicht, beträgt 1,1 bis 1,3 astronomische Einheiten. Die anderen beiden Zonen sind Aten und Apollo, wobei Aten einen mittleren Abstand von der Sonne hat, der unterhalb einer astronomischen Einheit liegt, während die Apollobrocken perihelionmäßig so zwischen 1,017 und 0,4 – also, innerhalb der Merkurbahn sogar …«

Mitten im Satz wird der Bundeswehroffizier Richter gegen seinen amerikanischen Gesprächspartner geschleudert, der, von Richters Schulter hart gegen das Brustbein gestoßen, gerade noch aufschreien kann, während der Raum kippt und das absolute Gleichgewicht gestört wird.

Max kann keinen klaren Gedanken mehr fassen, kann sich nicht einmal fragen, was da passiert, bevor Nadar Jepens Monodromiebomben die VALENTINE MICHAEL SMITH in Tausende von Trümmern zersprengen und alles Lebendige an Bord töten.

Der Prinzipal der Radikalen hat Schattenaugen, die ihm die Umwelt in selbstgewählte Farben fälschen. Er hat auch Klauenaugen, die, wenn sie jemanden sehen, den er nicht sehen will, diesen Unerwünschten schon im Erkennen anblitzen wie scharfe Waffen. Er hat Spiegelaugen und Kameraaugen und Augen, die gar nicht nach außen gerichtet sind, sondern aufs Denken und Rechnen, aufs Schätzen und Behaupten im Kopf. Augen rundum, ein Haupt, das sich und alles andere sieht, wie es will; statt Lidern nur Trübungen, gewollte und unwillkürliche, statt einer Iris viele, von Rot bis Grün.

Manchmal löst sich eine der Pseudokugeln aus dem Verband, der Nadar Jepens Kopf ist, und treibt, von kleinsten Geißeln in der Mikrogravitation gesteuert, durch den gegebenen wie den gerechneten Raum um den faktischen Alleinherrscher der teilautonomen Verwaltungszone Aten. Immer kehren diese Kugeln nach ein paar Minuten Spiegelzeit, in denen sie Bilder aus Bildern holen oder, umgekehrt, Bilder in Bilder tauchen, zum Kopf zurück, gliedern sich ein, wachsen bei- und füreinander, bringen stets mehr Wirklichkeit mit und mehr Wahnsinn. Wo die Verrückten früher Stimmen hörten, wenn Götter oder Teufel sie beschwatzten, sieht Nadar Jepen Licht in vielen Farben. Jepen ist nicht verrückt.

Weitsicht, Aussicht, Einsicht haben ihm geraten, die VALENTINE MICHAEL SMITH zerstören zu lassen. Jepen sieht die Folgen, wie er die Gründe sieht, Tausende Blicke als kleine Kämpfe, die sein Verstand immer gewinnt. Aberhunderte seiner Augen schauen jetzt Diduk an, als der sich direkt unter der Türluke in Nadar Jepens Studio leicht gekrümmt über Jepen in den Raum hinablässt, mit drohendem, nein, strafendem Blick, über den der Augenkopf beinah lachen muss, so ernst sieht der Militärchef dabei aus.

»Bin gleich bei dir«, nuschelt Jepen in aufreizend schläfrigem Beschwichtigungston aus einer Sprechvorrichtung in seinem Allsichtschädel.

Während der Mann, der hier wohnt, mit den Fingern seiner ausgestreckten Hände in der Luft Klavier zu spielen scheint, weil das die äußerlich sichtbaren Anzeichen seiner im Hirnrauminneren stattfindenden und auf Licht- und anderen Funkwegen zwischen diesem Habitat und aller Welt wirksamen Manipulationen von Signalströmen sind, dringen durch Schotten und Schleusen, die ihn auf jedem Breiten- und Längengrad seiner Wohnkugel umgeben, ohne Eile die Kinder von Diduks Leiblegion ein, teils sechs, teils auch erst vier Jahre alte halbmaschinelle Feuerputten mit chromglühenden, sonnenuntergangsroten Körpern, umleuchtet von dx und dy, den zwei Sorten Diff, die sie ernähren, leiten, schützen. Die Kinder bleiben, während sie Jepen auf mehreren Geodätischen, lauter kleinen ruhigen Umlaufbahnen, allmählich einkreisen, in perfekter Balance und schauen ihn an, als wären sie ihrerseits Kameras, was sie zum Teil auch sind – eine von Diduks Absichten bei diesem Besuch ist es, das Monopol auf die Ausgabe von Bildern und anderen Daten über Jepens Aktivitäten zu brechen, das Jepen und seine Aten-Radikalen sich sukzessive durch Einrichtung und Ausbau ihrer eigenen Sender, Empfänger und Kanäle in sämtlichen Formaten erschlichen haben.

Man soll bis hinaus nach Amor sehen, hören, erfahren, was hier in diesem Raum mit Billigung derjenigen geschieht, die der Erde am nächsten leben, man soll, will Diduk, auch ganz weit draußen, wo Eva Sonntag und ihre Forscherinnen und Forscher so tun, als wären sie über Politik längst weit hinausgelangt, nicht sagen können, man wisse nicht, wie hoch der Einsatz ist. »Ich weiß nicht, was die Pose soll«, sagt beherrscht, aber mit jedem Wort deutlich artikuliert der Eindringling, den die Zutrittsprogramme der Station anstandslos haben passieren lassen, »aber du solltest dich kurz von deinem Privatkrieg gegen die Menschheit losreißen und mich für voll nehmen, bevor es hässlich wird.«

Vier der Kinder unterstreichen das Gewicht der kaum verhohlenen Drohung, indem sie ihren Händen den Befehl geben, sich aus dem Gewinde der Handgelenke zu drehen und an zwei bis sechs glitzernden, sehr dünnen Kabeln im Raum zu bewegen, lautlos wie Jepens freie Augen, aber schneller als diese, zwischen ihnen hindurch, und sich dann zu öffnen wie Fallen, die sich bereitmachen, nach diesen Augen zu greifen.

Diff ringeldrehen sich um diese Kabel, dx kontrahieren ihre Bogenschirme, erzeugen damit Teilchenströme über ihrem Gewebe, stellen Fragen an die Zustände der Dinge, an die Aussichten auf Taten, Absichten der Personen im Raum, dy leiten Echos davon an Prozessoren weiter, die in den Köpfen Jepens wie Diduks mit nichts anderem beschäftigt sind als Ahnungen. »Hör mir auf mit Posen«, sagt die dumpfe Stimme, die jetzt, wenn Diduk nicht alles täuscht, aber doch etwas weniger dumpf klingt als gerade eben noch, »du posierst hier doch erst recht. Symbolischer Besuch, um Eindruck zu machen, um die Besorgten und Feigen in Amor und Apollo zu erreichen, die sich seit Wochen fragen, wann endlich wer was gegen mich und meine, wie sagen sie? Alleingänge, ja ... dagegen unternimmt. Sie sollen sehen, dass du nicht so geduldig bist wie Baklanow, dass es dir reicht mit mir, mit Aten. Aber so ganz plausibel ist dein Aktionismus nicht, Genosse, wenn man dagegenhält, wie beharrlich und ohne Aufsehen, aber systematisch, Baklanow selbst seit Monaten dafür sorgt, dass ich nicht zu viel Bewegungsfreiheit habe. Er hängt es nicht an die große Glocke, wie du – aber wenn das hier schon alles auf jeden Eisbrocken übertragen wird, damit ich in meinen Machenschaften vor aller Augen entblößt werde, muss ich die Gelegenheit doch auch nutzen, unserem Primus inter Pares das Lob auszusprechen, dass er tatsächlich recht effektiv vorgegangen ist bei seiner Sabotage, die uns hier daran hindern soll, die Verteidigung offensiv zu organisieren und die Invasion der Imperialisten von der Erde abzufangen, bevor sie unsere Welten erreicht.«

»Pfff«, macht Diduk wegwerfend, die ganze Rhetorik ist ihm zuwider – die blöde Äquivokation »offensive Verteidigung«, die zu nichts anderem gut ist, als zu verschleiern, dass Jepen eben nicht als Verteidiger, sondern als Angreifer gehandelt hat, und das grandiose Geschwätz von »Welten« für das bisschen Substrat, auf dem die Dysoniki ihre schwierige Aufbauarbeit leisten, und überhaupt, was sollen die Andeutungen, wonach Baklanow, den Jepen geschwollen einen »Primus inter Pares« nennt, um ihm heimlich diktatorische Selbstherrlichkeit zu unterstellen, in Aten »Sabotage« befohlen haben soll?

Der Allsehende präzisiert: »Wir Atenleute sind in diesen Dingen sehr genau, sonst hätten das die Systeme vielleicht als rein statistische Artefakte, als Abweichungen genommen – aber die seltsamen Erkrankungen mit allergischem Symptombild, bei denen sich dennoch keine Histaminfreisetzung, keine der üblichen Entzündungsauslöser nachweisen ließen und die doch einen guten Teil unseres nichtveränderten, altmodisch menschlichen Personals mit schwachem Asthma, Hautausschlägen und anderen Irritationen in ihrer Produktivität einschränken, was an sich nicht weiter schlimm wäre, kämen nicht die … technischen Probleme bei der Luftaufbereitung dazu, die Macken unserer Kohlendioxidbinder, die Ausfälle bei der Wasserelektrolyse, die Schäden an Ventilen zur internen Temperaturregulation, die Defekte im Bereich der Aufbereitung von Urin, die ständigen anlasslosen Brandmeldungen …«

Eine kleine Kunstpause, dann klingt es, als lächle der unsichtbare Mund, denn Jepen kommt da an, worauf er hinauswollte: »Es ist klug gedacht und schlau gemacht, wie gesagt, nicht nachweisbar, aber das war dann doch auch der entscheidende Hinweis darauf, dass wir es mit einer gezielten Attacke zu tun haben: Wenn weder mein Vielblick noch unsere besten Leute, noch die dx oder die dy etwas finden können, was die

Alarmauslösung korrumpiert, die Lungen reizt, die Haut zum Jucken bringt, die Türen schlecht schließt, und wenn sich keine vorbeugende Maßnahme dagegen finden lässt, weitere Zwischenfälle derselben Art auszuschließen, wenn das weder von Hand, bei den Maschinenstörungen, noch mittels Impfungen oder dy- und dx-Eingriffen in die Organismen abzustellen geht ... nun, so schlau ist der Zufall nicht. Also Absicht: die Allergien vermutlich von Sonntag zusammengekocht, mit ihrer überlegenen Biotechnik, in Kollusion mit dem raffinierten Alten, und die mechanischen Sachen Resultat von Rechnerdisruption auf der Ebene der Programmierung: Baklanows stille, starke Handschrift. Ich kenne den Mann, und du kennst ihn immerhin gut genug, um selbst dann, wenn er dich nicht eingeweiht hat – und denk mal darüber nach, was das bedeutet –, zu wissen, dass ich die Wahrheit sage.«

»Paranoia«, antwortet Diduk barsch, »und zwar besonders schwachsinnige. Warum sollte er das tun? Wir sind alle auf Aten angewiesen, auf Relais: Ihr sammelt Nachrichten von der Erde und filtert sie für uns, ihr kommuniziert für Baklanow mit denen, die der Sache dort noch treu sind, ihr seid die Schaltzentrale für die Sonden zum Mars, zur Venus, das Informationshirn für unser ganzes ...« Tentakel der Diff zittern nervös, die Kinder beruhigen sie. Brummend fällt Jepen dem Soldaten ins Wort: »Aber eine Meinung soll das Hirn sich nicht bilden, die eventuell von der Marschrichtung des Körpers abweicht, richtig? Die Strategie Baklanows, uns zu lähmen, soll unseren Spielraum einengen – wenn wir den ganzen Tag damit befasst sind, zu niesen, zu röcheln, uns zu kratzen und defekte Türen zu überprüfen, falschem Alarm nachzugehen und verschmutztes Wasser dreimal, viermal, fünfmal zu filtern, können wir weder unsere Relaisfunktion, von der du so groß tönst, dazu benutzen, die Leute in Apollo und Amor aufzuklären, was ...«

»Propaganda, nicht Aufklärung«, revanchiert sich Diduk,

indem er Jepen hineinredet, und verbessert sich noch gröber: »Hetze. Spaltung. Und der Versuch, deinen eigenen …«

Jepen wird lauter: »Und nicht nur den Nachrichtenfluss behindert Baklanow, sondern dieses ganze Gerenne und Gemache, mit dem wir die Schäden ausgleichen müssen, die man uns zufügt, will mein Scheitern, will verhindern, dass ich die Kräfte bündle, die sich noch an die Rote Armee erinnern, die Armee, die vom ersten Tag ihres Bestehens damit befasst war, Eindringlinge hinauszuwerfen aus der Union der …«

Diduk lacht freudlos: »Ach, du weißt genau, dass der Alte so was nicht nötig hat. Wenn er dich aus deinen Ämtern entfernen will, dann lässt er dich absetzen. Es gibt im Rat von Aten noch genügend Loyale. Du bist nicht unersetzlich.«

Diff geraten in Aufregung. Sie riechen Mord, verhalten sich danach: Ihre Tänze, von den Rändern des halb natürlichen, halb elektronisch augmentierten Bewusstseins der beiden Menschen im Raum und der fünf Nachmenschen nur schwach wahrgenommen, nehmen den Charakter der Vorwegnahme einer Gewalttat an, sie spreizen ihre dünnsten Arme ab und drehen sich in höheren Räumen als Strudel von Aussichten und Fächer von Ängsten. Sie tun nichts, sie fürchten nur, dass Taten folgen müssen.

»Ebenda täuschst du dich, mein ehrgeiziger Freund. Dass du hier so vorpreschst, wird dir bei Baklanow nichts nützen. Denn ich bin schlechter zu ersetzen, als du meinst – er hat eine Übereinkunft mit mir: Ich kümmere mich um diese Schiffe, die da von der Erde …«

»Kümmern, du meinst, du ermordest diese Menschen? Das hat Baklanow erlaubt?« Die Kinderhände nähern sich den schwebenden Augen noch mehr, während Diduk so ernst widerspricht, die Wendung »zum Greifen nah« fällt ihm ein. Jepen sagt: »Ich werde das rechtfertigen müssen, aber nicht vor dir. Er weiß nur, dass ich eine Übereinkunft ausgehandelt habe, mit einer zuverlässigen Person an Bord eines dieser

Schiffe – desjenigen, das ich nicht abgeschossen habe. Sie werden geschont, denn sie sind das nichtmilitärische Schiff. Wir gewähren freies Geleit, aber die Bedrohung muss ausgeschaltet werden. Insofern nun wiederum mein, sagen wir, Abkommen mit Baklanow es meinem eigenen Ermessen überlassen hat, für uns alle solche Handel abzuschließen und deren Einhaltung zu organisieren, und insofern die Einhaltung hier hieß, wir dürfen die Bedrohung neutralisieren, habe ich, ohne dass es etwas so Krudes wie einen Schießbefehl von Baklanow gegeben hat, in seinem Sinn gehandelt, auch wenn er seinen Sinn jetzt erst erfahren wird – denn so, und nicht anders, werde ich mich rechtfertigen: Alle Abmachungen sind erfüllt, und der Letzte, der sich da etwa noch einzumischen hat, ist ein ehrgeiziger Offizier, dem die Uniform zu Kopf gestiegen ist, wenn du mir das schiefsitzende Bild erlaubst, Genosse.«

Diduk seufzt: »Schiefe Bilder sind dein kleinstes Problem, Trotzki. Den kennst du, nicht? Hat auch eine Rote Armee aufbauen wollen, hat auch Invasoren abgewehrt und Konterrevolutionäre, hat Verdienste. Und ist dann als Ungeheuer seiner Eitelkeiten aus dem Land geworfen worden, was ihn, der sich für Lenins wahren Erben ausgab, so sehr gekränkt hat, dass er den letzten Rest Verstand verlor und fünf Minuten bevor Hitlers Krieg losging, aus dem Ausland den bewaffneten Aufstand gegen Stalin in derselben Sowjetunion forderte, die er davor und danach immer so schön mit fest sitzender Leninistenmaske, an die er wohl auch selber glaubte, militärisch mit allen Mitteln verteidigen wollte – so wie du uns jetzt: Im Namen des Fortschritts der Menschheit bringst du Leute um, die sich an der fortschrittlichsten Unternehmung der Menschheit beteiligen, die seit dem Abflug unserer Schiffe vor dreißig Jahren stattgefunden hat, und siehst keinen Widerspruch, wo du doch sonst immer alles siehst. Aber was deinen Handel angeht, mit denen, die ihre eigenen Leute an dein Messer liefern, mit dem hättest du nicht bei Baklanow prahlen dürfen. So wussten wir davon und konnten uns drum kümmern – dein Posten an Bord der PODKAYNE FRIES ist umgedreht, von uns, wir hatten ein besseres Angebot. Es kam zwar zu spät, um deine Bomben aufzuhalten, aber als du sie, am Ende deiner Erpressung dieser Vertrauensperson, tatsächlich losgeschickt hast, ist deine Vertrauensperson aufgewacht und hat sich von meinem besseren Angebot überzeugen lassen. Du stehst allein, wie du's immer wolltest, in deiner Arroganz, Jepen.«

Würfelförmige dx springen zwischen den Elektronenhüllen der frei schwebenden Jepenaugen und denen der Handinnenflächen der Kinder hin und her, sie wollen wissen, ob ein Zugriff sich ereignen soll, sie wollen sich mit ihren klebrigen Zeitmembranen an den Oberflächen von gewöhnlicher Materie festsaugen, die körperliche Welt in dieser heiklen Kammer macht ihnen eine Sorte Appetit, die sie selbst nicht verstehen; abwartende dy versuchen, sie zurückzuhalten.

»Vertrauensperson – wenn das wahr ist, wieso sagst du keinen Namen und nicht mal, ob's ein Er oder eine Sie …«, spottet Jepen, aber eine blitzschnelle Bein- und Fußbewegung übern Außenrist von Diduks rechtem Bein trifft ihn hart an der Seite seines Haupts aus lauter Blicken. Schon hat Diduk den Dolch gezogen und stößt ihn Jepen von oben und hinten in den dunklen Schädel, dass Blut und Liquor, viskoses Bindemedium, dann Hirn und andere, exotischere Flüssigkeiten aus der tiefen Wunde quellen, während Diduk angewidert sagt: »Damit das hier nicht den Ausschuss erreicht, der es ja leugnen können muss. Ich übertrage das nicht in Echtzeit. Die Kinder filmen nur alles, weil ich mich übermorgen, wenn der Rest der Drecksarbeit getan ist, aus meinen Notwehrämtern wieder verabschiede und einem ordentlichen dysonischen Gericht stelle. Ausnahmezustand. Unser …«

Er ruckt und zieht und zerrt am Messer, der Tote will's nicht freigeben, dann reißt er es mit einem letzten Kraftaufwand heraus und verursacht dabei, wie befürchtet, eine beträchtliche, blutige Schweinerei, nicht ohne aber seinen angefangenen Satz, von dem er weiß, dass er aufgezeichnet wird, zu Ende zu sprechen: »... System ist nicht perfekt, aber es hat seine Regularien, und dazu gehört, dass ...« Eins der Kinder nimmt ihm den Dolch ab und säubert ihn mit einem Tuch, andere bergen den Leichnam, reinigen ihn und die Kabine, sammeln die freien Augen und stecken sie in kleine Trommeln aus Plastik, für die Beweisaufnahme. »... die geheimdienstliche Arbeit ihre Freiheiten braucht, weswegen der Ausschuss, der klären soll, ob ich hier gerade richtig handle, gar nicht zu wissen braucht, wie die Person auf der PODKAYNE FRIES heißt, die mit uns arbeitet. Und du, armer Angeber, hättest den Namen fast verraten.«

Er nimmt den Dolch wieder entgegen, steckt ihn zurück in die Scheide, seufzt.

Die dx und die dy im Raum, am durch die ohne Verhaftung oder Urteil stattgehabte Hinrichtung beschmutzten Ort, ziehen sich in Wolken außerhalb der Wechselwirkung mit baryonischer Materie zurück, schwimmen in die nächste Zukunft, fallen in die jüngste Vergangenheit.

Mit melancholischem Gesichtsausdruck blickt sich Semjon Diduk noch einmal am Tatort um, an dem er seine vor drei Jahren von Baklanow persönlich gegengezeichneten Notstandsbefugnisse sehr widerwillig in Anspruch zu nehmen begonnen hat. Es ist sein letzter ruhiger, nachdenklicher Moment auf Monate hinaus.

Er hat sich viel vorgenommen.

Den Tatort lässt er versiegeln und bewachen, nicht von den Kindern, die überall in Aten, Apollo und Amor jetzt auf sein Stichwort in ihre Rechte als Erben der Dysoniki eintreten und eine De-facto-Schreckensherrschaft beginnen, die nichts von den Fraktionen übrig lassen wird – die Gaußkurve siegt, die Mitte ist oben, die Normalverteilung wird durchgesetzt.

Als Bewacher der Stätte, an der dieses neue Kriegsrecht seinen Ausgang nimmt, setzt er jedoch nicht seine Hausmacht, die Kinder, ein, sondern klugerweise loyale Dysoniki, die es hier in Aten so gut wie in den andern Zonen gibt. Mit einem der schnellsten Schiffe, die in der Werft von Ceres je gebaut wurden, fliegt er nach Apollo zurück und lässt dort zunächst Baklanow selbst verhaften, weil dieser »in unsere Zivilisation gefährdender Weise nicht nur Nadar Jepen hat gewähren lassen, sondern sich auch in konterrevolutionäre Konspiration mit ihm eingelassen hat«, wie das in der offiziellen Eingabe an den Kontrollrat unter Vorsitz von Genossin Sonntag heißt.

Diese Genossin Sonntag ist seit Semjons Flug zu Jepen und seit dessen Verbrechen an der MICHAEL VALENTINE SMITH über sämtliche Stufen von Semjons riskantem Plan zur Rettung der Dysoniki in ihrer bislang schwersten, vom Anflug der beiden irdischen Schiffe ausgelösten politischen Krise seit der Trennung vom Mutterschiff, das nach Neptun weiterflog, vollständig unterrichtet und billigt (»wenn auch mit Bauchschmerzen«, Sonntag) alle, weil sie als Wissenschaftlerin leicht durchrechnen kann, wie viel riskanter sämtliche denkbaren Alternativen zu Semjons Hasardspiel sind.

Seinem Förderer, Freund und bis dahin Vorgesetzten Baklanow sagt Semjon Diduk, bevor er ihn wegbringen lässt: »In drei Monaten erlischt meine Vollmacht, wie du's im Dreizonenprotokoll hast festschreiben lassen. Dann bin ich es, der verhaftet wird.«

Er muss nicht aussprechen, was er mit dieser Ankündigung meint: Semjon Diduk bleibt noch in der Stunde, da er seinen Ziehvater unter Arrest stellen lässt, dessen treuester Mann.

Die ganze Sache dient einfach der Entlastung Baklanows von dem Makel, einige der brutalsten Maßnahmen durchführen zu müssen, die Aten, Apollo und Amor je erlebt haben, seit dort die Menschen bei den Diff siedeln und sich mit ihnen zu etwas verbinden, das eines Tages wirklichen Anspruch auf den Namen

»Dysoniki« haben wird. Unterm Eindruck des Schreckens der Kriegszustände, die in den nächsten drei Monaten herrschen werden, wird die Sehnsucht nach stabilen, friedlichen, weniger reglementierten Zeiten wachsen wie Druck in einem hermetischen Behälter, den man von außen erhitzt, und es wird kein besseres Ventil geben als Baklanow im Moment seiner Freilassung – unbefleckt, verbunden mit der Vorkriegszeit, entmachtet vom Tyrannen, also das Gegenmittel gegen diesen.

Man wird ihn mit überwältigender Zustimmung in seine alten Funktionen wiedereinsetzen, und wenn er dann gegen Diduk Milde walten lassen sollte, wird das sein Ansehen und damit seine Machtstellung nur stärken können, nicht schwächen. Dies alles verstehen die beiden wortlos, und als Semjon dem Älteren die Hand entgegenstreckt, Versöhnung vorab, ergreift dieser sie, ohne sich zu zieren, schüttelt sie zweimal und sagt: »Drei Monate. Wenig Zeit für deine Militärdiktatur. Ich wünsche dir Glück. Tu mir nur einen Gefallen, wenn du zu den Härten greifst, die sich nicht vermeiden lassen.«

Semjon hebt fragend die Augenbrauen, und Baklanow erklärt, was er meint: »Es sind Chinesen unter Jepens Opfern, und es sind Chinesen unter den Überlebenden auf dem anderen Schiff.«

»Der PODKAYNE FRIES«, sagt Diduk, lässt die Hand los, und Baklanow erwidert: »Ja. Seltsamer Name. Nun ja, Frau Späth … man kennt sie. Chinesen. Du weißt, ihre Rolle auf dem Weg des Weltsozialismus ist widersprüchlich. Sie haben durchgehalten, als bei uns der Verrat stattfand, aber sie verfolgen einen eigentümlichen Kurs – erst ganz lange ganz weit nach links, dann ganz lange ganz weit nach rechts, dann der nächste Schwenk. Große Strecken, lange Märsche. Bemerkenswerte Nation. Und dabei haben sie viel gelernt, von dem nicht wenig auch für uns beherzigenswert bleibt. Eins davon hat Mao erkannt, nach schrecklichen Kämpfen: Köpfe wachsen nicht nach wie Schnittlauch.«

Er meint Jepen und andere, die gerade sterben, im Widerstand gegen Jepens Beseitigung, im Widerstand gegen die Kinder und deren Diktatur auf Zeit, im Widerstand gegen Semjon Diduk, und weitere, die sterben werden, in den drei Monaten. Diduk deutet ein Nicken an, er kann sich weder von dem distanzieren, was er zu tun hat, noch vorgeben, es wäre etwas anderes als die allerscheußlichste Arbeit.

Baklanow salutiert, der Schüler auch.

Dann wird der Lehrer abgeführt.

7 | Raumfahrt ist Not

»So viel Kunst und Kultur hatte ich in London nie«, sagt Sirilko, als er und Kanbara Hand in Hand auf dem Weg zu einer der Besprechungen bei Aiguo unterhalb des dritten Reifens Christian begegnen, der an der Leiter hängt und eins der riesigen Tintentableaus von Zhou Yi an der Innenwölbung des Durchgangs betrachtet.

»Ich glaube, sie will uns helfen, nicht zu vergessen«, antwortet Christian auf die mild ironische Bemerkung des »letzten Sowjetbürgers«, wie Cordula Späth den Ingenieur manchmal nennt, »dass wir als Menschen mit Geschichte und Träumen und ... ja, Kunst ... von der Erde kommen, dass wir nicht bloß ... wie diese russischen Hunde und Katzen, die man ins All geschossen hat ... irgendwie hier so rumsausen.«

Kanbara sagt: »Wie schwarze Schuppen, die ein Drache hinterlassen hat, oder Schatten seiner Haut.«

Er meint die Muster, die langen Streifen von lückenhaften, teerschwarzen, regelmäßigen Flecken, Kunst eines chinesischen Künstlers, von der alle drei Männer wissen, dass sie eigentlich nicht wirklich da ist – es handelt sich um Farbsuggestionen der polychromatischen Wandauskleidung, die es fast überall im Schiff gibt, eigentlich gedacht als virtuelle Fenster, auf denen die Außenkameras gelegentlich ihre Aussichten herzeigen, oder als Bildschirme für wichtige Übertragungen von Ansagen der Schiffsleitung in graphischer Form.

»Warum sollen wir, wenn wir Kinos haben, Konzerte und eine Disco, nicht auch Galerien und Museen einrichten? Ich will den Leuten mal einen Caravaggio zeigen, einen Courbet, einen Picasso, einen Klee, was von Louise Bourgeois oder Jeff Wall oder Maria Lassnig oder Wu Tsang oder Matthew Barney oder Yasuto Masumoto oder Zhang Peili oder wem auch immer …«, hat Cordula an dem Abend erklärt, als sie für das Projekt brav eine formelle Genehmigung des Kapitäns einholte.

Jetzt wird diese Ausstellung turnusmäßig kuratiert von ihr und anderen Kunstsinnigen an Bord, aus den Menschheitsarchiven in den Zentralspeichern gegriffen. Die Antwort auf ihre rhetorische Frage dehnt sich bis in die Kabinen, ins Restaurant, sogar in den Sportbereich aus – die schwebende, konvex elliptische Form aus weißer Farbe, deren nichtvirtuelles Original der geheimnisvolle Wang Guangle, ein chinesischer Kollege des Tintenmalers Zhou Yi, dessen Werk Kanbara, Andrej und Christian gerade bewundern, 2011 für eine Ausstellung in Beijing gemalt hat und dessen täuschend echte Kopie jetzt an der gekrümmten Längsfront der größten Trainingshalle an Bord der PODKAYNE FRIES in deren Kunstlicht leuchtet, ist laut Filipa Scholz »das schönste Dingsbums, das ich je gesehen habe, ich sage bewusst Dingsbums und will gar nicht wissen, was es vielleicht bedeuten soll, also bitte keine Kunstvorträge jetzt von Cordula, dass das irgendwie das Unbewusste der Macht oder die Dialektik der Arbeitsteilung oder so was darstellt, sonst werde ich gewalttätig«.

»Man könnte natürlich«, sagt Sirilko jetzt und zieht dabei ein bisschen an der Hand seines Freundes, weil er weiterwill und die Besprechung nicht verpassen, »auch sagen, sie erinnert uns nicht an das, was wir sind, sondern lässt uns vergessen, wo wir sind: im Weltraum, wo es nicht nur keine Kunst gibt, sondern nicht mal was zu essen.«

»Alles schlechtreden, das kannst du«, sagt Kanbara gespielt entnervt, stößt sich dann aber mit beiden Beinen von einem der Tunnelsegmentringe ab und zieht Andrej so mit sich. Der lacht, während Christian denkt: Wie ein altes Ehepaar, wir sind wirklich Menschen hier – und dass Cordulas Kulturprogramm es uns erleichtert, das zu sein, daran kann ich nichts Schlechtes finden.

Drei Tage später erkundigt sich Christian bei Cordula, während sie beide auf Trainingsfahrrädern sitzen und die Chefin seltsamerweise nicht außer Atem gerät, obwohl sie dreimal so schnell strampelt wie der Sprachwissenschaftler, der sich beim Reden schon an der Grenze seiner Lungenleistungskapazität wähnt, ob er ihre Motive für die Kunstvermittlung an Bord richtig erraten hat.

»Das ist ja nett, dass ihr mich alle für eine so durchtriebene Sozialingenieurin haltet. Nee, ehrlich gesagt, ich mach's für mich. Es ist einfach gegen Heimweh und gegen Reue.«

»Reue?«, keucht Christian, und sie zuckt unglaublicherweise beim wilden, heftigen Treten in die Pedale beiläufig mit den Schultern. Dann sagt sie: »Na ja, all das, was ich auf der Erde hätte haben, sehen, hören, besuchen können und nicht in Anspruch genommen habe, weil es immer irgendeine wichtigere Scheiße gab. Liebesgeschichten, länger Ausschlafen, kommunistische Wühlarbeit … du warst doch auch schon mal in meiner Kabine. Hast du das Foto gesehen, das da über meinem Bettchen an der Wand hängt?«

»Da … sind … zwei … Sing… Sängerinnen?«, erinnert sich Christian mit pfeifenden, rasselnden Atemzügen zwischen den Wörtern. Auf dem Foto, das sie meint, sitzen zwei junge Frauen am Rand einer großen Freilicht-Konzertbühne, die eine, eine Schönheit in Bluejeans und hellem Sweater mit mediterranem Teint, großen dunklen Wimpern und zwei dunkelblonden Zöpfen rechts und links, lehnt sich mit geschlossenen Augen selig an die andere, eine höchstens Fünfundzwanzigjährige mit langem, etwas ausgefranstem Haar, dessen Spitzen grell blondiert sind, im dunklen T-Shirt mit rosa Herzaufdruck und schwarzweiß karierten Kniebundhosen, eine Künstlerin, die mit klaren, schönen, stolzen und leuchtenden Augen in die Kamera schaut, während sie den linken Arm um die Kollegin gelegt und sie ganz nah zu sich gezogen hat, mit der Rechten das Mikrophon hält und offensichtlich gerade etwas überaus Grundsätzliches zu singen hat.

»Na!«, empört sich die Komponistin in dem Ton, in dem man ein Kind rügt. »Das sind doch nicht irgendwelche Singsängerinnen. Das sind die zwei bedeutendsten Qualitätsmäusekünstlerinnen, die sich vor unserer überhasteten Abreise von der Erde dort gerade noch bemerkbar gemacht haben, bevor ich schon gar keine Lust mehr hatte, mich mit Popmusik abzugeben. Miley Cyrus, mein lieber Christian, und Ariana Grande, aufgenommen in Manchester, auf einem Konzert, das die Grande gegeben hat, weil bei ihrem letzten Konzert in derselben Stadt wenige Wochen vorher ein Arschloch aus eigenem Willen in die Luft geflogen war und einen Haufen netter, feiernder Menschen mit ins Nichts gerissen hatte. Da hat die Grande ein paar Leute eingeladen, um gegen diese Scheiße noch mal darauf zu bestehen, dass Menschen auch schön können, nicht nur geisteskrank. Ich hab mir dieses Bild hingehängt, weil ich damit sagen will: Selber schuld, Cordula Späth, alte Drecknudel, dass du das nicht gesehen hast – ich war zu der Zeit nämlich in England, einen Tag vor dem Konzert auf dem Bild, und Miley, ich meine, wie blöd kann man sein, dass man da nicht hinfährt. Miley in Europa, ich war ja nun leider viel zu selten in den USA, aber Späth muss ja den ganzen Samstag mit so Idioten von der Weltraumbürokratenscheiße verhandeln, wo dann so ein Vertragsfetischist und ein verblödeter BWL-Vollwichser sitzen und mich dermaßen mürbe quatschen, dass ich im Hotel erst mal drei Stunden mit Freeman Dyson telefonieren muss. Und dann will ich ins Bett, damit ich morgen ausgeschlafen genug bin, um halt doch nach Manchester fahren zu können, zur Grande und zu Miley, again: MILEY, verdammte Axt, und Justin Bieber war auch noch dabei – da macht es vor dem Hotelfenster plötzlich Tatütata, denn schon wieder haben drei Dummkoranisten Besoffene und Touristinnen abgestochen, weil das ihr seltsamer und widerlicher … jedenfalls, was macht Frau Späth statt Ohrstöpsel und ab ins Bett, weil man ja eh nichts tun kann? Rennt gaffermäßig auf die Straße, quatscht die ganze Nacht in der Hotelbar mit Rassisten, die auch nicht gerade den Plan haben, wie man die Welt weniger beschissen macht, sondern sich auf diese typische merkwürdige Art der Panikfreunde aller Zeiten und Regionen in Wirklichkeit richtiggehend freuen über den Scheiß da, und dann war es fünf Uhr morgens, und ich war so schlapp, da dachte ich, nein, du kannst heute nicht nach Manchester, zumal sie es vielleicht absagen, na, alle diese sich selbst was verderbenden Ausreden und indirekten sinnlosen Selbstbestrafungen fürs Scheitern am Verhandlungstisch mit den Astroschwachköpfen am Tag zuvor, also: Ich sause gleich zurück nach Deutschland, wollte nur noch meine Badewanne und meine Bose-Anlage, und dann habe ich aber in dieser Wanne mit dieser Anlage den ganzen Abend Miley laufen lassen, dabei hätte ich sie live sehen können, und wie großartig erst, siehe Foto.«

Das letzte Wort setzt sie wie den Punkt im größtmöglichen Druckbild, der ein modernistisches episches Gedicht von ungeheurem Umfang – Pounds »Cantos« vielleicht oder Zukofskys »A« – abschließen müsste, als sei damit nun wirklich alles gesagt.

»Ah«, keucht Christian, um ihr anzuzeigen, dass er zumindest die Ernsthaftigkeit ihrer Ausführungen anerkennt, wenn er auch nicht recht weiß, was sie ihm da eigentlich gerade mitgeteilt hat. Dabei sinkt er nach vorn auf den Lenker, was sie, die ihr Tritttempo in dem langen und leidenschaftlichen Monolog keinen Augenblick verlangsamt hat, zu der sanft tadelnden Bemerkung veranlasst: »Du solltest öfter trainieren, Junge, ich mein, sogar öfter als nach Bioplan, das wird ja eh überprüft«, da bezieht sie sich auf das Kontrollarmband, das er hasst, »wir würden dir ja das Essen kürzen, wenn du ein Faulenzer wärst. Es klingt auch immer, als hättest du keinen Spaß dran, was ich gar nicht verstehe. Auf der Erde gab's für mich nix Lieberes als eine gute Stunde Kraftradeln im Studio oder in der Wirklichkeit, den Main, die Isar, die Spree oder die Dreisam lang, mit einer feinen Zigarre im Mund, schön paffen und sich dabei fertigmachen, in jedem Ohr einen Stöpsel und tüchtig Richard Wagner, Bruckner oder Pfitzner drauf. Zur Not Schostakowitsch, Leningrad hält durch und so.«

»Du …« Er kann es nicht fassen. »Du … hast … du … beim … Sport … geraucht?«

»Wann denn sonst? Rauchen ist ungesund, das muss man doch ausgleichen!«

Da reicht es Christian, er hört auf zu treten, steigt vom Sattel und ergreift das Handtuch, um es zu werfen.

Keine vierhundert Meter weiter Richtung Triebwerk zeigt Liz ihrer Freundin Filipa ihre neueste Einrichtung im großen Garten, ein mitten in die inzwischen recht hohe Wiese gestelltes Experimentalgewächshaus aus Stegdoppelplatten, bei dessen Errichtung ihr der neuerdings agrikulturinteressierte Meinhard Budde zur Hand gegangen ist. Das Ding, so erklärt sie Filipa, »ist für bestimmte Tomaten, Bohnen und, how do you say, Calabasa … Kürbis … für die ist es hier inzwischen zu kalt, wir simulieren ja Jahreszeiten …«

Als Filipa das Experiment aus der Nähe betrachtet und mit Liz in die Hocke geht, um auch nach ein paar Käfern und Ameisen zu sehen, die sich hier vergnügen, fällt ihr ein »Minibäumchen« auf, wie sie sagt, ein in kleine Trichter aufgeteiltes gelbes Gewächs, das sie sehr schön findet. Liz erklärt: »That's a real rarity, oenothera biennis, in German you say ›gelb blühende Nachtkerze‹, I looked it up. Ich züchte die hier, weil … na ja, wenn es nach Captain Sun ginge, würden wir ja nur Landwirtschaft treiben, aber so schön die … Rote Beete, geraspelt oder dünn ge… gehobelt, auch schmeckt und so … responsible ich mich fühle hier für die … you know, Spinat, Feldsalat, all of that … wenn Max endlich herkommt, weißt du, dann möchte ich mit ihm auch einfach mal auf einer Wiese rumtoben und rumrollen, like … we did not do too much of that, im Freien, auf der Flucht …«

»Könnte eine neue Sorte Freiheit sein. Ohne Verfolger auch mal durchs Gemüse, durch … wir sagen: durch die Botanik.« Filipa grinst, und Liz sagt nichts. Sie fühlt sich verstanden, wundert sich dann aber, wie schnell der Gesichtsausdruck der Jüngeren von schelmischer Lustigkeit zur Verschwörerinnenmiene wechselt, während Filipa die Stimme bis zum Flüstern senkt und fragt: »Sag mal, von wegen Simulation von Jahreszeiten … stimmt das mit den Gespenstern hier im Garten? Wachstumsraten, Gesundheit und so? Symbiose …?«

Liz ahnt, worum es geht, sieht die Freundin aber abwartend an, damit die Frage ein bisschen deutlicher gestellt wird. Filipa holt Luft und bleibt so leise wie eben, als sie sagt: »Die Chinesen … du weißt, ich hab mich mit einer aus der Krankenstation angefreundet, weil mich das nervt, wie Meinhard die abkanzelt … ich halte zu ihm, er ist mein Lover, aber ich will den Chinesen schon zeigen, dass ich nicht nur sein Anhängsel bin, und wenn er da auf den deutschen Nazitrip kommt, dann mach ich da einen extra Punkt draus …«

Sie holt wieder Luft. Liz sagt noch immer nichts, Filipas Stirn runzelt sich, glättet sich wieder, als habe die junge Frau kurz in ihrem Kopf nachgesehen, was sie eigentlich wollte, dann sagt sie: »Also, die Chinesen. Ich häng ab und zu mit

Jiang rum, aus der Medizin, und Freundinnen und Freunden, wissenschaftliches Personal … und da haben die drüber geredet, wieso das eigentlich immer besser wird mit deinen Erträgen hier und dass es eine außergewöhnliche Resistenz gibt gegen alle möglichen erwarteten … ja, ein Biologe, so einer mit Fadenbart am Kinn …«

»Wang«, sagt Liz. Sie weiß jetzt, worauf das hinausläuft.

»Genau, Wang«, nickt Filipa, »der hat durchblicken lassen, als ihn mal jemand von Jiangs Freunden fragte, ob da irgendwas Gentechnisches … der hat gesagt, wie war das … besondere biologische Bedingungen im Leerraum. Ja. So, nur … was heißt das, im Leerraum gibt's doch nix Biologisches, fragen die also nach, und Wang wird ganz unbestimmt und sagt so Sachen wie, das ist weniger eindeutig, als man dachte, oder: kommt auf die Definition von Biologie an, und irgendwann hört mal einer von den Ärzten, wie Wang mit Käpt'n Sun drüber redet, dass es da eine … wie sagt er? Perverse Vakuumbio … nee …«

»Vakuumökologie. Pervasive Vakuumökologie«, berichtigt Liz freundlich, aber nicht mehr sonderlich entspannt; das Thema ist ein sehr heikles, sie hat sich Cordula Späth und Aiguo Sun gegenüber mehrfach darauf verpflichtet, darüber nicht »herumzutratschen« (Cordula).

Filipa sagt: »Genau, pervasive Ökosache, nur, was heißt pervasiv, ich gucke nach, das heißt durchdringend, also, es dringt was durch Wände und Begrenzungen, und das ist eine Ökologie, also was Lebendiges, aber im Vakuum, also hier draußen, kurz gesagt, man geht jetzt bei den Chinesen davon aus, dass es im Weltraum irgendwas gibt, was anders als die vielen kosmischen Teilchen, die man aus Gesundheitsgründen ja draußen halten will mit den Wassertankschutzdingern in den Wänden und dem Metall und allem, durch diese Wände offenbar durchkommt und deine Rüben und deine gelb blühende … Nachtkerze hier fördert … tja, also: Gespenster eben. Da wollte ich dich jetzt mal ganz direkt Folgendes fragen: Hallo?«

Liz muss lachen, auch deshalb, weil in diesem Moment eine Hummel recht nah, nur zwei Handbreit weit weg, an Filipas Kopf vorbeifliegt. Filipa bemerkt die Hummel, scheucht sie nicht weg, zieht den Kopf nur ein bisschen ein, da fliegt das Tierchen weiter, als hätte es verstanden, dass es nicht willkommen ist. Liz legt den Zeigefinger der rechten Hand an die Lippen und macht ein Geräusch, das nicht misszuverstehen ist: »Pssst!«, dann sagt sie, so leise wie eben Filipa: »Ich sag's dir, okay? As far as it goes. Ich weiß nicht viel, Wang gibt sich zugeknöpft, aber hat großes Interesse an meinen Wachstumsraten, an Schädlingsbefall, an … er will Messungen, und ich gebe sie ihm, und behind his back … ich soll das in so Dateien eintragen, und … well, I don't wanna brag, but in my time I've been known to be quite the creative hacker, I'll have you know.«

Filipas Augen weiten sich: »Du schnüffelst rum? Beim Käptn, bei Cola?« Der Spitzname für Frau Späth stammt von dieser selbst, das heißt, woher sie ihn hat, kam noch nicht zur Sprache, aber manchmal redet sie von sich in der dritten Person und gebraucht ihn dabei: »Da sag ich zu mir, Cola, sag ich, pass mal auf …«

Liz lächelt: »Ich kann nicht alles lesen und verstehen, schon gar nicht bei den Chinesen, aber … Cola, wie du sie nennst … die macht sich Notizen, und … there's this acronym PVÖ, that was easy to understand …«

»Perverses Vakuumökozappzerapp«, sagt Filipa, und Liz bestätigt: »Yeah, und außerdem hat sie mich sogar mal beiseitegenommen und … na, das macht sie ja gern. Wang hatte mir so was gesagt wie: Nehmen Sie einfach an … nehmen Sie an, dass wir hier draußen lernen müssen, was alles Leben sein kann. Und dass wir lernen müssen, es kommt da ganz auf die Definition an, dann wollte er nicht mehr sagen when I cornered him, or tried to, at least, und also bin ich zu Frau Späth, und die sagte: Das hat er nicht selbst erfunden, das mit der Definition, das hat er von mir, und ich hab es von den Dysoniki.«

»Den …« Filipa ist verblüfft, fast schockiert: »Den Dyso… den Viechern, die den Vater vom Christian …«

»Den Bewohnern der Asteroiden, der Restcrew of that vessel, that soviet ship, those that stayed behind …«

»IWAN JEFREMOW.«

»Right. Und da gab es nicht nur … also, man hat es uns ja ein bisschen so dargestellt: Die Russen sind in den Asteroiden geblieben, und die Deutschen sind mit ihrer neuen Kapitänin, der Frau Alexandra Burkhard, weiter Richtung Außenbezirk Sonnensystem. Aber wenigstens eine Deutsche ist auch bei den Russen, bei den Dysonleuten geblieben, eine Frau Sonntag, und von der stammt die … Definition von Leben, die … nötig wurde, als gewisse Phänomene …«

»Du redest sehr schwammig«, zischt Filipa, und anstatt ihr zu widersprechen, zuckt Liz mit den Schultern: »They found life. Kaum sichtbares Leben, nicht auf Zellenbasis errichtetes Leben, nicht mit einem, how do you say … biologischen … a temporal homeostasis of …«

Filipa ist gut genug unterrichtet, nicht nur vom Licht, um helfen zu können: »Fließgleichgewicht.«

»Yeah, though, kind of … also, nicht so wie irgendwas, das auf der Erde von Leuten studiert wird, die sich mit Flora und Fauna … this is real exobiology. Right here, in the solar system. Practically next door. Aber sehr … Truly weird. That's why the Russians … deshalb wollten die Russen nicht weiter. Deshalb wollten sie auf den Felsen und Eisbrocken Stationen und Siedlungen und Forschungseinrichtungen … sie fanden was, über das sie erst gestritten haben wie verrückt, untereinander, mit den Deutschen, also … die Frage war: Das ließ sich messen, und das stellte schließlich Kontakt her, und also sagte jemand: Das ist Leben, mehr: intelligentes Leben. Da haben sie zwei Jahre diskutiert, was ist Leben, was ist intelligentes Leben? And from what Cordula Späth tells me who says that there have been informal contacts between the Russians on those rocks and some earthbound communists for years … sie sagt, es wäre dann diese Frau Sonntag gewesen, die in Zusammenarbeit mit einer Russin namens … Swerkunowa? Ja, Swerkunowa … die Frau Sonntag war deren Schülerin und hat den Streit mit einer, no, wait … mit zwei Definitionen entschieden, einer für Leben und einer für intelligentes Leben, und dabei kam dann raus, das muss man studieren, mit dem muss man kommunizieren, mit dem muss man kooperieren lernen, egal wie … crazy und … also, sie haben ja nicht mal Technik, diese Lebewesen, sie sind in a way … deeply …«

»Unterentwickelt? Unzivilisiert?«

Liz mag die Wörter nicht, sagt aber: »Maybe. Jedenfalls, als das geklärt war …«

»Moment, halt, nicht so schnell.« Filipa hebt eine Hand wie eine Schülerlotsin die Kelle, die sagt, man solle nicht weitergehen. Liz schaut sie hilfsbereit an, also hakt Filipa nach: »Kennst du die? Diese zwei Definitionen von der … wie heißt sie?«

»Eva Sonntag. Yeah. Cordula told me: Leben ist alles, was … erstens einen endlichen Prozess durchmacht, also sterben kann, zweitens damit anfängt, dass irgendwas, das schon lebt, sich reproduziert, und drittens bei dieser Kopie, die da stattfindet und eine Form der Informationsverarbeitung sein muss, den Gesetzen der Kopierfehler und der Selektion ausgesetzt ist, auf deren Spur uns … Darwin gebracht hat. Alles Sterbliche, das eine Evolution durchmacht. In diesem Sinn sind dann die Diff lebendig.«

»Die …«

»Diff. That's what they call 'em. I did not understand why, it seems some kind of a scientific in-joke, but … ich bin ja wissenschaftlich … gebildet, as you say, but I don't know what …«

»Und intelligentes Leben? Intelligent inwiefern?«, fragt Filipa. Da antwortet Liz: »Alles, was lebt und den Turingtest besteht. Du weißt schon, Alan Turing, der gefragt hat, wann kann man von einem Computer sagen, er wäre ... Wenn man ... you put up kind of a screen ...«

»Eine Trennwand, und dann redest du mit dem Ding und siehst nicht, ob es ein Mensch ist, und wenn es dir menschlich vorkommt, oder jedenfalls deinem eigenen Mitteilungs- und Verständnisdingsbums ebenbürtig, dann ist es intelligent.«

»Yes. Und die Diff können das. Die reden mit den Leuten, wenn auch ... again, strange. Frag mich nicht, auf welche Art. That's just the words she used. Cordula. Und du kennst sie, wenn man weiterfragt ...«

Filipa braucht einige Sekunden, das alles zu verarbeiten, sie schaut zu Boden und betrachtet drei Ameisen bei Geländeübungen. Dann schaut sie Liz direkt an und sagt: »Bullshit. Ich kenne dich, girlfriend. Nie im Leben hast du dich damit abspeisen lassen. Du hast weitergefragt. Du hast dich bestimmt sogar aufgeregt, dass man uns das vorenthält, weil das ja wohl die ganze Mission in neuem Licht ...«

Sie wird etwas lauter jetzt, so dass Liz ihr mit der Hand wedelnd ein Zeichen gibt, sie solle das lassen: »Alright, alright. Sheesh, Filipa ... I mean, okay. Ich habe sie ... wie sagst du ... genervt und gelöchert. Sie hat dann meistens gesagt, es gibt bald ein Tutorial, eine Erläuterung bei Sun, auf der Brücke, aber für alle, das wird dann in sämtliche Schiffsteile übertragen, und zwar soll das stattfinden, wenn ...«

»Wenn die SMITH und die FRIES vereinigt sind, war ja klar«, seufzt Filipa, sie kennt das schon, es ist die Standardantwort der Chefin, des Kapitäns und überhaupt aller Leute, die hier an Bord irgendeine leitende Funktion bekleiden, wenn man sie danach fragt, wann irgendeine offenstehende Frage beantwortet werden wird.

Während ihr Blick nach den Ameisen sucht, die aber inzwischen im lockeren Erdreich verschwunden sind, spürt Filipa, wie Liz sich nah zu ihr neigt und ihr ins Ohr wispert: »Sie sind sehr klein. Und sehr groß. They're not ... sie sind nicht einfach aus ... Teilchen, sondern aus winzigsten ... Einheiten der Raumzeit, aber in großen ... großen, großen ... sehr großen Networks miteinander verbunden, Superorganismen wie deine Bienenstöcke und Ameisenhaufen.«

Filipa schaut Liz wieder an und sagt atemlos: »Du verarschst mich.«

»No. I don't. She told me ... weißt du, was Twistoren sind? Sachen in einem speziellen Raum, nicht unsere vierdimensionale Einstein-Minkowski-Umgebung, sondern mit Koordinaten, für die man komplexe Zahlen braucht, Wurzel aus minus eins plus was Normales und das alles ...«

»Ich weiß, was Twistoren sind«, sagt Filipa ein bisschen beleidigt, schiebt die Unterlippe dabei leicht schmollend vor, »ich war im Licht, es hat mich gelesen, schon vergessen? Du weißt auch nicht mehr als ich, Alte. Echt. Was Twistoren sind. Toll. Ich hab's danach alles unter persönlicher Anleitung von Vera Ulitz, einer ... klugen Tante, durchgenommen, um's zu verstehen, ich hatte wahrscheinlich bessere Hilfe als du und dein Max: Spinorfelder, kompaktifizierte Räume, Krümmung, keine Krümmung ... aber das sind mathematische ... Ideen, Konstruktionen, ich meine, Twistoren kann man nicht sehen, das sind so ... Verständnishilfen, die sich, was weiß ich, der Roger Penrose ausgedacht hat, um ... aber du sagst jetzt, diese Diff sind ... was genau? Sachen, die aus so twistormäßigen Nichtphotonen irgendwie gebastelt sind wie wir aus Erbgut mit Zellen? Wie soll so was entstehen, und wieso gibt's davon dann auf der Erde keine Spuren, wieso hat niemand je ...«

»Wenn irgendwo eine Sorte Leben entsteht, entsteht da keine zweite Sorte Leben, weil die Nischen dann besetzt sind. Das Leben ist der ärgste Feind seiner eigenen spontanen Neuentstehung. Wo wir, oder unsere Einzellervorfahren, waren, da ... there was no room for those Diff, und umgekehrt. Die Antwort ist übrigens nicht von mir, sondern von ...«

»Lass mich raten, Eva Sonntag.«

»Right. Und die hat außerdem gesagt, wie Cordula Späth sie mir voller Ehrfurcht zitiert hat … this Sonntag woman teaches that … sie sagt, dass man diesen Vergleich zwischen diesem komischen Diffleben und unserem gewohnten irdischen Leben totally ernst nehmen sollte, dass man nämlich … also, if you face up to it, if you think about it clearly and honestly, dann ist es nicht mal nennenswert unwahrscheinlicher, dass irgendwo in irgendwelcher sehr reduzierten Physik und Chemie, auf den Asteroiden oder sonst wo, so ein Diffleben entsteht, als dass bei uns auf der Erde in der kochenden Ursuppe …«

Filipa schüttelt ärgerlich den Kopf: »Das ist doch kein Geheimnis für die Erde, das kann man sich doch mit ein bisschen Hirn selber denken. Alles, was du brauchst, ist ein … es fällt immer alles runter in der Schwerkraft, nicht wahr, das ist die Differenz der Höhe, wenn du was loslässt, fällt es, und analog dazu, alles will immer in den niedrigeren Energiezustand, und der Hang zur Unordnung nimmt auch immer weiter zu, das ist alles Thermodynamik … der Fluss fließt stromabwärts, aus geordnetem Licht wird ungeordnete Wärme, wenn der angeleuchtete Körper damit fertig ist, alles«, zischt Filipa, teils gereizt, teils eifrig, »ist ein Wasserfall«, sie kann davon ausgehen, dass Liz das versteht und annimmt, denn das Bild des Wasserfalls gehört zu den ersten, die das Licht Menschen zeigt, die es liest, »und wenn du jetzt viele Proteine und Nukleinsäuren und kleine Moleküle hast, die aus einem hochenergetischen Zustand in einen niedrigeren wollen, aus Naturneigung, ganz ohne Anstoß, dann hast du vielleicht so verknusselte und verknäulte Polymere, und weil sie lieber frei in der Suppe schwimmen wollen als so verknotet, trennen sich zum Beispiel zwei Stränge von … muss ich dir doch jetzt nicht aufmalen, der ganze Prozess hat einfach thermodynamisch Rückenwind, das sind alles kleine Beiträge zur ständigen Abnahme freier Energie überall …«

»Yeah«, stimmt Liz zu, »but I think that's exactly where

Sonntag goes with her analogy: Warum soll es nicht auch eine space-time-situation geben, in der genau so ein Rückenwind, so ein Wasserfall, so eine Differenz, so ein Gradient, so eine Richtung von wegen decrease of free energy nicht unter irgendwelchen Molekülen ein Ereignis wie die DNA-Kopiergeschichte auslöst, sondern unter Bestandteilen, Aspekten, attributes der … Raumzeit selbst, so dass …«

Jetzt macht Filipa energisch, erschrocken und heftig »Psssst!«, und gerade noch rechtzeitig: Die Schritte auf den Trittplatten sind schon sehr nah, und die Stimmen der beiden Männer, die auf ihrem Spaziergang ihren seit Monaten in mal heftiger, mal geruhsamer, aber niemals aussetzender Bewegung ausgetragenen Streit oder Wettkampf um die richtige wissenschaftliche Weltauffassung fortsetzen, sind bereits deutlich zu verstehen. Der Russe und der Chinese reden deutsch. Weder Aiguo Sun noch Andrej Sirilko haben die geringsten Schwierigkeiten damit, verzwickteste Sachverhalte in dieser Sprache auszudrücken.

»Nein, ich kann das nicht billigen«, sagt Andrej, »wenn du und Cordula so reden, als wären Naturgesetze bloß Zwischenergebnisse, die sich im Lauf der Zeit irgendwie ändern. Selbst wenn es so aussieht, wenn wir also unsere Naturgesetze ändern müssen, weil wir was Neues gefunden haben, dann waren das aber eben keine Gesetze …«

»Damit sagst du«, Aiguos Stimme ist warm, voll, ausgeruht, »nichts anderes als wir, wenn du nicht mit einigen westlichen und irrationalistischen Philosophen behaupten willst, man könne sich dem wahren Sachverhalt vielleicht nie genug annähern, es gäbe da Gesetze als solche, die seien unerkennbar, immer nur in Näherungen, unerreichbar, im Jenseits der menschlichen Erfahrungen und Denkmöglichkeiten – und das ist dann schon wieder ganz alte Metaphysik, das Unerkennbare, das Jenseits. Da bist du kein Materialist mehr, egal, ob in deinem Jenseits Engel oder Naturgesetze leben. Deng hat meine Nation an Maos Satz erinnert, dass man die Wahrheit, also auch die Naturgesetze, in den Tatsachen suchen soll und nicht woanders. Und wenn man eines weiß über die Tatsachen, dann, dass sie sich ändern.«

»Nein, nein, nein.« Andrej atmet heftiger, aber es ist auch etwas wie ein Lachen darin, eine Freude am hitzigen geistigen Austausch. »Moment, ich sage nicht, alles ist dauernd … also, klar, viel wird geändert, aber es ist doch andererseits so, dass viele Grundannahmen der wissenschaftlichen Disziplinen sich mit immer mehr Wissen gerade nicht erübrigt haben, sondern immer mehr bestätigt wurden – der Energieerhaltungssatz in der Physik beispielsweise, also dass nichts von nichts kommt und nichts verschwindet, das konnten die ersten Physiker noch gar nicht wissen, wie wahr das ist und wie viel daraus folgt, aber es ist sozusagen eben immer wahrer geworden, je mehr man wusste – was ich sagen will: Die Gesetze, das Gültige, das, was man eben sehr wohl in der, wie du sagst, menschlichen Erfahrung und den menschlichen Denkmöglichkeiten finden kann, das liegt für mich nicht irgendwo im Jenseits, unerreichbar, sondern oft ist es geradezu der notwendige Anfang: Du musst, glaube ich, wenigstens die Grundideen schon sehr nah an der Wirklichkeit entwickeln, du musst das dauerhaft Gesetzesförmige, das Stabile, schon sehr genau treffen, damit du überhaupt weiterforschen kannst, und solche Sachen wie Newtons Ideen, dass die Bewegung immer weitergeht, wenn keine Gegenkraft …«

»Also«, kürzt Aiguo den Streit ab, »ich verstehe dich richtig, die Naturgesetze entwickeln sich nicht, aber sie stehen auch nicht erst am Ende des Erkenntnisprozesses. Dass man sie richtig sieht oder weiß oder wenigstens ahnt, ist geradezu die Voraussetzung dieses Prozesses?«

Andrej sieht keinen Nachteil für seine Position darin, sich zu dieser Zusammenfassung zu bekennen: »Ja, so sehe ich das.«

Jetzt klingt Aiguo amüsiert: »Dann werden wir doch mal

konkret. Nicht Physik und ihre sehr allgemeinen Annahmen, die du dir rausgepickt hast, sondern nehmen wir mal eine andere Wissenschaft, die Geologie, und in der den wichtigsten Teil, die Erdgeschichte. Lyell, dem wir die Disziplin verdanken, wollte sie von Aberglauben und der Einmischung der Priester befreien, die immer alles nach der Bibel gedeutet haben wollten: die Erde, erschaffen, dann die Sintflut, der ganze Ablauf im … Alten Testament, und so stellt Lyell drei Gesetze auf, an denen sich die Forschung orientieren soll: Erstens, geologische Veränderung ist langsam, da passieren keine göttlichen Willensakte plötzlich, die Sache vollzieht sich graduell, über große Zeiträume. Zweitens, überirdische Mächte haben da nichts verloren, geologische Kräfte, die dafür verantwortlich sind, dass sich die Erdgestalt ändert, kommen aus der Erde, von der Erde. Drittens, in dem, was wir den Spuren der Entwicklungsgeschichte entnehmen können, gibt es keine regelmäßig auftretenden Muster, die etwa auf Wechselwirkung mit Kräften deuten würden, die wir nicht rein immanent verstehen, und das gilt insbesondere für die Entwicklung des Lebendigen, das sich rein nach Irdischem richtet. Nun ja, du weißt es sicher, alle drei sind falsch. Wir wissen jetzt, das erste Gesetz ist falsch, weil die Veränderungen nicht immer graduell und langsam sind, es gab katastrophische Ereignisse, Vulkangeschichten und anderes, zweitens, das zweite Gesetz ist falsch, einiges kommt nicht von der Erde, Kometen sind eingeschlagen und haben die Landschaft verändert, und drittens, am Allerwichtigsten, nicht einmal die Wechselwirkung von Erde und Leben beschränkt sich auf diese beiden, auch hier wirken Sachen mit, die Lyell nicht ahnen konnte, für die nämlich nicht nur Irdisches, sondern geradezu die allergroßräumigste Astronomie zuständig ist – es gibt in den Fossilspuren einen Zyklus von etwa sechsundzwanzig Millionen Jahren Dauer, der ziemlich genau der Bewegung des Sonnensystems im galaktischen Rahmen entspricht. Alles war falsch, und doch wurde eine Wissenschaft daraus, warum? Nicht, weil sie an fixe Naturgesetze glaubte, von denen sie nie abweichen durfte, sondern weil sie die Wahrheit in den Tatsachen suchte und sich so berichtigen konnte.«

Andrej gib sich nicht geschlagen: »Aber mit einer falschen Mathematik zum Beispiel kannst du gar nichts machen, du wirst keine Physik, keine Geologie, gar nichts treiben können ...«

»Ah, Mathematik, die letzte Zuflucht der Platonisten. Ja, dann schauen wir, was ist die Mathematik? Es war einer von euch, einer der geschätzten russischen Genossen, der große Wladimir Igorewitsch Arnold, der hier das Entscheidende, das Richtige gesagt hat: Die Mathematik, das ist einfach ein Unterbereich der Physik.«

Andrej ist empört: »Aber du wirst doch nicht bestreiten, dass ... ich meine, das mag für die ganz primitive Mathematik gelten, für die Griechen und die Ägypter, bei denen, na, die Geometrie zum Beispiel wirklich noch Bodenvermessung ist oder so was, aber die Mathematik, die du und ich im Studium kennengelernt haben, die Mathematik des ... sagen wir, des neunzehnten und zwanzigsten Jahrhunderts, das ist doch ein Ausmaß an Abstraktion, dass man ...«

Durch die Büsche sehen Liz und Filipa, die in Drehrichtung des Reifens neben dem neuen Gewächshaus hocken wie die Häschen in der Grube, dass Andrej die Arme hochwirft, als wollte er sagen: Was soll ich mit diesem Chinesen machen?

Der Angeprangerte lächelt, nickt sogar bedächtig und lässt sich vom Theaterdonner nicht beeindrucken: »Lieber Andrej, der Genosse Arnold hat seinen klugen Satz doch nicht einfach ins Blaue gesagt. Das ist kein Provokateur, der den Eigenwert seiner mathematischen Forschung leugnen will, um einen philosophisch originellen Satz gegen die Intuition und die Tradition zu sagen. Kein Mensch bestreitet, dass Mathematik eine andere, abstraktere Arbeit ist als die Reparatur eines Traktors.

Aber prüf den Wahrheitsgehalt des Satzes, wie er es getan hat. Ihm ist beim Versuch, die Mathematik zu ordnen, von der du redest, die revolutionäre und die kühne Mathematik der Neuzeit, einfach aufgefallen, was eben auch niemand leugnen kann, der sich die Sache vorurteilsfrei anschaut – du hast drei Zweige, Kryptographie ist der Name für den Nutzen des ersten, den die CIA, euer KGB und andere Dienste bezahlt haben, dann Hydrodynamik, das ist der Name, der den Nutzen des zweiten bezeichnet, alle Flussvorgänge, alle zeitabhängigen wilden Sachen, da haben diejenigen schließlich die Höhepunkte finanziert, die Atom-U-Boote bauen lassen, und schließlich Himmelsmechanik, das wurde finanziert von allen, die sich für Raketen interessieren, dem Militär, der NASA, dem Wettbewerb zwischen eurem Sozialismus und der imperialistischen Staatenwelt. Und was haben diese drei Zweige nicht für Früchte getragen! All die aufregenden Dinge: Die Kryptographie, das war der Weltbezug für die Zahlentheorie, die algebraische Geometrie über endiche Körper, die Algebra – ja, sagt Arnold ganz richtig, der Schöpfer der modernen Algebra, Viète, war der Geheimschriftenmann, der Verschlüsselungsdiener des Königs Henri IV. von Frankreich –, und die Kombinatorik und endlich auch die Computer. Alles Kryptographie, so wie die Komplexe Analysis, die partiellen Differentialgleichungen, die Lie-Gruppen, die theoretische Algebra, die Kohomologie und auch einige Sachen in der Computerwissenschaft, die von meinem zweiten Zweig gefallen sind, die Hydrodynamik, der Strömungswissenschaften. Und die Himmelsmechanik, na, da kommen die dynamischen Systeme her, da ist die lineare Algebra daheim, die Topologie, die sym…«

»Ja, ja, schon gut«, sagt Andrej und winkt ärgerlich ab, »alles nur Anwendungsinteresse, was? Nein, also … dieser Instrumentalismus, so ein undialektischer, mechanischer, mechanistischer Blödsinn …« Jetzt lacht Kapitän Sun sogar hell und fröhlich. Dann zeigt er im Weitergehen kurz und lustig mit dem ausgestreckten Zeigefinger der Rechten auf Andrej, wie man das macht, wenn man gestisch sagen will: Ha, jetzt hab ich dich aber erwischt!, und sagt: »Siehst du, das ist der Kern deiner Sorgen, das ist dein verzweifelter Standpunkt, wenn du für ewige Gesetze die Brust rausdrückst – die Angst vor dem ganzen philosophischen Unsinn des Westens aus den letzten hundert Jahren, Pragmatismus und Instrumentalismus, Relativismus, die Lehre, dass es überhaupt keine Wahrheit gäbe, dass man ihr im Forschungsprozess auch nicht näher kommen könnte, dass die Welt nur immer gerade so sei, wie die Menschen sie halt verstehen, dass man aber verschiedene Abschnitte dieses historischen Forschungsprozesses nicht auseinander hervorgehen lassen dürfte, weil im Mittelalter die Welt eben eine Scheibe gewesen sei, um die sich die Sonne dreht, und danach eben nicht mehr, und die Sterne nur so sind, wie sie sind, damit wir das Meer befahren können ... also diese ganzen Wiedergeburten des Skepitizismus als Quietismus, dieses Nichtwissenkönnen als große Wehklage, auch der Herr Kant, man kann das Ding an sich nicht erkennen – du missdeutest das, was ich sage, als einen Weg, der zu diesem ganzen Unsinn führt. Weil ich sage, dass nur die Praxis der Geheimdienste und Raketenbauer zur Wahrheit führt, und weil sich die Wahrheit verändern kann, denkst du, ich würde sagen, was diese westlichen, verrückten Philosophen alle sagen, nämlich dass die Geheimdienste und Raketenbauer die Wahrheit nicht nur herausfinden, sondern selbst bauen, und was sich verändert, denkst du, sage ich, das ist eigentlich gar nicht vorhanden, denn nur das Ewige ist für dich vorhanden, nur das von Interessen der Geheimdienste und Raketenbauer unbeschmutzte – du willst die Wahrheit rein, sonst, denkst du, gibt es keine Wahrheit. So müsste das sein, wenn stimmen würde, was du mich sagen hören möchtest.« So viele Konjunktive, denkt Filipa staunend, und soweit sie die Grammatik verstanden hat, sind alle richtig. Sun beendet sein Argument: »Aber im Gegensatz zu dir sage ich nicht, wenn die Wahrheit nicht von Interessen unberührbar rein ist, wenn sie außerdem nicht ewig ist, gibt es keine. Ich sehe, dass in Wirklichkeit nichts Ewiges und eben auch nichts Unberührbares, nichts, das nicht Interessen wecken, erfüllen oder frustrieren kann, überhaupt existiert, dass man, wenn man von etwas sagt, es existiere, auch sagt, es hat einen Anfang und ein Ende und es könnte Menschen irgendwie, irgendwann, irgendwo nützen oder schaden. Und nur weil man also die Geheimdienste und Raketenbauer braucht, um bestimmte Sachen herauszufinden, sind es nicht sie, die bestimmen, wie sich das verhält, was man da herausfindet. Siehst du, das sind einfach die Denkschwierigkeiten einer verbrauchten Gesellschaft – das ist der Westen, der daran verzweifelt, dass seine Gesellschaftsordnung ihn daran hindert, die einmal erlangte Stufe der Rationalität seines Wissens und Könnens auch wirklich im Interesse seiner Menschen anzuwenden. Was sie wissen, macht sie nicht alle glücklicher, reicher oder freier, sondern nur sehr wenige von ihnen. Und in jeder Gesellschaft, in der die Intellektuellen merken, dass das Erkennen und das Wissen keine echten Fortschritte an Glück, Reichtum, Freiheit für alle mehr bringt, fangen sie an, am Erkennen und am Wissen selbst zu zweifeln. Das war bei euren alten Griechen so, als der Herr Pyrrho mit dem ganzen Skepsis-Unsinn anfing, und das war im späten zwanzigsten Jahrhundert so, als die mit der westlichen Wirtschaft immer enger verzahnte Sowjetunion von diesem ganzen Unfug zunehmend auch angesteckt wurde, als das erst im Untergrund und dann an den Universitäten wieder um sich griff, dieses Geschwätz. Aber der Sozialismus chinesischer Prägung, der dortige Marxismus-Lenininismus, dann die Mao-Tse-tung-Ideen, dann die Lehre des Genossen Deng und die Xi-Jin-ping-Ideen, das hat einen anderen Weg eingeschlagen. Wir haben diese Probleme alle nicht.«

Jetzt lacht Andrej, allerdings weder höhnisch noch ungläubig, sondern wie jemand, der vor dem Selbstbewusstsein eines klugen anderen fürs Erste kapituliert. Er sagt: »Ist gut, schon verstanden. Wir werden sehen, wie das ausgeht – Probleme, wenn auch nicht diese, habt ihr auch. Die Luft und das Wasser in der Nähe von einigen industriellen Gegenden bei euch sollen ja nicht halb so schön sein wie hier im Garten.«

Aiguo beugt den Kopf, dann blickt er wieder auf und sagt: »Das ist wahr, Probleme haben wir. Die Partei erkennt das an, und jetzt steigen wir in großem Maßstab ein bei erneuerbaren Energien und alldem, Solarkraft, der Stand der Technik. Aber was schon angerichtet wurde, lässt sich nicht leicht in Ordnung bringen, und einen Preis zahlt man immer. Was glaubst du, warum ich sofort die Gelegenheit ergriffen habe, ins All zu reisen?«

Weil sie nach links über eine kleine Holzbrücke davongehen, die zu den vielen Anzeichen asiatischen Gartenbaustils gehört, mit denen die chinesische Präsenz an Bord sich bemerkbar macht, sind sie für die zwei Lauscherinnen bald nicht mehr zu verstehen.

Liz grinst so breit wie sonst nur Filipa und sagt: »That was some deep shit«, und Filipa stimmt zu: »Tiefsinniger kann das Tutorial über die Diff auch nicht sein, das Cola dir versprochen hat. Naturgesetze, Alter! Und … Aber, du«, sagt sie, und richtet sich vorsichtig auf, um die Männer, die gerade noch in Rufweite sind, nicht doch noch auf sich und Liz aufmerksam zu machen, dabei hilft sie auch Liz hoch, die sich an ihren angebotenen Armen in die Höhe zieht, »ich muss jetzt dringend zum Training und noch ein paar Äxte werfen, mir sind die Haxen eingeschlafen von der Hockerei. Und wenn ich dran denke, dass wir heute wieder 'ne längere Kinonacht vor uns haben …«

Liz weiß genau, was Filipa meint: »Yeah, das wird kein kurzer Film. Ich geh auch noch mal for a jog in den freien Reifen vorn.«

Die Kinonächte werden in letzter Zeit alle länger, was auch am Abbau des »western bias« im Programm liegt, den Liz irgendwann einmal bei einer Gruppenbesprechung an Cordulas Tisch im Restaurant gefordert hat: »Ich will mehr chinesische Filme sehen, mehr japanische«, ein Seitenblick auf Kanbara, der jetzt selten allein, meistens mit Andrej unterwegs ist und deshalb auch mehr und mehr in die alte Gruppe der von Cordula Späth Ausgesuchten integriert wird, »und jedenfalls nicht immer nur Hollywood.«

»Gute Idee«, fand Cordula Späth, »aber die besten chinesischen Filme sind ordentlich lang, macht euch drauf gefasst!«

Die Losung, das Filmprogramm an Bord zu sinisieren und zu japanisieren, wird von wechselnden Mitarbeiterinnen und Mitarbeitern des Kapitäns sowie, als Kurator des japanischen Teils, von Kanbara kompetent umgesetzt. Cordula Späths Ankündigung bestätigt sich gründlich, wovon auch der Film keine Ausnahme macht, der am Abend nach Aiguos und Andrejs Gartengespräch über Wahrheit und Wissenschaft gezeigt wird: Fast zwei Stunden fließt der längste aller chinesischen Flüsse durch *Chang jing tu* von Yang Chao (oder, je nachdem, welche Stellung von Vor- und Nachnamen die verschiedenen Sprachgebräuche auf der PODKAYNE FRIES bevorzugen: Chao Yang), die Geschichte eines Mannes auf der Suche nach Herkunft und Sinn von Gedichten und einer Frau, der er auf seiner langen Schiffsreise den Jangtse entlang immer wieder in verschiedenen Lebenszusammenhängen, Weltkonzeptionen, Träumen begegnet.

Niemand im Saal findet, das Werk ermüde die Aufmerksamkeit, im Gegenteil. Wie sich hinterher an Cordula Späths Tisch im Restaurant herausstellt, sagt selbst Meinhard Budde, der allem Chinesischen gegenüber notorisch reservierte Soldat, dass man dem grüblerisch verliebten Qin Hao und seiner störrisch zarten Xin Zhi, den beiden Stars des Films, »stundenlang dabei zuschauen« könnte, wie sie einander auf und an einem Fluss dauernd verfehlen. Meinhard kippt eins der an Bord aus Rationierungsgründen seltenen Gläser Whisky und sagt dann:

»So was hätte ich mir auf der Erde nie angeguckt. Kunstkino. Aber hier ist das genau richtig, hat mir viel besser gefallen als die ganzen Actionexplosionen immer, die ich mir sonst angeguckt hab. Diese Langsamkeit und dann dieses ... Zwischenreich von Traum und riesiger Landschaft oder der Tempel, mit den Stimmen drin, und dass der so gebaut ist, dass es immer klingt, als käme alles von oben – ich musste an uns denken hier in der Rakete, wie groß draußen alles ist, und die lange Reise, na, also, ich würde sagen, lacht mich nicht aus, aber der Film ist genau so, wie ich mich hier fühle.«

Filipa, die direkt neben ihrem Freund sitzt, lehnt sich an seine Schulter und neckt ihn: »Wirst du jetzt Filmkritiker, Schatz?«

»Pff«, macht er und lacht, während er abwinkt, sie setzt sich wieder gerade hin und sagt in ernsthafterem Ton: »Nee, ist doch super, dass du damit was anfangen kannst, ich fand ihn auch gut. Die chinesischen Filme sind für mich was ganz Neues, auch die japanischen übrigens.« Sie nickt Kanbara freundlich zu, der zur neuen Ausrichtung der Kinoabende bis jetzt sieben Filme beigetragen hat, darunter die knapp zweistündige, erotisch-existentialistische Kobo-Abe-Verfilmung *Suna no onna* von Hiroshi Teshigahara, die fast ebenso lange, unbegreiflich-exzentrische Quasi-Musical-Groteske *Katakuri-ke no kôfuku* von Takashi Miike und die etwas kürzere Radiodramaproduktionskomödie *Rajio no jikan* von Kôki Mitani. »Die sind für mich was völlig Neues, so was kam nie im Kino bei uns in Deutschland oder wenn, dann in so Edelkinos, wo ich es nicht mitgekriegt hätte. Für mich ist das eine andere Welt, also ich besuche da wirklich andere Planeten, nur dass die alle auch die Erde sind, ganz seltsame Trips. Klar, ich hätte sie besuchen können, bevor wir gestartet sind. Vielleicht hätte ich das sollen. Und wenn es Science-Fiction-Filme sind, so wie dieses Ding, das du letzten Monat gezeigt hast, Kanbara ... das mit den Flüsterstimmen ...«

Sie sieht den Japaner fragend an, der leise antwortet: *Hiso Hiso Boshi … The Whispering Star*, der … flüsternde Stern.« Den deutschen Titel, unter dem der Film in Deutschland nicht im Kino lief, nennt Kanbara, weil die Vorführung im Kino der PODKAYNE FRIES eine mit deutschen Untertiteln war und mit einem Vortrag von ihm über den Regisseur Sion Sono und dessen große Bedeutung in Kanbaras Generation, in seinem eigenen Leben – der junge Japaner ist im Deutschen nicht so sicher, wie er gern wäre, und redet deshalb nicht viel, aber wenn er etwas sagt, richten sich schnell alle Augen auf ihn, weil es meistens etwas ist, das man nicht überhören möchte – so auch diesmal: »Ich glaube, der Weltraum … es ist der richtige Ort, viele Dinge der Erde klarer zu sehen.«

Christian Winseck sagt mit einem Blick zu Cordula Späth, den Liz auffällig kalt, fast feindselig findet: »Ich hoffe nur, dass die vielen Bewaffneten, die demnächst zu uns stoßen und die Expedition vervollständigen sollen, das ähnlich philosophisch sehen können. Dass sie lernen, wie man irdische Gewohnheiten, zum Beispiel das Kriegführen und Erobern, ein bisschen klarer sieht, wie man die Nachteile anders ernst nimmt, die so was hat, hier, wo es viel Glück braucht, wenn man überhaupt in diesen zerbrechlichen Habitaten überleben will.«

»Du meinst«, sagt Meinhard Budde, der sich als Soldat angesprochen fühlt, »es wäre doch ziemlich scheiße, wenn wir den ganzen Aufwand hier treiben, um die Dysoniki und später die Alexandra Burkhard einzuholen, falls wir das nur tun, um sie zu bekriegen und ihnen alles wegzunehmen, was sie gebaut, rausgefunden und sonst geleistet haben?«

Er klingt nicht beleidigt. Cordula Späth sagt nichts, sondern sieht von Christian zu Meinhard mit einem Lächeln, das Nachsicht und Sympathie kommuniziert. Bevor der Deutschamerikaner oder der Deutsche bei ihr nachhaken können, wie sie denn zu diesem Problem steht, ist es Aiguo Sun, der mit ruhiger Autorität die offizielle Position der Expeditionsleitung vertritt: »Die Sorge, dass Militärs nicht darauf vorbereitet sind, neue Dinge richtig einzuschätzen, die nicht militärisch betrachtet werden können, ist berechtigt. Die Partei hat mir aufgetragen, den Primat der Forschung durchzusetzen, alle Offiziere der Volksbegreifungsarmee an Bord der VALENTINE MICHAEL SMITH und ihre Soldaten, aber auch das gesamte Sicherungs- und sonstige militärische Personal aus der Volksrepublik China auf der PODKAYNE FRIES ist weisungsgebunden, und nicht nur an mich, auch an Cordula Späth und an die jeweils ranghöchsten chinesischen und deutschen Wissenschaftler und Techniker auf beiden Schiffen. Das heißt aber vor allem, dass wir, also alle, die keine Soldaten sind, eine schwere und verantwortungsvolle Aufgabe übernommen haben: Die Militärs müssen unsere Lehren und Anordnungen befolgen, aber das bedeutet, dass wir diese Lehren und Anordnungen eindeutig und verständlich erteilen müssen. Kanbara sagt richtig, man sieht die Dinge hier klarer, aber das bedeutet, dass wir sie auch untereinander klären müssen, mit klaren Worten. Ich habe erst heute Morgen mit unserem Freund Andrej Sirilko hier«, er nickt dem Genannten freundlich zu, »eine sehr anregende philosophisch-wissenschaftstheoretische Diskussion darüber geführt, was man unter Naturgesetzen verstehen solle, eine Frage, die auf der Erde unter Umständen auch ein bisschen weniger klar gesehen wird, wo gesellschaftliche Gegebenheiten oft von der absoluten Unumgehbarkeit von Naturschranken ablenken können, denen wir uns hier im Raum unmittelbar gegenübersehen, auf Leben und Tod. Ich bin der Überzeugung, dass solche Gespräche, zu zweit wie zu mehreren, im kleinen Kreis wie in der Öffentlichkeit des Schiffes, mehr noch, beider Schiffe, die in wenigen Wochen nur noch ein einziges Schiff sein werden, äußerst wichtig sind. Ich werde in Zusammenarbeit mit Cordula ein paar Einführungen in wichtige Sachverhalte ausarbeiten, in die politischen Verhältnisse bei den Dysoniki zum Beispiel, alles, was wir darüber in

Erfahrung bringen konnten, und über Alexandra Burkhards Eroberung der Macht an Bord der JEFREMOW und den möglichen weiteren Verlauf ihrer Mission. Diese Einführungen werden in Gestalt von Präsentationen auf der Brücke zu festen Zeiten abgehalten und in andere Sektionen des Schiffes übertragen werden. Alle, die hier mit uns unterwegs sind, sollten von ihrem Inhalt Kenntnis haben.«

Liz und Filipa wechseln einen verstohlenen Blick, beide denken daran, dass zu diesem Inhalt wohl auch das eine oder andere über die sogenannten Diff gehören wird. Jetzt spricht Cordula: »Das heißt übrigens nicht, dass diese Einführungen und sonstigen Verständnisangebote nur von Aiguo oder mir oder vielleicht noch Andrej kommen können. Du zum Beispiel, Christian, könntest uns mal was über deine Fortschritte mit den Botschaften von Alex Burkhard erzählen.«

»Genau«, wirft Filipa ein, »das wollte ich eh schon mal wissen, wie weit du da jetzt eigentlich mit bist, Christian. Wie sieht's aus?«

Christian ist gänzlich unvorbereitet: »Ich habe … bin noch … also, wenn es darum geht, was Alexandra Burkhard … damit sagen wollte, dann …«

Weil alle nur neugierig aussehen, fasst er sich: »Die Übersetzung, wenn man so will, ist das eine. Es kommt später, man muss ja immer erst mal klären, was für eine Sorte Text vorliegt. Das habe ich jetzt, glaube ich, geschafft, indem ich verschiedene Eichmaße ausprobiert habe, sozusagen, verschiedene Verfahren der Identifikation von Ordnungen im Text selbst. Es ist …« Er macht eine Pause und kann dann nicht anders, als in eine sprachliche Eigenheit zu fallen, die sonst eher typisch für Liz ist, nämlich den Wechsel aus dem Deutschen, das er seit seiner Ankunft in der chinesischen Wüste eigentlich ununterbrochen gebraucht hat, ins Englische: »It's all highly technical, so I don't know if you're familiar with any of these ideas, but it's basically forensic data mining linguistics, was ich gemacht habe, it's ...« Er reißt sich zusammen, versucht es auf Deutsch: »Wörterfrequenzen. Wie oft kommen Wörter in absoluten Zahlen vor, wie oft kommt ein Wort auf hundert oder tausend Wörter, wie viele nouns, verbs, adverbs, adjectives, qualifiers, prepositions, verbs, und nicht einfach use, sondern auch median use per passage, dann aber vor allem die Satzstruktur«, er mobilisiert sein bestes Fachdeutsch: »also, ob es einfach deklarative Sätze sind, simple Propositionen, oder sorgfältig gefügte Konstruktionen, parataktische, hypotaktische Architekturen, immer um einige wenige, aber alles andere entscheidende Verben herum organisiert ... und das hat mich dann auf die Spur gebracht, dass ich ganz falschgelegen bin am Anfang, verführt durch diese Idee von dir, Cordula, man müsste das wie einen Brief lesen, eine Botschaft. Weil mir eben gerade bei der Verbensache als Dreh- und Angelpunkt dieser Texte, oder dieses Textes, aufgefallen ist, was die Frau Burkhard da gemacht hat, dass das nämlich unmöglich einfach eine Mitteilung, ein Brief oder so etwas sein kann, sondern, ja, und das war eine ziemliche Überraschung dann doch ...«

Er sucht nach Worten. Cordula Späth hebt, bevor er sie gefunden hat, ihr Cocktailglas, schlägt nicht zu klirrend hart, aber hörbar mit dem Ring am Mittelfinger der Rechten dreimal kurz hintereinander gegen den Rand, dass es klingt, wie wenn jemand bei einem Hochzeitsessen mit dem Löffel am Glas das Signal gibt, das ankündigt, wenn eine Rede gehalten werden soll. Dann hebt sie das Glas, als alle Blicke sich auf sie richten, sogar noch fünf Zentimeter höher, und sagt nach kurzem, fast verschlucktem lustigem Sichräuspern: »Phantastische Gelegenheit, die Volkshochschule auf Aiguos Brücke zu eröffnen! Ich würde sagen, wir sind jetzt alle so gespannt, dass sich daran ablesen lässt, wie aufmerksam das ganze Schiff zuhören würde, wenn Christian Zeit hätte, eine geordnete Präsentation vorzubereiten. Und ich will, ehrlich gesagt, nicht mehr wirklich die Vereinigung der Schiffe abwarten. Wenn die andern dazukommen, die Uniformierten und Bewaffneten, ich weiß, das ist nicht mehr lange, paar Wochen, man kann schon die Tage zählen«, Filipa guckt wieder zu Liz, die das wohl, in Erwartung von Max, vermutlich tatsächlich tut, »aber wenn die mal da sind, geht es, fürchte ich, zunächst um Sachen, die man in Befehlsform darstellen, sozusagen ganz klassisch frontal unterrichten muss: Wer sind die Dysoniki, was erwartet uns in der nächsten Etappe der Reise, einiges über die JEFREMOW und erste Ausblicke auf die übernächste Etappe, auch schon auf Neptun. Aber das, was Christian arbeitet, ist denen vermutlich zu abstrakt. Und, tja, Geisteswissenschaften ...«

»Es ist Science, es ist überprüfbar«, schaltet sich Christian wie erwartet protestierend ein, »es ist falsifizierbar ...« Cordula lacht freundlich: »Hey, peace, Christian, mit mir brauchst du dich nicht zu streiten, ich hab's nicht angezweifelt. Science, sure. Aber es ist Science für Scientists und Intellektuelle wie uns alle hier – ja, Meinhard, guck nicht so, du bist überführt, deine Meinung zu dem Film heute war schon viel zu intellektuell –, also, was ich sagen will«, sie wendet sich wieder Christian zu, »du kriegst wahrscheinlich intelligentere Reaktionen, Fragen und so was, wenn du es erst mal uns erzählst. Du hast ja gesagt, an der eigentlichen Bedeutungsanalyse knusperst du noch rum – dann ist es doch von Nutzen für dich, wenn du uns alle hier an Bord rekrutieren kannst durch diese Präsentation. Außerdem hab ich zu deinen Vortragsfähigkeiten das größte Vertrauen. Falls du dich erinnerst, ich habe dich erlebt, wie du dein Buch vorgestellt hast, in Konstanz damals ...«

Christian macht ein mürrisches Geräusch, halb scherzhaft, und fällt ihr ins Wort. »Ja, mit Perücke warst du da, thank you very much ...« Sie stellt das Glas ab, neigt ihren Kopf vor ihm, um sich zu entschuldigen, und sagt: »War albern, da hast du recht.«

Dann sieht sie ihn direkt an und fragt rundheraus: »Willst du's machen? Sagen wir, in einer Woche?« Er verzieht das Gesicht, als habe ihn jemand in die Ferse gezwickt. Aber dann wird ihm klar, dass das kokett ist, denn er weiß, wie man Vorträge hält, und er weiß, dass er seine Forschung für neue Ideen öffnen muss, weil er sich sonst in Sackgassen denkt.

So sagt er: »Okay. Ja. Gern sogar.«

Liz klopft anerkennend auf den Tisch. Andrej, Kanbara, Aiguo schließen sich an, dann auch Filipa, der die Sitte unbekannt war, und endlich Meinhard, der sie von der Bundeswehrschule her zwar kennt, aber etwas länger braucht, um wieder einmal zu begreifen, dass er wirklich zu diesen Leuten gehört, dass sie ihn annehmen und auf seine Meinung Wert legen. Jetzt ist es Christian, der den Kopf senkt: Zu viel der Ehre, soll das sagen, aber in Wirklichkeit hat er schon damit begonnen, sich zu überlegen, wie er seine Zwischenergebnisse und die Verfahren, die er genutzt hat, um zu ihnen zu gelangen, möglichst leicht nachvollziehbar darstellen kann.

Die Tage bis zum Vortrag geht Christian am Terminal und in den paar Büchern, die er mitnehmen konnte, alles immer wieder durch, findet sogar Neues, glättet und ordnet seine Notizen und sieht, was er schon kennt, noch einmal mit anderen Augen. Zur gleichen Zeit erforscht, was er so wenig weiß wie irgendjemand sonst an Bord, Liz ein anderes, ein nicht weniger rätselhaftes Problem, nämlich ein politisches: Sie malt Diagramme, sie setzt Fragezeichen neben Cordulas Namen, sie runzelt die Stirn. Und auch Andrej Sirilko ist nicht untätig: Der Physiker sitzt jetzt abends oder morgens oft als Letzter oder Erster an der Bar im Restaurant, mit Zetteln, auf die er Dinge schreibt wie:

$|\varepsilon| < 1/n$ for all $n = 1, 2, 3 \ldots$
$|\omega| > n$ for all $n = 1, 2, 3 \ldots$
$1/\omega \leftarrow$ *nonzero infinitesimal*
Diff? Large? Small? Both? Neither?

So vergehen die Tage. So knospen, blühen und sterben Gedanken.

Als Christian, der Vortragende, eine großzügig bemessene halbe Stunde vor Präsentationsbeginn durch die Trommelzugangspassage in den saalartig langen, bogenförmig gekrümmten Brückenraum eintaucht, begrüßt ihn dort, wie immer am Stehpult, mit freundlichem Nicken der Kapitän, der meistens hier ist, nie länger als sechs Stunden schläft und nur sehr selten akzeptiert, dass ihn andere, etwa Andrej Sirilko oder seine offizielle erste Offizierin Gabriele Reinhard, länger als einen Tag ablösen. Ungefähr zwanzig Technikerinnen und Techniker sitzen an ihren Konsolen.

Für Gäste, heute wohl die alte, von Cordula Späth ausgewählte Kerngruppe, ist eine Art Loungenische in dezent blauem Quasisamt eingerichtet, angeordnet um einen Konferenztisch, an dessen Kopfende ein bequemer Bürostuhl steht, auf dem Christian während der Präsentation sitzen soll. Jetzt sitzt da Cordula, tippt sich mit zwei Fingern der Rechten an den Rand eines imaginären Cowboyhuts, um Christian willkommen zu heißen, und sagt dann: »Na, Professor? Nervös?«

Er hat einen Folder mit Papieren unterm Arm und einen Stick in der Hand, die legt er erst einmal auf dem Gästesofa ab, setzt sich dazu und sagt dann: »Ach, es geht. Der Port für den Stick ist …?«

»Hier«, sagt Cordula und deutet auf die Berührbildschirmfelder im Glastisch, dann sagt sie: »Ich möchte mich noch mal ausdrücklich entschuldigen für den Überfall, es war natürlich ein bisschen deflection, weil du mich mit dieser heiklen Militärsache so in die Enge getrieben hattest. Wenn du sagen willst: Cola, du bist eine fiese Macchiavellistin, dann sag das.«

»So was würde ich nie sagen«, erwidert Christian ruhig, »schon weil ich diesen Spitznamen irgendwie … inappropriate finde. Ich bin eh nie ein Freund von Spitznamen gewesen, schon wenn mein Bruder immer wollte, dass man mich ›Chris‹ nennt, da habe ich dann nie hingehört, aus Prinzip.«

Cordula freut sich: »Du wirst dich mit Alex Burkhard verstehen, die zwar wahrscheinlich immer noch nix dagegen hat, Alex statt Alexandra zu heißen, aber dafür irgendwann ziemlich deutlich klargestellt hat, dass sie nicht Luzi heißen möchte, obwohl der Mensch, der ihr diesen Namen angehängt hat, immerhin der war, den sie auf der Welt am allermeisten liebte. Dein Vater.«

Christian schüttelt langsam den Kopf: »Luzi. Er hat mir mal erklärt, warum. Hab's vergessen, leider.« Cordula macht ein kaum hörbares Geräusch, etwas zwischen Seufzen und sehr leisem Lachen, dann sagt sie: »Sie hat's mir auch erzählt, am Rande einer … sehr schönen Party.« Wieder einmal bemerkt Christian den eigentümlichen Tonfall, den ihre Stimme annimmt, wenn sie ihm etwas von seiner Patentante berichtet, eine eigenartige, melancholische Farbe, nach der er sie eines Tages zu fragen sich längst vorgenommen hat. Stattdessen fragt er: »Und was hat sie gesagt?«

Cordula lächelt, nickt langsam und sagt: »Das war schon eine ganz besondere Liebesgeschichte. Einerseits sehr Rock 'n' Roll – der angehende Bohemien aus gutem Haus und die christliche Streberin aus der Kleinbürgerfamilie –, bisschen wie so ein Musical, aber eben auch mit viel angespanntem Pathos, eine Spur Romeo und Julia. Sie hatte vorher nur eine ganz harmlose Verknallgeschichte mit einem anderen Jungen, und Jochen war nach dem Maßstab, der an so 'ner Schule damals galt, eher erfahren, hatte schon drei Freundinnen gehabt, was heißt Freundinnen, man sagte da ja so was wie: Die geht mit dem. Alles sehr früh, vierzehn, fünfzehn, dein Vater war vielleicht ein paar Wochen älter als sie, nicht mehr, wenn ich mich da nicht falsch erinnere. Oder war er jünger? Hab's vergessen. Jedenfalls … sie waren nicht einfach das Actionpaar, als das sie dann später so vielen Leuten, auch mir, imponiert haben, als die jungen Szenemenschen im Underground und bei den Politischen und immer überall, wo was los war, sondern sie waren auch sehr vertraut miteinander.«

Christian weiß, dass er eigentlich nicht berechtigt ist, diese Erzählung anzuzweifeln, aber er hat doch einen Einwand: »Na ja, aber das mit meiner Mutter, also dass er dann noch eine andere Christin ...«

Sie wedelt mit der Hand wie mit einem Fächer: »Nee, warte, lass doch, weiß ich doch alles, er war eben ein Heinz. Kein böser Depp, aber schon ein Depp – davon will ich ja gerade erzählen, dass das selbst in dieser Vertrautheit immer mal durchschlagen musste, und zwar ... also, eine Zeitlang war es ja so, dass ihre Eltern sie kaum noch aus dem Haus lassen wollten, vor allem ihr Vater, der ja der Strenge war bei den Burkhards, der wusste zwar nie, dass sie da schon in Kneipen geht – damals hieß das in Südwestdeutschland noch Kneipen, nicht Clubs – und auf Konzerte und so, in größere Städte, aber sie war ihm halt abends dann immer zu lange weg, und da hat er – da war es noch nicht so weit, dass sie ihn gar nicht mehr sehen durfte, dass sie sich trennen sollte, das kam erst mit dem Skandal, mit dem Kind mit der anderen, mit dir also –, nein, aber sie sollte nicht mehr mit ihm ausgehen, und ihr Vater hat sogar gesagt: Ihr könnt euch hier treffen, in unserer Wohnung, und dann werden wir mal sehen, ob er noch dein Freund bleiben will, da testen wir mal seine Ernsthaftigkeit, und implizit war da natürlich, Sex gibt's in dieser Wohnung keinen, ich oder deine Mutter sind immer nebenan, also benehmt euch, und da er ja eh nur das eine von dir will, wird er dann bald abhauen, dann habe ich dich vor einem Jungen gerettet, der dich gar nicht wert ist.«

»Nur ist er dann nicht abgehauen«, sagt Christian.

Cordula lacht: »Oh, im Gegenteil. Viel von Liebe kann er nicht verstanden haben, der christliche Papa. Sonst hätte er gewusst, wie sexy das sein kann, nicht dürfen, und wie sexy das erst ist, über alles andere reden können, in dem Zimmer, das Alexandra seit Kindertagen bewohnt hat, auf ihrem Bett, über die Vergangenheit, die Zukunft, die Träume und Pläne, immer schön angezogen dabei. Er war fast jeden Abend da, monatelang, immer schön guten Tag sagen beim Papa oder der Mama …«

»Ich seh's vor mir«, sagt Christian, der jetzt auch lächeln muss.

Cordula erwidert: »Wenn du als Sprachwissenschaftler so gut bist wie als Hellseher, dann knackst du die Neptunbotschaft mit Sicherheit. Mit den beiden war's dann so … dass sie wollte, dass er von ihren Kinderträumen weiß, von dem Mädchen, das sie vorher war, hat sie mir nicht nur erzählt, sondern bei so einer Gelegenheit, als sie ihm nämlich was gezeigt hat, das sie vor der Begegnung mit ihm gemacht hat, ist der Spitzname, ja, wie soll man sagen? Passiert? Sie hat nämlich immer gern gemalt und gezeichnet, und zwar war das dann alles, ihre ganzen Bilder … sie hat das, so ging die Geschichte, unterm Bett in einer großen Kiste aufbewahrt, ein riesiges Frühwerkarchiv, vom Kindergarten bis in die Gymnasialzeit, vom Kunstunterricht bis zu Freizeithervorbringungen, und da war nun dieses eine Bild dabei, das hat sie … sie war sieben oder acht, höchstens, so hat sie mir das erzählt, und dieses Bild, das muss riesig gewesen sein, A1, ein Karton, und in Wachskreide, bunt, das war davor ihr Hauptwandschmuck gewesen, also als Kind, meine ich, später ersetzt durch die üblichen Pferde und Harlekins wohl, und zu der Zeit, als sie das Bild dann da unten hervorgeholt und ihm gezeigt hat, war es natürlich schon verdrängt von Postern, damals wohl noch Bowie, The Cure, Black Flag und Bauhaus und so was, später dann Sonic Youth und Fugazi, diese Schiene … und sie holt also das Bild raus und sagt: Das ist mein liebstes. Eine Totale, würde man beim Film sagen, Breitwand. Da waren ein paar krumme Häuser drauf, eine Wiese, Menschen und Tiere, Türme sogar, Berge, aber das

Wichtige war oben, nämlich das Wesen im selbsterfundenen Raumanzug, schwebend, hoch, sehr, sehr hoch über der Erde, im All, umgeben von Raumkapseln, Satelliten, Kometen, Sternen, Sonne, Mond. Und er … ich meine …« Sie schließt die Augen, zieht die Stirne kraus, als hätte sie einen kurzen Migräneanfall, dann öffnet sie die Augen weit und sagt: »Dieser Idiot! Mit seinem schwachsinnigen Pop- und Rockmusik-Expertenhirn! Dieser … Hipster, dieser … was sagt er? Ah, Lucy in the Sky with Diamonds! Und sie sagt: Das sind doch keine diamonds, das sind Satelliten und Raketen. Sie will ihm sagen, hör mal, nimm das ernst, ich wollte Astronautin werden, wo andere Mädchen alle irgendwas mit Tieren oder … meine Güte. Echt. Sie hat mir erzählt, wie hilflos sie sich da gefühlt hat, dass sie ihm auch noch den Hinweis vorgesagt hat: Das da mit dem Helm, das bin ich. Und da guckt er sie an, weil er gemerkt hat, sie ist da empfindlich, bei dem Thema, bei dem Bild, und macht so einen neckischen Witz, der die Situation entschärfen soll, und sagt: Ach, die Lucy bist du? Du bist die Lucy? Ja, dann ist ja klar, dass die Beatles darüber gleich einen Song machen müssen, ich mein, wenn ich Songs schreiben könnte, ich würde ja auch sofort einen über dich schreiben.«

»Oh, boy. What a … sheesh, what a loser«, sagt Christian, und Cordula stimmt zu: »Das Schlimmste ist, er hat es charmant gemeint, und sie war zu stolz, ihm klipp und klar zu sagen, wie sehr es sie gekränkt hat, und spielte stattdessen mit, so à la, ja, jetzt kennst du mich, also, ich bin die Lucy, angenehm. Und so blieb das dann hängen, und … tja, das ist die ganze dumme Geschichte.«

»Was für 'ne dumme Geschichte? Was geht, ihr zwei?« Das ist Filipa, die eben durch den Ringkorridor in den Saal kommt und sofort festen Tritt fasst. Das Hin und Her zwischen Schwerkraft und Schwerelosigkeit bereitet niemandem an Bord weniger Schwierigkeiten als ihr. Anstatt eine Antwort von Cordula oder Christian abzuwarten, macht sie Platz im Aus- und

Eingang für Meinhard und staunt über die Nahaufnahme der MICHAEL VALENTINE SMITH auf dem riesigen, gekrümmten Schirm hinter der Sofareihe, flankiert vom rechten und linken Geviert der sonstigen Außenkamera-Aufnahmen.

Als Filipa das letzte Mal hier auf der Brücke war, konnte man die SMITH nur ahnen, zu erkennen gewesen war da nichts als ein blauweißer Punkt, grauweiß das Schiff, blau der Antrieb. Jetzt, da es sich wirklich nur noch um wenige Wochen handelt, die man warten muss, ist die Auflösung so stark, dass Filipa meint, sogar die Sendeantenne erkennen zu können, die Max und ihrer Freundin Liz über Monate ihre häufigen Turtelgespräche über riesige Distanzen erlaubt hat.

Cordula begrüßt die beiden Deutschen mit einer lässigen Geste der Hand und steht auf, um sich aufs Quasisofa zu setzen, wo jene gerade Platz nehmen und Christian schon nicht mehr sitzt, weil der jetzt im Stehen, zwischen Glastisch und Bürostuhl, anfängt, sein Material durchzusehen, zu ordnen und, nach kurzem Nicken Richtung Filipa und Meinhard, sich flüsternd, mit dem Rücken zur großen Bildschirmwand, selbst daran zu erinnern, was er zu sagen hat.

Bald gesellen sich Andrej und Kanbara dazu.

Der Japaner ist erkennbar verunsichert, weil die gesamte übrige Besatzung dem Vortrag an Konsolen, wie hier im Saal, oder auf den Sichtwänden folgen wird, selbst denen, die sonst Kunst zeigen, während er das seiner Ansicht nach ganz unverdiente Privileg genießt, am selben Ort Christian Winsecks Gedanken zu folgen, an dem er sie überhaupt erst entwickeln wird. Kanbara hat schon vergessen, dass er auch dabei war und eine nicht nebensächliche Anregung dazu gegeben hat, dass diese Gedankenarbeit sich überhaupt zur öffentlichen wandeln kann. Genau zwei Minuten vor dem angekündigten Beginn der Ausführungen des Sprachwissenschaftlers verlässt Aiguo Sun seinen Posten am Pult und salutiert etwas nachlässig Shen Yau, dem Techniker, der für die Dauer von Christians Präsentation die Aufgaben des Kapitäns übernehmen wird (seine deutsche Stellvertreterin ist nach einer langen Nachtschicht in ihrer Kabine und schläft). Als Cordula noch mal beiseiterückt, um dem Chinesen Platz zu machen, wird Christian für einen Moment etwas beklommen, weil ihm der Kapitän, der ihn ja schließlich auch hören könnte, wenn er seine Pultposition nicht räumen würde, einer solchen Respektsbezeugung für wert hält. Er lässt sich von dieser Unsicherheit kurz überspülen wie von einer kalten Welle, dann fließt sie ab, und er steht da wie jemand, der sehr oft Vorträge wie den geplanten gehalten hat. Er fängt an: »Guten Tag, schön, dass der Kapitän und Cordula Späth mir diese Gelegenheit geben, ein paar Worte über einen … sehr eigenartigen Text zu sagen. Fast alle an Bord haben von diesem Text gehört. Wir nehmen an, Alexandra Burkhard, unter deren Befehl eine sowjetisch-ostdeutsche Weltraummission, die ursprünglich das Sonnensystem verlassen sollte, vor fast dreißig Jahren am Neptun haltgemacht hat und dort wohl auf eine Umlaufbahn um den Riesenplaneten eingeschwenkt ist, hat diesen Text zur Erde gesandt. Was drinsteht, weiß auch von denen hier, die ihn schon einmal gesehen haben, wenigstens in Auszügen, kaum jemand – und eins will ich gleich klarstellen: Obwohl ich mich mit diesem Text jetzt seit Jahren beschäftige, ihn etwa zwanzigmal komplett gelesen und davon etwa fünfzehnmal regelrecht bis ins Kleinste studiert habe, weiß auch ich im Grunde immer noch nicht, was drinsteht.«

Christian wirft mit einer Handbewegung zwei nebeneinandergelegte Seiten aus dem Burkhard-Text auf die in diesen Tisch integrierten Schirme, über die sich die Anwesenden sofort aufmerksam beugen, und auf Hunderte ähnlicher Schnittstellen im ganzen Schiff.

Was man da lesen kann, liest sich zwei Seiten lang so wie der erste Absatz:

angeschaut unter dem besondern aspekt dass eine handlung ein ereignis oder ein gedanke jenn isoliert vorkommen sondern nur bezogen auf andere handlungen ereignisse gedanken diV das sortieren der welt durch die welt lehrte die shrikhandesie kann man in der stetwelt als »*« erleben beschreiben bearbeiten konV in spiralförmiger bewegung als entschlossen ausgriff von den ersten grundlegenden axiomen her entdeckte amata hebthing hochthing dass das keineswegs schwer umzusetzende zerebrale regeln ° pour soumettre le travail au contrôle technique sondern verbindliche dabei elastische parameter auch des ästhetischen ja der sozialen choreographie in betrieben wie aubert halt »Macht die Fehler der Leitung nicht zur Ausrede für eigenes Versagen« oder »Nur weil euer Chef mit euch Sex hat, heißt das nicht, dass ihr ihn nicht auch für euch arbeiten lassen könnt« diV im tagebuch kam für dies alles ein neues wort dazu »spielchen« das gegenteil auch aber neueste kleid von VQSV konV

Christian gibt seinem Publikum ein paar Minuten, sich die volle Schwierigkeit selbst der einfachsten sinnerfassenden Lektüre klarzumachen. Dann setzt er neu an: »Dieser Text hat keinen Titel. Er umfasst etwa fünfhunderttausend Zeichen, Leerzeichen und, nun ja, Satzzeichen mitgerechnet, falls man hier von Satzzeichen reden kann. Der Großteil des Wortbestandes ist – oder vielleicht sollte ich das vorsichtiger sagen: scheint – deutsch. Viel Englisch, etwas Französisch, Italienisch, aber das alles eher so, wie ein Fremdwort oder auch ein berufsbezogener Fachausdruck, manchmal als ganze Wendung, in einen deutschen Satz aufgenommen werden kann. Wir haben hier ja eine mehrsprachige Gemeinschaft an Bord, diese Art von Sprachenmischung, auch wenn jemand etwa eigentlich deutsch redet und dann aber ein spezifisches Wort nicht weiß, es fällt der Person gerade nicht ein, oder sie kennt es gar nicht, dann sagt man eben das chinesische oder im Fall von Liz das englische oder bei Andrej hier auch mal, sehr selten, das russische Wort, und dann geht es normal weiter – dass es hier, in dem Text, über den ich reden will, so ein ›normal weitergehen‹ gibt, darf ich behaupten, weil ich computerlinguistische Häufigkeitsanalysen vorgenommen habe, die rein zahlenmäßig belegen, dass es so etwas wie ein statistisches Mittel, einen oberen und mittleren Teil der Gaußkurve, ein Durchschnittsvokabular darin gibt, und das stammt der Lexik nach einfach aus dem Deutschen, und zwar, auch keine Kleinigkeit, die man etwa vernachlässigen sollte, aus dem Deutschen der Gegenwart.«

Er hört sich das sagen und merkt, dass bei diesem Thema wirklich nichts selbstverständlich ist. »Ich habe diese Wörterzählerei als Erstes abgehakt, diese Arbeitsweise, mit der zum Beispiel die forensische Linguistik heute versucht, die Urheberschaft von kriminalistisch relevanten Äußerungen, etwa Erpresserbriefen, dingfest zu machen, oder die Philologie sowohl bei Klassikern wie bei zeitgenössischer Literatur bestimmte Muster ermittelt, so dass man dann weiß, James Joyce hat auf hunderttausend Wörter eintausendeinhundertfünfmal ein Ausrufezeichen gesetzt, Hemingway bei derselben Wortmenge aber nur neunundvierzig Ausrufezeichen, oder … was sind die Lieblingswörter von Agatha Christie – das sind übrigens ›inquest‹, ›alibi‹ und ›frightful‹, und bevor du nachfragst, Cordula, weil du siehst so aus, ja, diese drei Beispiele sind echt, ich habe sie mir gemerkt, weil sie schon in meinem Buch stehen und ich die Stelle oft vortragen musste. Ich möchte übrigens drum bitten, die Fragen tatsächlich erst mal alle hintanzustellen, ich muss mich ziemlich konzentrieren, um in der angesetzten Stunde halbwegs durch das Material zu kommen. Also, ich habe schon angedeutet, die Abzählgeschichte, das ist der unkomplizierte Teil, und man kann dann schon Blöcke bilden, Tabellen aufstellen, wenn man so was für Wissenschaft halten will, ein bisschen habe ich das auch gemacht, aber das meiste, was dabei herauskam, führt nicht sehr weit – es wird sozusagen, wenn ich da irgendwann mal ein Paper draus mache, das dann alle lesen können, höchstens für Fußnoten taugen, während der interessanteste Befund in Sachen Wörterfrequenzen nicht der war, wie oft bestimmte Wörter vorkommen, sondern dass zwei fehlen, zwei der wichtigsten Hilfsverben im Deutschen überhaupt nämlich: Es gibt in diesem ganzen Text weder ›haben‹ noch ›sein‹ in irgendeiner Form, kein ›hat‹, kein ›sind‹, nichts davon. Und da wird es nun interessant. Was ist mit diesen Verben? Das interessiert jemanden, der aus der Schule der Linguistik kommt, in deren Denkrahmen ich meine ersten Versuche gemacht habe, das Sprechen und Schreiben zu verstehen – es ist die Lehre von den Syntaxstrukturen, die der Franzose Lucien Tesnière entwickelt hat und von der ich mich aus, ich will fast sagen philosophischen Gründen dann doch auch wieder sehr weit entfernt habe, aber was ich immer noch für richtig halte, ist seine Idee der Dependenz – dass Satzteile voneinander in einer bestimmten Weise abhängig sind, das heißt, der Satz: ›Christian redet‹ hat nicht nur zwei Elemente, sondern drei, nämlich das Subjekt, das Prädikat und dann aber noch die Beziehung, in der diese beiden Wörter zueinander stehen und die Tesnière ursprünglich Konnexion genannt hat, Verbundenheit, und dann ist diese Konnexion aber eine Konkomitanz, etwas, das man als gemeinsames Vorkommen in einer Bedeutungsordnung sehen muss, und für Tesnière außerdem eine Dependenz, eine Abhängigkeit derart, dass bei ihm das Verb, sozusagen der Motor des Satzes, verschiedene Ergänzungen haben kann, wie er das nennt, das heißt, es kann ein Subjekt geben, hier Christian, und wir können uns auch ein Objekt dazu denken, etwa, wenn wir den Satz zu ›Christian redet Unsinn‹ ergänzen. Nicht jede Ergänzung ist gleichwertig, weder logisch noch syntaktisch, aber Tesnière hat uns den schönen Vergleich hinterlassen, dass das Verb sozusagen ein Vorgang ist wie ein kleines Schauspiel, es stellt etwas dar, einen Vorgang oder auch nur einen statischen Zustand – es gibt ja zum Beispiel im absurden Theater auch Schauspiele, die wirklich nur einen Zustand abbilden, in dem dann gewissermaßen nichts passiert –, und die Ergänzungen, das sind die Schauspieler, weswegen Tesnière sie auch ›Aktanten‹ nennt, nach dem französischen Wort für Schauspieler, ›acteur‹. Das Verb hat dann sozusagen unterschiedlich viele Stellen frei für solche Ergänzungen, solche acteurs, und wie viele und welcher Art sie jeweils sind, bestimmt in einem gewissen Sinn seinen syntaktischen Wert oder, wie Tesnière zu sagen pflegte, seine Valenz. In dieser Art habe ich mir dieses Drama hier angeschaut, und weil aber die Valenzverteilung und die Stemmata – das sind so kleine Diagramme, die Tesnière uns, seine Schülerinnen und Schüler, zu zeichnen gelehrt hat, die also die Konkomitanz zu begreifen helfen, die kleine dramatische Welt um das strukturelle Zentrum des Verbs – mir bald zeigten, dass es hier eben nicht so zugeht wie da, wo man mit Tesnières Denkweise versucht, etwa die Beschaffenheit des Deutschen oder des Dänischen oder irgendeines Dialekts zu begreifen, sondern dass sich diese Regeln hier – wenn man mal sagt: Regel ist der Ausdruck dafür, dass wir nicht nur bestimmte Häufungen, Regelmäßigkeiten erkennen können, sondern dass dahinter tatsächlich etwas stecken muss, ein Sprachgebrauch etwa – sogar ändern im Verlauf der fünfhunderttausend Zeichen Text, und zwar, das ist der Punkt … sie ändern sich, wie ich erst irgendwann intuitiv merkte und dann tatsächlich noch mal von meinen Erbsenzählerprogrammen nachrechnen ließ, die ich eigentlich schon erschöpft glaubte, ich meine, ich dachte … also, plötzlich fiel mir ein: Was, wenn das ein literarischer Text … also: Was will uns der Dichter damit sagen? Ich weiß nicht, ob es bekannt ist, aber es gibt, das heißt, es gab vor allem im zwanzigsten Jahrhundert eine Menge Schulen der Interpretation von literarischen Texten, die von dieser Frage nichts mehr wissen wollten, die das für überholt hielten, New Criticism, Strukturalismus … und inmitten dieser Diskussion haben dann manche Schriftstellerinnen sozusagen stark aufgerüstet, nämlich ihre eigenen Regeln und Metaregeln komplizierter gemacht, vor allem überhaupt erst mal zum Thema, zur wichtigen Zentralfrage ihrer Arbeit gemacht, und bei diesem Ding hier«, er klopft auf sein eigenes Bildschirmglas, auf den Text, »dachte ich immer wieder vor allem an eine französische Gruppe von Leuten, die literarische Texte auf eine sehr eigensinnige Art verfasst haben. Diese Gruppe hieß Oulipo, eine Abkürzung für ›ouvroir de littérature potentielle‹, so was wie: Workshop für potentielle Literatur, Werkstatt, Entschuldigung, ein Netzwerk, entstanden aus dem Nukleus eines Treffens von zehn Personen – Dichtern, Mathematikern und anderen Gelehrten, zusammengerufen von Raymond Queneau und François Le Lionnais, die haben sich das erste Mal 1960 getroffen, man unterhielt sich über spielerische und kalkulierte Erzeugungsweisen von Poesie. Schon 1947 hatte Queneau sich in seinen *Exercices de style*, also *Stilübungen*, mit diesen Dingen befasst: Eine Geschichte wird da auf neunundneunzig Arten erzählt, wobei Arten dabei zum Beispiel sensorische Perspektivik, so was wie: nach Geruchssinn geordnet, aber auch rhetorische Figuren wie Litotes und so weiter meint. 1961, im ersten Jahr von Oulipo, veröffentlichte er …«

Er blickt kurz in die Runde und erkennt, dass man ihm nicht mehr zuhört. Es liegt aber nicht an dem, was er sagt, und auch nicht daran, wie er es sagt, sondern an etwas anderem.

An Filipas Blick rutscht seiner zuerst ab. Sie schaut neben ihn, hinter ihn. Er versucht zu verstehen wohin, ach, nein, über ihn. Sie öffnet den Mund, will etwas sagen, kann es aber aus irgendeinem Grund nicht, stößt mit der linken Schulter dann Meinhard an, der neben ihr sitzt, bereits gesehen hat, was sie ihm zeigen will. Seine Augen sind geweitet, so dass Christian, der zugleich ein, zwei unterdrückte Überraschungs- und

Schreckenslaute von den Konsolen her registriert, sich schon umdrehen will. Da springt Liz auf und ruft: »What! What? What is that? What the FUCK is happening? Cordula?«

Sie schaut die Frau nicht an, deren Namen sie jetzt mehr schreit als ruft. Die ist schon aufgestanden, rutscht mühelos zwischen Tisch und Aiguo Suns Knien hindurch und eilt zum Pult, wo sonst der Kapitänsposten ist, wo, wie Christian, völlig aus der Rede und jedem anderen sinnvollen Verhalten geworfen, verwirrt erkennt, der offenbar unter Schock stehende Shen Yau beiseitetritt wie eine mechanische Puppe und ihr den Platz einräumt, an dem sie sofort die Tastfelder zu bedienen beginnt, als hätte sie nie etwas anderes getan, als wäre das ihr wahrer Job und Aiguo Suns Kapitänsstellung von Anfang an nichts als eine kindische Scharade gewesen.

»FUCK! WHAT'S HAPPENING?«, schreit Liz, und jetzt ist auch Filipa aufgestanden und versucht, der Freundin den linken Arm um die Schulter zu legen. Liz wirkt ganz abwesend, als sie sich entzieht und nun versucht, über Aiguo zu klettern, dann aber von Meinhard, der mit grimmigem Gesichtsausdruck ebenfalls in die Richtung schaut, in die alle starren, festgehalten wird. Ein Gerangel beginnt. Christian verfolgt es nicht weiter, sondern dreht sich endlich um und sieht auf dem Bildschirm die Katastrophe: Der vertraute gestreckte Keil der VALENTINE MICHAEL SMITH zerbricht – nein, denkt Christian, es ist das falsche Wort, und dann englisch: it's breaking up, but the thing is, it's not breaking up in any sense I can recognize, und dann verabschieden sich die Wörter ganz aus Christians Kopf, können nichts mehr sagen zur Sicht auf das, was ihm der Schirm in der Mitte und dann aus anderen Winkeln, durch Cordulas Fingertippen und -streichen übers Tastfeld von anderen Kameras abgefragt, auch die anderen Schnittstellenfenster zeigen.

Die Kegelspitze der SMITH scheint nach innen gesogen. Der Rand des Lochs, das da ist, wo sie war, glüht merkwürdig, die schweren metallischen Platten darunter blättern ab wie schlechter Lack. Was tun sie? Brennen? Flöge alles auseinander, wäre das eine Explosion, und bräche es zusammen, knickte ineinander wie eben die Spitze, wäre es eine Implosion. Aber man kann gar nicht erkennen, ob hier ein Auseinander oder ein Ineinader stattfindet. Die Teile, Flächen, Bögen, Röhren sinken und drehen sich widereinander, beieinander, durcheinander, dass es den Augen und dem Verstand wehtut: Metall, das leuchtet und zerreißt und sich verbiegt, während das Antriebssystem im selben Moment zur blaugleißenden Großkugel anschwillt, fast zweimal so groß wie das Schiff schließlich, und dann einfach zerplatzt, blendend, dass sich die Menschen im Raum die Hände vor Augen halten oder die Augen schließen.

Christian blinzelt hilflos und von schrecklicher Angst erfasst. Er hört Liz schreien: »NO!«

Ihm ist, als hätte ihn ein körperlicher Hieb gegen die Stirn getroffen, dann, als sich seine Augen wieder dem Licht anpassen, erkennt er, dass auf dem Zentralschirm kein Schiff mehr ist, sondern nur ein zerrupftes Skelett, von dem Teile wegplatzen, davonfliegen durch die Schwärze. Den Kopf einen Augenblick lang wie geistesabwesend wieder in Richtung seiner irdischen Schicksalsgemeinschaft gewendet, sieht Christian, wie Meinhard, die beiden starken Arme eng und fest um den Oberkörper der Amerikanerin geschlungen, mit »Schh!« und kurzen, für Christian unhörbaren Worten auf sie einwirkt, damit sie, deren weitgeöffnete Augen in Tränen schwimmen, nicht zusammenbricht oder um sich schlägt.

Liz kämpft mit ihm, aber Christian ahnt, dass sie den Deutschen dabei gar nicht meint, vielleicht nicht einmal weiß, wer er ist, dass er neben ihr steht, dass er sie festhält: In diesem Zustand hat Christian noch nie einen Menschen gesehen. Ihm fällt, wie bei fast allem, was gerade um ihn her geschieht, nicht ein, wie man das nennen soll.

Christian wirft einen Seitenblick auf Cordula, die jetzt ein

Headset aufhat und halblaut, mit angespannten Gesichtszügen, ohne jede Spur der Ironie, die er als ihre natürliche Haltung kennt, sondern konzentrierter, als er je einen Menschen sprechen und arbeiten gesehen hat, wohl irgendwem irgendwelche Befehle gibt – »Jinji qingkuaaan …«, irgendetwas, das er nicht versteht, wahrscheinlich, denkt er, auf Chinesisch.

Er wendet sich gerade wieder dem großen Mehrfelderschirm zu. Da verändert sich das, was alle sehen, und zeigt statt der Ereignisse im Leerraum ein Gesicht. Überraschtes Aufseufzen, Ächzen im Saal sind die ersten, unwillkürlichen Folgen. Dann beginnt das Gesicht zu sprechen.

8 | Kriegsdiplomatie

General Semjon Diduk wartet nicht, bis sein Gast die Wohn- und Arbeitstrommel seiner Kommandozentrale im Innern von Pallas erreicht hat, sondern empfängt Eva Sonntag bereits in der bei Normalbetrieb auf stabiler Umlaufbahn um Pallas kreisenden Fähre auf dem Weg zur Oberfläche dieses Asteroiden, im druckstabilisierten Kopplungsadapter des zylindrischen Hauptmoduls dieser Fähre. Die Frau mit der blonden Ponyfrisur trägt ihren üblichen weißen Overall und die passenden Stiefel bis zum Knöchel. Er überlegt, als sie sich wie eine Schraube aus ihrem Schott auf ihn zudreht, von zweien der Kinder neben und hinter ihr flankiert, ob er salutieren oder ihr die Hand entgegenstrecken soll. Jetzt breitet die Frau, die aussieht, als wäre sie nach alten irdischen Maßstäben nicht älter als zwanzig, freundlich lächelnd die Arme aus, und er gibt sich in Erinnerung an all die politischen und wissenschaftlich-technischen Abenteuer, die sie beide schon miteinander durchgestanden haben, geschlagen und nimmt ihre Umarmung an.

Die blauen Leuchtdioden um den Schädelkranz des rechten

Kindes wirken auf Diduk seltsam festlich, als sich die beiden Menschen wieder voneinander lösen. Er ist beinah gerührt, dass ihn die Frau von Amor mit einer so einfach menschlichen Geste ihrer Unterstützung versichert, aber dann nimmt er sich doch lieber zusammen und sagt: »Komm, es gibt Arbeit. Sentimental werden können wir, wenn die erledigt ist.«

Eva Sonntag nickt, sagt nichts, auch keine Begrüßungsworte, man versteht einander auch so. Die Kinder schließen das Schott. Doktor Sonntag gleitet vor Diduk in die Kabine, er folgt ihr, sie schnallen sich beide an. Zuletzt nehmen die Kinder ihre Festhaltepositionen im Innenrahmen der Kapsel ein. Während der Flugvorbereitungen zieht Diduk eine Sichtplatte aus der Armlehne von Sonntags Sitz, stellt sie so ein, dass die Wissenschaftlerin das Hauptfenster klar im Blick hat, und fragt: »Soll ich dir die Nachricht zeigen?«

Dass es diese Nachricht gibt, weiß Sonntag schon länger. Aber Diduks strenge Kriegsrechts-Informationspolitik hat bislang nicht zugelassen, dass sich irgendjemand außer seinem engsten Stab, den in dieser Angelegenheit erstmals systemweit abstimmungsberechtigten leitenden, das heißt kognitiv fortgeschrittensten Kindern und schließlich einigen Verbindungsentitäten der Diff, ein Bild davon macht, was genau er dem irdischen Kapitän Aiguo Sun und seiner Besatzung mitgeteilt hat, als sie mit ansehen mussten, wie ihre Leute bei der Zerstörung der VALENTINE MICHAEL SMITH durch Monodromiewaffenbeschuss ermordet wurden.

Eva Sonntag sagt »Gern« und will eigentlich mehr sagen: dass sie seinen Entschluss, den Leuten auf dem anderen Schiff so schnell wie möglich zu helfen, uneingeschränkt bewundert. Semjons ernstes, etwas blasses Gesicht auf dem Schirm sagt: »Erschrecken Sie nicht. Sie werden nicht angegriffen. Der Angriff ist vorbei. Mein Name ist Semjon Diduk, und ich werde, wenn diese Botschaft sie erreicht, die Gefahr neutralisieren, die das andere Schiff zerstört hat. Ich gehöre einer Zivilisation an, der man den Namen ›Dysoniki‹ gegeben hat. Ich weiß, dass Sie wissen, dass es uns gibt. Ich wende mich an Kapitän Aiguo Sun und die Besatzung seines Raumschiffs PODKAYNE FRIES. Ich spreche deutsch, weil ich die chinesische Sprache nicht beherrsche. Wir wissen einiges über Sie. Und wir wissen, dass Sie einiges über uns wissen. Was es damit im Einzelnen auf sich hat, werden wir klären. Im Augenblick aber ist es für Sie lebenswichtig, dass Sie mir zuhören. Der Mann, der Ihr zweites Schiff zerstört hat, handelt nicht mit der Zustimmung der legitimen Regierung unserer Zivilisation. Wenn Sie diese Botschaft empfangen, ist es mir nicht gelungen, ihn an seinem Verbrechen zu hindern. Sie wissen, dass Polizei und Militär oft erst eingreifen können, wenn aus einer Bedrohung ein Verbrechen geworden ist. Seien Sie aber versichert, dass dieses Verbrechen das ist, das der Verantwortliche begeht. Die Waffe, mit der das Schiff zerstört wurde, wird das Schiff in Fragmente sprengen und sich auch selbst aufspalten, in einer Weise, die einen gewissen Prozentsatz dieser Trümmer und Bombenbestandteile in Ihre Richtung schleudern muss. Ich wiederhole: In diesem Augenblick sind Trümmer und Waffensplitter unterwegs zu Ihnen. Diese Folgen der Zerstörung des anderen Schiffes stellen eine unmittelbare, existentielle Bedrohung für Sie alle dar, für ihre Manövrierfähigkeit, Ihre Lebenserhaltungssysteme, die Kernkonstruktion Ihres Schiffes. Sie müssen Ihr Schiff in eine Position drehen, die geeignet ist, den unvermeidlichen Schaden zu minimieren. Damit Ihnen das so leicht wie überhaupt möglich fällt, wird im Anhang dieser Sendung eine Reihe von Datensätzen die genaue Natur der Waffe und ihrer Fragmente erläutern. Über die ballistischen und himmelsmechanischen Selbstverständlichkeiten der Situation hinaus gilt es für Sie, einige physikalische Besonderheiten der Waffe miteinzuberechnen – Stichworte wie Monodromieberechnung, Kurvensingularität, verschwindende Zyklen und Schnittzahlen müssen hier genügen. Sie, Kapitän

Sun, und einige technisch versierte Menschen auf Ihrem Schiff werden aus diesen Andeutungen vielleicht schon einiges entnehmen können. Ich kann Ihnen versprechen, dass die Rechenleistung Ihrer Computer für die anstehenden Aufgaben völlig ausreicht – sie ist in mancherlei Hinsicht sogar größer als diejenige der unsrigen. Wir haben unsere Technik ja auf der Basis einer alten, wenn auch robusten Grundlage errichtet, während Sie in den Genuss aller Fortschritte gekommen sind, die inzwischen die ganze Erde computerisiert haben. Meine Leute haben die Systeme des Verbrechers infiltriert, der Ihr zweites Schiff zerstört hat, und mich, wenn Sie diese Nachricht bekommen, darüber informiert, dass das Verbrechen geschehen ist. Aber die Programme dieser Infiltration haben auch sämtliche Parameter, Variablen und Invarianten des Angriffs abgehört und die Sonden des Verbrechers genutzt, um genaue Aufnahmen vom Einschlag der Waffe zu machen und auf dieser Basis alle Daten zu kollationieren, die Sie brauchen, um die notwendigen Manöver der PODKAYNE FRIES einzuleiten. Ich kann und sollte Ihnen da nicht vorgreifen, ich weiß nicht genügend darüber, welche Teile Ihres Schiffes welche Wichtigkeit haben, fürs Überleben der Besatzung ebenso wie für die Mission, auf der sich das Schiff befindet. Ich hoffe sehr, dass es Ihnen gelingt, das Beste zu entscheiden. Sie müssen verstehen, dass Sie von den Dysoniki nichts mehr zu befürchten haben und dass wir alles in unserer Macht Stehende unternehmen werden, um Ihnen zu helfen. Alles Gute und viel Glück!«

Der Schirm wird milchweiß, Eva Sonntag sieht Semjon Diduk, der das Schiff Richtung Port steuert, ebenso beeindruckt wie mitfühlend an und sagt: »Für einen General bist du ein verdammt guter Krisendiplomat.«

Diduk verzieht den Mund: »Lob mich lieber nicht für diese verzweifelten Lügen. Sonst müssen wir uns beide schämen. Vor den Leuten, den Kindern und unseren Lichtpünktchenfreunden da unten.« Er nickt in Richtung des sechs Meter dicken

Titanstahlwulstkomplexes vor der Portrampe, dessen Umriss von Diff in riesigen Schleierformationen wie von Polarlicht erleuchtet ist – so agitiert hat Eva die nichtmenschliche Partnerzivilisation der Dysoniki noch nie gesehen. Diduk hat die Diff von Anfang an miteinbezogen in sein Kriegsrechtsregiment, genau wie die Kinder, die bislang in den Gremien, die über die Belange der Dysoniki entscheiden, nicht halb so gerecht repräsentiert waren wie jetzt – es ist Diduk in gewisser Weise die Quadratur des Kreises gelungen, denn er hat seine absolute, autokratische Macht genutzt, um an einigen Stellen der Lenkung des Systems gerade nicht autokratische Methoden zu verankern, sondern die Abläufe im Gegenteil zu demokratisieren. Auch deshalb versteht sie seine Bescheidenheit, sein gereiztes Ungenügen an sich selbst nicht: »Wieso Lügen? Du bist doch völlig klar mit denen gewesen.«

Er schnaubt leise: »Klar? Wenn der Sun so gut ist, wie man uns sagt, und sein russischer Genosse Sirilko, werden sie schnell kapieren, was die Genossin Späth sicher auf den allerersten Blick erkennt: Das Manöver, das ich ihnen vorschlage, ist in der erforderlichen Geschwindigkeit ganz unmöglich. Sie müssten direkt in den Strom, vorwärts, also mit der geringsten Umrissausdehnung, wie ein Pfeil, der mit einem Strom oder wenigstens direkt gegen ihn fliegt, na, parallel zur Strömung eben. So eine Wende, bei so einem Riesenschiff, in der Zeit, die sie haben, das ist nicht zu machen. Sie können höchstens ein bisschen abdrehen, je nach kosmogatorischer Entscheidung, und selbst dann … das Versprechen, man könnte das Verhalten der Schiffstrümmer und der Bombenfragmente ordentlich berechnen, ich meine, wenn die kollidieren, ich bitte dich … das ist Mutmachen mit Märchen. Sie können sich nur irgendwo festhalten, die Augen schließen und beten. Das ist die erste, die fromme Lüge.«

»Es sind mehr Lügen drin, in deiner Botschaft?«, fragt Eva.

Er nickt: »Die politische ist noch tückischer.«

Als sie schweigt, um ihm Raum zu geben, den Ärger über sich selbst zu mäßigen, überlegt er eine Weile. Dann sagt er, als er den Steuerbügel loslässt, weil die letzten paar hundert Meter des Landeanflugs komplett automatisch abgewickelt werden: »Ich kann nur hoffen, dass unsere Kontaktperson an Bord der FRIES sich nicht verrät oder entdeckt wird. Wenn diese Leute halbwegs politisch denken können, wissen sie ganz genau, dass ich ihn hätte aufhalten können – Jepen. Wenn ich seine Vorbereitungen für den Angriff überwachen lasse, und das habe ich getan, dann gibt es immer noch eine Sekunde, in der ich zuschlagen kann, und wenn ich's automatisieren muss. Wer Sekunden nach dem Schlag eine Botschaft schicken kann, der kann auch Sekunden vor dem Schlag diesen Schlag verhindern. Zumal so ein Schlag ja nicht wirklich spontan erfolgt – selbst jemand, der nichts über Monodromietechnik weiß, kann sich leicht ausmalen, dass man jedes hochentwickelte Waffensystem erst mal scharf machen, ausrichten, entsichern, was auch immer – bereitmachen muss für so einen Angriff.«

Sie zweifelt: »Aber das muss nicht heißen, dass du schuldhaft gehandelt hast.«

»Ich habe mir«, schneidet er ihr das Wort ab, »die Sauereien von Jepen jahrelang angeschaut. Ich wusste genau, wozu er fähig ist. Massenmord, das fällt für den gar nicht ins Gewicht, der hätte hier noch ganz anders gewütet, wenn ich ihn nicht endgültig aus dem Spiel genommen hätte. Ich habe nichts getan, weil ich wusste: Wenn er das Verbrechen begeht, habe ich freie Hand, dann stellt mich niemand mehr in Frage, wenn ich ihn töte. Wenn ich ihn aber vorher abfange, gibt es einen Machtkampf zwischen ihm und mir, in dem Baklanow als die legitime Autorität den Ausschlag gegeben hätte. Diesen Machtkampf hätte ich verlieren können. Es war Kalkül, weiter nichts. Ich habe diese Menschen meiner eigenen Politik geopfert.«

»Es mag Kalkül gewesen sein. Aber es war Notwendigkeit.«

Er schließt die Augen und sagt, plötzlich müde: »Wenn ich das glauben würde ... wenn ich überzeugt davon wäre, dass es so was überhaupt gibt, politische Entscheidungen, die keine sind, weil man sie gar nicht anders treffen könnte ... dann würde ich sofort zurücktreten und darum bitten, mich durch eine Maschine zu ersetzen.«

Darauf fällt Eva Sonntag keine Erwiderung ein.

9 | Die Unrettbaren

Kaum hat der Mann in Uniform seine Mitteilung beendet, erscheinen auf allen Schirmen der PODKAYNE FRIES Menüs zu den Anhängen, die er mitgeschickt hat. Als Cordulas rechte Hand sich dem Tastfeld nähert, ruft Andrej Sirilko: »Halt! Was ist, wenn Viren ...«

Liz lässt ihn nicht ausreden – Christian und die andern im Saal erschrecken darüber, wie schnell sich diese Frau wieder in der Gewalt hat, und Meinhard, der Liz immer noch festhält, lockert seinen Griff, als sie sagt: »Bullshit! Wir sterben, wenn wir das Schiff nicht schützen können.«

»Aber wenn Viren ...«, wiederholt halbherzig Andrej, der inzwischen aufgestanden ist, von Aiguo Sun aber nicht vorbeigelassen wird, weil der im Sitzen damit beschäftigt ist, auf dem Glas vor sich die Optionen der Menüs zu lesen. Erneut lässt Liz den Russen nicht ausreden: »Fuck that. Sie haben unsere Anlage gehackt. Sie haben die SMITH gesprengt. Wenn die uns verseuchen wollen, sind wir schon verseucht. Now stop squabbling and get to work. Let me go«, zu Meinhard, der sie tatsächlich loslässt, »I gotta get to a console down there. And you better get your act together, too, big man. We need every functioning brain«, weist sie Andrej zurecht, während Christian, der noch immer in seiner absurden Vortragshaltung dasteht, leise sagt: »We're gonna die. Sweet Jesus, we're all going to die here.«

»Ihr vielleicht. Ich nicht«, sagt Cordula Späth und nickt Liz zu sowie einem der deutschen Techniker an einer der Konsolen, weil diese beiden gerade versucht haben, sich mit möglichst wenig Worten darüber zu einigen, ob er ihr seinen Platz überlassen soll oder nicht. Cordulas Zeichen ist eindeutig, der Mann räumt die Position. Liz setzt sich und beginnt mit der Arbeit. Was Cordula, der er sich nähert, als Nächstes sagt, hört nur Christian. Er wird es sich lange merken, und erst sehr viel später, nach großen Verlusten, von Reue beladen, wird er klar verstehen, was es bedeutet: »Ich sterbe hier nicht. Ich sterbe nach ganz anderen Geschichten. Nicht in dieser Bernsteinik.«

Hilfloser und dümmer als in den folgenden neun Stunden hat sich Christian Winseck in seinem ganzen Leben noch nicht gefühlt. Er kann nichts beitragen zu den Debatten darüber, ob man die Rotation der vier Reifen einstellen, verlangsamen oder beschleunigen soll (werden Trümmer, die den rotierenden Reifen treffen, sofort vom Schiff weggeschleudert? Erhöht Rotation das Risiko, dass die FRIES getroffen wird? Er weiß es nicht, er kann es sich weder anschaulich vorstellen noch eine Gleichung beitragen, geschweige ausrechnen), nichts zur Flugbahnfrage, nichts zu den Evakuierungen oder zum »Umräumen«, wie Cordula Späth die sofort eingeleiteten Maßnahmen zur »möglichst redundanten Verteilung von Nutzlasten und Personal« (Meinhard Budde) nennt, während ihr Leibwächter wenigstens etwas von Logistik und Befehlsketten versteht, weswegen er auch sofort die Leitung der Maßnahmen übernimmt, die auf die von Cordula, Aiguo, Andrej und den diesen direkt unterstellten Technikerinnen und Technikern geführten knappen, sachlichen und technischen Diskussionen folgen.

Christian ist »unskilled labor«, wofür er nicht einmal den deutschen Ausdruck kennt. Eine Deutsche, mit der er arbeitet, übersetzt: »Hilfsarbeiter, nehme ich an«, und zuckt mit den

Schultern. Er denkt: Hilfsarbeiter, das hätte meinem Vater gefallen, dem Millionär. Beim Festziehen der Schrauben der Verdecke für die Kabel, beim Schieben von Saatgutsäcken durch die Korridore der Schwerelosigkeit, die zwar nicht am Boden schleifen, aber doch Masse haben und also Muskelkraft beanspruchen, wenn man sie bewegen will, beim Geradehalten des unteren Teils eines Schweißbrenners, mit dem ein Chinese, dem Christian von Meinhard als Assistent zugeteilt wurde, eine Tür versiegelt, denkt der Sprachwissenschaftler: Ich glaube, ich habe noch nie jemandem genützt.

Im schnellen Mikrogravitationsflug durch Korridore, im gestreckten, durch Abstoßung von oben beschleunigten Fall als Rekrut bei Umrüstungs- und Evakuationsteams von zwei bis fünf Personen beobachtet er andere, von denen er weiß, dass sie ebenfalls wenig Intellektuelles zu den eiligen Rettungs- und Einschlagsvorbereitungsarbeiten beitragen können. Filipa zum Beispiel engagiert sich effizient bei der »medizinischen Aufrüstung«, wie sie's scherzhaft selbst nennt: »Während Cordula und Aiguo rausfinden, wer genau wo untergebracht wird, sorgen wir dafür, dass überall medizinisches Gerät, Verbandszeug und Medikamente zur Verfügung stehen. Es soll auf keinen Fall alles an einem Ort, nämlich auf der Krankenstation, konzentriert sein, denn die ist nah an einem Punkt, der leicht getroffen werden kann – vorn im Kegelteil, unterhalb der Keilspitze, wenn man sagt, die Antennen sind oben.«

»Breites Verteilen« aller Menschen an Bord ist Cordulas Idee, sie vergleicht das in einer Durchsage mit den Schutzvorkehrungen, die man treffen kann, wenn man davon ausgehen muss, dass ein Erdbeben bevorsteht: »Vorhin, als wir alle gesehen haben, was mit der SMITH war, habe ich jemanden sagen hören, wir werden alle sterben. Das ist eine natürliche Reaktion, aber keine sinnvolle. Soweit wir wissen, werden wir, wenn uns die Folgen der Zerstörung der SMITH erreichen, eben nicht alle sterben. Einige werden sterben, andere nicht. Bei der

Arbeit an beiden Schiffen sind Leute gestorben, beim Start, auf der Reise sind Leute gestorben. Wir haben das vorher gewusst, wir haben das immer einkalkuliert, und später werden auf dieser Reise dann auch Leute geboren werden, hier, auf dem einzigen Schiff, das von unserer Expedition übrig bleibt. Wir können nicht umkehren. Wir können nicht ändern, was passiert ist. Beim Erdbeben, wenn man weiß, es kommt, stellt man sich in Türbögen, weil die oft stehen bleiben, wenn das Haus zusammenfällt. Es gibt strukturelle Punkte in Architekturen, die besonderen Schutz bieten. Bei uns sind das vor allem Schleusen, aber viele davon befinden sich in den Außenwänden, was bedeutet: Sie sind strukturell stabiler als andere Teile, aber gleichzeitig einschlagsgefährdeter. Es ist ein Spiel mit Wahrscheinlichkeiten. Wir verteilen die Leute, wie wir unsere Ressourcen verteilen, die Tiere, die künftigen Nahrungsmittel, zum Beispiel Saatgut, die Medikamente. Leute in den Rumpf, Leute ins Heck, Leute nach Backbord und Steuerbord, Leute in Reifen, Leute in Korridoren, Leute auf die Brücke und Leute in die Schleusen. Wir können nichts daran ändern, dass wir uns auf der anderen Seite dieser Scheiße nicht alle wiedersehen werden. Wir können nur dafür sorgen, dass wir von jeder Sorte Leute auch danach genug haben, um die Reise fortzusetzen.«

Fünf Stunden und vierzig Minuten nach dieser Durchsage teilen sich in Erwartung der Einschläge drei Menschen eine der kleinsten Außenschleusen des vorderen Schiffsteils der PODKAYNE FRIES: der chinesische Techniker Shen Yau, der Kapitän Aiguo Sun und der Bundeswehroffizier Meinhard Budde. Alle drei tragen bereits Raumanzüge als zusätzliche Sicherheitsvorkehrung, falls Trümmer oder Bombenfragmente die Außenversiegelung der Schleuse beschädigen. Die Männer unterhalten sich per Funk, obwohl in der Kabine atembare Luft mit erträglichem Druck zur Verfügung steht. Sie tauschen leere Zuversichtsformeln: »So weit alles in Ordnung«, »Kann nicht klagen«, »Ich höre gerade, alle sind auf ihren Posten jetzt« und dergleichen, alles auf Deutsch.

Dann wird Meinhard immer einsilbiger und verstummt schließlich ganz, so dass die beiden anderen anfangen, sich auf Chinesisch zu unterhalten, nicht wortreich, sondern knapp und sachlich. Meinhard ist immer noch auf Empfang. Als er Shen Yau sagen hört: »… Roulette … ru taa suoshuo …«, und der Kapitän darauf etwas antwortet, in dem ebenfalls das Wort »Roulette« vorzukommen scheint, mischt Meinhard sich ein: »Redet ihr über Cordula? Darüber, dass sie gesagt hat, es ist ein Roulettespiel mit der Wahrscheinlichkeit, wer überlebt?« Aiguo bestätigt das: »Ja, wir haben uns darüber unterhalten, inwieweit Wahrscheinlichkeit in diesem Fall bedeutet, eine Wette mit einem Buchmacher einzugehen, bei der man auf Leben oder Tod setzen kann. Und dass es … der Genosse Shen Yau und ich haben eine Art … Debatte mit unserem russischen Freund Sirilko darüber, ob Naturgesetze eher … unverrückbar oder ob das Wahrscheinlichkeiten sind, und ich habe in diese Debatte das Gleichnis vom Wetten eingeführt. Seither geht es um Wettquoten dabei und um Gewinnchancen, ich weiß nicht, ob Ihnen der Ausdruck ›dutch book‹ etwas sagt, den habe ich in diesen kleinen … Streit zwischen uns, also einerseits den … chinesisch denkenden Leuten an Bord, wenn man es so sagen kann, und den mechanisch-westlichen Materialisten wie Sirilko eingeführt. Ein dutch book, das ist …«

»Das hat mit Wetten zu tun, oder?« Meinhard war immer gut in Mathe. »Ein dutch book, das ist doch eine Wettabmachung, bei der jemand, der so ein Ding nutzt, in jedem Fall gewinnt, egal, wie das Spiel ausgeht, diese berühmte Win-win-Situation, und zwar … also, wenn der Buchmacher seine Wettordnung irgendwie so platziert, dass das eigentlich gar nicht zusammenpasst, weil …«

Eine schwere Erschütterung wirft ihn gegen Aiguo.

Seine Sichtscheibe knackst, sein rechtes Schultergelenk

knirscht, sein Orientierungssinn schleift durch seinen Kopf wie ein kippender Kreisel. Eben noch schwerelos, hat er jetzt das Gefühl, nach hinten gerissen zu werden, wie beim Fall aus einem Boot zum Tauchen oder aus einem Flugzeug beim Absprung mit dem Fallschirm.

Der Stoß hebt ihm den Magen, flirrt durch ihn als Angst. Er hat derlei geübt; so winkelt er die Beine über die Knie an und zieht die Arme nah an sich, um keine Gliedmaßen zu verlieren, als kompakte Masse weniger leicht zerbrochen zu werden. Da geht ein weiterer Ruck durch alles, was ihn umgibt, den spürt er bis in die Knochen. Es wird stockdunkel.

Jetzt flackert Licht zweimal, dann wischt ein Arm an seinem Helm vorbei. Ein anderer schlägt ihm mit enormer Wucht auf den Hinterkopf. Es wird abermals dunkel, länger diesmal. Die Welt dreht sich sehr schnell, rutscht.

Meinhard schlägt gegen eine Wand, es kracht. Er wird von der Wand fortgerissen, schlägt gegen eine andere. Ein Pfeifen zerreißt rechts sein Gehör, zwei Blitze, blauweiß, flammen vor ihm auf. Er schließt instinktiv die Augen, als könnten die dünnen, zarten Lider sie schützen. Wieder kämpft er Übelkeit nieder. Blinzelnd erwartet Meinhard eine weitere Erschütterung, aber statt dass sie eintritt, geht das Licht wieder an – ein anderes als zuvor allerdings, gedämpfte Notbeleuchtung.

Als nach drei Minuten in äußerster Anspannung und sinnloser, gegenstandsloser Bereitschaft, um sein Leben zu kämpfen, weder Ruck noch Geräusch sich ereignen, lässt Meinhard seine Glieder locker, schiebt seinen Unterkiefer hin und her, weil er sich vorhin im Schrecken, Schütteln und Fallen das Kinn am Innenring seiner Helmverankerung angeschlagen hat, tastet im Mund mit der Zunge nach Schäden an den Zähnen, findet keine und dreht endlich den Kopf erst nach links, dann nach rechts, um sich in dem kleinen Raum neu zu orientieren und nach den beiden anderen Männern zu sehen.

Quer liegt eine Gestalt vor ihm auf nichts in der Luft. Er

greift nach ihr, dreht sie um, in ihrem klobigen Raumanzug. Es ist Shen Yau. Sein Helm hat seitlich links, überm Sichtfenster, ein etwa daumennagelgroßes winziges Loch, seine Stirn auch, und im Innern, zwischen Gesicht und Scheibe, bewegen sich kleine, mehr oder weniger runde und zerbeulte Blutkugeln, ein Dutzend etwa, in langsamem Tanz.

Der Mund des Toten ist geöffnet, die Augen sind es auch, sie starren blind, und als sich der Körper, weil Meinhard daran gedreht hat, weiter um die eigene vertikale Achse dreht, sieht der Deutsche ein Stück rechts vom Genick ein drittes Loch. Die Austrittsstelle, denkt er, und lässt die Leiche los. Ein Knistern am rechten Ohr wie von trockenem und hartem Papier irritiert ihn, dann hört er laut und deutlich, aber leicht körnig verzerrt, wie durch feinen metallischen Sand gesprochen, die Stimme von Aiguo Sun: »Meinhard? Ich bin hinter dir. Hier oben oder unten ... ein... eingeklemmt.«

Sofort dreht Meinhard den ganzen Leib in die angegebene Richtung, wird aber von Aiguos Helmscheinwerfer geblendet. Der Chinese erkennt am Augenzusammenkneifen des Deutschen, was geschieht. Er schaltet den Strahler aus und gibt Meinhard Zeit, sich an die veränderten Lichtverhältnisse zu gewöhnen. Sobald der Soldat wieder Umrisse, Formen und Farben erkennen kann, macht er sich daran, Aiguos Lage zu untersuchen. Der Chinese hat recht: Er ist eingeklemmt, und zwar mit dem rechten Arm – die kleinen und großen Kollisionen und Durchschüsse haben ihn gegen die Innentür zum Schiffshauptkörper geworfen, und diese Tür ist zusammen mit ihrem Schraubrahmen durch irgendeine Strukturbelastung der Röhre, in die man sie eingebaut hat, genau an der Stelle eingeknickt, wo Aiguos Arm klemmt. Beide Männer versuchen, mit Ziehen, Zerren und Drücken etwas daran zu ändern. Aber die Klemme bewegt sich nicht.

»Scheiße. Da müssen wir warten, bis von innen welche kommen«, sagt Meinhard und hört im selben Moment, wie Aiguo die Funkmeldung eines Chinesen empfängt und mit diesem längere Zeit, etwa fünf, sechs Minuten, eingehend über etwas wohl sehr Wichtiges redet – vermutlich einen Statusreport samt Besprechung der Verfassung einiger Leute aus der Besatzung. Meinhard glaubt, die Worte »Sirilko«, »Cordula« und »Kanbara« verstehen zu können. So fragt er, als Aiguo eine längere Sprechpause macht: »Filipa. Was ist mit Filipa Scholz, Käpt'n?«

Aiguo sagt: »Sie ist durchgerüttelt worden, wie wir alle. Aber in guter Verfassung. Cordula Späth hat sich ein Bein gebrochen, Andrej Sirilko ein paar Rippen. Liz Parker ist sehr schwer verletzt und gegenwärtig ohne Bewusstsein. Eine Notoperation an der Lunge scheint nötig, die man aber durchführen kann. Akihito Kanbara ist tot, gestorben mit zwei meiner Leute und einer deutschen Ärztin. Sie haben sich in einer der Stützspeichen des vordersten Reifens aufgehalten, der aus seinen Verankerungen gerissen wurde und ... ins All geschleudert. Das heißt, ich weiß nicht, ob sie schon tot sind, aber sie sind in jedem Fall ... verloren. In den nächsten zwanzig Minuten wird eine Gruppe von Leuten hier eintreffen, drei, vier Leute, mit einem Schneidbrenner, und uns die Tür aufschneiden.«

Meinhard weiß nicht, was er darauf antworten soll – Kanbara tot, Liz in Lebensgefahr, Filipa nicht einmal arg verletzt. So sagt er zunächst nur: »Okay.«

Nach einer Minute der unbehaglichen Stille fragt Aiguo: »Hast du ... ihn untersucht? Shen Yau?« Meinhard erwidert mit einem Seitenblick auf die schwebende Leiche: »Er ist tot. Ein Teil, irgendein ... Projektil ist durch seinen Helm geschlagen ...«

»Ja, ich habe es gesehen. Ich habe sein Gesicht gesehen. Ich meinte ... seinen Anzug. Hast du überprüft, ob sein Anzug intakt ist?«

»Wie ... wieso sollte ...«

»Wir könnten meinen Arm, den eingeklemmten Arm ... der

Anzug ist zerlegbar … ich könnte aus dem Arm schlüpfen, wenn wir ihn aus seiner Verankerung lösen, und dann den Arm seines Anzugs anziehen.«

»Wieso brauchst du überhaupt … ach so. Die Außentür.« Meinhard lässt sich per Handbewegung vor dem Steuerfenster neben der Tür ein Diagnostikdatenbild für die Schleuse auf den Helmschirm spielen und versteht sofort, was ihm die Infographik sagt: »Die Schleuse verliert Luft. Die Außentür muss … beschädigt sein.«

Er zieht sich zu dieser Tür, betrachtet die Mitte der Außenluke und ihre Ränder und versteht, dass hier, am oberen Rand, das Fragment durchgeschlagen sein muss, das Shen Yau getötet hat. Das Loch, das er da entdeckt, ist nicht das einzige – mit bloßem Auge, und eingeschaltetem Helmlicht, zählt er neun dieser Löcher, was er sofort Aiguo mitteilt: »Neun Löcher. Die man sehen kann. Wahrscheinlich mehr. Okay, wir brauchen die Anzüge.«

»Sie müssen intakt sein. Meiner ist es, sagt mein Computer. Weißt du, wie man das überprüft?«

»Ja«, sagt Meinhard, fragt per Helmanfrage auch für seine eigene Montur diesen Status ab und erlebt eine böse Überraschung: »Fuck. Das … ach, fuck, echt.«

»Dein Anzug …?«, fragt Aiguo besorgt, und Meinhard gibt weiter, was ihm sein Computer sagt: »Ich … da müssen irgendwelche Risse in den beiden Armen und im linken Bein sein, klein und fein, es tritt Luft aus, wie aus der Schleuse. Es zeigt mir da den Rand, die Umrandung rot, an diesen Stellen, und … Kacke. Vielleicht habe ich sogar Splitter von irgendwas im Leib. Wann, hast du gesagt, sind die Leute hier?«

»Viertelstunde bis zwanzig Minuten«, sagt Aiguo und setzt hinzu: »Sie werden rechtzeitig da sein. Der Kabinendruckverlust ist gering. Wir könnten sogar die Helme abnehmen. Ich habe nur nach dem Arm gefragt, weil wir sicherer sind in den Anzügen. Es ist, wie sagt man auf Deutsch? Übervorsichtig.

Würdest du mir … ganz im … im Sinne dieser Vorsicht noch einen … einen Gefallen tun?«

Es klingt plötzlich, als habe er etwas Mühe beim Sprechen oder als wäre ihm kurz schwindlig geworden, ein winziger Schwächeanfall.

Meinhard wendet sich dem Schicksalsgenossen wieder zu. Der lächelt freundlich und sagt, jetzt wieder in normaler Lautstärke: »Würdest du mir in den Mund leuchten, wenn ich ihn öffne? Ein Projektil, wie du sagst, ist wohl nicht durch meinen Anzug geschlagen und kann also auch nicht in meinem Körper stecken, aber … ich … nun ja, zur Sicherheit.«

Meinhard kommt der Aufforderung nach und sieht zu seiner Beunruhigung, als er seinen Helmstrahler auf Aiguos Mund richtet, sofort, was der meint: »Da … ist Blut. Auch an der Unterlippe und … am Kinn. Blut. Hast du dir auf die Zunge gebissen vielleicht?«

Aiguo deutet ein Nicken an und sagt: »Ich hoffe, dass das der Grund ist. Ich habe nur … Kupfer im Mund geschmeckt, und mir war klar, das ist Blut.«

Beide sprechen eine andere Möglichkeit als die Zungen- oder Zahnfleischverletzung nicht aus: Es könnte sich um ein äußeres Anzeichen innerer Verletzungen handeln.

»Wird wohl was im Mund sein«, sagt Meinhard. Aiguo schließt den Mund wieder, Meinhard löscht das Helmlicht und schiebt fast geistesabwesend den Leichnam von Shen Yau ein wenig von sich und dem Kapitän weg. Weil das Schweigen danach beide Männer sehr belastet, lenkt der Soldat schließlich auf etwas anderes ab: »Sag mal, der Christian Winseck, hast du nach dem auch gefragt? Ich hab gar nicht mehr dran gedacht, das … der war mitten in seinem Vortrag, und jetzt hab ich dich gar nicht nach ihm gefragt.«

Aiguo erwidert: »Er ist noch abgängig.«

Meinhard denkt leicht gereizt, was heißt das, abgängig, musste er mal raus? Er sagt aber nichts dergleichen, und Aiguo selbst stellt klar: »Ein paar der kleineren Gruppen haben im Augenblick noch keine Verbindung mit der Brücke, wo eine ständig korrigierte Liste der Menschen an Bord geführt wird. Christian ist bei ein paar medizinischen Technikern und einer Energiefrau aus meinem Stab, wahrscheinlich sind nur die Signale gestört. Wenn dem Teil des Schiffes Schwerwiegendes passiert wäre, hieße es nicht abgängig, sondern vermisst, wir haben da … unsere Sprachregelung.« Er hat die, vermutet Meinhard, wohl mit Cordula Späth ausgeknobelt, die überhaupt bemerkenswert gut vorbereitet schien auf das Chaos. Meinhard erlaubt sich kein Urteil darüber. Er hat gelernt, Vorgesetzte erst dann in Frage zu stellen, wenn sie mit dem Gesetz in Konflikt geraten, und hier draußen, das hat er auch gelernt, gibt es keine Gesetze – außer offenbar solche, die Aiguo gerade in einer Nebenbemerkung angesprochen hat, und davor hat Cordula davon geredet, und dazwischen waren sie das Thema des letzten Gesprächs zwischen Aiguo und Shen Yau, die sich wiederum über Gespräche zwischen Aiguo und Andrej Sirilko unterhielten – alle diese Fäden laufen irgendwie zusammen um einen einzigen Begriff, über den Meinhard plötzlich reden will, nicht zuletzt um die Zeit abzukürzen, bis das Rettungsteam eintrifft: »Du hast gesagt, wahrscheinlich sind nur die Signale gestört – wahrscheinlich: Mir fällt auf, dass du dieses Wort gerne benutzt, und Cordula redet von Roulette, und so geht ihr mit dem Ganzen um, Wahrscheinlichkeiten, Wetten, dutch book – ich weiß nicht genug darüber, um mich dagegenzustellen wie, na, wie sagst du, unser russischer Freund. Aber es kommt mir doch ein bisschen abenteuerlich vor, dass man hier sozusagen in See sticht mit einem total zerbrechlichen Schiff und irgendwelchen Leuten hinterherjagt, die sich auch schon einfach so aufs Geratewohl reingeschmissen haben in diese Schwärze, und das alles mit … nichts als Wahrscheinlichkeiten bewaffnet. Ich meine, die Ossis und die Russen, die da losgeflogen sind auf ihre, ähm, interstellare Mission, die haben ja wahrscheinlich an den Kommunismus wenigstens geglaubt, aber ihr beiden, die Cordula und du, das ist wie … ihr seid so ganz extreme Pragmatiker, oder … ich meine, wenn für dich nicht mal die Naturgesetze feststehen?«

Aiguo nimmt Meinhards Bemerkung ernst: »Fest im Vergleich zu was? Was bewegt sich, was ist fest?«

»Du meinst, alles ist relativ oder so. Das sind Gedankenhöhenflüge … Ich bin ja kein totaler Depp, ich hab das alles auch mal gelernt, Statistik, Stochastik, Bayes-Regel, dann diese Axiome von diesem anderen Kommunisten, Kolmogorow, von wegen, dass eine Wahrscheinlichkeit immer irgendwo zwischen null – also: kann gar nicht sein – und eins – also: ist absolut sicher – liegen muss und dass die Wahrscheinlichkeit, wie war das, dafür, dass irgendein p nicht eintritt, so groß ist wie eins minus die Wahrscheinlichkeit, dass p eintritt, das alles. Aber mit dem Zeug im Gepäck die Erde verlassen und nicht mehr als das dabeizuhaben, woran man glauben kann … ist das bei dir wirklich so?«

Er sieht, durch zwei Sichtscheiben hindurch, dem Chinesen direkt ins Gesicht, der nicht lächelt, aber auch nicht die Stirn runzelt, sondern schlicht sagt: »Fairness.«

»Wie … Fairness?«, fragt Meinhard.

Aiguo erwidert: »Was du eigentlich wissen willst, wenn du mich fragst, ob man nicht innerste Überzeugungen braucht, um was auf der Welt zu riskieren … um eine Wette einzugehen, eine kleine oder große … betrifft nur eine einzige, aber dafür wohl wirklich lebenswichtige, denkwichtige Überzeugung: die Überzeugung, dass die Welt letztlich fair sein muss. Das wollen diejenigen, die ans Tao glauben, so sehr wie diejenigen, die an Allah oder Jahweh oder sonst irgendwelche Götter glauben: eine faire Wettquote. Also gerade kein dutch book, sondern etwas, das sich an die Kolmogorow-Axiome hält, von denen du gesprochen hast, das heißt, die Wahrscheinlichkeit für den einen Ausgang einer Sache und die für den anderen zusammen, das darf nicht ... es muss alles unterhalb der Eins sein, es muss vereinbar sein, die Gewinnhöhe und die Verlusthöhe müssen ... Na. Moment. Anders: Das Dutch-Book-Verständnis von Wahrscheinlichkeit ist ein Gleichnis – es versucht zu erklären, was diese unfassbaren Sachen, die man nicht sehen kann, eben Wahrscheinlichkeiten, was ... das eigentlich ist, eine Wahrscheinlichkeit. Da sagt das Dutch-Book-Argument: Es sind Wettpositionen, es sind Annahmen von Leuten, die auf oder gegen etwas wetten, es sind Grade des Glaubens, des Fürwahrhaltens von etwas. Also, wenn ich glaube, dass eher A als B passiert, wenn ich das aber nicht sehr stark glaube, sondern sozusagen nur knapp, wenn ich denke, ich habe das Gefühl, A und B könnten beide passieren, aber A passiert ein bisschen eher, dann bin ich so bei einundfünfzig Prozent vielleicht, von hundert, also von eins, das heißt, null Komma fünf eins ...« Er unterbricht sich selbst, schließt die Augen, scheint auf etwas zu horchen, dann spricht er sehr schnell sehr viel Chinesisch. Pausiert wieder, horcht. Spricht noch mehr Chinesisch. Sieht erleichtert aus, dann weniger, dann sagt er zwei Sachen, die sich für Meinhard wie Fragen anhören. Horcht, hakt nach, horcht, scheint zu schimpfen, zu seufzen. Meinhard mischt sich nicht ein, vor allem, da er glaubt, aus den Augenwinkeln etwas Beunruhigendes gesehen zu haben, das er genauer überprüfen will: Die Tür mit den Löchern, die Tür nach außen, scheint nicht still in ihrem Rahmen zu ruhen, sondern sich eben bewegt zu haben – eine Täuschung des peripheren Sehens, denkt Meinhard zuerst, dann zieht er sich an einer Haltestange nah an diese Luke, legt beide Hände drauf und meint, etwas zu spüren: Bewegt sich das? Er drückt dagegen, lässt los, drückt dagegen: Gibt da etwas nach? Dreht sich diese Tür ein wenig, vielleicht nur winzige Millimeterbeträge? Wenn er den Helm abnähme, denkt der Soldat, könnte er's vielleicht hören, falls die Tür in ihrer Fassung klappert, knirscht, sich dreht, aber das riskiert er lieber nicht – und dann fällt ihm ein, wie er sich eine unabhängige, objektive Bestätigung seines schlimmen Verdachts verschaffen kann: Er lässt sich noch einmal die Atemluftverlustrate zeigen, um sie mit der von vor ein paar Minuten zu vergleichen, und flucht gepresst »Fickscheiße«, als die Zahlen ihm zeigen, dass seine Vermutung ihn nicht trügt: Die Luft strömt zunehmend schneller ab, es gibt nicht nur die Löchlein, sondern ein echtes Leck.

»Die Tür?«, fragt Aiguo. Meinhard dreht sich nach ihm um: »Im Arsch. Wir müssen rein, ins Schiff, so schnell es geht. Diese Tür wird ... ich weiß nicht, aber wenn sie nicht schon klappert ... irgendwann reißt sie weg, fliegt raus, und dann ...«

»Wir können auch ohne Luft leben, hier in der Schleuse, dank Anzug«, sagt Aiguo, »und an dieses Wegsprengen glaube ich nicht.« Als er nichts hinzufügt, sagt Meinhard ungeduldig: »Was erzählen sie? Deine Leute?«

Er vermutet, dass die Nachrichten, die Aiguo für ihn hat, nicht gut sind. Den Gesichtsausdruck des Kapitäns kann Meinhard nicht deuten, aber als der zu sprechen beginnt, hört er Bedauern: »Sie sind schon da. Sie sind draußen. Aber wir haben ... wir haben keinen Grund zur Hoffnung. Wir werden nicht ... sie könnten die Tür nur sprengen, sagen sie, und das würde uns beide töten. Einen anderen Weg sehen sie nicht, die Belastung des Metalls ... es wird noch gerechnet, und sie sind offen für andere Vorschläge, aber Cordula hat ihnen einen sehr wichtigen Befehl gegeben: Keine Innentüren von Schleusen dürfen geöffnet werden, wenn die Außentüren nicht sicher sind. Das Schiff hat genug Schäden.«

Meinhard flucht: »Ach, Scheißdreck! Red doch selber mit ihr, oder, nee, lass mich mit ihr reden, ich werd ihr schon erklären, warum sie nicht einfach den Kapitän ...«

»Sie wird es nicht tun. Ich habe mit ihr geredet. Auf Chinesisch. Sie spricht die Sprache, Meinhard.« Das klingt sehr sanft und beschämt den Soldaten ein wenig, was es wohl auch soll. Er beruhigt sich, wenigstens ein bisschen. Aiguo sagt: »Deshalb ... wollte ich wissen, was mit der Tür ist ... sie sagen, sie haben die Diagnostik dreimal durchlaufen lassen, und der innere Stahlmantel würde ... Es geht nicht. Wir müssen warten. Sie werden Leute schicken, das wird eine Weile dauern, weil im Moment auch alle anderen Schleusen, jedenfalls in diesem Schiffsabschnitt, erst sorgfältig ... sorgfältig über ... über ...« Er spuckt, hustet, krächzt. Ein Anfall, und kein harmloser. »Es ... es geht. Es geht schon«, sagt Aiguo, als Meinhard so nah wie möglich an ihn heranschwebt und ihm besorgt ins Gesicht sieht. »Wir müssen eben warten.«

Meinhard betrachtet den bleichen Mann, das Blut auf seinen Lippen, das Blut unterhalb seiner Nasenlöcher. Keine Mundverletzung also. Er sagt: »Nasenbluten. Du hast jetzt auch Nasenbluten. Du musst hier raus. Du musst ... frag die Arschlöcher, wo die nächste Möglichkeit im Schiff ist, dass man dich medizinisch versorgt. Ärzte, Geräte ... wo sind die nächstliegenden ... Sachen?«

Aiguo öffnet den Mund, um Meinhard diese Idee auszureden, aber dann überlegt er und sagt: »Ich ... ja, na gut. Ich kann es versuchen.« Er stellt seine Verbindungen erneut her, wechselt ein paar Worte, stellt um, redet wohl mit Cordula Späth – der Tonfall, fällt Meinhard auf, ändert sich, und er rät, dass das eben noch Befehlston war und das jetzt Beratungston ist –, dann beendet Aiguo auch die zweite Unterhaltung und sagt: »Sie sind ganz nah. Unsere Nachbarn, sozusagen. Eine andere Schleuse – sie haben Maschinen, Technik, Medikamente, Instrumente für Operationen, alles –, zwei Leute, beides Chinesen, aus der Krankenstation. Zwanzig Meter. Das heißt ... Luftlinie. An der Außenhülle entlang zwanzig Meter weit weg.«

Meinhard ist erleichtert, jetzt fühlt er sich zum Handeln aufgerufen: »Gut. Hör zu, Käpt'n. Du kannst hier nicht stecken bleiben, bis die Wombels da draußen mit ihren Messungen einig sind. Du bist verletzt, ich kann nur hoffen, dass du es bis drüben schaffst. Nein, nicht widersprechen jetzt, hör mir lieber zu: Mein Arm ist intakt. Der Anzugarm, meine ich. Und die Drehteile sind genormt, die sind gleich groß, selbst wenn meine Ärmel und Beine bisschen länger sind als deine – aber wir sind beide nicht fett oder magersüchtig, der Durchmesser der Arme ist gleich, so sparen sie Teile. Ich hab mir das angeguckt, und ich weiß, wie das läuft, bei der Bundeswehr ist das nicht anders – die Komponenten der Ausrüstung sollen sich möglichst als Ersatzteile eignen, falls was anderes ausfällt. Und der Ärmel, wie gesagt – den umrandet meine … die Diagnostik ist nicht rot, der hat keine Löcher. Wir schrauben deinen los, ziehen dich raus, ziehen dir meinen an. Öffnen die Tür, solange das noch geht – sie wird vielleicht nicht weggerissen, wie ich gedacht hab. Aber was, wenn sie sich bei dem Geklapper irgendwann wo einklemmt? Siehste, so. Wir müssen sie aufmachen, und bald, wenn wir das nicht riskieren wollen, dass sie einklemmt. Dann – vorausgesetzt, du kannst dich bewegen – kletterst du raus und rüber. Ich bleib hier drin, mit Shen Yaus Ärmel von mir aus, selbst wenn der Risse hat. Schnitte. Wenn da Fragmente durchgeschossen sind. Weil, ein defekter Ärmel ist ja besser als keiner. Dann warte ich halt hier, ob ihnen was einfällt. Oder sie schicken mir von woanders, aus einer anderen Schleuse oder wer weiß woher, irgendwelche Retter. Das ist dann mein Problem. Die Leute hier brauchen dich entschieden dringender, als sie mich brauchen. Fakt.«

Er macht sich daran, mit den Fingern die Aufhängung und Verschraubung von Aiguos Arm zu untersuchen. Aber der Chinese widerspricht: »Meinhard, das ist nicht vernünftig. Da spricht nur dein Bedürfnis, unbedingt etwas zu unternehmen …«

Meinhard lacht aus vollem, rauem Hals, dann sagt er: »Lass stecken, Chef. Komm mir nicht psychologisch. Bevor du mir noch erzählst, dass ich das hier aus Reue tu, als Wiedergutmachung, weil ich dich und die anderen Chinesen angeschissen habe. Ich traue euch immer noch nicht. Und dem Russen traue ich auch nicht, und der Cordula Späth traue ich erst recht nicht. Ihr seid für mich alles Kommunisten oder sonst irgendwie totale Spinner. Aber ich kann mich auch ganz gut selber analysieren, in meinem Beruf und bei den Kampfeinsätzen, die ich hinter mir habe, da überlebt man nicht lange, wenn man sich was vormacht. Ich kann dir sagen, woher das kommt, mein Misstrauen und meine schlechte Laune oft. Die ganze Aggro gegen euch schiebe ich nur, weil ich hier völlig fehl am Platz bin. Im Weltraum. Ich bin Hundeführer, ich brauche meine Hunde, meinen Wald, meine Kameraden und einen Auftrag, den ich kapiere. Das hier ... das ist mir alles zu hoch. Jetzt kannst du fragen, wieso bist du mit? Weil ich nicht glaube, dass meine Welt, meine Hunde, mein Wald ... dass ich das noch haben kann, nach dem, was mir in Afghanistan passiert ist. Diese Weltraumscheiße, die bleibt nicht im Weltraum, die kommt auf die Erde – diese Dysoniki, nicht? So, und wenn ich mich von was bedroht fühle, was mache ich dann, als Krieger? Ich trage das Gefecht zum Gegner, Mann. Das war die Idee. Und wenn's mich jetzt kostet, mein Gott, es hätte mich in Afghanistan kosten können. Das waren ja nicht nur Kameraden, die diese Dinger da umgebracht haben, das waren Freunde von mir. So. Frei biste.«

Die Armbefestigung ist gelöst, Meinhard hilft Aiguo, der sich nicht wehrt, sondern mitmacht, dabei, aus dem Ärmel zu schlüpfen, und sagt dann: »Jetzt meiner. Musst du machen, geht ja nicht anders.« Aiguo verzieht das Gesicht, in Skepsis, nicht wie Missbilligung: »Lass uns noch mal einen Moment überlegen, was wir hier tun. Die andern drinnen im Schiff ...«

»Können gern mit 'ner besseren Idee anrücken. Das sind keine Dummchen, die hätten sich schon gerührt.«

»Meinhard ...«

Der Soldat wird jetzt laut: »Kein Gelaber, Käpt'n. Wir müssen noch die Außentür aufmachen, es kann 'ne Menge Scheiß schiefgehen, zum Quasseln hab ich den Nerv nicht. Wenn du da draußen rumkraxelst und in Ohnmacht fällst, weil irgendwas bei dir nicht in Ordnung ist in den Innereien, dann war meine ganze schöne Idee für den Arsch. Schraub jetzt.«

Aiguo schraubt, schweigend, löst dann die kleinen Kappen, zieht den Arm ab und stellt fest, dass er passt. Dann sagt er: »Und du? Du kannst nicht mit einem freien Arm … wenn wir die Außentür …« Aber da sieht er, dass Meinhard sich bereits daranmacht, den Ärmel von Shen Yaus Anzug abzuschrauben, und versteht den Gedanken verspätet: Löcher haben beide, der Anzug des Deutschen wie der des Toten, intakt ist keiner. Meinhard setzt darauf, dass der Ärmel beim andern, von dem er nur weiß, dass der Helm und andere Stellen perforiert sind, intakt sein könnte, und ein Anzug, der ein paar Löcher hat – seiner oder der des Toten, gleichviel –, ist ihm lieber als gar keiner. Als der Ärmel frei ist, besteht Aiguo darauf, Meinhard zuerst dabei zu helfen, ihn anzuziehen, bevor er sich dann selbst Meinhards Ärmel festmachen lässt. »Hat keine Löcher. Dieser Ärmel, meine ich, den ich jetzt trage«, sagt Meinhard nach einem Blick auf die Diagnostik mit einer Zuversicht, die Aiguo mehr als dubios vorkommt. Aber er kommentiert das nicht, sondern legt dem Deutschen die Hand auf die Schulter, als der sich bereits wegdrehen will, um am Kontrollfeld neben der Außentür die Einstellungen vorzunehmen, die vorbereiten sollen, dass diese Tür sich öffnen lässt. Meinhard schaut ihn fragend an.

Aiguo sagt: »Lass mich noch mal mit … meinen Leuten reden. Lass mich rausfinden, wie weit sie sind. Und deinen … unsern Plan erklären.« Dagegen hat Meinhard keinen Einwand: »Ich muss das eh erst mal noch rausfinden hier, wie der Mist funktioniert. Ich war ja noch nie draußen, auch wenn Filipa immer nervt, wie toll das ist mit Cordula, diese dummen Spazier…gänge …« Den Rest des Satzes vermurmelt er dunkel, während Aiguo schon angefangen hat, schnell und dringlich Chinesisch zu reden.

Wenn Meinhard sich nicht sehr irrt, klingt er dabei zunehmend so, wie Meinhard sich fühlt: ungeduldig, unzufrieden und wie einer, der gerne alle, die um eine schreckliche Situation herumstehen, aber nichts dazu beitragen, dass sie weniger schrecklich wird, mit aller Kraft in den Hintern treten würde. Das Gesprächsende ist ein Seufzer, dann richtet Aiguo das Wort wieder an den Deutschen: »Sie finden deine Idee Wahnsinn. Aber sie haben keine andere.«

»Na, dann hast du ja was mit deinen Leuten gemeinsam. Tu nicht so, ich weiß, dass du nichts von dem Plan hältst. Stellt sich Cordula auch so an?«

»Sie hat … sie hat mir einen Kurs aufzeichnen lassen, ein Bild überspielt, wie ich mich auf der Außenhülle des Schiffs bewegen soll, um zu der andern Schleuse zu kommen. Die ist intakt, inklusive Pumpe zum Leeren und wieder Füllen mit Sauerstoff. Und auf dem Weg gibt es genügend Greif- und Trittgelegenheiten. Die beiden Menschen dort haben unbeschädigte Raumanzüge, sie werden die Schleuse leerpumpen und wieder füllen, wenn ich drin bin und die Außentür wieder zu ist. Cordula sagt, sie grüßt dich. Es klingt nach Respekt für … das, was du tust.«

»Was wir tun«, berichtigt Meinhard und gibt ohne eine weitere Vorwarnung die Befehlssequenz zur Türöffnung ein. Aigu sagt: »So, wie du das gerade programmiert hast, müssen wir noch dagegendrücken und das Ding … wir müssen am Griff hier einen Ruck nach rechts …«

»Schon dabei«, sagt Meinhard, da hält ihn Aiguo noch einmal am Arm fest: »Die Schleuse ist nicht ordentlich leergepumpt. Hat noch Luft drin. Das ist …«

»Ich hab's versucht. Die Pumpe will nicht, die ist blockiert. Wahrscheinlich auch ein Treffer, keine Ahnung. Du, ich mit dem rechten Arm am Bügel, und mit dem Linken halten wir uns fest, hier oben, Strebe. Ja, so. Rechne mit einem ziemlichen Strom, Sog, Wind, wenn das Schiff den Lufthappen rausrülpst. Begriffen?«

»Be…griffen«, sagt der Kapitän. »Gib dich nicht auf, gib nicht … Cordula sagt, sie überlegt, sie diskutieren es, vielleicht reicht die Zeit für jemanden, aus einer anderen Schleuse, oder …«

Meinhard hebt die Rechte: »Quäl dich nicht, wir haben Strohhalme gezogen, und ich hab den kurzen. Solange ich lebe, lebe ich. Jetzt hilf mir, dass es wenigstens was bringt, dass ich vorhin nicht gestorben bin. In Ordnung?«

»In … Ordnung.«

»Auf drei. So. Eins. Zwei. Drei!«

Die Tür ruckt nach rechts und wird dann von der Mechanik, die den Stoß der beiden Arme übernimmt und mit elektrischer Energie verstärkt, beiseitegezogen. Der Zug ist kurz und heftig, aber nicht so heftig, wie Aiguo und Meinhard befürchtet haben, die sich mit aller Kraft an der von Meinhard ausgesuchten Querstange festhalten.

Die Stille danach ist eine des Staunens. Beide Männer schauen durch die Luke, in der Meinhard bis dahin nichts als einen Ausweg aus einer Notlage für den andern Mann gesehen hat, und erkennen etwas, das sich um ihre Not, um Menschen überhaupt nicht kümmert, das Größte, das Älteste – Raum und Sterne.

Leises Knacksen, dann Knistern und Rauschen der Funkverbindung zwischen den beiden Männern beendet die Stille, als Aiguo sagt: »Ich … danke dir für … alles. Soll ich … soll ich jemandem irgend…«

Meinhard lacht gutmütig und sagt: »Fang an zu klettern, Kapitän. Spar uns die Peinlichkeiten, bitte. Filipa weiß Bescheid. Es ist alles gesagt. Viel Glück, Mann.«

»Dir … dir auch. Solange du lebst«, wandelt Aiguo einen Satz ab, den Meinhard vorhin gesagt hat, »lebst du. Auf Wiedersehen.« Er weiß genau, was diese deutschen Worte bedeuten, und hofft sehr, dass sie diesmal wahr sind.

Meinhard zuckt mit den Schultern, was aber in dem Raumanzug gar nicht recht zu sehen ist, und sagt dann: »Jetzt los, sonst schmeiß ich dich persönlich zur Luke raus.«

Tatsächlich muss er dem Chinesen etwas helfen, denn der braucht, nachdem er oberhalb des Außenrandes der Türöffnung seinen ersten Haltegriff gefunden hat, eine Art einhändige Räuberleiter und einen Schubser, um den nötigen Schwung aufwärts zu bekommen. Als Meinhard seine Stiefel nach oben verschwinden sieht, zieht er sich selbst ins Innere der luftleeren kleinen Kabine und versucht, das sehr leise Zischen zu ignorieren, von dem er glaubt, dass es sein Leben ist, wie es den Anzug verlässt, langsam, wie sich draußen die Sternenkonstellationen verschieben. Das Schiff scheint wieder eine Art Kurskorrektur vorzunehmen, in Wirklichkeit wohl sogar ziemlich rasch, wenn so weit entfernte Objekte scheinbar die Lage ändern, und Meinhard schließt die Augen.

Ist ihm schon kalt, wird ihm kälter? Er weiß es nicht und will nicht dran denken, da geschieht etwas, das ihn ablenkt. Eine Stimme aus vielen Stimmen spricht, oder ein Text aus vielen Texten lässt sich lesen, er weiß es nicht genau, aber er denkt Sprache, Wörter, von denen er im selben Moment weiß, dass es nicht seine Gedanken sind:

Meinhard Budde, du hast ihn gerettet.

Er sieht Aiguo, wie der in die andere Schleuse gezogen wird, von zwei, jetzt drei Armen, und weiß, das muss eine Halluzination sein, denn der Chinese hat seinen Weg eben erst begonnen, er wird noch eine ganze Weile brauchen, und wieso, fragt sich Meinhard, sehe ich das überhaupt?

Es ist keine Halluzination.

setzt sich der Text fort, und

Es ist die Zukunft. Für uns hat der Unterschied zwischen Gegenwart, Zukunft und Vergangenheit keine so große Bedeutung wie für dich.

Er spürt, wie er seinen Mund öffnet, schließt. Dann doch wieder öffnet, und er hört sich wie aus weiter Ferne sagen: »Für euch? Wer ist … wer seid ihr denn?«

Wir sind bei dir. Wir sind in deinem Kopf oder nicht, auch dieser Unterschied ist für uns weniger wichtig als für Menschen.

»In meinem …« Ein Sichwundern, zugleich ein Wiedererkennen und eine Verblüfftheit mischen sich in Meinhards Empfinden, als er sagt: »Könnt ihr mich retten? So, wie ich … ihn gerettet habe oder … irgendwie? Oder muss ich … sterben, oder ist der … hallo?«

Wir können dir nicht helfen, du bist beinah schon tot und wirst es in etwa einer halben Stunde sein, so geht deine Zeit. Aber wir könnten es dir leichter machen. Wir könnten dir vieles zeigen, oder wir könnten eine Verbindung mit Filipa Scholz herstellen, oder wir lassen dich etwas ganz anderes erleben als das, was du erleben musst.

Er beißt die Zähne zusammen, um nicht zu lachen. Dann sagt er, mit ätzender Ironie: »Saunett von euch. Quatscht mir ins Hirn, damit ich nicht so jämmerlich eingehe. Wieso meint ihr es so gut mit mir?« Er meint es als böse rhetorische Frage, aber der Text nimmt es ernst und gibt zur Antwort:

Du erinnerst uns. Wir sind ähnlich gestorben wie du.

Meinhard fröstelt. Es liegt nicht an der Kälte.

Mehrere Arme ziehen Hanteln zum Körper, mehrere Arme stoßen sie wieder weg. Die Beine sind in Schienen geschnallt, aber alle Muskeln spielen in die geschmeidige wie kraftvolle Bewegung. Baklanow will sich fit halten. Er weiß, dass er sehr bald wieder gebraucht wird. Ein bisschen übertreibt er es manchmal mit der Bereitschaftserhaltung, wenn er, wie jetzt, zu den Hantelübungen auch noch Klappmesser anfängt und wenn er, denkt er jetzt selbst ein bisschen spöttisch über sich, noch eine Übung wüsste, bei der die Ohren Muskeln entwickeln, würde er die auch noch anfangen. Die Wahrheit ist: Nur bei den Übungen fühlt er sich sauber, was auch daran liegt, dass er seit Wochen weder geduscht noch sich gewaschen hat, denn in seiner augenblicklichen Arrestzelle gibt's kein fließendes Wasser, nur etwas Ultraschall.

Er hört auf mit den »Sportkrämpfen«, wie er das in ehrlichen Stunden bei sich nennt, und zieht sich ans Fenster. Der große, zernarbte graue Brocken, in dessen Schwerkraftmulde sein Gefängnis viel zu ruhige Bahnen zieht, ignoriert ihn, deshalb stößt er sich wieder ab, zum andern Fenster hin. Dabei packt er mit den vielen Händen viele Stangen, Streben, Säulen, auf deren Einbau er, zu seinen sportlichen Zwecken, bestanden hat, und fühlt sich heute dennoch nicht beweglich oder stark, was doch der Sinn dieser kurzen Griffe samt Immerwiederloslassen ist, sondern bloß wie ein Affe, ein Fehler, ein – was? Er erreicht das andere Fenster, das nach außen schaut. Er schaut jetzt auch nach außen, dieser Gefangene, der nichts mehr fürchtet, als dass man ihn vergessen haben könnte, dessen jegliche Bewegung, jede Lektüre, jede Übung in den Wissenschaften, die er hier absolviert, diese Furcht niederkämpfen soll und der das Schweigen der Diff am allerschwersten nimmt – sie haben es dem, der Baklanow einsperren ließ, versprochen, dass sie nicht mit ihm sprechen, sich nicht mit ihm gegen den neuen Lenker,

Semjon Diduk, verschwören werden, und wenn Baklanow von den Diff eines weiß, dann, dass sie ihr Wort halten.

Als er hinausschaut, finden seine Augen rasch etwas weit Entferntes: Andromeda. Er erinnert sich an Gespräche mit Eva Sonntag – da drüben, wenn schon nicht erreichbar nah in der Heimatgalaxis, muss es Leben geben wie uns, Leben, das wir verstehen können, mit Gliedmaßen und Atemwegen und Zentralnervensystemen, nicht das unheimliche Geisterleben der Diff.

Das Herz hat einen Sprung, denkt er, nein, tut einen Sprung, falsch, wird geworfen: Was war das? Haben die Diff mich denken gehört, sind sie da, sind sie in mir und bei mir? Die Frage stellt er sich, weil Baklanow nicht sicher sein kann, ob er den Ruck durch den Leib, den er für einen seelischen hält und damit einen, der, wenn schon durch etwas Wirkliches und nicht nur durch die bloße Eigenbewegung seines Gemüts verursacht ist, so doch allenfalls durch das Eintreffen der ersehnten Diff. Aber dann gelingt es ihm doch nicht, eine andere Hoffnung, die er auf keinen Fall haben will, ganz zu unterdrücken: dass da Leute gekommen sind, in einem Raumschiff, einer kleinen Fähre vielleicht, dass der Ruck ihr Andocken bedeutet.

Jetzt spürt Baklanow, während er sich vierhändig eine Hose anzieht, die eben noch zerknittert durch den Raum glitt wie ein Segeldrachen, dass er wütend wird, weil er sie anzieht, sich damit präsentabel macht, auf einen möglichen Besuch also Rücksicht nimmt: Rücksicht, denkt er, bin ich denn verrückt geworden?

Als die Hose sitzt, greift er mit allen Armen, sogar den greiffähigen Füßen, nach seinen Stangen, Streben, Pfosten und drückt sich einmal gegen die ganze kleine Station mit aller Kraft, wie Samson, der den Tempel zum Einsturz bringen will, als wäre es seine Absicht, dass die Kapsel platzt, dass er befreit im Nichts erstickt, erfriert, an Dekompression zugrunde geht, umgeben von den Fetzen seiner Fesseln.

Dann klopft es außen an der Luke.

Baklanow muss lachen: »Komm rein, Verräter!«

Die Siegelscheibe dreht sich, rückt von der Zelle ab, verschwindet in der Wand. Diduk klettert herein wie ein Bußfertiger in die Mönchszelle eines Heiligen: umständlich, leise, respektvoll. Er war lange nicht hier. Sein Gesichtsausdruck, als er sagt: »Guten Morgen, General Baklanow«, verrät dem Häftling, dass er nicht mehr oft kommen wird, weil die Zeit, in der Baklanow hier versauern muss, fast vorbei ist. Diduk weiß, wie man ohne Schwerkraft halbwegs stattlich im Raum liegt. Allzu angenehm möchte der Besuchte dem Besucher seinen Besuch freilich nicht machen, darum provoziert er ihn in liebenswürdig-väterlichem Ton: »Möchtest du Tee oder Kaffee? Den musst du dir dann von draußen bringen lassen. Ich habe nichts anzubieten.«

Diduk sagt: »Du hast mehr anzubieten als alle andern, mit denen ich besprechen könnte, was ich zu besprechen habe. Ich sehe, du turnst. Gut so, du wirst bald gebraucht. Wir werden die Plätze tauschen, in wenigen Wochen, nehme ich an, es braut sich manches gegen mich zusammen – die Rivalitäten zwischen den Alten und den Kindern werden sich erst entspannen, wenn beide Seiten jemanden bestrafen können dafür, dass sie jetzt wirklich zusammenarbeiten müssen. Das Opfer werde ich sein, sie werden dich zurückholen, weil du sie an die besseren Zeiten erinnerst. Dann wirst du die Zügel übernehmen, und du solltest wissen, was da auf dich zukommt.«

»Ich höre«, sagt Baklanow.

Diduk schaut aus dem linken Fenster, sieht den Felsen, sagt aber nichts dazu, es scheint, als habe er nur nachschauen wollen, was für einen Ausblick auf die Dysoniki-Zivilisation sein Gesprächspartner in letzter Zeit gehabt hat. Dann sieht er den alten Freund unverwandt an und spricht von seiner Arbeit, die er an ihn übergeben wird: »Von der Innenpolitik im System hab ich dir alles gesagt. Es gibt die beiden Gruppen.«

Baklanow ignoriert das Kompliment und sagt: »Ich notiere mir im Kopf, dass es, was unser System angeht, jetzt eine Innenpolitik gibt. Das war, als ich hierhergeschafft wurde, noch nicht der Fall, da gab es dreimal Außenpolitik, die von Amor, die von Aten und die von Apollo. Du hast uns geeint. Es geht jetzt nur noch zwischen den Kindern und den Alten hin und her. Das ist eine Leistung.«

Diduk sagt: »Die Außenpolitik hat zwei Seiten – wir müssen den Diff, der einen, der bekannten, na: der vertrauten Seite unserer Außenpolitik, schneller klarmachen, dass sie hinter uns zurückstehen sollten, was den Umgang mit den Menschen auf der FRIES angeht, dass sie nicht ohne unsere Einwilligung mit denen kommunzieren können. Sie haben das jetzt mehrmals getan, das heißt, sie haben es uns immerhin verraten.«

»Mit wem haben sie …«

»Ein sterbender Soldat, eine Computerprogrammiererin und dann noch ein Spinner, der irgendwas mit Sprache macht, die haben sie interessiert, warum, weiß wieder mal niemand – so sind sie, du kennst es, wenn sie ihre Gründe erklären, wird einem schwindlig. Ich habe ihnen in aller Deutlichkeit klargemacht, dass das nicht geht, dass wir die offiziellen Kanäle unter Menschen aushandeln – zwischen mir und den Kindern auf der einen, den FRIES-Leuten auf der andern Seite. Das ist die, na, die zweite Front unserer Außenpolitik.«

Baklanow fragt: »Und wie steht's damit? Gibt es weitere geheime Abmachungen?«

Diduk schüttelt den Kopf: »Das wäre Wahnsinn. Wir dürfen die Person nicht auffliegen lassen, die Nadar Jepen dabei geholfen hat, sein Verbrechen zu begehen. Wir reden nur noch mit Kapitän Aiguo Sun, seit der von seinen Verletzungen und der Operation genesen ist.«

Baklanow legt den Kopf ein wenig schief, als wollte er sagen: Ein kurioses Detail ist mir aufgefallen, und dann spricht er aus, was das ist: »Du hast mir immer noch nicht verraten, wer eigentlich Nadars und dann … unsere Kontaktperson war … und ist. Es könnte, wie ich dich kenne, ja sogar dieser Kapitän sein oder die launige Frau Späth oder unser Landsmann …«

Diduk winkt ab: »Das darfst du nicht wissen. Dann kannst du nämlich, im Interesse der Stabilität in der schwierigen Konstellation, die ich dir eben schon beschrieben habe, plausibel leugnen, dass du es weißt, wenn du die Verhandlungsführung von mir übernimmst.«

»Was wird eigentlich verhandelt?«

»Ob sie sich retten lassen. Es ist vier Monate her, dass sie im Sturm standen, und sie arbeiten immer noch daran, ihr Schiff wieder flottzukriegen. Die ganze Autorität, die Sun und Späth noch haben, hängt am unausgesprochenen Versprechen, dass sich die Lebenserhaltungssysteme, der Antrieb … dass sich alles unter der Leitung dieser beiden reparieren lässt, dass der Flug fortgesetzt werden kann. Die Schäden sind zu groß, die Selbstversorgung wird sich nicht aufrechterhalten lassen. Wir müssen das Ding abschleppen, in eine Werft bringen, vielleicht auf Ceres, die Vorräte aufstocken, mit genetisch verbessertem Material die Landwirtschaft und Tierzucht ergänzen … allein haben sie keine Chance. Ich sage dir das alles«, fügt Diduk hinzu, wie man eine Fußnote vorliest, »weil mir nicht einfällt, wie ich die Sache beschleunigen kann.«

Baklanow antwortet nicht mit Worten, macht nur ein leises, vage zustimmendes, nachdenkliches Brummgeräusch: »Mmmh.« Das heißt wohl: Vielleicht ist das wahr, vielleicht nicht. Er hört auf, mit seinem strengen Blick dem andern die Stirn zu bieten, und wirft stattdessen einen Seitenblick durchs Fenster nach weit draußen: Der Kosmos ist noch da, noch groß, aber jetzt fern gerückt, nicht mehr Baklanows Problem.

Er hat, das weiß er jetzt, andere, größere, bald. Er freut sich darauf.

Christian Winseck kommt im Dunkeln zu sich. Die Finsternis fühlt sich an, als ob sie sich langsam und schwer um ihn dreht, ein mahlender Block.

Etwas schneidet ihm schräg in die Brust. Er hat große Angst und schreit erschrocken auf, als ein Objekt seine Stirn streift, dann etwas anderes nicht allzu hart gegen seinen Kopf schlägt. Den linken Arm spürt er nicht, dann doch ein bisschen. Es kribbelt darin, der Arm ist eingeschlafen. Vorsichtig hebt er den rechten Arm übern Kopf, um das Leselicht anzuschalten, während ihm einfällt, wo er ist: »Wenn du wirklich alle so gleichmäßig wie möglich im Schiff verteilen willst«, hat er zu Cordula gesagt, »dann müssen doch auch welche in ihren Kabinen sein, oder? Ich will in meine.«

Damit war der scheinrationale Grund für den Wunsch angegeben. Der wirkliche aber, der Christian das hatte bitten lassen, war irrational: Seine kleine Koje mit den paar irdischen Büchern, den Bildern vom Seehund im Fluss in der Geburtsstadt und dem Foto von Alexandra Burkhard und seinem Vater aus dem Winter 1987 an der Wand schien ihm einfach der sicherste Ort an Bord, weil's sein eigener Ort war. Wenn ich schon ein Grab aussuchen soll, dann will ich dieses, hat er gedacht, und das fällt ihm jetzt wieder ein, als seine Hand ins Leere greift: Da ist die Wand nicht, die Klappe nicht, die Leselampe auch nicht.

Auf sein Bett, erinnert er sich, hat er sich selbst geschnallt, es ist der oberste Gurt, was ihm das Fleisch drückt und verletzt. Dann merkt er, dass die Liegestatt sich mit ihm durch die Luft bewegt, dass sie also aus der Verankerung gerissen worden sein muss. Richtig, das war das Letzte, was er mitbekommen hat, beim dritten großen Stoß, der das ganze Schiff getroffen hat, ein Aufflammen des Lichts. Jetzt wird ihm auch klar, wie knapp das gewesen sein muss, dass er nicht gestorben ist: Das losgerissene Bett hätte mit ihm voran gegen eine der Wände krachen und ihn wie einen Ast zerbrechen können. Wieder streift ihn das im Gesicht, was ihn eben schon gestreift hat, jetzt kriegt er's mit der langsam wieder besser durchbluteten, eben noch tauben linken Hand zu fassen, betastet es, weiß dann, was das sein muss: ein Pullover seines Vaters, Mitbringsel, Souvenir, eigentlich sollte das Kleidungsstück in einer der drei Schubladen liegen, die ihm als kleiner Kleiderschrank in der Kabine dienen, davon ist also auch mindestens eine aufgegangen oder aufgeschlagen worden. Er lässt den Pullover los und greift mit beiden Armen nicht tollkühn, aber lebhaft um sich, bis eine der zwei Hände, die rechte, etwas zu fassen kriegt, das ihm vertraut genug ist, um endlich eine Orientierung im kleinen Raum zu ermöglichen: Es ist das Foto, das er oft berührt hat, der Vater und seine Freundin, zu der er bis vor dem Schrecken, der ihn jetzt in totale Finsternis gestoßen hat, unterwegs war, glatt, ein Glanzabzug, zwei Streifen Tesafilm dran – so kann Christian sich jetzt an der Wand entlangtasten, vorsichtig, mehrmals abdriftend, woraufhin er mit dem linken Bein, das sich mühelos aus dem Anschnallriemen ziehen ließ, per sanftem Fußtritt seine Lage wieder korrigiert. Schließlich finden die Finger die Leselampe, ein kleiner Lichtkegel flammt auf und streut Photonen in so gut wie jeden Winkel der Kammer.

Christian atmet durch. Er spürt, dass ihm die Tränen kommen, hustet, schämt sich. Dann löst er die restlichen Gurte, fällt vom Bett, schiebt das in einen Winkel neben dem Quasikleiderschrank, dessen mittlere Schublade tatsächlich zertrümmert wurde, wahrscheinlich vom Bett, das Christian zwischen dem Schrank und dem Heizrohr am Boden festkantet, bevor er sich daranmacht, die Ladentrümmer und die im Raum umherschwebenden Kleidungsstücke einzusammeln.

Dabei hört er draußen Rufe, meist chinesisch, teilweise deutsch (»Schau da drüben nach!«), zu seiner Erleichterung sind keine Schmerzensschreie oder Klagen um Verletzte und Tote dabei.

Christian tastet einige Stellen seines Leibes ab, unterm T-Shirt, in den Hosenbeinen, die ihm wegen falschem Druck- oder anderweitigem Unbehaglichkeitsempfinden suspekt sind. Dabei begegnet ihm nichts, was wie eine ernste Verletzung auf ihn wirkt. Erleichtert horcht er noch einmal nach draußen, überlegt dann, ob er die Tür entriegeln soll, beschließt aber, dass da, wo Leute rufen, wo Metall gegen Metall schlägt, wo es klopft und schabt, gearbeitet wird, dass man da Menschen rettet, ihnen hilft, und dass er sich dazu noch nicht gefestigt genug fühlt. Wie ein Vogel, der gegen eine Glasscheibe geflattert ist, sich aber nicht ernsthaft verletzt hat und sich jetzt aus einer Art Verlegenheit das Gefieder putzt, fährt Christian darum erst einmal fort mit dem, was er bereits begonnen hat, nämlich kleinen Aufräumarbeiten in seiner winzigen Wohnung.

Ein Buch, aufgeschlagen, aber nicht mit frei raschelnden Blättern, dreht sich ganz langsam unter dem Bogen, der das festhält, was Christian, obwohl es hier keine Richtungen gibt, als die Decke seiner Kabine betrachtet. Er fischt es aus der Luft und klappt es zu. Es ist Musils *Mann ohne Eigenschaften*, der dicke, massige, innerlich aber ganz zerfledderte zweite Band. Er hat den ersten Band derselben Ausgabe – ein Taschenbuch von Rowohlt, aus dem letzten Jahrhundert, auch diese beiden Bücher gehörten seinem Vater, er muss sie gekauft haben, als er noch mit Alexandra Burkhard zusammen war – auf der Erde zurückgelassen, vielleicht, weil das Fertige, Gelungene dorthin gehört, das groß Entworfene aber auf diese Reise. Christian steckt das Buch nicht wieder in den Aktenkoffer zurück, der alle seine sonstigen Druckerzeugniserinnerungen an die Erde enthält und der noch sicher in seiner Verankerung am Fußboden ruht, sondern stopft es zwischen zwei Schichten Kleidung in die obere der beiden noch intakten Schubladen; die untere hat bereits alle aus der zerstörten mittleren entflohenen

Kleidungsstücke aufnehmen müssen. Er schaut sich um und findet die Ergebnisse seines Versuchs, Ordnung zu stiften, leidlich zufriedenstellend. So zieht er sich zur Tür und tippt die Freigabe ein. Nichts geschieht.

Er stutzt, als hätte er mit allem gerechnet, nur damit nicht. Er versucht es noch mal, er flucht: »What the fuck?«

Er hat sich nicht vertippt. Das Ding weigert sich, auch nur zu rasseln oder zu knirschen. Er schlägt dagegen, zieht, tritt, schlägt wieder. Eine Frauenstimme von draußen: »Hallo? Da drin alles in Ordnung? Wer ist da?«

»Christian! Christian Winseck!«, antwortet er und hofft, dass es nicht ganz so kindisch jämmerlich klingt, wie er sich fühlt. Die Stimme sagt: »Okay. Ich bin es, die Mirjam.« Er kennt die Frau, hat schon mit ihr gearbeitet in der Sicherungs-, Umlagerungs- und Personenverteilungsoperation, kurz vor dem Sturm. Sie heißt Mirjam Wolf, eine Chemikerin, wenn er es richtig weiß, oder Physikerin?

»Nichts mit Experimenten«, hat sie ihm erzählt. Ihre Arbeit findet komplett am Computer statt, irgendwelche Simulationen. Jetzt ruft sie: »Tür ist blockiert, richtig?« Er nickt eifrig, dann wird ihm beschämenderweise klar, dass sie das nicht sehen kann, und er sagt: »Ja. Ja! Die Tür ist, sie … it's broken oder ähm … es geht nicht.«

»Ja«, sagt sie, ein wenig gehetzt. Er hofft, dass sie dabei nicht, von ihm genervt, mit den Augen rollt. »Das haben wir in diesem Abschnitt überall, Computerfehlfunktion. Wir sind dran.« Sie wechselt ein paar nicht laut gesprochene, daher unverständliche Worte mit anderen Personen, deren Stimmen Christian hinter der Metallwand nur dumpf ausmachen kann. Dann sagt sie: »Winseck? Wir haben's gleich. Frage: Bist du verletzt? Können wir dich irgendwo einteilen, Rettung, Reparatur, oder brauchst du selber Hilfe?«

»Ich bin in Ordnung, meine Sachen sind auch in Ordnung! Alles in Ordnung! Ich kann helfen!«

»Prima!«, ruft Frau Wolf zurück. »Geh bisschen auf Abstand zur Luke und halt dich irgendwo fest, in drei, vier Minuten müsste der Weg frei sein. Ich schick jemanden, Denise oder Rubin oder einen Chinesen, der dich abholt. Es gibt 'ne Menge zu tun.«

»Alles klar!«, erwidert Christian, dann zieht er sich zu der Wand zurück, neben der eigentlich das Bett verankert sein sollte, um die Tesafilmbefestigung der beiden Fotos zu überprüfen, das Hauptlicht anzuschalten, die Leselampe auszuschalten, und als er mit diesen drei eher nicht dringend nötigen Beschäftigungen fertig ist, fährt er zusammen, als sich die Tür mit einem Krachen selbst aus ihrem Ring entlässt, zur Seite rattert und dann nicht ganz in ihre Position bei geöffneter Luke einrastet, sondern wie unentschlossen auf drei Vierteln des Weges hängen bleibt, während eine andere Mitastronautin, nämlich Filipa Scholz, den Kopf in die so entstandene Öffnung hält und sagt: »Christian? Ah, gut. Kommste mit? Es gibt ein Leck an einem der großen Tanks für den Boostertreibstoff und die Notenergie, sie brauchen jede und jeden!«

In den nächsten vierundzwanzig Stunden kommt er weder zur Ruhe noch zu der Sorte Unruhe, in die man sich steigern kann, wenn man ums eigene Wohlergehen fürchtet. Mit Filipa und fünf andern ist er zuerst damit beschäftigt, das Austreten von Druckgasen aus Leitungen zu beenden und dann im Gefolge von Frau Wolf auch in anderen chemischen Anlagen vor allem das Entstehen von explosionsgefährdenden Gemischen zu verhindern, teils durchs Anbringen von Aluminiumpflastern, teils per Spulung und Verdünnung von Tankinhalten mit inerten Gasen.

Dann wechselt er auf die Brücke, wo man ihm einen Steuerstick anvertraut, der bei der Wiederherstellung der Lagestabilität einiger gegeneinander rotationsfähiger Schiffssysteme bedient werden will. Es gibt zehn solcher Posten. Einen hat eine Weile Filipa inne, bis sie die Nachricht erhält, dass Meinhard Budde tot ist, gestorben bei der Rettung eines anderen Besatzungsmitglieds. Ein Gerücht, das eine der Chinesinnen auf der Brücke lanciert, besagt, der Gerettete sei Kapitän Aiguo Sun. Nach einer sehr kurzen Liegezeit auf einer der Pritschen an der unteren Wand der Brücke wird Christian von Andrej Sirilko persönlich geweckt, der, statt ihn zu begrüßen, nur sagt: »Du arbeitest doch auch mit Computerprogrammen in deiner Linguistik. Kennst du dich mit Hardware aus, Bauteilen?«

»Ein bisschen ...«, sagt Christian wahrheitsgemäß und verschlafen. Sirilko erklärt: »Wir haben viele Daten durch Einschläge verloren. Forschungsdaten, Routendaten, Planungsdaten, aber auch Teile der Archive sind weg, die Filme zum Beispiel«, ein schattenhaftes Lächeln, »und jetzt müssen wir zusehen, ob einige Apparate, die vor der Wiederabdichtung freigelegen sind und kosmischer Strahlung ausgesetzt waren, ihre Strahlungsfestigkeit bewahrt haben. Dass es keine Fehler in den Speicherzellen wegen der Strahlung gab, dass sich keine Schaltkreise selber kurzschließen. Das muss alles überprüft werden, Widerstände, Halbleiter, Mikroschaltkreise, Spulen, Relais, Stecker, Sicherungen, Drähte und Kabel ...«

»I'm up to it«, sagt Christian dienstbereit.

Keine der Arbeiten, die nötig sind, wird von Einzelnen erledigt. Immer kooperieren Gruppen von mindestens drei oder vier Personen. Die Dienstpläne kommen von Cordula Späth. Aiguo Sun liegt, wie Liz Parker, auf der improvisierten zweiten Intensivstation im Heck, man hat den Transport zur eigentlichen Krankenstation gar nicht erst riskiert, die Wege sind zu weit und voller Hindernisse.

Dreißig Stunden nach der Entriegelung seiner Tür, die in den nächsten zwei Wochen entriegelt bleibt, ohne dass ihn das stören würde, fällt Christian, auf sein von einem hilfreichen Mechaniker wieder am Boden verankertes Bett geschnallt, in den tiefsten traumlosen Schlaf seines Lebens.

Geweckt wird er bereits nach anderthalb Stunden von einer Durchsage der Frau, die fortan pausenlos Statusberichte in allgemeinen Umlauf bringen wird, mündlich und schriftlich:

»Hier spricht Cordula Späth, es gibt einen Zwischenstand.«

Der ist verheerend.

Einunddreißig Leute sind direkt während des Sturms gestorben, siebzehn leicht verletzt, neun schwer verletzt worden, also in intensivmedizinischer Behandlung. Von diesen sterben während der ersten Woche vier, drei Tage später stirbt noch einer, die restlichen können mehr oder weniger wiederhergestellt werden. Eine Astrogatorin hat ihre rechte Hand verloren, einer von Andrej Sirilkos Physikern bleibt wegen einer Wirbelsäulenverletzung dauerhaft gelähmt, von der Hüfte abwärts. Viel Zeit zum Trauern hat die Besatzung der PODKAYNE FRIES nicht, aber auch andere Gefühle, etwa Angst davor, wie es weitergehen soll, kommen nicht auf, weil Cordula und die durch sie nur vermittelten Sachnotstände den Überlebenden so viel Arbeitskraft, Aufmerksamkeit und allgemeine Disziplin abverlangen, dass dafür kein Raum bleibt. »Wir wissen nicht mal, wie klein, wie subtil die Schäden sein können, die durch die Splitter dieser Monodromiewaffen möglich sind«, erklärt Cordula.

Christian leidet, wie alle, unter den fordernden Umständen, aber er wagt es sozusagen vor sich selbst nicht, dieses Leiden bis zu einer bewussten Verzweiflung reifen zu lassen, auch wenn er manchmal an einen Cousin denken muss, den die ganze Familie Winseck »Jack's traumatized kid« nennt, weil er nach seinen zwei Touren im Golfkrieg des älteren Präsidenten George Bush erst zwei Jahre scheinbar völlig normal seiner glücklicherweise rasch gefundenen zivilen Nachkriegsarbeit als Tierpfleger nachgegangen war, dann aber eines Tages plötzlich sechs ihm anvertraute Hunde mit dem Revolver getötet und sich dann im Büro des Tierheims, bei dem er angestellt war, eingeschlossen hatte, wo man ihn mit viel gutem Zureden immerhin daran hatte hindern können, sich auch noch selbst zu erschießen. Danach kam er in ein Heim für psychisch geschädigte Veteranen, wo er, wie Christian einmal beim Arbeiten an einem Gerüst in einem der Reifen so plötzlich einfällt, dass er fast lachen muss, vermutlich noch heute vor sich hin vegetiert und nie erfahren wird, dass er einen Cousin hat, der unvorstellbar weit von der Erde entfernt jetzt lernt, was das ist, so ein Krieg.

Drei Wochen nach dem Sturm meldet sich Aiguo Sun, dessen von einer seiner eigenen Rippen angekratzte Lunge offenbar nach zwei schweren Operationen in der unmittelbaren Folge der Kollisionen wieder ganz ausheilen wird, unter großem Applaus auf der Brücke zurück. Erst jetzt, da sie ihm für bald zunehmend längere Zeiten die Geschäfte übergeben kann, erlaubt sich Cordula Späth ab und zu ein paar Stunden der Ruhe in ihrer eigenen Kabine. Ansonsten ist sie vor allem damit beschäftigt, den Leuten als Vorbild zu dienen: Niemand tut mehr für die Abdichtung des Korallenreifens, die Reparatur der Triebwerke, die Versorgung der Schwerverletzten.

»Als sie das erste Mal mit mir nach den Korallen gesehen hat«, berichtet Andrej später flüsternd ein paar engsten Freundinnen und Freunden bei einem Abendessen ohne die erschöpfte Chefin, »habe ich sie weinen sehen – ich musste dran denken, wie sie gesagt hat: Ohne die Korallen fliege ich nicht los, ohne die Korallen können wir die Erde nicht ins All tragen, die Menschheit nicht nach draußen führen. Die sind ihr heilig, und das Becken hat Schaden genommen, ein Teil vom Riff hat Brüche … Ein Oktopus ist gestorben. Sie hat sich diese Brille aufgesetzt, mit den Mikroskoplinsen, und ist nah an die Polypen, hat sie vorsichtig untersucht, in der runden Kolonie im Reifensüden, der mit den roten büschel- und baumartigen Dingern im Nordwesten, sie wirkte, als würde sie ihnen am liebsten … so, wie manche Leute mit ihren Pflanzen reden, wenn sie die Blätter hängen lassen, wisst ihr? Ich habe sie dann gefragt, als wir aus dem Becken geklettert sind und ich die Tränen bemerkt habe … ich habe sie gefragt: Das wird ja wieder, oder? Da hat sie … also, sie musste sich zusammennehmen, das hab ich bei ihr noch nie erlebt, aber dann sagte sie: Die Brandung macht alles kaputt auf der Erde. Das Einzige, was ihr was entgegensetzt, sind die Korallenriffe. Nur unser Dreck greift die an, die Natur hat keine Waffe gegen sie. Wenn sie den Sturm aushalten, dann halten wir den auch aus. Deshalb werde ich sie retten. Und wenn es das Letzte ist, was ich mache.«

Oft sitzt die Chefin jetzt mit dem Kapitän in der Sitzecke an dem Glastisch, wo Christian seinen verunglückten Vortrag über die Botschaft der Alexandra Burkhard gehalten hat, und bespricht die Auswertung der Nachforschungen über die bekannten und vielleicht noch versteckten Folgen des Kataklysmus, die Ressourcenlage, die Aussichten für die nähere, mittlere und fernere Zukunft der Mission, wobei sie ihr geschientes Bein aufs Polster legt und wirkt, als genieße sie diese Unterhaltungen wie eine Patientin in einem Sanatorium, die einen Freund gefunden hat, mit dem es sich angenehm und lehrreich über Gott und die Welt plaudern lässt. Tatsächlich geht es in diesen Gesprächen nicht immer um die Not der PODKAYNE FRIES und ihre Bewältigung, wie Christian mitbekommt, da eine der Arbeiten, denen er, weil er sich darin als geschickt erwiesen hat, immer wieder zugeteilt wird, die Computerfehlerbehebung von einer kleinen Konsole auf der Brücke aus ist.

Einmal erzählt Aiguo Sun ihr von den letzten zwanzig Minuten, die er in Gesellschaft des »sehr tapferen« (Aiguo) Meinhard Budde verbracht hat: »Kein Händeringen, kein Haareraufen. Er wollte mit mir sogar philosophische Fragen diskutieren.«

Cordula fragt: »Was für philosophische Fragen denn?«

»Mein Streit mit Andrej über …«

»Ah, die Naturgesetze. Ob die Welt nach ihrem Gebot deterministisch abschnurrt oder ob sie sich entwickeln und dabei Wahrscheinlichkeits... verteilungen ...«

Sie ist im Bilde, und Aiguo erläutert: »Ja, ich habe ihm das Dutch-Book-Argument erläutert, auf seinen Wunsch – du kennst es vielleicht: Man nimmt an, Wahrscheinlichkeiten sind verschiedene Grade des Fürwahrhaltens, also, erst mal muss es dabei Grade von Wahrheit geben, sagen wir, der Satz ›Aiguo ist im Wasser‹ ist falsch, solange ich am Beckenrand stehe, wahr, wenn ich schwimme und tauche, und irgendetwas dazwischen, wenn ich gerade ins Becken hineinsteige oder herauskomme. In welchem Grad ich etwas für wahr halte, also für wahrscheinlich, das kann man als eine Wette beschreiben, also wenn ich wette, das wird passieren, halte ich es im Ausmaß der ... also der Quote meiner Wette für ...«

Cordula fällt ihm ins Wort: »Das hat mir nie eingeleuchtet. Dass Wettbereitschaft und Grad des Fürwahrhaltens, Wettbereitschaft und Erwartungsgrad eines Ereignisses einfach so in eins gesetzt werden können. Ich meine, was ist mit einem Pfarrer, dem seine Religion verbietet zu wetten, hat der dann niemals eine Meinung, eine Erwartung, ob es morgen früh regnen wird oder nicht?«

Aiguo klingt gegen seinen Willen amüsiert, als er darauf antwortet: »Ihr seid eben Europäer – du und Andrej. Dieses ... entweder ihr könnt keine Ungewissheit, Unsicherheit ertragen, alles muss deduktiv auszementiert sein wie bei ihm, oder ihr geht umgekehrt vor den kleinsten Schwierigkeiten in die Knie, wie hier vor dem Messproblem.«

»Wieso ist das ein Messproblem, wenn der Pfarrer doch ...«

Aiguo lässt sich nicht drauf ein: »Dass eine Erwartungsdisposition im Wetten ausgedrückt wird, ist doch nur ein Weg, diese Erwartung zu messen. Weiter nichts, da muss man doch nicht so einen metaphysischen Aufwand machen. Ihr habt eine, wie sagt man? Eine Heidenangst vor jeder Induktion, vor jeder Messung, jeder Beobachtung, ihr Westler, das heißt, anders – die Beobachtung muss von der Abstraktion streng getrennt werden, das Hingucken vom Folgern, sonst kriegt ihr ein schlechtes Gewissen. Für das eine sind die Ingenieure zuständig, für das andere die Philosophen.«

»Sirilko ist Russe, der ist kein Westler.«

»Von uns aus gesehen ist er Westler. Jedes Verfahren, das irgendwas, was man sich deduktiv denken kann, auf etwas bezieht, das man dann durch hingucken überprüft, wird von euch beargwöhnt: Es muss immer, überall, in Ewigkeit funktionieren, sonst ist es wertlos. Daher dann die schwarzen Schwäne oder die Pfarrer, die nicht wetten, immer soll irgendein beliebiges Beispiel ein ganzes Konzept über den Haufen werfen, weil sonst ja allgemeine Aussagen möglich wären. Das kam auf bei euch, als die Gefahr wuchs, dass man die schönen Erfolge des verallgemeinernden und abstrahierenden, nämlich mathematischen Denkens auf die Gesellschaft, auf die Ungerechtigkeit, die Ausbeutung, Unterdrückung anzuwenden drohte, da war plötzlich Schluss mit der Freude am wissenschaftlichen Denken, da hat der Marx euren Forschungsbetrieb schockiert. Seitdem heißt es, ah, man kann es ja doch alles nicht so genau wissen, das sind alles immer nur Modelle, jeder Vergleich hinkt, und als einzige Alternative duldet ihr das verbohrte Beharren darauf, dass die Logik an sich, also ohne Beobachtung, die Mathematik alleine, jenseits aller Experimente aber wenigstens rein und absolut und unzerstörbar sei, also auf der einen Seite Chaos, auf der anderen Starrsinn. Mao dagegen sagt, man soll die Wahrheit in den Tatsachen suchen, denn …«

»Der Pfarrer ist doch eine Tatsache.«

»Sophismus. Irgendeine zufällige Messgrenze heranzuziehen, um eine Messung madig zu machen, dann kann man auch das Messen von Gewichten unter Schwerkraftbedingungen mit Federn wegwerfen, weil die Federn nach dem Hooke'schen Gesetz ausleiern müssen. Wenn einer nicht wettet, dann kann man seine Wahrscheinlichkeitserwartungen eben so nicht messen, dann guckt man andere Verhaltensweisen als das Wetten an. Wenn er einen Regenschirm mitnimmt, sobald er das Haus verlässt, dieser Pfarrer, dann wird er schon zu irgendeinem Grad glauben, es könnte regnen, da hast du dann eine alternative Messweise gefunden ...«

»Gut, geschenkt, weg mit dem Pfarrer, aber der Begriff von der Wahrscheinlichkeit als Wettdisposition ist trotzdem nichts wert, denn der Begriff von Wetten, der da drinsteckt, ist unzulässig geglättet. Die Vernunft sagt, die gemeinsame Wahrscheinlichkeit zweier logisch voneinander unabhängiger Ereignisse sollte nicht über eins, über hundert Prozent liegen, nicht? Aber sagen wir mal, jemand erwartet zu sechzig Prozent, dass ein P eintritt, zum Beispiel eine bestimmte Zahlenkombination, und dann aber zu sechzig Prozent auch, dass eine andere eintritt, die nur manche Zahlen gemeinsam hat, wenn man aber die erste Kombination P nennt, dann ist die zweite ›nicht P‹, und trotzdem kann man so wetten, weil es zum Beispiel Rabatte für Mehrfachwetten gibt – in Deutschland hat's dieses System, sechs Zahlen aus neunundvierzig, und man kann das mehrmals auf einem Wettschein machen. Nach der Vernunft müsste sich der Wetteinsatz verdoppeln, wenn man zwei dieser Felder mit jeweils einer Sechserkombi ausfüllt, gegenüber nur einem Feld mit nur einer Sechserkombi, dann würde man sagen, zu fünfzig Prozent wettet man, dass die erste Kombi drankommt, und zu fünfzig Prozent wettet man, dass sie nicht drankommt, nämlich die zweite. Aber so sind die Preise nicht, es gibt einen Rabatt, die Leute sollen ja so viele Sechserkombis wie möglich ankreuzen, da ist die Summe dann nicht ... ich will sagen, selbst wenn Wetten Grade des Glaubens an Resultate abbilden würden, bilden sie nicht immer den Grad des Glaubens an die Kombination von solchen Resultaten ab, und dann ist doch die Wettmetapher als Bild für diese Wahrscheinlichkeitssache komplett ungeeignet.«

»Unsinn. Das ist nur derselbe dumme Denkfehler wie vorhin, andersherum gedreht. Rabatt ist nur eine eingebaute Grenze im Messapparat ›Wetten‹. Abermals: So wie man Masse auch anders messen kann als mit Federn, auch per Verdrängung von Wasser in entsprechend geeichten Gefäßen, wenn die Masse größer ist, als die Belastbarkeit der Federn aushält, aber in dem Rahmen, in dem das Messverfahren hinhaut, ist es doch wertvoll genug – gilt ja übrigens auch für Naturgesetze, nicht nur für Messverfahren, als Näherung ist doch der Newton für viele Bewegungen nicht übel, man muss nicht immer gleich Einstein …«

Jetzt lacht Cordula: »Ja, ist doch schon recht, wollte dich nur mit absichtlichem Quatsch necken. Anwältin des Teufels, weißt du? Ich weiß doch, wie windig solche Einwände sind, ich wollte nur wissen, wie tief die Dialektik bei dir …«

»Ob ich das, was ich für richtig halte, nur auswendig gelernt habe oder wirklich davon überzeugt bin und ob die Mischung aus Verwirren und Einschüchtern, die bei euch im Westen als Wissenschaftskritik gilt, auf mich Eindruck macht. Macht sie nicht.«

»Macht sie nicht!«, lacht Cordula.

Mit der Zeit renkt sich das Leben auf der PODKAYNE FRIES wieder ein, obwohl einige der alten Zerstreuungen nicht mehr zur Verfügung stehen.

Die Filmabende sind vorbei, jedenfalls »aller Wahrscheinlichkeit nach«, wie Sebastian Mayr, einer von Cordulas Bundeswehrtechnikern, ohne bewusste Anspielung auf das neue Lieblingsdiskussionsthema der Chefin sagt: »Die Datenbank mit den Filmen ist korrupt, auch die mit Musik und der meisten Literatur, aber weil viele Leute an Bord halt doch Bücher dabeihaben und für Musik außerdem zum Beispiel iPods oder privat gespeicherte Playlists in einigen einzelnen, privaten oder zwar dienstlich, aber teilautonom – das heißt, vernetzt, aber entkoppelbar – genutzten Rechnern, können wir immerhin rund zweitausend Stunden Musik und ungefähr eine halbe Million Buchseiten neu einlesen und speichern lassen.«

Die erste Veranstaltung im Kino, das manchmal Disco war, ist eine Lesung zu Ehren der vor drei Monaten Umgekommenen. Der Tag, an dem sie stattfindet, ist derjenige, an dem Aiguo dem ganzen Schiff bekanntgibt, dass »bei der erfolgreichen siebten Komplettkontrolle seit dem Sturm endgültig keine Lecks nach außen, keine Instabilitäten der Trägerstruktur und auch sonst keine unmittelbar reparaturbedürftigen oder reparaturzugänglichen Schäden« festgestellt worden seien, wobei der Haken dieser Bekanntmachung die Formulierung »reparaturzugänglich« ist. Denn man hat einen der sechs Atomreaktoren für den Basisantrieb tatsächlich dauerhaft stillgelegt und ins All abgegeben, weil er eben nicht wiederherstellbar war, und auch sonst machen die Antriebs- und die Manövriertechnik nach wie vor große Probleme. Die volle Missionskapazität ist, wie Andrej Sirilko seinem unmittelbaren astrogatorischen Stab noch am Abend zuvor erklärt hat, »mit Bordmitteln allein nicht wiederherstellbar. Wir sind schlicht sehr viel langsamer geworden. Wir müssten das Schiff im Grund in einer Art Fabrik generalüberholen, wie wir sie damals vor dem Start in der Erdumlaufbahn und dann noch mal unweit des L5-Aufenthalts Richtung Mond gehabt haben, sowohl für die FRIES wie für die SMITH. Wir können weiter, aber wir sind sehr angeschlagen und wissen ärgerlicherweise nicht mal wirklich genau wovon – ich hatte gehofft, erschreckt nicht, aber … als Wissenschaftler und Techniker hatte ich gehofft, dass irgendwie etwas von dieser Monodromiewaffe zurückbleiben würde, dass wir Spuren finden könnten, ehrlich gesagt haben wir sogar Fallen aufgestellt, es gab einen Wassertank außen vor dem dritten Reifen, den ein Stahlteil der SMITH zerrissen hat, der aber als Nebelkammer eingerichtet war teilweise, als Abart eines Teilchendetektors. Wir wollten die Bilder analysieren, das heißt, wir haben Fotoplatten retten können, aber es ist nichts drauf, was sonst nicht auch drauf wäre, und so bleibt mir für die Analyse dieser Waffe nur ein Haufen Spekulationen über Singularitäten. Wir haben natürlich das Videomaterial von der Zerstörung der SMITH, wo wir uns über die Geometrie und die Topologie des Vorgangs so unsere Gedanken machen und Meinungen bilden können. Aber viel können wir nicht tun.«

So tut Sirilko etwas anderes: Er ist es, der an diesem Totengedenkabend im nicht mehr als Kino genutzten Saal, in dem so viele schöne Abende stattgefunden haben, bevor der Krieg die beiden irdischen Schiffe erreichte, seine Stimme sprechen lässt für diejenigen, die man nie wieder sprechen hören wird.

»Ich habe ein paar Bücher mitgebracht«, sagt er im bis auf den letzten Platz vollbesetzten Saal, »die haben Kanbara gehört. Sie sind aus seinem Gepäck. Alle auf Deutsch, er hat sich so … er hat sich sehr bemüht, die Sprache zu lernen, und sein Verfahren war, er hat japanische Literatur in deutschen Übersetzungen ein halbes Jahr vor dem Abflug im Internet zusammengekauft, klassische und moderne Literatur. Er war ja der Sohn einer Literaturprofessorin, einer alleinerziehenden Mutter. Sein Vater ist abgehauen, als Kanbara sechs war, als Künstler nach Paris, dort verschollen … Kanbara kannte alle diese Bücher schon, hat sie gelesen, weil das die Literatur war, über die seine Mutter immer gesprochen hat, und so fiel es ihm leicht, sie auf Deutsch zu lesen … ich habe ein paar dabei, und ich will ein paar Stellen lesen, die ich ausgesucht habe. Sie sind teilweise leicht gekürzt, dem Anlass entsprechend, wir wollen nicht zu tief in die Details dieser Geschichten gehen … aber ich weiß, dass das Bücher sind, die er besonders gerne gemocht hat, und einiges fügt sich … reimt sich … passt zu Gedanken, die wir uns machen, wenn wir an unsere Toten denken, und daran wie es weitergehen soll. Hier …« Er blättert und liest dann mit schöner, warmer, melodischer Stimme:

»Heute wurde gemeldet, dass ein Taifun im Anzug sei. Wahrscheinlich schmerzt meine Hand deshalb heftiger als sonst; ich kann auch meine Beine nur mit Mühe bewegen. Nachmittags rief Suzuki an und bat, heute auf die Behandlung verzichten zu dürfen, da er sich des heranrückenden Taifuns wegen Sorgen mache. Ich ließ ihm ausrichten, ich sei einverstanden, stand vom Bett auf und ging ins Arbeitszimmer. In diesem Augenblick trat Satsuko ein: ›Ich will jetzt das Geschenk haben, das du mir versprochen hast. Ich gehe erst zur Bank und dann anschließend zu dem Juwelier.‹ ›Es ist ein Taifun gemeldet! Muss es denn unbedingt heute sein?‹ ›Ich möchte ihn abholen, bevor du dich anders besinnst! Ich will den Diamanten so schnell wie möglich an meinem Finger haben!‹ ›Was ich einmal versprochen habe, halte ich!‹ ›Morgen ist Samstag, und falls ich zu lange schlafen sollte, könnte die Bank schon geschlossen sein. Heißt es nicht, man soll das Gute immer gleich tun?‹«

Dem sanften Hinweis darauf, wie flüchtig das Gute ist, das man deshalb gleich tun sollte, einer Passage aus dem *Tagebuch eines alten Narren* von Juni'chiro Tanizaki, folgten andere Stellen aus anderen Büchern desselben Meisters, erst der *Geheimen Geschichte des Fürsten von Musashi*, dann der Erzählung *Der Schlüssel* und zum Schluss etwas, das die Notwendigkeit für die Besatzung der FRIES andeutet, sich auszutauschen – ein Abschnitt aus *Schwierigkeiten beim Verständnis der Narayama-Lieder* von Shichiro Fukazawa, in dem davon die Rede ist, dass in einer Nacht, bevor eine Gruppe von Menschen auf eine gefahrvolle Reise ins Gebirge aufbricht, ein Gastmahl gereicht wird, bei dem man zu Sake Leute empfängt, die schon einmal im Gebirge waren:

»Sie erläutern den Weg und nehmen auch ein Gelübde ab. Selbst die Auskünfte werden nach einem bestimmten Ritus gegeben: Es muss nämlich einer nach dem anderen seine Auskünfte erteilen.«

Danach beendet Andrej seine Lesung und öffnet die Runde zum Gespräch. Menschen stehen auf und erzählen von ihren Verlusten, nicht nur denen im Sturm, auch davon, was sie auf der Erde erlitten haben, davon, was sie für diese Mission aufgegeben haben, davon, wie sie mit alledem fertigwerden.

Elf Leute, sechs Frauen, fünf Männer äußern sich, nicht immer ohne Stocken, aber sie verlieren nicht die Fassung. Ihre Geschichten und Gedanken erinnern alle daran, dass man hier nicht allein ist, dass man einander beisteht. Als Zwölftes und Letztes spricht eine Frau, die erst vor zwei Wochen die Krankenstation verlassen hat, eine der letzten unmittelbaren Sturmverletzten, die in so etwas wie ein Arbeitsleben zurückkehren konnte und noch immer ein Gerät nutzt, das die Medizintechniker um die deutsche Ärztin Maria Otte entworfen und mit chinesischer Hilfe auch gebaut haben, einen »Rollstuhl ohne Räder«, ein rückenstabilisierendes Gerüst mit gelenkigen Multischienen, von Federn und kleinen Kugellagern zusammengehalten, die die Arme und Beine kräftigen, aber auch verlängern, in flexible Hand- und Fußkissen, die auf Wegen durch die Schwerelosigkeit, insbesondere den langen Tunnels, über integrierte Magneten der Benutzerin erlauben, sich abzustoßen oder festzuhalten, wie sie es jeweils für einen optimal gelenk- und überhaupt körperschonenden Weg benötigt. Es dauert ein wenig, bis Liz Parker, von Aiguo unterstützt, in diesem mittlerweile schon um ein, zwei Teile reduzierten Rahmen, den sie in ein paar Tagen ganz hinter sich lassen wird, aus ihrem Sitz in der ersten Reihe aufgestanden ist. Dann, als alle ihre Blicke auf sie richten und noch das leiseste Scharren, Husten, Sichzurechtsetzen verstummt ist, sagt sie mit fester Stimme:

»Es wird nicht mehr wie früher. Mein Mann ist tot. Ich habe die besten Jahre meines Lebens mit ihm verbracht. Ich habe ihn jahrelang jeden Tag gesehen. Ihn zuletzt jeden Tag gesprochen. Ich lebte in der Erwartung, ihn wiederzusehen. Aber ich habe immer gewusst, eines Tage stirbt er oder sterbe ich, so endet das bei uns. Es war früher als erwartet, aber es war nicht unvorstellbar – ich habe auch nicht gedacht, es würde aus Altersschwäche passieren. Wir haben am Ende nicht mehr oft darüber geredet, irgendwann ist alles gesagt, aber so, wie wir gelebt haben, so gefährlich, war es immer möglich ... dass er oder ich damit fertigwerden müssen, dass ich oder er irgendwie gewaltsam ums Leben kommen. Diejenigen, die dafür verantwortlich sind ... wir haben alle die Erklärungen von Cordula gehört, das lange ... Tutorial letzte Woche, über die Dysoniki, die Unterschiede zwischen den Radikalen in der Aten-Zone und den Gemäßigten in der Apollo-Zone, von denen Cordula uns aufgrund ihrer Geheimdienstinformationen, wie immer sie zu denen gekommen ist, sagt, dass die jetzt an der Macht sind, und dann den Forschern in der Amor-Zone, von denen sogar sie sich verspricht, was Aiguo Sun, unser Kapitän, von allen drei Zonen erwartet: Hilfe, Rat, Unterstützung. To make it up to us – Wiedergutmachung, sagen die Deutschen. Mich interessiert das nicht. Cordula will mit den Amorleuten arbeiten, das ist das große politische Thema hier auf dem Schiff, das Thema, bei dem es nur zwei Seiten gibt – die Seite unseres Kapitäns, dem ich vertraue und den ich bewundere, die Seite, der auch Andrej Sirilko und die meisten technisch Beschäftigten angehören, und dann die Seite der Skepsis, die Seite von Filipa, Leute, die nicht vergessen wollen, was diese ... was sie uns angetan haben. Ich habe zu wenig Informationen, ich bin nicht ... ich gebe zu, ich drifte schnell ab, wenn es so politisch wird. Ich weiß nicht, woher Aiguo, dem ich unendlich dankbar bin für alles, was er für uns tut, seine Sicherheit nimmt, dass mit diesem Nadar Jepen jetzt unser Hauptfeind tot ist, zumal es ja nicht nur die drei Gruppen gibt, sondern offenbar auch verschiedene Generationen … und zwischen diesen Generationen gibt es wiederum auch … Politik. Ich will davon nichts wissen. Ich will bei dem bleiben, was uns beim Aufbruch begeistert hat, dass wir den politischen crap der Erde … that we can leave all this behind, damit … so we can go somewhere where there's no politics, no quarrel between Chinese and Westerners, socialists and what I used to call the free world … Ich weiß über diesen Nadar Jepen nur eins: Der wollte genau diese Begeisterung zerstören, der wollte verhindern, dass wir weiterfliegen, bis wir Alexandra Burkhard und die EOLOMEA gefunden haben. I want him to fail. I want us to succeed. That is all I care about anymore. That's why I will join Filipa when she … wir machen körperliches Training, nicht für den Krieg, sondern damit es weitergeht. Ich will, dass es weitergeht. I want us to win.«

Das knappe, angedeutete Nicken Richtung Podium, wo Andrej noch immer beim kleinen Bücherstapel auf dem Pult steht, lässt keinen Zweifel daran, dass Liz alles gesagt hat, was sie sagen wollte, und als erst drei, vier, dann zehn, dann zwanzig und bald alle im Saal und manche anderswo darauf mit Applaus antworten und sich selbst Aiguo, den sie dafür kritisiert hat, dass er diplomatisch mit den Dysoniki verhandelt und arbeitet, nicht nur diesem Beifall anschließt, sondern als Erster auch aufsteht, was ihm bald der ganze Saal nachmacht, denkt Christian Winseck: Wir sind noch da. Und wir machen weiter.

Vier Tage später hört Christian das erste Mal seit dem Sturm wieder Musik – laute Rockmusik sogar, tiefgestimmte Gitarren, einen massiven Bass, schnelle Beats, komplizierte Melodienführung und ein Geschrei, das ihm italienisch vorkommt. Der Lärm dringt aus dem Trainingsreifenabschnitt, in den ihn Filipa eingeladen hat, die mit Liz und ein paar anderen ihrer neuen »Fitnessbrigade«, wie sie das nennt, einige Übungsroutinen, die Meinhard ihr gezeigt hat, fortsetzen will – »Unter anderem Messerwerfen und Axtwerfen. Ja, guck nicht so«, hat sie gesagt, als Christians Blick ihr nach Zweifel aussah, »ich weiß, dass Liz gesagt hat und dass ich ihr danach beim Essen zugestimmt habe, im kleinen Kreis, dass wir jedenfalls nichts Kriegerisches wollen, schon weil das lächerlich wäre, wie Meinhard immer gesagt hat – wenn die wirklich Waffen haben, die wir noch nicht mal verstehen können, dann, das war sein Mantra, ist die militärische Überlegenheit so groß, dass wir scheitern wie die polnischen Reiter gegen die Nazipanzer im Zweiten Weltkrieg. Aber wenn uns dieser Sturm, diese Katastrophe irgendwas beigebracht hat, dann das: Wir sind nicht mehr auf sicherem Grund und Boden, seit Jahren nicht, wir sind Weltraumäffchen. Wir haben uns durchgehangelt, wir haben Klettern gelernt beim Reparieren, beim Überbrücken, wir werden das weiter brauchen beim Überleben, und das heißt: Das Wichtigste hier draußen ist nicht, wie gut wir rechnen und wie toll wir programmieren können, sondern einfach körperliche Koordination, Turnen, Hand-Fuß-Auge-Abstimmung. Und dafür gibt es nichts Besseres, als Messer und Äxte zu schmeißen. Drei Meter vom Ziel, vier Meter, fünf Meter, nimm das Messer beim Klemmgriff, leg den Daumen der Wurfhand flach auf die Klinge, umschließ sie mit diesen Fingern so, dass der stumpfe Rücken der Klinge auf der Innenhand liegt, und du wirst noch vor dem Wurf ein Gefühl kennenlernen von … du und dein Gerät und das Hirn, das es auf die Reihe kriegen muss, das ist das Modell für alles, was wir hier draußen machen müssen, um zu überleben.«

Weil das für Christian völlig vernünftig klingt, tritt er ein in den Lärm und sieht, wie dort zwar zum Glück mit nichts geworfen wird – das kommt später, bei versiegelten Türen, mit vielen anderen Sicherheitsvorkehrungen –, aber doch Übungen stattfinden, angeleitet von Filipa, bei denen die sieben Schülerinnen und Schüler, die für diese erste Lektion erschienen sind, im Rhythmus der lauten Musik Bewegungen ausführen – Hiebe, Stiche, Parieren –, die für Christian sehr martialisch aussehen.

Filipa sieht ihn in den Saal klettern und ruft: »Geile Musik, oder? Progenie Terrestre Pura, aus Italien. Hatte Meinhard auf'm Rechner!«

Er antwortet laut genug, dass sie ihn versteht: »Na, bisschen brutal, oder?«

»I like it«, lässt Liz sich hören, deren Arme keine Schienen mehr tragen, nur die Oberschenkel haben noch welche, und auf dem Rücken verbleibt vorerst das Leichtmetallkreuz zum Anschluss der restlichen Teile. »I like it just fine!« Sie wiederholt Filipas Boxbewegungen, so dass Christian denkt: Thank God she's not interested in any war. Dann stellt er sich dazu und fängt an zu lernen.

Eine Woche später, am selben Ort, bei ähnlichen Übungen, sind es schon zwölf statt sieben Leute, die sich von Filipa in Meinhards Künsten unterweisen lassen, eine weitere Woche danach bereits zwanzig. Die Gruppe wächst; Filipa ist stolz darauf, das Wachstum verdankt sich reiner Mundpropaganda. Als Christian eines Nachmittags der Messerlehrerin, ihrer Freundin Liz, die nun ganz vom räderlosen Rollstuhl befreit ist, und beider seltener Besucherin Cordula im geretteten Garten bei der Pflege eines kleinen Kräuterbeets mit Melisse und Petersilie im mäßig feuchten Boden zur Hand geht, traut sich Filipa sogar, die Chefin direkt zu fragen, warum sie sich nicht auch zu »meiner kleinen Turnklasse« gesellen will: »Wir haben einen Haufen Spaß, man kann da wahnsinnig gut Dampf ablassen, und du stehst doch ziemlich unter Druck, nicht, von wegen … diese ganzen Meinungsverschiedenheiten mit dem Käpt'n wegen der Dysoniki, oder?«

»Er hat die Zustimmung der meisten«, sagt Cordula, »da muss ich nicht mit euch Krieg spielen. Die meisten sagen, die

Verhandlungen mit Diduk waren richtig, und mehr sagen, die Verhandlungen mit Baklanow, dem neuen starken Mann bei den Dysoniki, sind noch richtiger. Die Hinweise haben uns bei vielen Reparaturen geholfen, und wir sind fast wieder so raumtüchtig wie vorher. Ob wir jetzt unbedingt auch noch diese Andockerei mitmachen müssen, ob wir uns abschleppen lassen sollten bis zu dieser Werft da, ist noch nicht beschlussreif. Ich bin definitiv nicht dafür und werde noch mal versuchen, eine Mehrheit für meine Position zu gewinnen, bevor wir das auch noch entscheiden, aber wir haben nun mal eine Demokratie in diesen Fragen – nicht in allen, liebe Güte, das wäre fürchterlich, aber wenn es um unsere Existenz geht, das muss man ausdiskutieren, das darf man nicht befehlen. Aiguo hat derzeit die Mehrheit.«

»Er hat die Zustimmung«, sagt Filipa und rümpft die Nase, »wenn die Abstimmungsergebnisse stimmen.« Cordula will darauf schon etwas erwidern, da mischt sich Liz ein, merkwürdig ruhig im Ton, aber inhaltlich scharf: »Well, Cordula … what if you don't convince them? What if we decide to collaborate with the people who murdered our friends?«

Cordula sagt: »If we … wenn es wirklich ein Beschluss eines ›we‹ ist, wenn wir das mit einer signifikanten Mehrheit beschließen, dann tu ich, was ich seit Wochen tu, und ohne, dass ich es bisher hätte bereuen müssen: Dann folge ich Aiguo. Ich kann ja in der Kabine heulen.«

Filipa lacht boshaft: »Oooch, Mitleidsrunde!«

Die Komponistin erwidert: »Es herrscht ein bös Gestirn. Ich muss geduldig sein, bis der Aspekt am Himmel günst'ger ist. – Ihr guten Herrn, ich weine nicht so schnell, wie mein Geschlecht wohl pflegt; der Mangel dieses eiteln Taues macht wohl Eu'r Mitleid welken; doch hier wohnt der ehrenvolle Schmerz, der heft'ger brennt, als dass ihn Tränen löschten: Ich ersuch' Euch, mit einem Sinn, so mild, als Eure Liebe Euch stimmen mag, messt mich – und so geschehe des Königs Wille!«

Filipa staunt: »Was ist das denn jetzt, der alte Goethe?«

»Shakespeare«, sagt Cordula. »*Das Wintermärchen*.«

Filipa ist fassungslos: »Du kannst so Zeug auswendig?«

Cordula zuckt mit den Schultern: »Wenn du mit ›so Zeug‹ Klassiker meinst, dann ja, wieso?«

Christian macht einen Scherz, den er ein kleines bisschen ernst meint: »Na, dann könntest du doch … Theater spielen, in unserem ehemaligen Kino, oder? Ein-Personen-Theater …«

»One would have to be one hell of an actor to pull something like that off …«, sagt Liz nachdenklich, und irgendwas in der Betonung des Wortes »actor« erinnert Christian an seine alten, eigentlich längst überwundenen Verdachtsregungen gegen Cordula und an die Frage, ob man einer Person mehr als den sprichwörtlichen Steinwurf weit trauen darf, die ihre Leute einsammelt, indem sie sich unter falschem Namen in Vorlesungen einschleicht, sie mit Perücke und Sonnenbrille am Flughafen anspricht und überhaupt ein Spiel mit Masken, Täuschungen und doppelten Böden spielt, das zwar in der chinesischen Wüste scheinbar beendet wurde, aber ist »scheinbar« hier nicht ein sehr gefährliches Wort? Cordulas Gesichtsausdruck verändert sich so plötzlich und radikal, dass die drei andern gar nicht wissen, wie ihnen geschieht. Sie sieht traurig aus, und ist da nicht wirklich schon ein feuchter Film in ihren Augen, als sie mit zitternder Stimme sagt: »I … I suddenly feel like an … an artist selling a painting he doesn't want to part with …«, und kaum hat sie das ausgesprochen, sagt sie, als wäre sie ein völlig anderer Mensch, mit gänzlich anderer Mimik, ja, auf subtile, schwer begreifliche Weise mit einem anderen, neuen, fremden Gesicht: »I'll frame it and keep it in a good light.« Und kaum haben die drei, ihr kleines Publikum, die Ahnung zugelassen, dass sie hier eine Szene aus einem Stück spielt, einen winzigen Dialog zweier Menschen, die sich in gänzlich verschiedenen Gemütszuständen befinden, verwandelt sie sich erneut, ist wieder die andere, die aufgelöste, niedergeschlagene, herzzerreißend traurige Person und sagt: »Do that … and take … care of Jenny, too.«

Als würde jemand mit der Hand etwas von einem Touchscreen wischen, ändert sich ihr Gesicht ein letztes Mal, und Cordula Späth ist einfach wieder die, die sie alle kennen, die Chefin eben.

»Wow«, sagt Filipa, und Liz deutet eine Verbeugung vor Cordula an, bevor sie fragt: »What … was war das?«

»Das waren Billy und Hannah, ein sehr trauriger Billy und eine sanfte Hannah, aus dem Stück *California Suite* von Neil Simon. Den ihr jungen Leute wohl alle nicht mehr kennt. Ein Unterhaltungsstückeschreiber, oft verfilmt, *The Sunshine Boys*, *Barefoot in the Park*, solche Sachen.«

Christian kratzt sich am Hals, denkt nach, dann sagt er: »Vielleicht solltest du das wirklich machen. Diese Ein-Personen-Theater-Shows.«

Sie lächelt und sagt: »Vielleicht sollte ich.«

Sie tut es tatsächlich und erntet Begeisterung.

Die Leute haben die Abende vermisst, an denen Menschen nicht nur etwas vorlesen, sondern den vollen Ausdruck des Erlebens in die Worte legen, Gesichter machen, große Gesten; Abende, an denen sich jemand vorne, vor den Sitzreihen, bewegt, um die Gemüter des Publikums zu bewegen. Besonders gefeiert werden die *Phädra* von Racine, Brechts *Heilige Johanna der Schlachthöfe*, bei der Cordula genau die richtige dramatische Höhe findet, hoch über billigem Pathos und platter Propaganda, ein ungeheuerlicher *Macbeth* (»ich hab echt gedacht, jetzt wachsen ihr live Bartstoppeln, wie sie diesen Irren gespielt hat«, sagt Filipa danach), ein womöglich noch besserer *Hamlet* (»Sure, it works splendidly, ein dreißigjähriger Prinz, so sieht sie aus, it's true« sagt Liz) und ein Stück namens *Einstein* eines Autors aus der DDR, den an Bord zuvor niemand außer Cordula kannte, Karl Mickel, das von dem berühmten Physiker handelt und vom Faschismus in Deutschland, mit

Sätzen, die besonders auf Christian großen Eindruck machen, etwa wenn Cordula als Einstein sagt: »Eine herrliche Nacht, die empörte / Einbildungskraft zu verwildern! / Jeder sein eignes Gespenst, grün im Gesicht. / Deutschland steht kopf und redet mit dem Hintern. / Kannst du mich auf den Mond schießen?« Worauf sie sich selbst in der Rolle eines anderen, alten Physikers antwortet: »Du bist verbrannt. Du musst verschwinden. Schnell!« Und Einstein antwortet: »Du warnst mich? Ich hab noch Freunde?«

Nach dieser Vorstellung, es ist die achte in zwölf Wochen seit der Idee am kleinen Kräuterfeld, sitzt ein Rest der alten Runde von Vertrauten und Freunden an einem von allen anderen Tischen außer Hörweite abgerückten Punkt im Restaurant. Es ist nicht die alte Cordula-Runde, die kann's schon deshalb nicht sein, weil zwei derjenigen, die dazugehörten, nicht mehr leben, und auch Cordula selbst ist nicht dabei, so wenig wie der Kapitän, denn diese beiden haben direkt nach der Aufführung eine Besprechung angesetzt, in Aiguos Büro, über die morgen Mittag anstehende wichtigste bordweite politische Abstimmung seit dem Start, eine politische Tatsache, über die auch die am Restauranttisch bei Pasta, etwas Fisch, viel Gemüse und Wein versammelten vier reden wollen, Liz, Christian, Filipa und Andrej.

Filipa vertritt ihren Standpunkt feurig: »Sie werden es zulassen. Der Schock ist weg, wir dümpeln ein halbes Jahr durch das Nichts, keinem und keiner ist mehr was passiert. Unterm unmittelbaren Eindruck wären viele vielleicht bereit gewesen, was zu riskieren gegen die Dysoniki, irgendeinen verrückten … eine Gegenwehr, Krieg, Rache. Aber jetzt … erst war der Schock da, wie gesagt, dann Angst: Kriegen wir das hin, oder bricht die FRIES auseinander, sterben wir alle ganz schnell? Ich erinnere mich, du hast gesagt, damals, auf der Brücke«, sie schaut Christian an, »wir werden alle sterben, und das haben die meisten gefühlt. Aber dann haben wir alles so weit geklebt gekriegt, die Lebenserhaltungssysteme, und bald auch mit Dysoniki-Hilfe, mit technischen Tipps von diesem Diduk und dann von Baklanow mit den Hindugötter-Armen und dieser unfassbar tiefen Stimme … und jetzt sehen ihn die Leute einfach als einen … mächtigen Verbündeten oder so. Und werden also das ganze Ding zulassen, dass die hier andocken, dass die hier ins Schiff steigen … was immer Cordula da gerade mit Aiguo für letzte Sicherheitsgarantien aushandelt, ob es Bereiche der FRIES gibt, wo diese Typen nicht hindürfen, diese Mutanten da, diese Kinder von denen, mal ganz abgesehen davon, dass sie den Feenstaub haben, der redet, angeblich, diese unsichtbaren … die sollen ja überall hier …«

»Das habe ich, ehrlich gesagt, immer noch nicht ganz verstanden, die Diff …«, wirft Christian ein, etwas verzagt, er mag den quengelnden Klang seiner Stimme dabei selbst nicht.

Andrej lässt ein dezentes Räuspern hören, drei Augenpaare richten den Blick auf ihn, dann sagt er: »Cordulas Tutorial war, glaube ich, besser, als eins von mir oder Aiguo hätte sein können, denn obwohl es hier mehr um Physik geht als um Biologie, hat sie es nicht … sie hat es anders erklärt, als Andrej und ich es erklärt hätten, aber dadurch, glaube ich, anschaulicher …«

»Das war anschaulich, echt jetzt?«, staunt Filipa. »Dieses Zeug mit … sie sind nicht groß, sie sind nicht klein, weil diese Begriffe in den Dimensionen, um die es bei den Diff geht, keine Rolle spielen oder eine ›logisch andere‹ als bei uns? Dass das Dinger sind, bei denen man auch nicht sagen kann, sie sind da, oder sie sind nicht da, weil in ihrer stetigen … wie war das?«

Christian erinnert sich: »In ihrer stetigen Veränderungswelt gilt der Satz vom ausgeschlossenen Dritten nicht. Es ist also nicht so, dass ein Satz über die Diff entweder wahr sein muss oder falsch, so zum Beispiel: Sie sind gerade in diesem Raum hier, das ist wahr, und es ist falsch, und es ist beides, und es ist keins von beidem …«

»Ja«, sagt Sirilko mit einem Geräusch, das einem Seufzer

sehr nahe kommt, dann fährt er fort: »Aber sie hat ein paar gute Bilder gefunden, wisst ihr, wenn sie sagt: so wie kleine Feen mit Riesenkräften oder so wie Gespenster oder so wie Schatten, wenn also unsere Welt die der richtigen, wirklichen Materie ist, fermionischer Materie, oder …«

»Aber das ist crazy Physik«, sagt Christian, und Andrej gibt sich geschlagen: »Ich glaube, Cordula, Aiguo oder ich können es vor allem deshalb nur schwer erklären, weil wir es nicht wirklich verstehen. Wir haben alle die Demonstration erlebt – dass diese Stimme mit jedem gesprochen hat und mit jeder an Bord, drei Sätze lang, dass sie irgendwas gesagt hat, was für jeden von uns relevant war …«

»Mir hat sie erklärt, wie ich meinen Kleiderschrank reparieren kann«, sagt Christian.

»Was im Garten«, sagt Filipa. »Ein Vorschlag für die Bewässerung, ziemlich gut.«

»Eine Hilfe bei einem Computerproblem«, sagt Liz mit Widerwillen.

»Ja, und bei mir war es eine Idee zur Rationalisierung eines Arbeitsplans für …« Sirilko findet das zu detailliert und überspringt es: »Jedenfalls, auch wenn einige immer noch denken, das war irgendein Zaubertrick von Baklanow, und andere sagen, sie finden es unheimlich und bedrohlich, nicht zu wissen, ob diese Dinger uns jetzt dauernd überwachen, ob sie Geschehnisse an Bord beeinflussen … jedenfalls sind sich alle einig, dass es etwas Reales ist, keine Halluzination, und was immer es bedeutet, selbst wenn es sich wirklich um einen Trick von Baklanow handelt, es zeigt uns jedenfalls, dass die Dysoniki mit … einer … Ebene der Wirklichkeit Umgang haben, die irgendwie … über dem liegt, was wir erreichen können, dass sie uns einfach überlegen sind. Und diese Überlegenheit, mal von der schlechten Seite abgesehen, dass sie uns wahrscheinlich vernichten könnten … manchen Leuten, gar nicht wenigen, vielleicht den meisten … kommt diese Überlegenheit so vor, als wäre das, wenn diese Leute uns anbieten, uns zu helfen, so was wie ein Himmelsgeschenk, ein Ausweg. Die Rettung einfach.«

Filipa schüttelt wütend den Kopf, macht »Pff, Rettung!« und lässt ihre Salatgabel, die sie eben noch mit einem letzten Bissen zum Mund geführt hat, mit einem Klirrgeräusch auf den Teller fallen, das so laut ist, dass sich einige Leute an anderen Tischen nach ihr umdrehen. Sie zieht den Kopf ein, sagt: »'tschuldigung. Echt«, und wartet, bis die Leute wieder das Interesse verlieren, dann sagt sie nicht allzu laut, aber mit einer Art Zischen und Knurren im Ton: »Ehrlich … das ist doch beschämend. Wir sind hier ein paar hundert Figuren, die es weiter ins All geschafft haben als fast die ganze Menschheit, gut, die Dysoniki sind noch weiter gekommen, aber die haben aufgegeben, die haben sich hier eingerichtet. Die Burkhard ist weiter, so wie sie sind wir hier gewesen, und jetzt … jetzt wollen alle nur noch … es ist, als wären wir ermüdet, also nicht mal vom Sturm plattgemacht, sondern einfach ausgeleiert …«

»Wie eine Feder nach dem Hooke'schen Gesetz …«, murmelt Christian zerstreut, aber man beachtet ihn nicht.

Filipa fährt fort: »Es ist, als ob diese Reparatur an dieser Werft, samt Aufstockung von genetischem Material, Tieren, Pflanzen, alles, was Baklanow uns verspricht, in Wirklichkeit eine Einladung ist, macht Urlaub bei uns, und vielleicht bleibt ihr ja länger. Wer sagt uns, dass die uns überhaupt wieder weglassen? Man muss uns eigentlich nur entwaffnen, dann sind wir prima, dann kann man uns schmeicheln und uns einladen und … aber genau das war der Mord an den SMITH-Leuten, unsere Entwaffnung. Es hätte doch für die Leute, die bei den Dysoniki jetzt das Sagen haben, nicht schöner laufen können, wenn sie das alles genau so geplant hätten.«

Sie lässt den Zusatz weg: Vielleicht haben sie das, aber alle am Tisch verstehen, worauf sie hinauswill. Im ziemlich unbehaglichen Schweigen, das auf diese Bemerkung folgt, sehen die vier einander nicht mehr an, bis schließlich Liz sagt: »It just doesn't matter. Whatever … Verdacht wir haben, wir hier am Tisch und … und Cordula … wir sind sozusagen vorbelastet. Die Art, wie wir zusammengebracht wurden, das sind alles schon solche … conspirational games. So denkt die Mehrheit an Bord nicht. Cordula kann bei Aiguo vielleicht ein paar zusätzliche … Firewalls installieren, weil sie darin sehr gut ist. Aber wenn die Mehrheit an Bord beschließt, dass wir den Dysoniki die Hand reichen, dann werden wir das tun.«

Sechzehn Stunden später beschließt die Mehrheit genau das.

12 | Das Bündnis

»So schnell gedreht, so klug«
»So schlau gefügt, so sicher«
»So schnell«
»So gut«

Semjon Diduk hat die Kinder noch nie so begeistert erlebt, im Unisono, dann im Polyphonen: wahre Fugen und Gewebe von Zustimmung und Freude, und was ihn ein wenig wehmütig aus dem Panoramafenster der Brücke seines Transporters SEBASSUS auf die Szene blicken lässt, die all diese Euphorie auslöst, ist der Umstand, dass die auf der PODKAYNE FRIES für die besungene Schnelligkeit und Präzision verantwortlichen Kolleginnen und Kollegen (Genossinnen und Genossen? Wenigstens bei denen, die aus China kommen? Er ist sich nicht sicher) der Kinder dieses Lob nie würden hören können, auch dann nicht, wenn sie direkt neben den Kindern schwebten oder stünden, weil sie nur über Augen und Ohren, aber nicht über die TS-Taster verfügen, die in Semjons Hirnrinde eingesenkt sind, damit er mit den Stimmen der Zukunft reden kann. Das von den Supercomputern an Bord der FRIES gerechnete Andockmanöver zwischen diesem Schiff und der schlanken SEBASSUS ist für die Kinder eine Ungeheuerlichkeit: Nie haben sie erlebt, wie sich ein Fahrzeug aus ihrer Zivilisation einem so riesigen anderen verbindet; es gibt im System, in Aten, Amor und Apollo, schlicht kein Schiff, das man mit der FRIES vergleichen könnte.

Das letzte Objekt, das deren Maß nahegekommen war, hat das System vor Jahrzehnten verlassen – die EOLOMEA unterm Kommando von Alexandra Burkhard. Seit damals hat sich die Technik an vielen Fronten zwischen dem Computationalen, dem Biotischen, dem Physikalischen und dem Energetischen bei den Dysoniki schneller und zielgerichteter vorwärtsentwickelt als auf der chaotischen, von den Zug- und Druckkräften des Weltmarks mal hier-, mal dorthin gezerrten Erde. In manchen Sektoren aber ist die geballte Erfinderkraft einer von sieben Milliarden Leuten bevölkerten Welt einfach nicht zu übertreffen, sind ihre Resultate nicht einzuholen von einer Population, die mit den entsprechenden technischen Aufgabenstellungen von Dockvorgängen mit massiven Schiffen während mehrerer Dekaden nicht mehr konfrontiert wurde, weshalb es eben für die Kinder und für Semjon Diduk, der sehr stolz auf das geringe Ausmaß seiner Strafen für Fehlverhalten zu Beginn und während der Laufzeit des Ausnahmezustands ist, so viel zu staunen gibt.

Das Ereignis ist ein Hybride aus der alten russischen Dockmethode »sondieren und bremsen« und den Protokollen des amerikanischen APDS: Nah der Ladebucht der FRIES wird eingeschwenkt beziehungsweise eingedreht, Kreisel mit je zwei Freiheitsgraden und zwei Sternsensoren helfen beim Bestimmen von Lage, Entfernung, Geschwindigkeit und Winkelgeschwindigkeit in ungeheuer rasch getakteten Abständen, und als die beiden Apparate schließlich ein einziger Komplex geworden sind, hat man in der kleinen SEBASSUS, ganz zu schweigen von der gewaltigen FRIES, nicht einmal beim finalen Einrasten der Verbindungsklammern eine nennenswerte Erschütterung verspürt.

Diduk weiß die Freundlichkeit zu schätzen, als in der Schleuse, die nun teils zum einen, teils zum andern Schiff gehört, im historischen Moment der Begegnung Andrej Sirilko auf ihn zuschwebt, ihm die Hand entgegenstreckt und ihn, »privetstvujem vas na bortu samoleta«, in der Sprache begrüßt, die das Land gesprochen hat, aus dem beide kommen.

Dass Kapitän Sun gleich dahinter mit einigen Navigationsleuten, außerdem Cordula Späth und seinem eigenen neuen Sicherheitschef, dem Chinesen Xi Wenhua, auf Diduk und seine Delegation aus zwei gewöhnlichen Menschen und zwei Kindern wartet, macht den Dysoniki deutlich, dass es wirklich eine ganz bewusste Entscheidung war, den ehemaligen Sowjetbürger Sirilko vorneweg die eigentliche Begrüßung übernehmen zu lassen.

Sun und Späth, die das zusammen wohl beschlossen haben, denken da, überlegt Diduk, während Hände geschüttelt und freundlich-respektvolle Nichtigkeiten ausgetauscht werden, also ganz ähnlich wie Baklanow, der ihm vor vier Tagen bei der Verabschiedung auf Ceres gesagt hat: »Beide Seiten sind wie jemand, der in einer Schwerkraftmulde in ein Gewässer watet und nicht weiß, wie tief ist es. Man muss am flachen Rand anfangen, sonst kommt Panik auf, die führt zu Kurzschlussreaktionen. Ich habe dich nicht nur als unsern ersten Botschafter vor Ort ausgesucht, weil du dir das verdient hast, weil du dich hast vor Gericht stellen lassen, weil der fast vollständige Freispruch gerecht war und so weiter – ich habe dich ausgesucht, weil ich mit dir die Überforderung verhindern kann, die es bedeuten würde, wenn sie plötzlich einen Mann mit mehr als zwei Armen auf ihrem Schiff hätten. Auch wenn sie mich schon oft auf ihrem Bildschirm gesehen haben, Präsenz ist einfach was anderes.«

So richtig er diesen Gedanken findet, so wichtig nimmt Diduk zugleich seinen Anspruch, die Menschen auf der FRIES, wenn er sie schon nicht überfordern soll, wenigstens nicht zu unterfordern. Aus diesem Grund hat er außer Menschen als Eskorte bei seinem ersten Besuch auf der FRIES auch zwei der klügsten Kinder dabei, Rada und Taisa, deren Begeisterung schon beim Andocken seine Kommunikationskanäle vollgefeuert hat und vom Schleusendurchgang an nicht mehr verstummt. Er hat Mühe, sich auf die zunächst eher harmlose und flache Konversation mit seinen menschlichen Gastgeberinnen und Gastgebern zu konzentrieren. Nach den ersten heimatverbundenen Worten von Andrej Sirilko findet die Unterhaltung fast ausschließlich auf Deutsch statt.

Die beiden Kinder werden von den Deutschen und Chinesen zwar verhalten und im Rahmen der Schicklichkeit, aber doch unübersehbar angestaunt.

Beim informellen Schulungsempfang auf der Brücke, einer kurzen Einführung in die Natur der Befehlsketten und elementaren Funktionen des normalen Schiffsbetriebs, passiert einer Frau aus Aiguos Team an den Konsolen, der deutschen Astronautin Heike Breuer, ein Missgeschick, das die Schwierigkeiten der FRIES-Menschen dabei, mit ihren biologisch ziemlich weit entfernten Cousins aus dem Dysoniki-System warmzuwerden, in einer peinlichen Szene bündelt.

Während Aiguo den großen Schirm, auf dem damals alle Menschen auf dieser Brücke die mörderische Vernichtung der SMITH sehen mussten, zu einer Demonstration der aufzuklärenden Abläufe mit Diagrammen und Videomaterial gebraucht, geht der normale Betrieb weiter. Die Leute an den Brückenarbeitsplätzen reden leise, auf ihren eigenen Frequenzen, miteinander, wobei sich zwischen die dienstlichen Mitteilungen natürlich immer wieder auch private Meinungsäußerungen mischen, in diesem Moment auch solche, in denen die verschiedensten Eindrücke von den Dysoniki zum Ausdruck kommen. Bei diesem Routinegerede wischt Heike Breuer aus Versehen über ein Feld auf ihrer Schnittstelle, das einen Anruf an die eigentliche Brücke richtet, von deren Sortierfilter angenommen wird und damit statt vom Kollegen Bernd Weiher in dessen Headset vom gesamten Saal in drastischer Lautstärke über die Saallautsprecher gehört wird: »… die Arbeit konzentrieren. Schau halt nicht hin. Die Dinger sind schon gruslig. Diese zwei Roboter, die er da hat, der ohne Mund und der mit den … zusätzlichen Augen, Mensch, ich dachte schon, als die Gespensterstimmen dieses eine Mal überall auf … dem …« Sie stockt, sie horcht: »Hallo? Oh. Scheiße.«

Jetzt hat sie gemerkt, dass alle sie gehört haben. Sie guckt wie ein Reh auf der Autobahn, das die Scheinwerfer eines sich schnell nähernden Lastwagens anglotzt, von ihrem Platz hoch zum Kapitän, zu Sirilko, Cordula und der Besuchergruppe.

Diduk wahrt die Fassung. Cordula hebt kopfschüttelnd, aber lächelnd die Rechte wie ein Verkehrspolizist, der sagen will, so, jetzt seid ihr zwei Idioten an der Ampel gegeneinandergekracht, jetzt steigen erst mal alle aus, damit ich mir Namen und Versicherungen notieren kann.

Die Chefin sagt: »Erstens redet man so nicht über Gäste. Schon gar nicht, wenn sie einem das Leben retten. Ich fliege jetzt ja doch schon ein paar Jahre mit euch Asseln zum Neptun. Da hab ich mich längst daran gewöhnt, dass ihr nicht guten Tag sagen könnt oder bitte und danke. Ich bin schon froh, dass ihr die Suppe nicht mit der Gabel essen wollt. Zweitens aber sind das keine Roboter, richtig, Genosse Diduk?«

Er muss beinah schmunzeln, so gut gefällt ihm der geschickte Zug, ihn sofort in dieses Gespräch zu ziehen, damit der Eindruck gefestigt wird, man rede hier von Gleich zu Gleich. Er sagt: »Das ist richtig. Wir definieren bei uns im System Roboter als Einheiten ohne menschliches zentrales Nervensystem. Derartige Geräte setzen wir kaum noch ein, weil es inzwischen die Kinder gibt, die solche Nervensysteme, also Gehirne, eben haben und deshalb schneller, operativ geschlossen und leidlich autonom und vor allem nicht immer deterministisch, algorithmisch entscheiden können, ein Vorteil gegenüber den Computersteuerungseinheiten in den Robotern …«

»Ja«, fällt Cordula ihm freundschaftlich ins Wort, »der Genosse Diduk ist zu diplomatisch, um es direkt zu sagen, aber Roboter haben die Dysoniki nur noch für die Verteidigung, für Militärisches, wie diese Viecher, die Nadar Jepen auf die Erde geschickt hat, um einige von uns hier an Bord umzubringen und um eine in Afghanistan von den Russen gebunkerte, ganz besondere Technik zu zerstören, und dann werden sie noch in besonders unangenehmen und gefährlichen Jobs in den Minen einiger Asteroiden verwendet, richtig?«

Diduk nickt, er sagt jetzt nichts, weil er gespannt ist, wie Cordula mit dem Zwischenfall umgehen will. Sie klingt völlig entspannt, wenn auch missbilligend, als sie sich wieder direkt an die Astronautin wendet: »Also, meine Liebe, erstens war's unhöflich, wie gesagt, zweitens uninformiert, drittens politisch dumm, denn wenn hier wirklich Roboter dabei wären, dann wäre das, weil Roboter bei den Dysoniki nun mal Waffensysteme sind, eine Besetzung unseres Schiffs, dann wären wir jetzt erobert worden, und dann hättest du, Frau Breuer, nach solchen dummen Sprüchen echte Schwierigkeiten. Jetzt kommt aber der nächste Punkt: Die Kinder, das ist die Avantgarde der Dysoniki, und diese beiden …« Sie neigt den Kopf Richtung Rada, die sagt: »Rada«, deutet dann mit der schlanken, vielgliedrig schönen, silbrig metallischen Hand auf ihre Cousine und sagt: »Das ist Taisa.« Cordula nickt, »Danke, ja, Taisas Stimme habe ich wie deine eigentliche, gesendete, ja hier«, und sie deutet auf ihren Hinterkopf, wo, wie vielen erst jetzt auffällt, ein kleines schwarzes Kästchen aus glatten Rechtecken an einer ausrasierten Stelle im weißen Strubbelhaar aus dem Schädel herausschaut, »also Taisa und Rada sind zu fünfzig

Prozent menschlich, was die Anatomie und die Körperfunktionen angeht, das sind jeweils, ähm, verschiedene fünfzig Prozent, aber jedenfalls ganz im Rahmen der entsprechenden Gesetzgebung bei den Dysoniki, nicht, oder wie war das bei euch?«

Sie schaut wieder Diduk an, so dass der nicht anders kann, als die geschickt in die Unterhaltung eingeflochtene Frage zu beantworten: »Wir haben uns darauf geeinigt, das heißt, die drei Zonen unseres Systems haben vereinbart, dass höchstens sechzig Prozent der Organe, Gliedmaßen und so weiter bei Angehörigen unserer Gesellschaft kybernetisch sein dürfen oder biotechnisch gegenüber dem ursprünglichen *Homo sapiens* modifiziert, aber die meisten machen bei fünfzig Prozent halt.«

Cordula nickt, schaut Rada an und sagt: »Rada? Wärst du so nett und würdest das, was du mir gerade rübergespielt hast, noch mal mit allen teilen, in dieser langsamen Sprache mit Stimmbändern und Mund und so, die wir hier gewohnt sind?«

Es ist ein gesprächsstrategisch bedeutsamer Moment, dessen Tragweite die meisten im Raum sofort erkennen: Indem Cordula das Kind ermutigt, sich zu seinen eigenen Belangen selbst zu äußern, segelt sie haarscharf an einer Ermahnung für Diduk vorbei, die etwa besagt: Bei uns dürfen die Leute ihre Sache selbst vertreten, und eure hierarchischen Gewohnheiten gelten auf der FRIES nur eingeschränkt. Diduk wirft ihr einen anerkennenden Blick zu, der verrät, dass er das Manöver nicht nur verstanden hat, sondern billigt – auf seinem eigenen Schiff wäre es eine Übertretung gewesen, aber die Unterschiede zwischen den Sitten der beiden Zivilisationen friedlich herauszuarbeiten ist eine Vorgehensweise, die er auch gegenüber Baklanow vertreten kann.

Rada sagt: »Manche von uns denken, wir sind untereinander schon verschiedener als Menschen untereinander, und wir unterscheiden uns manchmal stärker voneinander als von den Menschen insgesamt. Ich habe einen Mund, weil ich es will –

ich war wie Taisa, als ich auf die Welt gekommen bin, die meisten von uns haben keine Münder, weil es die TS, die Geräte …«

Cordula zeigt auf ihres und sagt: »Wir arbeiten noch dran, ob es nicht was Noninvasives gibt, das dieselbe Leistung bringt. Bei euch«, sie schaut wieder Rada und Taisa an, »ist es Bestandteil des ZNS, richtig?«

»Ja«, sagt Rada, »aber ich wollte einen Mund, zum Sprechen – ich esse nicht, ich trinke kaum, wir ernähren uns anders, unser Stoffwechsel ist wirtschaftlich schlauer.« Cordula schaut verschmitzt zu Diduk, er kann sich denken, was sie denkt: Warte nur, bis wir den Leuten auf der FRIES erklären dürfen, dass die Kinder teils mit etwas am Leben erhalten werden, was man nicht anders nennen kann als eine Batterie. Rada fährt fort: »Ich habe die Menschen früh reden gesehen und gehört, ich habe das in einer von unseren Monodromiefabriken erlebt, diese Art der … Geselligkeit? Ja.« Als sie das Wort sucht, flattern ihre Lider kurz, es ist, weiß Cordula, ein Rechenvorgang, sie hat das Deutsche in wenigen Minuten kurz vor dem Andocken gelernt, inklusive Aussprache, und spricht es jetzt schon schneller und gewandter als Diduk, auch, im Gegensatz zu ihm, ohne Akzent. »Es hat mir so gut gefallen. Die Operationen haben drei Wochen gedauert.« Cordula staunt, die andern auf der FRIES wohl auch: drei Wochen, das kommt dem Kind lange vor, um einen Mund zu machen, wo vorher keiner war – diese Kinder sind wirklich sehr verwöhnt von ihrem technischen Stand.

»Aber dafür habe ich dann eben auch sonst einen klassisch menschlichen Kopf. Während Taisa …« Sie nickt der Cousine zu, die aussieht, als spräche sie nun auch, aber da sie keinen Mund hat, ist es Rada, die mit ihrer Einwilligung weitergibt, was sie sendet: »Sie sagt, heute ist das erste Mal, dass sie auch gerne einen Mund hätte, damit sie hier mit euch so reden kann, wie ihr miteinander redet. Sie bedauert, dass sie bislang nur mit Cordula reden kann, weil das die Einzige von euch ist, die bislang einen TS hat. Aber als sie damals nach vier Jahren bei der Arbeit … Wir kommen zur Welt, dann ein Jahr Ausbildung, dann vier Jahre Arbeit, dann sind wir vollwertige … Bürgerinnen und … Bürger des Systems …«, die Erklärung ist von Rada eingeschoben, die sich jetzt beeilt, wieder zu dem aufzuschließen, was Taisa ihr gesendet hat, »sie wollte nach vier Jahren erst auch wie ich die zwei zusätzlichen Augen, über jedem Ohr eins, und die entsprechende Verbesserung des Gehirns, damit das Hirn mit den Daten was anfangen kann, die durch diese Augen reinkommen … sie sagt, es verbessert das … wenn man in der vierdimensionalen Minkowskiraumzeit lebt, wie wir alle, und dann die akustische Raumorientierung in Räumen versucht, die Atemluft enthalten oder andere Arten von Schallübertragungsmedien, und man hört was Räumliches und hat dann aber da auch Augen, wo der Raumton ankommt, das ist, sagt sie, so, als ob man schon ein bisschen die Welt wahrnimmt wie die Diff, allerdings ohne die höheren Dimensionen natürlich. Ohren und Augen können Räume nur als dreidimensional konstruieren, das, was der vierten Dimension entspricht, ist dann einfach, wie dabei … Zeit vergeht. Aber dann hat sie …«

»Ihr haltet euch nicht für überlegen?«, fragt Cordula interessiert.

»Wem überlegen?«, erwidert Rada. »Den Diff?«

Das ist eine so elegante Spitze, dass Cordula, Aiguo und einige andere Menschen lachen müssen, während Diduk das, was das Kind in dieser Bemerkung geleistet hat, mit einem anerkennenden Blick würdigt, den beide, Rada und Taisa, sichtlich stolz erwidern.

»Danke, Rada und Taisa«, sagt Cordula, »dass ihr so viel Geduld habt mit uns. Und jetzt, liebe Heike«, die Astronautin sieht zu Tode beschämt aus, aber Cordula hat aus wichtigsten politischen Gründen überhaupt keine Lust, ihr den Rest der öffentlichen Demütigung zu ersparen, »du siehst, du wirst dich wahrscheinlich gewöhnen müssen daran, dass Leute, mit denen wir alle arbeiten wollen und arbeiten werden, ein bisschen anders aussehen als du – wir haben dank der offenen Kommunikationskanäle, die unser freundlicher Genosse Baklanow und unser nicht minder freundlicher Genosse Diduk uns freigeschaltet haben, schon erwachsene Dysoniki gesehen, deren Becken aus Stahl ist, die also nicht mal die Geschlechtsorgane haben, mit denen wir uns hier, wenn uns komplett langweilig wird und wir keine Lust auf Lesungen oder Theater haben, einigermaßen die Zeit vertreiben können, und ich will gar nicht wissen, was passiert, wenn die oder der Erste von uns sich in so jemanden verliebt, die sind nämlich sehr anziehend teilweise. Das wird was geben.«

Vereinzeltes, verlegenes Gelächter reagiert auf die Grobheit der Chefin, die ihre Lektion mit den Worten abschließt: »Aber das kriegen wir auch noch hin, wir sind ja nicht auf dieser Reise, damit wir so blöd bleiben, wie wir immer waren. Heike, wenn du dich jetzt entschuldigen willst, hat bestimmt niemand was dagegen.«

Heike Breuer steht auf, streicht sich eine Haarsträhne aus dem Gesicht und wirkt weder trotzig noch gekränkt, als sie sagt: »Das war richtig dumm. Es tut mir wirklich leid. Ich habe noch nie so jemand gesehen wie … euch, Rada und Taisa. Ich war … es ist fremd für uns, wir müssen uns erst kennenlernen. Ich hoffe, ihr könnt es bald vergessen, dass ich so reagiert habe, anstatt mein Hirn zu benutzen und was zu lernen.«

Rada und Taisa sehen die Astronautin direkt und offen an, und Cordula ist, ganz wie Aiguo, Andrej und die restliche Abordnung der irdischen Menschheit auf der FRIES, mehr als zufrieden mit der angemessenen Art dieser Äußerung der Verursacherin des ganzen Zwischenfalls – Cordula, denkt Diduk, hätte nie damit begonnen, daraus eine größere Sache zu machen, wenn sie ihrer Leute nicht sicher genug wäre, dass sie erwarten durfte, dem Geschehen damit eine positive Wendung zu geben.

Der Dysonik versteht, dass es ihre Absicht war, ihm, aber auch ihren eigenen Leuten die Charakterfestigkeit und das hohe menschliche Niveau an Bord zu demonstrieren, womit auch das Selbstvertrauen der FRIES-Leute gestärkt wird, auf das sie angewiesen sind, um diese neueste Herausforderung zu bewältigen.

Rada sagt: »Wir sind nicht beleidigt. Wir verstehen, dass ihr euch an uns gewöhnen müsst. Wir hoffen, dass wir uns an euch schnell genug gewöhnen, dass es keinen Ärger gibt, wenn ihr bald alles hören könnt, was wir untereinander senden, während wir euer Schiff anschauen.«

Gelöstes Lachen, Heike lächelt, nickt, setzt sich wieder. Aiguo Sun fragt: »Was wäre das denn so, was ihr da sendet und uns ärgern könnte?« Wieder Lachen, aber Rada antwortet sofort: »Die Platzverschwendung. So wenig Leute, so wenig Arbeit auf den Korridoren. Das ist bei uns ganz anders, aber wahrscheinlich verstehen wir es nur noch nicht. Eure Raumaufteilung ist für uns etwas wie für euch unsere Augen über den Ohren oder ein fehlender Mund im Gesicht.«

»Notiert«, sagt Aiguo Sun.

Allgemeine Zustimmung ist spürbar, und Aiguo hat nun keine Schwierigkeiten, aus dieser Atmosphäre heraus zum eigentlichen Einführungsteil überzuleiten: »Herzlichen Dank allen, die uns gerade gezeigt haben, wie zwanglos wir uns bereits aussprechen können. Ich möchte jetzt von ein paar weniger heiklen technischen Dingen reden. Da wäre zunächst die Frage nach Energie und Information …«

Dem Rest der Veranstaltung folgen, anders als den Tutorialen, nicht die meisten Leute auf der FRIES, auch wenn einige der vielen, die auf der Brücke keinen Arbeits- oder Stehplatz haben, in ihren Kabinen oder im Restaurant bis zum Ende beobachten, was Aiguo den Gästen erzählt und wie die darauf reagieren.

Liz, Filipa und Christian schauen an ihrem Stammplatz im Restaurant auf die große Videoleinwand, klinken sich aber nacheinander aus dem Tonstrom aus und unterhalten sich lieber darüber, welchen Eindruck die Sache auf sie macht.

Filipa fängt an: »Sie treten ja sehr leise auf, und diese beiden Cyborgs sind charmant. Mit denen möchte man sofort befreundet sein. Aber das hier ist jetzt trotz Andocken doch erst mal nur so 'ne Stippvisite, nicht? Paar Stunden, dann gehen sie wieder rüber …« Liz erwidert: »Ja, und morgen läuft es umgekehrt, da steigt eine Delegation von uns, sechs Leute, in das kleine Boot, die …«

»Die SEBASSUS«, hilft Christian, und Liz fährt fort: »Andrej und Cordula führen das Team an, mich hat sie gebeten, dass ich mitsoll, weil die auch … there's some sort of biotech setup that I'm supposed to check, they want to help us with the gardens. They can communicate all the time, with those … Diff is what they're saying. Die sind wohl hier jetzt, einige hunderttausend oder Millionen or something, aber sie kommunizieren nicht mehr mit uns, there is no direct effect, no …«

»Wechselwirkung mit uns und unserer Technik«, sagt Andrej.

Liz erklärt: »Das hat Cordula mit dem Diduk vereinbart, dass die Diff sich nicht mehr einmischen, bis wir mit ihnen wirklich in zwei Richtungen kommunizieren können, das heißt nicht nur so wie da, als sie sich bemerkbar gemacht haben, sondern dass wir das eben auch initialisieren oder beenden können, dass wir denen sagen können, kommt mal her oder haut mal ab. Da das im Moment nicht geht, weil wir den Sinnesapparat, die Protokolle, die Maschinerie im Hirn nicht haben, anders als die Dysoniki …«

»Und Cordula«, wirft Christian skeptisch ein, aber das übergeht Liz: »… lautet der Deal eben, sie sollen sich raushalten außer bei dem, was wir vielleicht mit ihnen ausmachen, wegen dem Garten, wo sie helfen könnten, wie gesagt. Ich soll mir die

Apparate anschauen, die das irgendwie verstärken, we'll see if I can even begin to understand that stuff.«

»Da geht's dir jedenfalls nicht schlechter als unseren Physikern«, sagt Filipa, »wenn ich die drüber reden höre, wie die Dysoniki unseren Hauptantrieb verbessern wollen, damit wir in … was war's, sechs Monaten? Da sollen wir bei denen in der Werft sein, auf Ceres, was von wegen der Distanz …«

»Einen größeren Bruchteil der Lichtgeschwindigkeit«, sagt Liz, »hat kein menschliches Schiff je erreicht, geschweige dass wir wüssten, wie es das aushält, was das für die Leute und Tiere und Pflanzen an Bord heißt and so on and so forth. Actually, that's not even the worst, denn jetzt reden sie davon, dass Inertia eigentlich doch so was Ähnliches ist wie die Wirkung des elektrischen Feldes, errr … what was it, zero point fluctuation electrical field … auf elektrische Ladungen, die man beschleunigt. You know, weil alle Materie, die wir kennen, ja aus Elektronenhüllen …«

»Ja, sie sind sehr aufgeregt deswegen, unsere Physiker«, sagt Filipa, selbst aufgeregt. »Als ob das was ganz … also, die reden nur noch davon …«

»Ja, weil es diese Idee auch auf der Erde mal gab«, sagt Liz, »zu der Zeit sogar, als ich und … und Max zur Schule gegangen sind, und dann wurde das discredited und … auf der Erde glaubt das keiner mehr, aber es ist auch nicht so ganz richtig laut den Dysoniki, sondern irgendwie nur so ähnlich, also die irdischen Physiker waren da auf einer richtigen Spur, aber leicht daneben.« Es wird noch detaillierter, betrifft dann bald die konkrete Umrüstung der Triebwerke der FRIES, und Christian verliert ein wenig das Interesse, isst seine Pommes frites, beobachtet die anderen im Saal, die ebenfalls zusehends ihre Headsets oder Ohrstöpsel abnehmen und eigene Gespräche zu führen beginnen; schließlich schaut, nach ein paar weiteren Minuten, kaum noch jemand auf den Schirm, wo sich der Auftakt zur historischen Begegnung zweier hochtechnisierter, in ihrer Entwicklung auf verschiedensten Sektoren weit auseinanderliegender Zivilisationen vollzieht.

Die beiden Frauen reden darüber, ob eine von ihnen, oder beide, in der zweiten Phase der Zusammenarbeit, nach erfolgtem »Frisieren« oder »Pimpen« des FRIES-Antriebs, beteiligt sein wollen, in der dann etwas größere Delegationen für erweitertes gegenseitiges Unterrichten, Ausforschen und Bilden von Vertrauen im jeweils anderen Schiff (genauer wohl, da man jetzt gekoppelt ist: im jeweils anderen Schiffsteil, denkt Christian) sogar Quartier im »anderen Boot« (Filipa) nehmen wollen.

Zehn FRIES-Menschen sollen auf der SEBASSUS einquartiert werden, die letzten zwei Flugmonate über, und zehn Personen (Menschen? Wirklich? Sind diese Kinder Menschen?) aus dem Dysoniki-System auf der FRIES.

Als Liz offen zugibt: »Sure, I'd like to learn as much as possible«, bemerkt Christian bei Filipa eine spürbare Erleichterung, die sich im lachenden Bekenntnis äußert: »Ich bin wirklich froh, dass wir an dem Punkt sind. Weil, neugierig wie die Sau bin ich ja auch. Ich würde rübergehen, genau wie du. Machen wir's so: Wenn eine von uns rüberdarf, erzählt sie der andern jeden Tag alles, aber wirklich alles, okay?«

Christian wird plötzlich klar, dass Filipas ganzer Eifer bei der Unterstützung der Abneigung, die Liz gegen die Dysoniki zu äußern pflegte, nicht etwa, wie er bislang angenommen hat, von der Schicksalsgemeinschaft zweier Frauen herrührt, die beide ihre Männer verloren hatten. Es hat nie recht passen wollen, denn Filipa gab, wie er wusste, den Dysoniki, von denen damals die Warnung an die FRIES ausgegangen war, gar keine Schuld an Meinhard Buddes Tod. Sie hat ihm sogar gesagt: »Die haben viele gerettet und hätten ihn auch gerettet, wenn er nicht unbedingt in die Schleuse gewollt hätte, es war seine Entscheidung.« Meinhards Tod ist ein Unfall für sie, und jetzt versteht Christian, dass Filipas harte Haltung zur Kooperation einfach Ausdruck einer Solidarität mit der Freundin gewesen war, die den Dysoniki ingesamt, nicht nur jenem Nadar Jepen und seinen Leuten, bis vor kurzem vorgeworfen hat, sie hätten Max ermordet – jetzt, da diese Freundin ihre verstockte Position etwas relativiert, kann auch Filipa von ihrer Parallelhaltung abgehen.

»It's a deal«, sagt Liz.

Die ersten zwei Monate des Friedens erlebt der Sprachwissenschaftler wie einen Urlaub. Andrej sagt ihm: »Ich habe viele Leute, die vor dem Sturm was Sinnvolles gemacht haben, das aber nicht überlebenswichtig war, aus ihrer Arbeit gerissen, auch dich. Das soll nicht so weitergehen. Du hast jetzt wieder mehr Zeit, kannst dich natürlich trotzdem für alles Mögliche eintragen, bei den Tieren zum Beispiel werden vermehrt Leute gebraucht. Wir hatten ein großes Hühnersterben. Schmutzige Arbeit, die riecht, das wollen nicht viele, da könntest du Gutes tun. Oder bei den Reparaturen der anspruchsvolleren medizinischen Geräte, die im Sturm beschädigt wurden. Das haben wir lange zurückgestellt, einige Sachen auch einfach als unrettbar aufgegeben, die nicht nötig waren für die Notfallbehandlung. Aber pack dir nicht zu viel drauf, geh zurück an den Text vom Neptun. Wenn wir weiterfliegen, wird der Tag kommen, an dem du uns erklärst, was du herausgefunden hast.«

Christian ist sich da nicht sicher. Auch während der Nothilfezeiten hat er ja weitergearbeitet, und seine Stemmata, seine Graphiken von Verben und daran hängenden Satzbauten in der Botschaft der Alexandra Burkhard haben ihm eine Idee bestätigt, die er damals gerade vor den anderen Reisenden hatte erläutern wollen; eine verunsichernde Idee betreffend die Regeln, nach denen diese Botschaft einer Schreibart entsprach, die auf der Erde von französischen Schriftstellerinnen und Schriftstellern erfunden wurde, zu Zwecken, deren Übertragbarkeit auf Frau Burkhards Text diesen in ein ganz neues Licht taucht.

Wenn Christians Idee stimmt, hätte er sie eigentlich nicht so lange für sich behalten dürfen, wie er das nach der Katastrophe getan hat. Aber erstens ist er noch immer nicht ganz von dieser Idee überzeugt, und zweitens weiß er nicht genau, wer, wenn eben doch nicht die ganze Besatzung, die wohl wirklich andere Sorgen hat, eigentlich die richtige Adressatin oder der richtige Adressat für diese Idee wäre – Cordula Späth? Oder gerade sie nicht, aus Gründen, die mit der Idee selbst zusammenhängen? Aiguo Sun? Andrej, Liz? Drittens schließlich ergab sich einfach nie der richtige Zeitpunkt.

Seine Rückkehr in den Text bringt täglich neue Belege für die Richtigkeit seiner These. Weil er sich aber doch ganz sicher sein will, bevor er, wie er sich das zurechtgelegt hat, einfach Cordulas, Aiguos und Andrejs Namen auf drei Zettel schreiben, sie mischen und dann einen Namen ziehen will, um die Entscheidung zu treffen, lässt er sich Zeit mit der Forschung und meldet sich immer wieder für kleinere körperliche Arbeiten, teils am Triebwerk, das umgerüstet werden soll, teils bei den Hühnern und einmal auch im Maschinenraum der Krankenstation, wo er überraschend Cordula begegnet.

Sie steht auf dem scheinbar festen Boden des Reifens, sieht traurig aus und betrachtet eine verschlossene Tür, um die herum man Aufkleber angebracht hat, die chinesisch und deutsch sagen, dass dieser Raum versiegelt ist und nicht betreten werden darf. Sie grüßt ihn mit einem knappen Nicken. Er fragt: »Sag mal … weißt du wo hier der Röntgenraum II ist, da soll ich mich melden?«

»Gang runter«, erwidert Cordula geistesabwesend. Dann, er will schon an ihr vorbei, wendet sie sich ihm zu, lächelt entschuldigend und sagt: »Wollte nicht grob sein. Sorry.«

»No problem«, sagt er leichthin, und dann ist er doch neugierig: »War da … ist da was Wichtiges drin? Oder … du wirkst so … I don't know, melancholy. Als ob right there … hinter der Tür jemand ausgezogen ist, den du besuchen wolltest.«

Ihr ganzer Ausdruck hellt sich staunend auf, es ist ein Effekt, den er sehr mag, ungeschützt, unverstellt, den sie, wie er nach Jahren der gemeinsamen Reise fort von der alten Welt weiß, immer dann zeigt, wenn jemand etwas gesagt hat, das für sie neu, wahr oder wenigstens überraschend ist: »Du bist echt gut im Gesichterlesen, Linguist. Es ist niemand ausgezogen. Aber da waren Apparate drin, die mir erlaubt haben, mit … Leuten zu konferieren, die mir viel beigebracht haben, sagen wir's so. Leuten, die ich immer gern gelesen habe, Leuten, die mich auch immer gern gelesen haben. Irgendwann erzähl ich dir, worum es dabei geht, das hier ist jetzt nicht der Ort und nicht der Moment. Wenn wir weiterfliegen, nach der Werft, müssen wir uns alle noch mal zusammensetzen. Dann erzählst du uns, was du weißt und wir noch nicht wissen, und wir erzählen alle allen, was jeweils wir wissen und die andern nicht. Gut?« Er nickt und denkt: Wenn wir weiterfliegen. Wenn. So hat Andrej auch schon geredet, bei meiner Freistellung von all den Notdiensten. Das scheint eine neue politische Formel zu sein, mit der uns Normalreisende die Führung der Expedition, Cordula, Andrej, Aiguo, deutlich machen will, dass wir uns nicht zu sehr an die Dysoniki gewöhnen sollen, dass das nur eine Etappe ist, dass die eigentliche Aufgabe nicht mal zur Hälfte bewältigt, die eigentliche Strecke nicht mal zur Hälfte zurückgelegt wurde.

Anstatt diesen Gedanken mit ihr zu teilen, will Christian jetzt weiter, seinen Röntgenraum II suchen, findet aber, er müsse ihr noch irgendetwas Freundliches, Aufmunterndes erwidern, und sagt also: »Du hattest recht. Damals, weißt du. Auf der Brücke. Als ich diese dumme Panik angefangen habe, wir werden alle sterben. Du hast gesagt: nein. Und wir leben tatsächlich noch.«

Sie zuckt mit den Schultern: »Ich hab nicht gesagt: nein. Ich hab gesagt: ich nicht. Das war keine Losung für den Kampf oder so was, das war einfach faktisch richtig. Ich weiß das.«

»Was? Ob … wann und wie du stirbst?«

»Ja. Ich sterbe nicht in dieser Bernsteinik. In diesem Universum, würdest du sagen. Ich weiß … na, sagen wir, man hat mir mitgeteilt, ich sterbe in einer anderen Bernsteinik, in Haft, nach einem Gerichtsprozess, als Kriegsverbrecherin. Hingerichtet mit der Giftspritze. Sehr unangenehm, aber auf meiner eigenen Weltlinie hab ich noch ein paar tausend Jahre. Geschichten mit Tierwesen, ein Planet voller Kunst … jede Menge interessanter Sachen.«

Er lacht, weil er weiß, das kann sie nicht ernst meinen. Sie lacht auch, weil sie mehr weiß.

Die Politik verschwindet im Laufe der sechs Monate Flug nach Ceres fast völlig aus dem Alltag der beiden verbundenen Raumschiffe. Kein vergleichbarer Zeitraum auf der Reise ist zuvor ähnlich schnell vergangen. Was sich die Menschen auf der FRIES gestern noch nicht einmal hatten vorstellen können, ist heute Alltag – Liz und Heike Breuer, die sich freiwillig meldet, gehören, anders als Filipa, die auch gern dabei wäre, aber zunächst nur auf Besuch rüberkann, zur ersten Logiergruppe auf der SEBASSUS, umgekehrt wohnen auf der FRIES bald nicht nur Leute namens Sergeij oder Isaak Iljitsch, sondern auch Rada, wenn auch nicht gleich Taisa, mit der sich aber ausgerechnet Heike Breuer, die sie bei der ersten Begegnung so ungnädig wahrgenommen hat, bald anfreundet, erst über die alte irdische Gebärdensprache, dann nach dem Einsetzen eines Geräts, das dem improvisierten TS ähnelt, den Cordula sich hat einbauen lassen, wenn auch Heikes Apparat schon sehr viel schneller und leistungsstärker ist. An ihrem ZNS und dem von sechs anderen Astronautinnen auf der FRIES, darunter vier Chinesen, sammelt man die nötigen Erfahrungen, um schließlich eine Variante des TS-Grundprinzips operativ umzusetzen, die nicht mehr als ein paar Feinstfaserfühler in die Hirnrinde legt und das Rechnerkästchen am Ohr anzuklammern erlaubt wie eine Art Fernsprechvorrichtung, die auf den für die FRIES-Leute wohlvertrauten irdischen Handysendetechniken beruht.

Als die wechselseitigen Gastgruppen sich im Laufe der Übernachtungen, Besuche und Gegenbesuche schließlich mehr oder weniger auflösen, entsteht eine echte Zweischiffegemeinschaft, was Christian zu keinem Zeitpunkt deutlicher wird als an dem Abend, da er in der ersten Reihe bei einer der Kulturveranstaltungen im ehemaligen Kino Taisa neben Liz und Andrej sitzen sieht, während er selbst am Podium steht und eine Art Vortrag mit Beispielen über moderne angloamerikanische Lyrik hält – er freut sich, dass eine Person, die in gewisser Weise die nächste Stufe der Evolution des Menschengeschlechts verkörpert, sich für so etwas interessiert, und beschließt seine Ausführungen spontan mit einem Gedicht des Engländers Simon Barraclough – es heißt »Neptune« und handelt vom fernen Ziel:

> Our oceans but a drop,
> a dust of moth,
> a mote of you.

Taisa klatscht, wie alle, und ihre rätselhaften, dunklen Augen schauen suchend und staunend zugleich.

Dass die Politik, wie man sie auf der FRIES im Nachhang von der Erde her gekannt hat, verschwunden ist, zeigt sich nicht nur bei der Außenpolitik, das heißt: im immer entspannteren und offeneren Verhältnis zwischen den Dysoniki einerseits und den Irdischen andererseits, sondern auch an der Innenpolitik der FRIES: Niemand (außer, ein kleines und verstohlenes bisschen, Christian) scheint sich zu wundern, als Andrej sich der Messer- und Axtsportgruppe um Filipa anschließt, wo er sich vor allem bei Würfen aus etwa vier Metern Entfernung mit jeweils nur einer Umdrehung des Wurfgeräts besonders geschickt anstellt: »Es ist nicht genau eine ganze Umdrehung, das wären ja dreihundertsechzig Grad«, hört Christian ihn beim Essen gegenüber Aiguo fachsimpeln, »sondern es ist etwas mehr als vierhundert Grad, aber bei den meisten prallt der Stahl am Ziel ab, ohne stecken zu bleiben, weil der Wurf überdreht ist, sie stehen etwas zu weit weg beim Werfen, oder die Spitze zeigt so nach oben, dann ist der Wurf unterdreht …«

Andrej, der loyalste Helfer sowohl des Kapitäns wie der zivilen Leiterin der Expedition, jetzt bei den wilden, bewaffneten, ehemaligen Quasioppositionellen? Was ist passiert? Was immer es ist, Christian kann es nur gutheißen.

Die Werft auf Ceres, die Anlage, die ein Asteroid war und Fabrik wurde, übertrifft alle Erwartungen der FRIES-Menschen. Christian steht auf Einladung seiner alten Gönnerin, der Komponistin, neben ihr am Glastisch, an dem er seinen halben Vortrag gehalten hat, und hört Filipa sagen: »Das ist keine Werft. Das ist eine Stadt. Nee, ein Planet. Ich weiß«, sagt sie, als Aiguo Sun hörbar Atem holt, um ihr zu widersprechen, »dass ein Planet viel größer ist, du Pedant. Aber … Straßen aus Stein und Metall, diese Scheinwerfer wie … Sterne … und wieso gehen da Leute wie auf … schau mal! Liz, siehst du das, die in den blauen Anzügen da?«

»Yes. They're walking upright. Sie gehen wie auf einem Gerüst, und es sieht aus wie auf der Erde, als ob die Schwerkraft … was ist das, wie geht das, es müsste doch viel … der Himmelskörper ist doch viel leichter als die Erde, oder?«

»Wir können das. Gravitation manipulieren. Monodromietechnik«, sagt Semjon Diduk ruhig und weiß noch nicht, dass aus seiner beiläufigen Bemerkung »wir können das« dank Filipas Lästerzunge im Jahr, das nun folgt und das den Freundeskreis der FRIES-Besatzung um viele Russen, um Eva Sonntag und Baklanow, um viele DDR-Leute und deren Nachfahren und auch zahlreiche Kinder der Dysoniki erweitert, ein geflügeltes Wort wird, das die FRIES-Leute immer dann aufsagen, wenn sich ihnen ein weiteres Wunder zeigt, das sie zunächst nicht glauben können und dann, meist auf hartnäckigste und systematische Nachfrage von Andrej und Aiguo, allmählich verstehen lernen: »Die können das.«

Als ein paar Dutzend der wichtigsten technischen Mitarbeiterinnen und Mitarbeiter des Kapitäns die FRIES verlassen und sich auf die Werft verteilen, in großzügigeren Quartieren, als sie seit vielen Jahren gesehen, geschweige selbst bewohnt haben, und nachdem sie sich dort eingelebt haben, in den Zeilen und Blocks mit ihren kontraintuitiven, die Augen und den Gleichgewichtssinn, das taktile Empfinden und die Raumgewohnheiten irritierenden Vor- und Rücksprüngen im Baukörper, die Platz für Gartenhöfe lassen und für Schwimmbecken, für Liegerasen und fließende Grünräume, und als man sie am Bauplatz, an Bord, dann fragt, ob das denn möglich sei, eine von künstlichen Himmeln mit diffusen Sonnen erleuchtete Lebensweise, ob die Dysoniki da etwas gebaut hätten, was den Irdischen bei weiterer Erschließung des Sonnensystems und irgendwann vielleicht einmal sogar des interstellaren Weltraums Vorbild sein könnte, hört man sehr oft: »Die können das.«

Nach drei Monaten, in denen »wir jetzt schon hier festliegen, auf Gerüsten rumklettern und uns Naherholungsquartiere zuteilen und uns von den Burschis hier beeindrucken lassen« (Cordula), erkundigt sich die Chefin bei Andrej, ob »das denn jetzt mal was wird mit der Beschleunigung – ich seh hier nur immer diese Stampfer, die ihr einbaut, und jeder haut auf so einen Amboss, sozusagen, und erzeugt Schockwellen, okay, Fusionstreibstoff wird im Reaktorkern zusammengeschmolzen, aber ist das Bastelarbeit für den kleinen Andrej, oder kommt dabei was rum? Ich meine, währenddessen erzählen und schenken wir denen alles, unsere Saat, unser Erbgut der Viecher, die Sonntag geht auf den Tierdecks und beim Getreide in der Agrartrommel rum wie ein Kind im Süßigkeitenladen und greift ab, was sie kann, die Liz rüstet ihnen ihre Computer um, und ich frage mich, selbst wenn die Technik dann mal irgendwann eingebaut ist, können wir das dann warten und beherrschen in den Jahren, die's noch dauert, bis wir bei Frau Burkhard sind? Pilotenmäßig zum Beispiel – wer soll das steuern? Müssen wir nicht unsere Rechner genauso umbauen, wie wir denen gerade helfen, ihre umzubauen? Wer von uns kann so ein Ding fliegen? Denken die Dysoniki daran, bilden die unsere Leute aus, als Pilotinnen und Piloten?«

Da antwortet Andrej: »Die können das«, und dann verweist er sie auf einen kleinen Koordinationsrat, in dem Aiguo Sun, er selbst und Baklanow damit begonnen haben, »Ausflüge« von besonders neugierigen und besonders fähigen FRIES-Leuten mit »den schnellsten Booten, die wir haben« (Baklanow) zu den verschiedensten Fertigungsanlagen und sonstigen Zentralkleinwelten des Systems zu organisieren. »Und bei diesen Ausflügen lassen die Dysoniki, sogar die Kinder, dann unsere Jungs und Mädels das Steuer in die Hand nehmen?«, fragt Cordula nach, was Andrej bestätigt, woraufhin Cordula mit einigem Nachdruck den Wunsch äußert, selbst einmal einen solchen Ausflug zu unternehmen.

Das Ausflugsprogramm ist ein großer Erfolg.

Es bringt wissbegierige Menschen nach Fortuna und Juno, wo man »gerade rauskriegt, wie man Kohlendioxid mit Unterstützung der Diff noch rascher in nützliche organische Stoffe verwandelt, als das unser Grünzeug kann«, wie Filipa hinterher begeistert berichtet, aber auch nach Herculina und Alauda, wo die Monodromietechnik aus rosafarbenem Granit, verwoben mit bizarren Metallgittern, »die dünnsten und härtesten Wände baut, die ich je beklopft habe«, so Heike Breuer fasziniert, und zu den Cupolae auf Gaspra, wo man den Ertrag von Pflanzungen durch Beschleunigung der bei den genetisch vorgesehenen Lichtzyklenreaktionen gegenüber den auf der Erde und auf der FRIES üblichen Raten entscheidend verbessert hat: »Wenn die Sonne da runterbrät, oder die Kunstsonne, geben die Pflanzen überschüssige Energie als Wärme ab, aber wenn's dann dunkler wird, brauchen sie zu lang, das abzustellen, was die Photosynthese bremst, das muss man abstellen, und die Dysoniki, die können das«, sagt Andrej.

Manchmal geht es schließlich zur Spinne auf und in Cybele, wo eine russisch-ostdeutsche Abart des Rastertransmissionselektronenmikroskops millionenfach, »wie so eine Düse bei der Plastikschaumfabrikation« (Liz), eingesetzt wird, um in Kristallgittern neue Werkstoffmuster zu schreiben, »wirklich: zu schreiben, wie man einen Brief schreibt, aber was sie schreiben, sind Stoffe, die sie dann dem Monodromieformwahnsinn aussetzen. Unfassbar.«

Filipa, Rada, Diduk, Andrej, Taisa, sie alle bestätigen Christian, dass er richtigliegt: Die Politik ist abgeschafft.

Allerdings gibt es auch ein paar Dinge bei der neuen Annäherung, die ihm zu denken geben, etwa der Umstand, dass die Überholung und Verbesserung der FRIES-Raumanzüge mittels der Technik der Gewebeselbstergänzung, die »wahrscheinlich manche und manchen von uns, zum Beispiel Meinhard Budde, im Sturm gerettet hätte, wenn sie uns schon verfügbar gewesen wäre« (Aiguo Sun), dazu führt, dass diese Anzüge während der Umrüstung eine Weile nicht benutzbar sind und daher gegen solche aus direkter Dysoniki-Fabrikation ausgetauscht werden, die Christian »a little bit on the militaristic side« findet, wie er Liz eines betrunkenen Abends an einer Bar in der Werft erklärt.

Bei den Dysoniki ist es Brauch, an die Vergangenheit ihrer ehemals interstellaren Mission und deren sowjetkommunistischen Expansionscharakter zu erinnern, indem man als integrierte Bestandteile der Anzüge allerlei Waffen und Instrumente trägt, von Nützlichem wie Schraubenziehern und Hämmern über Zweifelhaftes wie Feueräxte bis hin zu eindeutig kampf- und verletzungsträchtigen Gerätschaften wie Jagd- und anderen Messern. Die werden zwar, so Rada einmal gegenüber Christian, »eigentlich nie benutzt« und sind »eher Schmuck«, aber dem Sohn fromm pazifistischer Christen leuchtet das nicht ganz ein, zumal er erfahren hat, dass mit einem solchen Schmuckmesser der grausame Nadar Jepen einen seinem Lebenswandel angemessenen Tod gefunden hat.

Im Gegensatz zu Heike Breuer und Andrej Sirilko hat Christian auch wenig Freude beim Besuch des Ortes, den Semjon Diduk, als er sieben Menschen zu einer Besichtigung dort einlässt, »unsere Zentralstelle für Erdenbetrug« nennt, einen großen Rechnerraum, besetzt von zwölf Progammiererinnen und Programmierern. Die versorgen irdische unbemannte Sonden, irdische Weltraumteleskope und andere Spür- und Schauvorrichtungen der großen Nationen der Erde mit einem steten Strom von gefälschten Daten, wann immer Aktivitäten im Bereich des Dysoniki-Systems in deren Wahrnehmungskreis geraten.

»Seit einiger Zeit entwickeln sie, wie unsere Spionagesatelliten im weiten Erdorbit uns verraten, die tollsten Theorien über die angeblichen Spuren von Eisvulkanen hier auf Ceres, die wir ihnen gefüttert haben, damit sie die Werft nicht sehen«, erklärt nicht ohne Stolz ein Ingenieur namens Michael Tarabasow. »Allmähliches Abflachen, viskose Relaxation – wir haben Mühe, unsere Fälschungen anspruchsvoll genug zu gestalten, dass wir uns dafür bei den schönen Spekulationen der Getäuschten nicht schämen müssen …«

Von den Äxten, Messern und Vulkanlügen abgesehen gewinnt Christian als der Beobachter mit der meisten Muße unter allen FRIES-Reisenden mehr und mehr Zutrauen zu den Dysoniki. Als er schließlich im Begriff steht, diese erfreuliche Erfahrung seiner Gesellschaft von Exilmenschen auch zur persönlichen zu machen, indem er bei Diduk, mit dem er viele anregende Gespräche über Literatur und Sprache geführt hat, den Wunsch äußert, sich auch einmal an einem jener Ausflüge zu den Fertigungsanlagen, Habitaten und sonstigen Errungenschaften zu beteiligen, bricht das ganze schöne Bild der friedlichen Überwindung des Politischen jedoch zusammen, weil eines der ältesten Motive der Politik zur Tat wird, an das Christian, die meisten FRIES-Menschen und die Dysoniki seit Monaten nicht mehr gedacht haben: Rache.

13 | Ein politischer Mord

Die kleine Fähre FLORENSKIJ nähert sich nach schnellem Flug von Ceres her auf den letzten paar hundert Kilometern eher gemächlich einer Welt, die auf der Erde niemand kennt. Es gibt in keinem terrestrischen Verzeichnis der Himmelskörper einen Namen für das hantelförmige Objekt.

Die Dysoniki aber haben an diesem Ort eine automatisierte, nur alle Jahre einmal von Patrouillen besuchte und je nach Bedarf gewartete Forschungsstation eingerichtet, deren Verfahren und Ergebnisse das Kind Rada den beiden Menschen zeigen will, die es auf diesem Flug der FLORENSKIJ begleiten.

Liz sitzt am Steuer und liest, was sie als Pilotin wissen muss, auf den Anzeigen, die ihr teils vor Augen leuchten, teils nur in ihrem Kopf existieren, dort von den Bordrechnern und deren Sondenbeobachtungen in den visuellen Teil des Cortex der Amerikanerin eingespielt, über die Geräteverbindung, die ihr außerdem erlaubt, auf andere als hörbare Art mit den Kindern der Dysoniki zu sprechen, wovon sie auf dieser Reise aber keinen Gebrauch macht, weil Rada so gerne redet. Das Kind ist dazu übergegangen, im Umgang mit anderen Dysoniki nur noch die unanschaulichsten Daten über ihre ZNS-Verbindung hin und her zu senden und zu empfangen, weil alles, was sprachlich ist, für sie inzwischen mündlich sein muss – eine Ansicht, die Cordula Späth sehr entgegenkommt, weil sie ihr erlaubt, »dir auf dem ganzen Flug Löcher in den Bauch zu fragen«, was die Irdische auch jetzt, im allmählichen Übergang zu den Landeprotokollen, mit großem Enthusiasmus tut: »Ich verstehe das richtig, es ist nicht wirklich ein Sperrgebiet in dem Sinn, dass die Diff da gar nicht hindürfen? Aber es gibt so eine Art Abmachung totaler ... Stille?«

Rada nickt nicht, aber sie zeigt ein leicht verlangsamtes Blinzeln, das Cordula inzwischen als Entsprechung zum menschlichen Nicken lesen gelernt hat. Dann sagt sie: »Wir hören und sehen nichts von ihnen, ab etwa zweitausend Kilometer Nähe zum Objekt. Sie würden einfach die Experimente stören, es geht ja um eine nächste Stufe der Monodromietechnik. Wir treiben da in einer sehr kleinen Kammer, einem ins Zentrum der Hantel eingesprengten Quadrat von etwa zwanzig Metern Kantenlänge, so etwas wie ... Flechten mit Milnorfasern, Grundrissbauten auf Hyperflächen ...«

Cordula sagt: »Ganz groß ins ganz Kleine einsteigen. Andrej hat mir's in der Kneipe auf der FRIES auf eine Serviette gemalt. Die nächste Stufe, sagst du, und deshalb so abgelegen auf diesem Ding untergebracht, weil das alles so extrem störanfällig ist, weil man das nicht in den Betrieb der ... na ja: normalen Monodromiefabriken integrieren kann, richtig?«

Wieder das Blinzeln, dann öffnet Rada den Mund. Aber Liz kommt ihr zuvor und ruft aus dem winzigen Cockpit: »Die Station hat sich gemeldet. Der Rechner da fordert alle unsere Daten an – auch Vitaldaten der Besatzung, ist das üblich?«

Die Frage gilt Rada, deren Antwort lautet: »Der Rechner wundert sich wohl. Wir sind ja nicht auf dem regulären Wartungsplan, der Besuch für dieses Jahr hat vorletzten Monat stattgefunden. Hast du ... gibt es eine Schwierigkeit für dich, wenn wir unsere Daten schicken?« Mit dem schönen deutschen

Wort »Schwierigkeit« bezeichnen die Dysoniki, einem bald etablierten Sprachgebrauch Baklanows folgend, alles, was ihnen kulturell fremd ist an den Menschen von der FRIES.

Liz lacht: »Nein, keine … Schwierigkeiten. None at all. Noch was, die wollen jetzt … wir sollen uns einordnen lassen in eine Bahn, die den Stationsbetrieb möglichst nicht stört, ich soll die manuellen Controls aufgeben, das will die Station übernehmen, 'cause … anscheinend gibt es so ein Gravitationwellen … thingy, which we have to … honestly, ich kann mir nicht vorstellen, dass bei so tiny, tiny masses …«

»Doch«, erklärt Rada in entschuldigendem Ton, »das ist schon so … was in dem Würfel passiert, ist sehr, sehr empfindlich. Wir landen am besten auf … an einem der Enden. Der Brocken ist geformt wie eine Hantel. Er rotiert ziemlich schnell. Am Rand, da, wo wir landen sollten, ist die Oberflächenschwerkraft ziemlich schwach, weil die Zentrifugalkraft der Drehung sie fast annulliert. Da muss man dann allerdings sehr präzise landen, und das …«

»Just can't be done by hand, no matter how fantastic a pilot I might be. Verstanden«, sagt Liz und gibt die Kontrolle an die Rechner ab, was ihr auch erlaubt, den Daten- und Diagrammwust in ihrem inneren Gesichtsfeld auszublenden und durch die Frontscheibe der FLORENSKIJ zu schauen, auf die Weite, die Schwärze, die Kälte.

Die Schönheit.

Sie gesteht sich still ein, dass sie diese Aussicht am liebsten nicht nur ohne die jetzt ausgeschalteten supplementären Sichtdateien, sondern auch ohne die angeregt diskutierenden Stimmen der beiden anderen genießen würde.

Nach einer Weile treten die Stimmen tatsächlich in den Hintergrund. Dann wird der kleine Himmelskörper endlich sichtbar. Rada sagt: »Wir müssen jetzt die schweren Sachen anziehen«, womit sie massive Stiefel und Schienen-Reifen-Schließkombinationen um Arme und Beine meint, die den Effekt der schwachen Gravitation auf dem Landeplatz ausgleichen sollen. »Ich will als Erste raus! One small step for me!«, ruft Cordula. Rada lässt ihr gern den Vortritt auf der kleinen Rampe, die sich mit Bohrstacheln im Gestein verankert hat, dann folgt sie ihr mit sehr präzisen Schritten, und Liz schließt sich an.

Kaum ist die Amerikanerin durch die Türluke gestiegen, zieht sie ein Messer mit der rechten Hand aus dem linken Hüftholster und stößt es Rada mit aller Kraft zwischen Helmring und Helm ins Genick.

Dann zieht sie es, die andere Hand zwischen die Schulterblätter ihres Opfers gedrückt, wieder heraus, sticht sofort wieder zu und wiederholt das dreimal: Rücken, rechte Niere, linke Niere. Schließlich tritt sie Rada ins Kreuz, die langsamer als in einem stärkeren Schwerefeld, aber doch schnell genug nach vorn geschleudert wird, dass Cordula Späth, die sich auf ein scharfes Pfeifen in ihrer Verbindung zu dem Dysoniki-Kind hin bereits umzudrehen begonnen hat, dem schwer verletzten, schon sterbenden Körper nicht ausweichen kann, der sie rechts und seitlich trifft und dreht.

Dann fliegt er davon, während Cordula jetzt, reflexschnell und kampferfahren, selbst nach einem ihrer Messer greift. Aber Liz ist schon bei ihr, hat das Messer losgelassen und sich eine Axt vom Rücken gezogen, mit der sie Cordula, bevor diese ihre Waffe ganz aus dem Schaft ziehen kann, von links ins rechte Knie hackt, einmal, rausziehen, zweimal, wieder raus. Dann reißt Liz den Axtarm hoch, haut das Hiebinstrument mit enormer Wut der Komponistin in die linke Schulter, wo es stecken bleibt, und schlägt ihr mit beiden Fäusten gegen die Brust, dass die Getroffene rückwärts in Richtung des harten grauen Bodens stürzt.

Der Aufschlag ist heftig. Staub wirbelt glitzernd in die Höhe.

Die Angreiferin tritt Cordula auf das rechte Schienbein, dann auf den Bauch, dann stellt sie sich breit über sie. »Wa…

Mhfarchh…« Cordula Späth spuckt unartikuliert ins Funkmikrophon.

Liz erwidert zischend: »Just shut the fuck up, bitch! Shut up and die already!«

Als Cordula zur Abwehr die Hände hebt, steckt sofort das Messer in der Handfläche ihrer Linken. Sie nimmt die Arme mit einem Aufschrei zurück.

Sinnlos versucht sie, die Klinge mit der anderen Hand herauszuziehen.

»Sag … Sag mal … Scheiße … bist du … chhh … verrückt geworden?«, keucht sie, als sie merkt, dass der Angriff unterbrochen ist, weil Liz Schwierigkeiten hat, ihr drittes Messer aus dem Gurt am linken Oberarm zu lösen.

Liz hält inne, schaut durch die beiden Sichtscheiben der Todfeindin, so gut es geht, ins Gesicht und sagt höhnisch, aber nicht mehr erregt, sondern hässlich kalt: »Verrückt geworden? You got some nerve, woman. You … du denkst, alle anderen sind dumm, ja? You're the smartest person in the room, ja, in every room, ja? Shit. It took me all of five seconds to find out what you did. Dein Deal mit Jepen, das Umsteigen auf den Deal mit Diduk, inzwischen mit Baklanow … du hast unsere Leute verkauft. Du hast Max auf dem Gewissen. I hacked your shit, you fucking cunt! You were soooo careful not to leave any traces … ich kenne die Sende- und Empfangsanlagen der FRIES wie niemand sonst. Ich habe monatelang mit Max … fuck you, you hear me? Fuck you and shut up and die!«

Sie tritt noch einmal auf den Bauch der Verletzten, die davon quer durch den Staub gewischt wird wie ein Schwamm. Blutstropfen schweben aus dem Riss in der Schulter. Das Messer steckt immer noch in der Hand, sie kriegt es nicht raus, sagt aber mit zusammengebissenen Zähnen: »Okay … erwischt. Aber was … was hättest du … denn gemacht? Jepen hat erst … Ich hatte … ich hatte das jahrelang angekündigt, dass wir der … der Alexandra Burkhard hinter… hinterher… fliegen würden, er wusste … dass … er wusste, dass ich … dass da nur Kommunisten leitend … Andrej, Aiguo, ich … er hat uns zugesichert … er hat uns … rrr … Unterstützung versprochen, volltanken und Informationsaustausch und … viel Glück … dann plötzlich, als wir ein Jahr … ein Jahr lang unterwegs waren, kam die Drohung … er wollte, dass wir abdrehen und zurück… zurückfliegen, wahrscheinlich, weil ihm klarwurde, dass das … Spiel um die Macht bei den Dysoniki für ihn … sich ver… verändern würde, mit uns im System, dass ich zu … Diduk überlaufen könnte oder einen Pakt mit Sonntag in … in … ich musste ihm was anbieten, und … und das war … wir ziehen unserer Expedition den Zahn, wir entwaffnen sie … ich hab die … die SMITH verkauft, für … unser Leben … er hätte uns …«

Liz will nichts mehr hören und tritt die Wehrlose zweimal heftig gegen den Kopf.

Bei dem, was Liz jetzt zu sagen hat, ist ihr sehr wichtig, dass sie klar verstanden wird.

Sie spricht deutsch: »Filipa wollte ihn sehen. Ihren Mann. Meinhard. Erfroren und erstickt. Er wurde dann im Triebwerk verbrannt, weil er das selbst mal gesagt hat, nach einer dieser Bestattungen, dass er das gut fand. Wie ein Wikinger, hat er gesagt. Aber da lag er, auf dem … Brett, aufgetaut wieder, mit zerstörten Augen vom … und ich dachte, ich dachte … ich schämte mich, weil ich neidisch war: Sie konnte ihn wenigstens auf die Hände küssen und sich verabschieden und bei ihm weinen. Max hat man einfach … er wurde von innen nach außen gekrempelt oder … Ich kann es mir nicht vorstellen, und es gab keinen Abschied, und es gibt kein Grab und keine Spur. Deshalb war ich neidisch. Und dann dachte ich, was ist das für eine Welt, wo Leute neidisch sind auf andere, die gerade jemanden verloren haben, den sie lieben? Das ist deine Welt, Cordula Späth. Das ist das, was du machst. Wir sind alle Statisten, Bei… Beiwerk. Du bist die Heldin in deinem Film, dir passiert nichts, du hast es ja selbst zu Christian gesagt, er hat mir das erzählt: Du weißt, wann und wo du stirbst, und es ist nicht in dieser Geschichte. Okay. Mal sehen. Vielleicht irrst du dich bei diesem Film, vielleicht sind wir gar nicht alle Nebenfiguren, und du bist James Bond oder ... ja, da brauchst du nicht zu grinsen. Ich sehe, dass du grinst, weil ich nur James Bond kenne und nicht die Filmexpertin bin, so wie du ...«

»Ich ... grinse ... nicht ... du ... stupide ... Henne ... das ist ein schmerzzzz... ein schmerzverzerrter Gesichtsausdruck, weil ich ein ... beschissenes ... Messer ... in der ... Scheißhand ... und 'ne Axt in der ... Schulter ...«

Liz sieht, dass sich der Raumanzug an der Knieverletzung schon wieder geschlossen hat, aber auch, dass da ein großer Blutfleck ist, wie an der Schulter, wie auf der Hand. Sie tritt der stöhnenden und schnaufenden Cordula nacheinander auf beide Hände, dass sie schreit. Dann hat Liz ihr letztes Messer endlich aus dem Gurt befreit und hebt es hoch, um sich damit auf Cordula zu werfen, um es ihr in die Brust zu rammen.

Cordula aber klinkt sich mit einer unerwarteten Bewegung beider Beine aus den Stiefelschienen und wischt dann mit dem gesunden Bein nach oben gegen den rechten Oberschenkel der Angreiferin, die mit keinerlei Widerstand mehr gerechnet hat und deshalb von dem Tritt sofort aus der Balance gerät. Sie kippt nach links. Cordula rollt sich nach rechts, stampft mit dem heilen Fuß in den Staub und stößt sich damit so heftig ab, dass sie über Radas zusammengekrümmte Leiche hinweg mehrere Meter weit vom Kampf weggeschleudert wird. Kurz vor dem Aufschlag beugt sie sich, trifft das Gestein mit der Axtschulter, die Axt wird herausgerissen, eine Blutfontäne spritzt hinter ihr her.

Cordula schreit in viehischem Schmerz auf.

Liz findet ihr Gleichgewicht mit einiger Mühe wieder, stapft dann hinter ihrem Opfer her und flucht: »Fucking ... boots ...«, weil sie nicht weiß, wie der Trick geht, mit dem Cordula ihre Ballastmasse an den Beinen losgeworden ist.

Cordula kommt wimmernd auf die Knie, drückt das gesunde Bein durch, steht wankend und ruft ins Mikro: »Wirf dein letztes Messer, und wenn … Filipa dir zu … wenig beigebracht hat, dann isses weg. Hand-to-hand-combat … Baby … c'mon!«

Liz lässt sich nicht provozieren. Sie hält das Messer wie ein Schwert über dem Kopf und wirft es nicht, sondern stürmt so schnell voran, wie sie kann.

Cordula dreht sich um, läuft, springt, fällt weg. »What's wrong, bitch?«, spuckt Liz rasend vor Wut. »Afraid of a little girl with a knife? Afraid you're gonna die here? Afraid that maybe you're not the fucking hero of this story after all?«

»I never thought … I was«, röchelt Cordula.

Sie hasst ihr verwundetes Bein, hasst den Stich, hasst die Unklarheit im Kopf, wie war das, in dieser Richtung liegt der Nordpol der Hantel, da wird die Schwerkraft stärker?

Sie dreht sich, sie springt zur Seite, sie hasst den Gleichgewichtssinn, der ihr sagt: Hier entlang ist unten, denn so sieht es gar nicht aus, der Horizont ist falsch, der Raum ist falsch.

Liz schreit: »Face me! Face me, you fucking coward!«

»No … thanks, chh!«, hustet Cordula und lässt sich fallen, dahin, wo ihre Sinne ihr »bergab« sagen, in Richtung des Kontaktpunkts zwischen den beiden Außenmaßen der Hantel.

Es kommt ihr vor, als sauste sie einen Abhang hinunter, als habe sie beim Snowboarden abgehoben. Nach zwei weiteren schiefen Sprüngen steigt ohne Vorwarnung die andere Brockenhälfte überm gekrümmten Horizont auf wie Moby Dick, der sich mordlüstern aus den Wellen erhebt. Cordula senkt mit zusammengebissenen Zähnen den Kopf, schlägt wieder auf, rollt dreimal um ihre Längsachse, bleibt auf dem Rücken liegen und flüstert stimmlos: »Du … hast … unrecht, Baby … aber … ich werde mich … nicht vor … einer Irren rechtfertigen … die ohne Grund … Leute ins Genick … chhh … shit.«

Keine fünfzehn Meter mehr von ihr entfernt, hinter und über ihr, bleibt Liz stehen, als wäre ihr auf der Straße nach dem Verlassen ihres Hauses plötzlich eingefallen, dass sie den Herd angelassen hat.

Wie ein heulender Wind ruft sie: »Leute? Leeeute? Du meinst … that monster I killed just now? That freak? Fuck you, James Bond! Du sollst dich … vor mir nicht rechtfertigen, du sollst STERBEN! WHO could ask you to justify your actions? WHO? Do you respect anyone's judgment? You only respect other science-fiction-motherfuckers, RIGHT?«

Sie keucht, sie schnieft, sie geht weiter, außer Atem, während Cordula die Augen schließt und halblaut sagt: »Auf … den kleinen … Christian Winseck geb ich viel. Der muss es reißen. Dem würde ich erklären, was ich getan habe … und … warum …«

»Well, he'll never get to hear it! Now DIE!«, schreit Liz und will sich zum zweiten Mal binnen kurzer Zeit auf ihr Opfer werfen.

Da geschieht, womit Cordula bereits gerechnet hat: Drei Hartgummigeschosse aus den Waffen der beiden Dysoniki-Roboter, die den Laborwürfel bewachen und nach Cordulas Meinung viel zu lange gebraucht haben, sich in Bewegung zu setzen, um sie zu retten, treffen Liz am Messerarm, im Rücken und am Helm.

Die Geschosse werfen sie um und machen sie kampfunfähig. Mehr als eine heftige Prellung und eine leichte Gehirnerschütterung trägt sie, die von dem schnelleren der beiden Automaten sofort mit langen Kabeln gefesselt wird, nicht davon.

Cordulas Zustand wird in der nächsten halben Stunde an Bord der FLORENSKIJ halbwegs stabilisiert. Die bewusstlose Liz versetzen die beiden Wächter in ein Heil- und Sicherheitskoma. Zwei Tage später trifft eine von ihnen herbeigerufene Fähre von Ceres ein und holt die beiden Lebenden und die Tote ab.

Zurück auf der Ceres, wird Liz von den Dysoniki den Ordnungskräften von Kapitän Sun überstellt, die wenig Erfahrung mit derlei haben. Es gab auf der Reise von der Erde siebzehn ernste Körperverletzungen, zwei Vergewaltigungen und einen Vergewaltigungsversuch, es gibt ein Schiffsgericht, es gab und gibt Haftstrafen in Arrestzellen an Bord der FRIES.

In eine davon sperrt man Liz.

Cordula Späth kehrt nicht aufs Schiff zurück. Während der Rückführung hat sich ihr Zustand unerwartet dermaßen verschlechtert, dass sie ins Krankenhaus der Werftstadt gebracht wird. Schlimme Gerüchte gehen um, nicht nur die FRIES-Menschen machen sich Sorgen.

Filipa ist untröstlich, verzweifelt und sehr wütend auf Liz (»Ich habe nichts gewusst, nichts«). Christian erkennt bei Gesprächen mit den verschiedenen Leuten, auch Dysoniki und Kindern, die sich allerdings jetzt sehr zurückhalten, dass sein ewiges Rätselraten darüber, was für eine Funktion eigentlich die »Leitung ohne klaren Rang« darstellt, die Cordula ausgeübt hat, von niemandem geteilt wurde, weil alle genau wissen, wer Cordula ist: der verkörperte Geist des Ganzen.

Aiguo wird zu ihr ans Krankenbett bestellt. Ein Dysonik redet von Operationen und schwerer Chemie, die durch ihre Adern geschickt wird.

Dann heißt es eines Morgens, Baklanow und Diduk seien bei ihr, ohne Menschen von der FRIES, und die Gespanntheit der Gesichter, die rötlichen Blicke, die Striche der Münder derjenigen, die diese Gerüchte diskutieren, verraten Christian, wie groß die Sorgen sind, die sich die Leute auf der FRIES machen.

Der Tag wird sehr lang. Neue Nachrichten gibt es keine. Christian sitzt danach spätabends in seiner Kabine an Alexandra Burkhards Botschaft, als es an seiner Tür klopft und er leicht geistesabwesend »Herein!« sagt.

Es ist Semjon Diduk. Bevor er die Tür hinter sich schließt,

sieht Christian zwei uniformierte und schwer bewaffnete Dysoniki auf dem Gang, Diduks Leibwache.

»Sie fragt nach dir. Sie will dich sehen«, sagt der General anstelle einer Begrüßung.

Christian steht sofort auf.

»Gift«, sagt Cordula, mit schiefem Lächeln, bläulichen Lippen, sehr blass.

Die Stimme ist schwach, aber deutlich zu hören. Christian kann's nicht fassen, dass er alleine mit ihr in ihrem Krankenzimmer ist.

»Gift, Alter. Die Axt. Sie hat sie präpariert, die kleine ... Streberin, hat sich das angeeignet im Labor der Frau Sonntag, das ist eine biologische ... natürlich haben sie biologische Waffen und chemische ... was dachten wir denn ... die paar Messerchen? Bei Leuten, die Monodro...miebomben ... bauen können? Das Zeug ... fiebert in mir rum, es ist lebendig, kein normales ... nicht einfach Arsen und Spitzen ... Dings ... es will teilweise Krebs werden und teilweise andere Scheiße, und ... ah ... ich werde monatelang außer ... außer Dienst ... außer Gefecht ... Ich bin nutzlos. Monatelang, und ... wenn der Rotz mein Hirn erreicht, hauen sie mich ins Koma, aber richtig, nicht nur so ein leich... leichtes Sedieren wie bei Liz. Kacke. Je ... hörst du mir zu?«

Er nickt eifrig und stumm. Ihr Blick schaut neben ihn an die Decke, sie blinzelt, schließt die Augen, konzentriert sich, öffnet die Augen wieder und sagt: »Ihr müsst los. Die politische Stimmung ... es ist ... wir sind kurz vorm Krieg jetzt, die Jepenleute kommen wieder aus ihren ... es ist schlimm. Rada ... Scheiße. Ihr müsst zum Neptun. Du, Junge. Du musst los. Es werden welche ... welche mitkommen. Ich bleibe hier, ich ... Du musst los. Zu Alexandra.«

»Wieso? Wieso ich?« Es klingt fast jammernd.

Sie hebt die schwache rechte Hand, winkt wie ärgerlich ab

und sagt: »Na, Aiguo Sun und Andrej und Filipa und du … und Liz müsst ihr auch … mitnehmen, die hängen sie sonst noch auf hier … und ich gebe euch … ich habe mit ein paar Dysoniki geredet, deren politische Zukunft hier auch nicht gerade … Aiguo ist … ist einverstanden. Diduk kommt mit, ein paar andere. Nein, keinen Protest jetzt. Nerv … nicht. Pass auf, ich habe … ich habe … zu der Verrückten gesagt, ich würde mich … ihr … ihr gegenüber nicht rechtfertigen, sie ist eine … Killerin, das … aber dir. Dir gegenüber. Und du bist eh lange genug im Dunkeln getapert. Siehst … siehst du den Stuhl da?«

Er sieht das karge weiße Möbelstück aus Formplastik.

»Nimm dir den. Setz dich hin. Wir reden … wir reden jetzt … wir führen … Scheiße, ich bin …« Sie gähnt lange, dann: »Ich bin so saumüde. Hier ist irgendwas im Pudding. Opium oder Religion. Jeden … jedenfalls, nimm dir den Stuhl, so. Ja.« Er setzt sich. Sie sagt: »Und jetzt wirst du mal aufgeklärt. Ich hab … das viel zu lang verschoben. Fangen wir … mit … mit der Sonne an. Dem Licht, das die … Leute liest.«

Er denkt, dass er aussieht wie der dümmste und ahnungsloseste Mensch, den sie je gesehen hat. Sie denkt das nicht und erklärt ihm, was er wissen muss.

III. BRANDUNG

1 | Recht, Pflicht und Strafe

Am Jupiter fliegt das Schiff so nah vorbei, dass der berühmte rote Fleck auf der Brücke größer aussieht, als die Erde auf derselben Brücke vor Jahren beim Start vom Lagrangepunkt aussah.

Das Schiff schickt Sonden, ohne Wiederkehr.

Sie sollen Daten sammeln, die der Besatzung das bestmögliche Verständnis der Sorte Himmelskörper erschließen können, zu der, wie Jupiter, ja auch ihr Ziel gehört, Neptun.

Die äußeren Planeten des Sonnensystems unterscheiden sich von den inneren sehr grundsätzlich: Merkur, Venus, Erde und Mars haben feste Oberflächen, so lebensfeindlich es auf einigen davon zugehen mag.

Jupiter, Saturn, Uranus und Neptun dagegen bestehen aus gigantischen Mengen überwiegend gasförmiger Materie und sind der Sonne ähnlicher als dem, was Menschen unter »Planeten« verstehen.

Im Innern der Riesen erzeugt der Druck der übereinanderliegenden Gas- und Flüssigkeitsschichten, unterstützt von anderen Prozessen, ungeheure Hitze, die im Fall Jupiters so groß ist, dass die Fachleute von einem »gescheiterten Stern« sprechen.

Als das riesige Zornauge sich ins Bild schiebt, während der Reifen, zu dem die Brücke gehört, sich um die Schiffslängsachse dreht, empfindet Andrej eine Art heiliger Angst. Weiße Ammoniakwolken in kaffeecremefarbenen Schlieren, Wasserdampf, Wind nach Westen, Ablenkung anderer Strömungen nach Osten durch die Corioliskraft: Das Wetter dort ist eine Gedankenlandschaft, die fast doppelt so viel Wärme abstrahlt, wie sie von der fast achthundert Millionen Kilometer weit entfernten Sonne empfängt.

Das Gebräu am Äquator sieht mild bewegt aus, aber Andrej weiß von den Sonden, dass Stürme dort wüten, mit Windgeschwindigkeiten bis zu vierhundert Stundenkilometer. Zwei der Sonden sind schon verlorengegangen, Opfer, die man dem Planeten gebracht hat, zum Dank für Auskünfte.

Andrej glaubt, die Drehung des Reifens gegen die Drehung des Sturms spüren zu können und beider Rotation gegen die des ganzen Riesenplaneten, der zehn Stunden braucht, sich einmal um die Achse zu drehen, die mit ihm, leicht gegen die zweite, stabmagnetische Polachse gekippt, im Sonnenwind steht, der unterm nördlichen und südlichen Horn das Zittern der Turbulenzen erzeugt, die Andrej dort erkennt, ohne jeden fasslichen Begriff von ihrer wahren Ausdehnung und Macht.

Taisa steht zwischen Andrej und Filipa. Sie ist beinah so groß wie die Frau, in den drei Jahren an Bord nämlich gewachsen, »weil ich das will«, wie sie Filipa erklärt hat.

»Stimmt das, kann sie ihr Wachstum willkürlich regulieren?«, wollte Filipa vom Biologen Karatygin wissen, der aus dem Stab von Eva Sonntag stammt und zu der Handvoll Dysoniki zählt, die an der Reise teilnehmen, im Tausch gegen siebzehn der Irdischen, zehn davon aus China, die im Asteroidengürtel bleiben wollten.

Karatygin erwiderte: »Ja, das kann sie. Sie nimmt dafür gewisse Alterungsprozesse in Kauf, die bei ihr sonst arretiert sind, wie bei allen Dysoniki. Das heißt, wenn sie in einem Jahr so viel wächst, wie man während einer Wachstumsschubphase sonst in drei Jahren wachsen würde, dann altert sie auch um drei Jahre, aufgrund gewisser Besonderheiten des Metabolismus der Kinder sogar um etwas mehr, etwa drei Jahre, sechs Monate. Aber was sind drei Jahre, wenn man physisch beieinander ist wie eine Zwölfjährige und dann eben wie eine Fünfzehn- oder knapp Sechzehnjährige? Sie wird dafür weitere hundert bis hundertzwanzig Jahre lang fünfzehn bleiben, das hat alles keine Eile für sie. Die Probe auf diese Technik steht noch aus, unsere Kinder sind von Anfang an beschleunigt gewachsen, wir haben erst rund ein Vierteljahrhundert Erfahrung mit biotischer Technik, die uns angeblich – also, wenn Sonntags Verfahren wirklich leisten, was sie in der Theorie können – eine Lebenserwartung von drei-, vier-, mit etwas Glück fünfhundert Jahren erlauben.«

Filipa fällt es nicht leicht, sich in eine Seele hineinzudenken, die so viel Kontrolle über die eigene Körperlichkeit kennt. Wenn Filipa etwas nicht versteht, dann ringt sie ums Verständnis. »Das ist eure Allerfleißigste«, sagt Diduk zu Aiguo, »solche Leute haben wir kaum, obwohl das doch bei uns Staatsraison ist, das Lernen und Forschen.« Aiguo erwidert: »Es gibt in der deutschen Sprache den Ausdruck ›Flucht nach vorn‹ – ich glaube, Filipa ist so eifrig, weil sie stärker noch als andere von den Härten und Schwierigkeiten getroffen wird, die entstehen, wenn man ständig mit Neuem, schwer Fassbarem konfrontiert wird. Erinnerst du dich, wie sie vor einem Jahr mal drei Monate lang überhaupt nicht mehr mit Menschen Umgang gepflegt hat, sondern nur noch auf den Aussichtsplattformen stand und sich von den Diff hat umschwirren lassen? Und wie sie dy und dx überall hingelockt hat, ins Aquarium, in den Garten, ins Kraftwerk, um das, was Diff dort sehen und hören, mit dem zu vergleichen, was ihre menschlichen Sinne ihr zeigen?«

Diduk zuckt mit den Schultern. »Sie wird eben verstanden haben, dass sie die Zeit nutzen muss, wenn sie mit den Diff zu tun haben will, damit es ihr nicht so gehen wird wie uns, für die in den drei Zonen die Diff Teil der Alltagsumwelt sind. Sie haben's ja angekündigt, dass sie sich bald ganz verabschieden werden, da hat Filipa das Maximum rausholen wollen.«

Die Diff haben erklärt, dass sie die Expedition nicht weiter als bis auf die Jupiterbahn begleiten werden.

Inzwischen ist die Kommunikation mit ihnen nur noch lückenhaft, wobei sich ein markanter Unterschied zwischen dem Verhalten der dx und der dy bemerkbar macht – dx sind selten geworden, fast verschwunden, dy dagegen noch einigermaßen aktiv. Warum sie die Bahnen der äußeren Planeten zu meiden entschlossen sind, haben sie auch auf hartnäckigste Nachfragen des Kapitäns und der führenden Forschungskader an Bord nicht erklärt, allenfalls in dunklen Andeutungen ahnen lassen – »Wir sollen da nicht gewesen sein«, erfuhr Andrej einmal, und als er zu berichtigen versuchte: »Ihr sollt da nicht sein?«, hatten die dx ihm widersprochen: »Es geht nicht um Gegenwart oder Zukunft. Es geht um die Unmöglichkeit einiger Arten von Vergangenheit für uns.«

Seit Andrej diese Rätselauskunft mit Leuten sowohl aus der Urbesatzung wie mit Dysoniki geteilt hat, gehen auf dem Schiff verschiedene Theorien darüber um, was für Gründe es für die Scheu der Diff geben mochte, von rein physikalischen (»Ich glaube, es hat etwas mit dem geschwächten Sonnenwind zu tun«, meint Andrej selbst) über politische (»Es gibt da draußen die Allianz mit den Dysoniki nicht, die das Fundament des Umgangs der Diff mit Menschen ist«, rät Diduk) bis hin zu psychologisch-kulturellen (»Sie haben einfach Bammel vor dieser Gegend«, vermutet Filipa).

Seit dem Sturm gibt es keine direkte Verbindung mehr zum Licht, und die einzige indirekte, die Filipa noch offensteht, ist der Austausch mit Andrej, den das Licht lange vor ihrer Begegnung mit dem Wunder gelesen hat, Ende der Neunziger, auf Vermittlung von Cordula Späth, ganz wie in Filipas Fall und überhaupt allen Unterrichteten, die Filipa kennt.

Seit einiger Zeit bedrängt sie den Russen, er solle das Thema auch denen gegenüber ansprechen, die davon nichts wissen: »Ob der Kapitän zum Beispiel vom Licht gelesen worden ist, das kann ich dir ja nicht sagen, und wenn du meinst, er wäre es nicht, dann …«

»Wir haben ihn nie bei den Röhren gesehen, vor dem Sturm, das war allein Cordulas Reich, diese Anlage, bevor sie zerstört wurde. Sie war oft da, ich war da, Liz war da …«

Filipas Lider zucken bei der Nennung des Namens der ehemaligen besten Freundin, den sie selbst geradezu zwanghaft vermeidet – sie spricht von »der Gefangenen«.

Liz verlässt seit dem Aufbruch von Ceres, seit Jahren also, nur noch zu seltensten Gelegenheiten das Quartier, das im ersten halben Jahr eine Arrestzelle war und danach der Ort wurde, wo sie sich freiwillig von den anderen absondert. Eine Woche nach dem Start fand eine Art Gerichtsverhandlung statt, in der Aiguo Sun »bis auf Weiteres« den Arrest anordnete, der dann nach sechs Monaten »auf unverdiente Bewährung« (Filipa) ausgesetzt wurde. Aiguo begründete den Beschluss zur Bewährung damit, »dass wir eine zu kleine Gemeinschaft sind, um jemanden dauerhaft auszuschließen und trotzdem zu ernähren. Wenn wir ihr das Recht zubilligen, unsere Ressourcen zu nutzen, dann müssen wir ihr auch Pflichten auferlegen, die mit diesem Recht zu verrechnen sind. Sie muss mit uns arbeiten, von Wartung bis Forschung, und dafür muss sie sich an Bord bewegen können. Rehabilitierung mag auf der Erde eine sozial sinnvolle Doktrin sein, hier ist sie einfach eine energetische Notwendigkeit. Wir können uns nichts anderes leisten, außer einer Hinrichtung. Das ist die Höchststrafe, alles andere läuft zwingend auf das hinaus, was du Bewährung nennst, Filipa. Die Höchststrafe wiederum hätte kein irdisches Gericht über sie verhängt, denn der mildernde Umstand der seelischen Trübung wegen des erlittenen Schmerzes wäre von jeder halbwegs ordentlichen Verteidigung geltend gemacht worden. Cordula hat an ihr ein Verbrechen begangen. Das rechtfertigt den Mord an Rada nicht, aber es beeinflusst das Strafmaß.«

Filipa schweigt jetzt trotz Augenzucken auch Andrej gegenüber, als der die ehemalige beste Freundin erwähnt und dann in der Aufzählung derer, die an Bord vor dem Sturm vom Licht wussten, fortfährt: »... dann Meinhard, du, die Chinesin, die im Sturm umgekommen ist, und die beiden Deutschen, für die das auch gilt – das sind dann doch wahrscheinlich alle, die überhaupt vom Licht wussten, an Bord der FRIES. Wie gesagt, Aiguo war nie bei den Geräten. Ich habe mal einen dummen Witz gemacht, über seinen Nachnamen, dass das auf Englisch ja Sonne heißt, und habe durchblicken lassen ... na ja. Aber er hat nicht angebissen. Was allerdings auch an seiner Art liegen kann.«

Filipa seufzt. »Tja, der rätselhafte Asiate als solcher. Was anderes: Glaubst du, dass die Dysoniki vom Licht wissen? Dass welche von denen gelesen wurden? Hat das vielleicht sogar mit der ganzen Spaltung zu tun, mit der Weiterreise von Alex Burkhard? Ich kann mir fast nicht vorstellen, dass ... also, ich glaube nicht, dass sie ... schau, die Diff können praktisch unsere Gedanken lesen, oder? Das heißt doch auch, dass ihnen klar ist, wie sich das mit den Leuten verhält ... die vom Licht gelesen wurden. Und dass sie das nicht mit den Dysoniki teilen, wenn sie's wissen, kommt mir unwahrscheinlich vor.«

Andrej widerspricht: »Du vereinfachst, wenn du sagst: Gedanken lesen. Sie haben nicht beliebigen Zugriff auf unsere Erinnerungen. Wir haben ja alle mehr oder weniger experimentiert damit, Kommunikation, das Hin und Her mit ihnen, um rauszukriegen, was wissen sie, was hören und sehen und ... gut, für diese zusätzlichen Sinne fehlt mir ja bereits das Vokabular, aber sagen wir doch mal ...«

Filipa nickt. »Ich weiß, was du meinst. Ich hab auch damit gespielt ... es ist, als ob sie nur ... wenn wir sozusagen das Wort nicht direkt an sie richten, wird es für sie verschwommen ... man kann ja sogar, während man im Kopf mit ihnen redet, was denken, was sie nur vage mitkriegen. Es ist wie beim Reden, nur dass man nicht redet. Ich dachte erst, vielleicht spielen sie das auch nur, vielleicht machen sie uns … jedenfalls mir … das nur vor, um mich irgendwie in Sicherheit zu wiegen oder so, aber dann gab es Verständnisprobleme, die haben sich … ich hab das vor allem mit dx erlebt, dass sie irgendeinen Satz nicht ganz verstehen, weil ich zwar an was gedacht habe, aber sozusagen nur teilweise an die dx dabei, teilweise als … und das, was ich mir dann sozusagen nur bei mir selbst, für mich selbst gedacht habe, das kriegen sie nicht mit.«

»Der Vorgang ist strukturerhaltend im Hinblick auf die operative Geschlossenheit des Bewusstseins, wie beim TS.« Er drückt es so präzise aus wie möglich. Filipa bestätigt, etwas freier: »Man lernt das dann im Umgang mit ihnen, so mit der Zeit, was sie hören und was nicht, wie man flüstert, schreit oder was für sich behält. Und insofern hast du recht, sie wissen vielleicht wenig vom Licht, jedenfalls von mir. Und wenn niemand mit ihnen drüber ausdrücklich geredet hat, keine Cordula … tja. Trotzdem, und von den Diff mal abgesehen, wir könnten uns das ganze Heimlichtun sparen, wenn es alle auf dem Schiff wüssten, es wäre ja dann auch mehr so ein abstraktes Wissen, es hat ja keine …«

»Keine operativen Folgen, weil es keine Verbindung zum Licht gibt. Zur Insel. Keine Röhren«, sagt Andrej und setzt nachdenklich hinzu: »Ich wäre mir allerdings nicht so sicher, dass die … Enthüllung nur nützliche und erfreuliche Folgen hätte. Leute tun sich nicht immer leicht mit Informationen, die sie zwingen, ihren ganzen Kontext für Informationen überhaupt zu ändern. Es gibt Menschen, die damit so schlecht zurechtkommen, dass sie … aussteigen.«

Filipa weiß, wen er meint, er muss es nicht sagen: Zu den etwa siebzig Leuten, die zu Beginn dieser neuen Etappe der Reise den metabolisch verlangsamten Schlaf gewählt haben, gehört auch Christian Winseck.

Im Gegensatz zu den anderen Schlafenden, die für ihre Entscheidung Gründe wie »ich möchte noch frisch und jung sein, wenn wir ankommen« oder »ich will die ökologischen Kreisläufe auf dem Schiff entlasten« angegeben haben, hat er der alten Späth-Kerngruppe bei einem Abendessen im Restaurant erklärt: »Ihr wundert euch vielleicht über die Hot Toddys. Ich hab unsere liebe Jianying« (das Barmixergenie an Bord, das die Reise mit der FRIES als junges Mädchen, noch jünger als Filipa, begonnen hatte) »gebeten, uns welche zu machen. Wir haben diesen Drink mit Cordula getrunken, immer dann, wenn jemand von uns in die Kältekammer unterwegs war. Ich hab's heute für uns alle bestellt, weil ich mich in die Kammer legen will. Ich kann nicht ... nein, das ist falsch: Ich kann schon, aber ich will euch nicht im Einzelnen erzählen, was mich dazu bewegt. Ich will schlafen, bis wir bei der EOLOMEA ankommen. Ich will ... ihr seid hier so was wie meine zweite Familie geworden – ja, lach nur, Filipa, aber eigentlich seid ihr sogar meine dritte. Die erste, the famous Winsecks of North Carolina, formerly of Germany, well ... it's quite obvious. Die zweite dann, das war mein Vater im Wiesental, in Südbaden. Und jetzt ihr. Ihr seid die Leute, denen ich am meisten vertraue. Wir hängen hier alle voneinander so sehr ab, dass man das mit normalen sozialen Bindungen auf der Erde gar nicht vergleichen kann. Wir gegen das All. Aber nicht mal euch werde ich alles erzählen, was Cordula mir gesagt hat – über die Mission. Na ... ich bin ein Botschafter, ich soll der Frau eine Mitteilung von der Chefin überbringen. Das hat sie mir erzählt, und die Mitteilung hat sie mir erzählt, und dann hat sie mir noch ein paar Einzelheiten über die Hintergründe erzählt, von denen einige von euch schon lange alles wissen, lange vor mir jedenfalls. Und das ist jetzt so ein Punkt ... look, mein Vertrauen zu euch ist nicht kleiner geworden, nur weil ich weiß, dass ihr ... oder einige von euch ... mich über einiges im Dunkeln gelassen haben ... habt ... was mich angeht, was mich persönlich betrifft. Ich bin nicht beleidigt. Aber die Gedanken jagen sich in mir, wenn ich darüber nachdenke, dass wir von ihr unterschiedlich gut unterrichtet wurden, dass sie diesen Zustand die ganzen Jahre zwischen Erde und Asteroiden erfolgreich aufrechterhalten konnte, dass sie uns gut genug vorausberechnen konnte, um sich sicher zu fühlen dabei, dass sie davon ausgehen konnte, dass nicht jemandem mal was rausrutscht, obwohl es doch unter uns sogar Liebesbeziehungen gab ... und dann denke ich an ihre Hinterhältigkeit überhaupt, an ihren Deal erst mit Jepen, dann mit Diduk und Baklanow, und dass Liz zwar furchtbare Scheiße gebaut hat, dass ich aber die Wut über den Betrug verstehe. Dann frage ich mich: Will Cordula jetzt, wo sie zurückbleibt, dass wir offener miteinander sind als vorher, hat sie das Spiel aufgegeben, oder ist es eine neue Runde? Sie hat mir etwas ... verraten, zum Beispiel, über die ... Texte, die ich zu entschlüsseln versucht habe, die Texte, die mich seit Jahren begleiten und mir das Hirn ... Die Wahrheit über die Texte, die mir Cordula da in diesem Krankenhaus auf Ceres erzählt hat, soll ich die ... mit euch teilen? Will sie das, oder will sie das gerade nicht? Gedanken jagen sich ... das bedeutet: Ich frage mich, wenn ich mich so was frage, sofort auch, warum ich mich das frage, ich meine, warum ist es mir nicht egal, was die von mir und uns will, sie hat mich schließlich betrogen, hinters Licht geführt, manipuliert, was schulde ich ihr denn noch, und trotzdem ... ja, und über all das nachzudenken, das macht mich so ohnmächtig wütend und gleichzeitig so erschöpft und ... ich muss da raus, versteht ihr? Wenn wir beim Neptun ankommen, dann kann ich was tun. Dann muss ich was tun. Und deshalb möchte ich bis dahin ... ausgeschaltet sein wie eine Lampe, die so überanstrengt glüht, dass sie Angst hat, sie könnte jeden Moment durchbrennen. Versteht ihr?«

Sie sagen, dass sie's verstehen. Das stimmt auch, aber Filipa nimmt es schwer, dass sie auf der weiteren Reise zwei Leute, Christian und Liz, entbehren muss, deren Denken und Fühlen sie versteht, während diese Reise sie mit so vielen Herausforderungen konfrontiert, bei denen Empathie und Phantasie nicht ausreichen.

Wie ist es, Diff zu sein, wie ist es, Taisa zu sein?

So schwer es für Filipa ist, sich vorzustellen, sie wäre Taisa, so wenig muss sie raten, was die Frau ohne Mund gerade denkt, während ihre Augen durch die Panoramascheibe die Riesenwetterwelt betrachten. Die Verbindung zwischen Filipa und Taisa sitzt in Filipas Hinterkopf. Aber da spürt sie nicht, was Taisa ihr sendet, sondern an einer Art besonderem Ort in der diffusen Ichsphäre, von dem sie vor der Aktivierung dieser Verbindung nicht einmal wusste, dass es ihn gibt – so, wie Leute selten denken, sie dächten »im Kopf«, hat Filipa, wenn Taisas Daten von ihr empfangen, entschlüsselt, verarbeitet, erlebt werden, zu allen ihren sonstigen Wahrnehmungen hinzu, Gesichtssinn, Gehör und so weiter, nicht das Gefühl, das käme »von rechts«, wo die Frau ohne Mund steht. Stattdessen erreicht es sie, wie sie sagt, »irgendwie von oben, wie eine Lichtquelle, die den ganzen Denkraum färbt«.

Faszinierend findet Filipa, dass diese Daten, oft nackte, kalte Fakten, die sie, ähnlich den Propositionen der Diff, gewissermaßen zugleich hört und liest, im Gegensatz zu Diff-Äußerungen eine Art Tonfall oder eine Schrifttypographie (kursiv? fett? unterstrichen?) aufzuweisen scheinen, etwas wie Vortragsbezeichnungen, ein Empfinden dafür, wie sich das, was Taisa da sendet, für Taisa selbst anfühlt.

Jetzt gerade zum Beispiel gibt sie weiter, was sie sieht, wenn sie den Jupiter betrachtet, eine Mischung aus Augenwahrnehmung und Informationen, die sie in Echtzeit von den Sonden empfängt, die sie gemeinsam mit Andrej programmiert hat, und dass sie das, was sie da wahrnimmt, begeistert.

Ein Sinnkonzert: das rote Auge, das weiße Oval, die rotierenden Wolken, auf der Nordhalbkugel im Uhrzeigersinn, auf der Südhalbkugel gegenläufig, dazu Taisas Ahnung, das sei ein

Hinweis auf Regionen interessanter Druckunterschiede, das Augenmerk auf Windmuster, die Taisa, spürt Filipa, ohne dass jene es in Worte fassen würde, für wichtiger und fürs Verständnis des Gasriesen grundlegender hält als die hellen Zonen und dunklen Gürtel, das Ergriffensein von den ungeheuren Blitzen in der Nähe der Wolkengipfel, die Radiowellen, die von diesen Blitzungeheuern ausgehen und Taisas Nerven zum Singen bringen, weil sie diese Wellen als moduliertes Pfeifen erlebt, dann der Geschmack von Acetylen und Ethan, die sichtbaren und ultravioletten, für Taisa also ebenfalls sichtbaren Lichterscheinungen auf der Nachtseite des Gestirns, endlich die Musik der Echos der Sonden im feinen Gespinst der Ringe um den Planeten, vor allem dem Äquatorring, zwischen 51000 und 57000 Kilometer von den Wolkendächern entfernt, samt seinem geisterhaften Ableger, der sich bis zur Umlaufbahn des schönen Mondes Amalthea erstreckt. Überhaupt die Monde: das fischähnliche Gesicht von Io, die Bruchlinien von Europa, der majestätische Körper Ganymed, größter Planetensatellit im ganzen Sonnensystem; jetzt das Umschalten, das Hinübergleiten von Taisas Aufmerksamkeit vom Sichtbaren zum Unsichtbaren, für ihre höher entwickelten Sinne aber ganz genauso scheinunmittelbar Wirklichen, dem Magnetfeld Jupiters etwa oder dem elektrischen Strom von mehreren Millionen Ampere entlang der magnetischen Fluxröhre, die Jupiter mit Io verbindet.

Filipa erlebt das mit und sieht unterdessen anderes selbst, für sich, bei sich: den polaren Scheinfrieden des Riesenplaneten, darunter temperierte Bänder wie Verzierungen auf einer Christbaumkugel, hyperatmosphärische Äquatorflüsse, immer wieder den hypnotischen großen roten Fleck. »Sturm. Das alles ist Sturm«, sagt Andrej mit trockenem Mund, »eine … blitzerne Welt.«

Filipa sagt: »Schönes Wort. Blitzern. Hast du das grad erfunden?«

»Ich … meine …«, erwidert er halblaut wie im Traum, »ich hätte das in … einem Buch gelesen.«

Er sucht danach wochenlang die Quelle. Er blättert jedes der Bücher durch, die er auf dieser Reise in der Hand gehalten hat, fast alle, die es an Bord noch gibt.

Aber er findet das Wort weder bei Loerke noch bei Arno Schmidt, wo er es zunächst vermutet, und als ihm schließlich einfällt, es könnte bei Hans Henny Jahnn gestanden haben, ist kein Buch von Jahnn da.

»Es muss bei den andern geblieben sein. Auf Ceres. Bei Cordula«, sagt Aiguo sanft, dem der Physiker dem Kapitän seine Irritation darüber klagt, dass er »ganz sicher« gewesen sei, »es hat in dem Jahnn gestanden, und wir hatten doch mindestens drei Bücher von Jahnn auf der FRIES … Auf der FIRAT.«

Das Schiff heißt nicht mehr nach der Heinlein-Heldin.

»Und HEINLEIN wird's nie mehr heißen können. Der war zu sehr Marinesoldat, als dass sein Name noch zu einer Mission passt, deren militärischer Arm zerbrochen wurde«, hat Cordula ihrem Freund Aiguo vor dem Abflug erklärt. »Aber es ist eine schöne Tradition hier draußen, dass man die Schiffe umbenennt, wenn eine neue Etappe der Reise ansteht – so, wie Alex Burkhard uns das vorgemacht hat mit ihrer EOLOMEA. Also, lasst euch einen neuen Namen einfallen.«

Diesem Wunsch sind Aiguo und Andrej nachgekommen, mit einem Namen aus der Literatur:

»Firat« heißt ein Mädchen in einer Weltraumerzählung der sowjetischen Autorin Olga Larionowa, ein Kind, das, wie es bei der Dichterin heißt, »alle zehn Sprachen der Sterne« spricht und einem sozialistischen Astronauten »am Meer« begegnet, »da, wo die Welt zu Ende ist«.

Der wichtigste Unterschied zwischen der neuen FIRAT und der alten FRIES ist »die verbesserte Kohäsion« der kleinen Gemeinschaft an Bord, wie Aiguo das nennt. Filipa sagt: »Seit die Dysoniki dabei sind, machen wir alle viel mehr miteinander als früher, mehr Feste und Lesungen und Diskussionsveranstaltungen und Tutoriale, auch Spiele, zum Beispiel Mannschaftssportarten in den Sälen, auch wenn Basketball und Volleyball gegen manche Kinder mit ihren irren Tentakeln und einige von den Dysoniki mit ihren Zusatzarmen und Extrabeinen extrem unfair laufen. Aber sogar das Engagement für den Garten ist größer. Liz lässt sich nicht blicken, selber schuld, dass ihr das entgeht.«

Die Lust am Messerwerfen und Äxteschwingen hat Filipa wegen Liz verloren und nimmt ihr das nach wie vor übel. Sie hat sie deshalb auch schon acht Monate nicht mehr in ihrem selbstgewählten Gefängnis im Schiffsheck besucht, als sie eines Abends im Restaurant durch Zufall am Nebentisch Teile eines Gespräch zwischen Aiguo und Diduk mitanhört, bei dem es um »Problemfälle« inmitten der von Aiguo sonst so positiv eingeschätzten Gesellschaft auf der FIRAT geht – um einen Säufer, eine schwangere Frau mit medizinisch-psychologischen Komplikationen (ihr Kind wäre, käme es zur Welt, das achte an Bord), schließlich aber um Liz und die Frage – so Aiguo –, »wie wir verhindern, dass ihre Zurückgezogenheit allmählich von Leuten als unverdientes Privileg wahrgenommen wird statt als Strafe«.

»Ich kann dazu eigentlich wenig sagen«, erwidert Semjon Diduk, dessen Umsicht und Gewissenhaftigkeit Filipa sehr schätzt. »Wenn ich irgendeine Härte gegen sie fordern würde, könnten mir diejenigen, die zu … wie sagst du? Unbehagen … diejenigen, die zu Unbehagen neigen, würden mir unterstellen, dass ich mich als Dysonik immer noch an ihr rächen will.«

»Das verstehe ich«, sagt Aiguo, »aber wir werden um Härten, wie du es nennst, gegen Liz nicht herumkommen, sonst sieht es eben doch so aus, als würden wir ihr, wie sagt man …«

»Eine Extrawurst braten?«, schlägt Diduk in zweifelndem Ton vor, und Aiguo nickt: »Ja. Und das wäre nicht gut. Die Härten musst du weder anordnen noch dir ausdenken, da fällt kein Schatten auf dich, das mache alles ich. Aber du hast Verstand, du hast Augenmaß, du hast Autorität bei deinen Leuten. Deshalb möchte ich die Idee, zu der ich mich gerade hinarbeite, mit dir besprechen, bevor ich sie umsetze, denn es ist keine ganz … harmlose Idee.«

Filipa, die alleine an der Bar einen Kaffee trinkt, merkt auf. Die Idee, die Aiguo seinem Führungskollegen dann darlegt, ohne sich um die Lauscherin zu kümmern, von der er durchaus mitbekommen hat, dass sie lauscht, ist so drastisch, dass Filipa bei allem anhaltenden Groll auf Liz doch Zweifel kommen, ob die Mörderin so etwas verdient hat. Filipa fällt auf, dass Aiguo zwar in Zimmerlautstärke redet, sich aber außer ihr noch mindestens drei Personen in Hörweite aufhalten, was bei einem Strategen wie dem Chinesen keine Nachlässigkeit sein kann. Er nimmt in Kauf, nein: Er will wohl sogar erreichen, dass hier ein Gerücht entsteht, dass sein Plan sich herumspricht.

Als Semjon Diduk mit seiner Erwiderung beginnt (»Ich sehe, was dir vorschwebt, aber du musst bedenken …«), steht Filipa auf und geht.

Eine gute Stunde eilt und schwebt sie durch Korridore und Reifen, bevor ihr klarwird, dass sie kein Ziel hat. Sie nähert sich dem Aquarium und merkt, dass ihr nicht nach Schwimmen ist. Sie strebt aufwärts in einer der Radspeichen des Farmreifens, dann wieder abwärts, weil sie auch nichts Landwirtschaftliches tun möchte, und gibt sich schließlich geschlagen: »Na gut. Scheiße. Blöde Ziege.«

Das zischt sie laut genug, dass zwei Mechanikerinnen, die sie dabei passiert, erst zusammenzucken, sich dann nach ihr umblicken und schließlich zu tuscheln beginnen, während Filipa sich auf den Vierzig-Minuten-Weg zum Schiffsheck macht, um die »blöde Ziege« zu stellen.

Sie erinnert sich an ihren ersten Besuch dort; sogar ein müder Wachposten, der penetrant auf einem der geschmacklosen medizinischen Kaugummis herumkaute, die Filipa seit dem Start von der Erde eisern verschmäht, lungerte mit Kopfhörstöpseln im Ohr vor der Luke herum und hörte Rumpelmusik, die Filipa nicht kannte, mit einem Sänger, der gurgelte und röchelte, statt zu singen.

Jetzt ist kein Wächter mehr da. Aber die Luke bleibt verschlossen, als Filipa versucht, sie durch Drüberwischen am Adressierfeld zu öffnen.

Sie ärgert sich, dass sie hergekommen ist, überlegt einen Augenblick, ob sie wieder fortsoll, dann nimmt ihr ihre eigene rechte Hand die Entscheidung ab, formt eine Faust und haut dreimal kurz, aber bestimmt gegen die Tür. Das erzeugt ein dumpfes, metallisches Krachen, vor dem sie selbst erschrickt, weil es sich durchs Metall des ganzen Schiffes fortzupflanzen scheint. Im Sichtfeld erscheint ein schwarzweißes Bild.

Es ist Liz, kahlköpfig und ungeschminkt. Sie sieht alt aus und geschlechtslos.

Sie sagt: »Was willst du?«

Filipa muss lachen: »Was? Zucker und Mehl leihen will ich, wir sind ja Nachbarinnen.«

Das Feld wird schwarz, die Türsicherung zischt.

Als Filipa den Versuch wiederholt, die Luke zu öffnen, geht das jetzt leicht. Am Rahmen der Tür zieht sich die Besucherin in den Raum und prustet ungläubig, als sie die Kabinenaufteilung sieht: Die Trennscheibe, die auch bei ihrem letzten Besuch den bewohnten Teil des Raums mit Konsole, Schrankfächern, Bett, Spiegel, Sessel mit Anschnallgurten und Nasszelle von einer Art Vorfläche schied, in der man sich auf einem mäßig gepolsterten blauen Stuhl mit Armlehnen festschnallen kann, wenn es etwas zu fragen gibt, ist immer noch da, aber auf der von Filipa aus gesehen rechten Seite dieser Scheibe gibt es jetzt eine etwa einen halben Meter breite Lücke, durch die Liz wahrscheinlich in ihren Lebensbereich und wieder hinausschlüpft.

Man hat die Scheibe, die auf Kopfhöhe derjenigen, die auf den beiden Sitzgelegenheiten fixiert sind, von einem Kreis mit mehreren Schall- und Atemluftlöchern durchlöchert ist, also scheinbar ein Stückchen beiseitegeschoben, in die Wand, was natürlich nicht sein kann, denn in jener Wand ist nur ein kleiner Fassungsknick, weshalb Filipa annimmt, dass das fehlende Stück Plastikglas einfach herausgeschnitten wurde – absurd, denkt sie, da hätte man doch wirklich gleich die ganze Scheibe rausnehmen können.

Es ist ein abwegig trotziges Sinnbild für den grotesken Zustand, in dem Liz hier lebt: als Einsperrvorrichtung ineffektiv, aber doch beschwerlich.

Liz sitzt auf ihrem Häftlingsstuhl, Filipa hebt die Brauen, stützt sich oben gegen die Decke und sagt mit einem Seitenblick auf den blauen, schäbigen Polizeisessel: »Und ich muss diese Scheiße mitspielen jetzt, ja? Obwohl du es ausschließlich selber bist, die sich hier einsperrt und dann sogar trotzdem zur Arbeit geht? Wie's ihr passt? Die Leute hier tun dir nichts. Du tust ihnen was. Seit den Asteroiden ist das so. Du hast deine Freunde verraten. Mindestens genauso schlimm, wie Cordula uns verraten hat.«

Liz weicht ihrem Blick nicht aus: »Freunde, eh? So … where've you been at, girlfriend? You could have come here any time. Beim Arbeiten … Hat dich das Mühe gekostet, nie irgendwo zugeteilt zu werden, wo ich auftauchen könnte? Du wolltest keinen Ärger mit dieser Gemeinschaft hier. Also sind es die Regeln dieser Gemeinschaft, also ist es diese Gemeinschaft, was mich ausschließt. Doch, die Leute hier tun mir was. And by doing what I am doing, indem ich hierbleibe und mich nicht … bewerbe … um Milde, sage ich, dass ich das akzeptiere. I might not entirely respect the way you people go about it. But I accept it. My punishment. I accept it.«

Filipa schnaubt noch einmal höhnisch, dann stößt sie sich mit sanftem Nachdruck von der Decke ab, gleitet zum Stuhl, klettert tatsächlich hinein, schnallt sich sogar an. Als sie leidlich fest sitzt, schaut sie Liz wieder direkt ins Gesicht und sagt: »Ich will dir mal was sagen, Liz: Buße und Sühne sind keine Selbstbedienungsläden. Du müsstest das tun, was du betteln nennst, wenn du wirklich zeigen wolltest, dass du bereust, was du getan hast.«

Liz zuckt kaum merklich mit den Schultern und sagt aufreizend schlaff: »What's my ... motivation for that? Reue ... ist eine Privatangelegenheit, ein ... a state of mind. Das geht die Gemeinschaft nichts an. Was du meinst, Reue zeigen, das ist eine öffentliche Sache. Das macht man, wenn man mit der Gemeinschaft was zu tun haben will. I do not.«

»Wegen der Dysoniki? Wegen der Kinder? Bist du Rassistin jetzt? Du hast dich echt beschissen entwickelt seit der chinesischen Wüste.«

Filipa schimpft mit ruhiger Stimme. Liz bleibt unbeeindruckt: »Das könnte ich dich genauso fragen. You used to have a pretty sharp mind. What happened to you? Join a church? Rassistin ... if I were anything like that at all, I'd be speciesist, not racist. Diese ... Kinder sind keine Menschen. Und die Leute hier werden auch keine mehr sein, wenn wir am Neptun ankommen. Es geht schon los – the little things, modifications ... ich sehe, du hast diese Augen. You can see overlays, right? You don't need ... Schnittstellen mit den Computern, true?« Filipa sagt: »Ja, wir haben angefangen, einige der Modifikationen der Dysoniki zu übernehmen. Aber dass du jetzt neuerdings gegen Technik bist ...«

Liz lässt sie nicht ausreden: »Und das Ding, the little telephone so the kids can talk to you in their own special language, and you can talk to them ... das hast du auch? Ich will als Mensch leben. That's my choice.«

»Du denkst, Taisa und Ines und Thuja sind keine Menschen? Wo setzt du die Grenze? Laserbehandlung von Kurzsichtigkeit? Zahnreparatur? Herzschrittmacher? Hörgeräte? Brillen?

Der Mensch ist was, das sich verändern kann. Ich dachte, du weißt das. Du bist ... weißt du was, mir wird das gerade erst klar, was das heißt, dass du gegen die Kinder hetzt und ...« Wieder unterbricht Liz sie: »Die Kinder. Yeah. What a sweet name. Es ist politisch, ja, was ich sage, aber es geht mir gar nicht um den stuff mit den enhancements und changes und all das. Es geht mir um die Übernahme des Schiffes durch Diduk and company. Um die Dysoniki: Sie haben unser Schiff zu ihrem Schiff gemacht. Was that what Cordula Späth had in mind all along? Den Sowjets ein Schiff schenken, das sie selbst nicht bauen konnten oder wollten? Those terms we're using to argue ... worüber du und ich hier streiten, Rasse, Spezies ... it's meaningless. Sie hat das immer behauptet: Hier draußen sind die menschengemachten Sachen unwichtig, hier geht es nicht um Politik, hier geht es nur um die Naturgesetze. The opposite is true. On this ship, everything is politics. Die Luft zum Atmen, die Ernährung, Bewegung, Schwerkraft oder nicht. Politik. Und mein Unglück ist, mit der besonderen Politik, with the political choices it's offering ... I want nothing to do with any of it. So don't be such a hypocrite. All you want is for me to join this political party you joined. Diese Partei hat Fraktionen, und dann kann ich mit euch allen so tun, als gäbe es Alternativen und Entscheidungen. Aber es ist eine Einheitspartei. It's communism. And I don't like communism. Communism killed my husband.«

Filipa löst den ersten ihrer zwei Gurte, während sie sagt: »Okay, du hast alles rausgekriegt, du weißt Bescheid, du hast deinen paranoiden Monolog beisammen. Der Rest ist Suppe und Brot aus dem Dispenser. Du musst nicht mal ins Restaurant. Aber eine kleine Korrektur hab ich für dein Weltbild doch noch. Politik, okay. Ich habe hier an Bord was gelernt, über Politik, was ich auf der Erde nicht wusste.«

Sie löst den zweiten Gurt, stößt sich aber noch nicht ab und sagt: »Kaum zwanzig war ich, und, na ja, einmal hab ich gewählt, ein einziges Mal. Die Kanzlerin Merkel übrigens, CDU. Wieso? Weiß nicht, ich mochte die Merkel. Und meine Oma mochte Stalin. Mögen, okay? Mehr hab ich mir dabei nicht gedacht. Aber ... aber die Leute, die sich für Politik interessiert haben, von den Chaoten, die in Hamburg Autos anzünden, wenn ein G-20-Gipfel passiert, bis zur Kanzlerin, das waren für mich Leute, die ... ich hatte von denen das Bild: Politisch heißt, man hat Ideen und Überzeugungen, und dann handelt man danach. Und mir war das immer ein bisschen unheimlich, weil ich dachte: Man muss doch nach der eigenen Auffassung einer Sache, einer Situation handeln, nach dem Gewissen oder dem freien Willen oder so was, und nicht nach einer Liste von ... einem Programm, verstehst du?«

Liz sieht befremdet aus. Filipa sagt: »Aber hier auf dem Schiff, und bei den Asteroiden, ist mir klargeworden, so läuft das gar nicht. Politisches Verhalten heißt eben nicht, man hat ein Programm, und nach dem handelt man statt nach den eigenen Gedanken und Vorlieben und Wünschen und dem eigenen Gewissen. Die Wahrheit ist: Die Leute machen irgendwas, nach ihrem Kopf, ihren Vorlieben, Wünschen und Trieben, und nur das Gewissen wird vernachlässigt – das halten sie mit ihren Programmen und Überzeugungen in Schach, weil das stört, beim Einfach-so-irgendwas-Machen. Und der Witz ist«, sie stößt sich ab, schaut Liz dabei aber weiterhin an, »dass das nicht nur das Verhalten all der politischen Leute hier und auf den Asteroiden beschreibt, sondern auch deins. Du wolltest dich rächen, und jetzt bastelst du dir eine Theorie über die Sowjets und Kommunismus und weiß Gott was zusammen, damit du damit leben kannst, dass du eine unschuldige Person umgebracht und ein Riesenprojekt, das Hunderte anderer betrifft, fast vom Gleis geschmissen hast. Also: Du passt da ganz genau rein, in diese Politik, die du so verabscheust.«

Liz schnallt sich ebenfalls los und sagt kühl: »I'm sorry you feel that way.«

Nein, denkt Filipa, während sie sich abwendet, nach dem Türrahmen greift und sich dann hinauszieht. Es tut dir gar nichts leid. Aber wahrscheinlich wird es das, wenn dich die Strafe trifft, die sich Aiguo gerade ausgedacht hat. Filipa ist bitter froh, dass sie Liz nicht erzählt hat, was sie darüber weiß.

2 | Großer Sprung nach vorn

Christian erwacht von Schritten, die keine sind: Trapptrapptrapptrapp, trapptrapp.

Als er versteht, dass es sich dabei um seinen Herzschlag handelt, ist er schon bei sich, kann sogar die Arme und Hände und Finger bewegen und sich die Schaumstoffpfropfen selbst aus den Ohren ziehen, die seine Gehörgänge verstopfen.

Christian richtet sich auf. Es ist beschwerlich. Damit hat er gerechnet, denkt er, dann fragt er sich: Wann habe ich damit gerechnet? Wie lange ist es her? Die transparente Klappe über seiner Liegestatt steht schräg von ihr ab. Der Raum ist grünlichweißlich erleuchtet.

Christian fällt etwas ein, Text, deutsch:

In dem Bett aus dem ich herkam
Liegt es sich immer noch unbequem und einsam

Woher hab ich das?

Wann? Christian steigt aus der Schlafwanne. Während er das tut, nimmt er erleichtert wahr, dass die Maschinenfürsorge, die in Kammern wie dieser damit betraut ist, Sicherheit und Wohlergehen der Schlafenden zu gewährleisten, bereits alles erledigt hat, was beim Erwachen nottut: Die Zugänge sind aus Armen und Beinen entfernt und Christians Muskeln hinreichend schwachelektrisch stimuliert worden, dass nicht jeder davon wehtut, wenn er sich bewegt. Ihm ist weder zu warm noch zu kalt, und in einer Plastikhülle warten zwischen zwei Halteklammerteilen an der Wand Unterwäsche sowie ein grüner Overall darauf, dass er sie herausnimmt und sich anzieht.

Während er das tut, dämmert ihm, dass er etwas zunächst nicht vermisst hat, das unbedingt zu seinem Erwachen gehören müsste und nicht von den Maschinen in der Decke erledigt werden kann: Menschen hätten ihn begrüßen sollen. Wo sind sie?

Er sieht keine, wenn er sich umschaut im Raum, der ihm falsch vorkommt. Was stimmt nicht? Der Raum ist kleiner, anders. Als was? Christian horcht, er dreht den Kopf, nach links, nach rechts, senkt ihn, legt ihn in den Nacken, schließt die Augen, nein, auch zu hören ist niemand. Gut, die Tür dürfte sehr dick sein, weil die allgemeine Temperatur rund um diese Schlafwannen … bei dem Gedanken stutzt Christian erneut, sieht sich um, bewusst jetzt, klarer als eben: Seine Wanne ist die einzige im Raum, und der Raum ist höchstens ein Zehntel so groß wie der, in dem er sich hingelegt hat, vor wie viel Zeit auch immer – da waren zwanzig Wannen gewesen, nicht?

Eine. Nur eine. In einem Räumchen, einer – ihm fällt das Wort »Abstellkammer« ein, und er muss fast lachen, ist aber auch entsetzt und greift ohne weitere Überlegung seitwärts halb hinter sich, nach einer der schlaufenförmig gebogenen Stangen an vielen Wänden im Schiff, die Aiguo gegen Cordulas Protest (»Da haut sich jemand den Schädel dran«) nach der Marspassage überall hat anbringen lassen, »damit man leichter vorankommt, zum Sichweiterziehen«. Jetzt beugt Christian den Ellenbogen des Arms, der an der Schlaufe hängt, und lässt sie los. Das wirft ihn durch die Luft, zur Türe, nach deren Griff er die Hand ausstreckt. Aber da ist kein Griff, nur ein graues Feld. Es sieht nicht aus wie ein Bildschirm oder eine Tastfläche, ist aber ungefähr so groß wie Christians Hand. Er berührt es, auch, um nicht gegen die Tür zu prallen, dann stellt er sich mit den Füßen und unter standentsprechender Beinmuskelspannung in den Türrahmen und lässt das Feld los, auf dem, es ist also doch ein Schirm, ein paar Zeichen erscheinen, drei von oben nach unten, drei von links nach rechts, eine Kreuzform. Er kennt die Zeichen nicht. Sind das stilisierte Zahlen zwischen eins und sechs? Buchstaben in gewagter Typographie? Nicht Chinesisch, nicht Latein. Oder doch ein bisschen Chinesisch?

»Fuck, how am I supposed to …« Seine Stimme klingt dünn, dabei heiser, wie tagelang durch Schreien zerrüttet, da nimmt er sich, so gut er kann, zusammen und sagt etwas lauter, klarer: »Die Tür hätte ich gerne auf. Wie soll ich die öffnen?«, als könnten ihn wenigstens die Diff hören. Die Tür öffnet sich. Christian grinst schief, wie man grinst, wenn etwas zugleich leicht peinlich und witzig ist. Die Scheibe, die von ihren Schienenscharnieren hinter den Raum auf den Korridor gezogen wird und dort zur Seite gleitet, scheint dünner als die Türen, die er gewohnt ist. Diese kleine Abweichung vom Vertrauten bemerkt er gar nicht recht, weil er, als er sich am Rahmen hinauszieht, verdutzt erkennen muss, dass der Korridor ihm zwei weitere große Überraschungen beschert: Fenster und Stränge.

Die Stränge verdecken die Fenster ein wenig. Sie gleichen etwa dreifach armdicken Kabelbündeln, weiß, bläulich auch, und hängen nicht sehr straff am Rand der Röhre. Oben welche, unten welche. Einmal, an der leichten Biegung direkt voraus (die Christians verunsicherter Orientierungssinn als »aufwärts« empfindet), sind zwei obere und ein unterer Strang in einem Querbündel miteinander verbunden, in einer Y-Form so dick wie ein Menschenarm.

Das Ganze scheint zusätzlich zu den Christian bekannten Leuchtplatten am Röhrenrand von Eigenlicht erleuchtet. Das ist eine dezente Lumineszenz, die, wenn Christian, der deshalb blinzeln muss, sich nicht gänzlich irrt, an der Y-Verbindungsstelle auch ein bisschen schuppt oder flockt, in kleinen, etwa daumennagelgroßen Plättchen, die an jenem Knotenpunkt von den Strängen abfallen, ein paar Zentimeter links und rechts, oben und unten von den Dingern wegschweben und dann – ja, was? Erlöschen? Zu nichts zerfallen?

Christian schluckt trocken, etwas schmerzhaft, und denkt: Gut, dass diese Stränge nicht rot sind oder braun, nicht feucht vor allem. Sonst sähen sie wie Adern aus.

Sowenig die Stränge Adern gleichen, so deutlich regt sich jetzt eine fast genauso unangenehme andere Assoziation: Nervensystem, Ganglien – das Y sieht aus wie eine Biege vor einer Wurzel oder ein Grenzstrang. Andere Abschnitte, in der Richtung, die Christian für sich als »hinten« bestimmt, gleichen einem Plexusgeflechtsabschnitt, vielleicht am Hals, an den Lenden, am Arm – das Schiff als Organismus, denkt Christian mit einem leichten Anflug von Übelkeit. Sie haben es zum Lebewesen umgebaut und dabei offenbar nicht bedacht, dass die normale Klaustrophobie so noch einen zusätzlich abscheulichen Zug ins Morbide kriegt, denn wer will schon in den Eingeweiden eines Lebewesens wohnen, außer ein Symbiont oder ein Parasit? Christian schiebt den Gedanken weg, so gut es geht, und stößt sich von der Außenwand der Kammer, in der er zu sich gekommen ist, mit beiden Beinen so ab, dass er dem ersten der Längsfenster entgegendriftet, die wenigstens geeignet sind, das Eingesperrte an seiner Lage etwas zu relativieren: Man kann jetzt rausgucken.

Er gibt sich Mühe, keinen der Stränge zu berühren, was gar nicht so einfach ist. Beugebewegungen, Streckbewegungen und leichte Torsionen im Schwebeflug verlangen ihm feinste Koordination der Gliedmaßen ab, eine der von Aiguo angeordneten Stangenschlaufen direkt überm ersten der etwa sechzig Zentimeter breiten, etwa anderthalb Meter langen Fenster rettet ihn schließlich, nach der greift er, zu der zieht er sich, dann stabilisiert er seine Position, stellt einen Fuß unter dem Fenster gegen die Wandung und schaut hinaus.

Mehr Sterne, als er gewohnt ist … stimmt das?

Ist das hier überhaupt sein Schiff, ist das die FRIES, die er kennt, auf der er sieben wache Jahre lang gelebt, gearbeitet hat? Eine Bewegung relativ zum Sternenhintergrund ist nicht zu erkennen, aber wenigstens das kennt er schon, vom langen Weg zwischen Erde und Asteroidengürtel her.

Wenn er sich noch auf der FRIES befindet, dann hat man ihn nicht nur aus dem alten Schlafsaal an einen neuen Ort verbracht, sondern das Schiff auch umgebaut, mittels Technik, die er weder kennt noch versteht. Wozu Fenster auf den Korridoren? Wenn aber nicht auf der FRIES, wo ist er dann? Naturwissenschaftler, denkt er, könnten mit dem, was ich hier sehe, etwas anfangen. Sie wüssten, was sie tun müssen, um diesen Strängen, diesen Fenstern, dieser kleinen Kältekammer Informationen zu entlocken – anfassen, anschauen, dran riechen.

Ich aber? Ich frage Leute, ich habe mein Leben lang Leute gefragt. Ich hole mir mein Wissen aus der Gemeinschaft, zu der ich gehöre, und wenn ich mal keine Person befrage, dann befrage ich Dinge, die von Personen mit Absichten hergestellt wurden: Texte.

Ein verborgener Teil der Seele des Verwirrten weiß zwar, dass das so glatt nicht aufgeht, insofern auch Wissenschaftler ja andere Wissenschaftler fragen, sobald die Wissenschaft über individuelle Kinderneugier hinausgeht. Umgekehrt ist auch die Philologie sachbezogen, wenn man rauskriegt, wo ein Text herkommt, den man liest. Christian ignoriert das alles und handelt direkt nach dem Befund, das heißt, er ruft: »Hallo? Anyone? Ich bin wach! Hello? Hilfe! Help! Jio Ming! Hallo?«

Die Stimme ist schnell erstarkt, sie trägt recht weit. Keine andere Stimme antwortet, er lauscht etwa eine Minute lang, ruft noch mal, lauscht wieder – klopft da etwas? Ein hohles Pochen, zweimal. Wo? Er schaut nach vorn, nach hinten. Vorn. Es war vorn. Sicher? Er ruft noch mal: »Hallo?«

Das Geräusch wiederholt sich nicht. Er weiß, dass ihm, da er sich seine Abhängigkeit von Menschen, die ihm sagen, was los ist, eingestanden hat, keine Wahl bleibt als die Suche nach solchen Menschen. Er muss den Gang hinunter oder hinauf und dabei riskieren, eins der weiß und blau schimmernden Nervenkabel zu streifen.

Wovor fürchte ich mich eigentlich? Vor einem Kurzschluss zwischen diesen Nerven und meinen eigenen? Er zögert noch einen Augenblick, weil er sich über sich selbst ärgert, dann verändert er seine Position, bis er sich so gegen den Abkommpunkt stemmen kann, dass er beim Loslassen der Schlaufenstange ungefähr die Mittelachse des Raums entlangschwebt, in die Richtung, die er als »vorne« identifiziert hat, vorbei an zwei weiteren der länglichen Fenster.

Es gelingt ihm nicht, die Äquidistanz zu den Strängen rechts, links, oben und unten zu halten, weil er's bewusst versucht und damit unnatürliche, willkürliche Bewegungen der Arme und Beine sich ergeben und weil die routinierten, lang bekannten, tausendfach erprobten Abläufe, mit denen er sich jahrelang ohne jede Bewusstseinsleistung, wie beim Fahrradfahren, durch solche Korridore gezogen, gestoßen, gewichtet und gewuchtet hat, nicht sicher sitzen. Daher treibt er schließlich etwa anderthalb Meter vor dem Y-Punkt so weit nach rechts, dass er keine andere Möglichkeit mehr hat, als sich mit der rechten Hand erneut abzustoßen, die dabei aber einen der Leuchtzöpfe nicht nur streift, sondern sogar, eine Fehleinschätzung bei Christians nervösem Seitenblick, mitten hineingreift. Das Zeug ist weich, aber nicht zu weich, warm, aber nicht körperwarm, trocken, ein wenig gummiartig.

»Äehh!« Ein Seufzer des Erschreckens entfährt Christian, dann bemerkt er, dass das Kabel seinem Griff nicht nachgibt, seine Form und Lage, seinen Bahnverlauf nicht ändert, als Christians Körpermasse dranhängt, obwohl es weich und formbar scheint und ein Glasfaserkabel in Gummihülle sich vermutlich leicht verformen würde, zöge er sich daran in Richtung Wand. Diese Festigkeit beruhigt ihn, und er beginnt bereits, das Ding mit der freien Hand abzutasten, um vielleicht doch wie ein Wissenschaftler vorzugehen – womöglich, denkt er, kann mir mein Tastsinn ja helfen, herauszukriegen, womit ich es hier eigentlich zu tun habe. Da hört er eine Stimme sagen: »… keine zulässige Konklusion …«, und eine andere: »… aber wenn ein definiertes Konnektiv …«

Dann überlappen sich die Stimmen, reden gleichzeitig, beide deutsch, beides Männerstimmen, und Christian hört nur mehr einzelne Wörter: »halbwegs«, »Fehler«, »rekursiv«, »inkonsistent«, die ihn einerseits verwirren, andererseits freuen, denn sie kommen aus der Richtung, in die er sich bewegt hat: vorn, nach der Aufwärtsbiege, nach dem Y, vor dem er jetzt keine Angst mehr hat – es teilt den Korridor quer, er wird es streifen müssen, wenn er dran vorbeiwill.

Er gleitet zwischen dem Y und der Wand hindurch, tritt mit dem rechten Fuß auf den Knoten unten am Y, stößt sich sanft ab und schwebt auf drei Männer zu, die an einer weiteren Biegung nahezu statisch im Raum schweben. Nur einer hält sich an einer der Stangen fest, nur der sieht ihn. Die anderen beiden schauen an ihm vorbei, nein, nicht nur an ihm, sie schauen auch die Fenster, die Stränge, die Wände offenbar nicht wirklich an, ihre Augen wirken leer, sie sprechen, sie sagen: »… intuitiv nicht«, oder: »… hab ich, hab ich, weiter unten …«, aber nicht zueinander, sondern wie beim Murmeln, Raunen, wenn man etwas auswendig zu lernen versucht – abwesend, denkt Christian und dann: Nein, abwesend ist nur ein anderes und leicht verkehrtes Wort für hochkonzentriert, wenn man – ja, was tun die?

Er erkennt zwei von ihnen, einen der Murmelnden und den, der an der Stange hängt. Es sind beides Chinesen.

Er muss ein bisschen im Gedächtnis kramen, dann fallen ihm die Namen ein: Li Tieying und Yang Bin, nein, Yang Baibing, genau, mit beiden hat er trainiert und mit Yang auch mal gearbeitet, der ist Programmierer, er hat ihm bei den Textgeschichten geholfen.

Der Dritte, der jetzt »... zwei, nein, nicht ... nicht drei, sondern zwei Zeilen tiefer ...« sagt, könnte ein Deutscher sein oder einer von Semjon Diduks Russen, er ist der Jüngste der drei und Christian persönlich völlig unbekannt.

Dass er deutsch spricht, beschert dem Linguisten die erste auf seiner Fachkompetenz basierende Erkenntnis seit seinem verstörenden Erwachen: Dass auch die Chinesen jetzt wahrscheinlich fast nur noch deutsch reden, und zwar sogar bei offenbar technischen, arbeitsbezogenen, jedenfalls irgendwie wissenschaftlichen Dingen, ist eine direkte Konsequenz daraus, dass die Dysoniki an Bord sind. Der Dunbarkreis der meisten ist gesprengt, wir sind definitiv eine große Gesellschaft jetzt, eine Stadt mindestens, es wurde ja auch angebaut auf Ceres, und wenn man also Chinesen hat, die Deutsch können, und Russen, die's auch können, warum sollten die Chinesen dann Russisch lernen und die Russen Chinesisch? Cordulas Idee hat das Deutsche an Bord gestärkt.

Christian greift mit der Linken nach einem Ringwulst des Korridors, hält sich fest, hebt die Rechte, um Yang Baibing, der nicht brabbelt und ihn ohnehin ansieht, gestisch zu begrüßen. Der Gruß wird nicht erwidert, weder mit einer Bewegung noch mit einem Wort. Irritiert und schüchtern halblaut sagt Christian: »Hallo? Baibing? Ni Hao ...«, und als der ihn weiter ansieht, aber nicht wahrzunehmen scheint, versucht Christian es beim anderen Bekannten: »Tieying? Ni Hao ...«

Der jedoch beginnt wieder zu brabbeln: »... der Kern ... ja, der zweite ... der zweite Kern hier, ich ... markiert, ja ...« Plötzlich weiß Christian, woran ihn das erinnert: Leute, die telefonieren, mit dem Handy, in der Öffentlichkeit, und dabei wirken, als würden sie verrückte Selbstgespräche führen, wenn sie ein besonders unauffälliges Ohr- und Mikrophon-Arrangement tragen. Ein Gespräch also, mit Leuten, die man nicht sehen kann, und Baibing führt wohl auch eins, nur dass der nichts sagt, sondern zuhört, wahrscheinlich, weil die Person am andern Ende der Verbindung einen sehr langen Monolog hält. Mindestens unhöflich freilich findet Christian bei allem Verständnis dafür, wie sehr ein ernstes fachliches Gespräch den Verstand beanspruchen kann, die völlige Nichtachtung seiner Anwesenheit durch die drei Männer; außerdem mehr als verwunderlich, denn dass Tieying deutlich ergraute Haare hat und Baibing eine Glatze, deutet für ihn darauf hin, dass mehr als nur ein paar Wochen oder Monate vergangen sind, seit er sich in die Schlafwanne gelegt hat.

Da die meisten an Bord ihn als ein Mitglied des inneren Kreises von Cordula Späth kennen, hält er sich für prominent genug, etwas Aufmerksamkeit beanspruchen zu dürfen, wenn er nach … Monaten? Eher doch wohl, nach dem Aussehen der beiden Chinesen zu schätzen: Er darf Beachtung erwarten, wenn er nach mindestens fünf, eher acht bis zehn Jahren aus seinem Tiefschlaf erwacht. So schiebt und zieht er sich nah an den jetzt schweigenden Tieying, direkt ins Zentrum von dessen Gesichtsfeld, hebt abermals die Rechte und sagt: »Hallo? Ich bin zurück aus dem errr … ewigen Eis und würde gern …«

Weiter kommt er nicht, denn der Chinese zieht, während er den Erwachten zwar anschaut, aber zugleich durch ihn hindurchzublicken scheint, ein so unwilliges, ja wütendes Gesicht, dass Christians Befremden sich zu Bestürzung wandelt, und wischt dann tatsächlich mit der linken Hand nach ihm, als wäre der Amerikaner eine Stechmücke.

Die Bedeutung der Geste ist nicht falsch zu verstehen: Hau ab, siehst du nicht, dass du störst? Aus Bestürzung wird Empörung.

Ohne langes Nachdenken greift Christian nach der Hand, die ihn wegwischen will, packt sie am Handgelenk und kassiert zur Strafe dafür einen Schlag ins Gesicht mit der freien Rechten des Angegriffenen, der so heftig ist, dass Christian es an der Nasenwurzel knacksen fühlt, nach hinten gegen die Ganglienkabel geworfen wird. Dabei sieht er, dass der Chinese hinter sich greift, weil er wegen des Rückstoßes seines Schlages sonst an die Wand prallen müsste.

Der Schläger fängt sich selbst ab und beginnt, wieder zu reden. »... da fehlt ... ein Schritt ... nein ... hör mal ...« Die anderen beiden Männer scheinen nichts bemerkt zu haben. Sie schauen nicht einmal her. Auch sie reden jetzt wieder in abgehackten Argumentfragmenten, und Christian ist völlig ratlos, tief gekränkt und brennend beunruhigt: Der Schmerz im Gesicht zieht ihm die Stirn hoch, heiß und schneidend.

Er tastet mit der Linken seine Nase ab, auch an den Nasenlöchern: Ist da Blut?

Er betrachtet die Finger: kein Blut, thank God, einen panischen Moment lang hatte er geglaubt, der Kerl habe ihm vielleicht sogar die Nase gebrochen. Verblüfft, voll Schamzorn sagt er: »Arschloch! Was ... was glaubst du eigentlich ... Ah, Scheiße, das tut richtig weh. Sheesh. Really, man. Gunkai!«

Vorsichtig nähert er sich dem absurden Trio, da nimmt der Russe oder Deutsche eine beunruhigende Haltung ein: Die rechte Hand wird Faust, der linke Fuß schiebt sich unter ein Bündel der Nervenkabel, so als mache sich der Mann bereit, seine seltsame Abgelenktheit mindestens so vehement zu verteidigen wie gerade eben Tieying. Reflexhaft schwingt Christian mit dem rechten Arm unter sich, dreht sich daher von der Dreiergruppe weg, fasst mit beiden Händen eins der Kabel oberhalb und zieht sich an den Männern vorbei in die Richtung, die für ihn immer noch »oben« ist.

»Insane. This is just ... insane«, sagt Christian zu sich selbst, weil er es aufgegeben hat, mit den Männern ins Gespräch zu kommen. Er spürt, wie die Unsicherheit, die ihn vor der scheußlichen Begegnung angegriffen hat, zu echter Angst wird: Was ist hier los? Wieso bin ich alleine aufgewacht, was für schlechte Neuigkeiten erwarten mich noch?

Bang schaut er sich um, nun, da die Kurve hinter ihm liegt, und entdeckt mit leisem Aufstöhnen ein Zeichen, das ihm endlich verrät, dass er sich tatsächlich auf dem Schiff befindet, das er als PODKAYNE FRIES kennt, da die Gespräche darüber, wie's zukünftig heißen soll, zum Zeitpunkt seines Schlafantritts gerade erst begonnen hatten: eine verwischt, verwaschen teilabgeblätterte und daher lückenhafte weiße Aufschrift »SA L 4«, daneben das entsprechende chinesische Ideogramm. Es geht zum Saal 4 hier, dem ehemaligen Kino, dann Vortrags- und Tanzsaal. Die Wandschrift hat Christian oft gesehen und am Ende, kurz vor dem Andocken an der Asteroidenwerft, längst nicht mehr bewusst zur Kenntnis genommen.

Jetzt, da er orientiert ist, muss er sich entscheiden, was er als Nächstes tun will. Er kann vorwärtsstreben, Richtung Brückenring, den er, falls ihn nichts und niemand aufhält, in weniger als einer halben Stunde erreichen könnte. Dort hat die Missionsleitung zweifellos Antworten auf seine Fragen. Er kann sich aber auch umdrehen und rückwärts Richtung Triebwerk bewegen, wo das Personal der Forschungseinrichtungen womöglich noch bessere Auskünfte erteilt. Er kann es noch einmal mit den drei schrecklich verwandelten, stumpf bedrohlichen Männern versuchen. Statt dass er aber eine dieser Möglichkeiten nutzt, fällt seine Wahl auf eine andere: Er will zum Kinosaal, weil der in seinem Kopf für Geselligkeit steht, für positive, kommunikative Gemeinschaftserlebnisse, und weil in der Nähe dieses Raums Datenschnittstellenkonsolen für die Archive untergebracht sind, die er bei sich immer den Bibliotheksleseplätzen seiner Jugend gleichgesetzt hat.

Wenn irgendwo auf diesem Schiff noch Leute sind, mit denen sich vernünftig reden lässt, dann da. Die künstliche Schwerkraft dort ist ein erwünschter Bonus. Was sein Körper jetzt tun muss, sitzt tief in der muskulären und neuronalen Erinnerung, so oft hat er es getan: sich neigen, sich drehen, rechts abstoßen, links zugreifen, langsam um den Rand zur linken Abzweigung der T-Kreuzung schwingen, den Zugang zur Konversionsrutsche in die Radnabe finden, den ganzen Leib strecken, um ihn in den leichten Luftzug dort wie ein Auto in einer Ausfahrt einzufädeln, wieder abstoßen, greifen, ziehen, abstoßen, dann »steigen«, bis sich das wie »steigen« anfühlt, begleitet von leichtem, nur mehr physischem, seelisch längst assimiliertem Trudelschwindelgefühl.

Kaum zehn Minuten später steht Christian vor der verschlossenen Doppelflügeltür zum alten Kino. Unterwegs ist er keiner weiteren Seele begegnet.

Die Verletzung am Nasenknochen pocht. Als er die Hand an den Druckhebel legt, der ihm erlaubt, die linke der beiden Türhälften aufzuziehen, kommt ihn einen Augenblick lang die Vorahnung an, der Raum könnte, wie tagsüber meist, völlig leer sein.

Die Wahrheit sieht anders aus.

Der Raum ist voller Menschen, mindestens vierzig, eher sechzig. Die Sitze fehlen, die Christian kennt – man hat sie im Boden versenkt wie bei Tanzveranstaltungen, und auf diesem Boden liegen nun die Leute, wach, atmend, mit teils geöffneten, teils geschlossenen Augen, verstreut, meist auf dem Rücken, manchmal auf der Seite. Die meisten schweigen, einige aber reden immer wieder einzelne Wörter, und als Christian näher tritt und zwischen den kleinen Gassen herumgeht, die von den ungeordnet daliegenden Leibern gebildet werden, um nach Leuten zu suchen, die er identifizieren kann, kommt ihm das, was er da hört, gleich bekannt vor: »… nicht dieselben Elemente … extensional … nein …«, »… hast du ein Schema für … Ersetzung, eins für Aussonderung …«, »Vereinigungsmenge«, »sag ich doch, rekursiv …«, »… zurück zur Extension aber …«, »… im Axiomenbestand …«

Das Vokabular, die Betonung, die gedämpfte Laustärke, selbst die leeren Blicke der Sprechenden gleichen dem Phänomen zwischen dem Y der Stränge und dem T der Kreuzung vor der Saaltrommel. Sie sehen ihn nicht – er geht ein-, zweimal in die Hocke und winkt ihnen direkt vor dem Gesicht hin und her, er nähert sich dem einen oder der andern mit der Fußspitze, sie reagieren nicht – er nimmt an, dass er sie erst berühren müsste, wie vorhin den Schläger auf dem Korridor, und dass er dann eine Reaktion bekäme, die von diesen Leuten wohl so wenig bewusst ausgeführt würde, wie das – erst jetzt dämmert's ihm – vorhin bei dem Chinesen der Fall war.

Er erkennt jetzt einige: Das dort, kaum gealtert, aber im Gegensatz zu früher ohne Brille, ist Chen Wenhong aus der Energiegruppe, zwei Reihen weiter liegt Sabine Adev von der Klimawartung, hier vorn jemand namens Gao (oder Chao?), der in diesem Saal mal einen sehr interessanten Vortrag über das Ende der Ming-Dynastie gehalten hat, dann eine Katja, von der Christian nur wusste, dass sie gern Liz und Filipa im Garten half, und da, direkt neben ihm, liegt mit halbgeöffneten Lidern, in tonlos unverständlichem Flüstern versunken, fusselig weißbärtig und mit vielen Falten an den Augen und auf der Stirn und um die Mundwinkel, die er früher nicht gehabt hat, Andrej Sirilko.

»Hey, du da! Christian? Christian! Christian Winseck? Bist du's wirklich?«

Er fährt herum und hebt die Hände als Fäuste vors Gesicht, wie er's beim Boxtraining von Meinhard Budde, dann von Filipa Scholz gelernt hat. Aber in der geöffneten Tür steht kein Angreifer, sondern Heike Breuer, die Pilotin und später Biotechnikerin, die damals beim ersten Besuch der Dysoniki auf der PODKAYNE FRIES durch beleidigende Bemerkungen beinahe einen diplomatischen Eklat ausgelöst hätte.

»Na!«, sagt sie und grinst. »Willkommen unter den, na ja … letzten paar Wachen?«

Sie zieht die Schultern dabei komisch hoch und blickt sich theatralisch um, als wollte sie sagen: Wach kann man das hier ja nicht nennen. Dann senkt sie die Arme wieder, kommt auf ihn zu, streckt ihm die Rechte entgegen und sagt: »Welcome back, oder?«

Er nimmt die Hand, was soll er sonst tun, und schüttelt sie geistesabwesend. Heike sagt: »Ich bin die Heike Breuer. Aus der Bio. Ich sollte eigentlich draußen stehen und den Saal zum Spinnen bewachen, dass nicht noch einer von den Zurechnungsfähigen reinstolpert und die Orgie stört …«

Er sagt, als sie seine Hand loslässt: »Ja, ähm, ja, ich weiß, wer du … Heike. Hallo.« Dann weiten sich seine Augen, als er beim Blick auf die Liegenden, Wispernden, Faselnden bemerkt, dass einige sogar glänzende Unterlippen haben, dass da Speichel fließt, dass sie sabbern. Er sieht Heike hilfesuchend an, wobei ihm auffällt, dass sie etwas älter wirkt, als er sie kennt, aber nicht so deutlich gealtert wie die Chinesen draußen oder Andrej Sirilko – ein paar Krähenfüße, sympathisch, angedeutetes Knittern auf der Stirn –, und er fragt: »Was ist mit den Leuten los? Den Leuten hier?«

Heike seufzt und sagt: »Das ist nur, weil der Rechner sich in die Hose macht, weil … er hat ein kleines Loch, eine kleine Verletzung in Zermelo-Fraenkel gefunden, das heißt … eigentlich in Neumann-Bernays-Gödel, und jetzt schieben sie alle eine Mordsangst, weil sie denken, die Arithmetik kracht zusammen und man kann nie mehr rechnen. Was am Ende genauso unbegründet sein wird wie die Angst, das Universum würde sich auflösen, als vor vier Jahren der Rechner rausgekriegt hat, wie sehr die Welt tatsächlich Mathe ist, durch die Sirilko-Gegenprobe. Das war ein Verfahren, dass der Andrej da drüben«, sie nickt in seine Richtung, »sich hat einfallen lasen, ganz clever, um die alte These der computationalen Äquivalenz aus dem axiomatischen Status zu lösen und zur überprüfbaren Hypothese zu machen. Da ham sie denn rausgekriegt, Mathe ist tatsächlich das Universum, oder jedenfalls diese Mathe ist dieses Universum, wir ham ja, seit Aiguo Sun und Andrej uns erzählt haben, dass Cordula Späth auf dem Krankenbett ihnen die Missionsänderung mitgegeben hat, nämlich, dass es nicht darum geht, die Alexandra Burkhard einzuholen, sondern die gesamte Naturwissenschaft zu ... checken, neu aufzurollen, im Licht der Andeutungen von Frau Burkhard, damit wir nicht so überrascht sind, wenn wir ankommen und irgendwas Irres finden, was unserer gesamten bisherigen Denkweise widerspricht, weißt du, andere Regeln, andere Lichtgeschwindigkeit, andere Feinstrukturkonstante, so Zeug ... und dann wurde es mal wieder nicht so heiß gegessen. Denn als man dann gesehen hat, alles ist in 'nem gewissen Sinn wirklich Mathe, hat trotzdem nich der Plato gesiegt, und die Welt löst sich nich einfach auf, was die befürchtet hatten, die meinten, Mathe, das wär eigentlich nur ein System von Tautologien, codiert in, ähm, Gleichheit, Äquivalenz, Isomorphie und so was, und wenn die Welt Mathe ist, dann is sie tautologisch und redundant und ... nein, es war nich so, und deshalb wird jetzt umgekehrt so wenig, wie die Physik daran zerbröselt ist an dem Mengenlehreding, die Mathe zerbröseln, das ist nur so 'ne Panik, da kommt man genauso leicht raus wie aus dem Russell damals, halt mit Klassen oder einem Grothendieck-Uni...«

»Stopp, stopp, stopp«, hustet Christian, völlig überfordert, und dann noch einmal richtig laut: »Stop!«, dass sie zurückzuckt, aber auch lacht. Da muss er selbst den Kopf schütteln und sagt in eher fröhlicher, weil plötzlich um allerlei innere Spannungen ärmerer Resignation: »Sorry. Okay. Was? Zermelo was? Gödel wie?«

Sie winkt ab: »Mengenlehre. Das, womit se vor hundert Jahren eine Grundlage für die ganze Mathematik überhaupt, also auch für das Rechnen mit den gewöhnlichen Zahlen, schaffen wollten. Da gibt's dann verschiedene Systeme, die nach den Leuten heißen, die sie entwickelt haben – eins ist von Zermelo und Fraenkel, eins ist von Gödel, Von Neumann und Bernays. Aber Gödel selber hat eben auch gezeigt vor, ja, vor ziemlich genau hundert Jahren, dass das nicht geht – dass kein formales logisches System, auch kein mengentheoretisches, sowohl widerspruchsfrei wie auch reichhaltig genug für die gesamte Arithmetik sein kann … da hat man es eigentlich aufgegeben, aber der Bequemlichkeit halber, und nicht nur deswegen, hat man trotzdem viel mit den Mengen gemacht. Es war ja auch nicht so, dass man nicht schon vor diesem Gödel'schen Unvollständigkeitsding gewusst hätte, dass die Mengensache ein paar Macken hat. Es gab das Russell-Paradox – na, die Menge aller Mengen, die sich nicht selbst als Element enthalten …«

Christian schwirrt der Kopf, und er sagt's: »Die Menge aller … öhm … ähm?«

»Na, das ist doch, wenn du … meine Chefin hat's mir damals so erklärt: Angenommen, du hast in einem Dorf einen Friseur, und der schneidet allen die Haare, die sich nicht selbst die Haare schneiden. Die Frage ist: Schneidet er sich die Haare? Wenn er es tut, tut er es nicht. Denn wenn er sich die Haare schneidet, gehört er nicht zur Menge derjenigen, die sich nicht selbst die Haare schneiden. Aber er schneidet ja genau all denen die Haare, die sich nicht selbst die Haare schneiden. Dann muss er sie sich selbst schneiden, wenn er die alle bedient, aber gerade das …«

»Ein Widerspruch. I get it.«

»Eben. Na, und die Mathematiker ham dann doch jahrzehntelang versucht, die möglichen Macken zu finden, nach Gödels Beweis, ob irgendwas nicht stimmt mit ZF oder NBG, aber bis jetzt … gut, aus dem Russell ist man rausgekommen, indem man über die Mengen hinaus die Klassen einführte … also, jede Menge is 'ne Klasse, aber nicht jede Klasse ist 'ne

Menge, Mengen sind definiert als alles, was noch zu irgendeiner anderen Menge gehört, okay. Aber was könnte faul sein an ZF oder NBG, das ist damit ja nicht beantwortet, da ham sie dann gesucht, und ein Dreivierteljahrhundert lang, also exakt: bis heute, war nix aufgetaucht, nur dann hatten wir hier diese Sache mit dem mathematischen Universum, der computationalen Äquivalenz, und als das klar war, ja, alles ist in gewissem Sinne Mathe, hat sich unser ganzes Interesse hier Richtung Mathe verschoben …«

»Die Sprache der Natur. Hat Alexandra Burkhard immer gesagt, laut meinem Vater. Und ihr seid die Linguisten der Natur geworden.«

»Schönes Bild.« Sie nickt, und er schüttelt den Kopf: »Sorry … einen Schritt zurück. Die Leute hier … die machen irgendwas mit … dem Rechner, dem Schiffsrechner, die sind irgendwie … sind die so verbunden mit dem Computer, wie diese kleinen Kästchen uns mit den Kindern der … ist es so was?«

Sie schaut ihn verwundert an, dann hellt sich ihr Gesichtsausdruck auf, als sie versteht, was er meint, und sie sagt: »Mann, du warst … wie lange warst du … im Bett?«

»Ich bin in die Schlafwanne, da … waren wir gerade von den Asteroiden gestartet. Am zweiten Flugtag.«

Heike überlegt kurz, dann sagt sie: »Wow. Tja. Rund … rund zehn Jahre. Neun Jahre und sieben Monate, paar Tage, so was.«

Er kann's nicht glauben: »Aber dann … nein, Moment, wir müssten doch längst am Neptun …«

»Umwege. Wir haben … für die Gegenprobe von Sirilko, für die Experimente, ein paar Umwege riskiert. Und Neptun … Christian, echt, wenn ich dir vom Neptun erzähle, na von dem, was hier alle nur noch die Neptunenttäuschung nennen …«

»Also sind wir gar nicht mehr … die Mission ist nicht mehr … fliegen wir da nicht mehr hin?«

»Was? Nicht … oh, verstehe. Nein, nein, das Ziel bleibt der blaue Ball. Gar kein Ding. Aber die Neptunenttäuschung …

Zehn Jahre … Christian, es gibt so viel zu erzählen … hast du Hunger? Wenn die metabolischen Sachen alle nach Vorschrift angekurbelt worden sind, wenn man dich mit der richtigen Chemie durchgespült hat und so fort …«

Er prüft sein Empfinden, das bis jetzt vom Denken, Suchen, Zweifeln, von Angst und Orientierungsmühen fast völlig beiseitegedrückt wurde, und sagt dann: »Sogar ziemlichen Hunger.«

»Dann geh'n wir doch in die Kneipe. Ins Restaurant, meine ich. Das hier«, sie deutet auf die Leute am Boden, »könnte noch dauern. Ich frag ein paar Leute von der funktionalen Gruppe, ich nehme an, irgendein Teil des Rechners hat das verstolpert mit deiner Aufwacherei, weil er von der großen Entdeckung so gaga ist.«

Sie dreht sich um und winkt ihm mit drollig eleganter Geste aus dem Handgelenk, dass er ihr folgen solle, was er tut, nicht ohne allerdings seinem anhaltenden Unbehagen angesichts der Leute am Boden Ausdruck zu verleihen: »Ich bin bloß froh, dass nicht alle so sind.«

»Alle?«, sagt Heike, ohne sich umzudrehen, mit einem Unterton, der ihm verrät, dass sie das genauso abscheulich fände wie er. »Gott sei Dank nicht … Liz Parker sei Dank. Wir würden uns hier wahrscheinlich wirklich alle am Boden kugeln heute, wenn es Liz nicht gäbe. Erklär ich gleich, beim Essen.«

»Okay«, sagt er zweifelnd, ergänzt aber noch etwas, von dem er wissen will, ob sie es weiß: »Ich habe draußen drei Männer gesehen, die waren auch … in dem Zustand. Auf dem Gang, also nicht in irgendeinem … Raum oder Saal, weil du doch gesagt hast, du solltest diese hier bewachen …«

»Na ja, sollte … ich hab das nur angeboten, als Andrej meinte, das Kino wäre doch ein guter Ort, wenn grad kein Film läuft, und angeboten hab ich's, weil wir, die wir's mit Liz halten, manchmal zeigen müssen, dass wir nicht intolerant und verbohrt sind, dass wir den Rechner durchaus verstehen …«

Er unterbricht sie: »Wenn grad kein Film läuft? Habt ihr's wiederhergestellt, das alte ...«

»Was? Ach so!« Sie lacht ein bisschen herb, als lache sie über sehr schwarzen Humor, und sagt: »Sie hat uns verarscht, wie so oft, die Cordula Späth. Es gab in Wirklichkeit Backups für alles, es gab die Filme und die ... sie hat es nach dem Sturm ... sie hat's Aiguo verraten, auf Ceres, als sie so schwer verletzt dalag: Das Theater, die Vorträge, das war von ihr als Therapie nach dem Sturm gemeint. Damit wir, durch das Medium der ... Schauspielerei und durch das Vorlesen und Diskutieren von Text, mit freien Diskussionen und Vorträgen, damit wir uns nicht ... ich weiß nicht, abkapseln oder beim Filmgucken so eskapistisch in eine Traumwelt verschwinden. Es war Gemeinschaftskunde. Es war ... es war Absicht, und jetzt ist alles wieder da, Filme, Musik, alles, aber die Vorträge gehen weiter, die Lesungen, auch die Literatur ist wiederaufgetaucht, wobei das erst vor zwei Jahren gelungen ist, diese Speicher aufzufinden, sie wollte wohl das Textzeug auch wieder gesondert ... Taisa hat's entdeckt, im Klimaplattenraum. Als Heizersatzteil getarnt. Bis dahin haben wir alte Bücher gelesen, bedrucktes Papier. Ich glaube, die Leute, die du draußen auf dem Gang gesehen hast, na, die werden es nicht in ihre Quartiere geschafft haben, bevor der Rechner auf Allgemeingleichzeitigkeit gesprungen ist, die werden halt gearbeitet haben. Normalerweise passiert denen nichts, sie haben ja die peripheren Reflexe ...«

»Ja, so ein Reflex hat mir auf die Nase gehauen.«

Sie hält ihm die Tür auf, lacht mitfühlend: »So Sachen kommen auch vor. Ja, und Unfälle – Leute treiben gegen irgendeinen Schacht, fallen in eine Rutsche, wenn sie synchrongeschaltet sind. Einer der Gründe, warum Liz und ich und viele andere nicht voll in den Rechner gestiegen sind. Übrigens auch Aiguo Sun nicht, der ehemalige Kapitän.«

»Ehemalige ... wer ist ... jetzt ... Kapitän?«

»Semjon Diduk. Noch zwei Jahre. Dann wird's vielleicht Liz,

da muss allerdings erst noch gewählt werden ... sie hat aber sehr großes Ansehen, auch bei den Normalen ... also denen, die voll im Rechner sind, bei der Mehrheit. Und vor allem bei den Kindern – sie und Taisa haben das Schiff gerettet, sagen viele. Taisa will kein Amt. Die ist in der Forschung glücklich.«

»Tai...« Christian kann kaum folgen, sowohl physisch – die Frau fliegt nur so die Gänge lang, ein Pfeilfisch – als auch dem Gespräch: »Moment noch mal, hey, was heißt im Rechner und voll im Rechner ... ist das irgend so ein Cyborg...thing ... dass der Bordcomputer auf der Brücke und das Backup am Triebwerk ...«

»Was, die alten elektronischen Dampfmaschinen? Nein, nein, hey, Christian«, sie dreht sich um und strahlt ihn an, »das ist Ur- und Frühgeschichte. Den Schrott ham wir längst ausgeweidet und modularisiert und recycelt und ... der Rechner, das sind alle Gehirne, die voll im ... Das sind die Leute, die du gesehen hast. Im Kino. Auf dem Gang. Und im Alltag merkt man's nicht, weil das alles unterhalb der Bewusstseinsschwelle läuft, da sind sie dann ganz gewöhnliche Menschen, wo im Hintergrund halt gerechnet wird. Aber wenn die Allgemeingleichzeitigkeit an ist, so wie jetzt, weil es irgendeinen Riesenjob gibt ... na, haste ja gesehen. Dann geht im Oberstübchen das Ich-Licht aus.« Sie sagt das leichthin, aber die Wirkung dieser Enthüllung auf Christians ohnehin angeschlagenen Sinn für seine soziale und sonstige Umwelt ist durchschlagend: Er fragt nicht weiter, sondern begleitet die Technikerin schweigend, in dem aussichtsarmen Versuch, sich so schnell wie möglich an die neuen Verhältnisse zu gewöhnen. Es geht die nächstgelegene Speiche runter, den Zentralgang hinauf, und selbst als ihm einiges darüber dämmert, wie die neuen Äußerlichkeiten – die Ganglien, die Fenster – mit der Verschaltung der meisten Besatzungsmitglieder zu einer Art riesigem Biocomputer (die Ganglien?) und irgendwelchen physikalisch-mathematischen Forschungen über die Natur des Universums (die Fenster?) zusammenhängen könnten, spricht er nichts davon an, bis sie schließlich die Konterstrebe passiert haben, die zum Restaurant führt.

Als sie die Kantine betreten, sind die Plätze dort bestenfalls zu einem Fünftel besetzt, und das eher an den Rändern, wo Leute essen und miteinander leise reden, offenbar wache (er denkt: Welche von der Liz-Parker-Fraktion, denn er hat bereits begonnen, sich für die Einheiten und Spaltungen der neuen gesellschaftlichen Konfiguration eigene Merknamen auszudenken), während andere meist allein an einem Tisch sitzen, geradeaus ins Nichts starren, teilweise mit halbgefüllten Gläsern oder halbleeren Tellern und Schüsseln vor sich, und dabei die Lippen bewegen, wie Christian das jetzt schon kennt.

Heike führt ihren beim Gehen immer noch etwas unsicheren Begleiter zunächst an den Tresen, wo ein junger Chinese steht und ihr zunickt, als sie sagt: »Rongji, kannst du ihn mal eben checken und ihm, wenn das nötig ist, Supplemente verpassen? Das hier is der legendäre Christian Winseck, eben aufgewacht, also vor so paar Minuten, nich? Also bitte mit Respekt behandeln den Mann. Er hat Hunger und soll was Schönes essen.«

Der, den sie Rongji nennt, sieht für Christian aus, als wäre er gerade zwanzig. Das hieße, spekuliert der Erwachte, dieser Mann müsste etwa zehn gewesen sein, als wir bei den Asteroiden losgeflogen sind. War die Handvoll von irdischen Menschen gezeugter Kinder an Bord der FRIES nicht jünger gewesen? Hatten die ersten Geburten nicht kurz vor der Zerstörung der SMITH und dem Sturm stattgefunden? Rongji setzt einen Scanner auf Christians Brust, fährt mit der Hand runter bis in die Magengegend, liest ab, steckt den Scanner wieder untern Tresen und sagt, mehr an Heike als an Christian gewandt: »Zwei kleine vielleicht? Zwei blaue? Oder«, und jetzt schaut er Christian direkt an, »willst du es als Spritze? Manche vertragen das nicht, Stich ins Bauchfell. Die Tabletten schmecken allerdings scheiße.« Christian sagt: »Ich weiß nicht. Sorry, aber … ich bin, glaube ich, noch gar nicht ganz da.«

»Er nimmt die Tabletten«, sagt Heike, und Christian nickt.

Rongji händigt ihm das Medikament aus, stellt ihm ein Glas Wasser hin. Die beiden blauen Tabletten schmecken tatsächlich scheußlich, ätzend, etwa so, wie Christian sich den Geschmack von Batteriesäure vorstellt, weshalb er sofort in großen Schlucken das ganze Glas austrinkt. Das Wasser ist nicht pures Wasser, es hat einen starken Limonengeschmack, der gegen die ätzenden Reste im Mund hilft.

Heike bestellt: »Ich nehm bloß paar Pommes, aber er hier … na, Fleisch darf sein, oder? Er hat uns ja fast zehn Jahre lang nix davon weggenommen, also hat er echt was gut. Oder biste Vegetarier, vegan oder …«

»Nein«, sagt Christian, »was Kräftiges würde ich jetzt schon …«

»Super«, sagt Heike, »dann rate ich dir zum Kräutersteak mit warmem Bohnensalat. Das kann der Peter, der macht diese Woche die Küche. Der freut sich, wenn er mal was Richtiges machen kann. Grüne Bohnen, Paprika, Speckwürfelchen … das ist toll, ich hatte das vorgestern.«

Christian kann nur nicken. Rongji signalisiert mit einer lässigen Handbewegung, dass er die Bestellung aufgenommen hat und weitergeben wird.

Dann führt Heike ihren Schützling an einen großen Tisch in der Mitte, direkt unterm Dach, wo, wie er jetzt erkennt, eins der neuen Fenster eingelassen wurde, in der Mitte eines Vierecks aus Bildschirmen, auf denen lange Zeichenkolonnen abgescrollt werden – wahrscheinlich Inferenzketten eines Beweises im Zusammenhang mit ZF, BNG und dem anderen Zeug, von dem sie geredet hat, nimmt Christian an.

Sie setzen sich. Er kennt den Tisch. Hier ist er früher oft mit Cordula und ihrem inneren Kreis gesessen. Früher. Vor zehn

Jahren. Ein Abgrund, denkt er, und ihm wird ein wenig mulmig dabei, aber dann fragt er direkt: »Also, diese ... Rechnersache. Das mal als Erstes, weil, das hat mich schon ziemlich geschockt mit den drei guys auf dem Korridor. Du sagst, einige sind nicht drin? Wie genau muss ich mir das vorstellen, dieses Drinsein?«

»Es hat mit den Kindern angefangen. Den Kindern der Dysoniki. Denjenigen, die nicht sprechen. Das waren oft die hellsten und schnellsten, also wollten wir auch Anschluss an sie, wollten mit ihnen reden können. Du erinnerst dich.«

»Ich erinnere mich. Und ich erinnere mich auch, dass ich das Ding gehasst habe, das Ding im Kopf, dass ich es mir hab rausnehmen lassen, nach zwei Monaten, und stattdessen dann so eine Brille hatte – Andrej hat die bauen lassen, diese Brillen, es gab bei einigen schon älteren FRIES-Menschen gesundheitliche Bedenken. Das waren Leute mit hohem Blutdruck, Leute, die schon einen Schlaganfall gehabt hatten, die sollten das nicht riskieren, und wir haben ja zunächst die Gefäßreinigungsmaschinchen nicht übernommen von den Dysoniki, um die Adern zu reinigen ... na, und dann gab es ebendiese Brillen, da mussten uns die Kids der Dysoniki praktisch E-Mails oder text messages schreiben, die haben wir dann gelesen, war natürlich viel langsamer als die Vollverschaltung ...«

»Ja, siehst du«, sagt Heike, »aber das ist der Punkt: Das, was Liz für sich erstritten hat, und damit für uns alle, die wir ihr folgen, für mich, für Aiguo Sun und etwa sechzig, siebzig andere, ist, dass wir so ein E-Mail-System haben, nicht mehr als Brille, wir sehen es in den Augen, wie so Einblendungen, es ist über den visuellen Cortex in ... aber wir können es willkürlich ein- und ausschalten. Deshalb sind wir dann nicht mit in den Rechner gerutscht, als die Kids uns vorgeschlagen haben, wir könnten die alten elektronischen Kisten einmotten und einfach alle miteinander diesen Rechner bilden. Und es ist okay, auch mit den Kids. Sie sagen: Es gab immer schon auch

Dysoniki, die keine Kiemen oder zusätzlichen Arme oder sonst was wollten, und man hat sie nie genötigt.«

Christian nickt, einigermaßen beruhigt, und fragt dann weiter: »Du sagst, Liz Parker hat das erstritten. Was meinst du mit erstritten? Was war das für ein Streit?«

Heike hebt die Augenbrauen, macht ein »O« mit dem Mund, als wolle sie »wow« sagen, dann folgt ein pfeifendes Ausatmen, und schließlich erwidert sie: »Das, au weia … also DAS war vielleicht 'ne Geschichte. Hart, echt. Es muss so ungefähr … na, die FIRAT ist gerade am Jupiter vorbeigeflogen. Da hatte Aiguo die Schnauze voll davon, dass Liz den ganzen Betrieb … die hatte sich zurückgezogen in ihre Bußkammer, in ihr Gehäuse. Am Anfang war das eine Haft, um die Dysoniki und die Kinder der Dysoniki nicht zu provozieren, sie hatte ja eine von ihnen umgebracht. Andererseits, diejenigen Dysoniki, die auf der FIRAT waren, hatten damit ja eh schon Toleranz bewiesen und die Bereitschaft, uns nicht zu hassen. Und zu dem Zeitpunkt, also auf Jupiterhöhe, war das alles viel mehr zusammengewachsen. Alle sahen das ein, pragmatisch, dass man Liz nur entweder wieder integrieren konnte in die Gesellschaft hier oder aus dem Schiff werfen. Und aus dem Schiff werfen wollte sie niemand. Selbst die Dysoniki haben ja ihr Motiv irgendwie verstanden und ihr die Reue abgenommen. Diduk hat mal so ein Statement abgegeben von wegen, wenn Menschen von der Erde Hunderte seiner Soldaten umgebracht hätten, wie Nadar Jepen das mit unseren gemacht hat, wäre er auch mit dem Messer Amok gelaufen. Das Dumme war, sie wollte nicht integriert werden. Es war so eine Art schuldbewusste Arroganz, hat sie später gesagt …«

Sie unterbricht sich selbst, denkt nach, und Christian sagt: »FIRAT.«

»Bitte?« Heike versteht nicht.

Er sagt: »FIRAT. So heißen wir jetzt. Das Schiff.«

»Ach so, ja. Ja klar, wusstest du ja auch nicht … das ist

aus irgend so einer russischen Kurzgeschichte. Science Fiction …«

»So wie SMITH und FRIES ja auch. Aus amerikanischen allerdings.«

Sie nickt: »Genau. Jedenfalls, diese Bockigkeit, dieses Sonderlingsding von Liz …«

Christian versteht: »Aiguo musste sie resozialisieren, selbst gegen ihren Willen.«

»Richtig. Und die Methode … also, das war schon … Er hat … er hat's ihr aufgezwungen. Das Ding im Kopf. Die Vollverbindung. TS. Bei einem medizinischen Routinecheck hat er sie betäuben lassen, und als sie wieder zu sich kam, hatte sie die Kinder im Kopf. Die Kinder und alle Menschen, die schon so ein Verbindungsding … es muss furchtbar gewesen sein: Sie ist erst durchgedreht, da hat er sie disziplinieren lassen, mit Medikamenten und … böse Geschichte. Das war auch einer der Gründe, warum er dann zwei Jahre später zurückgetreten ist … Sie hat versucht, sich umzubringen, und sie hat … irgendwann hat sie sich dann ergeben, weil sie, wie sie inzwischen sagt, eingesehen hat: Von allen Strafen, die man ihr hätte aufbrummen können, war das zwar die grausamste, aber weil es ja immerhin um Mord ging, irgendwie auch wieder die gerechteste. Sie hat einen Menschen ausgelöscht, als wäre das kein Mensch, und jetzt war sie gezwungen zu lernen, zu hören, zu fühlen, was für Menschen das sind, diese andern. Wie die denken. Dass die denken, dass die fühlen. Sie wurde dann Taisa zugeteilt, als wissenschaftliche Mitarbeiterin. Tja, und dann passierte was Unerwartetes … jedenfalls für uns alle war das unerwartet, für Aiguo vielleicht nicht, ich habe ihn im Verdacht, dass in seiner Grausamkeit viel … Weisheit steckt.«

»Wie bei Cordula Späth.«

»Ja, vielleicht hat er das von ihr irgendwie … gelernt. Jedenfalls: Taisa hatte Mitleid. Nicht nur Mitleid, sie fand das empörend, was man mit Liz gemacht hat. Sie hat gesehen, wie die Frau litt. Und darüber, ich weiß auch nicht … sie hat Aiguo die Hölle heißgemacht und sogar andere Kinder der Dysoniki dafür gewonnen, es gab eine Art Streik, und … am Ende hat er nachgegeben, und mit Andrej haben wir diese neue Messaging-Sache entwickelt. Und der Eingriff bei Liz wurde rückgängig gemacht. Und bei einigen anderen auch, bei Aiguo zum Beispiel. Was übrigens, wenn ich es mir richtig überlege, ein Hinweis darauf sein könnte, dass er die Sache eigentlich genauso sah wie Taisa, dass er also von Anfang an …«

»Dass diese Strafe nur ein move in seinem Spiel war. Dass er das Ende vorausgesehen hat, dass da Solidarität entstehen würde ausgerechnet zwischen der radikalsten Feindin der Kinder der Dysoniki und diesen Kindern. Er kannte ja Taisa und ihre Psychologie.«

»Kann stimmen. Jedenfalls ist das natürlich ein ziemlich glückliches Ende gewesen, es hat den Zusammenhalt an Bord sehr verbessert, es ist eine Sache, die … wir erzählen es den Kindern, als Gutenachtgeschichte, als moralische Lektion, unseren Kindern und denen der Dysoniki.«

Christians erste und dringlichste Frage ist beantwortet.

Rongji bringt das Essen. Christian isst nicht nur, er genießt, lebt auf: die Steaks, die Bohnen, das Olivenöl, in dem alles gebraten wurde, das alles freut ihn, er schmeckt die Fetawürfel, den Paprika, er schmeckt, dass er wach ist, und sagt, als er fertig ist, zu seinem über den zufriedenen Gesichtsausdruck, den er zeigt, sichtlich amüsierten Gegenüber: »So. Das war … great. Just perfect. Jetzt bin ich …«

»Satt?«, fragt sie neckisch. Er erwidert: »Nein, besser. Jetzt bin ich … ready für noch mehr Erklärungen. Selbst solche, die mir wahrscheinlich nicht gefallen.«

»Wie zum Beispiel?«

»Neptun. Du hast gesagt: Die Neptunenttäuschung. Was bedeutet das? Was habt ihr … rausgefunden?«

»Oh«, macht Heike betroffen. »Das. Ja. Ach, ich weiß gar nicht, ob ich, wie soll man sagen … ob ich die richtige Person bin, dir das zu sagen … ich hab mich da vorhin wohl verplappert, die Sache ist ja an Bord noch gar nicht ausdiskutiert, es gibt Parteien und Fraktionen und alles … man … ist nicht einig drüber, wie das zu interpretieren ist. Vielleicht solltest du beide Seiten hören, also die beiden Hauptstreitparteien, einerseits Diduk, der wohl den Mainstream vertritt, zu dem ich in dieser Sache gehöre, auch wenn ich bei der Rechnergeschichte zur Minderheit halte, und andererseits Andrej. Der findet die Enttäuschung nämlich gar nicht so enttäuschend, sondern eher einen Anreiz … für weitere Forschung. Ich bin wahrscheinlich gar nicht befugt …«

»Ich befuge dich hiermit«, sagt Christian. »Ich fühle mich von dir ausgezeichnet informiert und betreut und medizinisch versorgt und bewirtet. Ich würde gerne von dir wissen, was du darüber weißt und denkst, auch wenn das dann der Mainstream oder was weiß ich was für eine Partei ist.«

Als Erwiderung trinkt Heike erst einen großen Schluck Wasser, schließt kurz die Augen wie jemand, der sich an die richtige Antwort auf eine schwierige Prüfungsfrage erinnern muss, und sagt endlich: »Na gut. Wir sind nicht mehr weit weg, hatte ich das gesagt? Vier Monate etwa, beim gegenwärtigen Kurs, in der gegenwärtigen Geschwindigkeit.«

»Könnte ein Grund dafür sein«, überlegt Christian halblaut, »dass mich das Ding geweckt hat. Dann war's kein Computerfehler …«

»Ja, könnte sein. Jedenfalls, schon vor längerer Zeit … also, es ist vier Jahre her … haben wir hier entschieden, wir wollen doch möglichst gut über den Neptun Bescheid wissen, wenn wir da hinkommen, und vielleicht auch schon die Position der EOLOMEA kennen, den Orbit beziehungsweise … manche dachten, vielleicht ist sie ja gelandet … auf Triton, nicht, oder es gibt sonst was zu wissen übers Schiff von der Frau

Burkhard. Da haben wir Sonden klargemacht, sehr schnelle Sonden – wenn die Dysoniki eines können, dann ist es, Schiffe und dergleichen schneller machen. Zwölf Stück, raus aus der FIRAT und los, superschnell. Der erste Tiefschlag hat uns dann drei Jahre später erreicht: keine EOLOMEA. Nicht im Orbit, nicht zwischen den Ringen …«

»Neptun hat Ringe? Ich dachte, nur Saturn …« Als er sieht, dass ihr von dieser Bemerkung der Mund offen steht, wird ihm klar, was er da gesagt hat, und er ergänzt entschuldigend: »Sorry. Really. Geisteswissenschaftler. Ich weiß, da tritt jemand einen Flug zum Neptun an und weiß nicht mal, ob der Ringe hat und wie viele, ähm, Monde …«

Heike ist tatsächlich schockiert: »Du hast uns doch sogar ein Gedicht über den Planeten vorgelesen. Ich meine …«

»Ja, dass das ein … dass da ein riesiger Ozean ist, eine Wasserwelt. Lazy, I know. Ich hätte auf der ganzen Reise … aber ich hab mir halt auch vorgenommen, alles mit frischen Augen …«

»Mensch. Ehrlich, das … also, das kann man vielleicht bei einem Film oder einem Buch so halten, vorher keine Sekundärliteratur und so, aber … ja, Neptun hat Ringe. Und vierzehn Monde. Die Ringe bestehen aus Teilchen, Mikrofetzchen, die wahrscheinlich von kleinen Meteoriten aus den dem Planeten nächstgelegenen Monden geschlagen wurden, Metis, Adrastea, Amalthea und Thebe. Fünf distinkte Ringe gibt's, Galle, Le Verrier, Lassell, Arago und Adams, und der Adamsring hat fünf distinkte Einzelbögen oder Reifen, die etwa zehn Prozent vom Ring ausmachen, die heißen Courage, Liberté, Égalité 1, Égalité 2 und Fraternité.«

»Du willst mich verarschen. Das sind Slogans aus der Französischen Revolution, das sind …«

»Warum sollen Astronomen keinen politisch-historischen Humor haben? Aber … nirgends dort, nicht bei den Monden, nicht um die Monde rum, auf den Monden drauf, die wir ein

Jahr lang haben umrunden und genau fotografieren lassen, nichts, nirgends, niemand, nie, keine EOLOMEA, keine Spur. Wir fliegen da hin wegen Frau Burkhard, und sie … ist wahrscheinlich eben doch weitergeflogen. Auf den ursprünglich geplanten … ich meine, es sollte ja eine interstellare Mission sein, dieser Flug der JEFREMOW.«

Christian kann und will es nicht glauben: »Wie, keine … keine Spur …« Dann hat er einen anderen Gedanken: »Habt ihr denn nachgesehen … ich meine, was ist, wenn sie einfach auf den Neptun sind, wenn sie da gelandet sind oder gewassert oder wie man sagt, wenn man auf einer Ozeanwelt …«

»Was? Oze… ach so, nein, nein, da stellst du dir unter Ozean … das sind irdische Maßstäbe. Da nimmst du den Vergleich im Wort ›Ozean‹ zu wörtlich. Es ist eine Gaskugel, das ist der Hauptpunkt. Das muss man sich klarmachen, als Allererstes. Die extremen Druckverhältnisse in diesen Welten machen ihr Inneres allerdings … eher flüssig als gasförmig. Aber bei so extremen Zuständen gibt's sozusagen ohnehin keine scharfe Demarkationslinie, keinen superdeutlichen Unterschied zwischen gasförmigen Zuständen und flüssigen. Weil du sagst: dort landen oder dort wassern … das ist völliger … wenn du da runterfallen, da reinsinken, da reinsteigen würdest, würdest du keine feste Oberfläche finden, nirgends, an keinem Punkt, sondern Temperatur, Druck, Dichte würden einfach stetig ansteigen um dich rum, und wenn du geschützt wärst gegen das alles und gegen die Strahlung, dann würdest du einfach irgendwann … schwebend hängen bleiben, in der Region, die genau deiner eigenen Dichte … der Dichte deines Fahrzeugs oder Körpers entspricht, und das wär's dann. Da hängst du dann. Gibt kein runter und kein rauf mehr, nur die Matsche um dich, Ende. Und bevor du die nächste Frage stellst, die dir da natürlich einfällt: Ja, wir haben ein paar Sonden da reingeschmissen, in die Suppe, nur um sicherzugehen, ob nicht doch irgendwo ein Echo … oder Trümmer, die da … falls sie sich umgebracht haben, falls sie reingekracht sind, sich Richtung Neptun gestürzt haben. Nichts. Und übrigens auch nichts, was zurückgeblieben ist als Wachpöstchen, ein Satellit oder so was, eine Relaisstation, von der aus vielleicht die Sendungen der Botschaften von Frau Burkhard ... nichts. Als wäre die EOLOMEA da nie durchgekommen. Das sind keine schönen Nachrichten, ist mir klar, ich hoffe ... ich hoffe wirklich, du kommst damit irgendwie zurecht. Wir mussten damit zurechtkommen und sind immer noch nicht ganz fertig damit.«

Eine kurze Zeit, vielleicht zwanzig, dreißig Sekunden lang, scheint Christian tatsächlich innerlich mit dem zu kämpfen, was sie ihm gesagt hat, dann atmet er hörbar aus und sagt: »Well. Nothing is quite what we thought it was, is it? Aber ich kann ... nein, ich kann damit schon irgendwie leben, ich habe ... lass mich so sagen: Ich habe, bevor ich mich in die Schlafwanne gelegt habe, Sachen von Cordula Späth zu hören gekriegt, die jedenfalls nicht weniger shocking waren, für mich persönlich. Ich könnte mich ... ja, weißt du was? Ich werde mich jetzt einfach bei dir revanchieren, indem ich jetzt umgekehrt dir auch mal was erzähle, was dich verblüffen wird. Sie hat mir gesagt, ich dürfe meine Schlüsse aus den Sachen ziehen, die sie mir enthüllt, aber ich sollte nicht tratschen. Mein Schluss war, dass ich schlafen wollte bis Neptun. Aber das Tratschverbot ... ich glaube, es ist an der Zeit, mich drüber hinwegzusetzen.«

Er lehnt sich ein wenig vor, als wollte er es nun doch nicht gleich mit allen hier Anwesenden, den Wachen wie den im Rechner Aufgenommenen, unmittelbar teilen, und unwillkürlich tut Heike es ihm gleich, lehnt sich auch ein bisschen nach vorn, als er etwas leiser als bisher sagt: »Zwei Dinge. Ein Erstens und ein Zweitens. Erstens, bei allen undurchsichtigen Sachen fragt man sich ja immer, wer steckt dahinter. Bei allem, was Cordula Späth macht, denkt man: Hat sie ein Netzwerk, hat sie eine Organisation, man kriegt immer nur mit, einzelne

Personen gehören irgendwie dazu, Aiguo Sun, Andrej Sirilko … und sie hat's mir verraten, es sind …« Er sieht zu Boden, dann wieder Heike an und sagt: »Intelligenzwesen auf der Sonne. Ja, auf der Sonne, auf unserem Stern. Die stehen in Kontakt mit Menschen, nämlich. Man legt sich in modifizierte MRT-Maschinen, und dann kann man sich sozusagen telepräsent dort bewegen, oder die kommen hierher und … ja, ich weiß, wie das klingt. Sie hat gesagt, wenn die Maschinen intakt wären, könnte man das mal selbst … sie hat gesagt, ich könnte mich reinlegen, aber die Ersatzteile seien von den Dysoniki nicht zu verlangen, man braucht offenbar ganz bestimmte … also, der Sturm hat sozusagen unsere Funkverbindung zur Sonne zerstört. Irre, ich weiß. Sonne. Es sind keine Lebewesen wie wir, keine Tiere, es sind, wie soll ich sagen …«

»Intelligente magnetische Wirbelstürme. Was bei uns die Nervenbahnen sind, sind bei denen solche hochenergetischen Elementarteilchenströme«, sagt Heike, und er schaut sie sprachlos an. Sie zuckt mit den Schultern und sagt: »Einer von denen, die mit der Sonne … mit den Sonnenleuten in Verbindung standen bis zum Sturm, nämlich Andrej, hat uns ein Tutorial gegeben, relativ kurz nachdem Liz wieder integriert war, die nämlich auch zu denen gehörte, die mit der Sonne … sie nennen es: vom Licht gelesen werden. Es muss ein ziemlicher Trip sein. Unsere Techniker hier, auch die Dysoniki, die nichts davon wussten, sind seit drei Jahren intensiv damit beschäftigt, einen Ersatz für die kaputte Verbindung herzustellen. Es gab ein paar Fehlschläge, aber inzwischen glauben alle, dass es wahr ist, weil man wenigstens wieder … Nachrichten schicken und empfangen kann. Ein paar Stunden dauert es immer, so vier … Wir sind halt sehr weit draußen. Aber die Sonnenwirbel wissen Sachen und helfen bei Sachen, die zeigen, dass das … es können wirklich keine Simulationen sein, keine Menschen oder Supercomputer. Außerirdische Intelligenz, ja – wer hätte das gedacht, nicht? So nah bei der Erde, relativ gesehen. Wie die Diff, aber anders … Hey, bist du jetzt … entschuldige, hab ich was Falsches gesagt?«

Christian schüttelt den Kopf, lacht kurz, dann sagt er: »Nein, es ist nur … für mich war das eine solche Unglaublichkeit, und für mich ist es nur ein paar Tage her, ich hab … I still can't get my head around it, but … you know. Und ihr? Für euch ist es ein alter Hut, und ihr habt sogar Beweise. Das ist doch …«

»Du hattest noch was Zweites«, versucht sie, ihn zugleich zu reizen und aufzumuntern. Er schnaubt: »Pff, na ja, wirst du ja auch längst wissen.«

»Nämlich?« Das Spielerische, das Schelmische an ihrer Sprachmelodie gefällt ihm sehr, er sagt daher ebenfalls mit frechem Beiklang: »Ach, diese Texte da, die ich entschlüsseln sollte. Egal, oder?«

Sie wird ernst: »Davon weiß ich nichts. Dazu gab es kein Tutorial. Man weiß hier nur, du warst nah dran, dann kam der Sturm … nein, ich weiß nichts, und ich bin mir nicht sicher, ob ich das wissen sollte. Nicht bevor es Diduk weiß, der Kapitän, und ein paar andere Chefinnen und Chefs hier. Vielleicht hat's ja doch einen Sinn, wenn Cordula Späth sagt, nicht tratschen.« Christian hebt die Rechte, senkt den Kopf, um ihr zu bedeuten: Genug, ich will auspacken, also packe ich aus. Sie zuckt mit den Schultern.

Er sagt: »Also, die Texte sind nicht von Burkhard und nicht von der EOLOMEA und nicht vom Neptun. Ich hatte ja schon … diesen Durchbruch, dass mir das sehr nach Oulipo aussah, nach Literatur. Cordula Späth hat mir verraten: Das ist richtig. Das hat ein Autor geschrieben, das war einfach ein Test für mich. Gut, sie sagte noch, dieser Autor sei nicht nur ein Mensch, sondern auch noch ein Tal und eine Stadt und … na ja. Es gibt echte Botschaften von Alex Burkhard, aber die würden erst in der Nähe vom Ziel freigegeben, die wären, sagte sie, ganz sicher, ganz gesichert, kein Verlust durch den Sturm, Redundanzen, in Systemen … und an denen gäbe es nichts mehr zu knacken, die seien längst geknackt, von Cordula und ihren Leuten auf der Erde, und auch den Sonnenwesen seien sie bekannt. Tja, und da habe ich mir … Heike? Hallo?«

Die Frau ist mitten in der leichten Bewegung erstarrt, mit spitzen Ellenbogen, gegeneinandergelegten Knien, stoßweisem Atem und flatternden Lidern – Christian sieht das Weiße in ihren Augen und fürchtet schon, er müsse sie festhalten, damit sie nicht vom Stuhl kippt, da normalisiert sich ihre Miene wieder, und er bemerkt ein Durchatmen im ganzen Saal – er sieht sich um, rechts, links, vorn, hinten, überall ächzen Leute, schütteln ihre Köpfe, und dann sagt Heike Breuer: »Un… unglaublich. Ein Schiff.«

»Was? Was für ein Schiff?« Christian ist verwirrter denn je an diesem verwirrenden Tag.

Sie schaut ihn an, aufgeregt offensichtlich, hellwach mit einem Mal, und sagt: »Ich hatte dir doch … hatte dir doch erzählt, dass wir Sonden … da sind noch Sonden, um den Neptun, und … und ich habe gerade … also, auch wir … auch diejenigen, die nicht ganz im Rechner stecken, sind ja damit verbunden, und in besonderen Notfallsituationen, bei Durchsagen an alle und so, gibt es so eine … eine Art Override, und jetzt haben die Sonden … der Rechner ist aus seinem Beweisding, aus seiner Mengenlehrenummer gekippt, weil die Nachricht so … ein … ein Schiff …«

»Was für ein …«, fragt er verständnislos, und sie sagt: »Neptun! Im Neptunorbit ist ein Schiff aufgetaucht, scheinbar aus dem … es muss eine Weile her sein, Zeitverzögerung und so, es … aber die Bilder sind da, warte, schau hoch, der … die Monitore zeigen es gleich.«

»Die EOLOMEA?«, fragt Christian voller Hoffnung. Aber sie wedelt mit der rechten Hand wie mit einem Fächer bei großer Hitze und sagt, während sie bereits selbst den Kopf in den Nacken legt: »Schau doch hoch! Schau doch!«

Er tut's und kann nicht begreifen, was er da sieht.

Auf vier Schirmen aus vier Winkeln dieselbe Szenerie: ein riesiger dunkler Bogen, wohl der Planet, grobkörnig, mit wenig Licht videographiert, und schräg rechts darüber, hell, vermutlich fast weiß, mit vielen Lichtern dran, das Schiff, das er sofort erkennt: »Das sind wir. Das ist die FRIES, die … die FIRAT. Das sind wir.«

»Sieht so aus. Das sind wir«, sagt Heike, kein Ausruf, kein Satz. Nur ein erschütterter Hauch.

3 | Wachablösung

Andrej Sirilko steht im dunkelbunten Wind auf dem Eis und versucht es noch einmal mit Denken. Es geht nicht. Er hat alles durchdacht, es wird sich nichts ändern. Ihm ist warm in seinem Raumanzug (Mondanzug?, fragt er sich, denn das Ding wurde für die Spaziergänge auf diesem Mond konstruiert). Außerhalb der Montur ist es sehr kalt.

Der dunkelbunte Wind – schwärzliches Blau, schwärzliches Orange, die Scheinwerfer auf seinen Schultern und an seinem Helm zeigen Andrej Staub und Gas in vielen Lichtgestalten – weht über gefrorenen Stickstoff wie über anderes starres Zeug und bewegt seine staubige Fracht in einer Umwelttemperatur von rund minus 250° Celsius, darunter die berühmten Plusterwolken, vor einem halben Jahrhundert von irdischen Sonden entdeckt. Andrej sieht zwei dieser Wolken, wenn er den Kopf leicht nach Südwesten dreht: finsterer noch als die schwärzesten der Winde, etwa acht Kilometer hoch, im Durchmesser zwischen zwanzig Metern und zwei Kilometern.

Er hat sie aus der Nähe studiert, hauptsächlich der Langeweile wegen, weil bei seiner anderen Arbeit, der eigentlichen Arbeit in der Station, die heute enden soll, so wenig herausgekommen ist.

Andrej weiß, dass diese Wolken, wie die Geysire, die man bei der Wahl des rechten Orts zum Bau der Station so vorsichtig gemieden hat, Folgen der geologischen Beschaffenheit dieser kältesten aller kalten Höllengegenden sind. Bei den Plusterwolkensäulen liegt's am Treibhausgas im festen Untergrund des Stickstoffbodens, das unter Druck steht und ganz langsam von der Sonne aufgeheizt wird, bis es explodiert.

Andrej fühlt sich, als könnte ihm das auch passieren, mit all den vereisten Hoffnungen im Herzen, den erfrorenen Ideen im Kopf, der Neugier, die nicht nur ihn beseelt hat, sondern alle auf der FIRAT, die gesamte Besatzung, als man endlich im Neptunsystem eingetroffen war, auf der Jagd nach Spuren, Beweisen, nach der Herkunft des geheimnisvollen Spiegelschiffs, das ohne Antwort und in weitem Abstand schließlich an der FIRAT vorbeigeflogen war, schweigend und ihr viel zu ähnlich, als dass das ein Zufall sein konnte.

Es war wohl »eine Täuschung, aber was für eine«, sprach Aiguo Sun schließlich aus, was so viele dachten. Und dann war Andrej selbst auf die verrückteste Idee seines Lebens verfallen: »Ja, eine Täuschung, aber so, wie Echos oder Luftspiegelungen Täuschungen sind. Wir haben sie doch sogar per Radar messen können, diese Täuschung. Irgendwas war offensichtlich wirklich da – aber sie haben auf keinen Funk reagiert, und Beschuss wollten wir aus dieser Entfernung nicht riskieren, nicht? Da wir ja nicht wussten, ob das für die … hypothetische Besatzung lebensgefährlich gewesen wäre. Es ist was, das wir nicht verstehen. Es ist ein Echo, vielleicht eins von uns, sagen wir, auch wenn es insane klingt: ein Echo im Medium der Raumzeit, wie das Echo eine Täuschung im Medium der Luft ist. Vielleicht ist irgendwas mit den Naturgesetzen los, von denen Cordula gesagt hat, wir sollten sie uns genauer anschauen.«

Andrej wusste, als er so sprach, was er gewusst hatte, seit er Cordulas Auftrag kannte: dass das eine merkwürdige Formulierung war. Naturgesetze kann man nicht anschauen, nur ihre Effekte, wie sagt Andrejs Lieblingsabschnitt in Wittgensteins *Tractatus*? »Wenn es ein Kausalitätsgesetz gäbe, so könnte es lauten: ›Es gibt Naturgesetze‹. Aber freilich kann man das nicht sagen: Es zeigt sich.«

Kausalität, Ursache und Wirkung: Das stand auf dem Spiel bei der Erscheinung des Spiegelschiffs, und das steht immer noch auf dem Spiel, jetzt, da Andrej hier im dunkelbunten Wind steht, vor dem flachen schwarzen Zylinder der Station, die ihm die Dysoniki gebaut haben. Er kann den Neptun durch die Wolken sehen, nicht immer, aber oft, und er sieht ihn von allen Seiten innen in der Station, mittels der Kameras der Satelliten, die von der FIRAT auf ihre Umlaufbahnen um den blauen Riesen geschickt wurden.

Andrej Sirilko studiert nicht nur den Neptun, sondern auch die Stelle im Ringsystem, an der nach dem Zeugnis der alten Filmaufnahmen das Spiegelschiff erschienen war – wie er sich's immer wieder auf diesen Aufnahmen angeschaut hat, inzwischen fünfzehntausendmal, erschienen aus dem leeren Raum zwischen den Ringen, erst nicht da, in der nächsten Tausendstelsekunde dann vorhanden und in voller Fahrt, schnell genug, dem immensen Schwerefeld des Planeten zu entkommen.

Fluchtgeschwindigkeit. Masse. Albedo.

Es gibt Naturgrößen, aber was hilft's den Gesetzen?

Fünf Jahre auf Triton, dem kältesten Stein im Sonnensystem, sind eine lange Zeit.

Fünf Jahre auf Triton ohne ein Ergebnis in den Hauptsachen – Spiegelschiff, EOLOMEA, Signale – sind mehr als eine lange Zeit. Sie sind die schlechte Ewigkeit, leere Dauer.

Andrej lässt seinen Blick schweifen, bis er südlich der subsolaren Länge von 45 °S die Region ausmacht, in der Mahilani entdeckt wurde, die erste der Wolkensäulen auf diesem kalten Mond, und etwas weiter dahinter stieg damals Hili auf, die zweite. Die Winde blasen Richtung Nordost. Andrej wendet sich ab von seinem kargen Garten und springt in vorsichtigen Hüpfern zur Station zurück – acht Prozent der irdischen Schwerkraft, das ist nicht viel, man kann hier, weiß er aus Erfahrung, sehr weit springen, sehr weit werfen, man ist wie dieser Superheld in dem letzten Film, den Andrej auf der Erde gesehen hat, in der chinesischen Wüste: *Iron Man*.

Der Anzug stimmt: Nicht dieses Klobige, das Raumanzüge so malerisch golemhaft aussehen ließ, als Andrej jung war und sich für Raumfahrt zu begeistern begann. Das jüngste Design ist ideal körperangepasst, für Leute, die auf Welten mit niedriger Schwerkraft lustige Sachen treiben wollen. Andrej Sirilko hat keine Lust auf lustige Sachen an seinem letzten Tag hier. Er öffnet die Schleuse, tritt hinein. Als der Raum unterm richtigen Druck steht und voll mit der richtigen Luft ist, schlägt er den Automatenarmen wieder einmal die Ehre ab, ihn auszuziehen. Er erledigt es selbst. Auch das hilft, findet er, beim Denken, wie die Ausflüge in den Wind. Leider stimmt es nicht: Er denkt nichts, er rennt nur immer im stetig enger werdenden Kreis seiner ergebnislosen Obsessionen. Mitte siebzig ist er nun und könnte doch, wie Aiguo Sun, der ungefähr seiner Generation angehört, in jeder physischen Hinsicht, vom Stoffwechsel bis zur Hirnverfassung, nach klassischem, altem Menschenmaß des zwanzigsten Jahrhunderts, in dem er aufwuchs, etwa Mitte vierzig sein, wenn er alle Modifikationen, Verbesserungen, Hilfen angenommen hätte, die erst auf der FRIES, dann bei den Dysoniki auf den Asteroiden, dann an Bord der FIRAT zur Verfügung standen.

Er hat wenig davon beansprucht, bloß das, was der Sache hilft, wie ihm jetzt, da er seinen Helm auch noch selbst ins Regal stellt, zu seiner stillen Freude wieder einfällt. Weil er die Verständigung mit den Kindern der Dysoniki wünschte, gehörte er zu den Allerersten, die sich einen neuralen Sender und Empfänger in den Kopf setzen ließen. Alles, was der altersbedingten Degeneration des Zentralnervensystems entgegenwirken konnte, hat er jederzeit sofort akzeptiert, denn er wollte, dass die Maschine läuft, dass das Hirn namens »Andrej Sirilko« stark ist. Er wollte der Sache dienen, der Menschheit, der Erschließung einer besser unterrichteten, gerechteren, gesitteteren Welt.

Dem Sozialismus also, fällt ihm jetzt ein. Da lacht er trocken.

Ist die Mission der FIRAT eine sozialistische? War sie es je? Diduk ist Sozialist, Aiguo auf seine Weise auch, aber beide haben auf ihre Leiblichkeit mehr achtgegeben als Andrej jemals. Man kann also auch ein anderes spezifisches Verhältnis zum Unterschied zwischen egoistischer Eigenpflege und altruistischer Arbeitsethik entwickeln als Andrej und sich dennoch als Sozialist sehen. Kurios, denkt er.

Während der alte Wissenschaftler sich einen Kaffee aufsetzt und wieder einmal über das Verhältnis zwischen seinem Leben und seinen Überzeugungen nachbrütet, will er den andern beiden, wird ihm klar, gar nicht absprechen, dass sie Sozialisten sind. Aber ist das überhaupt noch ein Gegenwartswort, ist das noch ein Zukunftswort, was es für Andrej so lange war, oder definitiv Vergangenheit, ja: Vorvergangenheit? Würde man, fällt ihm ein, sofort, in dieser Sekunde aufbrechen, um zurück zur Erde zu fliegen, und würde man selbst schneller reisen als auf dem Hinweg, mit seinen Umwegen und Zwischenstationen, so schnell, wie die Maschinen der Dysoniki es zulassen, dann würde er entweder den Heimatplaneten, wenn er nicht schnell massive Eingriffe in seiner Physis vornähme, nicht mehr lebendig erreichen oder aber eine Welt betreten, auf der die Sowjetunion, seine einst formalrechtliche und heute noch geistige und emotionale Heimat, fast so lange her ist, wie sie überhaupt Bestand hatte. Verrückt.

Der Mann, der ihn heute ablösen wird, kommt Andrej in den Sinn: Christian Winseck.

Andrej versucht, den Kaffee in der Trinkschale ein bisschen kühler zu blasen, weil er sich sonst wieder Lippen und Gaumen daran verbrennen wird. Er fragt sich: Könnte man Christian nicht auch einen Sozialisten nennen, wo er doch ebenso wie ich die Sache immer, jedenfalls solange ich ihn kenne, über das eigene Wohlergehen und gar das kurzfristige gestellt hat? Aber welche Sache? Parallelen: Sogar in Liebesdingen verfahren wir ähnlich. Ich habe, bevor ich diesen Wachposten hier bezogen habe, meinen Liebsten mit voller Verantwortung für den Schmerz, den ich ihm damit bereite, von mir gestoßen. Ich weiß, dass Rongji mir das nie verzeihen wird. Aber Rongji ist ein Kind. Er weiß gar nicht, wie viel noch vor ihm liegt. Sie war nie perfekt für beide, diese Beziehung eines Siebzig- zu einem noch nicht einmal Dreißigjährigen, jedenfalls nicht in der Sorte rein auf Funktionalität und permanente dynamische Erschließung des Neuen gegründeten Gesellschaft, in der wir leben.

Und Christian hat's gemacht wie ich. Der hat sich von der Person, die ihm am nächsten stand, vor der Übernahme des Postens auf Triton losgesagt.

Das erfuhr Andrej vor zwei Wochen am Bildschirm: »Heike will vielleicht sogar noch Kinder, obwohl sie nach irdischer Rechnung jetzt ungefähr fünfzig ist. Aber man darf so ja nicht rechnen hier, und soweit ich medizinisch Bescheid weiß, gibt's da inzwischen kaum noch welche von den Risiken, die man auf der Erde kannte. Nur, was für ein Vater wäre ich? Ich weiß nicht mal, ob ich die Trennung nicht sogar vollzogen hätte, wenn ich nicht zum Triton fliegen würde. So konnte ich ihr wenigstens einen Grund sagen, der sie nicht zu sehr gekränkt hat – einen, bei dem sie nicht meint, ach, liebt er mich also doch nicht.«

»Tust du's?«, wollte Andrej wissen, weil die beiden Männer einander schon so viele Dinge verraten hatten, in langen Ferngesprächen. Christian antwortete ohne falsche Befangenheit, sogar ohne langes Nachdenken: »Ja. Tu ich. Soweit jemand wie ich das mit einer Geschichte wie meiner kann.«

Die Einschränkung versteht Andrej. Für ihn, denkt er, gilt eine andere, aber vergleichbare. Rongji hat ihn mal gefragt, in Wut, beim hässlichsten Streit der beiden: »Siehst du mich überhaupt? Oder hast du einfach einen ... wie heißt das? Eine ... Fixierung auf ... asiatische Männer, auf ... weil doch dein anderer, der beim Sturm gestorben ist, ein Japaner war? Vielleicht, wie sagt man, sehen wir für dich alle gleich ...«

»Hör auf«, hat Andrej nur erwidert, laut genug, aber sehr müde.

Kanbaras Tod war und bleibt ein schmerzliches Thema für ihn, und Rongji hat genau deshalb davon gesprochen. Wenn man jung ist, denkt Andrej jetzt, ist man so fasziniert davon, welche Wunden man sich in der Liebe zuziehen kann, welche Wunden man anderen schlagen kann, dass es schwerfällt, die Finger davon zu lassen. Andrej erinnert sich an eine Geschichte in London, mehr als ein Menschenalter her ist das jetzt auch schon, da saß er am ersten Abend mit einem Mann, der nur sechs, sieben Jahre jünger war als er selbst, in einem teuren Restaurant, und der Junge, ein Physiker aus Wales mit schwarzem Haar und unglaublich schönen dunklen Augen, sah ihn übern Tisch hin an und sagte: »Wie ich uns hier gerade sehe, fürchte ich, wir könnten einander schrecklich wehtun.«

Das war dann etwa vier, fünf Jahre später, am Ende der Beziehung, eine Weissagung gewesen, bei deren Wahrwerden auch Rassismus eine Rolle gespielt hatte. Wenn Andrej heute daran zurückdenkt, findet er das Pathos und die Angeberei in diesem Statement lächerlich. Typisch Jugend, dass man von einer Sache nicht anders sagen kann, sie sei viel wert, als indem man betont, sie sei potentiell schmerzhaft.

Junge Leute fasziniert der Preis von allem; sie kennen den Wert von nichts.

Rassismus? Der Vorwurf von Rongji, der natürlich auch wieder genau darauf rauswill, auf diesen Schmerz, den die Jungen brauchen, um sich ihrer Liebe zu versichern?

Wenn er genau überlegt, und das tut er jetzt, beim Essenaussuchen, beim Einlegen des Essens in den Koch, beim Sitzen vor den sechzehn Schirmen, die immer wieder zeigen, was er immer wieder betrachtet, die Geschehnisse der Gegenwart rund um Neptun und auf dessen Monden, die Geschehnisse damals, als das Spiegelschiff erschien – ja, wenn er's recht bedenkt, dann ist der Rassismus, den er als dunkelhäutiger Mann erst in Moskau, dann an der polnischen Ostgrenze, dann in England erlebt hat, eine gute Vorbereitung gewesen auf etwas, das er auf der Reise aushalten musste, nämlich den merkwürdigen Umgang der Menschen mit den Dysoniki und ihren Kindern, aber auch der Dysoniki mit den Menschen von der Erde, mit Ausnahme allerdings ihrer Kinder, deren Verhalten bis heute zu komplex ist, als dass er einzelne Erlebnisse, Begegnungen, Wortwechsel, telepräsente Unterredungen jemals aus dem Ganzen herauslösen und unter eine einfache, mit etwas von der Erde her Bekanntem assoziierte Überschrift wie »Rassismus« bringen könnte.

Wenn sie uns verachten würden, was nicht auszuschließen ist, denkt er, obwohl sie es nicht zeigen – aber selbst, wenn sie's täten, fiele es mir schwer, das »Rassismus« zu nennen, wobei wir ja nach Cordula Späths alter Bestimmung wissen, dass »alles, was Menschen aus Menschen machen, ist Mensch, da gibt's nix Posthumanes« …

Ja, fällt ihm ein, und er nimmt das Essen aus der Lade des Kochs, stellt es vor sich auf den Tisch und beginnt, lustlos zu löffeln, ja genau, die und wir, das sind eigentlich die einzigen zwei Rassen, die ich je getroffen habe, wenn denn Rassen wirklich bedeutet, was die Rassisten immer darunter verstehen wollten, nämlich Menschengruppen, die einfach zu verschieden sind, als dass es zwischen ihnen dauerhaft eine Kooperation ohne klare Hierarchie von überlegen und unterlegen geben könnte, dann sind allerdings die Kinder die überlegene Rasse, wenn man es so sortieren will, und wahrscheinlich ist das der Grund, warum unter den Menschen von der Erde bislang keine Stimme laut geworden ist, die irgendein offen rassistisches Wort in diesem Zusammenhang geäußert hätte – und Liz Parker, die anfangs, nach dem Abflug von den Asteroiden, so ein bisschen das Totemtier der gegenüber den Dysoniki-Kindern misstrauischen Erdleute war, ist ja inzwischen vollständig bekehrt, wenn man's so sagen darf.

Als die Maschinen hinter dem Tisch erstmals auf einen von mehreren Anwählversuchen seitens der Kapsel reagieren, in der Christian Winseck sich von der Bahn der FIRAT aus dem Triton nähert, nimmt Andrej das nur am Rande wahr.

Es interessiert ihn kaum noch, obwohl es ein Ereignis ist, auf das er sich seit Jahren innerlich vorbereitet hat – zuletzt mit den langen Unterhaltungen, die ihm Christian nähergebracht haben als irgendeine Seele seit Beginn des Exils. Dieses Exil wurde nur von zwei Besuchen anderer FIRAT-Leute unterbrochen. Einmal, vor vier Jahren, hat Aiguo eins der vielen Beiboote getestet, die aus Gründen der Vertiefung der Experimentalfunde und der gründlicheren Spurensuche in Sachen EOLOMEA im von Semjon Diduk zur Werft umfunktionierten Teil der FIRAT andauernd vom Stapel laufen. Zwölf solcher Boote gibt es inzwischen, die FIRAT wird sozusagen immer weiter zerlegt, aufgespalten, portioniert. Ein andermal, vor erst zwei Jahren, hat sich der Kapitän Diduk, dessen Amtszeit durch für ihn günstige Abstimmungen wieder und wieder verlängert wurde, sogar selbst blicken lassen, mit Liz Parker, seiner wichtigsten politischen Unterstützerin, und zwei Kindern, Cam und Hemen, beide auf dem Flug zwischen Asteroidengürtel und Neptun geboren. Smalltalk, Aufmunterei, mehr fand nicht statt bei diesen zwei Visiten.

Andrej wäscht sein Geschirr und Besteck ab, mit der Feindüsenbrause. Fließendes Wasser, obwohl hier prinzipiell möglich, hat er längst aufgegeben, als unrealistische Simulation alter, irdischer Verhältnisse. Einer besseren, schöneren Erinnerung an sie widmet er sich nach dem Abwasch und einem flüchtigen Blick auf Christians Anflugsgraphik. Andrej hat nie gutgeheißen, wie die Chinesen und später die Russen an Bord erst der FRIES, dann der FIRAT ihre muttersprachlichen und alle sonstigen fremdsprachigen Literaturen zugunsten der von Cordula Späth mal subtil, mal gröber geforderten deutschen Quasiamts- und Einsprachlichkeit aufgegeben haben. Kanbara setzte wenigstens ein kleines Widerstandszeichen damals, erinnert Andrej sich wehmütig: Was Kanbara auf Deutsch las, waren ja lauter Japaner, Tanizaki, Mikumo und dergleichen. Andrej liest noch heute Russisch und weiterhin Englisch, jetzt zum Beispiel ein Gartengedicht, das er liebt, auf einem Schirm allerdings, Papier hat er hierher nicht mitgenommen:

Sometimes in the dark I find myself
In a place that I seem to have known
In another time
And I wonder
Whether it has changed through
Sunrises and sunsets that I never saw

Der Dichter Merwin kann nicht gewusst und nie gedacht haben, denkt Andrej, wie vertraut diese Sonnenauf- und -untergänge jemandem vorkommen würden, der von ihnen in riesiger Entfernung von der Sonne und von der Erde liest, und wie rührend diese Dunkelheit jemand finden muss, dem klar ist, dass es sich immerhin um eine anschmiegsam heimatliche Dunkelheit handelt, die irdische Nacht, mütterlich statt, wie hier draußen, namenlos, absolut unmenschlich.

Andrej schiebt das Gedicht nach links und ruft rechts davon

ein anderes auf, ein deutsches von einem Lyriker, den Christian ihm empfohlen hat. Auch Oswald Eggers Düsternis ist irdisch:

> Schwarz vor Augen dieser Tausendwald, und die Licht-
> quillen reifen auf den Bodenbeton auf, Gneise und Eis,
> von glimmben Pollen, und Buildings, die quirlen auslang
> ihrem Grund und theatern ins (um mich) Geschehene.

Spiele von jungen Leuten, jungen Spezies mit ihrer Sprache, mit ihrem natürlichen Reden wider die Natur. Andrej lächelt. Er ist schläfrig jetzt, überprüft noch einmal den Flug des Ablösers, der weiterhin Bahn hält, und beschließt, in den paar Stunden, die es noch dauern wird, bis Christian da ist, ein wenig zu ruhen, zu dösen, vielleicht wirklich zu schlafen, zu träumen.

Als er aufwacht, wundert er sich, dass er den Summer nicht hört, der ihn sonst weckt, obwohl das bei der tief in sein Nervensystem eingesenkten Regelmäßigkeit der Ruhezeiten längst nicht mehr nötig wäre. Er wird stets müde, bevor er sich zur immer gleichen Stunde, Minute, oft: Sekunde hinlegt, und er öffnet jedes Mal die Augen, kurz bevor das Summen losgeht.

Er setzt sich auf, mit sehr geringem Kraftaufwand. Beim Sitzen und langen Gähnen, auch Sichstrecken, wird ihm klar: Er hat sich außerplanmäßig hingelegt, richtig, um frisch zu sein, wenn Christian eintrifft – ein Seitenblick auf die alte mechanische Uhr über der Konsole verrät ihm, dass er länger geschlafen hat, als er wollte, zwei Stunden. Er hat von Formen geträumt, erinnert er sich flackernd, von Wucherungen, von Staub, der lebt, Staub, der dem bunten Zeug hier auf Triton zwar gleicht, aber genetische Information trägt, keimen will und wachsen, von Zeug wie den »glimmben Pollen« in Eggers Gedicht – ich muss mir, denkt Andrej, die Formulierung merken, um Christian danach zu fragen, was das ist, was das bedeutet, »glimmben«, meine Wörterbücher kennen es nicht.

Die beiden Kameras im Tritonorbit, die Andrej aus der Ferne steuern kann, brauchen nicht lange nach Christians Kapsel zu suchen. Sie wird in etwa vierzig Minuten da sein. Wahrscheinlich kann Andrej sie demnächst sogar mit dem altmodischen optischen Teleskop erkennen, auf dessen Anbringung oben im Zylinderdach er vor Antritt seiner Wacht bestanden hat, obwohl Liz Parker, die damals im Ressourcenausschuss saß, das für »a needless waste of materials« erklärt hat. Diduk war anderer Meinung und überstimmte sie, wofür Andrej ihm heute noch dankbar ist. Wie viele Stunden hat er durch dieses Fernrohr den Neptun studiert, die Ringe bewundert, die andern Monde erforscht? Beim Schauen, beim Suchen hat er im Kopf das System gebaut. Den Plan der Rettung gegen die Zeit, die Gleichung und …

»Andrej? Hörst du mich gut?«

Es ist Christian Winseck.

Der Wächter antwortet: »Keine Probleme. Du bist im Landeanflug, richtig?«

»Ja. Kein Bild, oder?« Das ist eine Frage, die sie einander häufig stellen, bei kürzeren Gesprächen, vor allem nicht verabredeten, spontanen, man nimmt damit Rücksicht aufeinander, manchmal will man ja nicht gesehen werden. Andrej erwidert: »Kein Bild, lass mich ein bisschen aufräumen hier. Du siehst das Gehäuse früh genug.« Es knackst und knistert, dann sagt Christian: »Ich übernehm's auch als Saustall. Gibt mir möglichst gleich was zu tun. Ich bin froh, wenn ich aus diesem Sarg in … einen größeren Sarg wechseln kann, ich bin jetzt seit vier Tagen in dem Ding unterwegs … Eine Frage: Meine … Dinger hier zeigen mir, dass der Landeplatz geändert wurde … ist jetzt noch weiter weg von der Station, muss das sein?«

Andrej versteht den Unwillen: Eine neue Welt, und Christian hat den Weg vom ursprünglich vorgesehenen Landeplatz zur Station wahrscheinlich im Simulator geübt, fühlt sich also unsicher, fürchtet Gefahren – die Winde, das Eis, aber die Änderung, vor dreieinhalb Stunden in Kollation mit den beweglichen Sonden unter der Eisoberfläche und in noch größeren Tritontiefen vom Computer der Station errechnet, dient in mehrfacher Hinsicht der Sicherheit der beiden Menschen. Andrej erklärt: »Die Sonden haben unterirdisch … na ja, nicht … irdisch, verstehst mich schon … da sind Ströme gemessen worden, Temperaturveränderungen, die Stabilität der gefrorenen Decke darüber ist nicht mehr gewährleistet, jedenfalls nur noch zu … achtzig Prozent oder so, und wir hatten uns ja alle geeinigt, ich meine, die FIRAT-Leitstelle und ich und du, dass du nur da landen kannst, mit diesen ja doch ziemlich starken Bremsraketen, die das Eis sowieso belasten, wo die Kapsel nicht einbricht davon und wo sie sogar wieder starten kann, mit mir drin, ohne dass selbst beim Start allzu viel zu Bruch geht von der kalten Kruste. Deshalb noch mal zwanzig Kilometer westlich, aber das ist keine Strecke, das ist ein Katzensprung, zu Fuß, glaub mir, ich kenne die Wege hier.«

Kein Knistern diesmal, und Christian bleibt, dem Klang nach zu schließen, verstimmt: »Wenn du's sagst. Viel Spaß beim Aufräumen, over.«

»Bis gleich, over«, wiederholt der Einsiedler, es ist ein Spiel zwischen ihnen, das er fortsetzen wird, wenn er auf der FIRAT ist, nach dem Platztausch mit Christian.

Viel aufzuräumen hat Andrej nicht, er wischt mit einem längst selbst nicht mehr recht sauberen Antistatiktuch einen dicken Staubbefall von der Konsole und einigen Bildschirmen, sammelt etwas Wäsche ein, ordnet auf dem Rechner ein paar Pfade. Er ist befangen, weil er nach so langer Zeit wieder mit einem atmenden Wesen im selben engen Raum sein wird, obwohl ihm andererseits klar ist, dass es keine so verwirrende Erfahrung sein wird wie das Wiederanspringen seiner Hirnverbindung mit den Kindern der Dysoniki, als Cam und Hemen ihn mit Diduk besuchten.

Man hatte Andrej noch vor dem Start zum Triton angeboten, die Vorrichtung aus seinem Zentralnervensystem zu entfernen. »Nimmt ja nur Platz weg, weil's auf diese Entfernung zwischen Station und FIRAT eh nicht funktioniert«, fand Heike Breuer, die Technikerin, deren Aufgabe es damals war, ihn, wie Aiguo sagte, »physisch tritontauglich« zu machen. Andrejs Haupteinwand gegen den Eingriff war ein sehr überzeugender: »Dann könntet ihr mir auch die Beine abnehmen, die brauch ich da unten auch kaum, zwei Arme reichen ja zum Hopsen. Nein, das gehört zu mir, das ist Teil von mir geworden.«

Die Kinder der Dysoniki denken über sich selbst extrem funktional. Eine Kostprobe dieses Denkens lieferte die junge, hochintelligente Cam bei ihrem Besuch hier, als sie im plötzlich auf das entwöhnte Subsensorium, das der TS in Andrejs Hirn etabliert hatte, einströmenden Fluss von Hunderten sprach- wie sinneswahrnehmungsförmigen Daten aus den Köpfen der beiden Kinder unter anderem den Vorschlag schickte, ihm zu helfen, »hier einfacher und bequemer zu leben, effizienter, sparsamer«, nämlich indem er Cam erlaubte, eine mit ihren mitgeführten Instrumenten und modifizierten Zusatzarmen ganz leicht durchführbare Operation an ihm durchzuführen, die ihm das lästige Atmen in Zukunft ersparen würde: »Viele wie wir und ein paar Menschen auf der FIRAT sind inzwischen Nichtatmer, wir haben kurz nach deiner Abreise hierher angefangen, das weiterzugeben.«

Die Verbrennungsvorgänge der Atmung ersparten sich, erklärte hilfreich Hemen, die vormals atmenden Organismen, die diese Operation hinter sich hatten, durch verbesserte Energiespeicherung im Gewebe, nötig war allerdings »etwas mehr Nahrung, was sich aber langfristig trotzdem rechnet, gerade für kleine Ökosysteme wie die FIRAT oder diese Station hier.«

Das war nicht per TS geäußert worden, sondern altmodisch mündlich; beide Kinder hatten Münder.

»Nein danke, sehr nett«, hatte Andrej geantwortet, »ich hab mir vorgenommen, während der Zeit hier nichts an mir zu verändern, was nicht unbedingt sein muss. Dann muss ich keine neuen Verhaltensweisen üben und kann mich auf das konzentrieren, was ich hier tun will: die doppelte Frage beantworten, wo das Spiegelschiff hergekommen ist und wohin die EOLOMEA verschwunden sein könnte.«

Ob die beiden Kinder ahnten, für welches Grauen vor der angebotenen Operation diese Worte eine höfliche Ausflucht waren? Ein Seitenblick Diduks immerhin verriet Andrej damals, dass der Russe bei aller Vertrautheit mit den Kindern und aller Offenheit für die Selbstverbesserung niemals auf den Gedanken kommen würde, sich das Atmen abzugewöhnen.

Anderthalb Stunden nach der letzten Aufräummaßnahme (Andrej wirft eine zersprungene Teetasse in den Recycler, eins der letzten verbliebenen Souvenirs aus der Zeit mit Kanbara) sitzt der Eremit von Triton am einzigen Tisch der Klause seinem Nachfolger gegenüber, den er nach einem tatsächlich nicht sehr beschwerlichen Fuß-Hüpfmarsch von der Landestelle hierher in eine wärmende Aluminiumdecke gewickelt hat, weil er Christians Zittern für eine Kältefolge hält. Er gießt ihm grünen Tee auf.

Das Getränk löst die Zunge des Sprachwissenschaftlers: »Ich hab gedacht, das war's. Absturz, Verbrennen, Crash. Auf keinem irdischen Flug und nicht mal im Sturm nach dem Abschuss der SMITH bin ich so durchgerüttelt worden.«

»Ja, die Winde hier sind schon was«, bestätigt Andrej brummend und schenkt sich selbst auch eine große Tasse voll Tee ein. Christian sagt: »Es war, als ob's das Ding jeden Moment auseinanderreißt.« Das ist keine Beschwerde, nur ein Murmeln, nah am Selbstgespräch (das wirst du hier bald lernen, denkt Andrej). Um den offenbar unter einem leichten Schock stehenden Kollegen auf andere Gedanken zu bringen, fragt der kahle Mann mit dem weißen Bart, der ihm bis auf die Brust reicht: »Gibt's was Neues von der FIRAT? Liebe, Rache, Politik? Wie geht's dem Rechner? Ich bin ein bisschen … es ist wie Lampenfieber, wenn man weiß, man wird wieder mit allen verbunden, man kehrt zurück in den Rechner. Ich weiß, du hast dich immer nur via Filter verbinden lassen, für dich wird die Umstellung auf den altmodischen elektronischen Kasten, der hier alles reguliert, gar nicht so groß sein, aber …«

Christian hebt den Kopf, schaut den Russen direkt an und sagt freundlich, aber bestimmt: »Später vielleicht. Wir haben ja noch Zeit …«

»Na ja«, widerspricht Andrej, »so viel ist es nicht. Zwei Stunden für deine Einweisung und die Übergabe, dann noch eine für mich, falls ich was vergessen habe, dann muss ich auch schon los. Wenn wir etwa dieselbe Dauer für den Weg zur Kapsel ansetzen, wie wir jetzt …«

»Gut, aber dann sollten wir doch auch anfangen mit dieser Einweisung und Übergabe, nicht? Plaudern können wir noch, wenn du in dem Ding sitzt.« Der Vernunft dieser Sätze kann sich Andrej nicht verschließen. Er bittet Christian also an die Konsole und zeigt ihm zuerst mit den geheimnisvoll-theatralischen Worten »Sieh her und staune: meine Ergebnisse« eine Aufnahme, die jede und jeder auf der FIRAT kennt, aber kein Mensch, kein Kind, kein Computerprogramm genauer studiert hat als Andrej Sirilko.

»Spiegelschiff«, sagt Christian, mit einem Beiklang von: Das kenn ich doch, warum soll ich mir das anschauen?

»Warte«, sagt der Alte, und Christian ruckt auf seinem Stuhl ins ganz Aufrechte, an die Rückenlehne, weil das plötzlich so dringlich klingt, als Andrej sich vorbeugt und die Videoeinstellung auf einen ganz bestimmten Zeitausschnitt justiert, dann extrem verlangsamt. »Schau mal genau hin: Das ist nur der

Einstieg, Junge, diese Bilder. Alles andere habe ich mir aus den Sondendaten zusammengebaut ... schau ...«, und er blendet in mehrere Fenster sehr lange Kolonnen von Beobachtungsindizes ein, während Christian in skeptischem, gerade noch höflich-teilnehmendem Ton sagt: »Das wollte ich dich eh fragen, wieso du so viele ... also, Aiguo hat dich auf der FIRAT ja immer verteidigt dafür, aber ehrlich gesagt sind die Jungs und Mädels von der Physik, besonders von der Astrophysik, inzwischen ziemlich genervt davon, dass du immer wieder Breitbandnutzung beantragt und ja lange auch bekommen hast. Nicht nur für deine Dinger auf Triton hier und in der Nähe, around and about that moon ... sondern eben auch auf all den kleinen Sonden und Satelliten, mit denen die eigentlich das Neptunsystem vermessen wollten und einen präzisen Katalog aller ...«

»Haben Sie dir gesagt, was ich da alles gemessen habe? Haben Sie dir gesagt, was ich ...« Andrej macht eine Pause und sagt das nächste Wort mit ungeheurem Nachdruck: »nachgemessen ...« Und er wiederholt, mit für Christian nun wirklich unangenehm weit aufgerissenen Augen: »nach-ge-messen habe? Aiguo verteidigt mich, weil er und ich schon vor dem Zwischenstopp auf der Dysoniki-Werft solche Sonden genutzt haben. Die sind gleichzeitig mit uns gestartet, vom Lagrangepunkt aus, und nur sehr, sehr viel schneller geflogen, die ersten waren schon auf Jupiterhöhe, als die SMITH ... wir haben das alles ... *Voyager* hatte diese komischen Daten geliefert, und das europäische Orbitalteleskop, und die Sonnenwirbel wussten ohnehin längst davon, die haben ihre eigene Astronomie. Es war Teil der Mission, von Anfang an, es war der Grund, warum die Sonnenleute Cordula unterstützt haben, beim Rekrutieren geeigneter Menschen, wir sollten nachsehen ...«

Christian unterbricht ihn, wedelt mit der rechten Hand, als wollte er Andrejs Worte verscheuchen wie Stechmücken: »Whoa, whoa ... slow down, Mister. Langsamer. Du warst beim

Spiegelschiff, und jetzt bist du bei Astronomie oder Astrophysik oder …«

»Spiegelschiff, pff!«, prustet Andrej. »Der Name schon! Der Versuch, das Weltbild reinzuhalten – die liebe, banale Raumzeit, die sie kennen! Sie nennen es Spiegelschiff, damit sie diese dummen Theorien aushecken können … du kennst sie so gut wie ich: Das Schiff ähnelt unserem, sagen sie, sagt vor allem Diduk, weil es irgendwie nach ähnlichen Prinzipien gebaut ist, weil ja unseres nach Ideen von Cordula Späth gebaut wurde, und die hat sie also von Alexandra Burkhard irgendwie bekommen, richtig? Und Alexandra Burkhard, soll das heißen, hat eben noch so eins gebaut, hier irgendwo, irgendwie, und das hat sie Richtung Erde geschickt, das haben wir gesehen, nicht wahr? Das ist das da«, er deutet mit dem Zeigefinger der Rechten aufs Bild, sticht danach wie mit dem Degen und höhnt, »von Frau Burkhard gebaut. Und wenn's das nicht ist, dann sind es irgendwelche Nichtmenschen, irgendeine alte Zivilisation, die es hier gibt, dann kommen die Theorien der verrückteren Dysoniki, von wegen, vielleicht gab's mal einen Planeten mehr im Sonnensystem, und eine Katastrophe hat ihn zerhauen, daraus ist der Asteroidengürtel geworden oder der eine oder andere Mond, und die Diff sind irgendwie involviert, und die haben denen das erzählt, wie man … und dann wird es immer komplizierter und epischer und verdrehter, dabei muss man es nur«, er betont wieder jede Silbe, hart, rechthaberisch und zugleich wie verzweifelt, »an-schau-en, wirklich mal anschau-en, dieses Spiegelschiff, und dann sieht man's, dann gibt's gar keinen Anlass, gar keinen Aufhänger mehr für all diese verworrenen Theorien, dann liegt es offen zutage, unbestreitbar …«

Christian kann seine Irritation nicht mehr verbergen: »Was denn? Was soll ich da sehen?«

Andrej zieht die Stirne kraus und die Brauen zusammen, wegen Christians Gereiztheit einen Augenblick lang selbst gereizt. Dann entspannen sich seine Züge, er sagt entschuldigend. »Es tut mir leid, dass ich … Aufbrausend bin ich sonst nicht. Aber ich habe das Gefühl, uns läuft die Zeit davon. Wenn wir die Tatsachen nicht bald anerkennen … dann können wir nur noch zurückfliegen, so dumm wie vorher. Nichts gelernt, nichts erreicht, alles umsonst. Und Cordula, falls sie noch lebt, wird bitter enttäuscht sein von uns.«

Die Traurigkeit, die Christian heraushört, ist ihm nicht fremd.

Er kennt sie als Erinnerung daran, wie zu Beginn der Reise alles Aufbruch war. Und schon davor gab's das Gefühl, als er, nach dem letzten Besuch der Familie, gedacht hat, jetzt bin ich das los und kann mir sogar eine andere Herkunft basteln, mit meinem Vater in Deutschland, eine Vergangenheit, die mehr verspricht als die tatsächliche. Er denkt an seinen großen, zerschlissenen, jahrzehntealten Under-Armour-Rucksack, der jetzt neben der Schleuse dieser Station im Warmen steht, hier auf Triton, weil er ihn von der FIRAT mitgenommen hat.

Das Ding enthält alles, was ihm lieb ist, die Bücher, das Foto von seinem Vater und Alexandra Burkhard, uralte externe Speicher mit Filmen aus der Zeit dieser beiden, digitalisierte VHS-Home-Movies von ihren Reisen, von einer Band, in der Alexandra kurze Zeit gesungen hat, Musikvideos der Künstlerinnen und Künstler, die sein Vater kannte und schätzte, von Sonic Youth bis Autechre, Jugend, Pop und Underground, Aufbrüche, lauter Aufbrüche, »heut komm ich, heut geh ich auch, und morgen ist es dann vorbei«, richtig, Nena, und seither nichts mehr, nur eine lange Reise in einer Konservenbüchse an den Rand des Sonnensystems. Wozu?

Besänftigt fragt Christian nach: »Welche Tatsachen?«

Sein Blick folgt dem des Alten, als der wieder auf den Schirm schaut: »Das sind wir«, sagt Andrej schlicht. »Das ist kein Spiegel. Das ist kein Artefakt von Frau Burkhard, kein Werk irgendwelcher Nachkommen irgendeiner untergegangenen … das ist die FIRAT, das wird die FIRAT sein. Das ist unser Schiff, nachdem man ein paar kleine und große Sachen dran geändert hat.« Christian schüttelt den Kopf, langsam, aber unerbittlich: »Die Theorie gab's mal, am Anfang, aber Ockhams Rasiermesser … bevor man die Kausalität über den Haufen wirft, muss man doch erst mal Erklärungen finden, die ohne Zeitreisen und so Zeug …«

»Ockhams Rasiermesser verlangt auch, dass man das, was man sieht, ernst nimmt. Schau. Ich mach es sogar noch größer, dann wird es zwar vergröbert, aber – hier. Siehst du?«

»Was soll ich … ja, die Seitenbuchten unterm zweiten Ring, schön. Wobei das Ding nicht exakt so viele Ringe hat wie die FIRAT, also, da wackelt deine These schon. Es hat nur drei. Aber die stammen schon vom gleichen Konstruktionsplan, das räum' ich dir ein, vom gleichen, wohlgemerkt, nicht vom selben. Es gibt diese Seitenbuchten. Wie bei uns.«

»Aber das ist es doch, diese Ähnlichkeit! Die hat nämlich … überleg doch mal, warum ist diese zweite Seitenbucht schmaler? Die an … na, Backbord, wenn man es so …«

Christian dämmert, worauf der Alte hinauswill, und weil es gar nicht dumm, gar nicht weit hergeholt ist, wird er leiser, unsicherer: »Ähm, die … die zweite Seitenbucht ist … das haben sie in der Werft gemacht, bei den …«

»Ja! Eben! Das ist eine Reparatur, das hat nichts«, und jetzt wird Andrej wirklich laut, »nichts, nichts, gar nichts mit dem Grundkonstruktionsplan zu tun! Das haben sie ad hoc gemacht, das ist eine Folge der … das mussten sie so lösen, strukturerhaltend, weil die Sturmschäden, die Schäden vom Monodromiefragmentbeschuss … Weshalb sollte man ein Schiff so bauen, wie unseres nur deshalb aussieht, weil es mal fast in der Mitte durchgebrochen worden wäre?«

Christian fällt keine Antwort ein. Er starrt auf den Schirm und hört den Einsiedler sagen: »So und jetzt … der nächste Schritt: Die Ähnlichkeit, mehr, die Übereinstimmung dieses

Details ... und ich habe übrigens, das nur nebenbei, noch eine ganze Reihe weiterer gefunden, die Diduk einfach ignoriert, damit seine verordnete Orthodoxie intakt bleibt, wie die Kirchenleute damals alle Hinweise auf den Heliozentrismus ignoriert haben ... also, das Ähnliche hat mich draufgebracht, aber wenn wir jetzt als Zweites die Abweichungen mal anschauen – welcher Ring fehlt?«

Die Frage ist mit solcher Dringlichkeit gestellt, dass Christian, der sich bedrängt fühlt, wie ein braver, aber sich windender Schüler antwortet: »Ich ... ich weiß nicht, ein ... einer von den Ringen, okay, es sind weniger, es fehlt ... einer ... der ... ja, der zweite?«

»Und was ist da drin?«

»Wie, was ist da ... ach so, bei uns. Das ... das erste Aquarium. Das große.«

»Und das enthält was?«

»Das ent... ich versteh nicht, was du von mir willst, Andrej. Again, please, slow down ...«

Aber der Alte tut nichts dergleichen, sondern ruft triumphierend, aber zugleich mit dem Pathos eines Mannes, dem schwerstes Unrecht geschehen ist für seine Hellsichtigkeit und Lauterkeit, ein einziges Wort aus, als wäre es der Schlüssel zu sämtlichen Geheimnissen des Universums: »Korallen!«

Eine weitere Kunstpause folgt, und als Christian wieder keine Reaktion einfällt, die ihm angemessen scheint, wiederholt Andrej noch einmal, ruhiger jetzt, aber mit großer Bestimmtheit: »Korallen.«

Christian sagt sehr leise, als hätte er das Wort noch nie gehört und mit der Hebung am Ende, die eine Frage markiert: »Korallen?«

So, wie man »Hab ich dich erwischt!« sagt, erwidert Andrej euphorisch: »Korallen, ja! Neptun ist eine Wasserwelt, nicht? Eine flüssige jedenfalls, eine Welt der ... was kann da besser leben, was kann da geeigneter sein, um bewohnbare Strukturen zu bauen, Inseln, massive Substrate für ökologische Systeme, als eine biotisch den dortigen Gegebenheiten angepasste Abart der Koralle? Am besten wird man das Meer drum gleich noch mit Oktopoden bevölkern, mit diesen Tintenfischen, die Cordula immer … Alex Burkhard hatte … Die EOLOMEA, die JEFREMOW hatte viel Saatgut dabei, Saat von Pflanzen und von Tieren, auch aquatischen Lebewesen, aber keine Korallen, die kriegt sie von uns, hat sie von uns gekriegt, wird sie von uns kriegen, um …«

»Aber das ist doch völliger Blödsinn!«, unterbricht Christian den Redefluss des Alten. »Das ignoriert doch sämtliche … Korallen brauchen eine Umgebung, die nicht … das ist doch kein Meer da oben wie auf der Erde, ich hab das ja auch mal geglaubt, das war sogar … kurz nachdem ich aus meinem zweiten Kälteschlaf aufgewacht bin. Da hat mir Heike den Kopf gewaschen, weil ich so eine romantische Vorstellung vom Neptun hatte. Da gelten doch ganz andere physikalische Bedingungen als da, wo unsere Korallen herkommen, die werden da einfach zerquetscht und pulverisiert und zerstört und … Andrej, das ist einfach freie Assoziation, was du da machst, das ist wahnhaft, beziehungswahnhaft, wenn du sagst, Korallen, aha, Meer, und Neptun ist eine Meerwelt, na dann ignoriere ich einfach alle uns bekannten Naturgesetze und …«

»Ah!«, macht Andrej, eine Mischung aus Lachen und Bellen, und schlägt mit der flachen Hand auf die Konsole, dass Christian zusammenzuckt, als hätte ihn der Schlag nur knapp verpasst. Andrej richtet sich auf, breitet die Arme aus, klatscht dann in die Hände und spottet grimmig: »Naturgesetze! Na, dann! Wenn die Naturgesetze nicht einverstanden sind! Dann geht's nicht, dann hat er unrecht, der Andrej Sirilko! Nein, nein, mein Freund. Das kannst du nicht machen, diese Hauptsache unserer Mission zur Nebensache erklären und unter den … den … flauschigen … Teppich deiner … Selbstberuhigung kehren.«

Er hat den Vergleich aus einem Buch, es ist ihm entfallen, aus welchem, aber das kümmert ihn jetzt nicht, er hat Wichtigeres mitzuteilen: »Sie sind nur an der Oberfläche geblieben, verstehst du? Lichtgeschwindigkeit, das war das Äußerste, was sie mal zulassen wollten, dass man das befragt – du kennst die Versuche der Gruppe um Korolev, diesen Dysonik, den Taisa beaufsichtigt hat?«

Etwas verschnupft antwortet Christian: »Ja, kenne ich. Als ich aufgewacht bin, Andrej … du musst mich hier nicht belehren … als ich vor sechs Jahren aufgewacht bin aus meinem zweiten Kälteschlaf, hatte ich ein langes Gespräch mit Heike. Sie war praktisch mein ganzes Empfangskomitee, und bei dem Gespräch haben wir beschämenderweise rausgekriegt, dass ich nicht mal wusste, wie der Neptun aufgebaut ist, und damals hab ich mir geschworen, mich nicht mehr vor diesem ganzen Zeug zu verkriechen in Texte oder ins Kältebett. Damals habe ich mir vorgenommen, Christian, du lernst das jetzt – und ja … Korolev: Die Theorie sagt, vielleicht war die Lichtgeschwindigkeit bei der Geburt des Universums nicht die heutige, sondern unendlich groß, oder jedenfalls viel größer als jetzt, also nicht wie bei Einstein, keine Konstante …«

»Ja, siehst du, Konstanten, bitte, und dann hat Korolev ein Verfahren entwickelt, wie man diese Prognose … na, Retrognose, diese Behauptung darüber, wie es viel früher mal gewesen sein muss, testen kann, nicht, und seitdem herrscht an Bord der FIRAT diese hübsche quietistische … dieser Betrug, von wegen, wir nehmen Cordulas Auftrag an, wonach wir die Veränderlichkeit und Löchrigkeit der Naturgesetze hier draußen messen, mit Sonden, aber auch in Labors, die mehr oder weniger autonom sind und um diese Monde hier kreisen oder auf diesen Monden eingerichtet werden, stationär, so hab ich ja meins gekriegt … aber der Betrug ist: Sie befassen sich mit Konstanten, nicht mit Gesetzen …«

»Die Konstanten sind Bestandteil der Gesetze, wenn …«

Andrej hat für Christians Widerwort keine Geduld mehr: »Ja, blablabla, Bestandteil, ach was, hör mal, es ist oberflächlich, sonst nichts – ich habe es mitgemacht, weiß Gott, bis zu einem Punkt, an dem Diduk selbst meine Konstantenmessungen zu weit gingen, weil ich an dieser Naivität da wenigstens mal gekratzt habe, indem ich, nach meiner Gleichung, die härteren, die heikleren Konstanten ...«

Jetzt ist es Christian, der dem anderen ins Wort fällt: »Weiß ich auch alles. Du hast ... die denken, du spinnst. Die haben mich vor dir gewarnt: Was will er denn, glaubt er, die Welt ist eine Täuschung? Ich weiß schon, du hast sogar h quer nachgemessen, tausend-, zehntausendmal, in der Ringlücke, in der äußersten Neptunatmosphäre, und dann auch noch die whatchamacallit, die Feinstrukturkonstante ... sie sagen ... Heike hat mir erzählt, was man redet, bei den Physikern, die hat Freunde da. Die sagen: Es wird nicht mehr lange dauern, und Sirilko wird jeden Morgen Pi nachrechnen, ob sich was geändert hat.«

Andrej holt sich mit dem rechten Fuß einen Stuhl auf Rollen her, setzt sich, lächelt, als wollte er sagen: »Touché«, und sagt dann etwas ganz anderes: »Gute Idee, Pi. Ich hab was Ähnliches gemacht, ich habe den Mondschein überprüft. Mehrmals.«

Christian, dem auf seinem Stuhl immer unbequemer wird – so hat er sich die Einweisung in seine hiesigen Pflichten wirklich nicht vorgestellt –, gibt zu, dass er passen muss, seiner jahrelangen Nachholbemühungen im Physikalisch-Naturwissenschaftlich-Mathematischen zum Trotz: »Mond...schein? Was Astronomisches?«

Er weiß selbst, dass das nicht richtig sein kann, der Kontext – das Nachrechnen von Pi – schließt es aus, und Andrej, keineswegs verbohrt oder irre, sondern auf einmal recht milde, schüttelt sacht den Kopf, als er sagt: »Mathematik. Das, was oben nicht mehr oberflächlich ... der Mondschein ist eine

Beziehung zwischen zwei intuitiv eher weit auseinanderliegenden mathematischen Gebieten, einerseits der Gruppentheorie und andererseits der Zahlentheorie … 1978 war das, da haben zwei Mathematiker, John Conway und Simon Norton, überrascht festgestellt, dass es eine Nähe … also, es gibt eine Gruppe, das ist …«

»Gruppen weiß ich«, sagt Christian, »das ist ein Haufen Elemente und eine Verknüpfung, mit der man aus Elementen andere Elemente …«

Andrej winkt ab. »So, da gibt es diese riesige Gruppe, die sogenannte Monstergruppe, und die erste Anzahl von Dimensionen, in der die was Sinnvolles … in der man mit ihr was machen kann, ist 196 883, also in Matrizenform die … gut, aber in der algebraischen Zahlentheorie gibt es eine von Felix Klein definierte Funktion, die hat so einen Koeffizienten, 196 884, also Unterschied: genau eins. Da fragten sich Conway und Norton: Was ist das, warum ist das so, das kann doch kein Zufall sein? Und jetzt kommt die Physik mit rein, denn es gibt eine Theorie, die in der Physik entstanden ist, die Vortexoperatorenalgebra, erfunden im Rahmen der Stringtheorie, und einer namens Richard Borcherds konnte zeigen, dass es eine feldtheoretische Begründung für den Mondschein gibt, für die Nähe zwischen dem Koeffizienten und der Monstergruppe, und hier stellt sich nun also die Frage, wenn die Naturgesetze mathematisch gefasst werden können …«

Christian steigt ein: »Alright, wenn Mathematik die Sprache der Natur ist, und dieser … Mondschein, diese Beziehung zwischen zwei Größen, ist eine Art Wortspiel in dieser Sprache …«

Andrej ist begeistert: »Ja, genau, Wortspiel! Die Mathematik macht Witze! Und wir müssen die Pointen dieser Witze … Schau, Christian, auf dem ganzen Weg von den Asteroiden bis zum Neptun habe ich versucht, meinen Ansatz … die Kinder waren fasziniert, aber Diduk und die alte Elite der Dysoniki haben gewarnt davor, haben gesagt: Das sind unbeweisbare

Hypothesen, das ist … die Kinder waren fasziniert vom Mondschein übrigens, aber … unbeweisbar! Was heißt das? Diese Leute! Diese furchtbaren, undialektischen Köpfe! Ich war ja auch so blöd, bevor mir Aiguo den Verstand durchgekämmt hat, auf Anregung von Cordula wohl … aber es ist doch so: Alle diese wissenschaftlichen Theorien, diese schön beweisbaren, hängen von der Voraussetzung ab, dass … wenn sie zu raten versuchen, wie Planeten entstehen … die inneren Planeten fallen nicht in die Sterne, und ihre Hüllen werden vom Solarwind erst mal weggeblasen, das überschüssige Gas, und die Welten, die weiter draußen sind, na, Gas aus dem Nebel der Umgebung wird Wasser, Ammoniak, Methaneis, und wenn man jetzt über unser System rausschaut, die Vermutung, man könnte Planeten entdecken, indem man gravitationale Effekte auf dem jeweiligen Stern beobachtet, den sie umkreisen … alles das, alles, jede Vermutung über irgendwas, das weiter weg ist, als dass die Menschen ohne weiteres hinkämen, muss davon ausgehen, dass das Universum im Hinblick auf die Naturkonstanten, mehr noch aber im Hinblick auf die Naturgesetze isotrop ist … wir haben doch keine … es ist eine völlig andere Art von Beobachtung, wenn man keinen Versuchsaufbau machen kann, der … das Licht braucht … schau, Christian.« Der dringliche Ton von vorhin ist wieder da: »Die Wahrheit ist, Christian …«

Statt einer Offenbarung aus Andrejs Mund empfängt Christian einen Stoß Blut aus Andrejs Nase, als dessen Kopf nach hinten gerissen wird, von einem Schock, der ihm durch den ganzen Leib zu fahren scheint.

Blut als Spray spritzt dem Neuankömmling ins Gesicht, der seinen Stuhl (und sich selbst darin) reflexhaft mit beiden Beinen nach hinten stößt, was den Stuhl unter ihm wegrückt, während Christian nach oben fällt, als wäre er mit aller Kraft Richtung Decke gesprungen.

Er schlägt sich die rechte Schulter an einer Innendachstrebe des Zylinders an, dann stürzt er auf den Tisch, den sein Leib mittendurch bricht, und schreit auf, als ihm der Aufprall durch alle Knochen fährt. Einen Lidschlag lang wird ihm schwarz vor Augen, und er würgt an etwas, das nach Kupfer schmeckt, aber kein Blut ist, sondern trocken, wie ein Papierfetzen im Hals. Dann hustet er, schüttelt den Kopf heftig, als habe ihn wer gepackt und wolle ihn frei schütteln. Christian japst nach Luft, hustet wieder, fährt mit den Ellenbogen durch die Tischplattensplitter. Richtet den Oberkörper auf, so gut er kann. Andrej Sirilko, schräg links in Christians Gesichtsfeld, hängt schief in seinem Stuhl. Der Gestürzte kann nicht erkennen, ob Andrejs Augen offen oder geschlossen sind, ob er atmet, ob er lebt. Christian schüttelt noch einmal den Kopf, eine sinnlos trotzige Verneinung jetzt. Das passiert doch nicht wirklich, das darf doch nicht sein. Ich bin doch gerade erst angekommen.

Eine warme, feminine Stimme sagt: »Junger Mann? Entschuldigen Sie? Können Sie mich hören? Verstehen Sie mich?«

Hinter ihm ist das, sagt ihm sein Gehör. Er dreht sich unter leichten Rippenschmerzen in die Richtung, linksherum. Aber die Frau, die ihn angesprochen hat, steht nicht auf dem Boden der Station, sondern auf der gebogenen Innenwandung, als wäre das der Boden, als zeigte der Schwerkraftpfeil im Zylinder zur Seite.

Sie hat keine Löwenmähne, sondern schulterkurzes, wenn auch nicht ganz glattes Haar, sie trägt weder Jeans noch Turnschuhe, sondern einen grünen Overall und weiße kurze Stiefel, sie hat weniger Sommersprossen als auf den Fotos und auf den Filmen, sie sieht älter aus, wenn auch nicht mehr als zehn Jahre.

Aber Christian Winseck erkennt Alexandra Burkhard trotzdem sofort.

Niemand an Bord der FIRAT ist vorbereitet.

Selbst Semjon Diduk, der in militärischen Dingen Erfahrenste, hat in den letzten fünf Jahren über Angriffsgefahren nur in den allerallgemeinsten Begriffen wie »stete Wachsamkeit« nachgedacht. Die Leute sind fähig, sich im Nahkampf zu verteidigen. Das Training ist nie unterbrochen worden. Sehr viele tragen Messer und vergleichbares Werkzeug bei sich, aber die grundsätzliche Annahme hinter sämtlichen diesbezüglichen Gesprächen an Bord seit Aufnahme der Dysoniki und ihrer Kinder in die Missionsparameter war immer, es würde sich nichts Kriegerisches ohne Vorwarnung ereignen, man würde fremde Schiffe und dergleichen kommen sehen, auch Geschosse, erst recht Entertruppen.

Es kommt ganz anders.

Als es ganz anders kommt, ist Aiguo Sun tief eingegraben in die Arbeit, die immer mehr von seiner Zeit in Anspruch nimmt, seit er als Kapitän zurückgetreten ist, ein mit voller Absicht als dauerhaft verkündeter Abschied: »Mein Spätwerk«, hat er damals Diduk mit jener undurchschaubaren Freundlichkeit erklärt, die seine klügsten Schachzüge allzeit begleitet, »soll die Mission jetzt in die Tiefe führen statt, wie der Flug, nur in die Ferne.«

Er wollte nicht mehr Politiker sein, was man als Kapitän notgedrungen ist, sondern wieder Wissenschaftler. Im Rechner, den die Mehrheit der Besatzung selbst bildet, hängt er dazu nicht. Aiguo hat um ausgemusterte Geräte, um »Elektroschrott« gebeten und sich daraus etwas gebaut, das, wie er sagt, »auf der Erde wahrscheinlich auch heute noch, fast ein Vierteljahrhundert nach unserem Start, als Supercomputer gilt, aber hier auf dem Schiff bloß Spielzeug ist. Spielzeug brauche ich, denn ich will spielen.«

Diduk, von dem er sich die Genehmigung fürs Ausschlachten der abgetanen Apparate holte, erwiderte darauf: »Dann spiel. Meinen Segen hast du – so teuer wie die Wahnsinnsexperimente von Andrej, der demnächst noch nachzählen wird, ob die Zwei auf die Eins folgt und die Drei auf die Zwei, wird's ja nicht werden. Schon gut, ich weiß, du verteidigst ihn …«

Aiguo nickt: »Er nimmt den Teil der Mission ernst, den Cordula uns vor dem Aufbruch von Ceres eingeschärft hat: Sucht Anomalien, studiert ihre Beschaffenheit, ihre Verteilung …«

»Mir wär's lieber, wir fänden Spuren der EOLOMEA, aber … jede Frau und jeder Mann an ihren Plätzen, das ist mein Motto.«

Ein geringfügigerer und deshalb auch unbescheidenerer Geist hätte an dieser Neckerei Anstoß genommen. Aiguo aber setzt die Aufforderung einfach um, wie er alles angegangen ist, seit er das Dorf seiner Kindheit verlassen und sich auf den Weg zu den Sternen machen durfte: methodisch streng, in aller Ruhe kühn. Er zieht sich zurück in einen kleinen Rechnerraum und noch tiefer: Er zieht sich zurück ins Fundamentalste. Hier sucht er nach Gelegenheiten, Keller zu graben, und wenn er sie gegraben hat, klopft er die Wände von innen ab, der Echos wegen, die ihm verraten sollen, was der Grund ist und der Grund der Gründe. Ein Jahr nach Beginn dessen, was er sein Spätwerk nennt, verrät er Liz Parker, die ihn oft besucht, bei einem traditionell chinesischen Fischgericht, das er ihr aus einem schönen Fang zubereitet, den Filipa für ihn im Korallengürtel gemacht hat, dass er die »Anfangsprobleme« jetzt überwunden hat.

»Was für Anfangsprobleme?«, fragt Liz. Aiguo sieht sie scheinbar arglos an, als er sagt: »Ich musste herausfinden, wonach ich überhaupt fragen will. Jetzt weiß ich es. Ich hatte zuerst gefragt wie Wigner …«

»The physicist«, sagt sie, damit er weiß, dass ihr klar ist, von wem er redet. Aiguo schlägt die Lider kurz nieder, das ist knapper und deutlicher als ein Nicken. Dann fährt er fort: »Ja, der Mann, der gefragt hat: Warum ist Mathematik überhaupt nützlich fürs Formulieren der Naturgesetze? Ich habe das abgeklopft, nach der evolutionären Seite hin zuerst …«

Liz will erneut zeigen, dass sie mitdenkt: »Unsere Mathematik entsteht im Gehirn, und unser Gehirn ist von der Evolution für diese … unsere Welt zurechtentwickelt, also passt's und ist nicht rätselhafter als die Frage: Warum passt unser Auge zu den Lichterscheinungen, die wir sehen müssen, um zu überleben?«

Er präzisiert beiläufig: »Um uns fortzupflanzen. Das Überleben ist nur notwendige Bedingung dafür, aber an sich nicht relevant. Deine Gene wollen nicht, dass du lebst. Sie wollen, dass du Junge kriegst.« Liz lacht, er meint es aber nicht witzig: »Nach der evolutionären Seite bin ich zu den Sachen selbst gekommen, also: Welche Naturgesetze sind mathematisch formulierbar, kann es nicht doch welche geben, die nicht mathematisch formulierbar sind und dennoch gesetzesförmig, etwa gültige, nicht auflösbare Widersprüche …«

»So was wie das, was wir im Rechner gefunden haben, bei der Mengenlehregeschichte.«

»Ja«, sagt er, »und um dein Gleichnis vom Auge anzuwenden: Es gibt ja auch Lichtwellenlängen, die das menschliche Auge nicht sehen kann, weil sie für unseren Fortpflanzungserfolg nicht nötig sind, und warum soll es also nicht mathematische Strukturen geben …«

»… die wir nicht denken können«, beendet Liz den unheimlichen Gedanken, der ihm aber gar nicht unheimlich ist: »Ich habe lange mit mir gerungen, die Synthese zu akzeptieren, zu der mein Durchgang durch die denkbaren und mein Abtasten der Möglichkeit der undenkbaren Naturgesetze mich zu … nötigen schien. Ich wollte es nicht, weil … weil ich einen Denkfehler gemacht habe. Ich hatte Angst, meine endgültige Fragestellung, meine korrigierte Fragestellung sei … westlich.« Er lächelt, als habe er eine große Peinlichkeit eingestanden, die ihm passiert ist. »Oder, wie Marx gesagt hätte, idealistisch.«

»Sorry, jetzt hast du mich abgehängt, jetzt habe ich vergessen, was war die unkorrigierte Frage, und erklär mir dann auch, wie hast du sie korrigiert und wie lautet sie jetzt – if you don't mind explaining that to a slow witted New Mexico girl, Captain.«

Sie nennt ihn immer noch so, teils, weil sie ihn ehren möchte, teils, weil's ihr bei aller inzwischen erreichten Harmonie zwischen den Dysoniki und ihren Kindern einerseits, der traditionalistischen Menschenfraktion auf der FIRAT andererseits immer noch lieber wäre, das Schiff würde von Aiguo Sun statt von Semjon Diduk befehligt, obwohl es Aiguo war, der ihr damals die Zwangsverbindung zum Rechner aufgezwungen hatte, gegen Diduks Protest.

»Die erste, aber falsche Frage«, sagt Aiguo, »ist, warum die Physik mathematisch ist. Die richtige ist, warum die Mathematik mathematisch ist. Die richtige Frage ergab sich aus der Synthese von allem, was ich wusste oder als leidlich gesichert betrachten konnte, denn die Synthese heißt einfach: Die physikalischen Strukturen – um's mit der Mengenlehre zu sagen, von der du redest – sind eine Untermenge der mathematischen.«

Liz geht ein Licht auf: »And you were afraid that … dass diese Synthese idealistisch ist, weil sie die Tatsachen, etwa, dass Sachen so und so fallen in Schwerefeldern, dass Licht sich so und so bricht in Linsen, dass Schall sich so und so fortpflanzt in Atmosphären, dass man bei Quantenteilchen nicht gleichzeitig Ort und Impuls bestimmen kann … weil deine Synthese alle diese Tatsachen, materielle Dinge, den … denkbaren Strukturen unterordnet.«

»Ja, aber dann begriff ich: Idealistisch ist nicht, die Strukturen für primär zu halten, idealistisch wäre nur, die Strukturen mit den Ideen von den Strukturen zu verwechseln, die wir haben oder haben können. Die Idealisten denken, es gäbe

Strukturen ohne etwas, das sie hat, das sie trägt, ohne etwas, das durch sie strukturiert ist. Ohne und zuerst, also: logisch zuerst. Während ich nur sage: Strukturen von etwas, das ich nicht kenne, sind vorgeordnet den Strukturen, die ich kenne und also nachweislich kennen kann. Ich sage nicht, dass das, was ich nicht kenne, prinzipiell unerkennbar ist. Erst das wäre die … der Anfang von …«

»The beginning of the slippery slope to idealism.«

»Richtig. Während die Frage ›Was ist das Mathematische an der Mathematik?‹ genau materialistisch fragt, nämlich: von was sind die allgemeinsten für uns denkbaren Strukturen eigentlich Strukturen, wenn eben gerade nicht von unseren oder Gottes Gedanken? Wenn ich wie du ein … Mädchen aus New Mexico wäre, könnte ich dasselbe auf zwei Arten sagen, weil ich so viel mexikanisches Spanisch gehört hätte beim Aufwachsen – ich könnte sagen ›two plus two equals four‹, oder ich könnte sagen ›dos mas dos igual a cuatro‹, aber was heißt das, es ist dasselbe, auf zwei Arten gesagt? Was ist dieses Dasselbe?«

»Well«, sagt Liz Parker mit verschmitztem Grinsen, »good luck finding that out, then.«

Am Tag des schwersten Angriffs auf das Schiff seit dem Sturm, vier Tage nach dem Abflug der Kapsel mit Christian Winseck an Bord, der zum Triton fliegt, um dort Andrej Sirilko abzulösen, ist Agiuo Sun wesentlichen Puzzleteilen der Antwort, die er sucht, näher denn je.

Er sitzt an seinem »Dampfcomputer«, wie Filipa Scholz die schwerfällige, aber robuste Maschine getauft hat, und befindet sich gedanklich in einem der tiefsten Stollen des Bergwerks, das er in den Jahren seit Ankunft der FIRAT im Neptunsystem zu seiner intellektuellen Heimat gemacht hat – in dem Schacht, auf dessen Wänden zu lesen steht, dass nicht einmal das uralte »zwei und zwei ist vier«, von dem er Liz gegenüber in zwei Sprachen geredet hat, die sie besonders gut kennt, ganz sicher ist vor Erschütterungen des Zufalls, dass selbst im Innern der Arithmetik Beliebigkeit gefunden werden kann, beim Ausüben der Grundrechenarten unter natürlichen Zahlen. Der Schlüssel ist die Komplexitätstheorie, denkt Aiguo, denn ihr verdankt die Menschheit die Einsicht, dass man niemals herausfinden wird, welches das kürzeste Computerprogramm ist, das einen bestimmten Output produziert (etwa eine bestimmte Zahl berechnet).

Auf die Vier kann man kommen, indem man die Eins zur Drei addiert, die Zwei zur Zwei, indem man die Zwei mit der Zwei multipliziert, indem man die Summe von Drei und Drei von der Zehn abzieht und so weiter – aber die algorithmische Komplexität der Vier, die – um dem großen Wahrscheinlichkeitsdenker, der diese Komplexität als Erster streng definiert hat, einem Landsmann von Semjon Diduk, die Ehre der Benennung zu geben. Die Kolmogorow-Komplexität eines Programms lässt sich nicht berechnen. Hier wütet Beliebigkeit, wenn Beliebigkeit bedeutet: Man weiß nicht, ob's noch ein kürzeres Verfahren gibt, zu einer Sache zu kommen. Wenn es eine Regel gibt, die kürzer ist als eine Zahlenfolge, mit der man sie notieren kann, ist die Folge nicht beliebig.

Wenn es so eine Regel nicht gibt, nennt Gregory Chaitin, ein Landsmann von Liz, die Folge beliebig, »random« – und hat aus dieser Definition und dem von ihm und Kolmogorow im Umfeld dieser Definition gewonnenen Wissen und Vorleistungen eines Mannes namens Jones und eines anderen Mannes namens Matjasewitsch etwas ebenso Grandioses wie Perverses, etwas zugleich Erhabenes und äußerst Gruseliges konstruiert: eine diophantische Gleichung mit siebzehntausend Variablen, das heißt eine, in der jede Konstante eine beruhigend gewöhnliche, natürliche Zahl ist und auch alle Variablen solche nicht negativen positiven ganzen Zahlen sind. Eine der Variablen ist ein Parameter, das heißt ein Wert, der sich für eine spezifische

Lösung der Gleichung nicht ändert, aber für verschiedene Lösungen verschieden sein kann. Wenn man nun diesen Parameter ändert – wenn man eins, oder zwei, oder drei oder was immer dafür setzt, kann man fragen: Hat diese Gleichung eine endliche oder eine unendliche Anzahl Lösungen?

Chaitins Falle ist so gebaut, dass die Antwort lautet: »unendlich«, wenn eine bestimmte Stelle im Programm, das die Zahl berechnet, welche die Haltewahrscheinlichkeit für ein Computerprogramm einer beliebigen Länge angibt, einen bestimmten Wert hat, und »endlich«, wenn diese Stelle, dieses Bit einen anderen Wert hat. Da aber die Haltewahrscheinlichkeit selbst qua Kolmogorow-Unbestimmbarkeit irreduzible mathematische Information ist – da man sie nicht durch ein Verfahren rauskriegt, das kürzer ist als das Laufenlassen des Programms –, ist die Frage »Hat diese Gleichung endlich oder unendlich viele Lösungen?« so unbestimmt wie die Quantenunbestimmtheiten.

Nicht nur im subatomaren Bereich, sondern in der einfachsten mathematischen Denkarbeit, beim Rechnen mit ganzen, positiven Zahlen, ohne Ableitungen, Integrale oder irgendwelche schaurigen unendlichen Größen, gibt es Unbestimmtheit, selbst in dem Bereich, den Kinder kennenlernen, wenn sie Sachen an ihren Fingern abzählen, wenn sie addieren und subtrahieren und multiplizieren und dividieren.

In diesen Abgründen fischt Aiguo Sun, an seinem uralten Bildschirm, der ihm Neuigkeiten zeigt, Neuigkeiten über messtheoretische-stochastische Münzwurffragen, über Seltenheit, Tests für Beliebigkeit von Datenreihen, Unvorhersagbarkeit, Wetten, Teil- und Ganzberechenbarkeit, als ihn ein stechender Schmerz am und im Hinterkopf, ein glühender Dolch im Genick zusammenzucken lässt und dann nach vorn kippen, so dass er beinah mit dem Gesicht gegen den Bildschirm schlägt, auf dem gerade eine Reihe von Ziffern mit griechischen kleinen Exponentenbuchstaben von unten nach oben läuft.

Er blinzelt, er leckt sich über die Lippen, richtet sich wieder auf.

Er zittert. Der Schmerz brennt nach, aber er wird weniger, dann ist er nur noch eine sehr unangenehme Kurzzeiterinnerung, die darauf besteht, eine Vorahnung sein zu wollen: Gleich wird's noch schlimmer. Das ist irrational. Also kämpft Aiguo es nieder. Angst vor Schlägen hat man immer, wenn man geschlagen wurde, aber solange man nicht weiß, wer einen geschlagen hat und warum, sollte man, findet Aiguo, der Angst kein Gehör schenken.

Um herauszufinden, ob der Krampf im Kopf gerade nur sein Unglück war oder etwas Größeres, das mehr Leute betrifft, aktiviert er seine eingeschränkte Verbindung zum Rechner, den die meisten Leute auf der FIRAT bilden. Was daraufhin passiert, erschreckt ihn mehr als der Anfall: nichts. Kein Blinken im Gesichtsfeld, kein Text, kein Laut. Der Rechner schweigt. Aiguo schaut auf seinen Bildschirm, da geht's weiter wie eben, Nulltests, offene Klassen, schwache n-Beliebigkeit …

Aiguo wechselt die Taktik: Da auf die Allgemeinanwahl niemand reagiert, versucht er es jetzt mit Einzeladressen, und da der Gesamtrechner offenbar einen Treffer abgekriegt hat, probiert er zuerst Leute aus, die nicht dauerhaft an diesen Gesamtrechner angeschlossen sind, Leute mit eingeschränkter Hirnkonnektivität also, die Liz-Parker-Fraktion.

Zuerst Liz selbst, von der er weiß, dass sie sich mit Filipa gerade keine vierzig Grad weit weg im selben Reifen wie er befindet, im Garten nämlich. Liz reagiert nicht.

Gleich darauf wählt Aiguo Filipa an, und die schickt ihm einen kurzen zerfahrenen Text:

AIGUO KOMM HILFE LIZ SCHWER VERLETZT ANDERE AUCH TOTE
HIER GARTEN IV

Der alte Ingenieur, der sich mit allen erreichbaren medizinischen und biotechnischen Mitteln seit Jahrzehnten auf dem physischen Stand eines sportlichen Mittvierzigers einer der gesünderen Gesellschaften des frühen zwanzigsten Jahrhunderts erhalten hat, wirft keinen weiteren Blick auf seinen Arbeitsplatz mehr, sondern springt auf, während er sendet:

BIN SOFORT BEI EUCH

Dann stürzt er aus der Tür auf den Korridor.

Dort packt ihn einer der Invasoren im blauen Hartplastik-Körperpanzer im Genick, während ein anderer mit der ausgestreckten Rechten auf ihn zeigt, als wäre diese Hand eine Waffe, die auf ihn schießen kann, falls er den Invasoren Schwierigkeiten macht.

Aiguo, geistesgegenwärtig wie stets, hebt beide Arme: »Ich ergebe mich! Verstehen Sie? Sprechen Sie deutsch?«

Die beiden Männer lachen.

IV. DIE OFFENE SEE

1 | Am Boden oben

Traumgefangen hat sie einerseits überhaupt keine Arme und Beine, andererseits viel zu viele, einerseits nicht eine einzige Hand und gar keinen Fuß, andererseits eine unübersehbare Zahl von beiden. Sie kann sich nicht sortieren, ist aus sich über sich hinausgewachsen. Zappelnd steckt sie fest im allseitig Durchsichtigen dieses Traums.

Sie hebt ihre Hände, als wollte sie um Nachsicht bitten.

Einige der Hände sind Messersträuße. Sie spürt in ihnen, dass daran ein Satz von Filipa schuld ist, ein Befehl: Klingen als Finger, sonst geht es nicht!

Die Spitzen der Stich- und Schneidwerkzeuge sind sensibel, nicht fühllos. Dieses Metall enthält Nerven, und diese Nerven spüren das Glas, das sie festhält, als wäre der Sand noch darin, aus dem man Glas zusammenschmilzt, als wäre die ganze Umgebung gläserner, erstarrter Treibsand, das zeitlos gewordene abstrakte Prinzip: »Je mehr du dich mühst zu entkommen, desto tiefer gerätst du in Zwang.«

Die Träumende weiß, dass sie träumt. Das macht sie wütend. Deshalb sticht sie mit den Messern auf die Glaswand ein, die sie umschließt, und öffnet weit den Mund, beißt zu mit Zähnen, die zugleich Augen sind, beißt und sticht in die durchsichtige, eiskalte Härte.

Erde muss ich finden, Glas muss weg, muss zerstört sein, zerhackt, zerbissen, und nur wenn ich –

Heike blinzelt, als wären ihr bei der Selbstbefreiungsarbeit im gefrorenen Block kleinste Scherben, staubfein gemahlene Glassplitter unter die Lider geraten, die sie mit Tränenflüssigkeit aus den Augen spülen muss. Dann schluckt sie hart und gierig. Sie schmeckt reichen Pflanzensaft im Mund und weiß: So lerne ich den neusten Stand, unten im Leben, das uns trägt, im Riff, in den Tiefen, wo dieser Geschmack herkommt, das Flüssigwissen der Rieseninsel. Das tränkt mich, alle meine Zellen, macht mich schwer und dicht und wirklich genug für diesen Ort.

Bevor sich der Glasbatzen um sie geschlossen hatte, war ihr Traum einer vom Absinken in jene Tiefen gewesen: Sie hatte den Sprung vom Randwulst der Insel gewagt, nach außen ins Ozeanische, von der südlichsten Klippe der Lagune, am spitzen Ende der Vierfachbucht, wo ihr Haus steht, und war ins Meer getaucht wie ein Stein, staunend über die unmöglichen Farben, das metallische Blutglänzen und die Lamellen, wie Rote Beete. An den Wunderformen im Riff war sie langsam vorbeigefallen, und die Leute hatten ihr gewunken, Alexandras Arbeiterinnen und Arbeiter, dass sie bei sich leise hatte lachen müssen, weil ihr der Satz eingefallen war, den Semjon als Erstes gesagt hatte, nach der Begegnung mit denen, die im weißen Sternstein, in der wichtigsten der drei Licht- und Kraftquellen über der Insel, nicht nur leben, sondern regieren: »Die weiteste Menschenreise aller Zeiten. Und was finde ich schließlich, am äußersten Horizont? Amerikaner, die uns besiegt haben.«

»Na ja, besiegt …« Die besänftigende Relativierung, mit der Alexandra Burkhard ihn indirekt darum gebeten hatte, das Thema nicht bis zur Missstimmung zuzuspitzen, war gar kein richtiger Satz.

Später, in kleiner Runde mit anderen Geretteten, die nicht wussten, wovor genau Alexandra Burkhard sie »in letzter oder erster Sekunde gerettet« hatte, wie sie behauptete, war Semjon noch einmal darauf zu sprechen gekommen: »Die Amerikaner haben uns das hier weggenommen …« Aber da hatte ihm Aiguo widersprochen: »Die sozialistische Expedition war vor ihnen hier. Alexandra Burkhard hat den Neptun erschlossen, sein Geheimnis gefunden und verstanden, und ihre deutsche demokratische und sowjetisch sozialistische Besatzung hat es für die Menschheit in Betrieb genommen, dieses Geheimnis. Dass es ihnen danach entrissen wurde, mit überlegenen Waffen aus einem späteren Geschichtsabschnitt, denen sie nichts entgegensetzen konnten, das ehrt sie in meinen Augen eher, als dass es ihre Sache beschämt und deine und meine, Semjon Iwanowitsch. Dieser Traum ist unbeschädigt.«

Was man von meinem Traum, aus dem ich mich gerad herauswühle, nicht sagen kann, schaudert es Heike: die langsam winkenden Amis in den gelben Tauch-, also umfunktionierten Raumanzügen, und sie selbst, wie sie an denen vorbeifiel, bis einer der langen Schnauzen im Inselunterbauch sie aufsaugte, sie in die Insel rutschen ließ, in die Röhrenhöhlen, den nie stillstehenden tausendarmigen Strom von Energie und Information, der jetzt in Wirklichkeit durch die Ranken, ungeheuer verdünnt, und durch die hellgraue Haut um Heikes neptunangepassten Körper in ihr Inneres ausgeschüttet wird.

Ich bin durch die Adern der Inseln gerollt wie eine Murmel durch eine Murmelbahn, denkt sie, aber kein Stein daheim, auf der Erde, ist so dicht und schwer wie der Leib, der hier meiner ist. Man bräuchte dort einen Kran, um mich auf ein Bett zu hieven, und das Bett müsste aus Beton und Stahl gebaut sein, um unter dem Gewicht nicht zusammenzubrechen.

Hier dagegen, auf dem Eiland mitten im Neptunmeer, hält Heikes mit exotischer Schwere vollgepumpte Physis gerade so dem Auftrieb die Balance, den die Anregungszustände der heiklen Materie bedingen, aus der ihre Zellen gebildet sind.

So schwer, so stark und dabei doch kitzlig, denkt sie säuerlich, weil die Umarmung der Ranken kribbelt. Dann spürt sie einen Atemzug des Mannes neben ihr, der sie liebt.

Er zieht die Luft, die eigentlich nicht Luft ist, sondern Flüssigkeit, durch die Nüstern ein, stößt veränderte Luft aus, so gleichmäßig, dass Heike denken muss: »Maschine«. Aber sie weiß, dass das ungerecht ist: Maschinen sind nur für sich da, kennen keine Fürsorge, nichts, was der Güte gleicht, mit der er sie behandelt, obwohl er weiß, dass sie sein Gefühl nicht erwidert. Manchmal findet sie's immer noch traurig, dass das so ist, dass es beide wissen, dass man dagegen nichts tun kann, dass sie ihn mag und trotzdem lieber bei einem andern wäre, der wiederum lieber bei einer andern wäre als allein, und dass Semjon, der Dysonik, schmal und großgewachsen in seinem grauen neuen Körper, immer so aussieht, als wäre seine Kraft, seine noble Haltung Ergebnis der Tatsache, dass er diese heillose Konstruktion, diese mehrfach verfehlte Liebe trägt und stützt, damit alle Beteiligten irgendwie weiterleben können in diesen neuen Körpern, auf dieser Welt. Kann man auf Neptun Mensch sein?

Heike Breuer öffnet die Augen.

Das weiche Seerosenblattlicht ist überall im Zimmer. Ihr fällt der Name ein, den ihre kleine Gruppe der geretteten Neptungäste von der FIRAT für dieses Licht hat: die schüchterne Dämmerung. Das stammt von Christian Winseck, den sie liebt. Als es ihr einfällt, lächelt sie und kann im Kopf die Formel ergänzen: erst schüchterne Dämmerung, dann klarer Tag, dann blauer Abend. Die Formel benennt optische Effekte der drei Sternsteine hoch im Gasgemisch, das keine Atmosphäre ist, weil darin niemand atmen kann, es sei denn, man lebte in einem Kunstleib wie sie und die andern hier.

Heike hört Semjon leise seufzen, hebt schon die Hand, um sie ihm auf die Schulter zu legen, da wird das Kribbeln stärker, fast unangenehm, elektrisch, und sie lässt die Hand wieder sinken, bis sie auf ihrem Oberschenkel liegt, durch den es warm pulsiert, das flüssige Wissen, die Vorbereitung für die Anstrengungen des neuen Tages.

Die Ranken, die aus den Stauden an den Wänden, aus den Sprossen am Boden ins Bett gekrochen sind, um Heike in der Nacht mit dem Fließen des Pflanzenganzen auf der Rieseninsel zu verbinden, für Updates, zur Reinigung, entspannen sich, als sie spüren, dass Heikes Leib sich strecken will.

Der Duft von Feuergeißblattblüten kitzelt die Halbwache in der Nase. Sie spannt und entspannt ein paar Muskeln, spielt Tauziehen mit den Ranken und denkt daran, dass sie selbst für die Existenz dieses angenehmen Geruchs mitverantwortlich ist. Sie hat ihn aus der Duftbibliothek der FIRAT-Biotechnik geholt, wo sie seit Jupiter, also lange vor der Ankunft im Neptunorbit, mit Taisa an solchen sinnlichen Markierungen für Vorgänge im Rechner des Bordkollektivs gearbeitet hat. Zweimal konnte Alexandra Burkhard die neugierige Heike in den letzten sechs Monaten mit einem dieser kleinen weißsilberblauen Grashüpferzweisitzer aus amerikanischer Fertigung hoch zum weißen Sternstein fliegen, wo sie Masvidals Biogremium Bericht über ihre Designerfolge in der lebenden Technik der Insel erstatten durfte. Die DDR-Kosmonautin hält große Stücke auf die Westdeutsche aus Mainz und hat Colonel Masvidal dazu überredet, der Frau von der FIRAT einige menschliche und robotische Hilfskräfte zur Verfügung zu stellen, die ihr im Gewächshaus auf dem Klippengipfel zur Hand gehen, wo die Stauden verbessert werden, mit deren moostapetenartigem Breitenwuchs inzwischen fast alle Behausungen auf der Insel bis in die letzten Keller- und Dachbodenwinkel ausgekleidet sind.

Diese Pflanzen und ihre nächtliche Verbindungsarbeit zwischen Mensch und Inselinnerem gab es schon, als die FIRAT-Leute hier eintrafen. In einem gewissen Sinn ist, wie Semjon sagt, »alles, was wir hier machen, eine Mischung aus Arbeitsbeschaffung und Test unserer Fähigkeiten«, wobei er freilich der Erste ist anzuerkennen, dass manche aus der Gruppe, darunter eben Heike und, schwersten Handicaps zum Trotz, die arme Liz Parker, diese Tests bislang deutlich besser bestehen als andere, deren Nützlichkeit auf der Insel und überhaupt auf Neptun sich erst noch zeigen muss, etwa in seinem Fall oder bei Christian Winseck.

Colonel Masvidal achtet darauf, dass die FIRAT-Leute getrennt, verteilt, verschiedenen Arbeitsgruppen zugeteilt sind, ganz wie Alexandras Personal. Denn er will nicht, »dass die Kommunisten in irgendeinem Bereich unter sich sind«. So erzählt es jedenfalls Filipa, an der er, wie auch an Liz, aus irgendeinem Grund besonderes Interesse nimmt und mit der er deshalb alle paar Wochen sogar Gespräche unter vier Augen führt.

Unter »Kommunisten« versteht der ernste Mann, wie Heike inzwischen herausgefunden hat, mehr oder weniger alle, die den Neptun vor oder nach seiner eigenen Mission erreicht haben, also die Russen, die DDR-Leute, die Chinesen, aber auch die Astronautinnen und Astronauten aus der Bundesrepublik Deutschland, die mit der FIRAT, vormals PODKAYNE FRIES, eintrafen, als die Übernahme der drei Sternsteine durch die Amerikaner bereits vollendet war.

»The reds«, wie er sie nennt, wenn er entspannt genug ist, auf das formelle »communists« zu verzichten, müssen sich unter seinem Regime seiner Ansicht nach bewähren. Die Einzigen unter ihnen, denen er tatsächlich vertraut, sind Alexandra Burkhard und der geheimnisvolle Chinese, der nicht mit der FIRAT kam, von dem aber niemand weiß, wie er hergelangt ist, und den niemand von der FIRAT-Gruppe in dem knappen Jahr, in dem diese Gruppe auf der Insel lebt, je getroffen hat – nur den Namen weiß man, Song Jian, und dass er von Masvidal mit der Aufzucht, Hege und Kontrolle der Oktopoden betraut ist, die das komplexe System des Zusammenwirkens der Insel und der Dutzende von Kilometern über dieser Insel im Neptunhüllenmedium schwebenden Sternsteine als unersetzliche

Boten zwischen der Meeres- und der Quasiluft-Sphäre des Planeten in Betrieb halten.

Heike spürt, wie Semjon sich zur Seite dreht. Auf der Erde könnte er damit einen Amboss plattrollen. Hier geschieht es so leise, dass sie es nur wahrnimmt, weil sie es oft erlebt hat und weil ein dreieckiges Blättchen ihre Hüfte streift, ein weicher Dorn der Ranke, die sich um ihn geschlungen hat, damit er im Schlaf so gründlich erfrischt werde wie Heike selbst und alle, die auf dem Eiland wohnen, arbeiten und schlafen.

Der Dorn summt von Nachrichten, von Unterscheidungen und Vergleichen, von der ununterbrochenen Melodie, die jede dieser Pflanzen vom Moment der Knospung an durchdringt und durchklingt, wenn die Rankenspitze aus dem Kernhirn der Pflanze austritt, wenn die genetische Erinnerung ans Design, das von jenem Song Jian stammen soll, das eingerollte Fühlerchen dazu bestimmt, sich zu strecken und mit ersten kreisenden Bewegungen nach irgendeinem Kontakt zu etwas zu suchen, das auch denkt, auch versteht, das man unterrichten, erneuern, überzeugen, füttern kann mit Daten. Bis zum Absterben des Einzelglieds oder, irgendwann, der ganzen Pflanze wandert dann dieses aus dem Inselinnern übertragene Wissen und Wissenwollen entlang einer unsichtbaren Schraubenlinie durch das zarte Lebewesen als ein Drang, außer sich tasten und greifen zu wollen, in ununterbrochener Ellipsis an der Spitze. Als Heike sich das vorstellt, fallen ihr die Messer wieder ein, die ihre Finger waren, im Traum, und es kommt ihr vor, als schmecke der Saft im Mund bitterer als sonst, saurer auch. Sie kämpft das nieder, pendelt sich mit der Pflanze auf eine Verständigung ein, überträgt die eigene wiedergewonnene Ruhe entlang der Ranke ins Pflanzendenken, denkt daran, nicht zu viel emotionale Intensität abzustrahlen, denn dann kann die Ranke sich verzetteln, dann könnte etwas von Heikes Feedback in der Kreiselbewegung falsch interpretiert werden, vielleicht am Schnittpunkt der Ranke mit der kurzen Achse, wo das Signal seine hastigste Übertragungsrate hat, weil es dort mit anderen gekreuzt ist, die überall auf der Insel dasselbe Lied prozessieren, das Lied der Insel, die ein Gewächs ist, gewachsene und bewachsene Sattelmulde, Napf oder Topf, nach innen niedriger als der Meeresspiegel draußen, und dort haarig vom blauen Gras, weshalb der Name so gut passt, den Alexandra, die (nach allem, was Heike weiß, vor langer Zeit aus dem weißen Sternstein hergezogene) allererste Bewohnerin dieser Insel ihr gegeben hat: »Wiesental.«

Filipa liebt die Ranken. Sie liegt, wie sie Heike letzte Woche bei einem besonders langweiligen Wartungsjob in einem von Alexandras landeinwärts gelegenen Messinstallationen erzählt hat, »noch heute manchmal todmüde auf dem Bett, um drauf zu warten, dass das Ding über mir anfängt, sich zu bewegen. Dann tastet es durchs Zimmer, das Fühlerchen, und wenn es aus Versehen an was stößt, das nicht denkt, die Lampe zum Beispiel oder Aiguos Urzeitcomputer von der FIRAT, den ich mitnehmen durfte, als Alexandra uns evakuiert hat, dann rollt sich's ein paar Zentimeter wieder ein, schnell, wie beleidigt.«

»Man nennt das nastische Bewegung«, Heike fiel ausnahmsweise in den Lehrerinnenmodus, den sie sich sonst verbietet. Filipa fand's interessant: »Nastisch wie in gymnastisch?«

»In der Biologie ist das so ungefähr alles, was sich mehr oder weniger richtungslos an Stimuli abarbeitet, vor allem bei Pflanzen, wenn es Reaktionen auf Licht sind, nennt man die photonastisch, bei Reaktionen auf Feuchtigkeit heißt's hydronastisch. In den Ranken wird diese Bewegung über osmotische Flüssigkeitsverschiebung bewirkt, völlig gedankenlos, obwohl diese Pflanzen ja intelligent sind.«

Heike blinzelt.

Sie schaut nach oben durchs Dachfenster. Ein paar Reste der scharfen Striche, die den hiesigen Nachthimmel erhellen wie spitze Sternpünktchen den irdischen, verschwinden im schüchternen Dämmer. Schüchtern, klar, blau: eine seltsam wirrwahre Reihe von Adjektiven für unsere Tageszeiten hat er sich einfallen lassen, der Sprachwissenschaftler, denkt Heike: »Schüchtern« ist ein Gemütszustand, »klar« die Beschaffenheit eines Satzes oder einer Fensterscheibe, und »blau« heißt eine Farbe. Dabei hätte man es so ordnen können, wie es sich dem Auge zeigt: Drei Sterne, Steine, Diamanten hoch am Himmel bestimmen den Tagesverlauf, indem sie nacheinander aufleuchten und verlöschen, bis die Nacht hereinbricht, in der dann die Kanten der drei eckenreichen Kegel nachglühen, so dass der neptunische Nachthimmel ungefähr die Leuchtkraft eines unbewölkten, aber mondlosen irdischen aufbringt. Der rosa Diamant, der weiße (das heißt: aus allen Lichtwellenlängen gemachte) und endlich der blaue, »der die tiefsten Schatten malt«: Christian, der nicht aus der FIRAT, sondern von der Beobachtungsstation evakuiert worden war, auf der er seinen Freund Andrej Sirilko hatte sterben sehen müssen, sagte das beim ersten Mal leicht angetrunken, in dem kleinen Haus nah am tiefsten Punkt der Wiesentalsenke, die Aiguo Sun bewohnt, bei einem Abendessen für FIRAT-Überlebende, amerikanische Truppenangehörige und ein paar vertrauenswürdige Einzelpersonen aus Alex Burkhards Alt-Neptun-Entdeckungspioniergemeinschaft. Damals bewies Aiguo Sun ihnen allen, wie viel Verschiedenes und Köstliches man aus dem lebendigen Wimmeln im Meer rund um die Insel, das Alexandra und der amerikanische Colonel dort angesiedelt hatten, für Menschen zubereiten konnte, die bereit waren, sich darauf einzulassen, modifizierte Meeresfrüchte zu kosten: faustgroße, garnelenartige Tiere mit pfannengerührtem Queller, Hummus aus Algen und Avocado, leckere Kürbis-Algen-Pfannkuchen, Reiswein und Pflaumenschnaps.

In Redelaune hielt Christian zu vorgerückter Stunde einen kleinen Vortrag, und Heike schämt sich auch im Rückblick nicht dafür, dass sie an seinen Lippen hing – allerdings nicht ohne Rücksicht auf Semjon, der die Hütte mit zwei von Masvidals Soldaten verlassen hatte, um draußen an einem langen, von Aiguo gezimmerten Holztisch zu beweisen, dass ein Russe zwei Amerikaner auch mehr als vier Milliarden Kilometer weit entfernt von der Erde in Grund und Boden trinken kann.

Während der Mann, der die Zivilisation der Dysoniki vor einem Krieg mit der terrestrischen Menschheit gerettet hatte, seine Toleranz für transbaryonischen Alkohol einer ernsten Belastungsprobe aussetzte, sprach Christian überm Pfannkuchenteller seinen seltsamen Segen: »Die Algen hier, siehst du, sind auch blau, wie das Gras, wie der Abendhimmel, eine Ähnlichkeit, die Meer, Land, Luft verbindet, eine Harmonie, die … wie soll ich sagen? Aus dem irdischen Mittelalter gibt es mehr dichterische Zeugnisse von roten, goldenen oder weißen Himmelsfarben als vom Blau, das für uns der natürliche Hintergrund ist für die Wolken, für die Sonne. Blau als künstlerische Farbe war lange sehr teuer. Die Ägypter haben sie aufwendig aus Lapislazuli gewonnen, zermahlen, vor fünftausend Jahren. Die Griechen und Römer hatten keinen Oberbegriff für all die Blauschattierungen, die sie kannten, und dann kam die Kirche und erkannte die seltene Farbe als Sinnzeichen des … des Entrückten, des Übernatürlichen, das geht im zwölften nachchristlichen Jahrhundert los, Fenster aus blauem Glas, Marias blaue Kleider, dann boomte der Anbau von Färberwaid, das ist eine Pflanze, aus den Blättern holte man sich Indigo, das ließ dann nach, als man sich's aus Indien holen konnte, Kolonialismus, das Blaue nicht vom Himmel, sondern aus der Hölle der Herrschaft über die Fremden, Entrechtung, Aus…beutung … Unter…drückung …«

Die Zunge wurde schwer, der Blick trübe. Das Politische überforderte den Stegreifdichter immer. Aber für den Ernst, mit dem er suchte, was er eigentlich sagen wollte, liebte Heike ihn, der den Blick senkte und auf dem Pfannkuchenteller etwas zu suchen schien, das er vergessen hatte, dann den Kopf wieder hob und mit wässrigem Blick Heike ansah, den Mund öffnete und schloss, wieder öffnete, wieder schloss. Schwieg. Nachdachte. Und dann sagte: »Ein Anfang, Heike. Es muss … ein Anfang sein, nur dann hat sich der weite Weg gelohnt. Wiesental ist nur die erste Insel, man wird diese Welt … man wird Neptun bewohnbar machen. Wir sind … diese Sternsteine, wer immer sie gebaut und dort oben fixiert hat, dass sie genau richtig angebracht sind, um die Korallensaat zu … Wiesental ist ein Embryo. Auf Farsi sagt man: Royan. Das bedeutet einerseits Embryo und andererseits einfach: Das, was wächst. Ja. Das, was …«

Er hatte wieder den Faden verloren und tippte mit den Fingern der grauen Rechten neben dem Teller auf die Tischplatte. Da legte Heike ihre Hand schwesterlich vertraut auf seine und sagte: »Ich glaube, ich weiß, was du meinst. Royan.«

Er sah so hoffnungsvoll aus, als er erwiderte. »Farsi. Ich kannte mal so viele Wörter aus so vielen Sprachen, auf … der Erde, und nur Deutsch, Englisch sind übrig geblieben, nicht mal Mandarin habe ich je richtig gelernt oder Russisch … aber es muss … das muss ein Anfang sein, hier. Schüchtern … Klar …«

»Blau«, beendet sie die Reihung freundlich, beinah flüsternd. Er nickte, sehr alt und liebenswert verwundert über alles.

Sie hat ihn lieb, seit sie ihn fand, wie er herumirrte im Schiff, als die andern alle buchstäblich ihre Köpfe zusammengesteckt hatten zur großen Kommunion und sie ihn deshalb bei der Hand nahm, ins Restaurant führte, ihn aufklärte und seinem Verstand beim Arbeiten, seiner Seele beim Sichorientieren zusehen durfte.

Es bleibt ungerecht, denkt Heike. Sie sollte Semjon lieben, der damals, auf der FIRAT, bei der Evakuierung, so ungeheure Geistesgegenwart bewiesen hat. Liz beispielsweise verdankt ihm ihr Leben, weil er die Frau angeschrien hat, die plötzlich in der Laibung stand, als gäbe es da seitliche Schwerkraft, Alexandra Burkhard, die mit einer Handbewegung die Invasoren zum Erstarren brachte, deren Gewehrmündungen auf die Köpfe der FIRAT-Leute gerichtet waren. Bevor sie sich erklären konnte, bevor irgendjemand sonst Zeit hatte, sie anzusprechen oder zu fragen, wer sie war und was da geschah, rief Semjon, laut, befehlsgewohnt: »Sie stirbt! Hilf ihr!«

Und als Alexandra stutzte und erwiderte: »Ich kann … ich bin hier aus einer zeitlich anderen … ich heiße Alexandra Burkhard, ich will …«

»Ist mir gleich!«, brüllte Semjon, als wollte er Tote wecken. »Du kannst diese Leute einfrieren, die mit den Gewehren. Also tu was – frier wenigstens sie auch ein!«

Heikes Herz hatte im Hals geklopft wie ein gefangener Hammer, der ausbrechen will, weil sie so entsetzt war, weil sie Liz Parkers rechte Hüfte hielt, während Filipa Scholz die linke am Gürtel gefasst hatte, und das Blut lief der Bewusstlosen aus der Nase, quoll in Blasen raus, in Kugeln, die, viel zu groß, viel zu rot, von ihrem Gesicht wegschwebten, teils Filipa auf Stirn, Wange, Hals trafen, dort zu Flecken wurden, teils auch Heike berührten, dass sie sich ekelte und fürchtete. Da sagte Alexandra Burkhard, seltsam trotzig und resigniert zugleich: »Bitte schön!«, und bewegte dieselbe Hand, mit der sie die Invasoren stillgestellt hatte.

Und das Glas kam, das kein Glas ist. Die kalte Härte bildete sich um Liz, das Glas, von dem Heike immer wieder träumt, von dem sie auch heute geträumt hat, sie wäre selbst darin eingesperrt, davon umschlossen wie –

Kraklomp! Kraklomp! Krackatomp! Kraklomp!

Heike fährt zusammen, kurz nur, aber es reicht den Ranken, um zu verstehen, dass das Geräusch von oben, vom Dach her, die letzten Reste Schlafträgheit aus Heikes Leib und Geist geschockt hat, dass sie jetzt wach sein muss und nachsehen, was das ist, obwohl sie's längst weiß. So löst sich das nährende Band von Heikes Körper, zieht sich zurück, unter ihr weg, von ihr fort. Sie dreht sich auf den Rücken, presst die Augen noch einmal fest zusammen, weil sie eigentlich keine Lust hat, ihre sehr naheliegende Vermutung darüber, wer der Störenfried sein kann, durch den eigenen Augenschein zu bestätigen, und wundert sich dabei nicht, dass Semjon entweder nichts gehört oder beschlossen hat, die Störung zu ignorieren für ein paar letzte Minuten kraftspendenden Halbschlaf.

Heike schnaubt leise, wütender Wichtel. Sie dreht sich auf den Rücken und zieht die Knie hoch bis fast zur Brust. Dann streckt sie beide Beine wieder und öffnet die Augen.

Etwas sehr Großes schleift übers Dach, ruckelt und poltert dabei dumpf –

Kraklomp, Kraklomp …

Dann schmiert es leise quietschend die Deckenscheibe entlang, dass Heike schon Lust hat, die Augen wieder zu schließen: Dass diese verdammten Kraken es aber auch nicht lernen oder dass es sie einfach nicht interessiert, bei aller Intelligenz, wie lang ihre Tentakel sind, und dass sie morgens, beim Aufsteigen aus dem Meer um die Rieseninseln, beim Erklimmen des Himmels, auf dem Weg zu den drei Diamanten, immer wieder menschliche Behausungen oder die Wipfel der kleinen Baumgruppen auf den größeren Anwesen streifen müssen, obwohl die Bewohnerinnen und Bewohner sich über nichts so häufig bei Alex beschweren und obwohl Alex wegen nichts sonst angeblich so oft bei Song Jian vorstellig wird wie wegen dieser Respektlosigkeit gegenüber der Privatsphäre der Menschen.

Aus der Nähe hat Heike, anders als die meisten auf der Napfinsel, die schwimmenden und fliegenden Biester noch nie gesehen, geschweige berührt – Semjon, der das mit bloßen Händen getan hat, sagt, ihre meist orangefarbene bis lehmbraune Haut sei »weicher und wärmer, als man beim Hinschauen meint«.

Wie groß die Tiere sind, kann Heike nicht in Zahlen ausdrücken. Aber da sie weiß, welche Abmessungen die Deckenscheibe hat, weil sie selbst dieses Glas mit Semjon dort eingesetzt hat, als das kleine Haus vor einem Jahr fertig wurde, kann sie schätzen, dass die weißlichen Saugnäpfe, die in Zweierreihen auf der Unterseite der acht Tentakel sitzen, von denen einer jetzt das Fenster entlangrutscht, jeder etwa so groß sind wie ihr eigener Kopf, dass die Tentakel selbst ungefähr fünf menschliche Körpergrößen lang sind und dass der Kopf oder Leib – ein Leib aus nichts als Kopf – ziemlich genau die Dimensionen eines der kleinen Fluggeräte hat, in denen Alex und die Amerikaner so gern relativ bodennah herumsausen, mit zwei Sitzen. Sie kann die Augen des Oktopus nicht sehen, der wie ein Ballon, und doch so viel schwerer, über ihr Dach hinweggleitet, und sie ist froh darüber, denn das gefällt ihr an diesen Wesen am wenigsten: das Gelb ihrer Augen mit dem schwarzen Strich drin, das Einzige, was nie seine Farbe ändert. Selbst die Saugnäpfe passen sich der Umgebung oft an, dem unterseeischen Riffhintergrund etwa, auch dem blauen Gras oder, jetzt, in der Frühe, dem Himmelsrosa.

Rücksichtsvoll geräuscharm steigt Heike von der Schlafstatt, schleicht barfuß zur Treppe, nach unten, ins Bad, und lässt sich dort viel Zeit beim Zähneputzen, Duschen, Haarewaschen. Sie möchte draußen frühstücken, auf der kleinen Veranda, da es diese Woche, wie sie aus der Nacht, das heißt: von den Ranken, weiß, nicht mehr regnen wird, aber den Tentakeln, den Kraken will sie, wenn sie Kaffee trinkt, nicht mal auf Wurfweite begegnen, die sollen dann schon möglichst hoch am Himmel sein; deshalb trödelt Heike ganz bewusst bei ihrer Toilette, bürstet ihr Haar schier endlos und summt dabei ein Lied, das sie bei

Aiguo gehört hat, irgendwas sehr Altes, Amerikanisches. Auf dem Klo liest sie ein paar Zeilen in dem Gedichtband, den Christian ihr geliehen hat.

Als sie sich schließlich aus dem Bad wagt, hört sie im Wohnzimmer von draußen Tellerchen klappern und sieht durch den dünnen Vorhang auf der Veranda Semjons große Silhouette, wie der den Tisch deckt. Sie riecht, dass er Kaffee gekocht hat, und spürt, dass ihr der ehemalige Kapitän der FIRAT, Christian hin, Liebe her, viel bedeutet.

Sie geht zu ihm, legt ihm die Hand von hinten auf die Schulter.

Er sagt: »Setz dich nur, lass dich bedienen.«

Sie setzt sich und schaut hinunter in die Bucht, wo nah am Wasser, auf dem breiten Strand, der alte Amerikaner, Chef der Küstentruppe, seine langsamen Schattenboxübungen macht, wie jeden Morgen, auch bei Regen, stoisch, graziös, kraftvoll, allein.

Dann guckt sie in die Luft, wo die Tentakel der letzten zehn, zwölf Kraken, die noch bodennah genug sind, dass man Details erkennen kann, von ihren großen Köpfen herabschlackern wie Kordeln von einer Lampe.

»Hat uns geweckt, so einer, nicht? Das nervt dich, ich weiß«, brummt Semjon, während er ihr Kaffee einschenkt. Sie sagt: »Was heißt nerven. Ich hasse die Biester. Ich hasse sie wirklich.«

Semjon brummt, setzt sich, dann sagt er, nach kurzem Überlegen, doch noch, was er zu sagen hat: »Ich kann sie eigentlich ganz gut leiden. Sie erinnern uns dran, wo wir sind – am Grund eines Ozeans, so dass das, was wir da als Ozean sehen, was da an den Strand schwappt, nur eine etwas dichtere, tiefere Schicht des Ozeans ist. Und eigentlich … auch auf der Erde leben wir ja am Boden eines Luftozeans.«

»Als ob du«, neckt sie ihn gutmütig, »wüsstest, was das ist, die Erde.«

Er nickt, sie hat recht. Er weiß es nicht mehr, und beide schauen schweigend, nicht unzufrieden, dem alten Amerikaner zu, wie er sich bereitmacht für seine vielen Pflichten.

2 | Morgenspaziergang

Die Nacht steht noch um Christian Winsecks Haus, als er ins finster Freie tritt und die Außentür des Gebäudes schließt, das Alexandra Burkhards Maschinen und drei ihrer treuesten Mitarbeiter ihm aus einem alten Container montiert haben, der seit der Ankunft der Amerikaner leer und ungenutzt im Gras am landeinwärts gelegenen schmalen Strauch-, Wiesen- und Buschrand des dritten der vier Buchtbögen herumsteht, die zusammen die Lagune bilden, in der auch Semjon Diduk und Heike Breuer sich niedergelassen haben, neben einigen von Masvidals Leuten und drei aus der alten DDR-Crew der JEFREMOW, alle in ihren jeweils eigenen Behausungen, alle mindestens drei, vier und maximal fünfzehn Kilometer voneinander entfernt auf kleinen Grundstücken, die keine präzisen Grenzen haben, keine Zäune oder sonstige Gebietsmarken, nur Gärten, Wiesen, kleinere Nutzpflanzungen.

Wie fast jeden Abend hat er auch gestern vor dem Einschlafen die Rankenquellen gebeten, ihn früh zu wecken, so dass er lange vor der schüchternen Dämmerung Gelegenheit hat, aufzustehen, sich zu waschen, anzukleiden und den Stoffwechsel mit einem nicht zu üppigen, aber auch nicht gerade kargen warmen Frühstück in Gang zu bringen, damit ihm nicht kalt wird auf dem Weg zu einem der höchsten Punkte des Randreifens von Wiesental.

Eine Erbsen-Meersalat-Suppe mit ofenwarmem Brot ist das diesmal, Suppe nach einem Kochbuch von der FIRAT, das er in den dort von Alexandra geplünderten Archiven gefunden hat, das Brot nach einem Rezept von Aiguo, der sich an seine bald ein Jahrhundert zurückliegende ländlich-chinesische Kindheit noch gut genug erinnert.

Der Meersalat spendiert Proteine, die Zwiebeln und die Kokosmilch (nun ja, deren neptunische Äquivalente) hat Christian vor dem Zusammenrühren der Suppe in der Pfanne heiß gemacht, weil er sich solche Speisen schon vor Sonnenaufgang leisten kann, denn er lebt allein und fällt mit seinem Atem niemandem zur Last.

Die Mahlzeit macht ihn ein bisschen müde, was er sportlich nimmt. Es erhöht die kleine Anstrengung bergauf, da fühlt er sich dann lebendiger.

Dunkel umgibt ihn, aber er selbst ist gut zu sehen, auch von weitem, denn seine Wollmütze hat einen leuchtenden Rand, und seine Turnschuhe sind an der Spitze wie am Absatz so hell, dass die wilden Kaninchen, Marder oder Hunde, die's entlang seinem Pfad gibt, ihn misstrauisch meiden. Sie bleiben im hohen blauen Gras, zwischen hüfthohen Halmen, mutiertem Klatschmohn, hinter den Stämmen der Sicheltannen und Blaufichten versteckt, die zwei kleine Wäldchen bilden, deren schwarze Konturen er liebt, hinter deren Wipfeln die langen Striche der Kanten zweier der drei künstlichen Sonnen verschwinden: der weißen und der blauen, die nicht als Erste leuchten werden, denn der Tagesanbruch gehört dem blassen Rot, das jetzt, wenn er nach oben blickt, über das Ziel seiner Wanderung hinaus, bereits als heller Fleck im Dunkel über der Mitte des Horizonts leuchtet.

Nach einer halben Stunde stetigen Aufstiegs bleibt Christian Winseck stehen und trennt die Feldflasche von seinem Hüftgürtel. Er schraubt sie auf und trinkt die kalte Cola: Das, denkt er ein bisschen mutwillig und mit bösem Grinsen, ist das Beste an der Besatzung des Riesenplaneten, an der Herrschaft meiner Landsleute hier – dass sie einiges von dem Zeug mitgebracht haben, das ich seit mehr als dreißig Jahren nicht mehr gekostet habe, zum Beispiel Cola. Dank Maschinen, die das herstellen können.

Lustig kommt ihm daran vor allem vor, dass er dieses Getränk und einige andere Nahrungsmittel, die es auf dem Flug der FRIES beziehungsweise FIRAT so wenig gab wie im Asteroidengürtel, nicht einen Moment lang vermisst hat, sosehr er sich jetzt darüber freut, dass es wieder Spare Ribs gibt und Hotdogs und Root Beer (Barbecuesoße hatte immerhin auch die deutsch-chinesische Expedition dabei). Der beinah tägliche Aufstieg stärkt ihn wie stets. In diesem Moment aber wird ihm paradoxerweise auch wieder das deutlich, was ihn in letzter Zeit am meisten beschäftigt, nämlich, dass er nach irdischen Maßstäben inzwischen ein alter Mann ist, wenn auch dank Telomer- und allerlei anderer Technik einer, dem kein Mediziner auf der alten Erde das Alter physisch angemerkt hätte.

Er denkt: Ich bin jetzt älter, als mein wirklicher, biologischer Vater zu der Zeit war, als ich ihn endlich kennenlernen durfte, älter auch, als er starb, in der Nacht, vor der Villa, auf dem Hang an einer schmalen Straße, die Finkenweg hieß und unter der sich etwas erstreckte, das genau denselben Namen hatte wie diese künstliche Insel im größten Meer, das ein Menschenauge je erblickt hat: Wiesental.

Danach nämlich hat Alexandra Burkhard den Ort benannt, nach der Heimat, ihrer und der ihres Freundes, von dem ich abstamme.

Das ist alles länger her, so fühlt sich's an, als die alten Ägypter oder die Eiszeit oder die Saurier, und es ist mir, denkt Christian jetzt mit einer lange nicht erinnerten Melodie, längst klar, dass nichts bleibt, dass nichts bleibt … wie … es war – von wem war das noch mal? Von einem dieser deutschen Sänger, die mein armer deutscher Vater so hasste, die ich aber in meinem ersten deutschen Jahr so unglaublich und faszinierend fand, weil mir da erst aufging, dass nicht nur Amerika seine Popstars, Rockstars und Singer-Songwriter hatte – wer war's noch gleich? So vergeht Jahr um Jahr … Reinhard Mey? Peter Maffay? Nein, ein stillerer, reservierterer Typ, einer aus dem Norden, oder?

»Hannes Wader«, sagt der amerikanische Deutsche in der neptunischen Morgenkühle und schüttelt den Kopf. Christian trinkt noch einen Schluck Cola, schraubt die Flasche wieder zu, macht sie mit einem routinierten Handgriff wieder am Gürtel fest und setzt seine Wanderung fort, den Wader'schen Ohrwurm im Kopf.

Als er wenig später den Gipfelkamm des Randreifens der Insel erreicht und von dort in die Bucht, dann auf die offene See, dann wieder in die Bucht blickt, beginnt das Schauspiel gerade, dessentwegen er sich den Aufstieg zugemutet hat: Im schüchternen Dämmer tauchen die orangefarbenen Rücken aus dem kaum bewegten Wasser, die Hinterhäupter der großen Tiere. Noch schwimmen sie und schweben nicht. Bald werden sie das Meer verlassen.

Christian zieht die gefütterte Nachtjacke aus und legt sie ins Gras, um zunächst darauf zu sitzen, später den Kopf darauf zu betten. Ihm ist, der körperlichen Anstrengung wegen, warm genug fürs Ausruhen, und der quarzrosa Sternstein wird seinen Aussichtposten in den nächsten zwei Stunden verlässlich weiter erwärmen. Pullover und Jeansjacke, mehr Kleidung braucht er bei dieser Temperatur nicht.

Unten haben die ersten der orangebraunen Wesen jetzt die Membran passiert. Ihre Tentakel hängen noch im Quasiwasser, glänzend, von Sternsteinreflexen glitzernd, ein tropfendes Schlackern und Schlenkern, das Christian hören zu können meint, obwohl er weiß, dass das nicht stimmen kann – erst wenn sie die Klippe passieren, auf der er sich befindet, wird das gummiartige Knirschen und Quietschen die Luft erfüllen, und er wird es hören, als läge er an Deck eines Schiffes mit Kautschuksegeln, die sich im Wind spannen und entspannen.

Sein Blick folgt ihnen wie durch ein Zielfernrohr, kalt aufmerksam, nicht bewundernd. Er kann zwar nicht von sich sagen, dass er diese Geschöpfe »hasst« wie Heike Breuer, aber seine Abneigung ist kaum wesentlich schwächer: Sie stehen für etwas, das er unbedingt begreifen, analytisch zergliedern, intellektuell bewältigen muss, so sehr ist es ihm zuwider, während Heike einfach nichts damit zu tun haben will – was ist das für eine Ökologie hier und wie hängt sie mit den Naturgesetzverletzungen zusammen, die Alexandra ihm in ihren Labors, nah am tiefsten Punkt von Wiesental, wo der große See als Nabel der Insel die unheimliche Verbindung zum Meer hält, nach und nach enthüllt hat?

Und wie hängen wieder diese Naturgesetzverletzungen und diese Ökologie mit der politischen Situation auf dem Riesenplaneten zusammen, mit der Herrschaft seiner Landsleute und dem, was diese Herrschaft bezweckt, der Arbeit in den drei Diamanten, der Arbeit an einer nichtmenschlichen Technik, von der Alexandra, wie sie sagt, »hier hergelockt« wurde, die sich ihr scheinbar hatte zur Verfügung stellen wollen, für große, schreckliche und schöne Taten, dann aber den Besatzern zugefallen war? Wer hat wem etwas getan, wohin wird's führen? Christian denkt ans Pseudowasser in Alexandras Spezialtanks, dessen Enthalpie und Verdunstung, an widernatürliche Messdaten.

Er versucht, das Wissen über diese Daten damit abzugleichen, dass die Oktopoden, jetzt schon höher oben, jeden Morgen aus etwas kommen und jeden Abend in etwas hinabtauchen, das kein Wasser ist, aber sich verhält, als wäre es welches, jeden Morgen in etwas aufsteigen und jeden Abend aus etwas absinken, das keine Luft ist, aber sich verhält, als wäre es welche, und sich mittags um die Sternsteine scharen, wo sie wer weiß was tun, mit Masvidals Leuten und Maschinen.

Christian denkt an Grenzflächen, hydrophobe und hydrophile, dann an die Versuche mit Lack, die Alex mit ihm als Assistenten durchgeführt hat: »Die Haut der Kraken ist wie dieses Zeug, dieser Lack mit den mikrometerkleinen Metallstückchen, der Glimmer oder Glitter hier, im Basis- statt im Klarlack.« Per optischer Kohärenztomographie hat Alexandra die Lackschichten durchleuchtet, niedrigkohärenzlanges Licht reingeschickt und mit dem Interferometer Entfernungen in dem Medium gemessen, »weil ich die statistische Verteilung wissen will, die beim Zufallszusammenrühren auftritt«, und natürlich (da ist es wieder, das Wort, das hier nie stimmt) war's dann eben keine zufällige Verteilung, sondern eine geklumpte, gewichtete, »gezinkte«, wie Alex sagt, »wie in der Haut der Kraken. Das ist so, weil hier irgendetwas passiert, auf diesem Planeten, im Feld der drei Sternsteine, was Materie auch im kleinsten Maßstab … sich verhalten lässt, als gäbe es etwas Neues, etwas, das die vorhandenen Grundkräfte ergänzt, elektromagnetische Kraft, Gravitation, schwache und starke Kernkraft. Bloß soll man mich erschießen, wenn ich auch nur die geringste Ahnung habe, was für eine zusätzliche Kraft das ist, die da an den Fermionen rumruckelt und diese … Nichtzufälligkeiten hier bedingt.«

Christian bettet den Kopf auf die luftig gefütterte, weiche Nachtjacke und döst ein bisschen weg. Er blinzelt, sieht die Kraken steigen, erst aus den Augenwinkeln nur, am Rand des Gesichtsfelds, dann segeln die ersten über ihn hinweg, von Nordost nach Südwest in diagonaler Fluglinie, und ihre gelben Augen scheinen dem Belesenen wie Belege für Unterstellungen, die den irdischen Homologen dieser Tiere in der Kultur-, Kunst- und Literaturgeschichte etwa »Hinterhältigkeit und Schläue« zuschreiben, wie bei Claudius Aelianus im dritten nachchristlichen Jahrhundert, oder Ahnungen, die glauben, die Kephalopoden seien die einzigen Überlebenden eines untergegangenen älteren Kosmos, in dem andere Gesetze galten, so ein Schöpfungsmythos auf Hawaii und zahlreiche Andeutungen bei H.P. Lovecraft.

Vielleicht kennt Christian das, was er da sieht, und das, was ihm dazu einfällt, inzwischen ein bisschen zu gut, als dass es seine Aufmerksamkeit noch fesseln könnte, vielleicht liegt's auch daran, dass heute keine der seine Neugier und seine Spekulationen über die Rolle der Oktopoden im Plan der Besatzer besonders anregenden blauweißen Shuttlefahrzeuge die Flugbahnen der Oktopoden kreuzen, die Alexandra abfällig »Amikopter« nennt, aber dabei doch auch praktisch genug findet, um sie häufig selbst zu benutzen. Vielleicht liegt es auch daran, dass die Suppe, die er gegessen hat, zu nährstoffreich war. Aus einem dieser Gründe oder einem anderen döst Christian jedenfalls, was bei diesen Ausflügen selten geschieht, während der allmählichen Licht- und Wärmezunahme im schüchternen Dämmer schließlich ein.

Bald träumt er fahriges Zeug: Mit seinen leuchtenden, matschigen Schuhen tapert er desorientiert durch eine sehr große Bibliothek, vorbei an Reihen und Reihen und Reihen von Büchern in Regalen, die so hoch sind, dass er ihre oberen Ränder selbst dann nicht würde sehen können, wenn er den Kopf in den Nacken legte. Ihn erfüllt schummeriges Bewusstsein davon, dass er ein Bändchen sucht, auf dessen Umschlag eine rosa Spinne abgebildet ist, die zugleich aber einen Hasen meint oder darstellt. Aber auf den Buchrücken, die er rechts und links auf dem Gang, der gerade breit genug ist, dass Christian nicht körperlich an den Buchreihen entlangstreift, steht nichts Hilfreiches, kein Name zum Beispiel, nur ärgerlich kryptischer Kram in kaum verständlichem, von unglaubwürdigen Fremdwörtern durchschossenem Deutsch wie *Motivische Schmerzen bei Bienensachen* oder *Klammkoeffizienten in Prätheorien über Nein* oder *Rachsüchtige Kreise für müde Garben*. Alle diese Bücher sind nass, von Wasser aufgequollen, das an den Regalen herunterrinnt und sich zu Christians matschig-leuchtenden Füßen sammelt; Wasser, in dem er patschen muss voll Ärger darüber, dass ihm diese ganzen Bücher nichts nützen, weil er sowieso auswendig weiß, was drinsteht, lauter ärgerlich aufrichtige Gedichte nämlich, die andauernd auf Englisch die Wahrheit über seine Lage sagen, über den Neptun vor allem, den sie, wie er sich stirnrunzelnd und übellaunig erinnert, in der zweiten Person ansprechen, als geduzten Planeten, distanzlos angekumpelte Welt,

bluemungous, ur-blue.
Earth blue held up to you
Is muck ball brown and grass stain green,

feige Bescheidenheit des irdischen Verfassers, ärgert sich Christian und spricht murmelnd die Zeilen mit,

our oceans but a drop,
a dust of moth,
a mote of you.

Und dagegen dann die unterwürfige Verehrung, mit der derselbe Autor sich der Sonne zum Feuerfraß vorwirft, indem er sich mit ihr identifiziert, indem er ihre Majestät komplett verschluckt und dann so spricht, als wäre er sie, so dass Christian beim bloßen Flüstern der Worte die heißen und kalten Schauer den Rücken, die Arme, die Beine runterwallen, wenn diese Sonne von ihrer Erde sagt:

But here she comes: my one success, the fertile fluke,
Dreaming in her just-right, just-so bed,
Her arm thrown back across her brow.
I mustn't get too close. I mustn't be so ardent.
I'll learn to keep my distance, for now.

Wie denkst du dir das, Simon Barraclough, denkt Christian, und sagt's dann auch, spricht's aus: »Meinst du denn, dass diese Sonne deine Sprache spricht?«

Er sagt das in ein Mikrophon an einem Stiel aus schwarzem Drahtgeflecht, der aus einem Armaturenbrett in einem Cockpit herauswächst, das zwar genauso eng ist wie der Durchgang zwischen Gedrucktem, in dem Christian eben noch mühsam voranmatschen musste, aber bequem, warm, ein Nest. Jetzt ist alles besser, anders: Auf einem irdischen Meeresboden, von Ruinen mit New Yorker Fensterfronten und altrömischen Säulengängen umgeben, gleitet Christian in einem der Tintenfische dicht überm feinbewegten Staub dahin, als wäre das Tier selbst ein Amikopter, ein Luftkissenfahrzeug, ein Magnetschwebepanzer. Die beiden Augen des Geschöpfs sind Fenster, durch die der Pilot nach draußen sieht, wenn er nicht auf die Armaturen schaut, deren Anzeigen aber Gesichter sind: das von Alexandra, das von Taisa, auch Cordula Späth, die wie ein Uhrziffernblatt aussieht, mit Blitzen als großem und kleinem Zeiger. Sie zwinkert ihm zu, spitzt die zweidimensionalen Lippen, scheint ihn ansprechen zu wollen, aber was er hört, ist eine Männerstimme: »Hey, pal. You alright?«

Christian öffnet die Augen.

Die Hand, die der weißhaarige Amerikaner ihm entgegenstreckt, nimmt er ohne zu überlegen an und lässt sich emporziehen, bis er neben dem Mann in strahlend weißem Herrenunterhemd, schwarzer Jogginghose und bequemen Sneakers steht, dessen straffe Oberkörpermuskulatur den Sprachforscher ein bisschen einschüchtert und auf anderthalb Schritt Abstand hält. Der Offizier in Masvidals Diensten sagt mit seiner angenehm dunklen, leicht grollenden, aber freundlichen Stimme: »You been sleepin' all night up here? Yer bones must be frozen but good, man.«

»Nein, ich war spazieren wie immer, bin nur eingenickt eben«, antwortet Christian, ganz bewusst auf Deutsch. Er weiß, dass Masvidals Leute diese Sprache lernen mussten, bevor sie, von Florida her in Einwegraketen gestartet, auf ihr Schiff an einem der als Werftorte bestimmten Lagrangepunkte gebracht wurden. Der Flug mit diesem Schiff, der JOHN F. KENNEDY, dauerte nur ein Siebtel so lang wie der mit der FRIES beziehungsweise FIRAT, deshalb trafen die Amerikaner, obwohl sie später aufbrachen (aber wann genau? Das weiß Christian immer noch nicht), vor Christian, Aiguo, Filipa, Semjon und den andern hier ein. Alexandra Burkhard war freilich noch früher hier, und von ihrem Hiersein wussten Masvidals Vorgesetzte, weshalb sie ihren Missionsleiter und seine kleine Armee sich darauf vorbereiten ließen, dass sie es hier mit vielen Deutschen und ein paar Russen zu tun haben würden, ohne deren Kooperation in technischen und wissenschaftlichen Fragen der Planet ihnen seine Geheimnisse nicht enthüllen würde.

»Ich hab den Viechern zugeschaut. Den Ballons«, sagt Christian, als der imposante Mann nichts auf seine erste Auskunft erwidert. Der Amerikaner heißt Jordan Barrow.

Christian kennt ihn mehr als oberflächlich. Sie haben schon zusammen getrunken, gefeiert, einmal hat ihn der Soldat auch in einem Amikopter zu Alexandra geflogen, außerdem sind die beiden Männer praktisch Nachbarn.

Christian kann das kleine Haus, in dem Barrow zusammen mit drei anderen Masvidal-Leuten wohnt, von seiner Hütte aus sehen. Zählt man von Norden her, steht es in der zweiten der beiden Unterbuchten. Bei seinen Bergausflügen sieht Christian den Offizier manchmal am Strand Tai-Chi-Übungen machen oder in den Dünen joggen. Hier oben war der Krieger, soweit sich Christian entsinnen kann, bislang noch nie.

»Ja«, sagt Barrow schließlich in seinem warmen, väterlichen Basston, und es klingt sehr deutsch, kein bisschen nach »Yeah«, ein Zeichen großer Höflich- und Verbindlichkeit also, mit dem er dem Krakenbeobachter seinen Respekt ausdrücken will.

Der Soldat fährt nahezu akzentfrei fort: »Die sind schwer wie Tanks, das wissen wir ja alle, aber es sieht so leicht aus, schwerelos. Unwirklich. Man denkt an Wörter aus Kinderbüchern und Natural Sciences: Nautilus, Medusa. Stuff like that.« Manches kann man nur in der Muttersprache ausdrücken, versteht Christian, auch wenn man sich Mühe gibt, mit anderen in dem Idiom zu reden, das sie bevorzugen. Christian mag den Mann, mag seine Präsenz und allerlei Kleinigkeiten wie den Umstand, dass dieser Soldat nicht sichtbar tätowiert ist, also seine Individualität so wenig nach außen hin und auf den ersten Blick betonen muss wie seine Heeres- oder irgendeine sonstige Gruppenzugehörigkeit.

Dass ihm die Gegenwart des Amerikaners das Gefühl von Sicherheit vermittelt, dass er ihn vage als älter und stärker empfindet, könnte allerdings, merkt er jetzt, einfach auf unbewiesenen, instinktartigen Intuitionen gegründet sein, die man überprüfen müsste: Er ist eben Amerikaner, kommt also aus der Gegend, in der Christian Kind war, und ist körperlich größer, was die Kindergefühle, vermutet Christian, nach irgendeinem soziobiologischen Hirnschaltkreisgesetz noch verstärkt.

In Wahrheit kann Barrow nicht älter sein als Christian. Er ist später aufgebrochen, aber nie biotisch erneuert worden, soweit Christian weiß – jedenfalls kennen die Amerikaner die Techniken von Eva Sonntag nicht, wenn sie auch die Dysoniki kennengelernt haben, allerdings wohl auf unerfreuliche Weise. Es scheint unterwegs eine schlimme militärische Konfliktepisode gegeben zu haben.

Geschlafen, halbgefroren, haben Masvidals Leute unterwegs nicht; die vergleichsweise kurze Reise verbrachte man auf der KENNEDY stets in Einsatzbereitschaft. Weil Christian den soliden Mister Barrow schätzt, will er von ihm nicht für einen Schöngeist gehalten werden, deshalb sagt er: »Es sieht chaotischer aus, als es ist. Aber wenn man sich dem Anblick überlässt, schafft man es irgendwann, die eigenen Intuitionen mit der Bewegung abzustimmen. Dann kann man vorausahnen, welches Tier welche Kurve fliegen wird, welche zum weißen

Sternstein steigen und welche zum blauen und welche zu dem, der gerade anfängt zu leuchten.«

Barrow brummt nachdenklich, lässt den Blick über alle vier Lagunenbögen schweifen und wendet das Gesicht dann Christian zu: »Ich weiß, dass du denkst, wir wüssten Bescheid. Weil der Colonel da oben sitzt«, eine Kopfbewegung Richtung Mittagsstern, »und weil wir sie füttern, die beasts, oben, manchmal, und mit ihnen kommunizieren, soweit das geht … soweit uns Miss Burkhard und ihre Deutschen und der Chinese gezeigt haben, wie das geht. Aber wir haben die Kraken nicht gezüchtet, das war sie, deine … die Frau aus East Germany, na ja, I know, ursprünglich West Germany. Anyway, communist. Sie und ihr Chinese. Und was die Diamanten da oben angeht, wir haben sie als … they're our HQs, the Colonel's residence, where he also works with his closest staff, aber … wozu sie originally da sind, abgesehen von den … Effekten, all the weird stuff, localized and … das, was Miss Burkhard testet … wir wissen nichts über die Builders, nichts über die Funktion, den Zweck … wir wissen nicht, was das eigentlich ist. So ein Diamant. Wozu die hier im Himmel hängen.«

Das Vertrauen, das der Soldat ihm mit dieser Erklärung entgegenbringt, belohnt Christian mit einer überraschenden Auskunft: »Was das angeht, hab ich eine … sagen wir, eine Vermutung.«

»Do you?« Es klingt belustigt, aber nicht spöttisch. Der Amerikaner schaut wieder aufs Meer dabei und sieht den letzten Kraken beim Auftauchen aus den jetzt wilder bewegten, von Winden beunruhigten und teils bis zu zwei Metern hohen Wellen zu.

Christians Gesicht verändert sich kaum merklich. Ein neuer, schelmischer Zug umspielt die Lippen, die Augen wirken heiterer, als er sagt: »It's a dram tree. Had one of 'em where I'm from. Up in North Carolina. Cape Fear.«

Der Soldat lächelt: »So you do speak English after all, huh?«

»Yes, aber ich ziehe das Deutsche vor. Das zweite Leben ist einem ja immer näher als das erste, wenn man zweimal leben darf.«

»Fair enough. Also … was ist ein dram tree? Or am I supposed to know that?«

»Wahrscheinlich nicht. Kommen Sie von der Küste?« Die formelle deutsche Anrede, fällt Christian hier wieder einmal auf, hat große Verbindlichkeitsvorteile.

»Nah, I'm about as dry as they come. New Mexico. Actually, not far from where your friend Liz came from. Das heißt also, dram trees gibt's nur am Meer?«

»Ich bin mir nicht mal sicher, ob's mehr als einen gibt, ob das nicht eine echte … lokale Besonderheit meiner Heimatstadt ist. Also, die Mündung und der Hafen dort …«

»Excuse me … I don't know that word. Min…?«

»Mündung. Estuary.«

»Oh.«

»Yeah, well … die Stadt liegt sozusagen zwischen Fluss und Meer, nach Osten zum Meer hin einfach begrenzt durch den Atlantik, eine Küste, Beaches, der Wrightsville Beach zum Beispiel, schöne Restaurants in der Nähe vom Johnny Mercer Pier …«

»Johnny Mercer. Great Musician.«

»Right. Und die Westgrenze der Stadt, also … Water Street, Hotels und so was, da fließt der Cape Fear River. Wie das bei Mündungen so vorkommt, fließt der Fluss ab und zu in die falsche Richtung, bei Flut … gut, und an diesem Fluss, da gibt es auf der Höhe des alten Hafens dann diesen Knick, diese scharfe Biegung, und da stand … also da gab es über Jahrhunderte diese Gewohnheit, dass die Schiffe, wenn sie … da kamen sie an dieser alten Zypresse vorbei, ein wunderschöner Baum, ancient, pure southern gothic, moosbehangen, und das war eben der dram tree für die Seeleute, denn … ein dram, das ist einfach ein Drink, ein Schluck. Das ist der erste Schluck aus der

Flasche, wenn's auf See geht, wenn man den Fluss verlässt ins Offene, in die Gefahr, die Tiefe und die Stürme und das Abenteuer, und es ist der letzte Schluck, bevor man in den sicheren Hafen einkehrt, vor dem Landgang.«

»So what you're saying is, these … aliens built this thing as a signal for … wenn jemand ins Sonnensystem fliegt oder es verlässt. Die Neptunbahn als Grenze.«

Christian nickt: »Ja, aber nicht nur die eigentliche Neptunbahn, nicht nur der Rand der Ekliptik, sondern die Kugel, die man sich denken kann, wenn man die Neptunbahn als Umfang nimmt und die Sonne als Mittelpunkt. Und … that's not just a flight of fancy. Ich hab mir das, diese Grenzvorstellung, nicht bloß in Erinnerung an den dram tree ausgedacht. Am Anfang standen die Messungen. Die Daten.«

Barrow kann dem Gedanken folgen: »Your probes. You sent probe bots outside, and you sent probes inside that sphere. And you compared …«

»Klassische Versuchsanordnungen, klassische Naturkonstanten, h quer, Lichtgeschwindigkeit, Feinstrukturkonstante … Abweichungen, Irregularitäten across the board. Winzig, und mit Technik wie der, die man im zwanzigsten Jahrhundert hatte, gar nicht feststellbar, aber … es gibt ein Feld, es gibt etwas, das hier auf Neptun seinen Ursprung hat und das Sonnensystem einhüllt und abgrenzt von allem, was nicht zum Sonnensystem gehört. Die Gesetze, die, von der Erde aus gesehen, auch bei allen Beobachtungen gelten, die weit Entferntes erfassen, andere Sterne, andere Galaxien, sind erdnah stabiler als außerhalb der Neptunbahn. Was Hubble misst, würde Hubble anders messen, wenn man Hubble auch nur ein paar Kilometer außerhalb der Kugel schicken würde, die …«

»Yeah, well, we know this. Both of us. Wir haben dieselben Tests gemacht, und es sieht so aus … a clear distribution of anomalies along a form shaped like a …«

»Ein Trichter. Von der Zone aus, in der die Sternsteine …«

»Yes, it's shaped like a funnel, widening outward to become this ... sphere. Und in dieser ... Sphäre ist dann alles noch halbwegs regulär, gelten die Gesetze, die wir kennen, in allen möglichen Bereichen der Physik, in optics, fluid dynamics, relativity, thermodynamics, quantum mechanics ... so it's ... ein bisschen so, als ob es diese drei Sternsteine sind, die das machen, die das zumindest stabilisieren, das Naturgesetz...hafte. Und wenn man von außen käme, aus diesem irregulären Medium, diesem Chaos, dann wäre die Stelle mit dem ... der Ursprung von diesem ... Trichter ...«

»So etwas wie die Hafeneinfahrt.«

»And so you thought of your port city. And your dram tree.«

»Ich habe Alexandra Burkhard davon erzählt. Von dieser Theorie, dass die Steine Maschinen sind, mit denen ... und sie sagt, sie hat eine ähnliche Theorie und sogar ein Wort dafür, was die Maschinen mit dem Sonnensystem machen. Sie sagt, Masvidal stimmt mit der Einschätzung überein, aber er benutzt das Wort nicht, nur im Gespräch mit ihr, unter vier Augen, denn er will ...«

»He does not want to acknowledge her ... acuity. He does not want to lend legitimacy to her speculations, weil ... es sonst so aussieht, als wäre sie ... in charge. So what is that word?«

»Sie nennt es ... also, diese Gesetze kommen von hier, vom Neptun, und das ganze Sonnensystem wird unter diese Gesetze gestellt von den Maschinen, wird dem Neptun angeglichen, daher ... sie nennt es: Neptunation.«

Christian spricht das als deutsch-lateinisches Fremdwort aus, und der Amerikaner wiederholt es, wie man es aussprechen würde, wenn es ein englisches Fremdwort wäre: »Neptunation. Catchy.«

Christian zuckt mit den Schultern: »Yeah, maybe it should be pronounced as if it were an English word. She might have gotten it from a song, as a rhyming thing which ... es gibt ein Lied, das in einer Botschaft von ihr, einer Sendung zur Erde der Song heißt ›Daydream Nation‹, das war ein Hit in ihrer Jugend, glaube ich.«

Barrow, der das Stück nicht kennt, nickt trotzdem: »So sind wir Menschen, ja. Alle unsere Maßstäbe sind somewhat ... provinziell. Nimm nur diesen Ort hier. Wiesental. Sie nennt das so, weil ...«

»Ich weiß. Ihre Herkunft.«

»Yeah. Und wir ... it's caught on. We're translating it, Masvidal authorized it, we're calling the island ›Field Valley‹ now, 'cause he's saying, Wiese, that's a field, that's a lot of grass.« In kaum verhohlenem Staunen hellt sich Christians Gesichtsausdruck auf, als sich ein Rätsel für ihn klärt, auf dem er seit Monaten herumkaut: »Ah, that's what that means ... ich ... ich hatte mich schon gefragt, was dieses ›Fiwahi‹ ist, von dem immer alle reden bei euch, oder ›Fedwali‹ ...«

»Yeah, die Aussprache ist nicht immer sauber. Ich würde mich kaum wundern, wenn das so käme wie bei vielen Legenden und Ortsnamen auf der Erde, wo das allmählich unscharf wird, ver... verwaschen, you know, so that people ... some people might not even know in your town what that word ›dram‹ meant, die Namen bleiben, die Bedeutung löst sich auf, und irgendwann denkt hier niemand mehr an eine Wiese, ein Tal oder einen Ort in Süddeutschland, sondern nur noch an Fiwahi oder Fedwali oder Feldewal oder irgendwas, und schon jetzt ist es ja so, dass ... I mean, even you guys, the communists and the Germans, say ›auf Wiesental‹ if they talk about what's happening on the island, which is kind of bad grammar, isn't it?«

Das stimmt, denkt Christian, es sollte eigentlich anders heißen, »im Wiesental«, wie da, wo Jochen und Alexandra herkamen, aber dann braucht man, weil man hier oben, auf der Klippe über der Vierfachbucht, sich ja in keinem Tal befindet, dafür einen eigenen Namen, für diesen Ring. Barrow wechselt das Thema: »Sie sind fast alle oben«, er meint die Kraken. »Bleiben

Sie noch hier, oder begleiten Sie mich beim … Wandern, sagt man nicht so? Ich wollte den weiten Weg zurück, langsamer, just … taking in the sights. Wir könnten auch bei unseren Nachbarn vorbeischauen, dem Russen und der Deutschen … I saw ’em earlier today when I did my thing on the beach, saw them on their porch. We might join them, what do you say?«

Christian sagt: »Sure, why not?«

3 | Das grüne Buch

Niemand auf Wiesental ist morgens früher wach als Filipa Scholz. Das liegt an ihrer Pflicht: Sie muss der besten Freundin immer wieder Leben schenken, einen Tag lang, der morgen verloren sein wird, ein Leben von zehn, zwölf, manchmal vierzehn Stunden, Teilhabe an einer Gemeinschaft, die auf die Freundin angewiesen ist, die Frau im Glas.

Schädelknacker, grünes Buch, unterwegs sein, Gespräche, und abends wieder der Block. Jeden Tag, mit kleinen Variationen, bislang erst zweimal von jemand anderem erledigt: Allein die Einführung ins grüne Buch, in die Übungen, die Filipa jeden Tag mit der Freundin absolvieren soll, um die Arme in ihrem eigenen Kopf wieder richtig einzurichten, dauert ja viel zu lang, als dass es sinnvoll wäre, diesen Job an irgendwen abzugeben. Filipa schnalzt mit der Zunge, wie sie das immer tut, so dass die nach Tang und Salz riechenden Lianen, die ihre Verfassung über Nacht auf den neuesten Stand gebracht haben, wissen, dass sie nicht mehr benötigt werden. Sofort fallen sie von Filipas Gliedmaßen ab und kriechen fast geräuschlos zurück an die Wände, zurück in die Decke. Filipa rollt sich von der Matratze, mit fließender Bewegung, wie ein Seehund.

Ein richtiges Bett besitzt sie nicht, sie will nah am Boden schlafen, denn sie traut dem Leben im dreiviertelsuspendierten Neptunschwerefeld auf Wiesental noch immer nicht und findet es außerdem Arbeitszeitvergeudung, zu viele Möbel zimmern zu lassen oder selbst zu zimmern.

»Das ist was für die«, hat sie neulich wieder abfällig zu Aiguo gesagt, »die glauben, sie wären jetzt wieder daheim, weil es eine Insel gibt und Boden. Ich mach die ganze Scharade nur so weit mit, wie ich absolut muss, von wegen, dass das hier«, dazu hob sie die rechte graue Hand, »mein Körper ist und dass ich essen muss, was aussieht und schmeckt wie irdisches Essen, und dass ich schlafen muss und dass mir die Knochen wehtun, wenn ich das mit dem Schlafen nicht auf etwas erledige, das wie 'ne Matratze wirkt. Die Heike und der Semjon und der Christian ... bei dir weiß ich's nicht, aber die alle scheinen zu denken, wenn sie sich schlafen legen, dann sind sie in ihren Betten in Sicherheit, dann passiert nichts Unbegreifliches mit ihnen, Tag-Nacht-Rhythmus, prima, von allen vertrauten Naturgesetzen bewacht.«

Sie steht auf und geht Richtung Badezimmer, an dem Bettgestell mit den viel zu vielen Drehspindeln und Beingelenken und Feldgeneratoren im Halbdunkel der getrübten elektrischen Beleuchtung vorbei, in das der Block gespannt ist, in dem Liz darauf wartet, für einen weiteren Tag in eine Art Leben zurückgerufen zu werden, die so grausig ist, dass die einzige Rechtfertigung dafür, ihr das zuzumuten, nach Filipas Ansicht darin besteht, dass die Alternative der Tod wäre.

Bei der Zahnreinigung mit dem Blatt einer für Filipa namenlosen Pflanze aus Alexandra Burkhards Gewächshaus, das keine zwei Kilometer weit weg von hier steht, denkt Filipa selbst wieder an ihre Formulierung »von allen vertrauten Naturgesetzen bewacht« – sie, fällt ihr ein, darf so was sagen, denn sie weiß, was es bedeutet, wirklich bewacht zu werden: Draußen vor dem ziegelroten, im Gegensatz zu so gut wie allen anderen Wohn- und Nutzbauten auf Wiesental nur einstöckigen Haus, in dem sie mit Liz lebt, einem Würfel aus Quadraten, einem, wie sie gern sagt, »Geschenkpaket«, stehen zu jeder Zeit, in leidlich respektvollem Abstand von sechs Schritten zur Eingangstür, zwei von Colonel Masvidals Bewaffneten.

Schichtwechsel ist zweimal, in der Nacht und mittags, denn erstens betrachtet der amerikanische Befehlshaber Liz als »asset«, dem er zwar Privatsphäre zubilligt, aber keinerlei Transport irgendwohin ohne seine ausdrückliche Genehmigung, und zweitens ist die Region, in der Filipas Geschenkpaket gebaut wurde, die mit der größten Bewaffnetendichte auf Wiesental, nämlich die Talsohle, der Vorhof des »Brunnens«, wie Alexandra sagt, also der Öffnung im Korallenriffganzen, der Mitte, die bis tief ins Neptunmeer reicht, wo getaucht wird und am Geheimnis gearbeitet.

In diesem »Herzen vom Herzen des Tals«, wie Aiguo sich bei einer Besprechung mit Alexandra, Filipa und Liz in einem von Alexandras Labors zu Beginn der gemeinsamen Zeit auf der Insel ausgedrückt hat, steht Alexandras Villa, umringt von ihren Forschungseinrichtungen, biologischen, physikalischen und chemischen, außerdem kleinen Häusern, in denen, jeweils alleine, mit mehr Platz, als Filipa sich und Liz gemeinsam zugesteht, Taisa und Aiguo wohnen, weil eben »nicht alle Meerblick brauchen«, wie Filipa für die im Landesinneren angesiedelten FIRAT-Leute deren Haltung erklärt.

Zwei Handvoll kaltes Wasser spritzt Filipa sich vor dem Spiegel ins Gesicht und verharrt dann einen Augenblick länger als sonst dort, studiert den Blick, die Züge, die Haut, die sie keineswegs »grau« findet, wie Christian Winseck das von »allen hier« behauptet, höchstens ein bisschen »anbetoniert«, wie sie jetzt zu sich selbst sagt, mit hochgehobenen Brauen und einem leicht grimassenhaften Ausdruck: »Wie wenn ein Zauberer uns versteinern lässt, aber die Verwandlung hat erst angefangen. Außerdem«, sie streckt sich die Zunge raus, »man sieht ja immer noch Unterschiede beim Teint zwischen uns.«

Sie macht eine Pause, rollt mit den Augen, bläst die Backen

auf und grunzt dann, einmal, zweimal. Lacht leise. Sagt: »Bei mir ist es leicht rosa. Filipaferkel.«

Gern würde sie jetzt einfach rausrennen, ungekämmt, in Schlaf-T-Shirt und Sweatpants, und den Tau auflesen auf der blauen Wiese im beginnenden rosa Licht, das sie nie, niemals, um keinen Preis mit Christian Winsecks blödsinniger Kitschformel als »die schüchterne Dämmerung« bezeichnet. Filipa Scholz ist nicht naiv und kennt sich gut genug, um zu wissen, was die Grimassen sollen, die Phantasien vom Ausbruch und vom Davonlaufen – was das alles bedeutet, ist einfach, dass sie nicht jeden Tag das tun will, was sie jeden Tag tut.

Filipa wendet sich vom Spiegel ab und geht zur Frau im »Zeiment«, wie Alexandra den Block nennt. Das ist ein sehr albernes Kofferwort aus »Zeit« und »Zement«, möglicherweise mit einer Zusatzbedeutung, die nur Frau Burkhard selbst und Liz kennen, die sich ja damals, im Moment der zweifelhaften Rettung der Amerikanerin durch die Deutsche, fünf bis sieben Minuten flüsternd unterhalten haben, ohne dass die panischen sonstigen Anwesenden, darunter Filipa Scholz, gehört hätten, wovon da die Rede war.

Wenn sie heute oder an irgendeinem der zweihundertsiebzig bisherigen Tage auf Wiesental Liz gegenüber von »Zeiment« spricht, lächelt Liz manchmal bitter oder lässt Andeutungen fallen wie »ja, das ist die erste Erinnerung« oder »damit ich den Mörtel auch ja nicht vergesse, sure«, die dann nirgends hinführen, wenn Filipa nachhakt. Deshalb hat Filipa beschlossen, den Begriff nicht mehr zu benutzen, weil sie keine Lust hat, unwissentliche Überbringerin von Privatspäßen zwischen der Kosmo- und der Astronautin zu sein.

Zuerst greift sie unter die Hartplastikschale an der Wand hinterm Kopfende des Bettgestells und schaltet das Oberlicht ein. Dann dreht sie sich um und öffnet den Spind mit den »Schädelknackern«. Das Wort stammt von ihr und ist daher weder schwülstig wie Winsecks »schüchterne Dämmerung«

noch bemüht witzig wie Alexandra Burkhards »Zeiment«, sondern sagt einfach geradeheraus und so wenig zartfühlend wie möglich, was das aus zwei breiten Zangenteilen, einem Rechnermodul und einer zwei Menschenhände langen Nadel zusammengesetzte Ding tut, wenn der Block hinreichend gelockert ist, dass der Apparat sich um den Hals der Patientin legen kann.

Filipa nimmt den obersten Schädelknacker aus der Halterung. Es sind nur noch sechs. Sie muss Alexandra bitten, vom weißen Sternstein neue liefern zu lassen. Der Spind fasst zwanzig Stück, aber ihre Bestellung gibt Filipa, inzwischen ein wenig nachlässig, immer erst auf, wenn nur noch für weniger als eine Woche Geräte da sind, einfach, weil sie die Abstände ein bisschen vergrößern will zwischen den Gelegenheiten, zu denen Alexandra ihr das einschüchternde Gemahne der amerikanischen Einsatzleitung weitergibt, die jedes einzelne Mal Wert darauf legt zu betonen, dass die Dinger »eigentlich für was anderes« gedacht seien, dass es »an Bord der KENNEDY ursprünglich nur etwa fünfzig gegeben hat«, dass »der Fall schwerer neurologischer Un- und Notfälle bei Colonel Masvidals Truppen«, für den man die Schädelknacker hat, »immer noch jederzeit eintreten« könne, dass »das Nachfertigen selbst in der Wunderfabrik auf der Kunstsonne enorme Ressourcen verschlingt, nämlich«, wie irgendein Armeebürokrat, mit dem sich Alexandra im Interesse der armen Liz offenbar immer wieder herumstreiten muss, ausgerechnet haben soll, »in etwa das Äquivalent an energetischen und informationellen Mitteln, das man aufbringen müsste, um einen lebendigen Menschen unbeschadet vom Neptun zurück zur Erde zu bringen. Also ist es schon ein großer Luxus, wenn wir Ihnen erlauben, diese Vorrichtung wie Einwegware zu gebrauchen.«

»Arschloch«, flucht Filipa und meint niemanden, nicht mal den namenlosen Bürokraten. Dann legt sie sich, den Nadelzangenapparat in der Rechten, neben das Bettgestell und rutscht mit den dazu nötigen Hüft-, Bein-, Arm- und Schulterbewegungen unter die Liegefläche.

In den ersten drei Monaten hat sie für das, was jetzt ansteht, ihren Rücken, überhaupt ihren eigenen Leib geschont und stattdessen das Bett mit Hilfe des Servomotors, der es in alle möglichen Lagen und Segmentkonfigurationen bringt, fast senkrecht gestellt, um sich von hinten an der für den Schädelknacker ausgesparten Stelle zu schaffen zu machen.

Allmählich aber wurde ihr die Warterei zu blöd, das Nachjustieren, das Rumstehen, während die Sache ausbalanciert wird, und obwohl der Arbeitsgang auf die Weise, in der sie ihn jetzt erledigt, auch nicht wesentlich schneller vonstattengeht, ist sie dabei wenigstens aktiv, was ihrer unruhigen Natur entspricht. Inzwischen könnte sie das, was sie jetzt tut, im Dunkeln erledigen: Filipa hält den Apparat leicht schräg in der Rechten, führt die Spitze durch die Lücke, bis sie genau an der Stelle über dem Nacken der Suspendierten den Block fast berührt, an der ein Einstichloch zu sehen sein müsste, wenn eben nicht jeden Abend die Eigenzeit der armen Liz Parker wieder auf den Nullpunkt des vorigen, des immergleichen Tages zurückgestellt würde.

Mit der Linken tastet Filipa nach einem der sechzehn Felder im Gesamtgerüst, die ihre blockbezogenen Befehle entgegennehmen, und findet das Gesuchte an einer Trägerstangenkreuzung. Sie wechselt im Lauf der Wochen und Monate gern den Punkt, an dem sie die Tastenkombination zur Lockerung und Auflösung eintippt, weil das eine der wenigen Variablen der ganzen Routine ist. Die kalte Glut, die Filipa anfangs so gruselig fand und jetzt kaum mehr beachtet, leuchtet an den Rändern des Blocks auf, als der Prozess beginnt. Filipa weiß, dass von ihr nicht mehr verlangt wird, als den Schädelknacker möglichst ruhig zu halten – nur an zwei Tagen der ganzen Strecke hat sie das nicht sicher genug getan, so dass das Sprech- und vielleicht auch das Denkvermögen der Patientin an diesen Tagen nie das erhoffte Niveau erreichte. Aber zwei verlorene Tage sind mehr, als Filipa auf ihrem Gewissen lasten lassen will, und wenn sie ihre Unaufmerksamkeit und Unbeholfenheit damals zurücknehmen könnte, indem sie selbst sich in so einen Block einfrieren und einen Teil ihrer Erinnerungen, ihrer Biographie zerstören ließe, würde sie das tun. Ein Pfeifen wie Wind durch winzige Höhlen wird hörbar. Der Block beginnt zu flimmern, erst seitlich, dann oben, unten, dann vorn, jetzt hinten, vor Filipas Gesicht. Sie schiebt den Apparat nach vorne, der ihr schließlich, als sie die kritische Minimaldistanz erreicht, die restliche Arbeit abnimmt, nämlich ihre Hand nach vorn zieht, als würde sie magnetisch oder von einer Strömung vorwärtsgesaugt, bis der Stich stattfindet, das Knacksen, das sich von der Schädelbasis der Schlafenden in Filipas Handgelenk überträgt, die das Gerät sofort loslässt, ohne das Erschrecken zwar, das anfangs unüberwindlich schien, aber doch erleichtert, dass der scheußliche Teil des Vorgangs jetzt erledigt ist.

Die Spitze wird im Kopf von Liz Parker ihre schnellen Suchleitungen freigeben, die mit unvorstellbaren Geschwindigkeiten ein Netz im Gehirn auslegen, ein duales temporoparietofrontales Stütz-, Ersatz- und Lehrgewebe samt Routen entlang den vom Zusammenbruch der Kollektivrechnertransceiverautomatik beschädigten dorsalen Bahnen in einigen Fasersystemen fürs akustische Sprachverständnis.

Filipa greift in den Rahmen, um sich mit Ziehen und Schieben wieder aus ihrer Lage unterm Bett zu befreien. Sie steht auf, klopft sich die Kleidung ab, tritt vor das Bett und nimmt sich die Fernbedienung. Das Gerät hängt an einem Kabel, das direkt mit dem Bewegungs- und Rekonfigurationsapparat des Bettes verbunden ist, denn Colonel Masvidal duldet auf Wiesental nichts, was drahtlos, per Funk, Infrarotlicht oder anderweitig unsichtbar aktiviert, deaktiviert oder gesteuert werden kann, weil ihn all das an die Technik der Diff und der Dysoniki erinnert. »Von WiFi zu nichtlokaler Quantenfernwirkung ist es für den Kerl nur ein Schritt, alles böse«, sagt Christian Winseck. Dem amerikanischen Befehlshaber ist es ernst damit: »There's enough weird fields and stuff because of the three-diamond-system«, wie er laut Alexandra einmal direkt zu ihr gesagt hat, »und falsch«, sagt sie, »liegt er damit ja nicht.«

Filipa richtet mit einer kleinen Tastenkombination die Rückenlehne langsam auf, während das Farbenspiel des Zeitblocks im Zergehen die Helferin nicht so sehr an ein schmelzendes großes Stück Eis erinnert als vielmehr an Pollenwolken, die nach einer Explosion auf einer großen Wiese zusammenschrumpfen, wenn die farbigen Fetzchen im Trudeltanz aus der Luft zu Boden schweben, Flaschengrün, Magenta, Karottenrot und Alabaster, in Schleiern und Flecken, blinkend und als Strudel, so dass Liz langsam, behutsam, traumsanft, auf die weichen Kissen sinkt.

Sie öffnet die Augen.

Filipa schließt ihre für eine Sekunde, weil dieser Blick sie noch immer erschreckt und weil sie weiß, dass sie gleich alle Geistesgegenwart aufbringen muss, die sie überhaupt mobilisieren kann, um keinen Moment der kurzen Zeit, die Liz täglich leben darf, zu verschwenden, ihr jede Auskunft und Hilfe zu geben, die sie braucht, jede Frage zu beantworten, damit Filipa nie mehr diese grauenhafte Niedergeschlagenheit der ersten Zeit erleben muss, mit der sie ins Bett gekrochen ist, kurz nach der Ankunft, diesen bedrückenden Gedanken, dass Liz noch immer dafür bestraft wird, dass sie den Menschen hat rächen wollen, den sie so sehr geliebt hat, dass Filipa beim Gedanken an diese Liebe jedes Mal denselben Schmerz spürt, der daher rührt, dass sie weiß: Ich habe nie jemanden so liebgehabt, ich werde das nie tun, ich kann das gar nicht. Filipa blinzelt zweimal, da sind die Augen der Frau auf dem Bett ganz geöffnet. Liz Parker sagt: »Did it … work? Ich bin … auf dem … in dem … Neptun?«

Gegen ihren Willen ist Filipa wieder einmal fasziniert davon, dass dieser erste Gedanke, den Liz nach dem Erwachen aus der bizarren Stasis äußert, sich über die lange Zeit des Immerwiederwachwerdens nie grundsätzlich ändert, andererseits aber auf immer wieder andere Weise ausgesprochen wird, mal englisch, mal deutsch, mal gemischt, einmal sogar auf Mandarin (sie musste sich das dann von Aiguo übersetzen lassen), mit variabler Betonung, nicht immer fragend, nicht immer in dem vorsichtig hoffnungsvollen Tonfall wie heute.

Filipa räuspert sich kaum hörbar. Das soll Distanz schaffen, für sie selbst, damit ihre emotionalen Barrieren nicht einbrechen, und aus demselben Grund verschränkt sie die Arme vor dem Körper, bevor sie antwortet: »Kommt drauf an, was du unter … ›worked‹ verstehst. Ich mach das jetzt seit bald einem Jahr hier. Das soll keine Beschwerde sein, ich würde nur gern mehr für dich tun. Du kannst dich nicht bewegen, das hast du sicher schon gemerkt. Ich wasch dich nachher, eventuell willst du irgendwohin auf der Insel. Wiesental. Wir zeigen dir was, die andern, Alexandra Burkhard und ich, beschäftigen deinen Superverstand … wir reden viel, du kannst ja reden. Du hast was hinten am Kopf, das dir erlaubt zu sprechen, weil das Sprachzentrum noch zu retten war, die Motorik unterhalb vom Hals nicht. Die Amerikaner … die Invasoren auf der FIRAT haben so viele Leute wie möglich getötet, buchstäblich ausgeschaltet. Nicht aus Mordlust. Sie wollten … nur … den Rechner deaktivieren, das Kollektiv, weil das eine Technologie der Diff ist und der Dysoniki, das heißt, abgeleitet und entwickelt aus Vorgaben der Diff … und die … die Invasoren auf der FIRAT haben ihre Gründe anzunehmen, dass das, was den Neptun regiert, von drei künstlichen Sonnen aus, keine Diff in seiner Nähe dulden wird und keine Dysoniki-Technik, also wurde das alles verbrannt, in einem einzigen Pulsanschlag, systemweit, auch auf den Monden, in den mobilen Habitaten, Außen- und Beibooten, Stationen …

Alle, na, fast alle, die im Verbund waren, sind gestorben, aber bei dir …«

»Hat Alexandra Burkhard das aufgehalten. Gestoppt.«

»Ja, nachdem schon ein Teil deiner Hirnfunktionen, zum Beispiel besagte Motorik, irreversibel zerstört war. Höhere kognitive … also, Erinnerungen, Sprache, Rechnen, Folgern, das blieb weitgehend intakt, und der konkrete organische Schaden, der durch die Implosion des Verbindungskästchens in deinem Kopf angerichtet wurde, der lässt sich … temporär … ausgleichen sozusagen. Das Ding, das hinten an deinem Kopf sitzt, ich nenne es den Schädelknacker …«

»Nice«, sagt Liz und lächelt sarkastisch.

Filipa zuckt mit den Schultern: »Na ja, stimmt halt. Jedenfalls, dieses Ding erlaubt uns, miteinander zu reden. Und es flickt ein paar grob organische Schäden mit einer Art … Minigerüstbau, mechanisch und chemisch, Knorpel und Knochen. Es nutzt Unterschiede zwischen den Kohlenhydraten rund um mesenchymale Stammzellen, die wir dir noch kurz vor dem Einfrieren in das Zeitdingsbums entnommen haben, um sie mit Klonierung … weißt du was, ich überspringe das diesmal alles. Dieses Zeitfrierzeug, in das die Burkhard dich … sozusagen … eingegossen hat, indem es um dich eine … also, es schickt dich in die Vergangenheit zurück und … es rastet da wieder ein, es ist wie eine Feder, die zurückschnappt. Jeden Tag. Wir haben es noch nie länger als vierzehn Stunden laufen lassen, niemand will das riskieren, aber im Ergebnis … Alexandra arbeitet an längerfristigen Lösungen, aber … also, in ihren Labors, teils hier unten, das heißt, tief im Neptunhüllen…kram, teils höher, in einem künstlichen Stern, einem weißen … einer Art Diamant, die …«

»Du hast dieses Gespräch mit mir öfter geführt. Sehr oft«, sagt Liz.

»Das stimmt, und du«, erwidert Filipa, »hast mir dabei mehrfach angedeutet, dass das für dich nicht ganz unerwartet war … ist … na, du hast wohl mit der Burkhard genau darüber, über diese Möglichkeit geredet, in euren geheimnisvollen fünf Flüsterminuten …«

»Ja, das weiß ich noch«, sagt Liz und überrascht dann Filipa mit einem Satz, den die Deutsche nicht versteht: »Sie hat mir Zeit gegeben, damit ich ihr Zeit gebe.«

Filipa guckt fragend, aber Liz schaut sie nicht an, sondern scheint im Raum etwas zu suchen, lässt den Blick schweifen, bis sie den kleinen, etwa kniehohen Tisch erkennt, auf dem Filipa gestern Abend, wie jedes Mal vor dem Zubettgehen, alles bereitgelegt hat, was Liz in den ersten Stunden braucht: die flüssige Nahrung, das Waschzeug, das grüne schwere Buch fürs tägliche Ritual, dessen Sinn Filipa nie verstanden hat; noch so eine heimliche Abmachung zwischen der Erbauerin und Benennerin von Wiesental und der Frau mit dem festgefrorenen Leben, laut Alexandra »eine Reihe von Übungen, um Filipa zu helfen, sich in der seltsamen Sorte Raumzeiteinbettung zu orientieren, die wir ihr zumuten müssen«.

Liz scheint das Buch zu erkennen, den schweren dunklen Umriss. Etwas wie Erleichterung hellt ihre Züge auf: »Du liest mir daraus was vor, richtig, oder stellst mir eine Frage? That green monstrosity over yonder on the li'l table? Das Buch?«

»Das ist … richtig, du musst … es sind Übungen oder … aber halt, Moment, ich … alles der Reihe nach.« Kaum hat sie das ausgesprochen, muss sie lachen wie vorhin vor dem Spiegel, wie die Schülerin, die sie war, aus der Bahn geworfen, zum Vergnügen. Liz sieht, das ist das Verrückteste dran, ebenfalls amüsiert aus und erwidert: »Der Reihe nach. Like what?«

Filipa fängt sich und erläutert, was der Spruch, den sie von ihrer Mutter hat, in diesem speziellen Fall bedeuten soll: »Bevor wir dein Hirn ausprobieren, muss ich … also erst mal kriegst du einfach die Informationen, was hier los ist, dass wir auf dem Neptun sind, aber natürlich nicht auf festem Grund

und Boden, weil es das hier ja eigentlich nicht gibt, sondern auf einer Insel aus Korallen, nicht richtig irdischen Korallen allerdings, sondern irgendwie veränderten, eine Art modifizierte Materie, wie übrigens auch die Körper, auch deiner – sobald du aus der Zeitstarre geholt wirst, sorgt einfach dieses Medium hier, diese angebliche Luft …«

Liz fällt ihr, sehr unerwartet, weil bislang bei keiner dieser Orientierungsunterhaltungen vorgekommen, einfach ins Wort: »I'm sure you've got it all down to a T, but … ich glaube, ich kann dir … helfen, mir zu helfen. Ich kann's dir sortieren. Wir sind auf einer Insel, okay. Das Einzige, was ich jetzt noch wissen muss: Wohnen wir alle zusammen oder verstreut? What I mean to ask: Wie lange braucht man, uns einzusammeln? Uns an einen Ort zu bringen, der … Alexandra Burkhard wohnt auch hier, ja?«

»Ja, und gar nicht weit weg. Das ist … das ist sozusagen im Landesinnern hier, da leben auch Aiguo und Taisa und … andere von der FIRAT wohnen am Rand, Winseck, Heike Breuer, Semjon Diduk, an der Küste …«

»Andrej?«

Filipa senkt kurz den Blick, es wird nicht leichter, diese Nachricht zu überbringen, sooft sie es auch tut: »Er ist tot. Sie haben alle TS-Kapseln gezündet im System, wenn sie Speicherinhalte fanden, die … Alexandra ist zu spät gekommen.«

Liz presst die Lippen aufeinander. Filipa kennt den Ausdruck, es ist Wut, aber die Liegende kämpft die Empfindung nieder und fragt auch nicht weiter nach, sondern kommt unvermittelt zur Sache: »Die Übung also. Please, Filipa. Right away. I have … a hunch that this is going to be a busy day.«

Filipa zuckt mit den Schultern: »Na ja, wir unternehmen alles Mögliche, aber inzwischen haben es hier alle raus, wie man dir …«

»Please«, wiederholt Liz, nicht gereizt oder quengelnd, aber mit Bestimmtheit.

Filipa seufzt, nimmt das Buch, blättert es auf und denkt dabei: Wieso ist sie so anders heute? Das dürfte eigentlich nicht sein. Für sie ist es ja jedes Mal der Moment nach dem ersten Mal im Zeitblock, ein Weiterleben und Weiterdenken, das mehr oder weniger direkt aus den Bedingungen zum Zeitpunkt des Einfrierens resultiert, alle ihre Hirnsettings sind sozusagen täglich dieselben, es kann also nur dann was Neues passieren, wenn eine Reaktion auf einen Stimulus gefragt ist, den es bislang nicht gab. Welcher ist das?

Filipa räuspert sich, tritt näher ans Oberlicht, damit sie genau genug sieht, was da steht, auf dieser letzten echten Textdoppelseite, und beginnt dann zunächst, wie immer, mit einer Erläuterung des üblichen Ablaufs dieser Exerzitien: »Der Text ist auf Englisch, klar, aber so machen wir's nicht. Ich lese das nicht stumpf ab. Die Idee will ja drauf hinaus, dass ich mich beteilige, dass wir uns zusammen damit befassen, und außerdem ist es als Testfahrt für die entsprechenden neuronalen Bahnen nicht blöd, wenn du nicht nur logisch, sondern auch gleich in einer fremden Sprache …«

»Geschenkt«, sagt Liz freundlich, aber ungeduldig und demonstriert mit dieser idiomatischen Wortwahl gleich, dass ihr das Deutsche nicht fremd ist.

Filipa muss zugeben, dass das ein bisschen lustig ist, grinst also, schnaubt leise und sagt dann: »Okay, Numerals. So nennt er das, er hat eine Definition von Herrn Freyd verändert, um …«

»Numerals. Yeah. I know«, sagt Liz, wie man »Roger« oder »Over« bei Funksprüchen sagt: als Bestätigung, dass sie verstanden hat, worum es gehen soll.

Filipa fährt fort: »Hier sagt der Verfasser, dass man jetzt, also nach dem letzten Zeug, eine Arithmetik dieser Numerals entwickeln kann, die parallel ist zu … und eine Verlängerung darstellt von … einer Arithmetik endlicher Kardinalzahlen in einem Topos, der ein Natürliche-Zahlen-Objekt hat. Man arbeitet zunächst mit zwei Operationen …«

»A successor operation and a predecessor operation – was kommt danach, was kam davor … wie in der guten alten Kausalität, wie bei jedem Naturgesetz, in beide Richtungen …«

Filipa blickt vom Text auf: »Das stimmt. Exactly. Jetzt geht es aber weiter mit …«

»Nein«, sagt Liz leise und strahlt Filipa an, als habe die sich gerade in einen zwei Meter großen, unglaublich bunten Schmetterling mit Weihnachtsschmuck auf den Flügeln verwandelt. Filipa stutzt: »Wa… wieso …?«

»Wir sind durch«, sagt Liz. »Das grüne Buch. Wir sind durch, es ist die letzte Bemerkung zu diesem ganzen Komplex, logische Räume, es ist … die Grenzen sind nachgezeichnet, innen, und von außen könnte man einen wesentlichen Teil des Elefanten jetzt erkennen … von außerhalb, ich weiß nicht, des Sonnensystems zum Beispiel. Außerhalb der Neptunation.«

»Wha… wieso weißt … Moment jetzt, Liz …«

»It's alright. Du musst nicht so entsetzt sein, Filipa. Ich seh dir an, in deinem Kopf poltert alles durcheinander, du fragst dich, was heute anders ist als an allen andern Tagen, die wir hier … und wieso ich weiß, dass wir am Ende vom Buch sind. Zwei Fragen, nicht eine. Die erste ist leicht zu beantworten: Du hast gesagt, du machst das hier schon fast ein Jahr. Das hast du bestimmt noch nicht oft gesagt, jedenfalls nicht frühmorgens, richtig? Wir kommen doch bestimmt jeden Tag früher oder später an den Punkt, an dem ich erfahre, wie lange es schon so geht. Aber kannst du dich erinnern, dass du das, seit es so weit fortgeschritten ist, schon mal ganz am Anfang gesagt hast, fast zur Begrüßung?«

»Öhm … äh … na, jetzt wo du's sagst, nö, wahrscheinlich nicht.«

»Siehst du. Da wusste ich, es ist zumindest bald so weit, und das hat mich dann sehr neugierig gemacht, sehr ungeduldig – ich dachte mir, wir sind weit, aber wie weit sind wir, und als du das mit der Arithmetik der …«

»Filipa. Schhh. Ruhig.« Es ist fast nur noch ein Flüstern jetzt, verschwörerisch, aufgeregt, seltsam euphorisch, als wüsste Liz etwas, das eine sehr gute, aber auch sehr gefährliche Nachricht ist, die sie der Freundin unbedingt mitteilen muss, als fürchte sie, vor lauter Freude zu verbrennen, wenn sie's nicht bald loswird. Filipa kommt näher, beugt sich leicht vor, das Buch, aufgeklappt, noch in Händen, ebenso verwundert wie neugierig, und hört die Gelähmte sagen: »Du musst alle zusammen … what's the phrase? Zusammentrommeln. Wo es sicher ist, wahrscheinlich bei Alexandra Burkhard. Und du musst es persönlich tun, nicht per Signal oder …«

»Haben wir eh nicht. Sie wollen jetzt eine Festnetztelefonanlage bauen, aber das wird dauern. Niemand hier hat Funk.«

»Good. Gather our people. FIRAT only. Gather them fast. Get me there, as well. Wir haben wenig Zeit.« Filipa möchte tausend Fragen stellen, glaubt der Freundin aber auch jedes Wort. Sie kennen einander zu lange für Spielchen. Sie nickt und öffnet den Mund, um zu sagen, dass sie tun wird, was Liz von ihr will, da fällt der Gelähmten noch etwas ein: »One more thing, girl.«

»Ja?«

»Do we have any weapons?«

4 | In die Tiefe

Taisa steht auf dem Dach von Alexandra Burkhards Villa. Sie ist glücklich.

Sie wollte, als sie sich wie üblich eine halbe Stunde vor ihrer Gastgeberin mit einer verschlafenen Geste aus den Traumranken befreite, aufstand, frühstückte und dann die runde Treppe zu ihrem Lieblingsaussichtspunkt auf Wiesental emporstieg, nicht mehr als den viele Kilometer entfernten Nebelring im

Wannenrand, der nach kühleren Nächten manchmal ein in allen Himmelsrichtungen perfekter Torus ist, dabei beobachten, wie er im frühen rosa Licht zunächst die Farbe frisch gepflückter Baumwolle bekommt, dann oben wie von Kirschblütenpuder errötet, unten aber marineblau und in Lapislazulischatten schimmert, bevor er zerfällt, was gleichzeitig der Moment ist, in dem hoch über ihm, wo der Wannenrand der Insel den Himmel berührt, die ersten orangen-, bernsteinfarbenen und rötlichen Punkte mit langen Fäden daran in die Höhe schweben. Das sind die Kraken.

Die sieht Taisa jetzt, mit Augen, die schärfer sehen als die meisten Menschen selbst mit Fernglasunterstützung, und in gehobener Stimmung, wie selbst eben aus dem Meer aufgetaucht, aus dem Schlaf der vielen verwirrenden Träume, die Taisa meist erst loswird, wenn sie ihren Kopf gereinigt hat, bei einem Spaziergang etwa oder irgendeiner körperlichen Tätigkeit – Holz hacken, schwimmen – oder einem Blick auf etwas Großes, Freies, ihrem eigenen Schicksal, ihren Nöten gegenüber Gleichgültiges, wie die großen Himmel, blass hellblau, mit Wolken, die Milchflocken oder abblätternder Birkenrinde gleichen.

Taisa weiß, dass die weiche Luft, die ihre Wangen und ihre Stirn kühlt, wie der schöne Ausblick von Menschen ermöglicht wurde. Sie weiß alles über die Ursachen und Folgen der Naturerscheinungen, in denen sie für ein paar Augenblicke den kommenden Kampf vergessen kann, die alten Wunden.

Ihr gefallen die blaugrasbewachsenen Steigungen, die welligen Wände der Insel, bei denen sie immer an Staudammwälle denken muss, auch wenn sie nie einen Staudamm gesehen hat, anders als alle andern Zweibeiner auf Wiesental – es sind keine im All geborenen Leute hier außer ihr. Sie ist die Einzige, die niemals auf der Erde herumgelaufen ist.

Ihr erster Planet heißt Neptun.

So blickt Taisa jetzt auf kleine Gruppen von winterharten

Palmen, die bei jedem Wetter überleben können, das die drei Sterne der Insel zumuten, hübsche Hanfpalmen, von denen vier zusammen beim Steinweg stehen, der von Alexandras Villa in die eigentliche Omphalos-Talsenke hin zum Brunnen führt, große Gewächse mit sehr dunklen, lax faserigen Blattbasen und offen-lockeren Kronen aus Blättern, fünfzig bis sechzig sattgrünen jeweils, die immer aussehen, als hätte sie der Regen gerade gewaschen, der aber, als Dauerguss, ganz woanders steht, überm Wannenrand, weit draußen, wo die hohen Wellen sind, ja, »steht« ist das richtige Wort, dieser Regen fällt nicht.

Taisa bewegt den Kopf nach oben und sieht in weiter Ferne diesen zwischen seidigem Grünspan und Skarabäusglitzern changierenden Regen, der aussieht, als wäre er mehr Schaum als Tropfenmenge, Schaum, der in einem Schwerefeld an einer Glasscheibe herunterrutscht. Taisa sucht Worte und findet keine.

Sie nimmt sich vor, es bleibenzulassen, diese Wortfindungsbemühungen, sie wird das einfach mal Winseck fragen, der gut darin ist, sich dergleichen auszudenken. Bis sie ihn fragen kann, will Taisa still genießen, dass der erste Planet, den sie betreten hat, so schön ist: das Leuchten dort im Kriechregen, die Strontium- und Galliumblitze an der Grenze des Korridors, in dem das Licht der drei Sternsteine auf die Insel fällt, und alles, was in ihrer Zone lebt und denkt, der grüne Schimmerschleier dahinter, teils hell wie Kupfercarbonat, teils dunkler, Kupferchlorid, Kräusel von Salzlichtern.

Sie nimmt an, dass diese stille Freude am Größeren und Dauernden, am immer Wiederkehrenden und vom Kampf der intelligenten Geschöpfe mit ihrem politischen Dauernotstand ganz Unbeeindruckbaren etwas mit dem Bedürfnis der Erdleute nach Religion zu tun hat. So jedenfalls legt sie das aus, was ihr Turan, den sie vermisst, über den Islam erzählt hat. Dieser Ingenieur auf der FIRAT gehörte zu einer kleinen

Gruppe von Muslimen, die auf deutscher Seite an der FRIES- und SMITH-Mission teilnahmen. Auf der FRIES waren es zum Zeitpunkt, da die SMITH zerstört wurde, nur sieben Leute, von denen einige dann Kinder bekamen, andere starben, so dass sich bei Ankunft der FIRAT im System elf Muslime an Bord befanden, eine Minderheit, die es jetzt nicht mehr gibt.

Taisa vermisst Turan und einige andere mehr als den Rechner, in dem sie einander alle so genau kennenlernen durften, als hätten sie Jahrhunderte im Gespräch verbracht, sie vermisst seine Witze und die Offenheit, mit der er sie und andere Kinder der Dysoniki von Anfang an, lange vor dem Rechner, schon auf dem Flug nach Ceres nach dem Andocken des Dysoniki-Schiffs an die alte PODKAYNE FRIES, behandeln konnte; vielleicht weil er, als Angehöriger einer religiösen und ethnischen Minderheit, besser wusste, wie unproduktiv und schädlich Ausgrenzung und Misstrauen sind, wenn man mit anderen, die man nicht gleich auf den ersten Blick, den ersten gesprochenen Satz, die erste beobachtbare Handlung hin versteht, zusammenleben und an einer gemeinsamen Aufgabe arbeiten muss.

Der Ort hier, der Ausblick auf dem Dach erinnert sie an ihn und daran, dass sie sehr bedauert, ihn nicht herbringen zu können, damit sie sich's zusammen anschauen können. Orte können demnach, wundert sie sich und nimmt sich vor, das nicht zu vergessen, Erinnerungen an Leute wecken, die diese Orte nie betreten haben und nie betreten werden. Richtig, das ging ja auch Christian Winseck so, als er diese Villa hier das erste Mal sah: »Mein Vater. So hat mein Vater gewohnt.« Das klang, als wollte er sagen: die ganze lange Reise, und am Ende der Ausgangspunkt.

Alexandra Burkhard, die ihn im blauweißen Zweisitzer hergebracht hatte, entzauberte den merkwürdigen Moment sofort, mit einem kurios konspirativen Blick Richtung Taisa: »Ich hab da gewohnt, damals, mit deinem Vater, und fand's so geräumig und schön, dass ich's mir hier einfach nachgebaut habe, ohne besondere nostalgische Hintergedanken. Ich mochte die Loggien, die Bestandstreppe, das Schwimmbad innen, das vom Wetter unabhängig macht, Nebenräume oben für viele Gäste, Panoramafenster, dass man den Brunnen sieht, den Omphalos. Und die technische Seite war damals sehr fortschrittlich, das Wärmedämmverbundsystem, umgesetzt entlang den Radien und Schrägen der Bauelemente, ökologisch. Die Eltern von Jochen waren schon in den Siebzigern große Ökos, später auch politisch, allerdings nicht bei den Grünen. Der Vater hat sich in dieser ÖDP engagiert, rechtsgrün, christlich. Keine Asketen, wie der Bau zeigt – neunhundertsiebenundneunzig Quadratmeter Wohnfläche, neunhundertvierzig Quadratmeter Nutzfläche, zum Grundstück im engeren Sinn, wenn man die kleinen Labors mitzählt, gehören sechstausendneunhundert Quadratmeter, das ist alles ziemlich großzügig.«

»Wie lange hat es … gedauert … bis das gebaut war?«, fragte Christian, noch wie in Trance. Alexandra erwiderte mit einer Geste der Rechten, die so viel sagen sollte wie: Bleib nicht hier auf der Schwelle stehen, komm ruhig rein: »Drei Jahre, glaube ich. Genau weiß ich es nicht mehr, es verschwimmt in der Erinnerung, das erste beschleunigte Wachstum der Insel, die Zeitrafferzeit der Korallen, die wissenschaftliche Arbeit, das war uns alles eins.«

Dieses Abwiegeln, manchmal leicht ironisch, ist seitdem in allen Gesprächen zwischen Christian Winseck und Alexandra die Grundtonart der Gastgeberin. Taisa kann sich mühelos erklären, woran das liegt: Alexandra hat schnell gemerkt, was auch Taisa nicht verborgen geblieben ist, nämlich dass Christian Winseck, den sie von seiner Mondstation geholt und damit vor dem Tod gerettet hat, seinen Schock darüber seither auf eine Weise verarbeitet, deren Natur ihm wohl selbst nicht gleich klar war, inzwischen aber von niemandem mehr übersehen werden kann, der diese beiden Menschen zusammen erlebt: in Schwärmerei, Verliebtheit, also indem er von Alexandra mit jeder Frage, jedem Witz mal indirekt, mal schon ziemlich direkt mehr Zuwendung und persönliches Interesse erbittet, als sie ihm gewähren mag oder darf, aus Gründen, über die Taisa sich nicht restlos sicher ist, unter denen aber ein ganz besonderer zu den Vermutungen gehört, deren Bestätigung sie sich früher oder später von Alexandra wünscht.

Oben, im Erröten, löst der Nebelring vor der Steilwand an der Küste sich jetzt allmählich auf. Taisa hört Schritte hinter und unter sich, auf der breiten Treppe. Als ob damit ein sehr schneller Countdown begonnen hätte, der ihre kurze Zeit des Friedens, der Einigkeit mit sich selbst beenden wird, sammelt Taisa noch einmal die Eindrücke: den Kitzel auf der Haut, die Frische, das schöne Licht.

Dann steht Alexandra neben ihr und sagt freundlich: »Guckst du den Ballons zu?«

»Mir gefällt die Aussicht. Die Hänge, das Gras, das Tal, die Bäume und Büsche und Häuser. Wenn ich mich umdrehe, was ich gerade vorhatte, sehe ich den Brunnen, und der gefällt mir auch. Der stille See.« Als Taisa das sagt, bewegen sich bei ihr weder Stimmbänder noch Zunge oder Zähne. Denn das alles hat sie nicht. Stattdessen kommt der leicht blecherne, etwas verzerrte Schall ihrer Rede aus einem silbernen Kasten, der etwa einen halben Zentimeter weit aus der Stelle ihres Gesichtes herausragt, an der bei einem Menschen der Mund wäre und den die Technikerin unter Masvidal, die sie hergestellt hat, einfach »speech box« nennt, während Semjon Diduk nicht besonders sensibel, aber auch nicht ganz unzutreffend von »Taisas Mundharmonika« redet, auch wenn das, was rauskommt, wie Taisa selbst sagt, »nicht immer besonders harmonisch« ist.

»Freut mich«, sagt Alexandra Burkhard, »dass dir das immer noch so gut gefällt. Ich hatte es zwischenzeitlich ziemlich satt, aber irgendwann entdeckt man die Gegend, auch wenn man sie mitgestaltet hat, immer wieder neu – vielleicht geht es zu Hause auf der Erde ja dem lieben Gott auch so, nach ganz anderen Zeiträumen.«

Sie spricht von Gott, den Turan ihr einmal erklärt hat, auch wenn Alexandra ihn nicht Allah nennt wie Turan. Es ist, denkt Taisa, als könnte die Gastgeberin, dem strengen Verbot des Herrschers im weißen Sternstein zum Trotz, wonach man auf Wiesental nur mittels fürs menschliche Ohr hörbaren Schallwellen und fürs menschliche Auge sichtbaren Lichtwellen kommunizieren soll, irgendwie doch wissen, was in Taisa vorgeht und dass sie heute an Turan gedacht hat. Das sagt Taisa lieber nicht, und Alexandra fährt mit einer anderen Frage fort: »Wenn du zu den Kraken guckst, da drüben und hier und dort vorn«, sie zeigt mit dem Zeigefinger am ausgestreckten Arm in alle Richtungen, die sie meint, »erkennst du dann die Tentakel? Sind deine Augen so scharf?«

»Es sieht aus wie Wollknäuel, an denen unten lange Fussel hängen«, bestätigt Taisa, und Alexandra lacht leise, bevor sie sagt: »Ich bin froh, dass die Dinger hergebracht wurden. Sie machen sich sehr gut, im Ozean und in der Luft – als hätten sie sich lange drauf vorbereitet. Ich meine, es gibt ja nicht viele fossile Zeugnisse, weil's Weichtiere sind, die sich schlecht halten. Aber die ersten Spuren der Familie Oktopus auf der Erde reichen zweihundertneunzig Millionen Jahre zurück – jedenfalls ist das der Stand, den ihr mitgebracht habt, mit den Datenbanken der FIRAT, von den Amis nicht verändert. Allerdings gibt's in der Fachwelt Streit drüber, ob diese Spuren richtig gedeutet wurden. Und dann kommt eine Riesenlücke, und das nächste Tier ist dann eindeutig eins aus dieser Familie, acht Arme, entsprechende Haltung, vor hundertvierundsechzig Millionen Jahren im Abdruck konserviert. Dreihundert Arten gibt's inzwischen, falls es sie noch alle gibt. Hier nur eine.«

»Die du gezüchtet hast, mit dem Chinesen, der oben wohnt«, sagt Taisa. Es klingt neutral, aber das liegt am Synthesizer. Es ist als Lob gemeint. Bescheiden erwidert die Gastgeberin: »Ich hatte meine Finger drin, ja.«

»Zehn Finger, acht Tentakel. Schwierig«, sagt Taisa, einer von ihren lakonischen Witzen, hinter denen mehr steckt, als dem konfliktfreien Umgang mit den verschiedenen Menschengruppen zuträglich wäre, wüssten alle davon. Taisa hat, noch auf der FIRAT, kaum verstanden, wie betreten Filipa zuerst reagierte, als Taisa ihr verriet, dass sie, angeregt durch die Ähnlichkeit der physischen Erscheinung zwischen ihr und Andrej Sirilko, sich ein paar Arbeitsstunden in den Biolabors verschafft und dort geklärt hatte, dass der inzwischen leider tote Physiker und sie tatsächlich verwandt waren, sogar recht nah: »Ist doch schön! Ich glaube«, erklärte sie, damals noch ohne Mundharmonika, der Deutschen per TS, »dass das eine Art Belohnung sein sollte für diejenigen, die im Verborgenen und meistens ohne nennenswerten Dank über Jahre und Jahrzehnte dafür gesorgt haben, dass die JEFREMOW vorbereitet wird und dass sie starten kann – man wollte diese Leute, darunter Andrejs Mutter, von der auch ich stamme, ehren, soweit sie nicht mitkommen konnten, indem man wenigstens ihr genetisches Material auf die Reise zu den Sternen geschickt hat.«

»Das verstehe ich ja«, antwortete Filipa, nicht auf dem schnellen Weg, sondern mit ihrer Stimme, die dabei erregt klang, »und Meinhard hat mir auch erzählt, Cordula hätte ihm mal die Augen eines robotischen Dysoniki-Kämpfers gezeigt, das … wären die Augen von einem Russen gewesen, also nicht seine, sondern aus seinem Genzeugs geklonte, und von daher überrascht mich das jetzt auch nicht so. Aber ich denke, trotzdem«, bei dem Wort hob sie die Stimme und sah aus wie jemand, der einem Kind etwas sehr Ungehöriges und für bestimmte Erwachsene skandalös Verletzendes getan oder gesagt hat, »solltest du damit jetzt nicht einfach zu Andrej rennen und, na, ihm um den Hals fallen, Bruder und so.«

»Ich hatte das nicht vor«, beendete Taisa damals das Thema

und unterrichtete den sowjetischen Wissenschaftler dann tatsächlich nie über ihre Abstammung.

Was von dem kurzen Wortwechsel bei ihr zurückblieb, war ein Eindruck, den sie seither durch historische Studien in den Datenbanken erst der FRIES, dann der FIRAT, aber auch durch Gespräche und Beobachtungen im Kreis lebendiger irdischer Menschen zu ihrem wachsenden Kummer immer wieder bestätigt fand und der auch jetzt durch die Bescheidenheit, ja Scheu Alexandras bekräftigt wurde, sich zu ihrer Rolle bei der Züchtung der Kraken im Meer um Wiesental zu bekennen: Sie gehen den halben Weg, erschrecken, fallen zurück, verheddern sich in der Erbschaft unklarer Zeiten, unwissender Vorfahren – sie hat das einmal Cordula Späth anvertraut, am Rand einer Besprechung auf Aiguo Suns Brücke, und verblüffenderweise hatte diese Frau ihr per Textübertagung geantwortet, während sie gleichzeitig aus einem mündlichen Gespräch mit Aiguo und einem Techniker aus dessen chinesischem Stab keine Sekunde ausstieg: »Unsere Traditionen sind so, es klebt überall noch der Schleim und Dreck älterer Metaphysik dran, weil wir ja mit unseren Argumenten andere Menschen gewinnen wollen und müssen, mit ihnen deshalb in ihrer Sprache reden und diese Sprache und dieses Reden und das davon konfigurierte Denken uns dann eben im Alten und Blöden festhält – das ist der Nachteil an dem, was die Menschen unter ›Denken‹ verstehen, dass es eben im Sozialen entsteht, das selbst der innere Monolog an Gesprächen gebildet wird, Denken ist uns Sprache, Sprache ist sozial, und Wesen, die so zu sich kommen, haben unglaubliche Schwierigkeiten, Ideologien zu überwinden, die sie mit der Sprache aufgesogen haben. Selbst Marx und Engels mit ihrer konfusen Erwiderung auf das Schwein Malthus sind so, sie sehen gar nicht, was bei diesen Halbwahrheiten von dem Kerl die wahre Hälfte ist, oder Lenin, wenn er sich plötzlich positiv auf den Ideologiebegriff bezieht, das hat er aus dem neunzehnten Jahrhundert, das hinkt bei ihm nach, bei dem

Mann, der selbst hervorragende Sachen zum Nachhinken des Überbaus hinter der Basis gedacht und geschrieben hat, oder der depperte Lamarckismus eines so aufgeklärten Menschen wie Sigmund Freud oder dass Stalin sich nur allzu bereitwillig von dem Scharlatan Lyssenko hat einwickeln lassen, weil eben Menschen es einfach plausibel finden, dass erworbene Eigenschaften vererbt werden, da es bei ihrer Software ja wirklich so ist. Furchtbar, und dann passieren ebendiese halben Fortschritte. Leute tun was, aber sie haben ein schlechtes Gewissen dabei, und wenn es dann aus tausend möglichen Gründen schiefgeht, dann schreit alles in ihnen, hättest du das doch bloß nicht gemacht, das ist jetzt die Strafe, du hast dich zu viel getraut, die Natur und Gott erlauben das eben nicht – das haben sie in ihren Familien gelernt und in ihren ersten Sozialverbänden, dass Niederlagen als Strafen aufgefasst werden müssen für Ungehorsam statt als Hinweise darauf, dass man die Lage falsch eingeschätzt hat, dass man einen neuen Wert in den Bayes einsetzen muss und so weiter. Es ist, als würden sie über eine Straße gehen – du hast das Bild vor Augen, ja? Zwei Richtungen, Autos, gut – also, sie schauen ganz richtig erst mal nach links, da kommen die Autos her, dann rennen sie rüber, wenn keins kommt, und dann stehen sie auf dem Mittelstreifen und sehen vor sich, huch, jetzt kommen die Autos von rechts, was ist denn jetzt los, dann war ja alles falsch, was ich bis jetzt gemacht habe, da hätte ich doch besser gar nichts gemacht, da hätte ich – und das ist jetzt der erste richtig falsche Gedanke: Da hätte ich am besten gar nicht erst anfangen sollen, diese Straße zu überqueren, und dann kommt der zweite richtig falsche Gedanke, der schlimmere, der ganz fatale: schnell zurück, und sie drehen sich um und gucken wieder nach links, weil sie das beim ersten Mal getan haben, weil sie verwirrt sind, warum auch immer, und rennen los und werden dann genau auf der Straßenseite doch noch überfahren, die sie anfangs sogar völlig korrekt und heil überquert haben. Tragisch und lächerlich, aber die ganze Fortschrittsaufgabe besteht wirklich nur darin, ihnen diesen Blödsinn abzugewöhnen.«

Taisa dachte einen Augenblick über diese Mitteilung nach, dann textete sie zurück: »Das sind sehr allgemeine Ausführungen, bei denen mir nicht klar ist, wie sie genau zu meinem Problem passen. Es besteht ja darin, dass ich das Gefühl habe, es herrscht eine Scheu bei euch, in die eigene Biologie einzugreifen, die weit über die Fortschrittsträgheit und Neigung zum Schuldgefühl hinausreicht, die du mir beschrieben hast. Als ich mit anderen, besonders Deutschen, hier auf dem Schiff geredet habe, ist mir immer wieder ein Erschrecken begegnet, wenn es um das Thema ging, und ein Strauß von Assoziationen derart, dass man alles, was mit Menschenzüchtung zu tun hat, mit genetischen und sonstigen Manipulationen, für tendenziell bösartig hält, vom Nationalsozialismus war die Rede, Eugenik, Lebensborn, Nietzsche als Quelle solcher Ideen. Der Bezug ist ganz formal, auch kontingent, scheint mir, etwa so, wie man sagen könnte, Pillen nehmen wir nicht, denn mit Pillen sind Leute vergiftet worden, das heißt, es ist deinen Deutschen hier auf der PODKAYNE FRIES überhaupt nicht klarzumachen, dass das instrumentelle Denken nicht plötzlich dämonisch wird, wenn es von der sonstigen physikalischen und physikochemischen Welt ins Organische und schließlich Lebendige erweitert wird. Ich habe mit Heike Breuer drüber geredet, und sie hat mich auftrumpfend herausgefordert, eine einzige progressive Stimme zu nennen, eine einzige, wie sie sagte, nicht faschistische Person in den letzten hundert Jahren, die sich für Bio- und Reproduktionstechnik ausgesprochen habe oder für eine Politik, in der menschliche Populationen insgesamt Gegenstand von Planung wurden. Das war nicht schwer, von Margaret Sanger angefangen über die einschlägigen Chinesen bis zu Octavia Butler. Aber es hat sie alles nicht beeindruckt, im Gegenteil, sie wurde sehr ärgerlich mit mir und hat schließlich das Gespräch ganz abgebrochen, unter Vorwänden, die ganz kleinlich und arbiträr waren, tief unter ihrem Niveau. Ich bin bestürzt, und deine philosophische Erklärung hilft nichts dazu, diese Bestürzung in Verständnis umzuwandeln.«

Die Antwort kam erneut verblüffend schnell, kaum anderthalb Minuten nach Taisas Sendung, was der Dysoniki-Frau verriet, dass Cordula Späth mit diesem Kommunikationsmedium anders umging als alle Irdischen, denen man mühsam beibrachte, an Buchstaben und andere Zeichen auf einem imaginären Keyboard zu denken und damit Texte zu komponieren, wie man sie per Fingertippen in traditionelle Textgeneratormedien eingab – für Cordula war das Texten offenbar wirklich so etwas wie Sprechen, sie musste Abkürzungen kennen, die der Unmittelbarkeit entsprachen, mit der jemand wie Taisa das Medium nutzte: »Erstens, meine Liebe, lass Octavia Butler aus dem Spiel. Bloß, daraus, dass sie in der Xenogenesis-Sache die Züchter sozusagen ins Recht setzt, folgt nicht, dass die Verfasserin sich als Fürsprecherin der Züchtung von Intelligenzwesen verstanden wissen wollte – so primitiv funktioniert Kunst nicht, das sind keine Leitartikel und keine Flugblätter, und dass man auf den Asteroiden die ästhetische Erziehung von Kindern wie dir derart vernachlässigt hat, dass du jetzt offensichtlich nicht weißt, was ein Roman ist und wie man das lesen muss, wird sich an Baklanows Staat, überhaupt an der ganzen Asteroidenzivilisation noch mal bitter rächen. Aber zu deinem Problem mit den Deutschen: Erstens, das sind Westdeutsche. Nicht Deutsche überhaupt. Du würdest wahrscheinlich bei Alexandra Burkhard auf ganz ähnliche Haltungen und Verklemmtheiten treffen, wenn du ihr begegnen würdest, wer weiß, vielleicht passiert das ja mal. Ich nenne ihren Namen, weil du es bei ihr immerhin wirklich mit einer soliden Linken, vielleicht sogar tatsächlich einer Kommunistin zu tun hättest, aber das dürfte an der sensiblen Stelle, von der wir reden, keinen Unterschied machen. Es hängt mit der spezifischen öffentlichen Bildungs- und Nachrichtensphäre der alten Bundesrepublik zusammen. Es galt da als links, die sogenannte instrumentelle Vernunft abzulehnen, Technik, Ingenieurswissen, Alloplastik, die Umgestaltung der Natur nach menschlichen Vorgaben, und man erzählte dazu allerlei Zeug vom Weg der Vernunft in der Geschichte, der in Auschwitz und Stalins Straflagern endete – es war im Wesentlichen eine Variante der Totalitarismuslehre, Faschismus ist gleich Sozialismus. Diese Theorie war eine memetische Nische für Linke, die staatsloyal sein wollten. Sie durften den Nationalsozialismus nachträglich beschimpfen, wenn sie dafür die Sowjetunion mitbeschimpften, aber das Ganze ist nur einerseits absurd in dem Sinne, dass nun ja gerade die rechteste deutsche Tradition nicht gerade viel für Technik und Ingenieure und exakte Wissenschaften übrighatte, jedenfalls nicht für deren politische Umsetzung, vom Kampf der frühen Reaktion auf die Französische Revolution in Deutschland gegen das Impfen und dem Herrn Hamann, der schon gegen ›Kopier- und Rechenmaschinen‹ schimpfte, über Heideggers ›Gestell‹ und andere Zerrbilder der Technik bis zu den Nachkriegstagebüchern von Carl Schmitt, wo der alte Faschist seinen erbittertsten Hass ausdrückt gegen Ideen einer naturwissenschaftlich orientierten Verwaltung, also Pascual Jordan und Einstein kommen bei ihm fast noch schlechter weg als die Bolschewiken. Und diese ganze Überlieferungslinie wird also einerseits, und perverserweise unter dem Signet des Antifaschismus und der Gegnerschaft gegen den deutschen Dreck, von Horkheimer und Adorno, den ersten und für alles weitere prägenden Lehrern der westdeutschen Linken, gerade weitergeschrieben mit ihrem Madigmachen des Exakten als Positivismus und instrumentelle Vernunft und so, was dann eben die 68er, die von allen späteren westdeutschen Linken an diesem Punkt ungebrochen fortgesetzt wurden, dazu erzogen hat, in dieser Sache ihren blödesten Affekten nachzugeben und sich in dieses Spiel ›halb über die Straße gehen‹ einzureihen, von dem ich dir schon getextet habe, bis zur Ökobewegung der achtziger Jahre, aus deren politischem Arm, den Grünen, ja dann die Leute hervorgingen, die den Rollback organisierten, die Zerstörung aller zivilisatorischen Fesseln, die sich das deutsche Kriegführen und Armeleuteverprügeln nach dem Zweiten Weltkrieg hatte gefallen lassen müssen – diese Grünen, die als Erste wieder deutsche Soldaten in die Welt schickten, auch noch ausgerechnet gegen Serbien, und die Hartz-IV-Gesetze möglich machten, die Zerstörung des leidlich menschenwürdigen Sozialkassensystems der westlichen Nachkriegszeit. Das ist aber nur die eine Seite, die irrationale, diejenige, auf der etwas Altes, Dummes, Deutsches von der neuen, angeblich intelligenten westdeutschen Linken einfach fortgeschrieben wurde. Da darf man aber nicht so undialektisch denken, wie Horkheimer und Adorno selbst und alle anderen Antipositivisten und Antiinstrumentalisten immer denken – es ist irrational, ja, aber gesellschaftlich wirksam wird so eine Irrationalität immer nur, wenn ihr auch irgendwas Rationales anhaftet. Für den Staat und das Kapital ist es klar, dass das gut ist, den Linken, den Aufständischen den Verzicht auf Kalkül, Empirie, abgesicherte Hypothesenbildung samt Gegenproben, kurz einfach den Verzicht auf Wissenschaft und Technik zu predigen, und das darf dann ruhig im linken Mäntelchen passieren, das ist ebenso willkommen wie entsprechende Predigten aus der christlichen oder buddhistischen oder sonst wie asketischen Ecke und so weiter. Aber das Vertrackte ist, auch für die Aufständischen hat's was Wahres, gibt's eine Resonanz mit ihrer Erfahrung, jedenfalls in Westdeutschland nach dem Zweiten Weltkrieg. Denn sie wurden da ja täglich mit Planung auf Geheiß des Kapitals konfrontiert, und die sozusagen hemdsärmelige Idee der alten Arbeiterbewegung, die man bei Marx und Engels finden kann, wenn man die beiden grob genug missversteht, nämlich dass der Kapitalismus die Mittel der rationalen Unterwerfung der Natur schon schön entwickelt und das Proletariat sie sich dann nur noch aneignen, einfach dem Kapital entreißen und in den eigenen Dienst einspannen muss, die ist einfach Käse, weil Mittel nie gleichgültig sind gegen die Zwecke, für die sie eingesetzt werden, und Zwecke nie unabhängig von den Mitteln wirklich vorkommen – wenn auch: gedacht werden können, aber das ist dann eben falsches Denken –, die man zu ihrer Verwirklichung einsetzt. Beispiel, schon sehr nah am Biotischen, damit es zu deiner Frage passt: Stoffwechsel, Ernährung – weil ja Marx an seinen klügsten Stellen zum Thema genau die dumme alte bürgerliche, im Grunde aber ja biblische Formulierung von der ›Unterwerfung der Natur‹ fallenlässt und lieber, sehr viel vernünftiger, vom ›Stoffwechsel mit der Natur‹ schreibt. Auf diesem Ernährungssektor ist es ja wohl bei euch Dysoniki so geregelt, dass ihr Pläne habt, dass eure medizinische Selbsterziehung und Selbstkontrolle abgeglichen wird mit dem, was ernährungshalber einerseits notwendig, andererseits abwechslungsreich ist, in deinem Fall ja alles als Mischung aus Energieübertragungen chemisch-elektrischer Art und dann als flüssige Nahrung, die aber sogar Geschmackserfahrungen möglich macht, im Kopf halt, nicht im Mund, und so fort. Das könnte man jetzt als Zukunftsaussicht auch für die Erde projizieren, man könnte sagen, da soll es hin, dass es gesund ist, schmeckt und man nicht entmündigt wird, sondern sich sein Menü auch selber zusammenstellt, die ideale Zukunft, und die könnte man abbilden auf das, was im Monopolkapitalismus schon an Mitteln dafür da ist, nämlich einerseits die Agrarindustrie und andererseits die Konzerne, die dann Marktforschung treiben und biologische Forschung, die ermitteln, was wird gebraucht, und dann entspricht dem das, wie sie sagen, Produktdesign, und sozialistische Träumerei könnte jetzt träumen, wenn wir ihnen das wegnehmen, wenn wir das enteignen, dann haben wir die Instrumente beisammen, die man braucht, um es bei uns auch so einzurichten, wie es bei den Dysoniki schon eingerichtet ist. Aber das wär wirklich zu instrumentell gedacht, das würde den sozusagen rekursiven Niederschlag der falschen Zwecke in den monopolistischen Mitteln ignorieren – die sind gar nicht dazu da zu ermitteln, was schmeckt und gesund ist und effizient hergestellt werden kann und Abwechslung bringt. Kapitalistische Mittel der Bedarfsermittlung ermitteln niemals den Bedarf, sie ermitteln nicht mal das, was die Kapitalisten Nachfrage nennen, sie ermitteln etwas ganz anderes, die zahlungskräftige Nachfrage. Sie ermitteln nicht, was gebraucht wird und was gefällt, sondern was gekauft wird, und die Überschneidungen zwischen einerseits dem, was gebraucht wird, andererseits dem, was gefällt, und drittens dann noch dem, was gekauft wird, sind nicht so groß, wie die Werbung behauptet, nämlich lügt. Das Zeug wird salziger, süßer und fetter, als den Menschen guttut, weil die Scheißbiologie, und da kommen wir in den tiefsten Widerspruch, uns dumme Viecher so eingerichtet hat, dass wir Salz, Süßigkeit, Fett mögen, wovon es in der Natur ja viel weniger gibt, weswegen wir diesem Mist nachjagen wie Bekloppte. Dieser Gebrauch vernünftiger Mittel für verbrecherische Zwecke, der lässt sich dann eben tatsächlich auch unter Hitler finden, weil das ja eben auch ein kapitalistisches System war, dieser Nationalsozialismus, nämlich einfach den Privatbesitz an Produktionsmitteln für die entsprechend definierten Staatsbürger – also zum Beispiel nicht die Juden – intakt ließ. Wenn man so was macht, also die Bürgerrechte effektiv aufhebt, abschafft – denn sie für einen Teil der Leute abschaffen heißt ja sie ganz abschaffen, sie sind ja per definitionem unteilbar –, dann kann man trotzdem einen bürgerlichen Staat, einen mit ansonsten bürgerlichen Rechtsformen nämlich, zum Beispiel Teilen des bürgerlichen Besitzrechtes, irgendwie führen, man hat dann halt, wie Reinhard Kühnl so richtig gesehen hat, einen bürgerlichen Staat ohne bürgerliche Rechte, es gibt aber ja auch Vögel, die nicht fliegen können und die trotzdem Vögel sind. Was ich mit all dem sagen will: Du verstehst die Haltung der Westdeutschen zur Gentechnik und dergleichen nicht, wenn du nicht verstehst, wer diese Westdeutschen sind, auch wenn sie links stehen in irgendeiner Form, wer sie historisch sind, wer sie politisch sind. Wie gesagt, selbst bei Alexandra Burkhard würde dir das begegnen – so viel erst mal, wir setzen das mündlich fort.«

Dazu kam es nie, wegen all der Abenteuer.

»Wollen wir los?« Alexandra wirft Taisa nicht unsanft aus ihren Erinnerungen.

»Ja, gehen wir.« Die Treppe hinab durchs schneeweiße Haus schweigen die beiden Frauen. Stumm gehen sie an den Aquarien vorbei, in denen exotische Muränenkreuzungen und bunte Zierfische ihr Fressen-und-gefressen-Werden leben, als zahme Vorankündigung der bizarren Fauna, die Taisa und Alexandra gleich im Brunnen und unter der Insel wiedersehen werden.

Im Erdgeschoss liegt neben dem Treppenabsatz eine schmutzig blaue, schrabbelige Sporttasche, in der Alexandra gelegentlich kleinere Gerätschaften vom Haupthaus in den Garten oder eins der Labors und zurücktransportiert.

Auf Tauchgänge hat sie's in Taisas Beisein noch nie mitgenommen, aber was es damit auf sich hat, fragt die Dysoniki-Frau nicht, als die Deutsche das Ding, das offenbar nicht ganz leicht ist, aufhebt und rechts schultert.

Es wird sich spätestens an Bord des U-Boots zeigen, was drin ist.

Auch auf dem ausgetretenen ochsenblutroten Erd- und Korallenstaubweg hin zum See sprechen die beiden kein Wort. Jede ist mit ihren eigenen Eindrücken und Gedanken beschäftigt: Taisa grüßt stumm die Palmen, streift mit der rechten Hand auf dem vertrauten Pfad die Buchenfarnspitzen, erspäht in Büschen Springkrautblüten, erkennt die Rücken von Hasen im hohen Gras der Wiese, sieht eine Haubenmeise ihr Gefieder putzen, auf einem hohen Ast am Rand des Fichtenwäldchens in der Senke, um das der Weg herumführt wie eine Schnürsenkelschlaufe, und bekommt bei all dieser anschaulichen Naturkunde immer bessere Laune.

Alexandra, die denselben froschgrünen Overall trägt wie ihre Begleiterin, weil die Soldateska des strengen Colonels an dieser Montur das wissenschaftliche und technische Personal, auf das sie nicht schießen und das sie nicht alle fünf Minuten kontrollieren soll, schon von weitem erkennt, sieht die Nager im Gras auch, die Zwitscherbällchen auf den Zweigen derselben Fichten, Schwarz- und Grauerlen, denselben Himmel mit seinem fernen schaumigen Regen, seinen bläulich-elektrischen Schleiern und bleichen Blitzen, spürt denselben mild kühlen Wind im Gesicht, am Hals, an den Händen. Aber ihre Freude daran ist wehmütiger, ein Abschied: Sie weiß, dass sie morgen diesen Weg nicht wieder gehen wird, den sie so gut kennt, der so ausgetreten ist heute und der so neu war, als Alexandra ihn sich selbst im damals ebenfalls noch ganz neuen, frisch aus dem Boden entsprossenen blauen Gras bahnte, Schritt für Schritt, und dass sie ihn vielleicht nie wiedersehen wird, wie die ganze Insel, wie das ganze fleißige, lehrreiche, beschauliche Leben hier.

Die Dinge mussten reifen, sagt sie sich. Jetzt sind sie reif.

Als Alexandra und Taisa den See erreichen, sind die drei Wartungsroboter am Pier mit dem Tauchboot in seiner Stahlgerüstaufhängung noch nicht fertig.

Einer nimmt gerade feinmechanische Korrekturen im Gelenk eines der sechs Backbordsteuerpaddel vor, der zweite setzt die Hauptbatterie im Bauch des Fahrzeugs wieder ein, und der dritte putzt die kuppelförmige Heckscheibe mit blasenwerfendem Seifenwasser.

»Lass mal«, winkt Alexandra den Scheibenputzer beiseite, der mit seinem elektronischen Gehör und Gesichtssinn die Anweisung wahrnimmt und sofort befolgt, während Taisa dem Batteriehelfer beim Verschließen der Doppelklappe hilft und

Alexandra um das Boot herumgeht, damit sie dem letzten der drei Apparate dabei zusehen kann, wie er seine Aufgabe zu Ende bringt.

Fünf Minuten später rutscht das kleine Unterwasserfahrzeug die sanfte Abwärtskurve entlang, die zwischen Zentrum und Ufer des Sees eine Art Sicherheitsring um den eigentlichen Brunnen schließt. Alexandra Burkhard kontrolliert die Navigationsfelder der Konsole, während Taisa hinter ihr die Mess- und Fangvorrichtungen, die Sensoren und Aktuatoren überprüft. Der Bauch des Bootes schleift nicht allzu holprig am fast dellenfrei glatten Boden entlang, dann reißt das Geräusch ab, und die Frauen wissen, dass sie die obere Öffnung der viele Kilometer tiefen Röhre in der Inselmitte erreicht haben.

Augenblicklich beginnt der von Düsen und Wasserwiderstand kaum gebremste Sturz in die Tiefe. Die ersten sechs Minuten umgibt das mutwillig sinkende Schiff nichts als Schwärze. Dann kommt im senkrechten Tunnel ein dunkelbraunes Flattern auf, das von den Fächern rührt, die hier im Nichtgestein wachsen, und das in Wuseln übergeht, als in größerer Tiefe zitternde und tanzende Fäden wie Peitschen oder dünne Drähte aus dem Fächerwald ragen und von der Strömung bewegt werden, schon heller braun, hier und da fast rot im Licht der zwölf Scheinwerferkegel, die von den Lampen rings ums Bootchassis ausgehen.

Die Innenwandung der Röhre hellt sich immer weiter auf.

Langsam ist nicht mehr zu übersehen, dass selbstleuchtende Äderchen sie netzartig überziehen, gläsern schimmernde Stoffwechsel- und Datenbahnen, ein komplizierter Organismus von Tausenden von Kilometern Umfang, festgesaugt am Grundsubstrat von Wiesental, am Trichter, durch den Alexandra und Taisa sinken, das vierte Mal erst gemeinsam. Bei den allermeisten dieser Tauchgänge sitzt Alexandra alleine im Boot, selten mit einem von Masvidals Soldaten. Das hatte immer bloß den Zweck, ihr klarzumachen, dass der Kommandant ihr nicht traut. Weitere zehn Minuten lang sinkt das U-Boot, das Alexandra hat bauen lassen, bevor die Amerikaner herkamen, in die tiefe Stille, beschleunigt nun, von Düsen im Dach, deren Ausstoß das Sinken endgültig zum Fallen macht. Dann wird die Röhre etwas breiter, und die Dysoniki-Abgesandte weiß, dass sie jetzt bald den Ausgang erleben wird, das Hinausgespültwerden ins freie Meer, nun ja: in die Zone der Neptunsuppe, deren von den Sternsteinen manipulierte Druckverhältnisse für ebenfalls von den Sternsteinen veränderte Masse, die leben will, gerade noch erträglich sind.

Taisa beugt sich im Sitz nach vorn, nähert ihr Gesicht der Scheibe, schaut aufs Glühende und darunter aufs Rote.

»Kalk«, sagt Alexandra leise, das Gesicht über die Bildschirme gebeugt und damit von unten fahl erleuchtet, und Taisa fragt nach: »Kalk? Was meinst du?«

»Du hast rausgeguckt auf die Röhre, und du hast ausgesehen, als ob du denkst: Wände! So ein bisschen klaustrophobisch, nach der frischen Luft vorhin. Da sage ich: Ja, diese Wände sind Kalk. Nun ja, Metakalk. Transbaryonenkalk. Von kleinen Tierchen, den Korallen, sehr viel schneller produziert als auf der Erde. Als ich jung war, bin ich in den Kalkalpen auf der Erde rumgeklettert, mit Christians Vater, ein Sechshundert-Kilometer-Gebirgszug mitten in Europa, vor undenklich langer Zeit von solchen Biestern hinterlassen.«

Taisa schweigt dazu, was, wie Alexandra weiß, nicht bedeutet, dass es sie nicht interessiert. Im Gegenteil, die Erfahrung mit der Dysoniki-Frau hat Alexandra gelehrt, dass sie weiterreden soll, bis sie unterbrochen wird oder nichts mehr zu sagen hat, und so fährt sie fort: »Ich wollte dich noch mal mitnehmen. Auf diese Unterseite der Kunstwelt, die wir gebaut haben. Die Uhr ist nämlich abgelaufen, Taisa. Ich habe die Ergebnisse beisammen, und Song Jian hat die Oktopoden instruiert, und die von uns programmierten Roboter haben die anderen Roboter zur Sabotage programmiert – man könnte sagen, fast alle Dominosteine sind aufgestellt. Vorsicht, Moment, jetzt kommt der Lupfer, den du schon kennst …«

Taisa weiß nicht genau, was Alexandra mit der abgelaufenen Uhr meint, mit den Ergebnissen, mit der Sabotage, aber sie kann es sich ungefähr denken, kann es raten, weil sie in den Monaten, die sie auf Wiesental verbringen durfte, mit genau der Aufmerksamkeit und Intelligenz ihre Umgebung beobachtet hat, mit der Alexandra bei ihr rechnet. Was Alexandra mit dem »Lupfer« meint, ist Taisa dagegen völlig klar, auch wenn der Dialektausdruck nicht zu der Sorte Deutsch gehört, die sie im Asteroidengürtel gelernt hat – es ist der Ruck, der das Boot aus dem Zylinder entlässt und den Alexandra mit ein paar schnell getippten Stabilisierungsbefehlen beantwortet, während sie sagt: »Mir geht's immer noch so, jedes Mal wenn ich hier in diesen … verrückten Garten springe, nach dem Sinken, dass ich meinen Orientierungssinn ganz neu … na, selbst die horizontale Bewegung jetzt, erst mal weg vom Riff, fühlt sich wie eine Abwärtsspirale an, nicht?«

Ein paar Meter rechts und oberhalb vom Boot, auch ziemlich nah links davon und etwas weiter weg dahinter, brennen die lebenden Lichter, die Alexandra meint, wenn sie vom »verrückten Garten« spricht: Eine Kolonie aus blauen Gasflämmchen mit roten Pünktchen drin, einer Trompete gleich, schwebt als halbstarre, wabbelnde Planktonjägerin ins Sichtfeld, durch die, mit der breiten Einströmöffnung ununterbrochen aufgenommen und die enge Spitze ausgeschieden, stetiger Durchfluss wie Luft durch eine Turbine getrieben wird. Es zieht sich zusammen, es dehnt sich aus, es lebt und kräuselt sein Licht, das wie eine Positionslampe für die herantrudelnde Seewespe wirkt, deren dreißig Zentimeter langer, gewittrig blitzender Würfelkörper ein halbes hundert Giftfäden hinter sich herzieht, deren kürzeste zwei Meter lang sind, gefährlich für Fische, Garnelen und andere Geschöpfe, die daher Abstand halten, so gut sie können, und selbst viel farbiger sind, als man in diesen lichtlosen Tiefen für möglich halten sollte, kussmundrot und kanariengelb, flechtengrün mit Sepiamaserung.

Mal plump, mal pfeilspitz wuseln die Tiere ungestört, picken an der Säule, der das U-Boot gerade entsprungen ist, oder umringen die Cantei, die mit ihrer einzigen Bewegungsschnur hauchdünne Leiber immer wieder Richtung Riff, Richtung Wärme zurücktreiben, wenn sie abdriften, Cousinen der irdischen Rippenquallen mit Taschen und Stachelknuppeln in Grellrot auf Orange, denen Taisa entrückt nachschaut, weil ihre bewusstlose Existenz so viel Grazie zeigt, im Leben und Schweben.

»Sieht aus wie diese Mikroskopaufnahmen von bizarren Mikroben und Bazillen und was nicht alles, wie in unserem Inneren, nur viel größer«, sagt Alexandra und steuert wie die Cantei auf die große Röhre, den Stängel der Insel zu dabei, »als ob das alles extrem abwegige Geräusche macht, die man nur nicht hören kann. Aber man stellt sie sich unwillkürlich vor, oder? Ich dachte das schon bei meinem ersten Ausflug in die Tiefe, die gar nicht so tief war wie hier, damals vor der afrikanischen Küste, wo wir trainiert haben, in Tauchanzügen, für die JEFREMOW, ich bin da mit Cordula Späth unterwegs gewesen, in einem Boot wie diesem ... das hat sie damals gern gemacht und das Boot wohl auch behalten, später um- und aufgerüstet, das weiß ich von Filipa, die ist mit ihr durch die Tiefsee getuckert. Ich sollte sie mal fragen, ob sie sich da auch Musik eingebildet hat – Orgeltöne oder Synthesizer, ganz frühe, experimentelle elektronische Musik vielleicht.«

Taisa hört keine Musik und findet den Vergleich mit der Mikroskopie des menschlichen Innenlebens nicht überzeugend.

Sie selbst denkt beim Anblick der wunderlichen Schönheiten in diesem Meer allerdings auch an Ästhetisches, hat sie doch nach Cordula Späths kurioser Ermahnung damals, als die Urheberin mehrerer technisch extrem aufwendiger Weltraummissionen die Dysoniki dafür gescholten hatte, dass sie die schöngeistige Erziehung ihrer biologischen und biotechnischen Nachkommenschaft vernachlässigten, eine autodidaktische Reise durch die Ton-, Bild- und Textarchive an Bord der FRIES beziehungsweise FIRAT auf sich genommen, die ihr mehr als jede Filmaufnahme von den Naturwundern der Erde eine Art Heimweh nach dem Unbetretenen einflößte.

So denkt sie jetzt an die Farben abstrakter Expressionisten, an Blumen von Georgia O'Keeffe, Spinnen und Wirrwesen von Louise Bourgeois, an die feinhaarigen oder dichtschuppigen, glatten oder gepanzerten Geschöpfe in der Naturprotokollgraphik von Ernst Haeckel, Cominigio Merculiano oder Vincenzo Serino. Nichts davon teilt sie Alexandra mit, die jetzt aus ihrem Sitz steigt, die Tasche aus dem Haus vom Tragenetz nimmt und dann Taisa bittet, ihren Oberkörper etwas nach hinten sinken zu lassen, erst gestisch, dann mit Worten: »Entschuldige, kannst du mal eben ein bisschen zurück? Ich muss da vorbei …«

Taisa nickt und tut, wozu sie aufgefordert ist. Alexandra steigt im engen Raum an ihr vorbei, öffnet dabei den Reißverschluss der Sporttasche und stellt diese dann neben den hexagonalen Ladekasten für den Steuerbordgreifarm des Bootes ab. Sie geht daneben in die Knie, tippt auf die Klappenentriegelung der Ladekästen und nimmt dann erst ein Handtuch, danach drei eiförmige schwarzglänzende Gegenstände, jeder etwa so groß wie eine Menschenfaust, aus der Tasche, wo sie auf weitere Handtücher gebettet und vom ersten zugedeckt waren. So einsilbig Taisa sonst ist, fragt sie doch, als Alexandra Burkhard beginnt, die Eier in die Ladekästen zu legen und diese dann einen nach dem andern zu versiegeln: »Was ist das? Ich habe das noch nie gesehen.«

Alexandra antwortet leise: »Das will ich hoffen. Wenn irgendjemand außer Aiguo, der mir geholfen hat, die Dinger zu bauen, sie schon mal gesehen hat, bin ich in Schwierigkeiten.«

Dann schaut sie Taisa direkt an und sagt: »Ich hatte eine … utopische Idee, am Anfang. Ich wollte, dass der Neptun belebt sein soll. Die Meere zuerst, und dass es dann Festland geben sollte, auch voller Leben, und gleichzeitig … gleichzeitig ging es mir nicht darum, irgendeine trübe Idylle, irgendeine von Technik unverseuchte Natur herzustellen, was Regressives. Es sollte Energietechnik geben und Informationstechnik, aber … raffiniert, sanft, nicht mit diesen … groben elektronischen Rechnern und Robotern, die wir mitgebracht haben, und als mir dann … im weißen Sternstein … klarwurde, dass diese Technik, diese … diese Sachen, die unserem Menschenkram so unendlich überlegen waren und sind … dass das in gewisser Weise … lebt, dass es denkt und lebt, da … da dachte ich, gut, dann sollen die Computer hier lebendig sein, die Kraftwerke auch, alles, sogar der unterste … das Substrat des Ganzen, die Korallenarbeit … und dann haben wir das gemacht, mit Hilfe der Diamanten am Neptunhimmel. Denen kam das entgegen, die wollten ja … also, soweit ich, soweit wir je etwas über ihren Willen erfahren haben, soweit es da Kommunikation gab … sie wollten ohnehin das alles nicht, die Elektronik, die Wellen, Radiowellen, Laser, Funk, die schnelle Übertragung, sie zogen langsame Datenübertragungsraten vor, unsere ersten Interfaces mit ihnen liefen über … es war wie die Ranken, die Pflanzen hier, wir fanden uns nach der … Entrückung … aus dem Orbit … in dieser großen Haupthalle wieder, im weißen Sternstein. Da lösten sich diese Schlingschlangen aus den Wänden, aus dem Boden, aus den Deckenträgerbögen und näherten sich uns wie Fühler. Da habe ich beide Arme ausgestreckt, das wussten sie, ich bin bereit, und ich war die Erste, die sie, wie soll ich sagen, verkabelt haben. Es wurde eine schöne … sie haben mir, haben uns das alles gezeigt, die Neptunation, vom Planeten aus, die aufgespannte … das … und dann haben sie uns geholfen, die Insel zu … pflanzen, zu setzen, muss man wohl sagen, und bei der Aufzucht, und einige von uns haben sich da niedergelassen, in diesem Garten. Und da gelebt, lange und gut gelebt, viel gelernt … Aber dann kamen die Räuber. Die haben das gekapert, mit ihren Waffen und mit ihrer … es war eben wieder die grobe, die militärische, die klobige Technik, die bulk technology, und wir hatten keine Mittel, keine Waffen dagegen, außer eben meine biologischen. Da musste ich lernen, noch was anderes aus der Biologie zu holen als Rechner und Kraftwerke.«

»Was anderes«, sagt Taisa, um damit auszudrücken, dass sie es gerne genauer hätte.

Alexandra nickt, schaut zum letzten der drei schwarzen Eier im dritten Ladekasten, bevor sie auch dessen Klappe schließt, und spricht aus, was das für Gegenstände sind: »Bomben, Taisa. Aiguo und ich haben Bomben gebaut. Ich werde sie in den Inselstamm stecken, und den Rest … den Rest erledigt die Zeit, bis morgen, nachts.«

5 | Die Kunst des Krieges

Nesseln, denkt Aiguo, dann: Fesseln. Vom deutschen Reim abgesehen weiß er, dass das ungerecht ist. Er streift die Ranken heute Morgen mit einem unwilligen Grunzen ab, wie man sich einer schweren Zudringlichkeit erwehrt, und meint danach, eine Art Brennen um die Hüften und am Bauch zu fühlen, dort, wo die Pflanzenkabel sich auf seiner Haut gekreuzt haben. Der Blick im Spiegel auf die zugequollenen Augen – das rechte tränt, das Säckchen darunter ist noch einmal etwas dicker geworden – verrät ihm, dass er sehr schlecht geschlafen haben muss, auch wenn er sich an die Träume – ein Berg, blutende Hände beim Klettern, ein Sturz, was war das noch? – kaum mehr erinnert.

Er duscht wärmer als sonst, braucht länger für seine Gelenkgymnastik, mit der er Muskeln aufbauen will, vor allem an Bauch und Rücken, und seine Bandscheiben entlasten, die er in letzter Zeit wieder zu spüren meint, auch wenn er natürlich weiß, dass das, was hier herumschleicht, Milch trinkt, Musik bestellt – aus der Wand kommt kurz darauf Terry Riley an der Orgel –, ofenwarmes Brot isst, ein wenig liest, die Fische füttert, nicht derselbe Leib ist wie daheim oder auf der langen Reise hierher.

Längst nicht mehr zur Selbstberuhigung, wie noch vor Monaten, als er das erste Mal das Rätsel gelöst zu haben meinte, in das ihn Alexandra Burkhard von der FIRAT gezogen hat, sondern inzwischen nur noch zur Reorientierung, zur Positionsbestimmung im komplizierten Pfeilregen der Vektoren, die als strategische und taktische Impulse sein eigenes Schicksal von überallher treffen und mal hierhin, mal dahin stoßen, sagt sich Aiguo, was er sich mit dem schönsten logischen Recht sagen darf, wenn seine Vermutungen über die gegebenen Kausalzusammenhänge stimmen: Ich werde nicht sterben, auch wenn heute der Tag ist, an dem alles kippt. Ich werde hier und jetzt nicht sterben, sondern lange leben.

Vielleicht länger, als ich will.

Durchs große Wohnzimmer geht er in seinen hellen Leinensachen, barfuß, auf die reduzierte Veranda. Eigentlich sind's nur ein paar Betonplatten, die von der abgerissenen ersten Laboranlage auf genau halbem Weg zwischen seinem und Alexandra Burkhards Haus stammen. Er setzt sich auf einen Trümmerrand, um seinen Stein- und Moosgarten zu betrachten. Dabei sieht er Alexandra und Taisa gerade hinter der Villa verschwinden, von wo aus sie vermutlich talwärts gehen, Richtung Omphalos und Brunnen.

Aiguo streckt die Arme in den Himmel, schaut zu den Wolken hoch, ins Erröten des Himmels bei allmählicher Erwärmung des rosa Sternsteins. Ein paar Krakenpunkte macht er aus und blinzelt. Sind das weniger als sonst, gleich viele, mehr?

Aiguo gähnt und kneift die entzündeten Augen dabei fest zusammen. Als er sie wieder öffnet, wird ihm klar, dass er ein Geräusch ignoriert hat, das mit großer Insistenz, fast Wut, schon seit ein paar Minuten versucht, sich gegen die Schmetterlinge, Luftschlangen und Konfettifarben von Terry Rileys Musik durchzusetzen: Es summt elektrisch, von der Tür her, jemand wechselt zwischen kurzen Schüben und einer mehrere Sekunden lang fest auf den Summer gedrückten Hand ab, jemand, der oder die ihn hinter der dicken Wand, der schweren Tür nicht hören kann, weshalb es sinnlos ist, dass er »Moment, ich komme ja!« ruft, während er durchs Wohnzimmer und auf den Flur eilt.

Er entriegelt sein Schloss, eine eigentlich unnötige Maßnahme, insofern man hier wie überall, wo Militär das Sagen hat, vor Einbrüchen leidlich sicher ist, wenn nicht gerade das Militär selbst einbricht.

Die Tür lässt sich dank Servomotor trotz Masse sehr leicht öffnen. Filipa steht vor Aiguo, mit nassen Haaren und aufgeregter Röte im Gesicht. Er sagt: »Was ist passiert?«, und denkt zugleich: Es ist so weit. Aber ich werde nicht sterben, ich kann nicht sterben, nicht hier und nicht jetzt. Sie holt Atem und sagt dann: »Alles. Angeblich. Mir sagt sie ja nichts. Jedenfalls nichts Konkretes.«

Aiguo bittet sie mit einer verbindlichen Geste ins Haus: »Liz Parker? Du hast sie allein gelassen?« Er führt sie an die kleine Trennmauer, etwas unter Brusthöhe, zwischen dem Wohnzimmer und dem Foyer, neben der Tür zur ausladenden Küche mit ihren drei Herden, zwei Kühlschränken und der großzügigen Holzplatte für die Zubereitung der auf ganz Wiesental geschätzten Mahlzeiten, die Aiguo, der sich hier zusätzlich zu seiner wissenschaftlichen Arbeit zum Koch gemausert hat, bei seinen Mittags- und Abendgesellschaften serviert.

Sie setzt sich auf einen Barhocker, er stellt mit einem beiläufigen Befehl die Musik leiser und beginnt dann, Kaffee zu kochen, weil er sieht, dass Filipa den Koffeinschub jetzt genauso gut gebrauchen kann wie er.

»Allein gelassen, am Arsch. Die grinst sich das Gesicht in zwei Teile, seit sie aufgewacht ist heute. Sie sagt, sie hätte irre viel zu denken und zu rechnen, auch wenn sie es morgen wieder vergessen hat – sie will mir nachher alles diktieren, ich soll es ihr dann morgen früh gleich zeigen, wenn sie wieder bei null anfängt. Nach der Party. Es soll nämlich eine Party geben, eine Dinnerparty, bei der sie wie üblich als Klotz in der Ecke steht. Hier bei dir oder bei Alexandra. Sie hat mir eine ewig lange Scheißliste vorgesagt, und ich durfte erst losrennen, als ich sie auswendig wiederholen konnte, dreimal hintereinander. Wer alles kommen soll. Heute Abend, und du sollst kochen. Angeblich wird uns Alexandra da auf irgendeinen neuesten Stand bringen, uns und offenbar auch ein paar von den Amis, denn es ist natürlich keine geschlossene Gesellschaft, weil ja schon zehn von unseren und Alexandras Leuten auf der Liste stehen, und wir wissen alle, dass der verpisste Colonel nicht zulässt, dass mehr als sechs Personen, die nicht zu seiner Truppe zählen, sich an irgendeinem Ort auf der Insel versammeln, ohne dass ein Anstandswauwau dabeisitzt. Klar, verhindert Missverständnisse, aber ich muss immer dran denken, was mir Alexandra mal erzählt hat, wie das bei den alten Römern war, die haben überall, wo sie ihre Römerlager aufgezogen haben, in allen unterworfenen Gebieten, von Nahost bis Germanien, die großen Feste der Einheimischen verboten – wusstest du, dass das einer der Gründe fürs Tabu ist, das in meiner Heimat auf dem Pferdefleisch liegt, also dass man kein Pferd isst? Das haben die Römer den Germanen nämlich verboten, die hatten vorher diese Gelage, wie in den Asterixgeschichten, aber da gab es nicht Wildschwein, sondern Pferd, und weil man so ein Pferd nur in 'ner größeren Gruppe vertilgen kann, waren das immer Riesenveranstaltungen, und dabei wurde dann natürlich auch, wie soll ich sagen, politischer Scheiß geredet, sagt jedenfalls Alexandra, die ja Erfahrung hat mit konspirativem Zeug, als kommunistische Kosmonautin. Ich hoffe, dass es heute Abend weder Pferd noch Kuh noch Schwein gibt, sondern deine Fische und Muscheln und was du dahast. Das schmeckt wenigstens. Ich meine, wo's doch hier eh so wenig Pferde gibt in dem ganzen verkackten Dreck. Die Amis haben welche, klar, Cowboys, aber sind das mehr als zehn? Die sollte man nicht fressen. Fuck. Schwarz, bitte, den Kaffee. Ich mag deine scheußliche Ziegenmilch nicht, und ich hasse deinen Chemiezucker.«

Aiguo lächelt, weil er weiß, dass sie diesen vulgären Ton, am Arsch, verkackter Dreck, immer nur dann anschlägt, wenn Ereignisse stattgefunden haben oder bevorstehen, die anderen Leuten die Sprache verschlagen würden.

Das Schimpfen, hat er auf der gemeinsamen Reise gelernt, ist Filipas Art, keine Angst zuzulassen, weder bei sich noch bei anderen. Jede und jeder, weiß der alte Stratege, hat da ihre und seine eigene Methode, meine zum Beispiel ist, mich daran zu erinnern, dass ich hier und jetzt nicht sterben werde, noch lange nicht.

»Ja, also dann mal danke für die Brühe«, sagt Filipa, die höchstens drei Schluck vom Kaffee aus der taubengrauen Porzellanschale genommen hat.

»Ich werd dann gleich mal lostraben, am besten zuerst zu Alex und zu Taisa …«

»Die sind nicht da«, sagt der Stratege. Filipa, die schon vom Barhocker geklettert ist, schaut ihn misstrauisch an: »Nicht da, wieso? Alle sind doch immer da.«

»Ich habe sie gerade eben erst aus dem Haus gehen sehen, ich glaube, zum Omphalos, die werden tauchen, in den Brunnen.«

»Na toll.« Filipa verzieht das Gesicht, als hätte sie auf rostiges Metall gebissen. »Dann ist mein Plan ja gleich gefickt. Ich wollte rüber und die beiden, oder wenigstens eine davon, für die restlichen Botengänge … shit, jetzt kann ich gleich zur

Lagune loslatschen, den doofen Winseck und den Russen und die …«

Aiguo hebt abwehrend die Hand: »Entschuldige, Filipa, aber ich kann dich sowieso nicht einfach ziehenlassen, bevor du mir nicht noch mindestens zwei Fragen beantwortet hast, eine simple und eine etwas kompliziertere.«

»Pff«, macht Filipa, »ziehenlassen, bin ich 'n grüner Tee oder was? Frag halt.«

Sie lehnt sich wieder ans Mäuerchen, mit dem Ellenbogen auf der Platte, und schaut in die Kaffeeschale, als gäbe es da was Interessantes zu lesen. Aiguo lässt sich nicht provozieren: »Was hat sie gesagt, was ist der Zweck dieses Abendessens? Das ist die einfache Frage.«

»Keinen Schimmer.« Filipa verdreht genervt die Augen, dann spitzt sie spöttisch die Lippen und sagt: »Ich bin Liz, Pythia von Wiesental … sie hat lauter Zeug gesagt, das ich vor allem Alexandra Burkhard ausrichten soll, zum Beispiel: Wir feiern vor dem Krieg, nicht nach dem Sieg.«

Aiguo schließt die Augen, er hat's befürchtet und denkt: Sieg, Krieg, ein Reim, Fesseln, Nesseln. Ein intelligenter, sehr raffinierter, fast tückischer Hinweis auf Winsecks in den Jahren des Flugs zum Neptun entwickelte, von ihrem Erfinder selbst sehr zu Unrecht für letztlich nutzlos gehaltene Theorie über das Verhältnis von Information und Rauschen in der Sprache, zwischen einer klaren, formallogischen Mitteilung auf der einen und dem Zungenreden und Babylallen auf der anderen Seite, und dazwischen all die Differenzen, die diskreten Sinnbesetzungen, unendlich subtil und verstiegen weiterentwickelt das Ganze aus den frühen Einfällen zum Wort bei de Saussure und zum Satz bei Tesnière, mit denen Christian vor dreißig, vierzig Jahren angefangen hat; aufgegriffen und von aller Metaphysik entgiftet durch Andrej Sirilko, nach der Zustands-Rauschen-Theorie in dem Paper, mit dem Cordula uns damals alle so gut vorbereitet hat auf die großen Fragen, und ein bisschen Tom Stonier rein, von wegen, Information ist ein tatsächliches Attribut physikalischer Systeme, nicht nur Bedeutungsübertragung in Kommunikation wie bei Shannon, und noch ein paar tausend Experimente auf der FRIES und auf der FIRAT, und die geduldige Abgleichung mit den Beobachtungen der Sonden im Neptunsystem, und presto, fertig ist er, der Sirilko-Winseck-Formalismus, den der zweite der beiden Namensgeber nicht mal kennt, weil Alexandra Burkhard den Vollender des Ganzen, Aiguo, gebeten hat, sie nicht mit dem Jungen zu teilen, diese ungeheuerliche Theorie, die zwischen der diskreten Welterfahrung der Menschen und ihrer Sprache einerseits, der Diff und ihrer kontinuierlichen Wirklichkeit andererseits und den hypothetiko-empirischen Naturgesetzen innerhalb und außerhalb der Neptunation als drittem Maß vermittelt: die dynamische Triangulation von subjektiv, objektiv, intersubjektiv in kosmischem Maßstab …

Aiguo öffnet die Augen wieder, greift mit Händen, von denen er hofft, dass Filipa ihnen nicht ansieht, dass sie zittern, seine Kaffeeschale, trinkt lange, setzt sie ab und sagt: »Gut, dann ist es das Fest, von dem ich schon ahnte, dass ich es mal würde ausrichten müssen.«

»Geahnt haste das, ja? Ihr seid alle so schlau und verschworen.« Filipa winkt ab, räuspert sich und sagt: »Okay, was war die zweite Frage? Die schwierige?«

Ein winziges Geräusch, teils aus dem Mund, teils aus der Nase, wie eine seufzende Maus, verrät Filipa, dass es Aiguo nicht ganz leichtfällt, diese zweite Frage zu formulieren. Er versucht es, so gut er kann: »Das Gespräch war anders als sonst, nicht? Zielstrebiger, schneller?«

Er denkt an Kompression, an das Gegenteil von Randomness, wie sie bei Chaitin definiert ist, bei Kolmogorow, in den alten Texten, über die er mit Andrej so oft gestritten hat, und er denkt an die Frage: Was kam davor, was kommt danach, die

Inferenzen der Welt selbst, im Raum der Ursachen und Folgen, mit denen die Gründe und Schlüsse nur in unvollkommener Mimesis verbunden sind, die wir im Kopf basteln und die wir naturalisieren müssen, wenn wir verstehen wollen, was geschieht, externalisieren, materialisieren, Biosemantik – zielstrebiger, schneller …

Filipa sieht aus, als wollte sie was Gereiztes erwidern, aber dann glätten sich ihre Züge, sie zuckt mit den Schultern und sagt: »Keine Ahnung, nein, ja, doch. Weiß nicht. Das heißt, ich bin nicht ganz … nicht ganz ehrlich, wenn ich … doch, ich weiß schon, was du meinst. Sie kann ja nicht wissen, wie oft ich ihr das schon alles sagen musste, wo wir hier sind, die Insel, die Veränderungen der Körper, die Nächte, die Pflanzen, die Korallen, die Wanne, die Bucht, die Häuser, der Omphalos, der Brunnen, die Kraken. Jedes Mal wieder setze ich sie wie die Versuchsmaus an den Eingang zu diesem Labyrinth, aber diesmal war's …«

»Als ob sie schneller durchgefunden hat als je vorher. Du hattest das Gefühl, vielleicht hat sie dich die ganze Zeit über angelogen, nicht? Es ist dir heute ab und zu so vorgekommen, als ob sie eben doch noch … zumindest Teile eurer früheren Gespräche irgendwie erinnert, vielleicht nicht bewusst, aber als …«

»Als Hintergrundrauschen. Ist das … was Schlimmes?«

Filipa wirkt das erste Mal seit ihrer Ankunft wirklich beunruhigt, und Aiguo denkt: Ja, das ist was Schlimmes, falls man nicht ertragen kann, dass die Welt anders funktioniert, als unser Affenhirn sie sich denken muss. Aber er sagt es nicht, sondern nahezu das Gegenteil: »Ich bin nur neugierig, Filipa. Ich habe ja immer meine Theorien zu allem.«

»Klar, jeder muss sehen, wie er die Zeit rumkriegt«, sagt Filipa, und beide wissen, dass diese Flapsigkeit ein bisschen aufgesetzt ist, weil Filipa sich nicht in Aiguos Spekulationen ziehen lassen will.

»Du hast nicht zufällig so einen Amikopter hier rumstehen, damit ich meine Tour schneller hinter mich bringen kann?«

»Leider nicht. Drei, vier Roboter für die Forschung und einen für den Haushalt, aber wenn die dich tragen, dauert's länger, du kennst ja ihren trägen Gang.« Sie grunzt verächtlich, nickt ihm dann noch mal zu, als wollte sie sagen: Weitere Gründe, mich hier zurückzuhalten, hast du nicht? Er nickt ebenfalls, sagt: »Viel Glück«, und denkt, sie wird's brauchen, ich nicht.

Ich werde hier nicht sterben.

Filipa geht. Aiguo kehrt zurück auf seine Betonplattenveranda, steckt sich die rechte Hand halb in den Mund, mit dem kleinen und dem Zeigefinger in den Mundwinkeln, und pfeift nach dem Roboter, der ihm helfen soll, das Dinner vorzubereiten, das er allerdings lieber in Alexandras Villa verlegen will, wenn wirklich mehr als zehn Leute kommen – nun ja, dafür, das zu klären, ist nachmittags noch genug Zeit, wenn Taisa und die Chefin der ersten Expedition, die hier zum Halten kam, aus der Tiefsee zurückgekehrt sind.

Während er der schwerfälligen, mit ihren vielfingrigen Händen aber sehr geschickten Maschine dabei zusieht, wie sie sich im vorsichtigen, langsamen Wiegeschritt von der Gartenschwelle zum Haus bewegt, geht er ein paar Rezepte durch, die zum Anlass passen könnten: Pferd und Rind bleiben außen vor.

Er denkt an viele Kleinigkeiten, mehrere Gänge, es könnte ja sein – er hat so eine Ahnung –, dass man einige Stunden miteinander verbringen wird, da braucht's Abwechslung, also etwa ein Einstieg mit Lachs-Tataki im Sesammantel auf Wasabi-Limetten-Crème-fraîche mit einem netten Erbsen-Gurken-Salat oder ein paar Muscheln mit Spargel und Orangendressing, auch für Krabben fällt ihm das eine oder andere ein, aus der Praxis auf Wiesental wie aus den Archiven der FIRAT. Alles ist abrufbar, alles ist da, das Diskrete im Kontinuierlichen, dank der ungeheuren Speichervergrößerung, die das Wissen der Diff und die Rechnerkollektivschaltung der Dysoniki in sein Menschenhirn, in so viele Menschenhirne hineingetragen hat – der Coup, der bevorsteht, wäre nicht möglich ohne diese Erweiterung des Erinnerungsvermögens, die Masvidal nicht bedacht hat, als er sich nur ums Kappen der Verbindungen kümmerte statt ums Ausbrennen dessen, was diese Verbindungen voraussetzt und zugleich von ihnen vorausgesetzt wird: das Kontextwissen, das verteilte Wissen, die geschärfte Codierspezifik, das lange teils verteilte, teils massierte Lernen zwischen Asteroidengürtel und Neptunsystem, mit den Diff und ohne sie – wie hat doch Andrej einmal in seinem schönen, distinguierten britischen Englisch zu Cordula gesagt, kurz vor der Ankunft auf Ceres? »All those things we've learned about the brain out here – it seems you brought us into outer space with the purpose of opening inner space.«

Ich vermisse dich, mein Freund. Mein Gegenüber. Mein Schüler und Lehrer, denkt Aiguo dankbar und nimmt sich vor, dem Erbe des Ermordeten in den schweren Stunden, die kommen, keine Schande zu machen.

6 | Das Gastmahl

Der weiße Sternstein glüht nur mehr an den Rändern nach, während Taisa und Aiguo die letzten der mit frisch angesteckten Kerzen gefüllten Lampions an dünnen Drähten aus den oberen Fenstern von Alexandras Villa hängen.

Am Weg vom Hang her und unterhalb der breiten Aussichtsfensterfront, deren Scheiben sich in die Mauern zurückgezogen haben, brennen bereits Dutzende stattliche Pechfackeln, jede etwa anderthalb Meter hoch. Aiguo, Alexandra und Taisa haben sie vor zwei Stunden aufgestellt.

Die ersten beiden Gäste von der Küste, Christian Winseck

und sein Nachbar, Lieutenant 1st Class Jordan Barrow, sitzen mit zwei Amerikanerinnen und Filipa Scholz schon neben dem zum Behelfsrollstuhl umkonfigurierten Bett, in dem Filipa ihre Mitbewohnerin Liz hergebracht hat, an einem der langen Holztische. Das sind jeweils ganze Baumhälften. Die Leute unterhalten sich, trinken Wein, Säfte, ab und zu ein Glas Obstwasser oder Whisky, und die Hungrigsten haben auch schon angefangen, sich bei der Muschel-Bouillabaisse zu bedienen, die Alexandra persönlich in einer großen Schüssel zum Gelage beigetragen hat, erst vor einer halben Stunde. Wer kostet, lobt, etwa Filipa: »Mensch, und die kleinen Jakobsmuscheln, super, und was da alles drin ist, Thymian, Lorbeerblätter, ich hab selber gesehen, wie sie ihren Wintergarten geplündert hat, Safranfäden, dann sogar Pfeffer, gemahlen, da wird sich Aiguo heute mehr Mühe geben müssen als sonst mit seinem Gemansche.«

»Ich will noch warten«, sagt Christian, »bis alles auf dem Tisch ist, so gut das riecht, was du da hast.« Dass er schon da ist, verdankt er Barrow, der ihn in seinem persönlichen Kopter hergeflogen hat, nachdem Filipa die beiden beim Mittagessen vor Barrows Haus angetroffen und eingeladen hatte.

Jetzt steht das Gerät auf der anderen Seite von Alexandras Villa, neben zwei weiteren, mit denen noch mehr Leute aus Masvidals kleiner Armee eingetroffen sind, die Barrow seinerseits verständigt hat, bei Zwischenlandungen, weil Filipas Einladung ausdrücklich »so vielen wie möglich« galt, »für mindestens zwanzig, fünfundzwanzig Leute ist Essen da. Ich sag's unterwegs auch noch den restlichen DDRlern aus Alexandras alter Besatzung und bin dann wahrscheinlich die Letzte, die mit den Letzten kommt.«

Es stimmt nicht: Erwartet werden auch jetzt noch viele, über die Hügelwelle erkennen die Feiernden gerade schon drei, vier Köpfe von Leuten, die seit der ersten Besiedlung der Insel mit Alexandra dabei waren, und von den FIRAT-Überlebenden fehlen nach wie vor Diduk und Heike Breuer.

Barrow unterhält sich, den Whiskytumbler in der Hand, gerade mit Liz, die gelöst aussieht, sogar fröhlich – der Amerikaner kratzt sich am weißen Haarschopf, guckt skeptisch, kneift die Augen zusammen und sagt sehr langsam: »Soooo … let me get this straight, you're basically saying our Miss Burkhard picked 'em to uplift 'cause they're loners. That is to say, kinda not as social in their … insofar as their … developmental … road to intelligence … does not depend on social interaction as much as it is with us humans? If that were true, it would certainly suggest that …«

»Hey«, ruft Filipa und wirft tatsächlich ein Bröckchen Brot nach dem Soldaten, »sprich deutsch hier am Tisch! Das ist ein Abendessen und kein Briefing. Wenn ihr hier Ami redet, nur weil sie auch da herkommt, dann ist das …«, sie beugt sich Richtung Christian, der versucht, sich nicht anmerken zu lassen, wie peinlich er sie wieder mal findet, »na, wie heißt das englische Wort für unhöflich?«

»Impolite«, sagt Christian, und leiser: »wobei mich nicht wundert, dass gerade du dir gerade dieses Wort nicht merken kannst.«

Liz findet's zum Lachen. Der Leutnant deutet eine ironische kleine Verbeugung Richtung Filipa an und brummt: »Mein Fehler, verzeihen Sie. Ich falle immer ins Englische, wenn es mir zu … sophisticated? Zu anspruchsvoll wird. Wir reden gerade über die …«

»Die Kraken. Er will wissen, warum sich Alexandra dafür entschieden hat, nicht, na … Delphine oder andere Tiere so hochzuzüchten, dass sie hier als Hilfskräfte bei der großen biologischen Informationsverarbeitungsanlage, die diese Insel ist …«

»Er sagt nicht hochzüchten«, mischt sich Alexandra ein, die eben aus der Küche kommt mit einer Platte, auf der eine Schale voller Zucchini-Spaghetti mit Meerespesto steht, die sie nach Aiguos Vorbereitung eben fertig zubereitet hat, »er sagt uplift. Und das trifft es auch ganz gut. Das Wort stammt von David Brin, nicht? Sie sind ein Science-Fiction-Freak, Lieutenant Barrow«, sie lächelt ihn an, während Christian ihr die Platte abnimmt und auf den Tisch stellt, »das ist mir öfters aufgefallen. Nothing beats Brin, Asimov, Clarke, Heinlein … the classics, right?« Er erwidert das Lächeln freundlich und setzt die Miene eines Ertappten auf, als er antwortet: »Stimmt, jedenfalls für mich, though … you'd have to add Niven and Pournelle to that list to make it complete …« Und weil ihn Filipas missbilligender Blick trifft, fährt er auf Deutsch fort: »Das liegt bei mir in der Familie. Science Fiction, comic books, die pop culture des zwanzigsten Jahrhunderts – ich komme aus einer langen … ich stamme von lauter Soldaten ab, unter anderem von einem Mann, der mit Tarbassian zusammengearbeitet hat, Operation Comix Relief, die haben dafür gesorgt, dass amerikanische Soldaten überall auf der Welt die Hefte bekommen mit den neuesten Geschichten über Superman und Daredevil … and all those guys, in Japan, Korea, auch Deutschland, Irak, Afghanistan, Haiti …«

»Anekdoten aus dem Imperium«, Filipa wischt das Thema mit einer ungeduldigen Handbewegung weg. »Aber was war das jetzt mit uplift und züchten und Oktopus? Das interessiert uns alle, das könnt ihr doch nicht in eurer Ami-Ecke da bequasseln, unter Ausschluss der … der andern hier halt.«

»Uplifting«, sagt Alexandra, die sich neben Christian auf einen freien Bankplatz gesetzt hat, und streicht sich dabei etwas Frischkäse auf ein Baguettestückchen, »ist bei David Brin ein Verfahren, mit dem hochintelligente Spezies weniger intelligente Spezies im Kosmos sozusagen … evolutionär upgraden, verbessern, erheben, upliften halt …«

»Yeah, also Außerirdische zum Beispiel, hypothetisch, die hätten das mit den Vorfahren von uns Menschen machen können, Neurotechnik …«

»Und in den Uplift-Romanen von Brin machen das die Menschen dann mit den Delphinen und den Affen oder so ...«, sagt Alexandra, wozu Barrow nickt und sagt: »Yeah, like Heinlein said, pay it forward.«

»Nur dass es hier nicht so war«, sagt Liz, in einem Tonfall, als spräche nun die Erwachsene, nachdem die Kinder ihrem Enthusiasmus Luft gemacht haben: »Wir wissen nicht, ob uns wer ... if we've been uplifted, jedenfalls scheinen doch die ... Erbauer der Sternsteine, oder die Steine selbst, so to speak ... kein Interesse dran zu haben, uns nennenswert zu verbessern, auch wenn sie natürlich Wünsche großzügig erfüllen, wie sie uns unsere maßgeschneiderten Körper hier geschenkt haben, mit dieser transbaryonischen Schwere ... Man muss ihnen nur sagen, was sie tun sollen, welche Technik man braucht.«

Das Schweigen der anderen auf diesen Satz ist beredt. Sie wissen alle, was er impliziert: Da man nicht genau sagen kann, was nötig wäre, um Liz zu retten, die Zerstörung aufzuhalten, die sie jeden Tag an den Rand des Todes bringt und die ausgelöst ist durch andere Sternsteintechnik, missbraucht zu menschlich militärischen Zwecken, da also der Schaden, der ihr zugefügt wurde, von Menschen einfach nicht gut genug verstanden ist, kann man auch keinen Wunschzettel schreiben, auf dem die Apparate und Prozeduren stehen, die den schrecklichen Zustand beenden könnten.

Anstatt darüber zu reden, setzt Liz ihren Gedankengang ohne das geringste Anzeichen von Befangenheit fort: »Also, sie selber upliften nicht, aber sie haben dir«, sie lächelt Alexandra an, »nach deinen Spezifikationen die Instrumente zur Verfügung gestellt, um die Oktopoden zu un... unverzichtbaren? unersetzlichen Helfern bei der ganzen Bioinformatik hier zu züchten. Und Lieutenant Barrow und ich, wir haben uns gerade darüber unterhalten, was es wohl war, das dich ... dazu ... bewegt hat, ausgerechnet diese Spezies zu wählen, nicht Delphine oder ... na, er sagt, die Arme. Dass sie mitarbeiten können, dass sie ihre Umwelt manipulieren.«

»Seems obvious«, bestätigt der Amerikaner, aber Liz widerspricht: »Not so obvious, since most of the work in the reef is of another nature entirely. Das Greifen, das handling, davon wird nicht viel … benötigt, sie sollen … they are observers, collectors of data, with their heightened senses, sie beobachten und denken. Es ist intellektuelle Arbeit.«

»Du hast also«, fragt Alexandra fröhlich nach, als wäre das ein besonders spannendes Gesellschaftsspiel, »eine andere Theorie? Nicht die Greifarme sind's, sondern …?«

»Die Distanz zur Sprache«, sagt Liz, und die Art, wie Alexandra daraufhin die Augenbrauen hebt, verrät den anderen, die dem Gedanken nicht sofort folgen können, dass die Kosmonautin sehr genau versteht, was Liz meint.

»Distanz?«, fragt Filipa nach.

»Der Oktopus«, erklärt Liz geduldig, »wenn wir ihn in der Form nehmen, die er auf der Erde entwickelt hat, also an dem Ausgangspunkt, von dem aus Alexandra ihr Uplifting beginnen musste, ist ein sehr interessanter Fall. Entwicklungsgeschichtlich gab's eine Trennung zwischen uns Wirbeltieren auf der einen Seite und Mollusken, inklusive Oktopus, und Arthropoden, also Ameisen und Hummern und so was, auf der andern Seite, vor sechshundert Millionen Jahren. Bei diesen Tieren auf der anderen Seite sticht der Oktopus hervor als … creature … with an especially highly developed central nervous system, sein Hirn, sein ganzes Nervensystem, das sind immerhin so fünfhundert Millionen Nervenzellen. Gut, Menschen haben hundert Milliarden, aber der Oktopus kann locker mit Hunden mithalten. Ein riesiger Unterschied zwischen den Hunden und unseren Achtbeinern ist aber, dass die Achtbeiner nicht sehr sozial sind, dass es sich um Einzelgänger handelt – und dass ihre Intelligenzentwicklung deshalb in sehr geringem Maß eine soziale war. Nicht wie bei uns, wo das alles mit und über Sprache lief, diese ganze kognitive … Explosion der Menschwerdung.«

»Weeeell«, erwidert Barrow gedehnt – nein, denkt Christian plötzlich selbst ein bisschen erschrocken von dem Einfall, nicht gedehnt, eher gestreckt, zum Sprung nämlich, und dann springt er: »I guess there's an interesting gulf there between more sociable animals on the one hand and those arthropods and cephalopods and mollusks and what have you on the other, but the comparison with dogs or humans is also slightly unfair since, if we're talking about the central nervous system, the ratio of brain size to body size has to be taken into account …«

Alexandra fällt ihm ins Wort: »No, no, that is a definite oversimplification here, listen …« Und weiter, auf Englisch, so schnell, dass die abermalige Ermahnung, gefälligst beim Deutschen zu bleiben, die Filipa, nach ihrem Gesichtsausdruck zu urteilen, bereits auf der Zunge liegt, nie ausgesprochen wird – der Respekt vor »Miss Burkhard«, wie die Amerikaner die Schöpferin von Wiesental nennen, ist selbst bei der rabiaten Deutschen zu groß, die also stattdessen zuhört, wie diese Züchterin einer Insel und einer Population von sehr gescheiten Oktopoden ihren Standpunkt darlegt: »It's neither a thing of absolute mass nor simply an affair of the ratio you mentioned. You have to look at it structurally – if we would say about a brain: it's a social brain, or about another brain: it's more of a brain that's adapted very well to deal with non-social matters, like states of affairs of things, like … how does that philosopher say, Wittgenstein?«, und Liz hilft ihr: »Alles, was der Fall ist?«

»Yes … also, wenn wir sagen …« Sie rollt mit den Augen, Christian findet es anziehend, er weiß, dass sie sich damit sammelt, um wieder ins Englische zu finden: »If, for a moment, for the sake of this argument, your argument«, sie deutet eine Verneigung vor Barrow an, ein winziges Kopfnicken, »that there's some sort of … ratio, balance, something like a variable in organizing brains, then we could say brains with higher cognitive functions, self-aware brains could serve three ways of … What I'm saying is, there's three approaches to … thinking, one is the subjective one, internal monologue, stream of consciousness and so forth, one is the objective one, like recognizing and processing ... alles, was der Fall ist, as Wittgenstein says, and the third one would be intersubjective, like, what are others thinking ... that's what you'd call social. Now the difference between man and octopus, I should say, is one of degree, of emphasis with regard to those three. Neuro-anatomically speaking one would look for, let's see, if there are very old parts of the brain, they would persumably ...«

Barrows Gesicht hellt sich auf, er kann dem Argument folgen: »If you'd look at basic circuits, if it's wired the way that ... there's excitation and inhibition, relatively straightforward by way of sense data, of signals, information from outside the organism, the Wittgenstein stuff.«

»But social matters are also der Fall, and self-awareness is der Fall as well«, erinnert ihn Alexandra und wirkt dabei zugleich so überlegen und so entgegenkommend, dass Christian seine Bewunderung von Schwärmerei wirklich nicht mehr unterscheiden kann. Die nussbraunen Locken oben und vorn, von denen ihr jetzt eine über die rechte Augenbraue fällt, scheinen ihm wie Bilder der Fülle und Vielfalt ihrer Einfälle, reich, aber nicht wild und nur da vorhanden, wo sie diese Haare haben will – im Nacken und über den Ohren ist ihr Kopf nicht nur kahl, sondern so glatt ausrasiert und vermutlich pharmakologisch versiegelt, dass nichts wächst, wo nichts wachsen soll.

Die Wimpern, die kleinen Lichter in den Augen, von den Fackeln, die großen, aber nicht zu großen Zähne (»Sie hat ein starkes, aber attraktives Pferdegebiss«, fand Semjon Diduk mal, der über Körperliches, wie alle Dysoniki, sehr unbefangen redet), die Glut der engagierten Rede auf den Wangen, das alles macht Christian, wie ein deutscher Ausdruck lautet, der sich jetzt ziemlich unerbeten im sozial vorgeformten und durchgebildeten Nichttintenfischhirn des Sprachwissenschaftlers meldet, »weiche Knie«.

Es beschleunigt seinen Puls, füllt sein Herz mit dem Wunsch, sie möge ihn so aufmerksam anschauen wie den Offizier, so dass er schließlich nicht mehr mitbekommt, was sie da eigentlich sagt – nur sehr am Rande nimmt er wahr, dass es um die Unterscheidung zwischen Sprache als Gedanke einerseits und Sprache als Kommunikation andererseits geht, dann aber vor allem um die Abhängigkeit oder eben Nichtabhängigkeit der subjektiven und der objektiven von der intersubjektiven Sprache, ein Gebiet, auf dem er eigentlich einiges beizutragen hätte, zumal sie einmal sogar andeutet, man könne sich fragen, ob das Objektive spreche, etwa in Gestalt von Regelmäßigkeiten, die sozusagen das, was der Fall ist, codieren, also behandeln wie eine Sprache ihren Redegegenstand, was ihm vage seine Zusammenarbeit mit Andrej Sirilko ins Gedächtnis ruft.

Aber er ist längst zu sehr in sich selbst zurückgesunken, in Verliebtheit, die ihn paradoxerweise der Redenden, die er liebt, gerade nicht näherbringt, sondern von ihr trennt, ja sogar in gewisser Weise, nämlich, weil er da etwas empfindet, was die Gruppe der Feiernden offiziell weder anerkennt noch überhaupt wissen soll, aus der Party an sich entfernt, ein Umstand, der irgendeinen seiner selbst nicht bewussten Schaltkreise von Erregung und Dämpfung im Primatenzentralnervensystem schließlich so sehr irritiert, dass sein Blick sich von der beeindruckenden Frau löst, an dem er eben noch so hilflos hing, und kurz die andern streift, als wollte er wissen: Hat's wer gemerkt, stört's wen?

Die zwei Amerikaner am Kopfende des Tisches (die Frau heißt Reynolds, oder? Den Namen des Mannes hat Christian vergessen) reden halblaut über etwas ganz anderes und beachten ihn nicht. Der alte Kaspar Emig daneben, ein Ingenieur aus Alexandras ursprünglicher DDR-Crew, schäkert mit einer jüngeren Russin.

Filipa lauscht konzentriert dem Trialog zwischen Liz, Alexandra und Barrow.

Taisa aber schaut Christian, als dessen Suchen bei ihr ankommt, direkt an, und das stößt ihn als kleines Schaudern sofort aus seiner wohlig-wehmütigen Verliebtenstimmung. Dieser Blick ist klar, wissend und, so scheint's zumindest dem Verstörten, nicht ohne Mitgefühl: Sie weiß, was mit mir los ist, und bedauert mich, weil aus diesen Wünschen, dieser süßen Wirrnis nichts werden kann, nichts Gutes jedenfalls.

Deutet er's nur so? Sie sieht ihn und blinzelt nicht, ein Lächeln ist unmöglich, die Mundharmonika kennt keins. Er sollte sich jetzt abwenden, weiß Christian, bevor's ein Starren wird, und weiß nicht, ob er lächeln, nicken, den Kopf schief legen oder sonst ein Zeichen seiner Verbundenheit, Harmlosigkeit, Gutwilligkeit senden soll. Also senkt er den Blick bloß ein bisschen, so dass er auf Taisas Hände fällt, die ihn gleich noch mehr irritieren als ihre Augen: Die Handballen sind auf die Tischkante gestützt, die Hände ruhen somit auf dem Tisch, die obersten Fingerglieder aber haben sich von den Fingern gelöst, hängen noch an jeweils etwa fünf bis zehn Zentimeter langen Fasern, die Christian für Kabel halten muss, weil die Analogie zur Robotik seinem ziemlich technikfremden Denken so nahe liegt, und ruhen in zehn Mulden auf einem etwa drei Zentimeter hohen, fünfzehn Zentimeter langen und zehn Zentimeter breiten schwarzen, nun ja, Dominostein, denkt Christian, weil das Ding so dunkel ist (vielleicht auch nachtblau) und die Mulden weiß sind – er kennt das Objekt schon, Filipa hat es mal »Akku« genannt, die Dysonika zieht daraus also eine Art Nahrung, Stärkung, vielleicht auch Genuss. Es ist ihre Art, hier am Tisch mit den anderen zu essen oder zu trinken, und es stört niemanden außer Christian. Den stört es nicht deshalb, weil er dadurch daran erinnert wird, dass diese Frau im strengsten Wortsinn kein Mensch ist, sondern weil er spürt, dass selbst sie in ihrem offensichtlichen Anderssein, mit dieser seltsamen Vorrichtung, mehr zur Gruppe gehört, besser integriert ist als er, der schief und unpraktisch Verliebte.

Musik singt:

Send the moon thru the skylight
Bells together outrageously
Noiseball, flirtatious example

Er kennt das, hat es oft gehört auf der FRIES und der FIRAT, das war Teil seiner Recherche. Alex hat es wohl heute Abend hier ausgesucht, aber das Lied ist erst nach ihrem Abflug von der Erde aufgenommen worden, ein seltsamer Anachronismus.

Bless her soul to further degree
Theatre goddess, film destroyer
New York girls are sure to enjoy her

Wen meint das? Nun ja, die Theatergöttin, die Filme zerstört – war das nicht Cordula? Ja, es klingt, als ob Thurston Moore das, was er da singt, auf Cordula singt, wie ist das möglich? Der Tonfall passt zu ihr, warm und gleichzeitig gläsern hart.

Die Wahrnehmung und der Gedanke – ganz sicher ist er nicht, was davon er sich nur ausdenkt – überfordern Christian. Er entschuldigt sich murmelnd bei dem Mann zu seiner Rechten, einem von Alexandras Leuten, dessen Name ihm nicht einfallen will. Der Mann rückt ein Stück zur Seite, damit Christian aufstehen kann, der das tut, ohne schon recht zu wissen, wohin er will auf seinen schwächelnden Beinen.

Ins Haus, aufs Klo, in die Küche, auf die Wiese? Zum Wäldchen? Ein lauter, gutgelaunter Ruf vom Fackelweg her nimmt ihm die Entscheidung ab: »Boshe moi, halt dich doch gerade, Winseck! Fällst du schon besoffen um? Es ist noch nicht mal dunkel, ich dachte, wir wollten Wodka um die Wette trinken?«

Es ist Semjon Diduk, der sich so brüsk hören lässt und dazu eine schlanke Flasche Kartoffelschnaps ohne Etikett aus seiner eigenen Destille überm Kopf schwenkt.

Diduk kommt von der Küste, trifft eben erst ein, in Begleitung der kopfschüttelnden, aber offenbar amüsierten Heike Breuer, die sich mit ihrem linken Arm in seinem rechten untergehakt hat. Die gutwillige Anschnauzerei ist genau der Weckruf, den Christian in seiner Herzensverworrenheit gebraucht hat. Er findet seine Balance wieder und eilt den beiden entgegen, um sie vielleicht ein bisschen zu überschwänglich, aber doch aufrichtig erfreut zu begrüßen. Mit Gesten deutet er an, dass er sie zur großen Tafel führen möchte, an der die Oktopusdebatte mit unvermindertem Schwung weitergeht. Aber Heike möchte erst den Inhalt ihres Rucksacks, offenbar ein paar von ihr und Semjon zubereitete Speisen, in Alexandras Küche abladen, wohin Semjon und Christian sie also begleiten.

Unterwegs begegnet Christian in der Lobby, dem angrenzenden Wohnzimmer und auf der Treppe einem Teil der Party, den er bislang ignoriert hat, einem lockeren Beisammensein im Stehen, Sitzen, auch Liegen oder Fläzen auf den Sofas und Sesseln rund um den großen Farn im Kieskreis in der Mitte des Foyers, das ihm einladend vorkommt, weil sich hier tatsächlich die verschiedenen Segmente der Bevölkerung von Wiesental unbefangen mischen, zusammen trinken, reden, den Tieren in den Aquarien zuschauen und der Musik lauschen, die nicht allzu laut aus den Poren der Wände dringt.

Sobald Heikes Rübchen-Algen-Salat mit Chili, ihr Blumenkohlreis mit Salzaster und ihr Seemannsbrot im Kühlschrank oder auf den geeigneten Tischen und Stühlen abgestellt sind, geht die Frau, die das alles mitgebracht hat, nach draußen, während Christian sich mit Semjon unter die Foyerleute mischt, wo er die nächsten zwei Stunden mit einem guten Fünftel von Semjons Wodka verbringt, beim Plaudern, Zuhören, Driften von Grüppchen zu Grüppchen, bis Valentin Berger, einer aus

Alexandras Anhang, außerdem Filipa und zwei Amerikaner das Bett mit Liz darin entlang der Fensterfront zum separaten Gästeflügel an der Talseite der Villa tragen. Christian sieht, dass das die vier Mühe kostet. Er stellt sein Schnapsglas auf einen schon ziemlich vollen Beistelltisch, geht rasch zu Filipa und fragt laut genug, um den Hintergrundlärm zu übertönen, aber nicht aufdringlich: »Braucht ihr Hilfe?«

»Nur, bis sie in dem Zimmer ist. Der Block kommt von alleine wieder«, erklärt Filipa, »die unterstützenden Geräte sind da, und den Schädelknacker zieh ich einfach raus.«

Sofort packt Christian mit an, selbst ein bisschen überrascht davon, wie klar im Kopf er ist, wie leicht ihm die körperliche Koordination fällt, dem Alkohol zum Trotz, und wirft beim Tragen nebenher einen Blick auf den Himmel hinter und über dem Wannenrand von Wiesental, weil da das blaue Abendsteinsternleuchten endet, weil die schwarzen Punkte der herabsegelnden Oktopoden das zunehmende Dunkel punktieren wie negative Sterne mit Härchen dran und weil es dort blitzt, weht, ein weit entferntes Unwetter, das dieses Tal, für das angenehme, laue Temperaturen und kein Regen zuverlässig vorhergesagt sind, wohl nicht erreichen wird. Als das Bett aufgestellt ist und Christian gerade Filipa fragen will, wie die erstaunliche Schallisolation des Raums erreicht wird, in dem man nach Schließen der Tür keine Stimmen, ja nicht einmal den Bass der Partymusik hört, bedankt sich Liz müde lächelnd mit matter Stimme und bleich: »Nett von … euch … wir … sehen uns morgen früh, wenn ich wieder … alles … vergessen … hab«, und Filipa setzt hinzu: »Den Umbau krieg ich alleine hin, danke.«

Zurück in der Villa, findet Christian zunächst keinen Anschluss mehr an irgendein Gespräch. Die Konstellationen und Themen sind ganz ausgewechselt, weswegen er einer spontanen Eingebung nach die Treppe hinaufgeht, an einzelnen Menschen,

Paaren und kleinen Gruppen vorbei, um im ersten Stock in die Aquarien zu schauen.

Die langen, aber auch breiten grünen Blätter, die direkt aus einem Loch im hellbraunen Felsen als wildes Büschel herauswachsen, als spucke dieser Felsen sie in Zeitlupe aus, der spitze orange Fisch mit dem gelben Rückenkamm, der breite graue mit den pinken Rändern an den Flossen, die unfassbar flache Krabbe.

Das ist lebendig ohne Namen, es bannt die Wörter in Christians Kopf. Er kennt die Ausdrücke für dieses Leben nicht und ist seltsam froh darüber, könnte auch gar keine Sätze über seine Wahrnehmungen hier formulieren, nicht mal mit ausgedachten Wörtern, nicht mal in einer ausgedachten Syntax wie dem »Jumblesisch«, das sich einer seiner Lieblingsphilosophen, der arme Wilfrid Sellars, ausgedacht hat, um grundsätzliche Probleme des Benennens und Beschreibens und Erklärens zu erforschen. Wie lange ist das jetzt her, dass Andrej dem davon so elektrisierten Christian zeigte, dass man Jumblesisch nicht nur schreiben und sprechen, sondern auch rechnen kann, ja, dass es dank Chaitins algorithmischer Informationstheorie und Kolmogorows Komplexitätsdenken sogar eine Art gibt, in Zahlen in Zungen zu reden: arithmetische Glossolalie, Vernunft im Irrationalen, wie der Fisch im Wasser, wie die Glitzersteinchen am Beckenboden?

Ich bin betrunken, denkt Christian.

Hoffentlich nicht so schlimm wie der gute Sellars. Hieß es von dem nicht, er sei an den Folgen jahrelangen Alkoholmissbrauchs gestorben? Auf wie vielen Partys hat sich Sellars ans Aquarium gestellt, kann man die zählen, könnte man die berechnen? Andrej, der's könnte, ist nicht da. Schräge Schwermut isoliert Christian. Pärchen und Einzelne rücken mehr und mehr, wie instinktiv, von ihm ab, verlassen die Treppe, bis er ihren oberen Absatz und den Aussichtspunkt am Aquarium ganz für sich allein hat.

Da seufzt er und legt die Hand aufs Glas, hinter dem etwas lebt, das er nicht benennen kann, wie um sich abzustützen, und der Kühle wegen, denn all das Denken an Wörtern vorbei macht ihn wieder fiebrig, wie vorhin, am Tisch, bei der Schönsten.

Was er spürt, hat er nicht erwartet: Das Wasser und die Tiere drin beben rhythmisch. Da ist ein Ruckpuls drin, der gegen ihn andrängt und sich dann wiederholt, einmal, zweimal, dreimal, rhythmisch, von der Scheibe übertragen, ein großer schwerer Herzschlag, wie nennt man das? Endlich findet Christian das Wort: Bass, so heißt das, und es kommt natürlich nicht aus dem Aquarium, es kommt von – er überlegt, nimmt die Hand weg, jetzt hört er es auch, wenngleich nur schwach überm Lärm von unten, dem Gesprächsschwappen, dem Gelächter, der Foyermusik – hier oben irgendwo, höher als die höchste der Treppenstufen, auf denen er steht, im ersten Stock. Da ist eine andere Musik, eine gröbere, eine wildere als die gemäßigt-gefällige unten. Er beschließt, der Musik nach oben zu folgen, und steigt den Rest der Zwischentreppe hoch. Christian stellt sein Sektglas, von dem er gar nicht weiß, woher er's hat, einfach auf den Teppich an der Wand, geht um die Ecke, hier kennt er sich aus, wenn auch nur nach Gefühl, dunkel. Es ist lange her, aber er hat in diesem Haus gewohnt, nein: in dem Haus, nach dessen Vorbild dieses Haus gebaut wurde. Schritt für Schritt, barfuß – wann hat er sich die Schuhe ausgezogen, wo stehen sie? Er weiß es nicht – geht er auf den weichen Flusen den Gang hinunter, dahin, wo das große Schlafzimmer ist, von dem sein Vater ihm erzählt hat, dort hätten er und Alexandra Burkhard gewohnt – Schlafzimmer, denkt etwas unruhig Unklares in ihm, darf ich da hin, was mache ich, wenn ich irgendwen beim Sex überrasche, was war noch mal Sex, war das nicht privat, störe ich da?

Der Beat ist dumpfer im Näherkommen. Dafür hört Christian jetzt eine Frauenstimme singen, melancholisch-üppig:

Pride's like a knife, it can cut deep inside
Words are like weapons, they wound sometimes
I didn't really mean to hurt you
I didn't wanna see you go

Irgendwas sagt ihm das, irgendwie kennt er das. Aber diese Ahnung holt er nicht mehr ein, denn jetzt steht er schräg vor der Flügeltür, die halb offen ist, und sieht etwas, das er überhaupt nicht kennt, das er überhaupt nicht einordnen kann: einen riesigen flachen Schirm an der Wand gegenüber, zwei Meter hoch mindestens, noch breiter, und auf diesem Schirm singt eine Frau in schwarzen Strümpfen, Strapsen, Lederjacke, mit Mikrophon, auf einem Kriegsschiff, angejohlt von Hunderten von Matrosen, ihr seltsames Lied, ihre reumütige Rockballade:

I know I made you cry, but baby
If I could …

Und dann der doppelte Schrei vom Bett, auf dem zwei Menschen stehen, tanzen, wippen, die Federung der Matratze bis zum Zerspringen belasten, mit ihren aufrechten Körpern, Alexandra und Taisa, Letztere in der Uniform der Forschung und Arbeit auf Wiesental, während Alexandra eine enge dunkelblaue Jeans und ein T-Shirt trägt, auf dem Christian eine brennende Vogelscheuche oder etwas Ähnliches zu erkennen meint – aber er hat keine Zeit, es zu untersuchen, sich an das Bild zu erinnern, das er kennt, denn zusammen mit der Sängerin auf dem Schirm singen, nein, brüllen die beiden auf dem Bett jetzt mit aller Kraft:

TURN BACK TIME !!!!

Beide lachen, weil sich das komplett unglaublich anhört, die Menschenstime in Johlen und Überschwang, die synthetische, aber ungeheuer fröhliche aus der Mundharmonika, und nun wieder die Sängerin:

If I could …

Da stimmen die zwei wackelnden und winkenden Frauen auf dem Bett wieder ein, enthemmt, verrückt lustig:

FIND A WAY !!!

Und jetzt sieht Alexandra ihn, winkt ihn her: »Komm, los, komm her, kennst du das?«, da ist die Sängerin schon weiter, bei

If I could …

Und so krakeelen die Frauen lauter als je zuvor, dass Christian fast in Ohnmacht sinkt, dem immerhin einfällt, wie die Sängerin heißt, stimmt, das ist doch Cher, egal, Orkan:

REACH THE STARS !!!!

Aber er kennt das Lied nicht, kennt den Text nicht und kann deshalb auch nicht Chers

I'd give them …

ergänzen wie Taisa und Alexandra, die schreien:

ALL TO YOU !!!

Die flehentlichen Liebesbekundungen der Sängerin, die darauf noch folgen, begleiten die Frauen auf dem Bett nicht mehr, sondern umarmen einander, kreischen, lachen und steigen dann, wankend und schwankend, von der gequälten Matratze auf den Teppich, um den beklommenen, benommenen, aber auch entzückten Christian in ihrer Mitte willkommen zu heißen. Umarmung, mehr Gelächter, ein Segen.

Es ist so ansteckend, dass Christian gar nicht anders kann, als mitzuhopsen, jetzt auf dem Teppich, den Kopf im Takt zu bewegen, yes, headbanging, so hieß das, und in die Wiederholungen des Refrains einzustimmen. Immer wenn Cher mit

If I could …

anfängt, grölen die drei entweder

TURN BACK TIME!

oder

REACH THE STARS!,

aber mehr kann Christian sich nicht merken, so dass er eher körperlich als stimmlich mitgeht, sich also von Taisa an der linken, von Alexandra an der rechten Hand nehmen lässt, woraufhin alle Hände hochgerissen werden und wieder runtergeworfen, hochgerissen und runtergeworfen, während Cher übers Deck storcht und jodelt, die Matrosen jubeln, die Lichter blitzen, und als es vorbei ist und der Krach ausblendet, das Bild in Zeitlupe übergeht und schließlich festfriert, fallen die drei gleichzeitig nach hinten aufs Bett, unter Kieksen – Alexandra – und Brummen – Taisa – und atemlosem Keuchen – Christian –, so dass er Luft holen muss mit dampfhämmerndem Herzen, der Ohnmacht nahe, nachglühend wie der Rest eines explodierten Feuerwerkskörpers, keuchend, japsend, im halbverschluckten Lachen und Glucksen.

»So«, sagt Alexandra schließlich, als alle drei wieder zu einem regelmäßigen Herzrhythmus und einer normalen Atmung gefunden haben. Christian ist gespannt, was aus diesem »So« folgen soll.

Aber statt dass Alexandra fortfährt, richtet sich Taisa als Erste in eine sitzende Position auf, lässt seine Hand los, schaut auf ihn und die Pionierin herunter und sagt: »Ihr habt etwas zu besprechen, glaube ich.«

Eine Explosion der Scham schickt Angst in jede Zelle von Christians Körper, und nur der freundliche, offene Blick der Dysonika hält ihn davon ab, sich vor ihrem seltsamen kleinen Kühlergrill im Gesicht zu fürchten, der wie ein Kampfgrinsen aussähe, wenn Christian nicht wüsste, dass sie weder ihm noch Alexandra etwas Böses will. Trotzdem, denkt er und kämpft gegen ein Schwindelgefühl an, das den Raum um ihn dreht, als läge er auf einem Plattenteller, das hätte sie jetzt nicht tun dürfen, nur weil unsere Blicke sich vorhin gekreuzt haben, nur weil sie mich durchschaut – aber dann spricht Alexandra, und er erkennt, dass er gar nicht der Adressat von Taisas Bemerkung war: »Ja, haben wir wohl. Geschäftlich.«

Das letzte Wort klingt leicht ironisch, und Taisa nickt beiden noch einmal zu, bevor sie wortlos aufsteht und rasch den Raum verlässt. Sogar die beiden Flügeltüren schließt sie hinter sich, und Christian denkt: Es ist ernst, aber ist es ernster als meine Not mit meiner Liebe? Alexandra lässt seine Hand jetzt auch los, setzt sich auf.

Er schließt die Augen, wie einer, der träumt und weiß, dass er träumt, die Augen öffnet, um dem Traum zu entkommen. Aber da hört er sie atmen, und das ist anstrengender, intimer als ihr Anblick, also öffnet er die Augen wieder, richtet seinen Oberkörper mit etwas Mühe – er muss sich auf die Matratze stützen dabei, die ist weicher als erwartet – ebenfalls auf und rückt dabei, bis er schließlich die gewünschte aufrechte Sitzhaltung erreicht, etwa fünfzehn zusätzliche Zentimeter von ihr ab, als wollte er ihr einerseits Raum geben für das, was sie zu sagen hat, und andererseits sich selbst in Sicherheit bringen.

Er darf ihr, denkt er, nicht in die Augen schauen, in dieses Grün, aber auch nicht an ihr vorbei, und bevor er sich heillos in Widersprüchen wie diesen verheddert, fordert ihn Alexandra leise, aber mit klarem Blick auf: »Möchtest du was sagen? Bevor wir zur … Tagesordnung kommen. Da wollte ich dich eigentlich nicht reinziehen, weil du das, was du beitragen kannst, schon beigetragen hast, mit Andrej Sirilko – es tut mir immer noch leid, dass ich zu spät gekommen bin. Dass er gestorben ist und dass du dabei sein musstest. Alles, was jetzt kommt, bringt dich nur in Gefahr, und du bist kein … Krieger. Ich meine das als Kompliment. Aber du … du wirst nicht mehr gefragt. Du wirst dich irgendwie durchschlagen müssen, und das tut mir auch leid, sogar sehr. Deswegen, dachte ich, frage ich dich noch mal, bevor ich dir erzähle, was jetzt kommt. Ob du was auf dem Herzen hast. Du sollst zu Wort kommen, das, mindestens, schulde ich dir.«

Jedes Wort, das sie sagt, bringt ihn nur noch mehr durcheinander, und daraus folgert er ganz richtig, dass er nicht warten darf, bis er weiß, was er ihr genau zu sagen hat, sondern reden muss, bevor er gar nicht mehr kann.

Vorsichtig, aber nicht länger peinlich gehemmt, fängt er also an: »Als du mich da rausgeholt … als du mich gerettet hast, auf diesem Mond … ich habe dich gehasst. Du wolltest mich nicht … ich dachte: Sie hat mich dran gehindert, Andrej zu helfen. Sie ist schuld. Dann habe ich … als wir unterwegs waren, in dieser, in deiner kleinen Kapsel, und du hast mich immer wieder angesprochen, ob alles okay ist, ob ich verletzt bin, ob ich Schmerzen habe, und dann, dass ich keine Angst haben soll … ich war ganz verbissen, ich habe den Mund nicht aufgekriegt, trotzig, auf dieser Liege, und ich dachte, nein, die kriegt kein Wort aus mir raus. Die nicht. Diese … ich dachte, ich kenne dich. Ich dachte, ich kenne dich länger und besser, als du mich kennen kannst. Wegen der Fotos, der Geschichten, und mein Vater hatte auch zwei Videos von dir, VHS.«

Sie wundert sich: »VH… was waren das für …?«

»Eine Geburtstagsparty«, sagt er und zuckt mit den Schultern, »und irgendwas in der Straßenbahn in … Westberlin, sagte man damals wohl noch.«

»Ah ja«, ihr Gesicht hellt sich im heiteren Wiedererkennen auf, »das war bei der Demo, vor der Demo … 1988, glaube ich …«

»Diese Zeit, ja. Und ich dachte … aber, siehst du, es stimmt eben nicht. Ich kannte dich nicht. Ich hatte so eine Privatgeschichte mit dir, Patentante, Freundin meiner Mutter, Geliebte meines Vaters, und dann die Dokumente … das war abstrakt, auch wenn es sich, weil es so sentimental war, ganz konkret angefühlt hat. Dann hier, du … wie du arbeitest, wie du ohne Klagen diese ganzen Kleinlichkeiten der Besatzer … du lässt dich nie provozieren, du hörst jeder und jedem zu, du rettest, wen und was du retten kannst, du hast alles riskiert mit deiner Rettungsaktion, gegen Masvidals Willen, und hast ihn dann doch rumgekriegt, hast erreicht, dass auch unsere Körper … die der Leute von der FIRAT … du lässt dich nie gehen, und das war erst einschüchternd, aber dann … dann dachte ich: Jetzt endlich verstehe ich, was Cordula will. Sie redet ausführlich davon, bei jeder Gelegenheit, aber es sind halt Vorträge, während du … du lebst das. Und plötzlich verstehe ich, warum es für so viele so anziehend ist, warum so viele … eigentlich alle bei meiner Mission … Cordula folgen, ihr helfen wollen. Ich wollte das nie, ich bin aus meinem Privatkram mit, aus meinem Familienroman, aber durch dich …«

Er seufzt, nicht gequält, eher erleichtert, und sie sieht ihn verwundert an und erfreut, wie man guckt, wenn ein etwas schläfriges Haustier, das man sehr mag, plötzlich anfängt, philosophisch gehaltvolle Spekulationen über den ontologischen Status der Infinitesimalrechnung zu extemporieren.

Er sagt: »Du hast die ganze Distanz vom ersten Wiesental, wo mein Vater gewohnt hat, zum zweiten, hier, zurückgelegt und willst immer noch weiter. Cordula hat mich mal im Raumanzug aus dem Schiff geschmissen, um mir zu zeigen, was das ist, weiterwollen: raus aus den Spielchen, weg von denen, die immer diese Menschenspielchen spielen, also biologische Spielchen der Spezies zuerst, dann Familienspielchen, da wird es außer biologisch dann psychologisch, als Nächstes wirtschaftliche Spielchen, dann politische, immer neue Regeln, statt die Freiheitsgrade und Spielräume auszunutzen, die weiten, die von den Gesetzen der Physik gesteckt sind, um sich zu entwickeln, allseitig, reich, frei … und du … du bist von der Erde weg wegen der Spielchen, und dann sind die nicht mehr mitgekommen, die lieber Dysoniki-Spielchen spielen wollten, die zweite Sowjetunion auf den Asteroiden, das war schon viel weiter und größer als auf der Erde alles, aber dir noch zu eng und zu klein. Du bist weitergeflogen, und dann hast du hier das größte und weiteste Spielchen erkannt, die Neptunation. Und die willst du auch noch abstreifen, aber erst verstehen, wie das Cordula eben immer sagt: das Spiel verstehen, dann drüber hinausgelangen, das Unrecht oder die unnötige Beschränkung studieren und dann überwinden. Die Spielchen der Sonnenintelligenzen, der Diff, der Dysoniki, alles noch Sonnensystem, alles noch begrenzt durch die Sphäre Neptunation … du bist eigentlich noch gar nicht losgeflogen. Du nimmst noch Anlauf.«

Er spürt, dass er mit seiner Liebeserklärung etwas in ihr anspricht, das sie lange nicht mehr genau angeschaut hat, ihre Motive, und ihr Staunen darüber, das ihr Gesichtsausdruck ihm nicht verbergen kann, macht ihn auf eine Weise glücklich, für die er keine Worte hat.

»Weiter«, sagt er, um zusammenzufassen, was er an ihr bewundert.

»Weiter«, sagt sie leise und schließt die Augen kurz, wie um das auszukosten, die Erinnerung an ihre Ziele, ihr Leben, ihren Aufbruch damals, 1989, auf einem Bahnhof in London.

Er hört sie atmen und kann den Atem riechen, ein bisschen Whisky, ein bisschen Honig, richtig, denkt er, Hot Toddy, Cordulas Lieblingsmix, und ohne darüber nachzudenken, ob das willkommen ist, ob das geht, ob er das darf, küsst er sie auf die Lippen, die so duften.

Dann sind sie weich, warm, ein sanfter Gegendruck, ein erwiderter Kuss, aber zu kurz, zu wenig, zu spät. Sie zieht den Kopf zurück, nicht heftig, nicht ruckartig, aber als er die Augen öffnet, lässt ihr Blick keine andere Deutung zu als: Nein, das geht wirklich nicht.

Er schämt sich wieder, bitterer und stechender als zuvor. Aber sie fängt das auf, voll Zuneigung: »Lieber, das wird nichts. Zu kompliziert. Ich dachte auch …«

Sie zögert sehr kurz, denkt nach, dann, noch freundlicher, wärmer: »Ich dachte, dass du schon alle Gründe kennst, warum das nicht geht. Dass du sie dir … du bist ja sehr clever, ich dachte, du bist schon dahintergekommen. Ich glaube, ich hab das gedacht, weil ich das wollte: weil's mir ziemlich unangenehm ist, wenn ich dir was sagen muss, was ich lieber … es wäre für mich einfacher gewesen, wenn wir gar nicht drüber reden müssen, wenn's zwischen uns einfach selbstverständlich ist. Und ich muss dir sowieso noch so viel sagen. Nicht nur Persönliches, jetzt, hier, alles das, was Taisa gemeint hat, als sie raus ist, unser nötiges Gespräch, aber jetzt müssen wir natürlich zuerst …«

Sie schüttelt den Kopf und lacht, leicht überfordert.

Da endlich fällt bei ihm der Groschen. Er sagt: »Es war nicht so, wie sie es erzählt hat. Meine … Mutter … sie … es war umgekehrt, oder? Nicht du hast ihr beigestanden, sondern sie dir, weil nicht sie … sondern …«

Alexandra muss nicht einmal nicken, er spürt ihre Zustimmung einfach, ihr Geständnis, und ist sprachlos. Sie legt ihm die Hand aufs rechte Knie, eine Geste, deren hilflose Anteilnahme ihn fast zu Tränen rührt, weil ihm ganz unmöglich ist, sie noch misszuverstehen – seine täppische Verliebtheit ist nicht einfach verschwunden, sondern wie ein Blutstropfen im Neptunmeer in etwas Riesigem aufgenommen und aufgelöst worden, ohne Widerstand, ohne Zweifel. Alexandra sagt: »Ich bin also nicht halb so mutig, wie du mich siehst. Abenteuer ... immer weiter ... später, ja. Nachdem ich rausgekriegt hatte, dass er mit ihr auch noch ... denn der Teil stimmt, es war nur ... chronologisch später. Nur, als ich schwanger wurde, da ... da war ich noch so abhängig davon, seelisch, was mein Vater und meine Familie und vielleicht sogar die Gemeinde von mir denken ... er wollte ... sie sagten, das geht nicht, wenn das die Leute mitkriegen, dann ist die Familie Burkhard in der Kirche erledigt, und da hat er ... da bin ich mit einer Klasse von älteren Kindern mit, Jugendlichen, meine ich, die ... ich wäre erst im Jahr drauf dran gewesen, mit dem Schüleraustausch, aber mein Vater hatte Einfluss an der Schule, es war ...«

Sie sieht zu Boden, beschämt, er legt die Hand auf ihre, um zu sagen: Niemand verurteilt dich, und es ist wirklich lange her. Sie schaut ihn wieder an: »Ich bin mitgefahren und habe mich ein Jahr in Amerika versteckt. Dann haben sie das ausgeknobelt, dass die Frau, die ... rechtlich ... deine Mutter wurde, sowieso schon heiraten sollte und ... ja. So ist das gewesen, und dann hat Cordula dich hierhergeschickt ...«

Er staunt, er schüttelt den Kopf, ungläubig, und sagt: »Also hatte es nichts mit meiner Arbeit zu tun, es war nur ... es war der Familienroman, sie wollte damit irgendwie ...«

Alexandra widerspricht: »Das ist nicht wahr. Das ist ... sie tut nie irgendwas nur aus einem einzigen Grund oder nur aus zehn Gründen, und deine Arbeit ... Andrej Sirilko und du, ohne euch konnten wir nicht mal den Versuch riskieren, die Neptunation zu befreien ...«

»Befreien?«

»Tja klar.« Sie zuckt mit den Schultern. »Befreien, ich meine halt: davor zu beschützen, dass sie missbraucht wird, dass sie zur Waffe wird für irgendein idiotisches Spiel, eins dieser Spielchen, von denen du geredet hast, so ein typisches, irdisches, albernes … Spiel. Wir müssen zum Sternstein. Wir müssen … verbinden. Liz weiß was, ich weiß was, der Sternstein weiß was, das sind drei Teile der Wahrheit, die Masvidal nicht aushält. Die Oktopoden werden uns verbinden, wenn wir es nach oben schaffen … Schwerkraft. Geometrodynamik. Very tricky. Du musst dir nur merken: Die Mission ist die Verbindung. Kontakt. Mit den Tentakeln als … Kabel, wie hier die Ranken … es gäbe so viel zu erklären, zu erzählen, aber ich weiß nicht, wie viel Zeit bleibt, also lass mich's dir wirklich einschärfen«, sie schaut ihn an, besorgt und liebevoll, als wollte sie ihm mitgeben, was ihn und die Welt zugleich retten kann, »Kabel, Connection, Funktoren zwischen Kategorien von Kategorien, zwischen höheren Topoi, Massen von Transformationen in einem Moment, einer stehenden ewigen Zeit, nunc stans, haben sie im Mittelalter gesagt, die Möglichkeitsbedingung für Ursachen und Wirkungen, das Äon, das Pleroma, der Horizont für Prometheus … Funktoren, die das Wahre leiten, die wahren Sätze, wie Kabel den Strom, wie Glasfaser das Licht … du musst uns helfen, die Verbindung herzustellen. Nur Leute wie du können so was stiften, freie Leute, weißt du, nein, das weißt du gar nicht, du und Cordula, ihr habt das gemeinsam, diese Freiheit, mir fehlt sie, weil ich …«

Zwei Schläge erschüttern den Satz, das Zimmer, den Moment, der nicht nunc stans heißt.

Die Schläge kommen von unten. Der Krach klingt, als wäre der Fußboden die Decke und ein riesiger Stier hätte zweimal mit ganzer Kraft mit den Hufen aufgestampft.

Die Mutter sieht den Sohn an und der Sohn die Mutter.

Beide wissen, ihre Zeit zum Reden ist um.

Aiguo ist gerade damit beschäftigt, einen Haufen Zwiebelfetzen für Suppennachschub in heißem Kokosöl goldbraun anschwitzen zu lassen, als Filipa mit Barrow in die Küche einfällt wie ein Spezialkommando und aus heiserer Kehle bellt: »Scotch! Wo ist hier der Scotch, wo hast du den versteckt?«

Der gemütliche Rüdiger von der EOLOMEA, der Aiguo am Herd hilft, zuckt zusammen, als Filipa ihm die Hand wie eine Bärentatze auf die rechte Schulter haut und ihm ins Ohr brüllt: »Hey und guten Abend auch, du alter Schleimer! Weißt du, wo Alexandra den Whisky versteckt hat? Ich will nämlich jetzt Hot Toddys mixen!«

Sie lässt den verängstigten Mann los und wendet sich Aiguo zu, der sie verbindlich anlächelt, als sie brüllt: »Und zwar für die ganze Party, für alle«, was Aiguo mit einem Nicken beantwortet, das wohl so viel wie »löblich, löblich« bedeuten soll. Filipa nimmt das gar nicht wahr, weil sie, leicht trudelnd, schon damit begonnen hat, von Wandhängeschrank zu Wandhängeschrank eine »Kontrolle!«, wie sie lustig ruft, in Angriff zu nehmen: Flügel aufreißen, Inhalt begutachten, Flügel wieder zuschlagen – großes Geschirr, darunter ein Römertopf, nein, falsch, mehrere Flaschen Essig und Öl, auch nicht, Mehl- und Zuckertüten, ganz verkehrt. Barrow lehnt derweil lässig am Waschbecken, was Filipa ihm erst mit einem strafenden Seitenblick, dann mit Anraunzen übelnimmt: »Hey, you lazy bastard, could you help me look?« Aiguo geht zum Suppentopf am zweiten Herd und streift dabei beinahe den Amerikaner, ohne ihn anzusehen.

Als Barrow ironisch-behaglich schmatzt und sich nach rechts dreht, wo weitere Schränke hängen, sagt Rüdiger in leicht quengelndem Ton zum ehemaligen Kapitän der PODKAYNE FRIES: »Ich hör die Musik nicht mehr richtig«, weil Filipa die Küchentür nach dem Eintreten hinter sich zugeworfen hat, »können wir die Tür wieder aufmachen? Oder gibt's irgendeine … kann man irgendwie die Wände hier so einstellen, dass sie die Musik auch übertragen?« Aiguo lässt sich nichts anmerken, hofft er, nimmt den Kochlöffel und rührt in der Suppe, während er sagt: »Du kannst die Tür ja wieder aufmachen«, und denkt, dass er nervöse Menschen in Gefahrensituationen noch nie leiden konnte – was Rüdiger eigentlich wissen will, ist ja, ob man hier drin wohl das verabredete Signal verpasst, von dem alle FIRAT- und alle EOLOMEA-Leute wissen. Es ist ein akustisches, eins, das Alexandra, die sich um die Partybeschallung kümmert, geben wird – Aiguo war bei der Besprechung unter sechs Augen zwischen Semjon, Alexandra und ihm selbst vehement dagegen gewesen, »alle, nicht nur die persönlich Vertrauenswürdigen, nachweislich Motivierten« einzuweihen, aber Semjon und Alexandra hatten ihn überstimmt, weil dem Dysonik das Argument der Architektin von Wiesental schlüssig erschienen war, »dass sie uns dann im Weg rumstehen. Ich will dich nicht beleidigen, Aiguo, aber du hast keine militärische Ausbildung – du hast Kampferfahrung, das nun leider ja, du warst im Gefecht, als der Irre von den Asteroiden euch beschossen hat, und du hast deine Leute gut geführt. Aber Semjon und ich, wir sind militärisch ausgebildet, und wir wissen beide etwas, woran du nicht denkst: An der Front gibt's keine Unbeteiligten. Wir müssen es allen sagen, es darf keine Frau, kein Mann auf dem Fest sein, ohne zu wissen, was verlangt ist.« Bei dieser Diskussion vor sechs Monaten war »das Fest« noch eine rein hypothetische Idee, nicht einmal der eigentliche Gegenstand dieser Besprechung, bei der man sich vielmehr über Alexandras Fortschritte bei der Nutzung der Winseck-Sirilko-Formel für die Vertiefung der klandestinen Kommunikation mit den Oktopoden unterhalten hatte, deren Kulminationspunkt im beabsichtigten Pakt zwischen den Menschen in Alexandras Partei und jenen Tieren sie als »absehbar« bezeichnet hatte – »ein paar Monate vielleicht noch, wir und sie müssen einiges rechnen, aber ich sehe keine prinzipiellen Hindernisse mehr«.

Jetzt hängt alles davon ab, denkt Aiguo, dass alle sich mehr oder weniger so verhalten, wie das der kleine Dreierrat und die verlässlichsten Kader des geplanten Aufstands, zum Beispiel Filipa, antizipiert haben.

Lieutenant Barrow aber tut das nicht – anstatt, wie Filipa wollte, mit ihr die Hängeschränke zu inspizieren, um herauszufinden, ob da schottischer Whisky zu finden ist, greift er neben sich und zieht eine Schublade auf, obwohl auch er wohl weiß, dass man Whiskyflaschen, die ja zu den seltensten und wertvollsten Gütern hier gehören, nicht in Schubladen legt.

Ein Mensch, der sich in Strategie und Taktik schlechter auskennt als Aiguo, könnte in diesem Moment auf einen panischen Gedanken verfallen wie den, der Amerikaner müsse Hellseher sein oder trage sich bereits mit einem zutreffenden Verdacht gegen die Gastgeberin. Aber Aiguo weiß, dass es zur Denkweise von konflikt- und intrigenerprobten Leuten höherer Dienstränge in hierarchischen Organisationen gehört, unberechenbar zu bleiben und auf Angebote oder Aufforderungen anderer nie ganz genau so zu reagieren, wie jene sich das vorstellen – dumm nur, dass Barrow keineswegs bloß einer Gewohnheit der Unberechenbarkeit folgt, sondern außerdem intelligent ist, weshalb er die mehrerlei Löffel und Gabeln, die er in der Schublade findet, einen Augenblick länger betrachtet, als das jemand getan hätte, der darin nur das in einer Küchenschublade Allererwartbarste hätte erkennen können.

Es ist zu spät, es ist passiert, es geht los, denkt Aiugo, als der Amerikaner kaum hörbar sagt: »Mmmmh. No knives. No knives at all. I wonder where they could have …«

Weiter kommt er nicht, denn eins der gesuchten Messer steckt jetzt in seinem Hals. Filipa hat es hinter ihrem Rücken aus ihrem Gürtel gezogen und geworfen. Rüdiger schreit auf, es klingt wie: »Iiiaaeeh!«

Der Soldat greift reflexhaft an seinen Hals, rechts, an die Austrittsstelle, wo die Spitze der Klinge ist. Offenbar spürt er links, wo die Waffe hineingestochen hat, weniger Schmerz – die Hand, ungeschickt und fahrig, fasst in die Spitze, die ihm den Handballen aufschneidet. Der Mann mit dem Messer im Hals öffnet den Mund wie ein Karpfen. Aber Aiguos Faust fährt hinein, bevor ein Geräusch herauskommen kann. Es knackt, zwei Zähne reißen aus dem Fleisch, Barrows Kopf wird gegen die weiße Kommode direkt hinter ihm gestoßen.

Ein Brett bricht. Geschirr klirrt.

Die Konditionierung, die Barrow zum Kämpfer macht, lässt die verletzte Hand nach der Schusswaffe im Gürtelholster greifen. Aber als er sie zu fassen kriegt, während seine Augen im Schädel rollen, als fahre ein Stromstoß durch ihn, trifft ihn ein Tritt von Filipa an der Hüfte, so dass er das Gleichgewicht verliert und im Sturz die heißen Pfannen mit dem freien linken Arm vom Herd reißt.

Fett spritzt Aiguo auf den rechten Arm, den Hals, die rechte Gesichtshälfte. Er schreit auf, als Barrow die Waffenhand hochreißt und zweimal in die Decke schießt, bevor Filipa auf ihn springt, ihm die bewaffnete Hand mit links zur Seite, gegen die Wand schlägt, mit der rechten Hand seine Kehle umgreift und zudrückt, so kraftvoll sie kann. Ein letzter Schuss löst sich aus der Pistole und schlägt durch Aiguos linken Oberschenkel.

Der Stratege bricht zusammen, rutscht an der Kühlschranktür zu Boden, während die Tür zwischen Foyer und Küche aufgerissen wird. Carol Bould, eine von Masvidals besten Leuten, hält ihre Waffe mit beiden Händen und schießt Rüdiger, bevor der aus seiner Schockstarre zu irgendeiner sinnvollen Handlung erwachen kann, den Hinterkopf weg, weil er der Erste ist, den sie im Raum sieht. Obwohl Barrow mit dem Tod ringt und sich aufbäumt, reißt ihm Filipa das Wurfmesser aus dem Hals und stößt sich mit beiden Beinen vom Herdsockel ab, schnellt so zur Tür und rammt dort das Messer der Angreiferin in den

Bauch, während hinter ihr bereits der nächste Amerikaner eintritt, der aber mit seiner kleinen Maschinenpistole zu hoch zielt, um irgendwen zu treffen. Die Kugeln zerschmettern nur Hängeschranktüren und zerschlagen Geschirr. Aiguo hat sich an der rechten Wand mit den Muskeln des gesunden Beins wieder in die Höhe gedrückt und sein eigenes Messer gezogen, das er nach dem Schützen wirft, den er aber verfehlt und damit dessen Feuer auf sich lenkt. Eine der Kugeln trifft seine rechte Schulter, eine streift sein Kinn, eine weitere zerbricht eine Rippe und tritt, ohne lebenswichtige Organe zu treffen, durch den Rücken wieder aus. Aiguo lässt das Messer fallen. Filipa zieht ihres im weichen Bauch der sterbenden Amerikanerin nach rechts, dann hoch, nach links, reißt es heraus und schlägt derweil mit der freien Hand den Schützen Vance gegen den Brustkorb, der im selben Moment von hinten gegen den Kopf getroffen wird, weil ein Partygast aus Alexandras EOLOMEA-Mannschaft einen Zimmerpalmentopf vom Teppichboden hochgehoben und als stumpfe Schlagwaffe benutzt hat.

Filipa rammt dem Taumelnden das linke Knie in den Schritt und entwindet ihm mit zwei schmerzhaften Handgriffen die Maschinenpistole. Ein flüchtiger Blick nach rechts bestätigt, was sie schon vermutet hat: Die Deckenschüsse, die Barrow abgegeben hat, ersetzen das verabredete Musiksignal.

Überall schlagen, stechen und schneiden Aufständische die Besatzer, die sich mit Schusswaffengebrauch und Nahkampftechnik wehren, aber gegen den Mut der Verzweiflung und das Überraschungsmoment und das zahlenmäßige Verhältnis von drei zu eins von Anfang an einen schweren Stand haben, zumal die Raumsituation im Gebäude ihre erworbene Scheu vor dem Schießen in Gesellschaft der eigenen Leute aus Angst vor *friendly fire* verstärkt.

Filipa tritt mit der Schnellfeuerpistole aus der Küche. Nichts hält sie zurück, weder die Sorge um Aiguo, der sich um sich selbst kümmern muss, noch die Furcht um ihr Leben, hier im schlechten Licht. Seit der ersten Übungsstunde mit Meinhard Budde in der chinesischen Wüste war das, was jetzt geschieht, genau das, worauf sie sich vorbereitet hat. Ihren Frieden mit dem Töten und Sterben hat sie längst gemacht, vor Jahren. Um nicht zu viele der eigenen Leute zu treffen, schießt sie das kleine Magazin Richtung Boden leer: auf Getroffene, zu Boden Gesunkene unter den klar als feindlich Erkennbaren.

Dann benutzt sie die Waffe als Schlagwerkzeug, lässt sie auf einen Nacken, dann eine Stirn krachen. Schließlich wirft sie sie weg.

Filipa bückt sich neben dem Sofa, auf dem einer liegt, den sie mit der Pistole erschlagen hat, und zieht das kleine Feuerholzhackbeil aus dem Stiefel, das sie vor Monaten mitgenommen hat, im großen Zusammenhang der Umverteilung von Haushalts- und Küchenwerkzeugen zum Schneiden, Hacken, Stechen, die Alexandra über einen langen Zeitraum stillschweigend und geduldig organisiert hat, damit alle bewaffnet sind, die jetzt gegen die Besatzer kämpfen. Als Filipa sich wieder aufrichtet, sieht sie rechts vor sich Heike Breuer durch die Außengrenze des Foyers, wo heute die Fensterfront fehlt, zweimal Maß nehmen mit einem langen Dolch, genau wie wir's gelernt haben, denkt sie: Ellenbogen vor, Hand gerade hoch, Blick geradeaus, dann schleudert die Technikerin die Stichwaffe einem Soldaten in den Rücken, der eben Karla Mohn, einer Pilotin der EOLOMEA, ins Gesicht geschossen hat. Der Mann fällt nach vorne, auf die Treppe, wo Alexandra, die gerade, ein Messer in jeder Hand, mit Christian Winseck von oben in den Krieg herabsteigt, mit dem rechten Fuß den Kopf des Stürzenden gegen die Wand tritt.

Aus der Küche hört sie Schüsse. Weitere Angreifer sind dort eingedrungen. Filipa hofft, dass Aiguo noch lebt. Christian, bemerkt sie jetzt, hat wie sie ein Beil in der Hand, aber das wirkt, als wäre es eine Fackel, an der er sich zu verbrennen fürchtet und die er lieber sofort als später wieder fallen lassen würde.

Sie verzieht den Mund, spürt einen Luftzug rechts von sich, sieht einen Amerikaner, der eben noch am Boden hinterm Sofa mit einem jetzt toten Russen gerungen hat, sich aufrichten und schwingt ihre kleine Axt aus, stößt sie nach vorn, spaltet dem Mann die Schädelkuppe, greift mit der Linken seine Stirn und zieht Schneide und Blatt mit einem Ruck und einem Blutstoß wieder heraus.

Sie tritt den Leblosen weg und schaut zurück zur Treppe, wo Alexandra von einem unbewaffnet Rasenden attackiert wird, sich aber mit ihren Messern ohne viel Mühe wehrt, während Christian Filipa damit überrascht, dass er nicht schreiend wieder nach oben davonläuft, sondern von der Treppe in die Halle tritt, dann den linken Fuß vorstellt, sein Körpergewicht verlagert, den Oberkörper vorbeugt, den rechten Arm streckt und dann nach vorn und abwärts sausen lässt, also das Beil schleudert und damit tatsächlich eine Frau in der Halsbeuge trifft, die eben ihre Pistole auf Semjon Diduk richtet, der Heike zu Hilfe kommen wollte, die ein anderer Amerikaner angeschossen hat. Eine Kugel scheint ihren Kopf getroffen zu haben, die Wange wohl, wenn Filipa das im Halbdunkel richtig erkennt. Semjon packt den Schützen am Uniformkragen und schleudert ihn gegen die linke Flurwand, tritt nach, schlägt zu, zieht ein Messer und stößt es ihm in die Brust.

Heike wankt, wischt nach dem Mann, den Alexandra gerade mit zwei Messerstichen losgeworden ist, trifft ihn an der Schläfe, er geht in die Knie. Alex wirft sich auf ihn. Filipa klettert aufs Sofa, um einen Überblick zu gewinnen, und tritt dabei einen verletzten Besatzer von der Liege. Sie tritt abwärts nach, steigt wieder hoch, sieht, dass im Hof, bei den Tischen, der Kampf in ein Ringen, ein Sichwälzen im Gras übergegangen ist, dass dort nicht mehr geschossen wird, nur noch geschlagen, gestochen, gewürgt, und ist auf eine Art, die sie zugleich ekelt, sehr erleichtert darüber: Schüsse kann man von weitem hören, Mündungsfeuer kann man von weitem sehen, und hier ist bloß ein Sechstel der Besatzer, die andern könnten was merken, das soll nicht sein, dann fliegen sie her, dann schießen sie uns ab »like a bunch of fish in a barrel«, wie Liz sagte, als sie mit ihr die Taktik für den Aufstand durchgesprochen hat.

Damit draußen nicht doch noch ein Schuss abgefeuert wird, springt Filipa von der Couch und kämpft sich durch die Lobby zu den Tischen, um dort die eigenen von den feindlichen Kämpfenden zu trennen, die einen zu retten, die andern zu töten, nach den Regeln, die ihr Meinhard vor Jahren schon beigebracht hat: Wenn es gegen eine Übermacht geht, kannst du niemanden gefangen nehmen, niemanden verletzt liegenlassen. Jede Waffe, die irgendwer hat, der nicht mehr kämpfen kann, musst du nehmen und gebrauchen.

Die widerliche Arbeit dauert zwanzig endlose Minuten, dann endlich rührt sich niemand mehr unter den Gästen der Aufständischen. Filipa, verwundet nur am linken Handrücken und am linken Ohr, wo ein schwerer Schlag mit einem Gewehrkolben sie halb taub gemacht und eine wachsende, pochende Beule überm Unterkiefer verursacht hat, geht über Leichen und Verletzte zur Küche, wo Alexandra damit beschäftigt ist, Aiguos Wunden zu säubern und zu verbinden.

»Ich habe …«, sagt er gepresst, »ihn erschießen müssen … Barrow …«

Filipa nickt: »Ich hatte ihn schon, aber ich konnte ihn nicht … ich musste die andern angreifen, als die reinkamen, sonst hätten sie uns …«

»Nein, nein, natürlich«, sagt Aiguo, der auf dem Rücken liegt, mit blutverschmiertem und verschwitztem Gesicht, »es ist … kein Vorwurf … nur … aus nächster Nähe …« Er schließt die Augen. Sein Adamsapfel hüpft, als würge der Mann etwas viel zu Großes herunter, und Filipa begreift, dass er die Sauerei meint, das Entsetzen: Der Mann, von dem er geredet hat, und der zu den verständigsten und freundlichsten unter Masvidals Leuten gehörte, liegt neben ihm, in unnatürlicher, wie mitten durchgebrochener Körperhaltung, das obere Drittel des Kopfes fehlt, es liegt versprüht am Boden, klebt am Kühlschrank, das hat Aiguo gemeint, denkt Filipa, gegen aufkommende Übelkeit ankämpfend, das war der Sinn, aus nächster Nähe, ja. Filipa muss den Blick abwenden, um sich zu fassen. Die Tür dort ist nicht mehr da, man hat sie aus den Angeln gebrochen, sie liegt im Foyer, als Waffe benutzt, blutig wie alles hier, wie alle.

Christian Winseck erscheint im Türrahmen.

Filipa denkt: Ich bin froh, dass er noch lebt, aber wie kann das sein, wie kann der noch leben, dieser Träumer, den Alexandra nicht einmal in die Aufstandsplanung hat einweihen wollen, »ich werd's ihm auf der Party selbst erst sagen, sonst wird er irgendeine Dummheit machen, vielleicht versuchen, uns daran zu hindern, uns irgendwie verraten« – keine falsche Einschätzung, dachte Filipa damals, vor fast einem Jahr, als diese Worte ausgesprochen wurden, denn Christian ist kein Verschwörer, kein Krieger und kein Parteimann, nur Gelehrter, Deuter, und doch steht er jetzt da und sieht ganz unverletzt aus. Er sagt mit raspelnder, überanstrengter Stimme: »Verbandszeug. Habt ihr noch mehr? Habt ihr irgendwo was, ist was versteckt?«

Filipa nickt ihm zu: »Ich helf dir, komm mit«, und führt ihn durch die Lobby, in der Leute leiden, anderen Leuten helfen oder über Tote klagen, nach draußen, ums Gebäude und zum kleinsten der Gewächshäuser, wo, wie sie erklärt, »noch einiges vergraben« ist.

Auf dem dunklen Weg liegen im schwachen Kantenlicht der Sternsteine, verstärkt von der heruntergefahrenen künstlichen Beleuchtung der Gewächshausreihe, mehrere Leichen, alle Angehörige der Besatzungskräfte: sechs Männer, drei Frauen, deren Arme und Beine teils in merkwürdigen Winkeln vom Leib abstehen.

Christian und Filipa ahnen, wie diese Entstellungen und

Verstümmelungen zustande gekommen sind und wer sie den Toten zugefügt hat. In der rechten Glaswand des von der Villa her ersten Pflanzenforschungslabors steckt eins der blauweißen Zweisitzerfluggeräte, wohl von derselben Person abgeschossen, die auch die Zerschlagenen zwischen Wohnhaus und Gewächshaus umgebracht hat. Seitwärts hängt eine Leiche im Sicherheitsgurt vom Pilotensitz.

Hinter den großen Blättern im Eingang zum Gewächshaus regt sich etwas. Es raschelt. Filipa hebt ihren Waffenarm mit einer erbeuteten Pistole, legt an. Christian sagt leise: »Ich hasse das. Dieses ... das Töten.« Es klingt wie eine Kleinigkeit, aber was er meint, ist, dass er heute das erste Mal überhaupt Menschen das Leben genommen hat, zweien, im Foyer und vor der Festbank, beide Male, wie er glaubt, in Notwehr, aber das macht es nicht besser für ihn.

»Ich bin's«, sagt ein Schnarren, das Filipa sofort erkennt. Sie senkt die Waffe, und Taisa tritt aus den Schatten. Unterm rechten Arm, der seltsam verlängert wirkt, wie ein Haltbogen aus dickem Draht, hält sie einen Kasten mit Verbandszeug, unterm linken ein Bündel mit Spießen und Speeren, hier im Gewächshaus von ihr und Alexandra aus Stöcken und Messern gefertigt und dann in der weichen Erde versteckt, jetzt ausgegraben, fürs letzte Gefecht.

Filipa nimmt ihr das Waffenbündel ab, Christian das Verbandszeug. Als die drei zurück zum Haus gehen, sagt Taisa: »Ich habe gehört, was du gesagt hast. Ich verstehe dich. Es ist furchtbar, was wir tun.«

»Wenn wir uns verteidigen würden«, erwidert Christian, ohne sie anzusehen, »käme ich damit zurecht. Aber wir haben sie angegriffen. Wir haben sie eingeladen, mit uns zu feiern, und dann sind wir über sie hergefallen. Ich meine, diese Amerikaner hier haben uns ...«

»Amerikaner, Mensch«, fällt ihm Filipa gereizt ins Wort, »du redest von denen immer so, als wären das Leute wie Liz oder

Max, als kämen die aus dem Land, in dem du aufgewachsen bist, anstatt dass du mal kapierst: Dieses Land gibt es längst nicht mehr, dieses Land hat …«

Er will sie nicht ausreden lassen: »Das spielt doch überhaupt keine Rolle, mit was für Pässen die in ihre Raumschiffe gestiegen sind. Es sind Menschen, und wir schlachten sie ab, wie …«

»Wie sie andere abgeschlachtet haben«, sagt Taisa und bleibt plötzlich stehen, so dass auch Christian und Filipa stehen bleiben, um sie anzusehen, als sie, Christian zugewandt, schlicht erklärt: »Du warst nicht auf der FIRAT. Du warst auf diesem Mond, Triton. Dort hat sie dich gerettet. Alexandra. Du weißt nicht, wie es auf der FIRAT war. Sie haben unsere Leute getötet. Diejenigen, die gekämpft haben, diejenigen, die nicht gekämpft haben. Diejenigen, die sich ergeben wollten. Die Kinder. Fast alle. Und wie wir später erfahren haben, auf dem weißen Sternstein, war das nicht ihr erster Massenmord. Sie sind eine Nachhut, die zur Vorhut wurde – das siebte Schiff nach sechs Schiffen, die im Asteroidengürtel den Krieg gegen die Dysoniki geführt haben. Einen Vernichtungskrieg, Christian. Sie wollten nichts erobern, nichts stehlen, nur alles zerstören und ausrotten, was Baklanow und seine Nachfolger aufgebaut haben. In allen drei Zonen. Das heißt nicht, dass ich das, was hier heute passiert ist, und das, was wir noch tun müssen, rechtfertigen will als Rache. Ich kann nichts mit Rache rechtfertigen, weil ich Rache selbst nicht rechtfertigen könnte. Rache macht niemanden lebendig. Aber du hast gesagt: In Notwehr, wenn wir uns selbst retten würden, das könntest du verstehen. Dann stell dir die Frage: Wenn wir uns nicht selbst retten können – und das können wir nicht, wenige, falls überhaupt welche, von uns werden diese Nacht und den Tag morgen überleben –, aber viele, sehr viele andere, Millionen, vielleicht Milliarden, indem wir verhindern, dass die Neptunation zur Waffe wird, zu einer Waffe, über die Leute verfügen können, die einen Vernichtungskrieg führen, sollten wir dann nicht …«

»Woher willst du das denn alles wissen«, sträubt sich Christian, »was da im Asteroidengürtel …« Weiter kommt er nicht, denn vom Haus ruft eine durchdringende Stimme: »Filipa? Bist du das? Christian? Schneller, los!«

Es ist Semjon Diduk, der auf die drei zurennt und Filipas alarmierten Gesichtsausdruck ganz richtig als Frage deutet: »Wir müssen los, Filipa, keine Zeit … es klappt nicht mit der … ich weiß, Alexandra wollte warten bis kurz vor dem rosa Stern, mit dem Aufbruch, aber drüben, auf der andern Seite vom Haus, hat einer …« Er bleibt stehen, stemmt die Hände in die Hüften, atmet japsend, bis der Kreislauf stabil genug ist, dann richtet er sich auf und sagt: »Signalpistole. Einer hat eine Leucht… hhh …kugel abgefeuert, bevor Heike ihn erwischt hat. Sie wissen es. Sie wissen es auf Wiesental, und sie wissen es auf dem weißen Stern. Es gibt zwar keinen Kontakt, Funk hat Masvidal ja auch seinen eigenen Leuten verboten, aber … es wird wohl schon gekämpft, oben auf dem Stern, unser … Doppelagent und … wer auf seiner Seite ist … und hier auf der Insel … sie werden herkommen. Alexandra sagt, wir müssen sofort los. Zur Küste. Der einzige Vorteil ist, wenn sie alle hierherkommen und vielleicht zum Omphalos, sind sie nicht am Strand, wenn wir zur Bucht … aber wir … müssen uns beeilen. Ich weiß, was du sagen willst. Liz. Sie kann nicht … wir müssen sie mit einem der Kopter transportieren, dicht überm Boden. Wenn der nicht stark genug ist, wenn er die Last nicht hochkriegt, brauchen wir vielleicht zwei. Die gute Nachricht ist, wir haben sogar drei … nein«, sagt er, mit Blick auf das abgestürzte Gefährt im Gewächshaus, »vier, wie ich sehe. Aber wir müssen los. Jetzt.«

Filipa wiederholt: »Jetzt.«

Das meint sie selbst, als Ruf zur Ordnung, aber auch Christian und Taisa, denen es sagen soll, sie müssen ihren Streit verschieben, bis nach dem Krieg.

Die vier eilen zum Haus.

»Steht … hier … nicht … rum …«

Heikes Atem pfeift und rasselt.

Sie sitzt in dem Sessel, den Filipa und Semjon für sie auf die Schienenlinie der in die Wand geschobenen Panoramascheibe gehievt haben. In der Rechten, auf der Lehne, hält sie eine Pistole, in der Linken ein Kurzgewehr.

»Ich sage … steht … nicht rum wie die … Topf… die Topfpflanzen, geht … endlich los.«

Aiguo schämt sich, weil ihm von dieser kurzen Ansprache die Tränen kommen. Semjon kniet bei der Frau, die nicht transportfähig ist und deshalb hierbleiben wird. Er küsst ihren Hals, ihre Stirn. Aiguo ist froh, dass seine Verletzungen zumindest provisorisch versorgt sind. Sein Oberschenkel ist straff verbunden, er tut weh beim Auftreten und beim Gehen, pocht ständig, aber unerträglich ist das so wenig wie das dumpfe Drücken in der linken Schulter und das Brennen im Arm darunter, der in einer Schlinge hängt.

Ich werde nicht sterben, denkt er wieder, aber mir war nicht klar, dass das bedeutet, sie können mich schwer verletzen, solange ich nur am Leben bleibe. Sie könnten mich auch fangen, auch foltern, nichts davon verbieten die liminalen Bedingungen. Er meint damit die besonderen strategischen Parameter, die seine Gewissheit abstützen, dass er hier, heute nicht sterben wird. Taisa, Filipa und Christian sind damit beschäftigt, den Anhängerschlitten zu stabilisieren, den Alexandra und Filipa aus dem Bett gebastelt haben, in dem Liz Parker in ihrem Zeitblock liegt.

Besonders Christian gibt sich auffällig Mühe, die Gurte festzuzurren, mit denen der Schlitten hinten an einem der blauweißen Kopter festgemacht ist. Er schämt sich vor Heike, weil er vorhin, bei der Verabschiedung, als sie fast fröhlich, jedenfalls sehr nett mit ihm geredet und ihn dann weggescheucht hat, endgültig erkennen musste, was er so lange vor sich verborgen hat, weil es seine Schwärmerei für Alexandra gestört hätte: Er bedeutet ihr sehr viel, er war ihr Grund, sich das Leben auf Wiesental zuzumuten, sich an den Aufstandsvorbereitungen zu beteiligen und heute zu kämpfen.

Auch Diduk, erkennt Aiguo während der schmerzlichen Szene, weiß das alles, aber mit stoischem Gleichmut hat er sich keine kleinste Andeutung von Eifersucht gestattet und benimmt sich auch jetzt, da er wohl das letzte Mal mit ihr spricht, als ginge es nicht im Geringsten um ihn, sondern nur darum, dass sie weiß: Sie wird geliebt, und was sie tut, ist nicht umsonst.

Als Diduk aufsteht, sieht Aiguo zwischen zwei Toten, die niemand weggeräumt hat, weil die Zeit fehlt, am Boden, direkt neben einer Blutlache, die zarten schwarzen Spitzen zweier Ranken sich langsam auf Heikes Sessel zubewegen – die Pflanzen in der Wand denken wohl, die Frau ist müde, wird schlafen, und wollen ihr helfen, wollen Träume geben und neue Kraft. Sie wissen nichts von der Ermüdung, die ins Nichts führt. Aiguo wendet den Blick ab.

Alexandra steigt in den Kopter. Sie steht im Sitz auf, klatscht zweimal in die Hände. Drei EOLOMEA-Leute haben eben die übrigen Kopter zerstört, das heißt Motoren, Steuerung und Verkabelung mit Schüssen und Hebelkraft sabotiert, sie sind die Ersten bei ihrer Chefin, vier weitere folgen, drei bleiben bei Heike, um mit ihr die Villa zu verteidigen – das sollen sie so lange wie möglich tun, es ist Aiguos Idee: Damit wird suggeriert, es gäbe hier noch etwas zu holen, zu erobern. Dem werden die Besatzer, wie er sie kennt, nicht widerstehen können, und das verschafft denen, die zur Küste aufbrechen, etwas mehr Zeit: Alexandra, ihrem langjährigen zweiten Offizier Thomas Lange, dem Ingenieur Frieder Mohn, dem Kosmonauten Dmitri Varga, Filipa, Liz, Christian und Aiguo selbst – diese neun, außerdem Heike, Frank, Klara und Matthias, die zurückbleiben: Mehr Aufständische gibt es nicht, mehr haben das Fest nicht überlebt.

Aiguo geht vorsichtig, aber nicht zu langsam den Wiesenweg hinunter zum Sammelpunkt und sieht dabei zum Himmel hoch: Der rosa Sternstein glüht, die andern bleiben unerkennbar, nur ihre Kanten glitzern. Ob dort oben gekämpft wird, ob da die Sache der Aufständischen schon verloren ist, lässt sich nicht sagen. In der Richtung, die Aiguo bei sich »Westen« nennt, also dort, wohin die kleine Gruppe jetzt zügig aufbricht, ist der gestrige Sturm zerlaufen und konturlosen Stratuswolken gewichen. Weiter nördlich türmen sich Cumulonimbussäulen in Gelb und Blau, nach Osten bricht sich der beginnende rosa Schimmer in vagen Irideszenzen, und im Süden mischen sich feuchte, aufsteigende Luftmassen zu Aquarellstimmungen, die mit den anderen drei Erscheinungsweisen des künstlichen Neptunhimmels in merkwürdigen Farben harmonieren.

Aiguo ist der Letzte in der Gruppe, Semjon geht bald weit nach vorn, noch vor den Kopter, der in bloß sechzig Zentimetern Abstand zum Boden mehr oder weniger sicher voranbrummt. Der Russe blickt sich nicht um, im Gegensatz zu Frieder Mohn, der an Aiguo vorbei einen letzten Blick auf die Villa wirft, und Christian, der anfangs neben Alexandra und dem Schwebeschlitten hergeht, dann aber Aiguo, die Ein-Personen-Nachhut, mit einem Nicken grüßt und bald absichtlich zurückfällt, bis er mit ihm gleichauf ist.

Zuerst schweigt er, geht und atmet gleichmäßig, verlangsamt auch, gemeinsam mit den andern, den Schritt ein wenig, als die Fliehenden eine schöne kleine Baumgruppe passieren, wo zwischen Weidenzweigen Tautropfen auf großen Spinnennetzen schillern.

Es fühlt sich nicht an, als strebten die neun von einem Kampfplatz weg zu einem andern. Es fühlt sich an wie ein Morgenspaziergang.

Hundert Meter nach dem winzigen Wäldchen richtet Christian schließlich das Wort an Aiguo, zögerlich, suchend: »Glaubst du, dass das ... richtig ist, was wir tun? Ich frage dich, weil du ...« Er sucht nach Worten, Aiguo unterbricht ihn nicht. Christian fährt fort: »... der kühlste Rechner bist. Der klarste Verstand hier. Wir andern, und vor allem ich ... Leidenschaften, wie bei Alexandra oder Filipa, und Ängste und Skrupel, wie bei mir, können den Blick trüben. Aber du ... kannst du mir sagen, warum ich töten soll, warum ich mitkommen soll, mit den Tintenfischen, auf den Stern, falls er sich denn wirklich ... falls er wirklich von innen geöffnet wird, weil wir da jemanden haben, dem wir trauen ... falls das alles stimmt, was Alexandra mir vor ... vor weniger als einer Stunde erklärt hat, als wir zusammen die beiden Trommeln saubergemacht haben in dem ... Ding da vorne, die Rotor...turbinen ... Warum machst du mit? Ich habe dich gesehen. Taisa sagt, es sei Notwehr. Wir schlagen zurück, aber wir ... Notwehr als Erstschlag. Eine Ausrede.«

Aiguo lässt sich zwei Minuten Zeit, eine angemessene Antwort zu finden. Dann sagt der alte Chinese: »Als ich die Aufsicht über das Raketenprogramm hatte, habe ich viel ausländische Literatur gelesen. Man besorgte mir jedes Buch, in jeder Sprache, ich war privilegiert. Sachbücher. Romane. Science Fiction vor allem. Was die klügsten, die interessantesten Menschen damals so beschäftigt hat. Der Einblick in die ... Bewusstseinslage der Menschheit jener Zeit, etwa zwanzig Jahre vor dem Start der FRIES, den ich durch diese Lektüre gewonnen habe, war ... ich empfand das als beunruhigend. Die Konfusion. Die Denkfaulheit – wie gesagt, das waren die Besten. Der Untergang der Sowjetunion, die Rückkehr der ethnischen und religiösen Konflikte ... überall wandten sich die Menschen den schlechtesten alten Besonderheiten zu, dem Provinziellen. Dem Verstockten. Und dann las ich einen Text, der mir sehr gut gefiel, der mir Hoffnung gab. Ein Australier hatte ihn geschrieben. Ein Mann des Westens, aber überhaupt nicht provinziell ... Da stand ... ich weiß nicht mehr jedes Detail, aber es begann damit, dass die volle menschliche Freiheit noch nicht erreicht sein würde, wenn die letzte Staatengrenze gefallen ist, denn noch müssen wir die Attraktoren des Donners kartographieren, die Rhythmen von Dürre und Ernte erforschen, die letzte Naturnot überwinden, die molekularen Dialekte des Waldes und der Savanne übersetzen lernen, reich wie tausend Menschenzungen, alle Sprachen, die du kennst, Christian ... denn keine Firma, so hieß es da weiter, hat ein Monopol auf Zahlen, kein Patent deckt null und eins ab, kein Staat hat die Souveränität über Adenin und Guanin, kein Imperium beherrscht die Quantenwellen. Das war schön und wahr zugleich. Deshalb kämpfe ich hier mit – weil Masvidal und seine Leute eine Technik in ihre ... Gewalt ...«, das Wort sprach er sehr leise aus, »... gebracht haben, die ihnen die Möglichkeit eröffnet, diese wahren und schönen Sätze mit ... hässlichen Handlungen unwahr zu machen. Sie können die Naturgesetze ändern, wenn sie herausfinden wie, und das bedeutet, sie können die Natur in einem Ausmaß zerstören, das keine Umweltverwüstung je ...«

Keine fünf Schritte vor den beiden wird der Techniker Lange scheinbar von einem gewaltigen Windstoß beiseitegeworfen. Jetzt blitzt etwas Rotes in Filipas Nacken auf, dann hören alle die Schüsse. Sie kommen von rechts, aus dem Tal, wo im Dämmerlicht ein halbes Dutzend Bewaffnete die Steigung in Keilformation emporhasten, dabei hin und wieder stehen bleiben und die Gruppe der Aufständischen unter Feuer nehmen.

Hier gibt es keine Bäume und nur wenige Gesteinsbrocken auf dem Steppengras. Die Angegriffenen sind ohne Aussicht auf Deckung. Filipa geht nach rechts in die Hocke, Aiguo und Christian ebenfalls. Alexandra ruft aus ihrem Cockpit einen Befehl: »Semjon! Dmitri! Macht Liz los! Macht's ab, das Ding!«

Die Männer beginnen sofort ihre hektischen, aber präzisen

Handgriffe, während Filipa mit ihrem prallgefüllten Rucksack, in dem außer Gott weiß was jetzt vermutlich auch die eine oder andere Kugel steckt, im kurzen Gras entschlossen vorwärtsrobbt, auf die Angreifer zu, und mit einer MP auf sie zielt. Aiguos Verstand funktioniert so klar, wie Christian eben vermutet hat, deshalb ruft der Chinese, während um ihn und die andern Kugeln Erde aus dem Boden reißen und den himmelblauen Kopterlack durchlöchern: »Lass das! Munitionsverschwendung! Du hast die Reichweite nicht! Sie schießen mit Gewehren!«

»Eben!«, brüllt Alex und beginnt, den Kopter mit Steuerbefehlen zum Bocken und Ruckeln zu zwingen, bis der Bettschlitten von dem Fahrzeug abfällt. Statt dass sie tun kann, was sie selbstmörderischerweise vorhat, nämlich das Gerät auf die Angreifer zuzusteuern, um den Kampf zu ihnen zu tragen, den sie auf die größere Distanz unausweichlich gewinnen müssten, wird Alex von Dmitri beiseitegestoßen, der sich seitlich auf den Kufen zum Cockpit gehangelt hat, ihr jetzt einen heftigen Stoß mit dem Ellenbogen versetzt, noch einen, und dazu etwas von »Pilot!« schreit – er meint sich selbst und wird von zwei Kugeln fast getroffen, die durch die Frontscheibe des Kopters schlagen.

»Arschloch!«, sagt Alexandra, dann gibt sie nach, weil sie weiß, was auch er weiß: Sie ist für die Mission, falls es sie noch gibt, wichtiger als er, weniger leicht zu ersetzen, also lässt sie sich aus dem Kopter fallen, von Frieder Mohn aufgefangen, der sie zur Erde zieht und ungeschickt versucht, sie nach der Richtung der feindlichen Schützen mit seinem Körper abzuschirmen. Dmitri wendet im Halbkreis, gewinnt etwas Höhe, zwei, drei Meter, dann fliegt er im halsbrecherischen Zickzack seinen Angriff und schafft es tatsächlich, das Feuer der Masvidalleute auf sich zu ziehen. Allerdings nicht das ganze.

Denn jetzt ist Taisa aus ihrer Kauerstellung aufgesprungen und rennt, ebenfalls Haken schlagend und in jeder Hand eine

Pistole, dem Kopter hinterher, wobei sie ab und zu stolpert und springt, als ginge ein Zucken durch ihren Leib – entsetzt begreift Christian, dass das Treffer sind: Die Dysonika ist robuster als ein Mensch, auch voller kleiner und kleinster Technik, die Wunden schließt, aber Schmerz spürt sie, soweit er weiß, nicht minder als seinesgleichen. Der Kopter fährt zwischen die Schützen, die auseinanderlaufen. Die Kufen spießen Menschen auf. Die Glasfront zertrümmert den Oberkörper eines Fliehenden. Dann ist Taisa endlich nah genug, dass auch ihre Schüsse treffen.

Christian kann nicht weiter zuschauen, denn Aiguo packt ihn mit der freien Hand an der Schulter, drückt fest zu und schreit ihn an: »Steh auf, Mensch! Hilf uns tragen!«

Christian sieht, wie Filipa, Alexandra, Frieder Mohn und Semjon Diduk sich am Bett mit Liz zu schaffen machen, steht auf und sagt, vor Schreck gelähmt: »Wir … das sind doch noch zwei … zwei Stunden, mit dem Ding drei, wir können doch nicht den … den ganzen Weg zum …«

»Wir haben keine Wahl«, beendet Aiguo das Gestammel und geht wortlos voran, so dass Christian tatsächlich keine Wahl bleibt, als ihm zu folgen, wenn er sich nicht aufgeben will.

Der Chinese nimmt seinen Platz vorn am Eck ein, wo er den freien Arm zum Heben nutzen kann. Vor ihm greift Alexandra in den Rahmen, daneben geht Semjon, hinten helfen Frieder und Filipa, an der Seite zu dem Eck, mit dem Aiguo sich müht, tut Christian sein Bestes: »Hoch!«, befiehlt Alexandra.

Christian ist überrascht, dass das Ding nicht ganz so grausam schwer ist, wie er gefürchtet hat. Die Schüsse und Rufe nicht zu beachten fällt ihm in den ersten fünf Minuten des weiteren Wegs noch schwer, dann immer leichter. Der kräftezehrenden Selbstüberschätzung wegen, die Menschen ohne Erfahrung mit körperlicher Arbeit eignet, zieht er das Bettgestell anfangs etwas zu entschlossen in die Höhe. Nach einer halben Stunde, als der erste Hügelwulst des welligen Aufschwungs der Landschaft vor dem Buchtgürtel, auf den sich die Gruppe zubewegt, noch immer nicht näher gerückt scheint, verwandelt sich die Zuversicht in Mühe und etwa eine Viertelstunde danach in Qual.

Die Menschen, die das schwere Gestell schleppen, stöhnen jetzt, grunzen und ächzen. Niemand spricht ein Wort. Aiguo rutscht mehrfach im taufeuchten Gras aus und muss einmal ganz loslassen; der große rote Fleck auf seinem Oberschenkelverband, den Christian dabei zu sehen kriegt, verheißt nichts Gutes. Die andern setzen, bis er das Handzeichen gibt, dass er wieder zupacken kann, die Last einen Augenblick ab, was Christian als so erlösend erlebt, dass er sich gar nicht mehr vorstellen kann, zu der Schinderei zurückzukehren, es dann aber widerspruchslos tut, als es so weit ist.

Ein kochender, scharlachroter Hass kommt in ihm auf, der kein Ziel hat: Er hasst niemanden, nur seine Finger, seine Handgelenke, seine Beinmuskeln, den Schweiß unterm Hemd, die schwarzen Flecken im Gesichtsfeld, und dann zergeht dieser Hass in tierischem Stumpfsinn, wie bei einem Ochsen, der stundenlang einen Pflug zieht, und die erste Hügelwelle wird bezwungen. Es geht bergauf, dann bergab, dann wieder bergauf, höher als zuvor, wieder bergab, weniger tief als eben. Christian hört auf zu fühlen, hört auf zu denken, trottet und trägt, schleppt und schwitzt wie außerhalb seiner selbst, während die schüchterne Dämmerung über ihm heute das erste Mal nicht schüchtern aussieht, sondern wund, wie aufgeschürft.

Plötzlich lässt Filipa das Bett los, auf dem das seltsame Schneewittchen weder schläft noch wacht, bleibt stehen und sagt: »Es hat keinen Wert. Ich kann nicht mehr. Und wir müssen eh … es wird gleich so weit sein. Ich hab eine Uhr im Kopf, und die sagt mir, dass es in den nächsten zehn Minuten passiert. Der Block löst sich auf, und ich muss den Schädelknacker ansetzen und …«

»Je weiter wir vorher kommen, desto besser. Ein Stück noch«, sagt Alexandra, aber Filipa ist nicht einverstanden: »Besser, wieso? Sie wird leichter zu tragen sein, wenn wir sie aus dem Bett nehmen, und …«

Alexandra schüttelt den Kopf: »Früher oder später – eher früher, weil's hier in der Nähe Häuser gibt – werden wir wieder angegriffen. Solange sie im Block steckt, kann keine Kugel sie treffen, also bringen wir sie so weit wie möglich, solange sie so sicher ist, und …«

»Hört ihr das?«, unterbricht Aiguo den Streit. Das Turbinengeräusch erkennen alle sofort. Aus welcher Richtung es aber kommt, ob strand- oder landeinwärts, lässt sich nicht feststellen, nur dass es im Absinken begriffen ist, erst hochschwirrt, dann immer niedriger.

»Wenn sie uns hier in diesem Tal erwischen, können sie uns von oben in aller Ruhe einzeln …«, setzt Aiguo an, aber Alexandra zischt scharf: »Schh!«, zieht ihre Pistole aus dem Gürtel, und sowohl Filipa wie Semjon tun das Gleiche. Christian hört sich im Kopf, wenn auch nicht in Wirklichkeit, schon sagen, das habe alles keinen Sinn mehr, sie sollten sich einfach ergeben. Da steigt überm Hügel, den sie zuletzt bezwungen haben, der Kopter mit Taisa im Cockpit auf, und Filipa ruft laut: »Fuck! Ich fass es nicht!«

Ein bisschen trudelnd, wenig elegant, bringt Taisa ihr Fahrzeug in der Mitte der Mulde runter, springt dann heraus und umarmt erst Alexandra, dann Filipa.

»Dmitri?«, fragt Aiguo weniger besorgt als schicksalsergeben, und der Blick, mit dem Taisa antwortet, verlangt keine weiteren Erklärungen – der Russe ist tot, und die Dysonika sagt: »Ich habe welche gesehen, mindestens drei Kopter und Leute, die zu Fuß gehen. Ein Kommando, von Süden her. Sie dürften bald da sein. Aber wir sind nicht mehr weit vom Strand.«

Alexandra hat schon angefangen, das Bett wieder an die Kufen des Kopters zu binden.

Aiguo humpelt ihr zu Hilfe, Dmitri und Frieder unterstützen beide, und Alexandra wartet nicht, bis der letzte Gurt festgezurrt ist, sondern steigt sofort in den Sitz hinter der geborstenen Kuppelscheibe. Sie zieht das Ding nicht besonders hoch, kaum mehr als dreißig Zentimeter, aber sofort, im Sprung, heftig nach vorn, so dass die andern ziemlich hurtig laufen und stolpern müssen, um den Anschluss nicht zu verlieren.

Christian spürt neue Kraft. Er schaut im Laufen auf seine Füße und sieht so bald die ersten Sandflecken im Gras, den Rand vom Rand der Küste. Die Kraft ist, so kommt es ihm vor, gar nicht seine. Eine Art Hand zieht ihn zu den Dünen, und als er aufblickt, sieht er Filipa traben wie ein frisch ausgeruhtes Pferd, an der Spitze der Gruppe, den vermutlich doch recht schweren Rucksack nicht mal mehr gerade auf dem Rücken, sondern nur noch über die linke Schulter gehängt. Sie hat bereits angefangen, die Schnallen zu lösen, will keine Zeit verlieren. Endlich überwindet man den letzten Hügel, rechts, wenige hundert Meter weit weg, sieht Christian jetzt sein Haus, und eine Sehnsucht, die schlimmer wehtut als sein Seitenstechen, will dorthin, will ins Bett, die Decke übern Kopf ziehen, die Ranken um sich spüren, nichts mehr denken oder wissen müssen.

Er sieht das Haus des Nachbarn, den Aiguo erschossen hat. Er will den Kopf drehen und das Haus der Nachbarin sehen, die er und die andern haben zurücklassen müssen.

Aber in diesem Moment beginnt der Lärm, das Aufheulen der Turbinen, weil hinter Barrows Haus drei Kopter in scharfer Kurve über der Klippe den Himmel kreuzen, in etwa drei, vier Metern Höhe, in denen außer den Piloten Männer und Frauen mit Gewehren sitzen, und das Gebrüll des Angriffs, als etwa ein halbes Dutzend weiterer Menschen aus Barlows Eingangstür springen und noch im Rennen, im Sturm, auf die Gruppe am Strand, zu deren Schlusslichtern Christian mit Aiguo gehört, mit dem Schießen anfangen.

Am Rand der Wellen, die heute, denkt Christian, nicht so hoch sind, es geht schon, es wird gehen – am Rand, im weißen wilden Schaum, in der Auslappzone des Weltozeans, steht das Bett, an dem Alexandra und Filipa sich jetzt verzweifelt zu schaffen machen.

Filipa beherrscht die Griffe im Schlaf, hat den Schädelknacker schon angesetzt.

Hinter ihnen, in der nie endenden stahlgrauen, smaragdblauen, algengrünen Immerbewegung, tauchen die ersten orangebraunen Köpfe auf, die rauen Wölbungen, die viel zu großen Augen. Das ist es, das hat Alex ihm im Haus verraten, jetzt geht es los.

Christian hat Angst. Diduk ist mit Frieder in den Kopter geklettert und gestartet. Er gewinnt rasch an Höhe. Aiguo strauchelt neben und dicht hinter Christian, dann fällt er, liegt auf dem Rücken im Sand. Christian bleibt stehen, geht auf die Knie, beugt sich über den Chinesen und sieht, wie todesnah bleich der aussieht, wie seine Lider flattern, und hört den flachen Atem. Der Oberschenkelverband ist in der Mitte riesig rot, aber an keiner Stelle mehr weiß, sondern rosa, vollgesogen mit Blut.

Dass Aiguo die letzten Meter überhaupt geschafft hat, grenzt an ein Wunder. »Werde … heu… nicht … ster…«

Der halb Bewusstlose deliriert, und weil die Schüsse bereits in den Sand schlagen, weil Christian sieht, dass oben schwarzer Rauch aus der linken Turbine von Diduks Kopter quillt, der in steilem Abwärtsflug jetzt auf die Rennenden zuhält, als wollte er direkt zwischen sie fallen, beschließt er, gar nicht erst den Versuch zu machen, das Gemurmel des Chinesen zu verstehen, sondern setzt ihn auf, nimmt seinen gesunden Arm, schlingt ihn sich um die Schulter, fasst Aiguo um die Hüfte und stemmt sich aus der Hocke in die Höhe, um den Mann, dessen Kopf immer wieder nach rechts oder auf die Brust kippt, halbwegs in die Senkrechte zu heben, damit er ihn den Rest des Wegs zum Wasser schleifen kann.

Humpelnd und fluchend kommt er einige Meter weit. Dann fährt ihm ein Schmerz das Bein hoch, dass er zunächst annimmt, es sei ein Stein, eine Muschel oder etwas dieser Art in seinen Stiefel geraten und er sei drauf getreten. Als aber der Unterschenkel in heftigem Stichbrennen entflammt, als habe jemand mit dem Messer reingestochen, wird ihm klar, dass ihn ein Schuss getroffen hat.

Alexandra kommt auf ihn zugelaufen, nimmt Aiguo zwischen sich und ihn. In der Gischt liegt Liz jetzt ohne den Block auf der Seite, von Filipa umarmt, die gleichzeitig irgendetwas mit einem nicht erkennbaren Gerät am Hinterkopf der Freundin anstellt, die totenbleich ist und überrascht, verstört, verängstigt aussieht. Im Näherkommen wird das Sichwälzen, Rollen, Rauschen der Wellen so laut, dass Christian für einen Moment nichts anderes mehr hört, auch nicht das halblaute Schimpfen, Ermuntern oder Befehlen seiner Mutter neben ihm.

Verbinden, hat sie gesagt, auf dem Bett, sie mit Liz und beide mit dem Sternstein, irgendwie hoch, Leitungen, Kabel, Tentakel, Funktoren. Übernächtigt, unter Schock und gebannt wie ein Entrückter sieht er die großen Oktopoden stumm und mit aufreizender Langsamkeit aus dem Meer steigen.

Die Körper der ersten drei, vier, fünf haben das Wasser schon verlassen.

Die großen Fangarme pflügen durch die Wogen. Die Geschöpfe segeln jetzt auf den Strand zu, auf Filipa und Liz, auf Aiguo, Alexandra und Christian. Der dreht den Kopf und sieht Taisa, in jeder Hand eine Pistole, die stehen geblieben ist, etwa siebzig, achtzig Meter landeinwärts, offenbar nah genug, um den Versuch zu wagen, die Näherkommenden zu beschießen. Ein Krachen, Feuerblitzen rechts von ihr lässt Christian zusammenfahren und den Griff um Aiguos Hüfte gefährlich lockern: Halb von einer Düne verdeckt, ist Semjon Diduk mit einem der anderen Kopter kollidiert.

Beide brennen, beide gehen zu Boden, da kracht es noch einmal, lauter, dumpfer, wie im Explodieren gegen einen hausgroßen Sandsack geworfen.

»Lass los!«, schreit Alexandra ihren Sohn an, und dessen Augen weiten sich vor Schrecken, als er sieht, dass einer der Tintenfische jetzt beschleunigt auf ihn zuhält, rasch an Höhe gewinnt und mit den Tentakeln nach ihm, nein: nach Aiguo zu winken scheint, dessen Lider nicht mehr flattern, dessen Atem sich stabilisiert hat und der sich, als Christian tatsächlich loslässt, aus der Umarmung löst, auch von Alexandra freigegeben wird und auf die Brandung zustolpert, hellwach, gefasst, bereit, sich greifen zu lassen von diesem Ding, das kalt glotzt und Christian damit Schauer den Rücken hinunterjagt.

Aiguo zieht wie im Traum den verletzten Arm aus der Schlinge und hebt ihn, als wollte er dem Kraken eine Umarmung anbieten, so hoch er ihn heben kann. Den anderen hebt er höher, und da ergreift ihn das Tier und zieht ihn aus dem Wasser, während vier Schritte weiter links Alexandra von Filipa den schlaffen Leib der hellwachen, mit weit aufgerissenen Augen den Irrsinn um sie her erkennenden Körper von Liz entgegennimmt und ihn dann auch in die Wellen trägt, auf einen der großen Oktopoden zu, wie ein Bräutigam die Braut in einer alten Filmschnulze über die Türschwelle hievt.

Auf wackligen Beinen, mit schmerzender Schussverletzung watet Christian ins flache kalte Wasser und legt wie schlafwandelnd den Kopf in den Nacken, als der Oktopus, der Aiguo festhält, etwa drei, vier Meter über ihm vorbeifliegt. Christian dreht sich um, weil er dem unheimlichen Wunder folgen will, da sieht er auf der mittleren von drei Dünen Richtung Siedlung eine Frau etwas schultern, das ihm das Wort »rocket launcher« in den Sinn ruft. Wie sagt man noch auf Deutsch, Panzerfaust?

Taisa bleibt in ihrem Lauf hin zu den Feinden stehen, schaut zurück, über die Schulter, sieht Christian und ruft etwas, schreit es, aber er kann es nicht verstehen, sie winkt, gestikuliert, ach so, ich soll mich beeilen, ins Wasser, mir einen Tintenfisch heranwinken – Liz und Alexandra fliegen in zwei Metern Höhe an ihm vorbei, ins Wimmeln von Fangarmen mit Saugnäpfen gehängt wie ein Weidenkorb ins Seiltragwerk eines Heißluftballons –, gut, ja, doch, mache ich gleich, denkt Christian, da legt die Raketenwerferfrau auf Taisa an, und Christian reißt die Arme hoch, um sie zurückzuwarnen.

»Duck!«, schreit er, aber die Soldatin feuert schon, und Christian sieht, wie Sand spritzt, wie etwas, das zu Taisa gehört, von ihr weggerissen wird, und lässt die Arme sinken, bebend vor Schrecken, gelähmt, kreidebleich. Da schlägt etwas gegen sein Brustbein und noch etwas gegen seinen linken Unterarm, das sind Kugeln, denn ein weiterer Angreifer hat sich auf den Bauch gelegt und versucht als Scharfschütze, den Erstarrten umzubringen.

Wie ein gefällter Baum stürzt Christian nach hinten ins Schwappen und Schäumen. Durch Mund und Nase fließt kupferne Kälte in seinen Kopf, seinen Hals.

Er verschluckt sich, spuckt Blasen, geht unter, greift sinnlos mit der rechten Hand nach nichts, spürt einen Schlag hinten am Schädel, einen an der Schulter.

Dunkelheit platzt in ihm auf, eine schwarze Tintenwolke. Fürchterlicher Friede macht ihn schwer und zieht ihn tiefer, drückt ihn abwärts. Christian will nicht kämpfen, will nicht mal mehr gerettet werden. Es ist so weit, es ist zu Ende, es reicht. Die Lunge schmerzt, das Bein, die Brust. Die Kälte scheint sich zu verfestigen. Angst fällt weg. Dann aber wecken tausend nadelspitze Stiche, die als spiralförmiger Gürtel nach ihm greifen, ihn durchdringen, alle Sinne, und etwas rupft ihn aus dem Wasser wie ein Seeadler einen Fisch, zerrt ihn in ein Brausen, in blendende Helle, große, eisig durch Lungen und

Rippen wehende Panik und Haltlosigkeit, wirft ihn hoch, nimmt ihn mit.

Meer kippt nach rechts, Strand dreht sich neben, dann über Christian. Er blinzelt, er übergibt sich in großem Schwall in die Luft. Sein rechtes Ohr ist ertaubt, im linken klopft rhythmisierter Blutsturz, Bruchstampfen im Gleichgewichtssinn. Erdbraunes Fleisch mit schwarzen Flecken glänzt nass oben, Tentakelseile drücken ihm die Leibesmitte zusammen. Christian heult wie ein Wolf, spuckt Blut und Schleim. Kleine Feuer flammen unter ihm auf, das sind die Schützen in den Koptern, die dem rasch aufsteigenden Oktopus folgen. Christian weiß, sie werden nicht lange mithalten können, mehr als sechzig, siebzig Meter kann man in diesen unsicheren kleinen Dingern nicht riskieren, auch geht der Wind hier viel zu stark für die Stabilisierungssysteme in den Maschinen.

Christian versucht, seine schlackernden Arme zu beruhigen, zu beherrschen. Der Wind versetzt ihnen Hiebe, die er bis in die Knochen spürt, es ist, als wären die Luftmassen flüssig, fast fest, Wasserstöße gegen Schultern und Schläge auf die Hände. Er beginnt, sich zu erinnern, und will es nicht. Es ist ja wirklich keine Luft hier, und sie ist nicht blau, und das, was da über ihm, neben ihm zuckt, sind nicht Blitze, das ist etwas ganz anderes. Ich wusste es, denkt er, ich habe es vergessen, man hat mich gezwungen, es zu vergessen, man hat was getan, mir was angetan, ich habe zugestimmt, was war das?

Seine Arme gehorchen ihm wieder. Er greift nach dem großen Gurt, dem Fangarm, er legt die Hände drauf, greift zu, drückt, als könnte er die Entwürdigung, so aus dem Wasser (nicht Wasser, aber was dann?) gegriffen worden zu sein, dadurch korrigieren, dass er zurückgreift. Das Sausen wird dunkel und schlägt ihm jetzt wie nasse Tücher gegen Stirn und Wangen. Ihm wird wieder übel, er versucht, es zu unterdrücken. Er wird gedreht, kopfunter, wieder kopfüber, Spitzen und Saugnapfseiten anderer Tentakelwirren klatschen gegen seine rechte Seite. Er kotzt, er schreit, eine Bombe aus Leuchten platzt über ihm, eine blendend weiße Kugel und noch eine, am selben Ort, nein, es ist ein Puls: Die Kugel platzt, spuckt das reine weiße Licht im Platzen nach allen Seiten, dann ist sie wieder da, an derselben Stelle, und platzt wieder, schüttet ihr Gleißen aus, ist wieder da, platzt erneut, und Christian fällt ein: Diese Kugel, das ist der Mund, die Spitze, das ist das, was vom Sternstein nach unten zeigt – unten, das ist jetzt links von ihm. Er schaut hinab, ganz Wiesental ist da, ein Fleck, dunkelgrünblau, nicht größer als seine Handinnenfläche, mit der Bucht als kleinem Gilbrand rechts oben.

»Erst«, hat Alexandra gesagt, »wird es oben sein, das Licht, der Eingang, über dir, die Diamantenspitze. Dann wird aus oben unten, und dann«, wie war das, richtig, sie hatte ihn aufgefordert, dort auf dem Bett, sich zu erinnern, ihre Ankunft in seiner Station auf diesem Neptunmond vor langer Zeit, ihre Richtung, »dann wird es wie damals, dann wird es schwierig mit den Richtungen.«

Er würgt einen Rest Erbrochenes aus, es läuft ihm, weil er kopfsteht, an der Nase vorbei, die Wange hoch, etwas dringt in die Nase ein. Er möchte weinen vor Abscheu und Wut. Er schließt die Augen fest und sieht dennoch die leuchtende Kugel, die nächste Explosion. Aber jetzt geschieht das, was sie ihm erzählt hat, jetzt ist das nicht nur unter seinen Füßen, dieses Licht, das immer wieder auseinanderfällt und sich dann wieder in einer Sphäre von unbestimmbarer Größe konzentriert, sondern in jeder Hinsicht unten, auch für den Gleichgewichtssinn, jetzt, spürt er, würde er dorthin fallen, wenn ihn der Oktopus losließe, nicht mehr Richtung Wiesental, jetzt ist ein Sprung, ein Bruch in der Schwerkraft, etwas Unmögliches. Der Lichtball ist das Grauen: nicht die Ohnmacht, mit der Christian gar nicht mehr kämpfen will, nicht der Tod. Diese beiden Sorten Schwärze wären willkommen, wenn sie ihn nur diesem Leuchten entziehen könnten. Die Hölle tobt nicht, denkt er, brennt nicht, stinkt nicht: Sie strahlt.

Er sieht sie noch immer, mit geschlossenen Augen. Alle Geräusche reißen ab wie verschluckt, Christian ist jetzt restlos taub und sehnt sich nach jeder Stimme, jedem Zungenreden wie nach Luft, Connect, Kontakt, ich will es, aus Freiheit, durch einen Sprung, sie hat's gesagt, verbinden. Alexandra sagt: Sie und Liz und der Sternstein müssen eins werden, drei bleiben, subjektiv, objektiv, intersubjektiv, die Gründe in die Ursachen, die Folgerungen aus den Wirkungen. Das hat er noch nie erlebt, das hat er nicht einmal denken können: Taubheit, die er kennt, ließ ihn, etwa als Verstopfen der Ohren, als Gehörschutz, immer noch etwas hören, Geräusche nah beim Nerv oder dem eigenen Herzschlag.

Nichts, völlige Stille, er hört sich nicht mehr. Der Druck des Fangarms um ihn löst sich. Christian wird losgelassen. Christian fällt auf den Puls zu, die Kugel, die weiße Quelle.

Der Weg kann nicht enden, indem Christian hinausfindet, nicht durch irgendeinen Prozess, nicht durch irgendetwas, das eine Reihenfolge hat, Ursache und Wirkung, Grund und Folgerung, nur durch den doppelten Sprung: Vorher war ich woanders als im Licht, nämlich in Krakenarmen, nachher bin ich woanders, nämlich auf einer Schräge mit Beuge, einer Rutsche zwischen Lianen aus leuchtenden Farben, die ich streife, die mich streifen, blauweiß und rotweiß und golden, Schlingpflanzen, die mich greifen könnten, aber vor mir zurückzucken, etwas wie die Ranken unten in den Häusern auf Wiesental, aber schneller, wimmelnd wuselnder, länger und wärmer und hell, so hell, als würden sie glühen.

Vorher und Nachher sind falsche Begriffe, aber andere habe ich nicht: Der Moment, als Christian, losgelassen, in die Kugel fiel, und der Moment, da er aus ihr heraus auf diese Rutsche mit den vielen dicken Fasern stürzte, sind beide nur Annahmen, Dinge, die er denken muss und hintereinander denken, damit seine Erinnerung ihm noch einen Sinn ergibt, der Moment des Durchgangs, der Moment, da er in den Sternstein entlassen wurde, vom Kraken, vom unmenschlichen Retter.

Schaum wie Schnee bremst sein Sturzrutschen auf den letzten schrägen Metern, ein Schmieren wie in öligem, aber bleichem Schleim. Dann schlägt seine rechte Wange auf, danach seine Brust, dann Arme, Beine. Er gleitet übers unwirkliche Eis in seiner kompaktesten Form, als Boden im Stern, als Ebene, glatte Fläche: Hier ist es schwarz.

Alle Knochen tun ihm weh, als sein Gehör zurückkommt. Er hört, dass gekämpft wird, er hört, dass dieser Boden, diese schwarze Ebene, die wirkliche Front ist, deren bloßer Schatten die Schlacht um Alexandras Villa war.

Christian hört Schüsse und Schläge und Stiche und Schnitte und Schreie und Befehle. Er öffnet die Augen, das linke sieht schlecht, weil es durch einen tränenverdünnten Blutschleier gucken muss, aber es erkennt, wie die Schlingpflanzen aus Leuchten andere solcher Schlingpflanzen an diesem Boden umschlingen, es erkennt eine Gestalt: Filipa kniet, hinter ihr lebt ein großer Haufen, der wabbelt und zuckt, ein Oktopus voll Wunden, Löchern, milchig-bläulich dringt Blut aus ihnen, Glühlianen umzüngeln ihn wie Schlangen, wollen ihm vielleicht helfen, wollen sich mit seinen Tentakeln verflechten, Filipa auf den Knien, die rechte Hand erhoben, eine ihrer Äxte darin, ein Mann vor ihr, in Uniform, Gewehr aus nächster Nähe, angelegt, zielt auf sie.

Christian erkennt die Körperhaltung, Hinrichtung, der Mann schießt.

Filipas untere Gesichtshälfte ist getroffen, zwei Kugeln schlagen durch den Unterkiefer, dann durch den Hals. Sie fällt nach hinten, er hat sie erschossen. Christian schreit. Ein Soldat, hinter dem Mörder von Filipa, greift diesen jetzt an. Sie tragen dieselbe Uniform, der Erste schlägt den Zweiten mit dem Gewehrkolben gegen den Kopf, aber der Zweite schießt dem Ersten in den Bauch. Christian dreht den Kopf, schaut hoch, weil da ein Schatten war. Er schaut dem Schatten hinterher. Der Schatten ist Diduk.

Christian dachte, Diduk sei tot, unten im Kopter explodiert. Diduk tritt einem Soldaten, der auf dem Boden herumkriecht, auf den Rücken, dreht sich dabei halb nach Christian um und brüllt ihn an: »Steh auf! Kämpfe!«

Der Dysonik sieht aus wie ein Wahnsinniger, auf dessen Kopf oben jemand ein Ei voll Blut aufgeschlagen hat. Sein Gesicht, seine Ohren, sein Hinterkopf sind rot überströmt. Christian blinzelt, seine Schläfe, rechts, spürt einen schlimmen Stich. Dann sieht er vage zwei der Tintenfische übern Boden rutschen, etwa zwanzig Meter von der Stelle, wo er selbst sich krümmt, und einer der beiden gibt Liz frei, die sich im Fallen zweimal überschlägt, ein Wäschesack. Hinter dem andern Oktopus, der zu Boden geht und hilflos mit den Fangarmen fuchtelt, sieht Christian jetzt Alexandra rennen und schießen. Dann schaut er zurück zu Diduk, denn der hat einen weiteren der Soldaten eben niedergeschlagen, als sein Rücken in sechs kleinen Eruptionen von Fleisch und Blut zerfetzt wird. Er ist einem Feind ins Feuer gelaufen, eine MP durchlöchert ihn. Er stürzt, schliddert, bleib liegen, ist tot wie viele auf dieser kalten Fläche, deren Größe Christian in seiner Froschperspektive nicht schätzen kann – ein Fußballstadion groß? Größer?

Überall liegen Tote und Verletzte, Menschen und Kraken, zwei Dutzend mindestens, und überall schlängeln und winden sich die farbigen Lichtfäden von der kathedralenhohen, zur Mitte hin in Richtung des pulsierenden Lichtballs am höchsten Punkt spitz zulaufenden Decke, durch die Christian auf die glitschige Rutsche gefallen ist.

Die Fäden, Urbilder der Ranken in den Häusern von Wiesental, tasten den Abfall der Schlacht ab, die sterbenden

Menschen und Tiere. Die Fäden wachsen und schrumpfen schneller, als das Auge folgen kann, sie tasten, suchen, denken sie? Wenn eine dieser Schnüre von einer Leiche zurückzuckt, sieht das für Christian aus wie ein Schneckenfühler, der in Zeitraffer schrumpft, und das Gewirr erinnert ihn an Regentropfen, die eine zu lang belichtete Kamera von der Wolke bis zur Erde begleitet, dicht dort drüben, lockerer hier vorn und dann geballt, ein Knotenpunkt, ein bewegtes Zentrum: ein Mann, aufrecht, in schwarzer Uniform, mit finsterem Gesicht, großen olivgrünen Schatten um die strahlend blauen Augen, eine schwarze Strähne ungebärdigen Haars über der Stirn, das Sturmgewehr im Anschlag, eine Erscheinung wie in ihrer eigenen Aura, ein Krieger, von dem aus die Fäden dutzendfach, hundertfach nach oben laufen, als hinge er als Marionette an ihnen, während er schießt und mit dem Arm seine Soldaten hierhin, dorthin winkt – nein, keine Marionette, denn die vielen Lichtfäden werden länger und kürzer, wie er es braucht, er zieht sie mit sich, nicht sie ihn: Das muss er sein, der Befehlshaber, der Feind selbst, Masvidal, der kommandiert: »Cut it! Cut it all down! Don't let them reach the filaments! Don't let them connect!«

Ein grüner Stiefel tritt Christian in den Bauch, bevor er aus der Seitenlage auf alle viere kommen kann, um sich in dieser stabileren Haltung irgendwie zu helfen, vielleicht aufzurichten. Christian spuckt etwas, das zu dick ist, um Blut zu sein. Dann ist der Mann, der ihn getreten hat, über ihm und packt ihn im Haar, am Hinterkopf. Christian wird so brutal in die Höhe, auf die Knie gerissen, dass er sein Genick knacken spürt.

Dann fasst ihn der Feind am Handgelenk, rechts, und reißt den Arm hoch, links: auf den Knien, Hände hoch, denkt Christian, so ist Filipa erschossen worden, so werde ich jetzt erschossen – es ist, als wollte ihm der Mann die Zeit lassen, genau das zu denken, bevor Christian sterben muss. Anstatt in sich zu gehen und zu bereuen, dass er sich mit Leuten eingelassen hat, die jetzt von Soldaten wie diesem erschossen werden, erlaubt Christian sich das letzte Mal die Neugier, die ihn hierhergeführt hat, den Versuch, das grauenhafte Ganze anzuschauen, das um ihn geschieht: Zwei der Tintenfische schweben aufrecht, scheinbar unverletzt, nah bei der Rutsche vor dem leblos auf dem schwarzen Eis liegenden Körper von Aiguo Sun, als wollten sie ihn beschützen vor einem der Soldaten, der auf ihn zuläuft, mit einer Pistole auf ihn anlegt und dann von zwei anderen, die ihn aus verschiedenen Richtungen unter Feuer nehmen, in den Kopf und die Beine geschossen wird. Ein anderer Soldat – woher, fragt sich Christian flüchtig, wissen sie, wer hier zu wem hält, die Uniformen sind doch alle gleich? – kniet jetzt bei Filipa, scheint ihr helfen zu wollen, ein weiterer aber hebt schon die Schusshand mit der Waffe gegen diesen.

Alexandra ist bei Liz, am Boden, hat den Kopf der Amerikanerin auf ihren Knien liegen, verteidigt sie mit Schüssen in alle Richtungen. Ein Tintenfisch gleitet näher heran. Lichtfäden von der Decke folgen ihm, rote und blaue, zwei weiße strecken sich nach Liz und Alexandra. »NO! NO WAY!«, schreit Masvidal und schießt auf diese Fäden, während zwei seiner Soldatinnen den Tintenfisch angreifen, eine mit dem Gewehr, die andere hackt mit der Machete auf die Fangarme ein. Alexandra zielt auf Masvidal. Die Machetenfrau sieht das, wirft ihre Klinge nach Alexandras Kopf.

Der Mann vor Christian sagt: »Hey, what ya looking at, ya dingbat?«, und zieht den Abzug. Er trifft den Knienden nicht, weil jemand ihn von rechts anspringt und zu Boden wirft, so dass der Schuss, den er abgibt, ins Leere geht. Nicht Dankbarkeit, sondern das Paradox, das Angst heißt, die sich für Wut hält, befreit Christian aus seiner Lähmung.

Er stößt sich mit den Beinen vom Eis ab, rutscht dabei aus, fällt wild um sich schlagend nach vorn auf die Kämpfenden, bekommt die Waffe zu fassen. Mit ihr rollt er sich zur Seite, dann steht ein Soldat vor ihm, in dessen Gesicht er den Hass erkennt, den er selbst empfindet, und bevor der andere auf ihn anlegen kann, schießt er ihm mitten in dieses Gesicht.

Er dreht sich nach rechts auf der Schmiere. Er tastet nach Halt mit der freien Linken, stützt sich auf, stemmt sich hoch, kommt zum Stehen, dreht sich um, weil er dem helfen will, der ihm geholfen hat. Aber der ist schon fertig mit dem Mann, der Christian töten wollte, hat ihm ein Messer durch die Kehle gezogen, aus der Wunde quillt ein Riesenblutschwall. Der Mörder mit dem Messer richtet sich auf, es ist Aiguo. Christian versteht das nicht: Aiguo, in schwarzer Uniform? Der Chinese lächelt grimmig, sein Gesicht sieht älter aus, als Christian es kennt, und anders: Da, wo das linke Auge sein müsste, ist etwas wie ein silbernes Monokel mit dunkelrotem Glas, eine Linse wie für eine Kamera.

Aiguo sagt: »Hilf Alex. Connect Liz.«

Dann wendet er sich ab und rutscht und rennt zu den Tintenfischen an der Rutsche, zu den beiden Soldaten, die dort einen andern gerade vom Boden hochnehmen, der auch Aiguo ist, ein anderer Aiguo, verbunden, bewusstlos und gerade dabei zu verbluten. Zwei Aiguos, denkt Christian und wendet sich dem zu, wovon der Aiguo in Schwarz gesprochen hat: Alexandra liegt auf Liz. Beide bewegen sich nicht.

Über ihnen steht der Mann mit den Leuchtdrähten in Schultern, Kopf, Armen, Beinen, der jetzt die Machete hält und damit Hiebe nach Tentakeln und anderen der Drähte führt, nach Fühlern von der Decke, die zu Liz zu wollen scheinen – zwei trennt er mit einem einzigen Schlag dicht vorm Erreichen der Stirn der Reglosen durch, die kurzen Enden verschwinden, anstatt zu Boden zu fallen, als wären sie nie da gewesen, die langen Hälften ziehen sich blitzschnell zurück. Er hackt, er brüllt unartikuliert, er hat sein Gewehr fallen lassen, er wütet. Keine Verbindung, sagt alles, was er tut, kein Kontakt. Eine große, schwermütige Ruhe spült durch Christians Körper, durch seinen Geist, alle Gedanken, Wahrnehmungen, Regungen. Er legt mit dem geraubten Gewehr auf den Tobenden an. Er hat Schießen geübt, vor sehr langer Zeit, erst mit Projektilen, in der chinesischen Wüste, dann nur mit Lichtpulsen, unter Anleitung von Meinhard Budde, dann mit Filipa. Er will nicht schießen.

Er denkt an nichts mehr als daran, an diesen Moment voller Gründe, voller Ursachen auf einer langen Reise und voller Folgen, voller Folgerungen, ob er nun handelt oder nicht. Nein, er will nicht handeln, will nicht schießen.

Ein verzweifeltes, angewidertes Stöhnen, tief aus seiner Brust, begleitet den ersten Schuss. Er trifft den Rücken und schießt noch dreimal: Schulter, Schulter im Fallen, Kopf im Fallen.

Dann lässt er das Gewehr los, genau eine halbe Sekunde, bevor ihn von hinten der Faustschlag trifft, der ihm das Bewusstsein zertrümmert.

9 | Danach davor

Gewebe. Geflecht? Carpet. Flying Carpet? Kokon. Halboffener Kokon.

Hängematte? Something something. Wörter: Ausprobierte, verworfene, ungenügende Wörter. Names of things, some things. Something. Zeichen: ε und $|\varepsilon|$ und … Epsilon, klein Epsilon und Omega und Nichtnull-Infinitesimale … die Diff, nicht hier, doch hier, beides, keins von beiden. Betrag. Eins durch klein Omega? Riesig. Unermesslich. Andrej?

Christian weiß sich in Sicherheit und weiß nicht, wieso er das weiß.

Sehr hell sind die Fasern, die ihn halten, auf denen er liegt wie in einem Bett, die einen Teil seines Körpers bedecken wie eine Bettdecke und die aus dem sanften blauweißen Licht Wärme machen, Wärme aus Wänden, Decke, Boden. Die sind alle ebenso gewoben wie das, was den Erwachenden hält, wärmt, schützt, heilt.

Auch sein Fühlen ist noch unsortiert. Erleichterung, Scham, Verwirrung sind nicht klar voneinander abgegrenzt, nicht wortnah, trüb, aber auch beruhigend, als Selbstversicherung: Das, was ich bin, fühlt noch. Fühlt wieder. Something.

Wenn er versucht, den Kopf aus der Horizontalen in die Vertikale zu heben, soweit er das mit geschwächten Nackenmuskeln kann, sieht er von oben auf den Boden und kann schätzen, dass er auf beziehungsweise in seinem Lager etwa einen Meter höher als dieser Boden in der Luft suspendiert ist, aber wie oder woran, erkennt er nicht und will deshalb den rechten Arm herausziehen aus der Decke, dem Gespinst, dem Kokon.

Als er das versucht, zeigt sich rechts im Gesichtsfeld die freundliche Miene eines Mannes, der ihm beide Hände auf den verpackten Arm legt und sanft sagt: »Nicht anstrengen. Wenn du so weit bist, lässt sie dich einfach raus, von allein. Fällt von dir ab wie eine Schale. Dass du jetzt aufgewacht bist, bedeutet, dass es nur noch Minuten dauern kann. Sie weckt dich nicht, um dich auf die Folter zu spannen.«

»Wer, sie?«, sagt Christian, der den anderen Aiguo sofort erkannt hat, das Gesicht voller Furchen, die rote Linse im Auge.

»Die Neptunation«, antwortet der Mann.

Anstatt diese Antwort zur Kenntnis zu nehmen, stellt Christian eine andere Frage: »Wer bist du?«

Mit dem Menschen hier will und muss er nämlich reden, mit dem, was jener die Neptunation nennt, dagegen nicht. Die hat, begreift er, längst mit ihm geredet, im Schlaf, die hat ihm Namen (something) genommen und wiedergegeben (something something), so viele, zu viele Informationen (wie schnell ist Licht, ist es so schnell, wie ich früher dachte, hat es seine Geschwindigkeit geändert, gilt das rückwirkend, war es immer so schnell, wie es jetzt ist? Konstanten, Gesetze, siebenhundert Something Something, ein *fine tuned universe*, woher war das?) und Kraft (Stoffwechsel, Masse, nichts an ihm, in ihm ist mehr grau, das Graue auf der Insel, das war mikroskopischer oder noch feinerer Staub, den man jetzt aus ihm rausgesaugt hat, hier, das war das schwarze Eis).

Der Mann nickt: »Sehr gut. Das ist es, ja. Du hast hier den Knoten, wie sagt man? Du hast ihn geschürzt, mit einem Schuss, und jetzt gehst du ihm nach, deinem Strang. Ziehst ihn fester. Ich sollte nicht so mit dir reden, es ist unhöflich. Ich bin Song Jian, der mit Alexandra Burkhard Wiesental geschaffen und die klugen Kraken gezüchtet hat.«

Christian widerspricht ihm: »Du bist Aiguo Sun. Ich erkenne dich. Das Auge ist anders, das eine. Aber. Du. Du bist Aiguo Sun.«

Der Mann sieht nicht aus, als ob er das bezweifelt, aber er sagt: »Der bin ich schon lange nicht mehr. Ich habe den anderen Namen angenommen, als ich vor zweihundert Jahren hier anfing, im Sternstein. Bevor die Invasoren kamen.«

»Vor … zwei…« Christian kann es nicht wiederholen, es schmeckt sehr fremd im Mund, sehr falsch und zugleich wahr.

Song Jian, der einmal Aiguo Sun war, sagt: »Zweihundert Jahre Arbeit. Die Arbeit mit ihr, mit Alexandra, nach dem Krieg, vor dem Krieg. Ich wollte Buße tun. Es läuft auf Schuld hinaus – Ursache, Wirkung, Karma meinetwegen, obwohl ich das … nun ja. Als ich selbst noch unschuldig war, sind Unschuldige durch meine Schuld gestorben. Ich habe sie denunziert. Ich wollte sie anklagen, weil sie mich misshandelt haben. Sie hätten eine Schelte verdient gehabt«, er räuspert sich, er sieht aus, als bedaure er den ganzen Kosmos, einfach alles, und sagt: »Aber nicht den Tod. Dass ich zu dumm war, die Folgen der Ursachen zu sehen, entschuldigt mich nicht. So sehe ich die Welt, deshalb musste ich Song Jian werden. Weißt du, was das für ein Name ist? Masvidal hat mich zu sich kommen lassen, nach der Eroberung. Er hat gesagt: Wenn Alexandra die Leute von der FIRAT holt, wirst du dabei sein, und die Gefahr besteht, dass du von dir selbst erfährst. Dass du erfährst, dass du hier bist – dass du von der Zeitspirale erfährst, dem kniffligsten Trick der Neptunation, und dem Knoten, den Alexandra geschaffen hat. Du wüsstest dann, wie lang du leben wirst, und du könntest auf dumme Gedanken kommen – you commies … you're a tricky bunch. Er kannte mich aus … Files, aus Unterlagen, kannte mich als Strategen. Er dachte, es ist ein Spiel, etwas wie Go. Er wollte … er hielt sich für schlau, als er sagte: Du darfst dich nicht treffen, du musst dich anders nennen. Er hat einen Fehler gemacht. Er überließ mir die Wahl des Namens.«

»Und …«, Christian versteht und billigt, was der Mann getan hat, »you chose a name with a special meaning for you. A name … einen Namen, der deinem jüngeren Ich etwas verraten würde.«

»Song Jian war Luft- und Raumfahrtingenieur. Aber das war nicht der Beruf, der ihn bekanntgemacht hat. Er hat die demographische … die Ein-Kind-Politik entworfen und ausformuliert, er hat die Berechnungen … er hat den Plan gemacht, der dafür verantwortlich ist, dass ich keine Geschwister habe. Und dass die jungen Männer, die ich verraten habe und die meinetwegen sterben mussten, fast alle auch keine Geschwister hatten, bis auf einen, dessen Bruder ich … besucht habe, in Beijing. Vor … sehr langer Zeit. Das war im Jahr neunzehnhundertneunundachtzig.«

»In dem Jahr, in dem meine Mutter verschwunden ist. Aufgebrochen ist. Hierher und vielleicht … eines Tages … weiter.« Son Jian sagt dazu nichts; er lässt Christian die Zeit, die der braucht, um im Gewirr seiner Erinnerungen, Ahnungen, Absichten und Wahrnehmungen die Ordnung zu stiften, die ihm erlaubt, ein Gespräch zu führen. Nicht ganz klar mit sich selbst, setzt er an: »Also, du bist aus meiner … Zukunft hier? Oder ich bin aus deiner Vergangenheit?« Der Chinese schweigt.

Christian versteht, dass diese Frage auf irgendeine Art zu unfertig ist, dass er sich dem Wissen, das Song Jian ihm mitteilen kann, noch ein Stück weiter nähern muss, um es berühren zu dürfen. So versucht er es anders: »Barrow hat gesagt, sein Urgroßvater oder so etwas hätte im Irakkrieg Comics … also, Masvidal und seine Leute sind lange nach der FRIES gestartet, ja? Haben dann einen Krieg gegen die Dysoniki geführt. Das ist alles nach mir, sozusagen, das ist … wir sind also in deiner Zeit, lange nach meiner. Alexandra. Ja genau, Alexandra, eine Alexandra aus der Zukunft hat … hat mich und andere … andersrum: Masvidals Leute kamen aus der Zukunft, um uns … um die FIRAT …«

Er kriegt es nicht zusammen, verdreht frustriert die Augen, da zischt das Gewebe um ihn wie eine hydraulisch geöffnete Tür.

Schlitze reißen links und rechts auf, Schicht trennt sich von Schicht, und Song Jian bietet ihm den rechten Arm an, nach dem Christian greift, denn so kann er sich aufrichten, die Beine über die Liege schieben, über den Rand hängen lassen, mit den Füßen auf das Bodengeflecht treten, aufrecht sitzen.

Ein wenig schwindelt's ihn. Song Jian gibt ihm Zeit, sich dran zu gewöhnen. Dann lässt Christian den stützenden Arm los, atmet auf und sieht sich im Raum um, als hinge die richtige Frage, die er nur nachsprechen muss, irgendwo an einer dieser Wände, die so hell sind wie Boden, Decke, Quasibett, so hell, dass er fast ihre Grenzen nicht erkennen kann, als befände er sich eher in Licht als in etwas aus Materie. Aber da hängt kein Satz, kein Spruch, steht nichts geschrieben, anders als bei seiner Mutter, nein, Pflegemutter, die diese gestickten Bibelverse in Rahmen als Wandschmuck hatte, wie all die andern Christen im Städtchen. Das Suchen mit den Augen überfordert seinen visuellen Verstand so sehr, dass er plötzlich, an einer Stelle schräg gegenüber seiner Position, die schwarzen Schwindelflecken wiedersieht, die ihm das Gesichtsfeld am Strand verengt haben.

Diesmal aber fließen sie zu einem einzigen, senkrecht linsenförmigen Ei mit Spitzen zusammen, einem Katzenauge, schillern und reißen dann in der Mitte auf, anderthalb Meter breit, oben und unten geschlitzt, kräuselnd blau, nein, das ist gar kein Schwindelfleck, da öffnet sich tatsächlich die Wand.

So etwas hat man hier als Tür: Alexandra tritt ein, nickt ihm und Song zu, lächelnd, in Stiefeln, die er kennt, und einer der schwarzen Uniformen von Masvidals Leuten, die an den Armen etwas zu kurz aussieht, also wohl nicht für sie maßgeschneidert wurde. Ein Beutestück, denkt Christian und steht auf, um ihr irgendetwas aus Protest gegen das alles zu sagen, gegen die Räume aus Licht, den Krieg, sein ganzes Leben, an dem sie ja gewissermaßen schuld ist. Er merkt nicht, wie Song Jian ihn dabei stützt, er merkt nicht, dass er selbst weint, er sieht nur, dass ihr Blick ihn liebt und dass er dagegen kein Widerwort weiß.

Dann umarmen sie einander, bis er wieder aufhören kann zu weinen, bis er endlich atmet, der Neugeborene. Als er den Kopf von ihrer Schulter nimmt, als ihre Locken seine Wange streifen, ist er glücklich auf eine Art, die er nicht beschreiben könnte, und dass sie, wie er nun sieht, als sie ihn direkt anschaut, auch Tränen in den Augen hat, ersetzt jedes Wort, das beide jetzt nicht sagen können und wohl nie.

Stattdessen sagt Alexandra: »Was plaudert ihr, du und der alte Lügner?«

Sie lösen sich voneinander, Christian sagt: »Lügner … ich kann's nicht beurteilen, ob er lügt, aber ich glaube, das größere Problem ist, dass ich Auskünfte von ihm verlange, nach denen ich nicht mal ordentlich fragen kann. Dass ich nicht weiß, was ich wissen will.«

Sie legt ihm den linken Arm um die Schulter, dann fordert sie ihn mit sanftem Druck zum Hinsetzen auf, was er tut, mit ihr zusammen, während sie sagt: »Er lügt aus Gewohnheit, er lügt aus Berufung, er ist Stratege. Vergiss nicht«, sie lässt Christian los, der Song Jians freundlichen Blick etwas verschämt erwidert, »wenn er kein guter Lügner wäre, könnten du und ich nicht hier sitzen. Er hat Masvidal gedient bis gestern, er hat für ihn die Arbeit fortgesetzt, die er mit mir angefangen hat, die Tintenfische, die Experimente mit der Neptunation, und er hat das so gewissenhaft getan, jahrelang, dass Masvidal, ein sehr misstrauischer Mensch, ihm schließlich ganz vertraut hat. Wäre das anders gewesen, hätte Song ihn nicht verraten und uns nicht retten können. Und du hättest Masvidal nicht erschossen, sondern er mich.«

Christian versteht, dass sie ihm sagen will: Du hattest keine Wahl, nicht zu tun, was dich für den Rest deines Lebens quälen wird. Er weiß nicht, ob das stimmt. Song Jian sagt: »Er hat sich gefragt – und mich –, in welcher Zeit er lebt. Gestern, heute oder morgen.«

Alexandra steht auf, hält Christian ihre Linke hin, eine klare Aufforderung mitzukommen. Er fragt: »Wohin … wohin gehen wir?«

»Zum Schiff. Zur FIRAT. Du kannst hier nicht bleiben, die andern auch nicht, nur Song Jian und ich … für uns … hat sie Verwendung, für uns … interessiert sie sich. Wir können ihr helfen, ihr Experiment fortzusetzen. Im Moment ist sie auf einer Stufe, auf der sie verschiedene Arten von Bewusstsein studiert – das der Tintenfische, der Menschen, früher der Diff, noch früher der Leute auf der Sonne. Das ist das, was die Sonne, die Diff und wir so erleben, als nähme sie Anteil an unseren Kämpfen, als mischte sie sich mal ein oder nicht – beides ist eine falsche Sicht, zu eng für sie, während sie für uns nicht eng scheint, da sie den ganzen Horizont macht, den wir erkennen und denken können. Den lokalen. Ich habe mir abgewöhnt, in diesen Zeiten zu denken, die du auf die Reihe kriegen willst, gestern, heute, morgen, und stattdessen mein Gewissen nur noch zu fragen: Kann ich einen Schaden erkennen, der aus dem kommt, was ich tue, näher, lokal, oder weiter weg? Tue ich etwas Böses, Falsches, Zerstörerisches? Dann lasse ich es. Andernfalls mache ich weiter. Einige Sonnenleute wollen die Neptunation verlassen. Sie wissen gar nicht, was das heißen würde – sie haben, du würdest sagen, weit in der Vergangenheit die Vorfahren derjenigen für sich eingespannt, die du als die Diff kennst –, das waren die ersten biologischen Intelligenzen im Sonnensystem, lange vor den Menschen, und die Spaltung, die in ihre Gesellschaft getragen wurde, weil sich ein Teil von ihnen der exogamen Fraktion der Sonnenwirbel angeschlossen hat, ein anderer der konservativen und ein Dritter gar nichts mit der Sonne zu tun haben wollte, hat ihre Gesellschaft, ihre Welt, ihre Technik zerstört. Es war ein ... eine schreckliche ... eine Singularität, ein Moment, in dem die Neptunation den Atem angehalten hat. So wie unser Kampf gestern. Solche Momente, in die alle Ursachen und Folgen hineinstürzen, solche Momente, die alle Gründe und Folgerungen an sich reißen und fressen, solche Katastrophen und Singularitäten sind das Material, aus denen die Neptunation die Geschichte des Sonnensystems bauen muss, seit es hier Intelligenzen gibt. Sie baut diese Geschichte entlang von Monodromien, in denen das zermalmt und zusammengeschmolzen wird, was du gestern, heute, morgen nennst, zum heißen Plasma der Geschichte der Geschichten.«

Christian nimmt ihre Hand nicht an, sondern schaut auf den Gang hinter dem noch immer geöffneten Türschlitz, einen langen Korridor wie aus Gaze. Er sieht ein paar weitere Türen derselben Sorte dort, durch die Ahnungen von mehr Räumen verschwommen erkennbar sind, ein ausgedehntes System, ein ganzes Hochhaus wie aus Reispapier.

Song Jian sagt zu Alexandra: »Ich weiß nicht, ob ihm das

alles hilft. Geschichte der Geschichten … er will nur deine Geschichte wissen, Alexandra.«

Alexandra schaut verwundert von Christian zu Song und wieder zu Christian, der verlegen zustimmt: »Ehrlich gesagt, er hat recht.«

Sie streckt ihm wieder die Hand hin und sagt: »Gut. Komm mit. Sie ist nicht lang, wenn auch nicht einfach, diese Geschichte. Aber die Zeit unterwegs zum Schiff müsste reichen dafür.« Christian nimmt die Hand an, lässt sich noch einmal aufhelfen, dann von Alexandra aus dem Raum führen, und Song Jian folgt ihnen schweigend, respektvoll, höflich wie stets.

10 | Hinter den Gründen

»Sie haben uns eine ganze Zeit lang beobachtet, die Diff. Nicht erst, als wir im Gürtel ankamen und die Minen eingerichtet haben, die Tankstationen, als wir die Werft bauten auf Ceres, die Generalüberholung der JEFREMOW eingerichtet haben, das alles … das hat ihnen zusätzliche Zeit gegeben. Aber ich nehme an, sie sind längst auf der Erde, vielleicht seit unserer Früh- und Vorgeschichte. Wahrscheinlich haben sie uns vom Start an beobachtet und wussten deshalb, dass einige von uns den Handel akzeptieren werden. Sie zeigten uns, wie man Maschinen baut, die immer bessere Maschinen bauen, sie zeigten uns, wie die Intuitionen und Inspirationen von Freeman Dyson und John von Neumann Wirklichkeit werden können, und dafür leisten wir ihnen Gesellschaft in ihrem Gefängnis, im unüberschreitbaren Grenzbereich des inneren Sonnensystems, im Hauptleib der Insel, und rächen sie ein bisschen – es soll da wieder eine Zivilisation geben, wo's einst eine gab, ihre – Renaissance, wenn du so willst. Mir war das zu wenig. Sie haben uns gewarnt, vor dem Außenbereich, aber ich habe das als verlockend empfunden, und viele andere mit – wir reden ja über Leute, die übers Irdische hinauswollten, weit hinaus.«

»Post- und Transhumanismus«, sagt Christian.

»Wenn du gelehrte Namen brauchst, ja. Ich sah das anders. Hinaus, das nahm ich wörtlich. Es hat mit meiner Idee von Freiheit zu tun, fürchte ich. Ziemlich primitiv, damals. Cordula hat wohl versucht, es mir zu zeigen, mit der Taucherei, dass man sich frei fühlen kann von der Welt, die man sonst kennt, aber gleichzeitig, ich meine, Tiefsee, Druck, Lebensfeindlichkeit ... also, ich konnte bis nach der Meuterei und dem Aufbruch von Ceres nicht mal unterscheiden zwischen Freiheit von was und Freiheit zu was. Alte philosophische Unterscheidung, deontisch, geht in Deutschland bis auf Leibniz zurück, dem wir ja auch die Art zu rechnen verdanken, ohne die man die Diff nicht denken kann – also, negative Freiheit, Freiheit von etwas: nix mehr Schule, nix mehr Arbeit und Konsum. Aber positive Freiheit? Was wollte ich machen, immer weiter draußen? Ich habe immer andere gebraucht, Begegnungen, um weiterzukommen mit der Freiheit, ich habe erst sehr spät kapiert, dass Freiheit ein Verhältnis zwischen mir und anderen ist, kein Loswerden der anderen. Erst dein Vater, von dem ich mich eingesperrt gefühlt habe, weil er mir einen Namen gegeben hat, Luzi, und dann ... Cordula, von der ich mich ausgetrickst gefühlt habe, die Diff, die mich reinlegen wollten, so dachte ich ... und die letzte dieser Begegnungen, die, bei der ich es endlich kapiert habe, dass mein Dickkopf sich überlegen muss, wie stehe ich zu denen, die nicht ich sind, aber auch denken und wollen und handeln können ... das war die Neptunation. Wir kamen hierher, mutig, nicht wahr, wir wollten diese Übermacht herausfordern, vor der die Diff uns ... und dann war hier erst mal: gar nix. Kein ... nein, keine Signale, kein ... nur ein paar Anomalien bei Beobachtungen und Experimenten und ...«

»Wie bei uns.«

»Ja, das hat sich dann mit der FIRAT genau wiederholt. Na, nicht ganz genau, aber ... damals, mit der EOLOMEA, war es so, dass ... Wir reden immer noch nicht in dem Sinn miteinander, den das Reden bei dir hat, bei dir als Mensch und bei dir als Linguist, aber ich habe sie etwas besser kennengelernt, als ganz am Anfang möglich schien. Und deshalb glaube ich, nix Falsches zu sagen, wenn ich sage: Sie war überrascht, dass wir aufgetaucht sind. Sie dachte, die Zerstörung, die Bestrafung der Diff oder der Leute, aus denen die Diff geworden sind, müsste so abschreckend sein, dass jedenfalls doch wir Menschen, von denen sie ja wusste, dass sie technisch und wissenschaftlich weit unterhalb der Diff rumkrümeln, dass wir nicht entfernt an das Wissen und Können der Sonnenleute heranreichen ...«

»Dass wir uns nicht in den Außenbezirk des Sonnensystems trauen würden.«

»Sonnensystem. Auch so ein Wort, das von uns aus ... ein provinzielles, ein gegenüber der Sonne unterwürfiges Wort, das ... na, also, wir würden uns nicht an den Rand der Insel trauen, dachte sie, und dann kommen wir hier an und ... piksen rum, stochern da in den Nabel, in die ... und da hat sie mich mal eben zu sich bestellt. Vorgeladen. Ich war hier, eine Einzelne ... sie hat unsere Hierarchie schnell verstanden, dass ich als Kapitän ... und dann doch wieder nicht, denn wie sich später zeigte, ist ihr nicht ganz klar, dass wir verschiedene Wesen sind, das heißt, sie dachte wohl, ich bin so was wie die bewussten Gedanken von EOLOMEA, die anderen so halbgare Motive und Ideen und ... ich bin mir nicht mal sicher, ob sie weiß, dass die Menschen nicht die Diff und die Diff und die Menschen nicht die Sonnenintelligenzen sind. Das ist alles dasselbe für sie. Etwas, das nichts begreift. Das nicht in den Bahnen der Neptunation friedlich und produktiv ... etwas, das rauswill. Da hat sie mich also ... ich bin auf einer Matte aufgewacht, in der Mitte von … es war wie die Halle, in der wir gestern gekämpft haben. Die Fäden von oben … so, wie sie mit Masvidal verbunden waren, so haben sie sich damals mit mir verbunden. Ich habe dann … es war ein Orkan von Wahrnehmungen, Gedanken, es war, als ob tausend Stimmen, nicht nur akustische …«

»In Zungen reden, aber mit dir. Kommunikation.«

»Ja. Ich sah innen und außen und … dass ich im mittleren von drei Diamanten war, die im Neptunmeer schwimmen oder schweben oder …« Sie zuckt mit den Schultern, und Christian nickt: Sie meint, sagt das, einen Zustand, eine Erfahrung, einen Gedanken und ein Ereignis zugleich, für die sie keine Worte hat. Das kennt er. Sie sagt: »Ich sah … den Krieg der Diff, die Anfänge der … unsere Anfänge, die menschlichen … und viele Folgen von … vielen Folgen und war dann plötzlich … ich war wieder da, danach, ich war wieder ich, danach, denn das, was da was gesehen hat, also, ich habe es sehen genannt … das war nicht ganz ich, nicht ganz ein Körper, und ich … die Neptunation hat mich danach … sozusagen gefragt, ob ich verstanden habe. Ob es Fragen gibt. Ich fragte, in diesem Gewebe, diesem … ich fragte: Kannst du mir das nur zeigen, oder kannst du mich hinbringen? In frühere und kommende Zeiten? Ich habe es gesehen, aber war ich da? Den Unterschied verstand sie nicht. Inzwischen versteht sie ihn besser. Ich sollte ihn ihr eben zeigen und sie hinbringen, indem ich … ich durfte Dinge tun, und sie tat sie dann dadurch auch, erleben und … sie hat mir gezeigt, dass ihr kommen würdet. Die FIRAT. Sie hat mich dahin gebracht, in die Zukunft, in der ihr kommt. Und ich habe euch begrüßt, und es gabelte sich das erste Mal – wir sind zusammen runter auf den … zu den drei Diamanten und haben zusammen Wiesental gegründet, mit der restlichen Saat von der EOLOMEA und vielem von der FIRAT, auch viel Wissen, aber dann … kamen die Invasoren das erste Mal und haben euch und viele von uns umgebracht und Wiesental zerstört und … ich wurde gerettet, von ihr, von der Neptunation, und wie jeder dumme Mensch in jeder dummen Zeitreisegeschichte jemals war das der Anfang von …«

»Du hast dich an den Punkt vor dem Punkt bringen lassen, an dem es schiefgegangen war.«

»Ja. Und dann ging es anders schief. Und so weiter und so fort. Ich habe aufgehört zu zählen, ich weiß nicht, in der wievielten …«

Jetzt gehen die drei an einer Wand rechts entlang und an keiner Wand links. Das helle Gewebe, aus dem alles hier besteht, hat links nur bis in Brusthöhe Wandmaterial wachsen lassen, eine Art Geländer sitzt darauf.

Christian schaut kurz über einen echten Abgrund, er kann aber nicht sagen, wie tief, wie weit er ist, weil er nur umrisshaft die andere Seite ausmacht, als das milchige Gegenstück zu dem, was Schatten wäre, bestünde es nicht aus Licht: ein mit dem hiesigen äußerlich identischer Korridor, mit weiteren Katzenpupillentüren, ein Korridor, auf dem einige, sehr wenige Menschen in den schwarzen Uniformen auf und ab gehen, hindurchtreten durch die Türen und herauskommen aus ihnen, und nur an ihnen, daran, wie klein sie sind in diesem sehr großen Ganzen, kann Christian überhaupt abschätzen, wie groß der Ort ist und dass der Saal, in dem er – wann, gestern? – angekommen ist und Masvidal getötet hat, dieser Fußballplatz mit Kathedralendach, diese Eishockeyhalle unter einem Trichter, wohl nur einen kleinen Bruchteil des Raums eingenommen hat, in dem Menschen und … andere … sich hier aufhalten, ein Vorzimmer des weißen Diamanten, des zentralen Sternsteins.

Er hat nicht zugehört bei den letzten fünf, sechs Sätzen, die Alexandra ihm gesagt hat, jetzt, da sie wieder nach links durch eine der Türen geht, auf einen weiteren Gang, diesmal von vier Seiten mit Wänden umschlossen, kann er sich wieder auf Erzählung und Erklärung konzentrieren: »Ich habe andere mit hineingezogen, mal Cordula, als sie kam, die ersten zwanzigmal kam sie, glaube ich, und dich und viele, die … es ging immer auf irgendeine Art schief, vor allem, weil ich irgendwann die verschiedenen Schleifen und Kreisen und Bänder um die jeweiligen Katastrophenpunkte, nach den jeweiligen Singularitäten zu verknüpfen angefangen habe. Das heißt, wir als Zeitreisende, ich und meine Freunde, manchmal du dabei, manchmal nicht, haben in die Bahnen anderer von uns eingegriffen, und es wurde immer komplizierter und … Neptunation kannte das nicht, die Zwietracht, für sie war es aufregend, als die Amerikaner kamen, mal Wiesental gefunden haben und mal nicht, mal selbst in die Vergangenheit und Zukunft flogen und mal nicht … ich bin immer irgendwie rausgekommen, ich war die erste Person, die mit ihr gesprochen hat, deshalb hat sie mich als Leiteinheit … na, es ist wie im Kinderspiel, wenn die Kinder sagen, wir spielen einander Überbieten, und eins sagt: Ich hab immer eins mehr. Da hilft es ja auch nicht, wenn ein anderes Kind sagt, ich hab aber zwei mehr oder unendlich mal unendlich mal unendlich mehr, denn …«

»Denn das Kind mit dem immer eins mehr hat es zuerst gesagt. Aber wie kann zuerst ein Faktor sein, wenn doch die Zeit selbst …«

»Dass ich … dass die Neptunation in gewissem Sinn, im vorwärts, rückwärts, schließlich seitwärts gerichteten Sinn aus der Zeit rauskommt, heißt nicht, dass sie aus der Kausalität rauskommt. Ursache und Wirkung gelten trotzdem, die Wege dazwischen sind nur verwirrender. Irgendwann war alles … erstens nur noch geeignet, das Kuddelmuddel zu vervielfachen, und zweitens hat es seine Schleifen als Zusatzschleifen in weitere Schleifen geworfen …«

»Wir haben die FIRAT wegfliegen sehen, einmal. Von der FIRAT aus.«

»Ja. Das war einer der Effekte. Das ist sehr wahrscheinlich genau die FIRAT, die ich jetzt in die Vergangenheit schicke, mit dir und einigen andern drin, damit ihr sie da wegfliegen seht.

Ist sie, war sie. Wird. Ich habe ein ziemlich gründliches Bild von dieser Bernsteinik ... entschuldige, das ist ein Wort von Cordula, das hat sie mir beigebracht, also: Bernstein, das heißt auf Griechisch Elektron, und Elektronen sind die Hüllen der Materie, die dich, mich, das meiste hier ... und wenn also eine komplette Geschichte, eine Konfiguration von Ereignissen, Handlungen, Materie eben, als Ganzes angesprochen wird, nennt Cordula das Bernsteinik, eine ... Realität sozusagen, von vielen, wobei man nicht sagen soll, es gäbe viele Realitäten oder Universen, ich habe hier gelernt, dass dieser Irrtum einiger sehr kluger Menschen ... egal ... für das alles ist keine Zeit, Ontologie, Metaphysik ... jedenfalls – ihr werdet zurückfliegen, damit ihr ... ihr werdet eine Weile vor dem Start der Invasoren auf der Erde sein und ihnen dort teils schaden, teils helfen, und daraus wird dann ... was. Es ist ein riskanter ... es ist eine Art Wette. Aiguo und ich, das heißt: Song Jian und ich haben das ausgearbeitet, nach vielen furchtbaren Fehlergebnissen. Er sagt, es klappt irgendwann richtig, und ich glaube ihm ... Wir haben es schon sechsmal versucht, und es klappt immer besser. Es ist die erste Versuchsreihe, deren Iterationen auf das Gewünschte hin konvergieren. Wir haben die Unterstützung der Neptunation. Sie hat diesmal alles in unserem Sinne gemacht, inklusive der Inszenierung für Masvidal, dass auch sie sich von ihm erobern ließ. Dass er sie ein paar Jahre steuern konnte, mit ihren Nerven in seinem Kopf, mit den leuchtenden Strängen, die du gesehen hast ... Er hat versucht, die Ereignisfreiheitsgrade zu beschränken, die Information, Kommunikation, den Kontakt zu kappen, um selber vorwärts, rückwärts und quer durch die Zeiten ... als sein eigener ... in seiner Eigenzeit waren es wohl etwa fünfhundert Jahre, für mich in dieser Version von Wiesental weniger ... Liz spielte und spielt jetzt auch mit, sie hat ... ich habe sie mit Hilfe der Neptunation für etwa ein irdisches Eigenjahr ganz aus den Dingen genommen, damit sie der eine Faktor ist, der als Singularität in unserer Geschichte, genau wie der von Aiguo gefundene Fehler in Zermelo-Fraenkel, das Loch in den Naturgesetzen dieser Bernsteinik, das er in die Mengenlehre übersetzen konnte, weil deine Sprachalgorithmik, naturalisiert dank Andrej Sirilko, uns dazu einen interlinearen Pfad …«

»Zu viel, zu viel«, sagt Christian, legt die rechte Hand gegen die Wand, stützt sich dort ab, atmet mehrmals durch. Schaut Song Jian an: »Du bist ihr … du hast ihr dabei geholfen?

»Ich wusste, es geht gut aus, jedenfalls für mich, weil ich mich erinnere, an das alles hier, an mein … an den Strand, den Weg hoch, die Rettung durch mich selbst … eine weitere Schleife. Dass es eine geben würde, habe ich schon damals erraten, auf Wiesental, trotz Kontaktverbot von Masvidal, wegen des Namens. Was ich ihr geraten habe, deiner Mutter – und das ist das letzte Paradox hier, das größte –, ist, dass sie die verschiedenen Bernsteiniken übereinander informieren soll. Dass sie selbst, oder durch Boten, verhindern soll, dass es eine einzelne Geschichte wird, sondern dass alle Geschichten wissen, es gibt nicht nur sie als Wirklichkeit, sondern zu jeder Wirklichkeit gehören ihre Möglichkeiten, jede Wirklichkeit ist die Einheit dieser beiden.«

»Ein Naturgesetz«, sagt Alexandra, »ist eine Übereinkunft von scheinbar unvereinbaren Wahrscheinlichkeiten, einander im Rahmen eines nur vom Kausalitätsgesetz bestimmten Kräfteverhältnisses zuzulassen.«

Christian sieht sie forschend an: »Und du schickst mich und … andere … jetzt zurück, um diese Botschaft … wohin zu bringen?«

»Zur Erde. Und vielleicht zur Sonne. Wir haben keinen Kontakt mehr zu den Leuten dort, seit wir … die Neptunation will das nicht. Sie … ich kann nicht für sie sprechen, aber ich habe das Gefühl, sie traut der Sonne nicht. Ich selber … vermisse sie manchmal. Sie sind sehr einfallsreich, die Sonnenleute. Cordula sagt, den ersten Kontakt mit ihr … die … Überspielung der Sonnenpersönlichkeit … hat bei ihr stattgefunden als Musik. Am Radio. So war das codiert. Und für mich haben sie sich was … Besonderes ausgedacht. Lichtreflexe der Sonne auf einem See. In Schottland. Im letzten Trainingsmonat, da hat Cordula uns aus Russland noch mal rausgeholt, nach Schottland gebracht, letzte Erholung … dieser See … Loch Lomond. Für mich war das … in einem Sonnenuntergang, da hat sie mit mir geredet, die Sonnenzivilisation. Visuell. Über Zehntausende kleine Lichtfetzchen, die mein Hirn auf genau die richtige Art gelesen … Na. Es war … es war ein … ein Wunder. Aber nicht das größte. Du wirst den Leuten auf der Erde, im Vorhof, im Vorgarten der Sonne, fast in der Mitte der Insel, jetzt sagen, was hier ist. Ihr werdet es ihnen sagen. Damit werdet ihr Hoffnungen und Ängste wecken. Leute wie Masvidal werden herkommen. Aber sie sind die Minderheit. Es gibt verschwindend wenige, die so zerstörerisch denken, dass sie auch von Wundern nichts lernen. Die werden wir los, dann geht es weiter. Masvidal ist nicht wichtig, er ist weder der Held, der er sein wollte, noch … na, Leute, denen dieses Heldending so wichtig ist wie ihm, werden lieber Schurke in einer Heldengeschichte anderer, als dass sie das Helden-und-Schurken-Spiel ganz abstreifen, und zur Strafe … er ist eine Fußnote. Er hat gar kein Gesicht hier.«

Nicht mal ich, denkt Christian, habe es genau gesehen, dieses Gesicht. Ich habe ihn halb von hinten, halb von der Seite erschossen. Er sagt es nicht.

Sie gehen durch eine weitere Tür und betreten eine neue Art Raum, größer noch als die Fußballhalle, mit einem riesigen Loch im Boden, etwa zwanzig Meter vom Eingang entfernt. Das Loch selbst hat einen Durchmesser von dreißig Metern, und darin, darunter, erkennt Christian schon vom Moment des Eintritts in diesen Saal, dessen Decke irgendwo weit oben, nicht abgrenzbar, in der Höhe mit den Wänden verschwimmt, das Ziel der kleinen Wanderung, die Song Jian, Alexandra und er von seinem Rekonvaleszentenzimmer aus unternommen haben: die FIRAT, in einem Hangar, etwa zehn, zwölf Meter unterhalb der Öffnung, fast senkrecht, wie eine leicht gekippte Achse – die Achse der Erde, denkt Christian, ist auch leicht gekippt, relativ zur Scheibe, die ihre Bahn um die Sonne begrenzt, oder nicht?

Vergleiche, Analogien, anders kann er hier nicht denken, wo doch das, was er sieht und erlebt, so weit weg ist von allem, was er schon gesehen und erlebt hat.

Er bleibt stehen, mit Alexandra und Song Jian. Christian sieht seine Mutter an, die sich ihm zuwendet, und sagt: »Ich habe mein Leben … spätestens, seit ich in Deutschland angekommen bin, bei meinem Vater, vor Jahrzehnten … so lange ist das inzwischen her. Spätestens seit damals habe ich mein Leben immer als eine Art Roman verstanden, wie die Bücher, die er mir zum Lesen gegeben hat. Eine lange Story mit mir als Hauptperson. Aber so war es nicht. Den Roman gibt es, aber er ist deiner. Ich bin eine Nebenfigur, sozusagen, denn die Geschichte, zu der diese ganzen Geschichten hier gehören, ist deine, und sie ist nur so einfallsreich, wie du es bist. All coming from female imagination.«

Sie stutzt, er sagt: »Das Lied. Das Motto für unser aller Leben, von Meinhard Budde bis Masvidal, alles deine Entscheidungen, Leben, Tod … es muss eine große Last sein. Meine Geschichte war deine …«

Sie ergänzt, während er nachzudenken scheint: »Und meine war Cordulas. Ich glaube, das gilt auch für sie, dass ihre Geschichte nicht nur als Hauptgeschichte erzählt werden kann. Du suchst zu sehr nach der Hauptsache. Geschichten von Menschen sind aus Geschichten von anderen Menschen zusammengesetzt.«

Er senkt den Kopf, guckt auf seine Füße, dann wieder hoch, in ihr Gesicht. »Stimmt wohl. Reduktionismus. Deutungszwang. Mein größter Fehler, vielleicht. Ich meinte nur: Alexandra sein, das ist … wie wenn man eine Rolle spielt, die fast größer ist als das Stück, zu dem sie gehört.«

»Vielleicht bin ich nicht mehr Alexandra. Song Jian ist ja auch nicht mehr Aiguo. Vielleicht bin ich … nachdem ich euch so oft kennengelernt habe und so viele Varianten von dir und deinem Weg, die mir alle wie ein Geschenk von Jochen für mich vorkommen … vielleicht bin ich inzwischen wirklich Luzi, aber meine eigene Luzi. Keine Zeit, das zu besprechen, leider.«

Christian sagt: »Hmm. Luzi. Ja.« Ganz versteht er, merkt er, noch nicht, wie sie darauf kommt, dass jetzt der richtige Moment ist, diesen Namen anzunehmen.

Aber dann fällt ihm etwas ein, das er wichtiger findet: »Wer ist auf dem Schiff? Wer fliegt mit mir nach Hause?«

Sie schüttelt den Kopf: »Du wirst sie selbst finden. Song Jian und ich bringen dich zum Rand. Du wirst einen Schritt über den Rand tun, egal von welcher Stelle, dich abstoßen mit diesem Schritt und dann von dort aus genau in der richtigen Bahn zur Luke fallen, die … da vorn.« Sie streckt die Hand aus, der Zeigefinger weist auf eine Außentür hinter dem dritten Reifen, die offen ist und die er aufseufzend erkennt: Hier hat Cordula mich nach draußen gezogen, geschubst, gelockt, gezwungen, vor langer Zeit.

»Du brauchst keine Atemluft, die ist im Hangar. Und die Schwerkraft … es ist ein Trick. So ein Trick wie damals, als ich auf diesem Mond in eurer Station …« Er hebt die Rechte, abwehrend: »Keine Erklärungen mehr. Bitte. Mein Kopf ist zu klein oder zu voll oder … wir haben sowieso keine Zeit mehr, richtig?«

Die Herzlichkeit, mit der er die Arme ausbreitet, nicht zu weit, nicht theatralisch, erstaunt sie. Alexandra kennt ihn nicht als jemanden, der so brüsk zum Punkt kommt.

Sie hat viele Abschiede von ihm erlebt, aber dieser hier kommt ihr fast ein wenig zu bereitwillig vor, als könne er es gar nicht erwarten, nach Hause zu kommen. Es ist ein anderer, ein neuer Christian, einer, der keine Antworten draußen mehr sucht, der ihr nicht mehr hinterherläuft, der nicht mehr vom Wunsch getrieben ist zu entkommen, den er so lange auf sie projiziert hat. Weiß er etwas, das sie nicht weiß? Sie umarmt ihn, ist verwirrt, traurig, aber auch gegen ihren Willen fasziniert.

Nach ungezählten Durchgängen durch ungezählte Möglichkeiten ungezählter Wirklichkeiten etwas Neues? Wirklich, ist das möglich?

Sie lösen sich voneinander. Er wendet sich Song Jian zu: »Du kennst mehr … mehrere von mir als ich von dir, richtig? Ich könnte sagen: Grüß die Nächsten. Aber das … passt in keine Strategie, nicht?«

Der Chinese sagt: »In keine bekannte. Aber wir brauchen ohnehin neue Strategien. Wir werden sehen.«

Er tritt nah genug heran, um Christian ebenfalls zu umarmen, während die Mutter rätselt und sich freut und wundert. Dann lässt Christian den Mann los, den er kennt und nicht kennt, und dieser ihn. Er sieht erleichtert aus, denkt Alexandra, und dabei ruhig, gefasst, als er zum Rand der Öffnung im Boden geht, zum Sprung, auf den sie ihn verwiesen hat.

Er geht rückwärts.

Verschmitzt sieht sein Gesicht aus: Ich muss mir nicht mal anschauen, wo ich hinwill, die Bahn ist klar, hast du das nicht gesagt, Alexandra? Er hebt die rechte Hand erneut, deutet ein Winken an. Sie winkt auch, genau wie Song Jian, und denkt, was weiß er, was denkt er, und kämpft mit dem absurden Impuls, ihm zuzurufen: Pass auf dich auf!

Wie sollte er, wie sollte er nicht?

Der Sprung ist nur ein letzter Schritt, von Alexandra aus gesehen, und ein erster für Christian. Er trennt die Geschichten der beiden.

Es ist kein Fallen, spürt der Mann in dem Abstand, in der Scheinleere, in der er atmen kann, auf der Bahn zur Tür, während er nach oben sieht, zurückschaut auf die beiden rasch kleiner werdenden Menschen dort am Rand, die ihm immer noch winken. Es ist kein Sturz, nur ein sehr langer Umstieg.

Er versucht, sich zu drehen, auf die Tür zu, damit er sieht, wo er ankommen wird, in ein, zwei Minuten, wenn er den Abstand richtig geschätzt hat, aber er kann sich nicht drehen, er kann überhaupt nichts tun, das seine Lage unterwegs verändert, es ist also ganz anders als in der Schwerelosigkeit, die er kennt.

Er kickt vorsichtig ein wenig und wedelt mit den Armen, aber seine Position bleibt gleich, seine Bahn wird nicht langsamer noch schneller. Sorgen macht er sich keine, nicht, weil er sich übertrieben in Sicherheit wähnt, nicht, weil er, wie Aiguo Sun am Abend der Party und auf dem Weg zum Gefecht, etwa der Meinung wäre, er wüsste schon, wie es weitergeht – Christian weiß einfach nur, dass er das, was jetzt geschieht, nicht beeinflussen kann, dass er die Kraft, die ihm erlaubt, sich vom Rand der Riesenluke zur kleineren Luke am Schiff zu stoßen, nicht einmal verstehen würde, anders als Andrej vielleicht, anders als Aiguo wohl auch, die Ingenieure. Er denkt an Alexandras Worte gerade eben, jetzt, da er sie nicht mehr sieht, weil der Winkel zu spitz ist, weil sie vom Rand verdeckt wird: sich damit beschäftigen, ob man Schaden anrichtet oder nicht, ob man Gutes tut oder nicht, bis zu dem Horizont, den man eben wahrnimmt, so eng er sein mag.

Als er sich an der Luke den Fuß anschlägt, das Bein dann reflexhaft zum Körper zieht, das Knie beugt und flucht, wird ihm klar: Weise Entschlüsse und richtige Haltungen bewahren nicht vor Schaden.

Die äußere Schleusentür schließt sich.

Christian, in der vertrauten Schwerelosigkeit, tippt die alte

Kennung fürs Öffnen der Innentür ins Tastfeld. Sie gilt noch. Die Tür öffnet sich.

Auf der gewohnten halben Höhe, in der ungefähren Mitte der röhrenförmigen Passage, schwebt eine Frau, die weiß, wie man hier die eigene Gewichtslosigkeit ausbalancieren muss, und lacht ihn so ungeschützt froh übers Wiedersehen an, dass sein Herz die schöne Überraschung schneller erkennt als sein Verstand, der einen Augenblick lang gar nicht weiß, wie diese Frau heißt, die ihn am Uniformkragen fasst, zu sich zieht und drückt, ihn herzt, so stürmisch, dass sie sich zusammen im Kreis drehen, Zweimenschenspindel, wie damals mit Cordula im Leerraum: »Du blöder Apfel! Ich dachte, du kommst nicht mehr! Wir starten in ein paar … Mann, Scheiße, schau dich an, wie siehst du denn aus?« Filipa, deren Stimme für Christian irgendwie merkwürdig klingt, gepresst, etwas blechern, drückt ihn weg von sich, die Hände jetzt an seinen Schultern, als er den Kopf einzieht, um dabei nicht gegen die Wandung zu stoßen. »Du siehst mehr tot aus als lebendig, Mensch. Die Wundermedizin hier ist wohl doch nicht so toll, wie Alex sagt.«

Jetzt sieht er auch, was ihn an der Stimme so seltsam berührt hat: Sie kommt nicht aus dem Mund, der ist verschlossen, wie verklammert, eine Naht, kupferdrahtfarben, ist zu erkennen, Kreuzstich, übern Mund hinaus bis zu den Ohren, und das, was Filipa sagt, erreicht ihn aus schwarzen, engmaschig gerippten Feldern rechts und links darunter, als wären in den Hals zwei flexible, biegsame Lautsprecher eingelassen.

Filipa sagt: »Ist nicht so schick wie der Kasten bei Taisa, aber für den Moment reicht's. Die kleinen Maschinchen reparieren das alles langsam wieder, Knochen, Muskeln, Sehnen, Gaumen, Zunge, Stimmbänder. Aber das geht ein paar Wochen.«

Christian nickt und denkt, ja, das habe ich gesehen, wie dir jemand in den Mund, den Kiefer, den Hals geschossen hat und dass das hieß »in den Kopf geschossen« und dass das hieß: »totgeschossen«, das war wieder nur Interpretation, Auslegungssache.

Ich deute einfach zu viel. Berufskrankheit.

Sie hebt die Brauen: »Was ist? Wieso siehst du aus, als wär das lustig?«

»Weil's lustig ist. Nein, warte: weil's schön ist. Dass du noch lebst.« Ihre Augen lachen jetzt mit, die Lautsprecherstimme sagt: »Gleichfalls, du alte Ratte.«

Dann geht ein Ruck durchs Schiff, der beide gegen die eben automatisch verschlossene Innenschleusentür schubst, nicht zu heftig, aber heftig genug, dass Christian ein »Hey!« entfährt. Er lässt Filipa los, sucht halt an einem Wandungswulst, findet ihn, sagt: »Was war das?«

»Der Start. Der Sturz durch Raum und Zeit, Christian. Weg vom Neptun und zurück in die Dings, na, nicht Zukunft, das andere.«

»Right. Start. Ziemlich weich gestartet, nicht?«

»Trägheitspapperlapapp. Irgendwas Technisches, was ein paar Naturgesetze verarscht. Von der Sowieso, der Neptunation. Starthilfe.«

»Start, right again. Wer startet denn? Wer steuert das hier, wer be…bemannt die ganze Technik und all das?«

Sie winkt ihn mit einer Geste nicht nur zu sich, sondern weiter den Gang hinauf, und er begreift sofort, wie sie sich das denkt: In dieser Richtung geht's zur Brücke. Sie wendet sich ab, zieht und stößt sich nach vorn, ein Pilotfisch, er folgt ihr und hört sie sagen: »Wenn das eine Frage nach der Besatzung ist, wir haben zwanzig Überlebende oder Nachkommen von der EOLOMEA an Bord, einunddreißig von Masvidals Leuten, die Vertrauenswürdigen, wie Aiguo … falsch, Song Jian sagt, also die, die mit ihm zusammen gemeutert haben. Und etwa zwanzig Roboter. Also eine Minimalbesatzung, gerade genug, um das Riesending zu steuern. Bestückt mit allem, was zum Leben …«

»Song Jian … Aiguo … ist unser Aiguo an Bord?«

»Nein, der hat zwar die Schlacht in der Eishalle überlebt …« Schönes und treffendes Bild, denkt der Erfinder des Wortes von der »schüchternen Dämmerung«, dieses »Schlacht in der Eishalle«, und Filipa fährt fort: »Aber sie hat ihn zurückgeschickt zu … ich glaube zu sich, das heißt zu ihr, na, Scheißgrammatik, an den Anfang halt, zum Inselzüchten, Tintenfischepflanzen und so.«

Sie schwebt über dem Zugang zum Rad, in dem die Brücke untergebracht ist, muss sich nur noch einen letzten Stoß geben, um hinzugelangen, dreht sich um und schaut ihn an: »Liz ist auch nicht da. Ich sag dir das, bevor du fragst. Sie hat … sie ist überhaupt nicht mehr … vorhanden. Die Neptunation hat sie in dem Moment, in dem die Verbindung zustande kam, die du möglich gemacht hast durch dein erfolgreiches Attentat auf Masvidal … sie hat Liz aufgenommen, mit dem ZF-Resultat, den Früchten von allem, der Arbeit, die du und Andrej geleistet habt. Die Erinnerung, die Liz an all das hat, ist der Universalschlüssel, und Alex sagt, man versteht ihn nur, wenn man Liz komplett – versteht, also ist alles – ihr Bewusstsein, ihre Geschichte jetzt Teil der Neptunation: jetzt und immer. Zeit. Was ganz … ganz Schwieriges, für uns. Aber ich … mich tröstet das, dass sie jetzt … sie wird der Neptunation viel beibringen und dabei viel lernen, und so was gefällt ihr.«

Keine Grabrede ist das, ein Lebewohl zwar, aber mit einem Begriff davon, dass Liz auf irgendeine Weise weiterlebt.

»Na dann«, sagt Filipa, »auf zur Frau Kapitän.«

»Frau …?«, Christian wundert sich, weiß nicht, wer das sein soll, wer das sein kann.

»Wirst schon sehen. Ich glaube, der Kahn hatte noch keine bessere Person auf diesem Posten.« Filipa stößt sich ab, verschwindet im Transit.

»Nach Hause«, sagt Christian fast lautlos, als er hinter ihr her in den Bogen taucht, und meint die FIRAT, nicht die Erde.

Nirgends hat er in seinem langen Leben mehr Zeit verbracht als auf dem Schiff. Zum überraschenden Heimkehrgefühl gesellt sich Staunen, Bewunderung, etwas wie Ehrfucht, während er, wie früher, aus dem Bogen halb seitwärts in die sichere Illusion von Schwerkraft gleitet, kurz wankt, sich aufrichtet und dabei die veränderte Brücke sieht, die Konsolen, den Dom der Schirme und Fenster und im Zentrum, etwas erhöht, aber nicht protzig, nur angemessen, den Sockel, die Säule und Taisa darauf, bis zur Leibesmitte verbunden mit diesem Sockel, gerettet also und an Bord und an der Spitze der Crew, wie's ihr zusteht. – »Ich habe sie am Strand gesehen«, flüstert er zu Filipa, die ihm hilft, dass er gerade bleibt und nicht taumelt, dabei blinzelt Christian, als könne er's nicht ganz glauben, dass er sieht, was er sieht, »sie ist … gesprengt worden und …«

»Sie braucht die Beine nicht unbedingt. Nicht hier jedenfalls, auf dem Schiff. Song Jian hat Roboter runtergeschickt, die haben den Kampf entschieden. Und Taisa geborgen.«

Auch ein gutes Wort, denkt der Mann der Sprache: geborgen.

Taisa sagt: »Hallo, Christian. Filipa. Kommt doch hoch. Von hier oben sieht man alles.«

Das wird eine Übertreibung sein, »alles«, denkt der Mann, der die Wörter zu gernhat.

Aber was er sieht, nachdem er mit Filipa die sechs Treppenstufen zur Sockelplattform erklommen hat, ist genug: »Das sind wir«, sagt Filipa, als die FIRAT sich linker Hand in der Kuppel zeigt. »Das waren wir«, sagt Taisa, aber damit will sie das, was die Freundin sagt, nicht berichtigen, sondern bekräftigen, auch so geht Sprache, über die Regel hinaus.

Alle an den Konsolen, alle im Schiff, die irgendwo ein Fenster gefunden haben oder einen Schirm, der mit einer Außenkamera verbunden ist, betrachten ihre eigene Vorvergangenheit und spüren Farben, die sie nicht kannten.

Das Schiff ist um sie als Möglichkeitsbedingung dieser Empfindung, als Zuhause unterwegs, das vielleicht bald einen neuen Namen haben wird.

Glas- und andere Faserverbundwerkstoffe, Aluminiumlegierungen, Titan und Beryllium schützen die Körper und Seelen an Bord vor dem Hochvakuum, vor Kurzwellenstrahlung und Hochenergieteilchen. Platten, Schleusen, isolierte Geräte in Halterungen, entfaltbare Panels und dem unbewehrten Auge nicht sichtbare Nischen warten auf neue Gebrauchsweisen, auf innere Entdeckungen im Laufe der kommenden Reise.

Christian schaut die blaue Kugel an, das Meer, den Neptun, denkt an die drei Sternsteine da unten, und plötzlich lacht er.

Taisa fragt: »Was ist? Was hast du, Christian?«

»Ein Wortspiel«, sagt er, noch immer mit dem Beben in der Stimme, das ihn aus seinen vielen Reflexionen freigeschüttelt hat, »natürlich, war klar, that's what it comes down to, for a guy like me. Wörter, something something. Ich versteh sie jetzt. Meine Mutter. Warum sie … sie hat gesagt, sie kann jetzt Luzi sein. Sie ist jetzt Luzi. Und ich … ich guck da runter, sehe diese Welt der Stürme und der … dieses Meer, das ein Himmel ist zugleich … und ich denke, klar, so heißt sie. Bei den drei Steinen. Den drei Edelsteinen. Da ist sie ja jetzt.«

»Wo ist sie jetzt?«, fragt Filipa.

»In the sky«, sagt Christian, »with diamonds.«

Dank

An geeigneten Stellen hat sich der Verfasser ein paar Freiheiten gegenüber den Gesetzen der Natur und der Geschichte erlaubt. Die richtigen Richtungen dafür hat er gefunden, weil Leute ihm in Gesprächen, mit Texten und praktisch dabei geholfen haben. Danken will er also Maria Wiesner, Barbara Kirchner, Meikl Staudt, Simon Strauß, Sibylle Anderl, Patrik Köbele, Peter Merg und Vladimiro Giacché. Das grüne Buch, das Filipa mit Liz durcharbeitet, ist *Sketches of an Elephant. A Topos Theory Compendium* von Peter T. Johnstone. Ein Schlüssel für Andrejs Arbeit an der Nichtstandardanalysis sind die *Lectures on the Hyperreals* von Robert Goldblatt. Ein Buch, mit dem Aiguo Sun lange kämpft, ist *The Question Concerning Technology in China* von Yuk Hui.